COLLECTION FOLIO

Roger Martin du Gard

Les Thibault

I

LE CAHIER GRIS
LE PÉNITENCIER
LA BELLE SAISON
LA CONSULTATION
LA SORELLINA

Gallimard

Roger Martin du Gard est né le 23 mars 1881 à Neuilly-sur-Seine. Il appartient à une famille de magistrats et d'avocats. Après des études secondaires à l'école Fénelon et au lycée Janson-de-Sailly, il est admis en 1903 à l'École des chartes d'où il sort en 1905 archiviste-paléographe. La lecture de *La guerre et la paix* de Tolstoï éveille en lui une vocation de romancier. À la veille de la Première Guerre mondiale paraît son premier roman important, *Jean Barois* (1913). Il se lie d'amitié avec André Gide et Jacques Copeau. Il est tenté un moment par le théâtre. En 1920, il conçoit un vaste roman cyclique, *Les Thibault*. Il y consacre alors l'essentiel de son temps et se retire la plus grande partie de l'année dans sa propriété du Tertre, en Normandie. La publication des *Thibault* en est à son avant-dernier volume, *L'été 1914*, quand Martin du Gard reçoit le prix Nobel de littérature en 1937. Il passe une grande partie de la guerre de 1939-1945 à Nice et prépare un roman, qui restera inachevé, les *Souvenirs du colonel de Maumort*. Il meurt en 1958.

LE CAHIER GRIS

I

Au coin de la rue de Vaugirard, comme ils longeaient déjà les bâtiments de l'École, M. Thibault, qui pendant le trajet n'avait pas adressé la parole à son fils, s'arrêta brusquement :

« Ah ! cette fois, Antoine, non, cette fois, ça dépasse ! » Le jeune homme ne répondit pas.

L'École était fermée. C'était dimanche, et il était neuf heures du soir. Un portier entrouvrit le guichet.

« Savez-vous où est mon frère ? » cria Antoine.

L'autre écarquilla les yeux.

M. Thibault frappa du pied.

« Allez chercher l'abbé Binot. »

Le portier précéda les deux hommes jusqu'au parloir, tira de sa poche un rat-de-cave, et alluma le lustre.

Quelques minutes passèrent. M. Thibault, essoufflé, s'était laissé choir sur une chaise ; il murmura de nouveau, les dents serrées :

« Cette fois, tu sais, non, cette fois !

— Excusez-nous, Monsieur », dit l'abbé Binot qui venait d'entrer sans bruit. Il était fort petit et dut se dresser pour poser la main sur l'épaule d'Antoine « Bonjour, jeune docteur ! Qu'y a-t-il donc ?

— Où est mon frère ?

— Jacques ?

— Il n'est pas rentré de la journée ! » s'écria M. Thibault, qui s'était levé.

« Mais, où était-il allé ? fit l'abbé, sans trop de surprise.

— Ici, parbleu ! À la consigne ! »

L'abbé glissa ses mains sous sa ceinture :

« Jacques n'était pas consigné.

— Quoi ?

— Jacques n'a pas paru à l'École aujourd'hui. »

L'affaire se corsait. Antoine ne quittait pas du regard la figure du prêtre. M. Thibault secoua les épaules, et tourna vers l'abbé son visage bouffi, dont les lourdes paupières ne se soulevaient presque jamais :

« Jacques nous a dit hier qu'il avait quatre heures de consigne. Il est parti, ce matin, à l'heure habituelle. Et puis, vers onze heures, pendant que nous étions tous à la messe, il est revenu, paraît-il : il n'a trouvé que la cuisinière ; il a dit qu'il ne reviendrait pas déjeuner parce qu'il avait huit heures de consigne au lieu de quatre.

— Pure invention, appuya l'abbé.

— J'ai dû sortir à la fin de l'après-midi, continua M. Thibault, pour porter ma chronique à *la Revue des Deux Mondes*. Le directeur recevait, je ne suis rentré que pour dîner. Jacques n'avait pas reparu. Huit heures et demie, personne. J'ai pris peur, j'ai envoyé chercher Antoine qui était de garde à son hôpital. Et nous voilà. »

L'abbé pinçait les lèvres d'un air songeur. M. Thibault entrouvrit les cils, et décocha vers l'abbé puis vers son fils un regard aigu.

« Alors, Antoine ?

— Eh bien, père, fit le jeune homme, si c'est une escapade préméditée, cela écarte l'hypothèse d'accident. »

Son attitude invitait au calme. M. Thibault prit une chaise et s'assit ; son esprit agile suivait diverses pistes ; mais le visage, paralysé par la graisse, n'exprimait rien.

« Alors, répéta-t-il, que faire ? »

Antoine réfléchit.

« Ce soir, rien. Attendre. »

C'était évident. Mais l'impossibilité d'en finir tout de suite par un acte d'autorité, et la pensée du Congrès des Sciences Morales qui s'ouvrait à Bruxelles le surlendemain, et où il était invité à présider la section française, firent monter une bouffée de rage au front de M. Thibault. Il se leva.

« Je le ferai chercher partout par les gendarmes ! s'écria-t-il. Est-ce qu'il y a encore une police en France ? Est-ce qu'on ne retrouve pas les malfaiteurs ? »

Sa jaquette pendait de chaque côté de son ventre, les plis de son menton se pinçaient à tout instant entre les pointes de son col, et il donnait des coups de mâchoire en avant, comme un cheval qui tire sur sa bride. « Ah ! vaurien, songea-t-il, si seulement une bonne fois il se faisait broyer par un train ! » Et, le temps d'un éclair, tout lui parut aplani : son discours au Congrès, la vice-présidence peut-être... Mais, presque en même temps, il aperçut le petit sur une civière ; puis, dans une chapelle ardente, son attitude à lui, malheureux père, et la compassion de tous... Il eut honte.

« Passer la nuit dans cette inquiétude ! reprit-il à haute voix. C'est dur, Monsieur l'abbé, c'est dur, pour un père, de traverser des heures comme celles-ci. »

Il se dirigeait vers la porte. L'abbé tira les mains de dessous sa ceinture.

« Permettez », fit-il, en baissant les yeux.

Le lustre éclairait son front à demi mangé par une frange noire, et son visage chafouin, qui s'amincissait en triangle jusqu'au menton. Deux taches roses parurent sur ses joues.

« Nous hésitions à vous mettre, dès ce soir, au courant d'une histoire de votre garçon, — toute récente d'ailleurs, — et bien regrettable... Mais, après tout, nous estimons qu'il peut y avoir là quelques indices... Et si vous avez un instant, Monsieur... »

L'accent picard alourdissait ses hésitations. M. Thibault, sans répondre, revint vers sa chaise et s'assit lourdement, les yeux clos.

« Nous avons eu, Monsieur, poursuivit l'abbé, à relever ces jours derniers contre votre garçon des fautes d'un caractère particulier... des fautes particulièrement graves... Nous l'avions même menacé de renvoi. Oh ! pour l'effrayer, bien entendu. Il ne vous a parlé de rien ?

— Est-ce que vous ne savez pas combien il est hypocrite ? Il était silencieux comme d'habitude !

— Le cher garçon, malgré de sérieux défauts, n'est pas foncièrement mauvais, rectifia l'abbé. Et nous estimons qu'en cette dernière occasion, c'est surtout par faiblesse, par entraînement, qu'il a péché : l'influence d'un camarade dangereux, comme il y en a tant, hélas, dans les lycées de l'État... »

M. Thibault coula vers le prêtre un coup d'œil inquiet.

« Voici les faits, Monsieur, dans l'ordre : c'est jeudi dernier... » Il se recueillit une seconde, et reprit sur un ton presque joyeux : « Non, pardon, c'est avant-hier, vendredi, oui, vendredi matin pendant la grande étude. Un peu avant midi, nous sommes entré dans la salle, rapidement comme nous faisons toujours... » Il cligna de l'œil du côté d'Antoine : « Nous tournons le bouton sans que la porte bouge, et nous ouvrons d'un seul coup.

« Donc, en entrant, nos yeux tombent sur l'ami Jacquot, que nous avons précisément placé bien en face de notre porte. Nous allons à lui, nous déplaçons son dictionnaire. Pincé ! Nous saisissons le volume suspect : un roman traduit de l'italien, d'un auteur dont nous avons oublié le nom : *Les Vierges aux Rochers*.

— C'est du propre ! cria M. Thibault.

— L'air gêné du garçon semblait cacher autre chose : nous avons l'habitude. L'heure du repas approchait. À l'appel de la cloche, nous prions le maître d'étude de conduire les élèves au réfectoire, et, resté seul, nous levons le pupitre de Jacques : deux autres volumes : *Les Confessions* de J.-J. Rousseau ; et, ce qui est plus déshonnête encore, excusez-nous, Monsieur, un ignoble roman de Zola : *La Faute de l'abbé Mouret*.

— Ah ! le vaurien !

— Nous allions refermer le pupitre, quand l'idée nous vient de passer la main par-derrière la rangée des livres de classe ; et nous ramenons un cahier de toile grise, qui, au premier abord, nous devons le dire, n'avait aucun caractère clandestin. Nous l'ouvrons, nous parcourons les premières pages... » L'abbé regarda les deux hommes de ses yeux vifs et sans douceur : « Nous étions édifié. Aussitôt nous avons mis notre butin en sûreté et, pendant la récréation de midi, nous avons pu l'inventorier à loisir. Les livres, soigneusement reliés, portaient au dos, en bas, une initiale : F. Quant au cahier gris, la pièce capitale, — la pièce à conviction, — c'était une sorte de carnet de correspondance ; deux écritures très différentes : celle de Jacques, avec sa signature : J. ; et une autre, que nous ne connaissions pas, dont la signature était un D majuscule. » Il fit une pause et baissa la voix : « Le ton, la teneur des lettres, ne laissaient, hélas ! aucun doute sur la nature de cette amitié. À ce point, Monsieur, que nous avons pris un instant cette écriture ferme et allongée pour celle d'une jeune fille, ou, pour mieux dire, d'une femme... Enfin, en analysant les textes, nous avons compris que cette graphe inconnue était celle d'un condisciple de Jacques, non pas d'un élève de notre maison, grâce à Dieu, mais d'un gamin que Jacques rencontrait sans doute au lycée. Afin d'en avoir confirmation, nous nous sommes rendu le même jour auprès du censeur, — ce brave M. Quillard, dit-il en se tournant vers Antoine ; c'est un homme inflexible et qui a la triste expérience des internats. L'identification a été immédiate. Le garçon incriminé, qui signait D., est un élève de troisième, un camarade de Jacques, et se nomme Fontanin, Daniel de Fontanin.

— Fontanin ! Parfaitement ! s'écria Antoine. Tu sais, père, ces gens qui habitent Maisons-Laffitte, l'été, près de la forêt ? En effet, en effet, plusieurs fois cet hiver en rentrant le soir, j'ai surpris Jacques lisant des livres de vers que lui avait prêtés ce Fontanin.

— Comment ? Des livres prêtés ? Est-ce que tu n'aurais pas dû m'avertir ?

— Ça ne me semblait pas bien dangereux », répliqua Antoine, en regardant l'abbé comme pour lui tenir tête ; et, tout à coup, un sourire très jeune, qui ne fit que passer, éclaira son visage méditatif. « Du

Victor Hugo, expliqua-t-il, du Lamartine. Je lui confisquais sa lampe pour le forcer à s'endormir. »

L'abbé tenait sa bouche coulissée. Il prit sa revanche :

« Mais voilà qui est plus grave : ce Fontanin est protestant.

— Eh, je sais bien ! cria M. Thibault, accablé.

— Un assez bon élève, d'ailleurs, reprit aussitôt le prêtre, afin de marquer son équité. M. Quillard nous a dit : "C'est un grand, qui paraissait sérieux ; il trompait bien son monde ! La mère aussi avait l'air d'être bien."

— Oh ! la mère..., interrompit M. Thibault. Des gens impossibles, malgré leurs airs dignes !

— On sait du reste, insinua l'abbé, ce que cache la rigidité des protestants !

— Le père, en tout cas, est un sauteur... À Maisons, personne ne les reçoit ; c'est tout juste si on les salue. Ah ! ton frère peut se vanter de bien choisir ses relations !

— Quoi qu'il en soit, reprit l'abbé, nous sommes revenu du lycée parfaitement édifié. Et nous nous apprêtions à ouvrir une instruction en règle, quand, hier, samedi, au début de l'étude du matin, l'ami Jacquot a fait irruption dans notre cabinet. Irruption, littéralement. Il était tout pâle ; il avait les dents serrées. Il nous a crié, dès la porte, sans même nous dire bonjour : "On m'a volé des livres, des papiers !..." Nous lui avons fait remarquer que son entrée était fort inconvenante. Mais il n'écoutait rien. Ses yeux, si clairs d'habitude, étaient devenus foncés de colère : "C'est vous qui m'avez volé mon cahier, criait-il, c'est vous !" Il nous a même dit, ajouta l'abbé avec un sourire niais : "Si vous avez osé le lire, je me tuerai !" Nous avons essayé de le prendre par la douceur. Il ne nous a pas laissé parler : "Où est mon cahier ? Rendez-le-moi ! Je casserai tout jusqu'à ce qu'on me le rende !" Et avant que nous ayons pu l'en empêcher, il saisissait sur notre bureau un presse-papiers de cristal, — vous le connaissez, Antoine ? c'est un souvenir que d'anciens élèves nous avaient rapporté du Puy-de-Dôme, — et il le lançait à toute volée contre le marbre de la cheminée. C'est peu de chose », se hâta d'ajouter l'abbé, pour répondre au geste confus de M. Thibault ; « nous vous donnons ce détail terre à terre, pour vous montrer jusqu'à quel degré d'exaltation votre cher garçon était parvenu. Là-dessus il se roule sur le parquet, en proie à une véritable crise nerveuse. Nous avons pu nous emparer de lui, le pousser dans une petite cellule de récitation, contiguë à notre cabinet, et l'enfermer à double tour.

— Ah ! dit M. Thibault en levant les poings, il y a des jours où il est comme possédé ! Demandez à Antoine : est-ce que nous ne lui avons pas vu, pour une simple contrariété, de tels accès de fureur, qu'il fallait bien céder ; il devenait bleu, les veines du cou se gonflaient, il aurait étranglé de rage !

— Çà, tous les Thibault sont violents », constata Antoine ; et il paraissait en avoir si peu de regret, que l'abbé crut devoir sourire avec complaisance.

« Lorsque nous avons été le délivrer, une heure plus tard, reprit-il, il était assis devant la table, la tête entre les mains. Il nous a jeté un regard terrible ; ses yeux étaient secs. Nous l'avons sommé de nous faire des excuses ; il ne nous a pas répondu. Il nous a suivi docilement dans notre cabinet, les cheveux emmêlés, les yeux à terre, l'air têtu. Nous lui avons fait ramasser les débris du malheureux presse-papiers, mais sans obtenir qu'il desserrât les dents. Alors, nous l'avons conduit à la chapelle, et nous avons cru séant de le laisser là, seul avec le bon Dieu, pendant une grande heure. Puis nous sommes venu nous agenouiller à son côté. Il nous a semblé, à ce moment-là que peut-être il avait pleuré ; mais la chapelle était obscure, nous n'oserions l'affirmer. Nous avons récité à mi-voix une dizaine de chapelet ; puis nous l'avons sermonné ; nous lui avons représenté le chagrin de son père, lorsqu'il apprendrait qu'un mauvais camarade avait compromis la pureté de son cher garçon. Il avait croisé les bras et tenait la tête levée, les yeux fixés vers l'autel, comme s'il ne nous entendait pas. Voyant que cette obstination se prolongeait, nous lui avons enjoint de retourner à l'étude. Il y est resté jusqu'au soir, à sa place, les bras toujours croisés, sans ouvrir un livre. Nous n'avons pas voulu nous en apercevoir. À sept heures, il est parti comme de coutume, — sans venir nous saluer, cependant.

« Voilà toute l'histoire, Monsieur, conclut le prêtre avec un regard fort animé. Nous attendions, pour vous mettre au courant, d'être renseigné sur la sanction prise par le censeur du lycée contre le triste sire qui s'appelle Fontanin : renvoi pur et simple, sans doute. Mais, en vous voyant inquiet ce soir...

— Monsieur l'abbé, interrompit M. Thibault, essoufflé comme s'il venait de courir, je suis atterré, ai-je besoin de vous le dire ! Quand je songe à ce que de pareils instincts peuvent nous réserver encore... Je suis atterré », répéta-t-il, d'une voix songeuse, presque basse ; et il demeura immobile, la tête en avant, les mains sur les cuisses. N'eût été le tremblement à peine visible, qui, sous la moustache grise, agitait sa lèvre inférieure et sa barbiche blanche, ses paupières baissées lui eussent donné l'air de dormir.

« Le vaurien ! » cria-t-il soudain, en lançant sa mâchoire en avant ; et le regard incisif qui, à ce moment-là, jaillit entre les cils, marquait assez que l'on se fût mépris en se fiant trop longtemps à son apparente inertie. Il referma les yeux et tourna le corps vers Antoine. Le jeune homme ne répondit pas tout de suite ; il tenait sa barbe dans sa main, fronçait les sourcils et regardait à terre :

« Je vais passer à l'hôpital pour qu'on ne compte pas sur moi demain, fit-il ; et, dès la première heure, j'irai questionner ce Fontanin.

— Dès la première heure ? » répéta machinalement M. Thibault. Il se mit debout. « En attendant, c'est une nuit blanche », soupira-t-il, et il se dirigea vers la porte.

L'abbé le suivit. Sur le seuil, le gros homme tendit au prêtre sa main flasque :

« Je suis atterré, soupira-t-il, sans ouvrir les yeux.

— Nous allons prier le bon Dieu pour qu'il nous assiste tous », dit l'abbé Binot avec politesse.

Le père et le fils firent quelques pas en silence. La rue était déserte. Le vent avait cessé, la soirée était douce. On était dans les premiers jours de mai.

M. Thibault songeait au fugitif. « Au moins s'il est dehors, il n'aura pas trop froid. » L'émotion amollit ses jambes. Il s'arrêta et se tourna vers son fils. L'attitude d'Antoine lui rendait un peu d'assurance. Il avait de l'affection pour son fils aîné ; il en était fier ; et il l'aimait particulièrement ce soir, parce que son animosité vis-à-vis du cadet s'était accrue. Non qu'il fût incapable d'aimer Jacques : il eût suffi que le petit lui procurât quelque satisfaction d'orgueil, pour éveiller sa tendresse ; mais les extravagances et les écarts de Jacques l'atteignaient toujours au point le plus sensible, dans son amour-propre.

« Pourvu que tout cela ne fasse pas trop d'esclandre ! » grogna-t-il. Il se rapprocha d'Antoine, et sa voix changea : « Je suis content que tu aies pu être relevé de ta garde, cette nuit », fit-il. Il était intimidé du sentiment qu'il exprimait. Le jeune homme, plus gêné encore que son père, ne répondit pas.

« Antoine... Je suis content de t'avoir près de moi ce soir, mon cher », murmura M. Thibault, en glissant, pour la première fois peut-être, son bras sous celui de son fils.

II

Ce dimanche-là, Mme de Fontanin, en rentrant vers midi, avait trouvé dans le vestibule un mot de son fils.

« Daniel écrit qu'il est retenu à déjeuner chez les Bertier, dit-elle à Jenny. Tu n'étais donc pas là lorsqu'il est rentré ?

— Daniel ? » Elle s'était jetée à quatre pattes pour attraper sa petite chienne tapie sous un fauteuil. Elle n'en finissait pas de se relever. « Non, dit-elle enfin, je ne l'ai pas vu. » Elle saisit Puce à pleins bras, et s'enfuit en gambadant vers sa chambre, couvrant l'animal de caresses.

À l'heure du déjeuner, elle revint :

« J'ai mal à la tête. Je n'ai pas faim. Je voudrais m'étendre dans le noir. »

Mme de Fontanin la mit au lit et tira les rideaux. Jenny s'enfouit sous les couvertures. Impossible de dormir. Les heures passaient. Plusieurs fois dans la journée, Mme de Fontanin vint appuyer sa main fraîche sur le front de l'enfant. Vers le soir, défaillant de tendresse et d'anxiété, la petite s'empara de cette main, et l'embrassa sans pouvoir retenir ses larmes.

« Tu es énervée, ma chérie... Tu dois avoir un peu de fièvre. »

Sept heures, puis huit heures sonnèrent. Mme de Fontanin attendait son fils pour se mettre à table. Jamais Daniel ne manquait un repas sans prévenir, jamais surtout il n'eût laissé sa mère et sa sœur dîner seules un dimanche. Mme de Fontanin s'accouda au balcon. Le soir était doux. De rares passants suivaient l'avenue de l'Observatoire. L'ombre s'épaississait entre les touffes des arbres. Plusieurs fois elle crut reconnaître Daniel à sa démarche, dans la lueur des réverbères. Le tambour battit dans le jardin du Luxembourg. On ferma les grilles. La nuit était venue.

Elle mit son chapeau et courut chez les Bertier : ils étaient à la campagne depuis la veille. Daniel avait menti !

Mme de Fontanin avait l'expérience de ces mensonges-là ; mais de Daniel, son Daniel, un mensonge, le premier ! À quatorze ans, déjà ?

Jenny ne dormait pas ; elle guettait les bruits ; elle appela sa mère :

« Daniel ?

— Il est couché. Il a cru que tu dormais, il n'a pas voulu te réveiller. » Sa voix était naturelle ; à quoi bon effrayer l'enfant ?

Il était tard. Mme de Fontanin s'installa dans un fauteuil, après avoir entrouvert la porte du couloir afin d'entendre l'enfant rentrer.

La nuit entière passa ; le jour vint.

Vers sept heures la chienne se dressa en grondant. On avait sonné. Mme de Fontanin s'élança dans le vestibule ; elle voulait ouvrir elle-même. Mais c'était un jeune homme barbu qu'elle ne connaissait pas... Un accident ?

Antoine se nomma ; il demandait à voir Daniel avant que celui-ci ne partît pour le lycée.

« C'est que, justement... mon fils n'est pas visible ce matin. »

Antoine eut un geste étonné :

« Pardonnez-moi si j'insiste, Madame... Mon frère, qui est un grand ami de votre fils, a disparu depuis hier, et nous sommes affreusement inquiets.

— Disparu ? »

Sa main se crispa sur la mantille blanche dont elle avait voilé ses cheveux. Elle ouvrit la porte du salon ; Antoine la suivit.

« Daniel non plus n'est pas rentré hier soir, Monsieur. Et je suis inquiète, moi aussi. » Elle avait baissé la tête ; elle la releva presque aussitôt : « D'autant plus qu'en ce moment mon mari est absent de Paris », ajouta-t-elle.

La physionomie de cette femme respirait une simplicité, une franchise, qu'Antoine n'avait jamais rencontrées ailleurs. Surprise ainsi, après une nuit de veille et dans le désarroi de son angoisse, elle offrait au regard du jeune homme un visage nu, où les sentiments se succédaient comme des tons purs. Ils se regardèrent quelques secondes, sans bien se voir. Chacun d'eux suivait les rebondissements de sa pensée.

Antoine avait sauté du lit avec un entrain de policier. Il ne prenait pas au tragique l'escapade de Jacques, et sa curiosité seule était en action : il venait cuisiner *l'autre*, le petit complice. Mais voici que l'affaire se corsait, encore une fois. Il en éprouvait plutôt du plaisir. Dès qu'il était ainsi surpris par l'événement, son regard devenait fatal, et, sous la barbe carrée, la mâchoire, la forte mâchoire des Thibault, se serrait à bloc.

« À quelle heure votre fils est-il parti hier matin ? demanda-t-il.

— De bonne heure. Mais il est revenu, un peu plus tard...

— Ah ! Entre dix heures et demie et onze heures ?

— À peu près.

— Comme Jacques ! Ils sont partis ensemble », conclut-il sur un ton net, presque joyeux.

Mais à ce moment, la porte, demeurée entrouverte, céda, et un corps d'enfant, en chemise, vint s'abattre sur le tapis. Mme de Fontanin poussa un cri. Antoine avait déjà relevé la fillette évanouie, et la soulevait dans ses bras ; guidé par Mme de Fontanin, il la porta jusqu'à sa chambre, sur son lit.

« Laissez, Madame, je suis médecin. De l'eau fraîche. Avez-vous de l'éther ? »

Bientôt Jenny revint à elle. Sa mère lui sourit ; mais les yeux de la fillette restaient durs.

« Ce n'est plus rien, dit Antoine. Il faudrait la faire dormir.

— Tu entends, ma chérie », murmura Mme de Fontanin ; et sa main, posée sur le front moite de l'enfant, glissa jusqu'aux paupières, et les tint abaissées.

Ils étaient debout, de chaque côté du lit, et ne bougeaient pas. L'éther volatilisé embaumait la chambre. Le regard d'Antoine, d'abord fixé sur la main gracieuse et sur le bras tendu, examina discrètement Mme de Fontanin. La dentelle qui l'enveloppait était tombée ; ses cheveux étaient blonds, mais rayés déjà de mèches grises ; elle devait avoir une quarantaine d'années, bien que l'allure, la mobilité de l'expression, fussent d'une jeune femme.

Jenny paraissait s'endormir. La main, posée sur

les yeux de l'enfant, se retira, avec une légèreté d'aile. Ils quittèrent la chambre sur la pointe des pieds, laissant les portes entrebâillées. Mme de Fontanin marchait la première ; elle se retourna :

« Merci », dit-elle, en tendant ses deux mains. Le geste était si spontané, si masculin, qu'Antoine prit ces mains et les serra, sans oser y porter les lèvres.

« Cette petite est tellement nerveuse, expliqua-t-elle. Elle a dû entendre aboyer Puce, croire que c'était son frère, accourir. Elle n'est pas bien depuis hier matin, elle a eu la fièvre toute la nuit. »

Ils s'assirent. Mme de Fontanin tira de son corsage le mot griffonné la veille par son fils et le remit à Antoine. Elle le regardait lire. Dans ses rapports avec les êtres, elle se laissait toujours guider par son instinct : et dès les premières minutes, elle s'était sentie en confiance auprès d'Antoine. « Avec ce front-là, songeait-elle, un homme est incapable de bassesse. » Il portait les cheveux relevés et la barbe assez fournie sur les joues, de sorte qu'entre ces deux masses sombres, d'un roux presque brun, les yeux encaissés, et le rectangle blanc du front, formaient tout son visage. Il replia la lettre et la lui rendit. Il semblait réfléchir à ce qu'il venait de lire ; en réalité, il cherchait le moyen de dire certaines choses.

« Pour moi, insinua-t-il, je crois qu'il faut établir un lien entre leur fugue et ce fait : que justement leur amitié... leur liaison... venait d'être découverte par leurs professeurs.

— Découverte ? »

— Mais oui. On venait de trouver leur correspondance, dans un cahier spécial.

— Leur correspondance ?

— Ils s'écrivaient pendant les classes. Et des lettres d'un ton tout à fait particulier, à ce qu'il paraît. » Il cessa de la regarder : « Au point que les deux coupables avaient été menacés de renvoi.

— Coupables ? Je vous avoue que je ne vois pas bien... Coupables de quoi ? De s'écrire ?

— Le ton des lettres, à ce qu'il paraît, était très...

— Le ton des lettres ? » Elle ne comprenait pas. Mais elle avait trop de sensibilité pour ne pas avoir remarqué depuis un instant la gêne croissante d'Antoine ; et soudain, elle secoua la tête :

« Tout ceci est hors de question, Monsieur », déclara-t-elle d'une voix forcée, un peu frémissante. Il sembla qu'une distance se fût brusquement établie entre eux. Elle se leva : « Que votre frère et mon fils aient combiné ensemble je ne sais quelle escapade, c'est possible ; quoique Daniel n'ait jamais prononcé devant moi ce nom de... ?

— Thibault.

— Thibault ? répéta-t-elle avec surprise, sans achever sa phrase. Tiens, c'est étrange : ma fille, cette nuit, dans un cauchemar, a prononcé distinctement ce nom-là.

— Elle a pu entendre son frère parler de son ami.

— Non, je vous dis que jamais Daniel...

— Comment aurait-elle su ?

— Oh ! fit-elle, ces phénomènes occultes sont si fréquents !

— Quels phénomènes ? »

Elle était debout ; sa physionomie était sérieuse et distraite :

« La transmission de la pensée. »

L'explication, l'accent, étaient si nouveaux pour lui, qu'Antoine la regarda curieusement. Le visage de Mme de Fontanin n'était pas seulement grave, mais illuminé, et sur ses lèvres errait le demi-sourire d'une croyante qui, en ces matières, est habituée à braver le scepticisme d'autrui.

Il y eut un silence. Antoine venait d'avoir une idée ; l'entrain du policier se réveillait :

« Permettez, Madame : vous me dites que votre fille a prononcé le nom de mon frère ? Et qu'elle a eu toute la journée d'hier une fièvre inexplicable ? N'aurait-elle pas reçu des confidences de votre fils ?

— Ce soupçon tomberait de lui-même, Monsieur, répondit Mme de Fontanin avec une expression indulgente, si vous connaissiez mes enfants et la façon dont ils sont avec moi. Jamais ils n'ont eu, ni l'un ni l'autre, rien de caché pour... » Elle se tut : elle venait d'être frappée au vif par le démenti que lui donnait la conduite de Daniel. « D'ailleurs, reprit-elle aussitôt, avec un peu de hauteur, et en s'avançant vers la porte, si Jenny ne dort pas, questionnez-la. »

La fillette avait les yeux ouverts. Son visage fin se détachait sur l'oreiller ; les pommettes étaient fiévreuses. Elle serrait dans ses bras la petite chienne, dont le museau noir dépassait drôlement le bord des draps.

« Jenny, c'est M. Thibault, tu sais, le frère d'un ami de Daniel. »

L'enfant jeta sur l'étranger un coup d'œil avide, puis méfiant.

Antoine, s'approchant du lit, avait pris le poignet de la fillette et tirait sa montre.

« Encore trop rapide », déclara-t-il. Il l'ausculta. Il mettait à ces gestes professionnels une gravité satisfaite.

« Quel âge a-t-elle ?

— Treize ans bientôt.

— Vraiment ? Je n'aurais pas cru. Par principe, il faut toujours surveiller ces mouvements de fièvre. Sans s'inquiéter, d'ailleurs », fit-il en regardant l'enfant, et il sourit. Puis, s'écartant du lit, il prit un autre ton :

« Est-ce que vous connaissez mon frère, Mademoiselle ? Jacques Thibault ? »

Elle fronça les sourcils et fit signe que non.

« Bien vrai ? Le grand frère ne vous parle jamais de son meilleur ami ?

— Jamais, dit-elle.

— Pourtant, insista Mme de Fontanin, cette nuit, rappelle-toi, quand je t'ai éveillée, tu rêvais qu'on poursuivait sur une route Daniel et son ami Thibault. Tu as dit Thibault, très distinctement. »

L'enfant sembla chercher. Elle dit enfin :

« Je ne connais pas ce nom-là.

— Mademoiselle, reprit Antoine après un silence, je venais demander à votre maman un détail dont elle ne se souvient pas, et qui est indispensable pour retrouver votre frère : comment était-il habillé ?

— Je ne sais pas.

— Vous ne l'avez donc pas vu hier matin ?

— Si. Au petit déjeuner. Mais il n'était pas habillé encore. » Elle se tourna vers sa mère : « Tu n'as qu'à regarder dans son armoire quels sont les vêtements qui manquent !

— Autre chose, Mademoiselle, et qui a une grande importance : est-ce à 9 heures, à 10 heures ou à 11 heures, que votre frère est revenu pour poser la lettre ? Votre maman n'était pas là, et ne peut préciser.

— Je ne sais pas. »

Il crut distinguer un peu d'irritation dans le ton de Jenny.

« Alors, fit-il avec un geste découragé, nous allons avoir du mal à retrouver sa trace !

— Attendez, dit-elle, levant le bras pour le retenir. C'était à onze heures moins dix.

— Exactement ? Vous en êtes sûre ?

— Oui.

— Vous avez regardé la pendule pendant qu'il était avec vous ?

— Non. Mais, à cette heure-là, j'ai été à la cuisine chercher de la mie de pain pour dessiner ; alors, s'il était venu avant, ou bien s'il était venu après, j'aurais entendu la porte et j'aurais été voir.

— Ah ! c'est juste. » Il réfléchit un instant. À quoi bon la fatiguer davantage ? Il s'était trompé, elle ne savait rien. « Maintenant, reprit-il, redevenu médecin, il faut rester au chaud, fermer les yeux, dormir. » Il ramena la couverture sur le petit bras découvert, et sourit : « Un bon somme : quand on se réveillera, on sera guérie, et le grand frère sera revenu ! »

Elle le regarda. Jamais il ne put oublier ce qu'il lut à ce moment-là dans ce regard : une si totale indifférence pour tout encouragement, une vie intérieure déjà si intense, une telle détresse dans une telle solitude, qu'involontairement troublé, il baissa les yeux.

« Vous aviez raison, Madame, fit-il, dès qu'ils furent revenus au salon. Cette enfant est l'innocence même. Elle souffre terriblement ; mais elle ne sait rien.

— Elle est l'innocence même, répéta Mme de Fontanin, rêveuse. Mais elle sait.

— Elle sait ?

— Elle sait.

— Comment ? Ses réponses, au contraire...

— Oui, ses réponses..., reprit-elle avec lenteur. Mais j'étais près d'elle... j'ai senti... Je ne sais comment expliquer... » Elle s'assit et se releva presque aussitôt. Son visage était tourmenté. « Elle sait, elle sait, maintenant j'en suis sûre ! s'écria-t-elle soudain. Et je sens aussi qu'elle mourrait plutôt que de laisser échapper son secret. »

Après le départ d'Antoine, avant d'aller, sur son conseil, questionner M. Quillard, le censeur du lycée, Mme de Fontanin, cédant à sa curiosité, ouvrit le *Tout-Paris* :

— THIBAULT (Oscar-Marie). — Chev. Lég. d'hon. — *Ancien député de l'Eure. — Vice-président de la Ligue morale de Puériculture. — Fondateur et Directeur de l'Œuvre de Préservation sociale. — Trésorier du Syndicat des œuvres catholiques du Diocèse de Paris. — 4 bis, rue de l'Université (VIIe arr.).*

III

Lorsque, deux heures plus tard, après sa visite au cabinet du censeur, dont elle s'échappa sans répondre et le feu au visage, Mme de Fontanin, ne sachant à qui demander appui, songea à venir trouver M. Thibault, un secret instinct lui conseilla de s'abstenir. Mais elle passa outre, comme elle faisait parfois, poussée par un goût du risque et un esprit de décision qu'elle confondait avec le courage.

Chez les Thibault, l'on tenait un véritable conseil de famille. L'abbé Binot était accouru de bonne heure rue de l'Université devançant de peu M. l'abbé Vécard, secrétaire particulier de Mgr l'Archevêque de Paris, directeur spirituel de M. Thibault et grand ami de la maison, qui venait d'être averti par téléphone.

M. Thibault, assis à son bureau, semblait présider un tribunal. Il avait mal dormi, et son teint albumineux était plus blanchâtre que de coutume, M. Chasle, son secrétaire, un nain à poil gris et à lunettes, avait pris place à sa gauche. Antoine, pensif, était resté debout, appuyé à la bibliothèque. Mademoiselle elle-même avait été convoquée, bien que ce fût l'heure domestique : les épaules gainées de mérinos noir, attentive et muette, elle se tenait penchée sur le bord de sa chaise ; ses bandeaux gris collaient à son front jaune, et ses prunelles de biche ne cessaient de courir d'un prêtre à l'autre. On avait installé ces messieurs de chaque côté de la cheminée, dans des fauteuils à dossiers hauts.

Après avoir exposé les résultats de l'enquête d'Antoine, M. Thibault se lamentait sur la situation. Il jouissait de sentir l'approbation de son entourage, et les mots qu'il trouvait pour peindre son inquiétude lui remuaient le cœur. Cependant la présence de son confesseur l'inclinait à refaire son examen de conscience : avait-il rempli tous ses devoirs paternels envers le malheureux enfant ? Il ne savait que répondre. Sa pensée dévia : sans ce petit parpaillot rien ne fût arrivé !

« Des voyous comme ce Fontanin, gronda-t-il, en se levant, est-ce que ça ne devrait pas être enfermé dans des maisons spéciales ? Est-ce qu'il est admissible que nos enfants soient exposés à de semblables contagions ? » Les mains au dos, les paupières closes, il allait et venait derrière son bureau. La pensée du Congrès manqué, quoiqu'il n'en parlât pas, entretenait sa rancune. « Voilà plus de vingt ans que je me dévoue à ces problèmes de la criminalité enfantine ! Vingt ans que je lutte par des ligues de préservation, des brochures, des rapports à tous les congrès ! Mieux que ça ! reprit-il, en faisant volte-face dans la direction des abbés : Est-ce que je n'ai pas créé, à ma colonie pénitentiaire de Crouy, un pavillon spécial, où les enfants vicieux, lorsqu'ils appartiennent à une autre classe sociale que nos pupilles, sont soumis à un traitement particulièrement attentif ? Eh bien, ce que je vais dire n'est pas croyable : ce pavillon est toujours vide ! Est-ce à moi d'obliger les parents à y enfermer leurs fils ? J'ai tout fait pour intéresser l'Instruction publique à notre initiative ! Mais, acheva-t-il, en haussant les épaules et en retombant sur son siège, est-ce que ces messieurs de l'école-sans-Dieu se soucient d'hygiène sociale ? »

C'est à ce moment que la femme de chambre lui tendit une carte de visite.

« Elle ici ? fit-il en se tournant vers son fils. Qu'est-ce qu'elle veut ? » demanda-t-il à la femme de chambre ; et, sans attendre la réponse : « Antoine, vas-y.

— Tu ne peux pas te dispenser de la recevoir », dit Antoine, après avoir jeté les yeux sur la carte.

M. Thibault fut sur le point de se fâcher. Mais il se maîtrisa aussitôt, et s'adressant aux deux prêtres :

« Mme de Fontanin ! Que faire, Messieurs ? Est-ce qu'on n'est pas tenu à des égards vis-à-vis d'une femme, quelle qu'elle soit ? Et celle-ci, n'est-elle pas mère, après tout ?

— Quoi ? mère ? » balbutia M. Chasle, mais d'une voix si basse qu'il ne s'adressait qu'à lui-même.

M. Thibault reprit :

« Faites entrer cette dame. »

Et lorsque la femme de chambre eut introduit la visiteuse, il se leva et s'inclina cérémonieusement.

Mme de Fontanin ne s'attendait pas à trouver tant de monde. Elle eut, sur le seuil, une imperceptible hésitation, puis fit un pas vers Mademoiselle ; celle-ci avait sauté de sa chaise et dévisageait la protestante avec des yeux effarés qui n'avaient plus rien de languide, et qui la firent ressembler, non plus à une biche, mais à une poule.

« Mme Thibault, sans doute ? murmura Mme de Fontanin.

— Non, Madame, se hâta de dire Antoine. Mlle de Waize, qui vit avec nous depuis quatorze ans — depuis la mort de ma mère — et qui nous a élevés, mon frère et moi. »

M. Thibault présenta les hommes.

« Je m'excuse de vous déranger, Monsieur, dit Mme de Fontanin, gênée par les regards dirigés sur elle, mais sans rien perdre de son aisance. Je venais voir si depuis ce matin... Nous sommes pareillement éprouvés, Monsieur, et j'ai pensé que le mieux était de... de réunir nos efforts. N'est-ce pas ? » ajouta-t-elle avec un demi-sourire affable et triste. Mais son regard honnête, qui quêtait celui de M. Thibault, ne rencontra qu'un masque d'aveugle.

Alors elle chercha Antoine des yeux ; et malgré l'insensible distance qu'avait mise entre eux la fin de leur précédent entretien, ce fut vers cette figure sombre et loyale que son impulsion la porta. Lui-même, depuis qu'elle était entrée, il avait senti qu'une sorte d'alliance existait entre eux. Il s'approcha d'elle :

« Et notre petite malade, Madame, comment va-t-elle ? »

M. Thibault lui coupa la parole. Sa fébrilité ne se trahissait que par des coups de tête qu'il donnait pour dégager son menton. Il tourna le buste vers Mme de Fontanin, et commença d'un ton appliqué :

« Ai-je besoin de vous dire, Madame, que nul mieux que moi ne peut comprendre votre inquiétude ? Comme je le disais à ces Messieurs, on ne peut songer à ces pauvres enfants sans avoir le cœur serré. Pourtant, Madame, je n'hésite pas à le dire : est-ce qu'une action commune serait bien souhaitable ? Certes, il faut agir ; il faut qu'on les retrouve ; mais est-ce qu'il ne vaudrait pas mieux que nos recherches fussent séparées ? Je veux dire : est-ce que nous ne devons pas craindre avant tout les indiscrétions des journalistes ? Ne soyez pas surprise si je vous tiens le langage d'un homme que sa situation oblige à certaines prudences, vis-à-vis de la presse, vis-à-vis de l'opinion... Pour moi ? Non, certes ! Je suis, Dieu merci, au-dessus des coassements de l'autre parti. Mais, à travers ma personne, mon nom, est-ce qu'on ne chercherait pas à atteindre les œuvres que je représente ? Et puis, je pense à mon fils. Est-ce que je ne dois pas éviter, à tout prix, que, dans une si délicate aventure, un autre nom soit prononcé à côté du nôtre ? Est-ce que mon premier devoir n'est pas de faire en sorte qu'on ne puisse pas un jour, lui jeter au visage certaines relations, — tout accidentelles, je sais bien, — mais d'un caractère, si je puis dire, éminemment... préjudiciable ? » Il conclut, s'adressant à l'abbé Vécard, et entrebâillant une seconde ses paupières : « Est-ce que vous n'êtes pas de cet avis, Messieurs ? »

Mme de Fontanin était devenue pâle. Elle regarda tour à tour les abbés, Mademoiselle, Antoine : elle se heurtait à des faces muettes. Elle s'écria :

« Oh ! je vois, Monsieur, que... » Mais sa gorge se serra ; elle reprit avec effort : « Je vois que les soupçons de M. Quillard... » Elle se tut de nouveau. « Ce M. Quillard est un pauvre homme, oui, un pauvre, un pauvre homme ! » s'écria-t-elle enfin, avec un sourire amer.

Le visage de M. Thibault demeurait impénétrable ; sa main molle se souleva vers l'abbé Binot, comme pour le prendre à témoin et lui donner la parole. L'abbé se jeta dans la bataille avec une joie de roquet bâtard.

« Nous nous permettrons de vous faire remarquer, Madame, que vous repoussez les pénibles constatations de M. Quillard, sans même connaître les charges qui pèsent sur Monsieur votre fils... »

Mme de Fontanin, après avoir toisé l'abbé Binot, cédant toujours à son instinct des êtres, s'était tournée vers l'abbé Vécard. Le regard qu'il fixait sur elle était d'une parfaite suavité. Son visage dormant, qu'allongeait un reste de cheveux, dressés en brosse autour de sa calvitie, accusait la cinquantaine. Sensible au muet appel de l'hérétique, il se hâta d'intervenir :

« Tout le monde ici, Madame, comprend combien cet entretien est douloureux pour vous. La confiance que vous avez en votre fils est infiniment touchante... Infiniment respectable... », ajouta-t-il ; et son index, par un tic qui lui était familier, se leva jusqu'à ses lèvres sans qu'il cessât de parler. « Mais cependant, Madame, les faits, hélas...

— Les faits, reprit l'abbé Binot avec plus d'onction, comme si son confrère lui eût donné le *la*, il faut bien le dire, Madame : les faits sont accablants.

— Je vous en prie, Monsieur », murmura Mme de Fontanin, en se détournant.

Mais l'abbé ne pouvait se retenir :

« D'ailleurs, voici la pièce à conviction, s'écria-t-il, laissant choir son chapeau et tirant de sa ceinture un cahier gris à tranches rouges. Jetez-y seulement les yeux, Madame : si cruel que cela soit de vous enlever toute illusion, nous estimons que cela est nécessaire, et que vous serez édifiée ! »

Il avait fait deux pas jusqu'à elle pour l'obliger à prendre le cahier. Mais elle se leva :

« Je n'en lirai pas une ligne, Messieurs. Pénétrer les secrets de cet enfant, en public, à son insu, sans seulement qu'il puisse s'expliquer ! Je ne l'ai pas habitué à être traité ainsi. »

L'abbé Binot restait debout, le bras tendu, un sourire vexé sur ses lèvres minces.

« Nous n'insistons pas », fit-il enfin, avec une intonation railleuse. Il posa le cahier sur le bureau, ramassa son chapeau, et fut se rasseoir. Antoine eut envie de le prendre par les épaules et de le mettre dehors. Son regard, qui trahissait son antipathie, se croisa, s'accorda une seconde avec celui de l'abbé Vécard.

Cependant Mme de Fontanin avait changé d'attitude : il y avait une expression de défi sur son front levé. Elle s'avança vers M. Thibault, qui n'avait pas quitté son fauteuil :

« Tout cela est hors de propos, Monsieur. Je suis seulement venue vous demander ce que vous comptez faire. Mon mari n'est pas à Paris en ce moment, je suis seule pour prendre ces décisions. Je voulais surtout vous dire : il me semble qu'il serait regrettable d'avoir recours à la police...

— La police ? repartit vivement M. Thibault, que l'irritation mit debout. Mais, Madame, est-ce que vous supposez qu'à l'heure actuelle toute la police des départements ne s'est pas déjà mise en campagne ? J'ai téléphoné moi-même ce matin au chef de cabinet du préfet pour que toutes les mesures soient prises, avec la plus grande discrétion... J'ai fait télégraphier à la mairie de Maisons-Laffitte, pour le cas où les fugitifs auraient eu l'idée de se cacher dans une région qu'ils connaissent bien l'un et l'autre. On a donné l'alarme aux compagnies de chemins de fer, aux postes-frontières, aux ports d'embarquement. Mais, Madame, — n'était l'esclandre que je veux éviter à tout prix — est-ce qu'il ne serait pas souhaitable pour l'amendement de ces vauriens, qu'on nous les ramenât menottes aux poignets, entre deux gendarmes ? Ne fût-ce que pour leur rappeler qu'il y a encore dans notre malheureux pays un semblant de justice pour soutenir l'autorité paternelle ? »

Mme de Fontanin salua, sans répondre, et se dirigea vers la porte. M. Thibault se ressaisit :

« Du moins, soyez sûre, Madame, que si nous recevons la moindre nouvelle, mon fils ira vous la porter aussitôt. »

Elle inclina légèrement la tête, puis sortit, accompagnée d'Antoine, et suivie par M. Thibault.

« La huguenote ! » ricana l'abbé Binot, dès qu'elle eut disparu.

L'abbé Vécard ne put réprimer un geste de reproche.

« Quoi ? La huguenote ? » balbutia M. Chasle en se reculant, comme s'il venait de poser le pied dans une flaque de la Saint-Barthélemy.

IV

Mme de Fontanin rentra chez elle. Jenny somnolait au fond de son lit ; elle souleva son visage fiévreux, questionna sa mère du regard et referma les yeux.

« Emmène Puce, le bruit me fait mal. »

Mme de Fontanin regagna sa chambre, et, prise de vertige, s'assit, sans même retirer ses gants. Est-ce que la fièvre la guettait, elle aussi ? Être calme, être forte, avoir confiance... Son front s'inclina pour prier. Lorsqu'elle se releva, son activité avait un but : atteindre son mari, le rappeler.

Elle traversa le vestibule, hésita devant une porte fermée, et l'ouvrit. La pièce était fraîche, inhabitée ; il y traînait un arôme acidulé de verveine, de citronnelle, une odeur de toilette, à demi évaporée. Elle écarta les rideaux. Un bureau occupait le centre de la chambre ; une fine poussière couvrait le sous-main ; mais aucun papier ne traînait, aucune adresse, aucun indice. Les clefs étaient aux meubles. Celui qui habitait là n'était guère méfiant. Elle tira le tiroir du bureau : un amas de lettres, quelques photographies, un éventail, et, dans un angle, en tapon, un humble gant de filoselle noire... Sa main s'est brusquement raidie sur le bord de la table. Un souvenir l'assaille, son attention lui échappe, et son regard se fixe au loin... Il y a deux ans comme elle passait, un soir d'été, en tramway, sur les quais, elle avait cru voir —elle s'était dressée — elle avait reconnu Jérôme, son mari, auprès d'une femme, oui, penché vers une jeune femme qui pleurait sur un banc ! Et cent fois depuis, sa cruelle imagination, travaillant autour de cette vision d'une seconde, s'était plu à en recomposer les détails : la douleur vulgaire de la femme, dont le chapeau chavirait, et qui tirait hâtivement de son jupon un gros mouchoir blanc ; la contenance de Jérôme, surtout ! Ah ! comme elle était sûre d'avoir deviné, d'après l'attitude de son mari, tous les sentiments dont il était agité, ce soir-là ! Un peu de compassion, sans doute, car elle le savait faible et facile à émouvoir ; de l'agacement aussi, d'être en pleine rue l'objet de ce scandale ; de la cruauté, enfin ! Oui ! Dans sa posture à demi penchée mais sans abandon, elle était certaine d'avoir surpris le calcul égoïste de l'amant qui en a assez, que sans doute d'autres caprices sollicitent déjà, et qui, en dépit de sa pitié, en dépit d'une honte secrète, a formé le dessein de mettre à profit ces larmes, pour consommer sur-le-champ la rupture ! Tout cela lui était clairement apparu en un instant, et chaque fois que cette obsession prenait de nouveau possession d'elle, un même vertige la faisait défaillir.

Très vite, elle quitta la chambre et ferma la porte à double tour.

Une idée précise lui était venue : cette bonne, cette petite Mariette, qu'il avait fallu renvoyer il y a six mois... Mme de Fontanin connaissait l'adresse de sa nouvelle place. Elle réprima sa répugnance et, sans balancer davantage, s'y rendit.

La cuisine était au quatrième étage d'un escalier de service. C'était l'heure fade de la vaisselle. Mariette lui ouvrit : une blondine, des cheveux follets, deux prunelles sans défense, une enfant. Elle était seule; elle rougit, mais ses yeux s'éclairèrent :

« Que je suis aise de revoir Madame! Et Mlle Jenny, elle grandit toujours ? »

Mme de Fontanin hésitait. Son sourire était douloureux.

« Mariette... donnez-moi l'adresse de Monsieur. »

La jeune fille devint pourpre; ses yeux, où montaient des larmes, restaient grands ouverts. L'adresse? Elle secoua la tête, elle ne savait pas; c'est-à-dire elle ne savait plus : Monsieur n'habitait pas dans l'hôtel où... Et puis, Monsieur l'avait quittée presque tout de suite.

Mme de Fontanin avait baissé les yeux et reculait vers la porte, pour se soustraire à ce qu'elle eût pu entendre encore. Il y eut un court silence; et comme l'eau de la bassine s'échappait en grésillant sur le fourneau, Mme de Fontanin fit un geste machinal :

« Votre eau bout », murmura-t-elle. Puis, reculant toujours, elle ajouta : « Êtes-vous au moins heureuse, ici, mon enfant ? »

Mariette ne répondit pas; mais lorsque Mme de

Fontanin, relevant la tête, croisa son regard, elle y vit poindre quelque chose d'animal : ses lèvres d'enfant, entrouvertes, découvraient les dents. Après une hésitation qui parut interminable à toutes deux, la petite balbutia :

« Si qu'on demanderait à... Mme Petit-Dutreuil ? »

Mme de Fontanin ne l'entendit pas fondre en larmes. Elle redescendait l'escalier comme on fuit un incendie. Ce nom expliquait tout à coup cent coïncidences à peine remarquées, oubliées à mesure, et qui soudain prenaient un sens.

Un fiacre passait, vide ; elle s'y jeta pour rentrer plus vite. Mais, au moment de donner son adresse, un désir irrésistible s'empara d'elle. Elle crut obéir au souffle de l'Esprit.

« Rue de Monceau », cria-t-elle.

Un quart d'heure après, elle sonnait à la porte de sa cousine Noémie Petit-Dutreuil.

Ce fut une fillette d'une quinzaine d'années, blonde et fraîche, avec de larges yeux accueillants, qui lui ouvrit.

« Bonjour, Nicole ; ta maman est là ? »

Elle sentit peser sur elle le regard étonné de l'enfant :

« Je vais l'appeler, tante Thérèse ! »

Mme de Fontanin resta seule dans le vestibule. Son cœur battait si fort qu'elle y avait appuyé sa main et n'osait plus la retirer. Elle s'obligea à regarder autour d'elle avec calme. La porte du salon était ouverte ; le soleil faisait chatoyer les couleurs des tentures, des tapis ; la pièce avait l'aspect négligé et coquet d'une garçonnière. « On disait que son divorce l'avait laissée sans ressources », songea Mme de Fontanin. Et cette pensée lui rappela que son mari ne lui avait pas remis d'argent depuis deux mois, qu'elle ne savait plus comment faire face aux dépenses de la maison : l'idée l'effleura que peut-être ce luxe de Noémie...

Nicole ne revenait pas. Le silence s'était fait dans l'appartement. Mme de Fontanin, de plus en plus oppressée, entra dans le salon pour s'asseoir. Le piano était ouvert ; un journal de mode était déployé sur le divan ; des cigarettes traînaient sur une table basse ; une botte d'œillets rouges emplissaient une coupe. Dès le premier coup d'œil, son malaise s'accrut. Pourquoi donc ?

Ah ! c'est qu'*il* était ici, présent dans chaque détail ! C'est lui qui avait poussé le piano en biais devant la fenêtre, comme chez elle ! C'est lui sans doute qui l'avait laissé ouvert ; ou, si ce n'était lui, c'était pour lui que la musique s'effeuillait en désordre ! C'est lui qui avait voulu ce large divan bas, ces cigarettes à portée de la main ! Et c'était lui qu'elle voyait là, allongé parmi les coussins, avec son air nonchalant et soigné, le regard gai coulant entre les cils, le bras abandonné, une cigarette entre les doigts !

Un glissement sur le tapis la fit tressaillir : Noémie parut, dans un peignoir à dentelles, le bras posé sur l'épaule de sa fille. C'était une femme de trente-cinq ans, brune, grande, un peu grasse.

« Bonjour, Thérèse ; excuse-moi, j'ai depuis ce matin une migraine à ne pas tenir debout. Baisse les stores, Nicole. »

L'éclat de ses yeux, de son teint, la démentait. Et sa volubilité trahissait la gêne que lui causait cette visite, gêne qui devint une inquiétude, lorsque tante Thérèse, se tournant vers l'enfant, dit avec douceur :

« J'ai besoin de causer avec ta maman, ma mignonne ; veux-tu nous laisser un instant ?

— Allons, va travailler dans ta chambre, va ! » s'écria Noémie. Puis, adressant à sa cousine un rire excessif : « C'est insupportable, à cet âge-là, ça commence à vouloir venir minauder au salon ! Est-ce que Jenny est comme ça ? Je dois dire que j'étais toute pareille, te souviens-tu ? Ça désespérait maman. »

Mme de Fontanin était venue pour obtenir l'adresse dont elle avait besoin. Mais, depuis son arrivée, la présence de Jérôme s'était si fort imposée à elle, l'outrage était si flagrant, la vue de Noémie, sa beauté épanouie et vulgaire lui avaient paru si offensantes, que, cédant encore une fois à son impulsion, elle avait pris une résolution insensée.

« Mais assieds-toi donc, Thérèse », dit Noémie.

Au lieu de s'asseoir, Thérèse s'avança vers sa cousine et lui tendit la main. Rien de théâtral dans son geste, tant il fut spontané, tant il resta digne.

« Noémie..., dit-elle ; et tout d'un trait : Rends-moi mon mari. » Le sourire mondain de Mme Petit-Dutreuil se figea. Mme de Fontanin tenait toujours sa main : « Ne réponds rien. Je ne te fais pas de reproche : c'est lui, sans doute... Je sais bien comment il est... » Elle s'interrompit une seconde ; le souffle lui manquait. Noémie n'en profita pas pour se défendre, et Mme de Fontanin lui fut reconnaissante de ce silence, non qu'il fût un aveu, mais parce qu'il prouvait qu'elle n'était pas assez rouée pour parer sur-le-champ un coup si brusque. « Écoute-moi, Noémie. Nos enfants grandissent, Daniel a quatorze ans passés. L'exemple peut être funeste, le mal est si contagieux ! Il ne faut pas que ça dure, n'est-ce pas ? Bientôt je ne serai plus seule à voir... et à souffrir. » Sa voix essoufflée devint suppliante : « Rends-le-nous maintenant, Noémie.

— Mais, Thérèse je t'assure... Tu es folle ! » La

jeune femme se ressaisissait ; ses yeux devinrent rageurs, ses lèvres se pincèrent : « Oui, vraiment, es-tu folle, Thérèse ? Et moi qui te laisse parler, tant je suis abasourdie ! Tu as rêvé ! Ou bien on t'a monté la tête, des potins ! Explique-toi ! »

Sans répondre, Mme de Fontanin enveloppa sa cousine d'un regard profond, presque tendre, qui semblait dire : « Pauvre âme retardée ! Tu es tout de même meilleure que ta vie ! » Mais soudain ce regard glissa jusqu'à la saillie de l'épaule, dont la chair nue, fraîche et grasse, palpitait sous les mailles de la dentelle comme un animal pris dans un filet : l'image qui surgit à ses yeux fut si précise qu'elle ferma les yeux ; une expression de haine, puis de souffrance, passa sur son visage. Alors elle dit pour en finir, comme si son courage l'eût abandonnée :

« Je me suis trompée, peut-être... Donne-moi seulement son adresse. Ou plutôt, non, je ne demande pas que tu me dises où il est, mais préviens-le, préviens-le seulement qu'il faut que je le voie... »

Noémie redressa le buste :

— « Le prévenir ? Est-ce que je sais où il est, moi ? » Elle était devenue très rouge. « Et puis, est-ce bientôt fini, toutes ces clabauderies ? Jérôme vient me voir quelquefois ! Après ? On ne s'en cache pas ! Entre cousins ! La belle affaire ! » Son instinct lui souffla les mots qui blessent : « Il sera content quand je lui raconterai que tu es venue faire ici tout ce charivari ! »

Mme de Fontanin s'était reculée.

« Tu parles comme une fille !

— Ah ! Eh bien, veux-tu que je te dise ? riposta Noémie. Quand une femme perd son mari, c'est sa faute ! Si Jérôme avait trouvé dans ta société ce qu'il demande sans doute ailleurs, tu n'aurais pas à courir après lui, ma belle ! »

« Est-ce que cela pourrait être vrai ? » ne put s'empêcher de penser Mme de Fontanin. Elle était à bout de forces. Elle eut la tentation de fuir ; mais elle eut peur de se retrouver seule, sans adresse, sans aucun moyen de rappeler Jérôme. Son regard s'adoucit de nouveau :

« Noémie, oublie ce que je t'ai dit, écoute-moi : Jenny est malade, elle a la fièvre depuis deux jours. Je suis seule. Tu es mère, tu dois savoir ce que c'est que d'attendre auprès d'une enfant qui commence une maladie... Voilà trois semaines que Jérôme n'a pas reparu, pas une seule fois ! Où est-il ? Que fait-il ? Il faut qu'il sache que sa fille est malade, il faut qu'il revienne ! Dis-le-lui ! » Noémie secouait la tête avec un entêtement cruel. « Oh ! Noémie, ce n'est tout de même pas possible que tu sois devenue si mauvaise ! Écoute, je vais te dire le reste. Jenny est souffrante, c'est vrai, et je suis bien tourmentée ; mais ce n'est pas le plus grave. » Sa voix s'humilia davantage. « Daniel m'a quittée : il a disparu.

— Disparu ?

— Il y aurait des recherches à faire. Je ne peux pas rester seule à un moment pareil... avec une enfant malade... N'est-ce pas ? Noémie, dis-lui seulement qu'il vienne ! »

Mme de Fontanin crut que la jeune femme allait céder : son regard était compatissant ; mais elle fit un demi-tour et s'écria, en levant les bras :

« Mon Dieu, qu'est-ce que tu veux que j'y fasse ! Puisque je te dis que je ne peux rien faire pour toi ! » Et comme Mme de Fontanin se taisait, révoltée, elle se retourna d'un coup, le visage enflammé : « Tu ne me crois pas, Thérèse, non ? Tant pis, alors tu sauras tout ! Il m'a trompée encore une fois, comprends-tu ? Il a filé, je ne sais pas où — filé avec une autre ! Là ! Me crois-tu maintenant ? »

Mme de Fontanin était devenue blême. Elle répéta machinalement :

« Filé ? »

La jeune femme s'était jetée sur le divan et sanglotait, la tête dans les coussins.

« Ah ! si tu savais ce qu'il a pu me faire souffrir ! J'ai trop souvent pardonné, il croit que je pardonnerai toujours ! Mais non, jamais plus ! Il m'a fait la pire avanie ! Devant moi, chez moi, il a séduit un avorton que j'avais ici, une bonniche de dix-neuf ans ! Elle a décampé, voilà quinze jours, avec ses frusques, à l'anglaise ! Et lui, il l'attendait en bas dans une voiture ! Oui, hurla-t-elle en se redressant, dans ma rue, à ma porte, en plein jour, devant tout le monde — pour une bonne ! Crois-tu ? »

Mme de Fontanin s'était appuyée au piano afin de pouvoir rester debout. Elle regardait Noémie sans la voir. Devant ses yeux, des visions passaient : elle revit Mariette, quelques mois plus tôt, les petits signes, les frôlements dans le couloir, les montées furtives au sixième, jusqu'au jour où il avait bien fallu avoir vu, et renvoyer la petite, qui suffoquait de désespoir et demandait pardon à Madame ; elle revit, sur le banc du quai, cette femme qui s'essuyait les yeux, la petite ouvrière en noir ; puis elle aperçut enfin, là, tout près, Noémie, et elle se détourna. Mais son regard revenait, malgré elle, au corps de cette belle fille tombée en travers du divan, à cette épaule nue, secouée par les hoquets, et dont la chair gonflait la dentelle. Une image s'imposait, intolérable.

Cependant la voix de Noémie lui parvenait, par éclats :

« Ah ! c'est fini ! fini ! Il peut revenir, il peut se traîner à genoux, je ne le regarderai même pas ! Je le hais, je le méprise. Je l'ai surpris cent fois à mentir sans aucun motif, par jeu, par pur plaisir, par instinct ! Il ment dès qu'il parle ! C'est un menteur !

— Tu n'es pas juste, Noémie ! »

La jeune femme se releva d'un bond :

« C'est toi qui le défends ? Toi ? »

Mais Mme de Fontanin s'était reprise ; elle dit seulement, sur un autre ton :

« Tu n'as pas l'adresse de cette... ? »

Noémie réfléchit une seconde, puis se pencha familièrement :

« Non. Mais la concierge, des fois... »

Thérèse l'interrompit d'un geste et gagna la porte. La jeune femme, par contenance, cachait son visage au milieu des coussins, et fit semblant de ne pas la voir partir.

Dans le vestibule, comme Mme de Fontanin soulevait la portière de l'entrée, elle se sentit saisie à pleins bras par Nicole, dont le visage était trempé de larmes. Elle n'eut pas le temps de lui dire un mot. L'enfant l'avait embrassée éperdument, et s'était enfuie.

La concierge ne demandait qu'à causer :

« Moi, je renvoie ses lettres à son pays d'origine en Bretagne, à Perros-Guirec ; ses parents font suivre sans doute. Si ça vous intéresse... », ajouta-t-elle en ouvrant un registre crasseux.

Avant de rentrer chez elle, Mme de Fontanin entra dans un bureau de poste, prit une feuillc de télégramme, et écrivit :

Victorine Le Gad. Place de l'Église, Perros-Guirec (Côtes-du-Nord).

Veuillez dire à M. de Fontanin que son fils Daniel a disparu depuis dimanche.

Puis elle demanda une carte-lettre :

Monsieur le Pasteur Gregory,
Christian Scientist Society,
2 bis, boulevard Bineau,
Neuilly-sur-Seine.

Cher James,

Depuis deux jours Daniel est parti, sans dire où, sans donner de nouvelles ; je suis rongée d'inquiétude. De plus, ma Jenny est malade, une grosse fièvre que rien n'explique encore. Et je ne sais où retrouver Jérôme pour le prévenir.

Je suis bien seule, mon ami. Venez me voir.

Thérèse DE FONTANIN.

V

Le lendemain, mercredi, à six heures du soir, un homme grand, dégingandé, effroyablement maigre et sans âge déterminé, se présentait avenue de l'Observatoire.

« Peu probable que Madame reçoive, répondit le concierge. Les médecins sont là-haut. La petite demoiselle est perdue. »

Le pasteur grimpa l'escalier. La porte du palier était ouverte. Plusieurs pardessus d'hommes encombraient le vestibule. Une infirmière passa en courant.

« Je suis le pasteur Gregory. Qu'arrive-t-il ? Jenny souffre ? »

L'infirmière le regarda :

« Elle est perdue », murmura-t-elle ; et elle s'éclipsa.

Il tressaillit comme s'il eût été frappé au visage. L'atmosphère lui sembla s'être raréfiée tout à coup ; il étouffait. Il pénétra dans le salon et ouvrit les deux croisées.

Dix minutes passèrent. On allait et venait dans le couloir ; des portes battaient. Il y eut un bruit de voix : Mme de Fontanin parut, suivie de deux hommes âgés, vêtus de noir. Elle aperçut Gregory et s'élança vers lui :

« James ! Enfin ! Ah ! mon ami, ne m'abandonnez pas. »

Il bredouilla :

« Je suis seulement retourné de Londres aujourd'hui. »

Elle l'entraînait, laissant les deux consultants délibérer. Dans le vestibule, Antoine, en manches de chemise, se brossait les ongles dans une cuvette que l'infirmière lui tenait. Mme de Fontanin avait saisi les deux mains du pasteur. Elle était méconnaissable : ses joues étaient blanches et semblaient dépouillées de leur chair ; sa bouche ne cessait de trembler.

« Ah ! restez avec moi, James, ne me laissez pas seule ! Jenny est... »

Des gémissements s'échappaient du fond de l'appartement ; elle n'acheva pas, et s'enfuit vers la chambre.

Le pasteur s'approcha d'Antoine ; il ne dit rien, mais son regard anxieux l'interrogeait. Antoine secoua la tête.

« Elle est perdue.

— Oh ! pourquoi dire comme ça ? fit Gregory sur un ton de reproche.

— Mé-nin-gi-te », scanda Antoine, en levant la main vers son front. « Drôle de bonhomme », ajouta-t-il à part lui.

Le visage de Gregory était jaune et anguleux ; des mèches noires, ternes comme des cheveux morts, s'échevelaient autour d'un front exceptionnellement vertical, De chaque côté du nez, qui était long, tombant et congestionné, les yeux, tapis sous les sourcils, brillaient comme s'ils eussent été phosphorescents : très noirs, presque sans blanc, toujours humides et d'une mobilité surprenante, ils faisaient songer aux yeux de certains singes : ils en avaient la langueur et la dureté. Plus anormal encore était le bas du visage : un rire silencieux, un rictus qui n'exprimait aucun sentiment connu, tiraillait en tous sens le menton, dont la peau était sans poils, parcheminée et collée à l'os.

« Subit ? questionna le pasteur.

— La fièvre a commencé dimanche, mais les symptômes ne se sont affirmés qu'hier, mardi, dans la matinée. Il y a eu aussitôt consultation. On a tout fait. » Son regard devint songeur. « Nous verrons ce que vont dire ces messieurs ; mais pour moi, conclut-il, et son visage se contracta, pour moi, la pauvre enfant est per...

— Oh ! *don't* », interrompit le pasteur d'une voix rauque. Ses yeux étaient braqués sur ceux d'Antoine ; leur irritation s'accordait mal avec le rire étrange de la bouche. Comme si l'air fût devenu irrespirable, il avait porté à son col sa main de squelette, et il la tenait crispée sous son menton, pareille à une araignée de cauchemar.

Antoine enveloppa le pasteur d'un regard professionnel : « Asymétries frappantes, se dit-il ; et ce rire intérieur, cette grimace inexpressive de maniaque... »

« Daniel est-il revenu, je vous prie ? demanda Gregory cérémonieusement.

— Pas de nouvelles.

— Pauvre, pauvre dame ! » murmura-t-il avec une inflexion câline.

À ce moment, les deux docteurs sortirent du salon. Antoine s'avança.

« Elle est perdue », nasilla le plus âgé en posant la main sur l'épaule d'Antoine, qui se tourna aussitôt vers le pasteur.

L'infirmière, qui passait, s'approcha, et, baissant la voix :

« Vraiment, docteur, est-ce que vous la croyez... »

Cette fois, Gregory se détourna pour ne plus entendre le mot. La sensation d'étouffement lui devint intolérable. Par la porte entrouverte, il aperçut l'escalier : en quelques bonds il fut en bas, traversa l'avenue et se mit à courir devant lui sous les arbres, riant de son rire extravagant, les cheveux emmêlés, ses pattes de faucheux croisées sur la poitrine, aspirant à pleine gorge l'air du soir. « Damnés docteurs ! » grommelait-il. Il était attaché aux Fontanin comme à sa propre famille. Lorsqu'il avait débarqué à Paris, seize années auparavant, sans un penny en poche, c'est auprès du pasteur Perrier, le père de Thérèse, qu'il avait trouvé accueil et appui. Il ne l'avait jamais oublié. Plus tard, pendant la dernière maladie de son bienfaiteur, il avait tout quitté pour s'installer à son chevet, et le vieux pasteur était mort, une main dans celle de sa fille, et l'autre dans celles de Gregory, qu'il appelait son fils. Ce souvenir lui fut si douloureux en ce moment, qu'il fit volte-face et revint à grands pas. La voiture des médecins ne stationnait plus devant la maison. Il remonta rapidement.

Les portes étaient restées entrebâillées. Les gémissements le guidèrent jusqu'à la chambre. On avait tiré les rideaux ; l'ombre était pleine d'essoufflements et de plaintes. Mme de Fontanin, l'infirmière et la femme de ménage, courbées sur le lit, maintenaient à grand-peine le petit corps, qui se tendait et se détendait comme un poisson sur l'herbe.

Gregory demeura quelques instants muet, le menton dans la main, le visage hargneux. Enfin il se pencha vers Mme de Fontanin :

« Ils tueront votre petite fille !

— Quoi ? La tuer ? Comment ? balbutia-t-elle, cramponnée au bras de Jenny, qui lui échappait sans cesse.

— Si vous ne les chassez pas, reprit-il avec force, ils vont tuer votre enfant.

— Chasser qui ?

— Tout le monde. »

Elle le regardait, étourdie ; avait-elle bien entendu ? La face bilieuse de Gregory, tout près d'elle, était terrifiante.

Il avait happé au vol l'une des mains de Jenny, et, se baissant, il l'appela, d'une voix douce comme un chant :

« Jenny ! Jenny ! *Dearest !* Me connaissez-vous ? Me connaissez-vous ? »

Les prunelles égarées, fixées au plafond, virèrent lentement jusqu'au pasteur ; alors, s'inclinant davantage, il y coula son regard, si obstinément, si profondément, que l'enfant cessa soudain de gémir.

« Laissez ! » dit-il alors aux trois femmes. Et comme aucune n'obéissait, il reprit, sans bouger la tête, avec une autorité irrésistible : « Donnez son autre main. C'est bien. Et maintenant, laissez. »

Elles s'écartèrent. Il demeura seul, penché sur le lit, enfonçant dans les yeux mourants sa volonté magnétique. Les deux bras qu'il tenait battirent l'air un long moment, puis s'abaissèrent. Les jambes continuaient à se débattre ; elles s'allongèrent à leur tour. Les yeux, soumis enfin, se fermèrent. Gregory, toujours courbé, fit signe à Mme de Fontanin de venir près de lui :

« Voyez, grommela-t-il, elle se tait, elle est plus calme. Chassez-les, je dis, chassez ces *enfants de Bélial!* L'Erreur est seule dominante en eux ! L'Erreur tuera votre petit enfant ! » Il riait, du rire silencieux des voyants qui possèdent la vérité éternelle et pour qui le reste du monde est composé d'insanes. Sans déplacer son regard, rivé aux pupilles de Jenny, il baissa la voix :

« Femme, femme, *le Mal n'existe pas !* C'est vous qui le créez, c'est vous qui lui donnez la puissance mauvaise, parce que vous le craignez, parce que vous acceptez qu'il soit ! Voyez : aucun d'eux ici n'espère plus. Ils disent tous : "Elle est..." Vous-même, vous pensez, et tout à l'heure, vous avez presque prononcé : "Elle est..." ! *Éternel ! Mets un vigilant sur ma bouche, mets un vigilant sur la porte de mes lèvres !* Oh ! la pauvre petite chose, quand je suis apparu, elle n'avait plus autour d'elle que le vide, que le *Négatif !*

« Et moi je dis : Elle n'est pas malade ! s'écria-t-il avec une conviction si contagieuse, que les trois femmes en furent électrisées. Elle est en santé ! Mais qu'on me laisse ! »

Avec des précautions de prestidigitateur, il avait progressivement desserré les doigts et fait un petit saut en arrière, laissant libres les membres de l'enfant, qui s'étendirent, dociles, sur le lit.

« Bonne est la vie ! affirma-t-il d'une voix musicale. Bonne est toute substance ! Bonne est l'intelligence, et bonne est l'amour ! Toute santé est en Christ, et Christ est en nous ! »

Il se tourna vers la femme de chambre et vers l'infirmière, qui s'étaient reculées au fond de la pièce :

« Je vous prie, quittez, laissez-moi.

— Allez », dit Mme de Fontanin. Mais Gregory s'était redressé de toute sa hauteur, et son bras tendu jetait l'anathème sur la table où traînaient les ampoules, les compresses, le seau de glace pilée :

« Emportez tout ! » ordonna-t-il.

Les femmes obéirent.

Lorsqu'il fut seul avec Mme de Fontanin :

« Maintenant, *open the window !* cria-t-il gaiement, ouvrez toute grande, *dear !* »

Le souffle frais qui faisait bruire les feuillages de l'avenue, sembla venir attaquer l'air vicié de la chambre, le prendre par-dessous, le rouler en volutes, le chasser dehors, et sa caresse atteignit le visage ardent de la malade, qui frissonna.

« Elle va prendre froid... », chuchota Mme de Fontanin.

Il ne répondit d'abord que par un ricanement heureux.

« *Shut !* dit-il enfin. Fermez la fenêtre, oui c'est très bien ! Et allumez toutes vos lumières, Madame Fontanin : il faut la clarté autour, il faut la joie ! Et dans nos cœurs aussi il faut la lumière autour, et beaucoup de joie ! *L'Éternel est notre Lumière, l'Éternel est notre Joie : de quoi donc aurais-je crainte ?* Tu as permis que j'arrive avant l'heure maudite ! » ajouta-t-il en levant les mains. Puis il avança une chaise au chevet du lit : « Asseyez-vous. Calme soyez ; très calme. Gardez le *personnel contrôle*. Écoutez seulement ce que Christ inspire en vous. Je vous dis : Christ veut qu'elle soit en santé ! Voulons avec lui ! Invoquons la grande Force du Bien. L'Esprit est tout. Le matériel est esclave du spirituel. Depuis deux jours déjà, la pauvre *darling* est sans préservation de l'influence négative. Oh ! tous ces hommes et femmes, ils m'ont fait horreur : ils ne pensent que le pire, ils n'évoquent rien autre que le contrariant ! Et ils croient que tout est fini, quand leurs pauvres petites maigres certitudes sont vidées ! »

Les vagissements recommençaient. Jenny se débattait de nouveau. Soudain elle renversa la tête, et ses lèvres s'entrouvrirent comme si elle allait rendre le dernier souffle. Mme de Fontanin s'était jetée sur le lit, couvrant la petite de son corps, lui criant au visage :

« Je ne veux pas !... Je ne veux pas !... »

Le pasteur se dirigea vers elle comme s'il la rendait responsable de la crise :

« Peur ? Vous n'avez donc plus foi ? En face de Dieu il n'y a pas de peur. La peur est seulement charnelle. Mettez de côté l'être charnel, ce n'est pas votre véritable. Marc a dit : *Tout ce que vous demanderez en priant, croyez déjà que vous avez reçu la chose, et alors vous aurez l'accomplissement de cette chose*. Laissez. Priez ! » Mme de Fontanin s'agenouilla. « Priez ! répéta-t-il sur un ton sévère. Priez en premier pour vous, âme trop débile ! Que Dieu vous restitue d'abord confiance et paix ! C'est dans votre confiance *totale* que l'enfant trouvera salut ! Invoquez l'Esprit de Dieu ! Je réunis mon cœur avec vous : prions ! »

Il se recueillit un instant et commença la prière. Ce ne fut d'abord qu'un murmure : il était debout, les pieds joints, les bras croisés, la tête dressée vers le ciel, les paupières closes ; ses mèches, tordues autour de son front, l'auréolaient de flammes noires. Peu à peu les mots devenaient perceptibles, et les râles rythmés de l'enfant faisaient à son invocation comme un accompagnement d'orgue :

« Tout-Puissant ! Souffle animateur ! Tu domicilies partout, dans le moindre chaque petit morceau de tes créatures. Et moi je t'appelle du fond de mon cœur. Emplis de ta paix ce *home* éprouvé ! Écarte loin de cette couche toute chose qui n'est pas pensée de vie ! Le Mal est seulement dans notre faiblesse. Ah ! Seigneur, expulse de nous le *Négatif !*

« Toi seul es l'Infinie Sagesse, et ce que tu fais de nous est fait selon la loi. C'est pourquoi cette femme te confie son enfant au vestibule de la mort. Elle le remet à ta Volonté, elle le quitte, elle l'abandonne ! Et s'il faut que tu arraches l'enfant à la mère, elle y consent, elle y consent !

— Oh ! taisez-vous ! Non, non, James ! » balbutia Mme de Fontanin.

Sans faire un pas, Gregory laissa tomber une main de fer sur son épaule :

« Femme de peu de foi, est-ce vous ? Vous que l'Esprit du Seigneur a tant de fois insufflée ?

— Ah ! James, depuis trois jours, j'ai trop souffert, James, je ne peux plus !

— Je la regarde », fit-il en se reculant, et ce n'est plus elle, et je ne la connais plus ! Elle a laissé le Mauvais entrer dans sa pensée, dans le temple même de Dieu !

« Priez, pauvre dame, priez ! »

Le corps de l'enfant, sillonné par des décharges nerveuses, sautait sons les draps ; les yeux se rouvrirent ; le regard exorbité fixa successivement les lumières de la chambre. Gregory n'y prêta aucune attention. Mme de Fontanin, étreignant la fillette avec ses deux bras, essayait de maîtriser ses soubresauts.

« Force suprême ! psalmodiait le pasteur. Vérité !

Tu as dit : *Si quelqu'un veut venir à ma suite, qu'il renonce à lui-même.* Eh bien, s'il faut que la mère soit mutilée en son enfant, elle accepte ! Elle est consentante !

— Non, James, non... »

Le pasteur se pencha :

« Renoncez ! Renoncement est même chose que levain : comme le levain travaille la farine, ainsi le renoncement travaille la pensée mauvaise et fait lever le Bien ! » Puis, se relevant : « Si tu le veux donc, Seigneur, prends sa fille, prends, elle renonce, elle abandonne ! Et si tu as besoin de son fils...

— Non... non...

— ... et si tu as besoin de prendre aussi son fils, qu'il lui soit arraché de même ! Qu'il ne reparaisse jamais plus sur le seuil du foyer maternel !

— Daniel... Non !

— Seigneur, elle remet son fils à ta Sagesse, et de son plein consentement ! Et si l'époux doit lui être également ôté, qu'il soit !

— Pas Jérôme ! gémit-elle, se traînant sur les genoux.

— Qu'il soit pareillement ! reprit le pasteur avec une exaltation grandissante. Qu'il soit, sans dispute, et par ta seule Volonté, Source de Lumière ! Source du Bien ! Esprit. »

Il fit une courte pause ; puis, sans la regarder :

« Avez-vous fait le sacrifice ?

— Pitié, James, je ne peux pas...

— Priez ! »

Quelques minutes passèrent :

« Avez-vous fait le sacrifice, le *total* sacrifice ? »

Elle ne répondit pas et s'affaissa au pied du lit.

Près d'une heure passa. La malade restait immobile ; sa tête seule, rouge et gonflée, oscillait de droite et de gauche ; sa respiration était rauque ; ses yeux, qu'elle ne fermait plus, avaient une expression démente.

Tout à coup, sans que Mme de Fontanin eût bougé, le pasteur tressaillit comme si elle l'eût appelé par son nom, et vint s'agenouiller à son côté. Elle se redressa ; ses traits étaient moins tendus ; elle contempla longuement le petit visage versé sur l'oreiller, écarta les bras, et dit :

« Seigneur, que ta volonté soit faite et non la mienne. »

Gregory ne fit pas un mouvement. Il n'avait jamais douté que cette parole serait dite, à son heure. Il avait les yeux clos ; de toute sa volonté, il appelait la grâce de Dieu.

Les heures se succédèrent. Par moments, on eût dit que la petite allait perdre ses dernières forces, et tout ce qui lui restait de vie semblait vaciller avec son regard. À d'autres instants, le corps était secoué de convulsions ; alors Gregory prenait une des mains de Jenny dans les siennes, et disait avec humilité :

« Nous moissonnerons ! Nous moissonnerons ! Mais il faut prier. Prions. »

Vers cinq heures, il se leva, étendit sur l'enfant une couverture qui avait glissé à terre, et ouvrit la fenêtre. L'air froid de la nuit fit irruption dans la chambre. Mme de Fontanin, toujours à genoux, n'avait pas fait un geste pour retenir le pasteur.

Il monta sur le balcon. L'aube était encore indécise, le ciel gardait une couleur métallique ; l'avenue se creusait comme une tranchée d'ombre. Mais sur le jardin du Luxembourg l'horizon blêmissait ; des vapeurs circulèrent dans l'avenue, et enveloppèrent d'ouate les touffes noires des cimes. Gregory raidit les bras pour ne pas frissonner, et ses deux poings se nouèrent à la rampe. La fraîcheur du matin, balancée par un vent léger, baignait son front moite, son visage fripé par la veille et la prière. Déjà les toits bleuissaient, les persiennes tranchaient en clair sur la pierre enfumée des maisons.

Le pasteur fit face au levant. Des fonds obscurs de la nuit, une ample nappe de lumière montait vers lui, une lumière rosée, qui bientôt rayonna dans tout le ciel. La nature entière s'éveillait ; des milliards de molécules joyeuses scintillaient dans l'air matinal. Et, tout à coup, un souffle nouveau gonfle sa poitrine, une force surhumaine le pénètre, le soulève, le grandit démesurément. Il prend en un instant conscience de possibilités sans limites : sa pensée commande à l'univers : il peut tout oser, il peut crier à cet arbre : Frémis ! et il frémira ; à cette enfant : Lève-toi ! et elle ressuscitera. Il étend le bras, et soudain, prolongeant son geste, le feuillage de l'avenue palpite : de l'arbre qui est à ses pieds, une nuée d'oiseaux s'échappent avec des pépiements d'ivresse.

Alors il s'approche du lit, pose la main sur les cheveux de la mère agenouillée, et s'écrie :

« Alleluia, *dear !* Le total nettoyage est accompli ! »

Il s'avance vers Jenny.

« Les ténèbres sont expulsées ! Donnez-moi vos mains, mon doux cœur. » Et l'enfant, qui depuis deux jours ne comprend presque plus les paroles, présente ses mains. « Regardez-moi ! » Et les yeux hagards, qui ne semblaient plus voir, se fixent sur lui. « *Il te délivrera de la mort, et les bêtes de la terre seront en paix avec toi*. Vous êtes en santé, petite chose ! Il n'y a plus de ténèbres ! Gloire à Dieu ! Priez ! » Le regard de l'enfant a retrouvé une expression consciente : elle remue les lèvres ; il semble vraiment qu'elle tente un effort pour prier. « Maintenant, *my darling*, laissez descendre les paupières. Doucement... C'est bien... Dormez, *my darling*, vous n'avez plus de contrariété ! Il faut dormir de joie. »

Quelques minutes plus tard, pour la première fois depuis cinquante heures, Jenny sommeillait. La tête immobile s'enfonçait mollement dans l'oreiller ; l'ombre des cils s'allongeait sur les joues, et les lèvres laissaient passer une haleine égale. Elle était sauvée.

VI

C'était un cahier de classe en toile grise, choisi pour aller et venir entre Jacques et Daniel, sans attirer l'attention du professeur. Les premières pages étaient barbouillées d'inscriptions comme :

« Quelles sont les dates de Robert le Pieux ? »

« Écrit-on *rapsodie* ou *rhapsodie ?* »

« Comment traduis-tu *eripuit ?* »

D'autres étaient chargées de notes et de corrections qui devaient se rapporter à des poèmes de Jacques écrits sur feuilles volantes.

Bientôt une correspondance suivie s'établissait entre les deux écoliers.

La première lettre un peu longue était de Jacques :

Paris, Lycée Amyot, en classe de troisième A, sous l'œil soupçonneux de QQ' dit Poil-de-Cochon, le lundi dix-septième jour de mars, à 3 h 31 m 15 s.

Ton état d'âme est-il l'indifférence, la sensualité, ou l'amour ? Je penche plutôt pour le troisième état, qui t'est plus nature que les autres.

Quant à moi, plus j'étudie mes sentiments, plus je vois que l'homme

EST UNE BRUTE

et que l'amour seul peut l'élever. C'est le cri de mon cœur blessé, il ne me trompe pas ! Sans toi, ô mon très cher, je ne serais qu'un cancre, qu'un crétin. Si je vibre à l'Idéal, c'est à toi que je le dois !

Je n'oublierai jamais ces moments, trop rares, hélas ! et trop courts, où nous sommes entièrement l'un à l'autre. Tu es mon seul amour ! Je n'en aurai jamais d'autre, car mille souvenirs passionnés de toi m'assailliraient aussitôt. Adieu, j'ai la fièvre, mes tempes battent, mes yeux se troublent. Rien ne nous séparera jamais, n'est-ce pas ? Oh ! quand, quand serons-nous libres ? Quand pourrons-nous vivre ensemble, voyager ensemble ? J'adorerai les pays étrangers ! Recueillir ensemble des impressions immortelles et, ensemble, les transformer en poèmes, lorsqu'elles sont encore chaudes !

Je n'aime pas attendre. Écris-moi le plus tôt possible. Je veux que tu m'aies répondu avant 4 heures si tu m'aimes comme je t'aime !

Mon cœur étreint ton cœur, ainsi que Pétrone étreignait sa divine Eunice !

Vale et me ama !

J.

À quoi Daniel avait répondu sur le feuillet suivant :

Je sens que j'aurais beau vivre seul sous un autre ciel, le lien vraiment unique, qui unit nos deux âmes, me ferait quand même deviner tout ce que tu deviens.

Il me semble que les jours ne passent pas sur notre intime union.

Te dire le plaisir que m'a fait ta lettre, c'est impossible. N'étais-tu pas mon ami, et n'es-tu pas devenu plus encore ? la vraie moitié de moi-même ? N'ai-je pas contribué à former ton âme comme tu as contribué à former la mienne ? Dieu, que je sens tout cela vrai et fort, en t'écrivant ! Je vis ! Et tout vit en moi, corps, esprit, cœur, imagination, grâce à ton attachement, dont je ne douterai jamais, ô mon vrai et seul ami !

D.

P.-S. — *J'ai décidé ma mère à bazarder mon vélo qui est vraiment trop clou.*

Tibi,

D.

Une autre lettre de Jacques :

Ô dilectissime !

Comment peux-tu être tantôt gai et tantôt triste ? Moi, dans mes plus folles gaietés, je suis parfois la proie d'un amer souvenir. Non, jamais plus, je le sens, je ne saurai être gai et frivole ! Devant moi se dressera toujours le spectre d'un inaccessible Idéal !

Ah ! parfois je comprends l'extase de ces nonnes pâles au visage exsangue, qui passent leur vie hors de ce monde trop réel ! Avoir des ailes, pour les briser, hélas ! contre les barreaux d'une prison ! Je suis seul dans un univers hostile ; mon père bien-aimé ne me comprend pas. Je ne suis pas bien vieux, cependant, et déjà derrière moi, que de plantes brisées, que de rosées devenues pluies, que de voluptés inassouvies, que d'amers désespoirs !...

Pardonne-moi, mon amour, d'être aussi lugubre en ce moment. Je suis en voie de formation sans doute : mon cerveau bouillonne, et mon cœur aussi (plus fort même encore, si c'est possible). Restons unis. Nous éviterons ensemble les écueils, et ce tourbillon qu'on nomme plaisirs.

Tout s'est évanoui dans mes mains, mais il me reste la volupté d'être voué à toi, ô élu de mon cœur

J.

P.-S. — *Je termine en hâte cette missive, pressé par ma récitation dont je ne sais pas le premier mot. Zut !*

Ô mon amour, si je ne t'avais pas, je crois que je me tuerais !

J.

Daniel avait répondu aussitôt :

Tu souffres, ami ?

Pourquoi, toi, si jeune, ô mon ami très cher, toi, si jeune, pourquoi maudire la vie ? Sacrilège ! Ton âme dis-tu, est enchaînée à la terre ? Travaille ! Espère ! Aime ! Lis !

Comment te consolerai-je du tourment qui accable ton âme ? Quel remède à ces cris de découragement ? Non, mon ami, l'Idéal n'est pas incompatible avec la nature humaine. Non, ce n'est pas seulement une chimère enfantée à travers quelque rêve de poète ! L'Idéal, pour moi (c'est difficile à expliquer), mais, pour moi, c'est mêler du grand aux plus humbles choses terrestres ; c'est faire grand tout ce qu'on fait ; c'est le développement complet de tout ce que le Souffle créateur a mis en nous comme facultés divines. Me comprends-tu ? Voici l'Idéal, tel qu'il réside au fond de mon cœur.

Enfin, si tu en crois un ami fidèle jusqu'au trépas, qui a beaucoup vécu parce qu'il a beaucoup rêvé et beaucoup souffert, si tu en crois ton ami qui n'a jamais voulu que ton bonheur, il faut te répéter que tu ne vis pas pour ceux qui ne peuvent te comprendre, pour le monde extérieur qui te méprise, pauvre enfant, mais pour quelqu'un (moi) qui ne cesse de penser à toi, et de sentir comme toi et avec toi sur toutes choses !

Ah ! que la douceur de notre liaison privilégiée soit un baume sacré sur ta blessure, ô mon ami !

D.

Sans attendre, Jacques avait griffonné en marge :

Pardonne, très cher amour ! C'est la faute de mon caractère violent, exagéré, fantasque ! Je passe du plus sombre découragement aux plus futiles espérances : à fond de cale, et, l'instant d'après, emballé jusqu'aux nues ! ! N'aimerai-je donc jamais rien de suite ? (si ce n'est toi ! !) (et mon ART ! ! !). Tel est mon destin ! Acceptes-en l'aveu !

Je t'adore pour ta générosité, pour ta sensibilité de fleur, pour le sérieux que tu mets dans toutes tes pensées, dans toutes tes actions, et jusque dans les élans de l'amour. Toutes tes tendresses, tous tes émois, je les endure en même temps que toi ! Rendons grâce à la Providence de nous être aimés, et que nos cœurs, ravagés de solitude, aient pu s'unir dans une étreinte si indissoluble !

Ne m'abandonne jamais !

Et souvenons-nous éternellement que nous avons l'un dans l'autre
l'objet passionné de

NOTRE AMOUR !

J.

Deux longues pages de Daniel : une écriture haute et ferme :

Ce lundi 7 avril.

Mon ami,

J'aurai quatorze ans demain. L'an dernier je murmurais : quatorze ans... — comme dans un beau rêve insaisissable. Le temps passe et nous flétrit. Et, au fond, rien ne change. Toujours nous-mêmes. Rien n'est changé, si ce n'est que je me sens découragé et vieilli.

Hier soir, en me couchant, j'ai pris un volume de Musset. La dernière fois, dès les premiers vers, je frissonnais, et parfois même des larmes s'échappaient de mes yeux. Hier, pendant de longues heures d'insomnie, je m'exaltais et ne sentais rien venir. Je trouvais les phrases bien coupées, harmonieuses. Ô sacrilège ! Enfin le sentiment poétique s'est réveillé en moi, avec un torrent de pleurs délicieux, et j'ai vibré enfin.

Ah ! pourvu que mon cœur ne se dessèche pas ! J'ai peur que la vie m'endurcisse le cœur et les sens. Je vieillis. Déjà les grandes idées de Dieu, l'Esprit, l'Amour, ne battent plus dans ma poitrine comme jadis, et le Doute rongeur me dévore quelquefois. Hélas ! pourquoi ne pas vivre de toute la force de notre âme, au lieu de raisonner ? Nous pensons trop ! J'envie la vigueur de la jeunesse qui s'élance au péril sans rien voir, sans tant réfléchir ! Je voudrais pouvoir, les yeux fermés, me sacrifier à une Idée sublime, à une Femme idéale et sans souillure, au lieu d'être toujours replié sur moi ! Ah ! c'est affreux, ces aspirations sans issue !...

Tu me félicites de mon sérieux. C'est ma misère, au contraire, c'est mon destin maudit ! Je ne suis pas comme l'abeille butineuse qui s'en va sucer le miel d'une fleur, puis d'une autre fleur. Je suis comme le noir scarabée qui s'enferme au sein d'une seule rose et vit en elle jusqu'à ce qu'elle ferme ses pétales sur lui, et, étouffé dans cette suprême étreinte, il meurt entre les bras de la fleur qu'il a élue.

Aussi fidèle est mon attachement pour toi, ô mon ami ! Tu es la tendre rose qui s'est ouverte pour moi sur cette terre désolée. Ensevelis mon noir chagrin au plus creux de ton cœur ami !

D.

P.-S. — *Pendant les vacances de Pâques, tu pourras sans crainte écrire chez moi. Ma mère respecte toutes mes épistoles. (Pas cependant des choses extraordinaires !)*

J'ai fini La Débâcle *de Zola, je peux te la prêter. J'en suis encore ému et frissonnant. C'est beau de puissance et de profondeur. J'ai commencé* Werther. *Ah ! mon ami, voilà enfin le livre des livres ! J'ai pris aussi* Elles et Lui *de Gyp, mais je lirai* Werther *avant.*

D.

Jacques lui avait envoyé ces lignes sévères :

Pour la quatorzième année de mon ami :

Il y a dans l'univers un homme qui, le jour, souffre des tourments indicibles, et qui, la nuit, ne peut dormir; qui sent dans son cœur un vide affreux que n'a pu remplir la volupté; dans sa tête, un bouillonnement de toutes ses facultés; qui, au milieu des plaisirs, parmi tous les gais convives, sent tout à coup la solitude aux ailes sombres planer sur son cœur; il y a dans l'univers un homme qui n'espère rien, qui ne craint rien, qui déteste la vie et n'a pas la force de la quitter : cet homme, c'est CELUI QUI NE CROIT PAS EN DIEU *!*

P.-S. — *Garde ceci. Tu le reliras quand tu seras ravagé et que tu clameras en vain dans les ténèbres.*

J.

« As-tu travaillé pendant les vacances ? » questionnait Daniel sur le haut d'une page.

Et Jacques avait répondu :

J'ai achevé, dans le genre de mon Harmodius et Aristogiton, *un poème, qui commence d'une façon assez chic :*

Ave Cæsar ! *Voici la Gauloise aux yeux bleus...*
Pour toi, la danse aimée de sa patrie perdue !
Comme un lotus des fleuves sous le vol neigeux des cygnes.

Sa taille ploie dans un frisson...
Empereur !... Ses lourdes épées étincellent...
Vois ! C'est une danse de son pays !...

« Etc., etc. Et qui se termine ainsi :

— *Mais tu pâlis, Cæsar ! Hélas ! Trois fois hélas !*
À sa gorge a mordu la pointe des épées !
La coupe échappe... Ses yeux sont clos...
La voici toute ensanglantée
La danse nue des soirs baignés de lune !
Devant le grand feu clair qui palpite au bord du lac,
Voici la danse terminée
De la Guerrière blonde au festin de Cæsar !

*J'appelle ça l'*Offrande pourpre, *et j'ai une danse mimée qui va avec. Je voudrais la dédier à la divine*

Loïe Fuller, pour qu'elle la danse à l'Olympia. Crois-tu qu'elle le ferait ?

Depuis quelques jours j'avais cependant pris l'irrévocable décision de revenir au vers régulier et à la rime des grands classiques. (En somme, je crois que je les avais méprisés parce que c'est plus difficile.) J'ai commencé une ode en strophes rimées, sur le martyre dont je t'avais parlé ! voici le début :

AU R. P. PERBOYRE, LAZARISTE
Martyrisé en Chine le 20 novembre 1839
Béatifié en janvier 1889.

Salut, ô prêtre saint, dont le touchant martyre
Fait frissonner d'horreur, le monde épouvanté !
Permets que mes accords te chantent sur ma lyre,
Héros de notre chrétienté.

Mais, depuis hier soir, je crois que ma vraie vocation sera d'écrire, non des poèmes, mais des nouvelles et, si j'en ai la patience, des romans. Je suis travaillé par un grand sujet. Écoute :

Une jeune fille, enfant de grand artiste, née dans le coin d'un atelier, artiste elle-même (c'est-à-dire un peu légère de genre, mais faisant résider son idéal non dans la vie de famille mais dans l'expression du Beau) ; elle est aimée par un jeune homme sentimental mais bourgeois, que sa beauté sauvage a fasciné. Mais bientôt ils se haïssent passionnément et se quittent, lui pour la vie de famille chaste avec une petite provinciale, et elle, éplorée d'amour, s'enfonce dans la débauche (ou consacre son génie à Dieu, je ne sais pas encore). Voilà mon idée : qu'en pense l'ami ?

Ah ! vois-tu, ne rien faire d'artificiel, suivre sa nature, et quand on se sent né pour créer, se considérer comme ayant en ce monde la plus grave et la plus belle des missions, un grand devoir à accomplir. Oui ! Être sincère ! Être sincère en tout, et toujours ! Ah ! comme cette pensée me poursuit cruellement ! Mille fois j'ai cru apercevoir en moi cette fausseté des faux artistes, des faux génies, dont parle Maupassant dans Sur l'eau. *Mon cœur se soulevait de dégoût. Ô mon très cher, comme je remercie Dieu de t'avoir donné à moi, comme nous aurons besoin éternellement l'un de l'autre pour bien nous connaître nous-mêmes et ne jamais nous faire illusion sur notre véritable génie !*

Je t'adore et te serre la main passionnément, comme ce matin, tu sais ? Et de tout mon être qui est tien, entièrement et avec volupté !

Méfie-toi. QQ' nous a fait un sale œil. Il ne peut pas comprendre qu'on ait de nobles pensées et qu'on les communique à son ami, pendant qu'il ânonne son Salluste !

J.

De Jacques encore, cette lettre écrite d'un jet, et presque illisible :

Amicus amico !

Mon cœur est trop plein, il déborde ! Je verse ce que je peux de ses flots écumants sur le papier :

Né pour souffrir, aimer, espérer, j'espère, j'aime et je souffre ! Le récit de ma vie tient en deux lignes : ce qui me fait vivre c'est l'amour; et je n'ai qu'un amour : TOI !

Depuis mes jeunes années, j'avais besoin de vider ces bouillonnements de mon cœur dans le cœur de quelqu'un qui me comprenne en tout. Que de lettres ai-je écrites, jadis, à un personnage imaginaire qui me ressemblait comme un frère ! Hélas ! mon cœur parlait, ou plutôt écrivait à mon propre cœur, avec ivresse ! Puis, tout à coup, Dieu a voulu que cet idéal se fasse chair, et il s'est incarné en toi, ô mon amour ! Comment est-ce que ça a commencé ? On ne sait plus : de chaînon en chaînon, on se perd en dédale d'idées sans retrouver l'origine. Mais peut-on rien rêver d'aussi passionné et sublime que cet amour ? Je cherche en vain des comparaisons. À côté de notre grand secret, tout pâlit ! C'est un soleil qui échauffe et illumine nos deux existences ! Mais tout cela ne se peut écrire ! Écrit, cela ressemble à la photographie d'une fleur !

Mais assez !

Tu aurais peut-être besoin de secours, de consolation, d'espoir, et je t'envoie, non des mots de tendresse, mais ces lamentations d'un cœur égoïste, qui ne vit que pour lui-même. Pardonne, ô mon amour ! Je ne peux t'écrire autrement. Je traverse une crise et mon cœur est plus desséché que le lit rocailleux d'un ravin ! Incertitude de tout et de moi-même, n'es-tu pas le mal le plus cruel ?

Dédaigne-moi ! Ne m'écris plus ! Aimes-en un autre ! Je ne suis plus digne du don de toi-même !

Ô ironie d'un sort fatal qui me pousse où ? Où ? Néant ! ! !

Écris-moi ! Si je ne t'avais plus, je me tuerais !

Tibi eximo, carissime !

J.

L'abbé Binot avait inséré à la fin du cahier un billet intercepté par le professeur, la veille de la fuite.

L'écriture était de Jacques : un affreux griffonnage au crayon :

Aux gens qui accusent lâchement et sans preuves, à ceux-là, Honte !

HONTE ET MALHEUR !

Toute cette intrigue est menée par une curiosité ignoble ! Ils voulaient farfouiller dans notre amitié et leur procédé est infâme !

Pas de lâche compromission ! Tenir tête à l'orage ! Plutôt mourir !

Notre amour est au-dessus des calomnies et des menaces !

Prouvons-le !

À toi, POUR LA VIE,

J.

VII

Ils étaient arrivés à Marseille le dimanche soir, après minuit. L'exaltation était tombée. Ils avaient dormi, courbés en deux, sur la banquette de bois, dans le wagon mal éclairé ; l'entrée en gare, le fracas des plaques tournantes, venaient de les éveiller en sursaut ; et ils étaient descendus sur le quai, les yeux clignotants, silencieux, inquiets, dégrisés.

Il fallait coucher. En face de la gare, sous un globe blanc portant l'enseigne « *Hôtel* », un tenancier guettait le client. Daniel, le plus assuré des deux, avait demandé deux lits pour la nuit. L'homme, méfiant par principe, avait posé quelques questions. (Tout était préparé : à la gare de Paris, leur père ayant oublié un colis, avait manqué le départ ; sans doute arriverait-il le lendemain par le premier train.) Le patron sifflotait et dévisageait les enfants avec un mauvais regard. Enfin il avait ouvert un registre :

— « Inscrivez vos noms. »

Il s'adressait à Daniel parce qu'il paraissait l'aîné — on lui eût donné seize ans — mais surtout parce que la distinction de ses traits, de toute sa personne, contraignait à certains égards. Il s'était découvert en pénétrant dans l'hôtel ; non par timidité ; il avait une façon d'enlever son chapeau et de laisser retomber le bras, qui semblait dire : « Ce n'est pas particulièrement pour vous que je me découvre ; c'est parce que je tiens aux usages de la politesse. » Ses cheveux noirs, plantés avec symétrie, formaient une pointe marquée au milieu du front, qui était très blanc. Le visage allongé se terminait par un menton d'un dessin ferme, à la fois volontaire et calme, sans rien de brutal. Son regard avait soutenu, sans faiblesse ni bravade, l'investigation de l'hôtelier ; et, sur le registre, il avait écrit sans hésitation : *Georges et Maurice Legrand*.

« La chambre, ce sera sept francs. Ici, on paie toujours d'avance. Le premier train arrive à 5 h 30 ; je vous cognerai. »

Ils n'avaient pas osé dire qu'ils mouraient de faim.

Le mobilier de la chambre se composait de deux lits, d'une chaise, d'une cuvette. En entrant, la même confusion les avait troublés : avoir à se dévêtir l'un devant l'autre... Toute envie de dormir était dissipée. Afin de retarder le moment pénible, ils s'étaient assis sur leurs lits pour faire leurs comptes : additionnées, leurs économies se montaient à cent quatre-vingt-huit francs, qu'ils partagèrent. Jacques, vidant ses poches, en avait tiré un petit poignard corse, un ocarina, une traduction à 0,25 f de Dante, enfin une tablette de chocolat à demi fondue, dont il avait donné la moitié à Daniel. Puis ils étaient restés sans savoir que faire. Daniel, pour gagner du temps, avait délacé ses bottines, Jacques l'avait imité. Enfin Daniel avait pris un parti : il avait soufflé la bougie en disant : « Alors, j'éteins... Bonsoir. » Et ils s'étaient couchés très vite, en silence.

Le matin, avant cinq heures, on ébranlait leur porte. Ils s'habillèrent comme des spectres, sans autre éclairage que l'aube blanchissante. La crainte d'avoir à causer leur fit refuser le café préparé par le patron et ils gagnèrent la buvette de la gare, frissonnants et à jeun.

À midi, ils avaient déjà parcouru Marseille en tous sens. L'audace leur était revenue avec le grand jour et la liberté. Jacques avait fait l'emplette d'un calepin pour écrire ses impressions, et il s'arrêtait de temps à autre, l'œil inspiré, griffonnant des notes. Ils achetèrent du pain, de la charcuterie, gagnèrent le port, et s'installèrent sur des rouleaux de cordages, devant les grands navires immobiles et les voiliers oscillants.

Un marin les fit lever pour dérouler ses câbles.

« Où vont-ils donc ces bateaux-là ? hasarda Jacques.

— Ça dépend. Lequel ?

— Ce gros-là ?

— À Madagascar.

— Vrai ? On va le voir partir ?

— Non. Celui-là ne part que jeudi. Mais si tu veux voir un départ, faut t'amener ce soir à 5 heures : celui-ci, le *La Fayette*, part pour Tunis. »

Ils étaient renseignés.

« Tunis, observa Daniel, ce n'est pas l'Algérie...

— C'est toujours l'Afrique », dit Jacques, en arrachant une bouchée de pain. Accroupi sur ses talons contre un tas de bâches, avec ses cheveux roux, durs et broussailleux, plantés comme de l'herbe sur son front bas, avec sa tête osseuse aux oreilles décollées, son cou maigre, son petit nez mal formé qu'il fronçait sans cesse, il avait l'air d'un écureuil grignotant des faines.

Daniel s'était arrêté de manger.

« Dis donc... Si on *leur* écrivait d'ici, avant de s'... »

Le coup d'œil du petit l'interrompit net.

« Es-tu fou ? cria-t-il, la bouche pleine. Pour qu'ils nous fassent cueillir à l'arrivée ? »

Il fixait son ami avec une expression de colère. Dans cette figure plutôt ingrate, enlaidie par un semis de taches de son, les yeux, d'un bleu dur, petits, encaissés, volontaires, avaient une vie saisissante ; et leur regard était si changeant qu'il était quasi indéchiffrable, tantôt sérieux, puis aussitôt espiègle ; tantôt doux, même câlin, et tout à coup méchant, presque cruel ; quelquefois se mouillant de larmes, mais le plus souvent sec, ardent, et comme incapable de s'attendrir jamais.

Daniel fut sur le point de répliquer ; mais il se tut. Son visage conciliant s'offrait sans défense à l'irritation de Jacques, et il se mit à sourire, comme pour s'excuser. Il avait une façon particulière de sourire : sa bouche, petite, aux lèvres ourlées, se relevait subitement vers la gauche, en découvrant les dents, et, sur ses traits sérieux, cette gaieté imprévue mettait une fantaisie charmante.

Pourquoi ce grand garçon réfléchi ne s'insurgeait-il pas contre l'ascendant de ce gamin ? Son éducation, la liberté dont il jouissait ne lui donnaient-elles pas sur Jacques un incontestable droit d'aînesse ? Sans compter qu'au lycée où ils se rencontraient, Daniel était un bon élève, et Jacques un cancre. L'esprit clair de Daniel était en avance sur l'effort qu'on exigeait de lui. Jacques, au contraire, travaillait mal, ou plutôt ne travaillait pas. Faute d'intelligence ? Non. Mais, par malheur, son intelligence poussait dans un tout autre sens que celui des études. Un démon intérieur lui suggérait toujours cent sottises à faire ; il n'avait jamais su résister à une tentation ; d'ailleurs il paraissait irresponsable et satisfaire seulement un caprice de son démon. Le plus étrange reste à dire : bien qu'il fût en tout le dernier de sa classe, ses condisciples et même ses professeurs ne pouvaient s'empêcher de lui porter une sorte d'intérêt : parmi ces enfants, dont la personnalité somnolait dans l'habitude et la discipline, auprès de ces maîtres, dont l'âge et la routine avaient usé l'énergie, ce cancre, au visage ingrat, mais qui avait des explosions de franchise et de volonté, qui paraissait vivre dans un univers de fiction, créé par lui et pour lui seul, qui n'hésitait pas à se lancer dans les aventures les plus saugrenues sans jamais en craindre les risques, ce petit monstre provoquait l'effroi, mais imposait une inconsciente estime. Daniel avait été des premiers à subir l'attrait de cette nature, plus fruste que lui, mais si riche, et qui ne cessait de l'étonner, de l'instruire ; d'ailleurs il avait, lui aussi, quelque chose d'ardent, et ce même penchant vers la liberté et la révolte. Quant à Jacques, demi-pensionnaire dans une école catholique, issu d'une famille où les pratiques religieuses tenaient une grande place, ce fut tout d'abord pour le plaisir d'échapper une fois de plus aux barrières qui l'encerclaient, qu'il se plut à rechercher l'attention de ce protestant, à travers lequel il pressentait déjà un monde opposé au sien. Mais, en quelques semaines, avec la rapidité du feu, leur camaraderie était devenue une passion exclusive, où l'un et l'autre trouvaient enfin le remède à une solitude morale dont chacun avait souffert sans le savoir. Amour chaste, amour mystique, où leurs deux jeunesses fusionnaient dans le même élan vers l'avenir ; mise en commun de tous les sentiments excessifs et contradictoires qui ravageaient leurs âmes de quatorze ans, depuis la passion des vers à soie et des alphabets chiffrés, jusqu'aux plus secrets scrupules de leurs consciences, jusqu'à cet enivrant goût de vivre que chaque journée vécue soulevait en eux.

Le sourire silencieux de Daniel avait apaisé Jacques, qui s'était remis à mordre dans son pain. Il avait le bas du visage assez vulgaire — la mâchoire des Thibault —, et une bouche trop fendue, avec des lèvres gercées, une bouche laide mais expressive, autoritaire, sensuelle. Il leva la tête :

« Tu verras, je sais, affirma-t-il, à Tunis, la vie est facile ! On emploie aux rizières tous ceux qui se présentent ; on mâche du bétel, c'est délicieux... On est payé tout de suite et nourri à discrétion, de dattes, de mandarines, de goyaves...

— On leur écrira de là-bas, hasarda Daniel.

— Peut-être, rectifia Jacques, en secouant son front rouquin. « Mais seulement quand on sera bien établi, et qu'ils auront vu qu'on peut se passer d'eux. »

Ils se turent. Daniel, qui ne mangeait plus, contemplait devant lui les grosses coques noires, et le grouillement des hommes de peine sur les dalles ensoleillées, et la splendeur de l'horizon à travers l'enchevêtrement des mâts : il luttait et s'aidait du spectacle pour ne pas penser à sa mère.

L'important était de s'embarquer, dès ce soir, sur le *La Fayette*.

Un garçon de café leur indiqua le bureau des Messageries. Les prix étaient affichés, Daniel se pencha vers le guichet.

« Monsieur, mon père m'envoie prendre deux places de troisième classe pour Tunis.

— Votre père ? » dit le vieux en continuant de travailler. On ne voyait qu'une tignasse grise émergeant des paperasses. Il écrivit un long moment. Le cœur des enfants défaillait.

— « Eh bien, fit-il enfin, sans avoir levé le nez, tu

lui diras qu'il vienne ici lui-même et avec ses papiers, tu entends ? »

Ils se sentaient examinés par les gens qui étaient dans le bureau. Ils s'échappèrent sans répondre. Jacques, rageur, enfonçait les mains jusqu'au fond de ses poches. Son imagination lui proposait déjà dix subterfuges différents : s'engager comme mousses ; ou bien voyager, comme des colis dans des caisses clouées, avec des vivres ; ou plutôt louer une barque, et s'en aller, à petites journées, le long des côtes, jusqu'à Gibraltar, jusqu'au Maroc, en faisant escale le soir dans les ports pour jouer de l'ocarina et faire la quête, à la terrasse des auberges.

Daniel réfléchissait ; il venait d'entendre de nouveau l'avertissement secret. Plusieurs fois, déjà, depuis le départ. Mais cette fois, il ne pouvait plus se dérober, il fallait en prendre conscience : en lui, une voix mécontente désapprouvait.

« Et si on restait à Marseille, bien cachés ? proposa-t-il.

— On serait pistés avant deux jours, riposta Jacques en haussant les épaules. Déjà, aujourd'hui, ils nous font chercher partout, tu peux en être sûr. »

Daniel aperçut là-bas sa mère inquiète qui pressait Jenny de questions ; puis elle allait demander au censeur ce que son fils était devenu.

« Écoute », dit-il. Sa respiration était oppressée ; il avisa un banc ; ils s'assirent. « Voilà le moment de réfléchir, reprit-il courageusement. Après tout, quand ils nous auront bien cherchés pendant deux ou trois jours — ils seront peut-être assez punis ? »

Jacques serrait les poings.

« Non, non et non ! hurla-t-il. Tu as déjà tout oublié ? » Son corps nerveux était si tendu, qu'il n'était plus assis sur le banc mais appuyé contre, comme une pièce de bois. Ses yeux étincelaient de rancune, contre l'École, l'abbé, le lycée, le censeur, son père, la société, l'injustice universelle. « Jamais ils ne nous croiront ! » criait-il. Sa voix devint rauque : « Ils ont volé notre cahier gris ! Ils ne comprennent pas, ils ne peuvent pas comprendre ! Si tu avais vu l'abbé, comme il cherchait à me faire avouer ! Son air mielleux ! Parce que tu es protestant, tu es capable de tout !... »

Son regard se détourna, par pudeur. Daniel baissa le sien ; une atroce douleur le poignait à la pensée que sa mère pouvait être effleurée par l'abominable soupçon. Il murmura :

« Crois-tu qu'ils raconteront à maman... ? »

Mais Jacques n'écoutait pas.

« Non, non et non, reprit-il. Tu sais ce qui a été convenu ? Rien n'est changé ! Assez de persécutions ! Au revoir ! Quand nous aurons montré, par des actes, ce que nous sommes, et qu'on n'a pas besoin d'eux, tu verras comme ils nous respecteront ! Il n'y a qu'une solution : s'expatrier, gagner sa vie sans eux, voilà ! Et alors, oui, leur écrire où nous sommes, poser nos conditions, déclarer que nous voulons rester amis et être libres, parce que c'est entre nous à la vie à la mort ! » Il se tut, se maîtrisa, et reprit d'un ton bien posé : « Ou bien, je te l'ai dit, je me tue. »

Daniel lui jeta un regard effaré. Le petit visage pâle, semé de taches jaunes, était ferme, sans forfanterie.

« Je te jure, je suis bien décidé à ne pas retomber entre leurs pattes ! J'aurai fait mes preuves avant. S'enfuir, ou ça... », fit-il, en montrant sous son gilet le manche du poignard corse qu'il avait couru prendre, le dimanche matin, dans la chambre de son frère. « Ou plutôt ça..., continua-t-il, en tirant de sa poche un petit flacon ficelé dans du papier. Si jamais tu refusais maintenant de t'embarquer avec moi, ça ne serait pas long : hop !... » Il fit le geste d'avaler le contenu du flacon, « ... et je tombe foudroyé.

— Qu'est-ce que c'est ? balbutia Daniel.

— Teinture d'iode », articula Jacques, sans baisser les yeux.

Daniel supplia :

« Donne-moi ça. Thibault... »

Malgré sa terreur, il se sentait soulevé de tendresse, d'admiration ; il subissait l'extraordinaire fascination de Jacques ; et puis, voici que l'aventure le tentait de nouveau. Mais Jacques avait déjà enfoui le flacon au fond de sa poche.

« Marchons, dit-il avec un regard sombre. On pense mal, assis. »

À quatre heures, ils revinrent sur le quai. Autour du *La Fayette*, l'agitation était extrême : une file ininterrompue d'hommes de peine, portant des caisses sur les épaules, et pareils à des fourmis traînant leurs œufs, cheminait sur les passerelles. Les deux enfants, Jacques en tête, prirent le même chemin. Sur le pont frais lavé, des marins, maniant un treuil au-dessus d'un trou béant, engouffraient des bagages dans la cale. Un bonhomme, trapu, le nez busqué, la barbe en fer à cheval, noir de poil, rose et lisse de peau, commandait la manœuvre, en veste bleue, avec un galon d'or sur la manche.

Au dernier moment, Jacques s'effaça.

« Pardon, Monsieur, dit Daniel en se découvrant avec lenteur, est-ce que vous êtes le capitaine ? »

L'autre rit :

« Pourquoi ?

— Je suis avec mon frère, Monsieur. Nous venons vous demander... » Avant même d'avoir achevé,

Daniel sentit qu'il faisait fausse route, qu'ils étaient perdus. « ... de partir avec vous... pour Tunis...

— Comme ça ? Tout seuls ? » fit le bonhomme, en clignant des paupières. Dans l'expression de son œil sanguin, quelque chose d'entreprenant et d'un peu fou allait plus loin que ses paroles.

Daniel n'avait plus d'autre issue que de continuer les mensonges convenus.

« Nous étions venus à Marseille pour retrouver mon père ; mais on lui a offert une place à Tunis, dans une rizière, et... il nous a écrit de le rejoindre. Mais nous avons de quoi vous payer notre voyage », ajouta-t-il de son chef ; et il n'eut pas plus tôt cédé à son inspiration qu'il comprit que cette offre n'était pas moins maladroite que le reste.

« Bon. Mais ici, chez qui habitez-vous ?

— Chez... chez personne. Nous arrivons de la gare.

— Vous ne connaissez personne à Marseille ?

— N... non.

— Et alors vous voulez embarquer ce soir ? »

Daniel fut sur le point de répondre non, et de déguerpir. Il bredouilla :

« Oui, Monsieur.

— Eh bien, mes pigeons, ricana le bonhomme vous avez une fière chance de ne pas être tombés sur le vieux, parce qu'il n'aime pas la rigolade, lui, et qu'il vous aurait fait empoigner proprement et mener au commissariat, pour tirer tout ça au clair... Sans compter qu'avec ces loustics-là, c'est la seule chose à faire, cria-t-il brusquement en happant Daniel par la manche. Hé ! Charlot, tiens bon le petit, moi je... »

Jacques, qui avait vu le geste, fit un saut éperdu par-dessus des caisses, évita d'un coup de reins le bras tendu de Charlot, gagna en trois enjambées la passerelle, glissa comme un singe au milieu des porteurs, bondit sur le quai, et s'élança vers la gauche. Mais Daniel ? Il se retourna : Daniel s'échappait, lui aussi ! Jacques le vit à son tour bousculer la rangée des fourmis, dégringoler les échelles, sauter sur le quai et tourner à droite, tandis que le supposé capitaine, penché au gaillard d'arrière, les regardait détaler en riant. Alors Jacques reprit sa course ; ils se retrouveraient plus tard ; pour l'instant, se perdre dans la foule, s'éloigner le plus possible du port !

Un quart d'heure après, à bout de souffle, seul dans la rue déserte d'un faubourg, il s'arrêta. Il eut d'abord une mauvaise joie en imaginant que Daniel avait pu être rattrapé ; c'eût été bien fait : n'était-ce pas sa faute si leur plan avait échoué ? Il le haïssait et fut sur le point de gagner la campagne, de fuir seul, sans plus s'occuper de lui. Il acheta des cigarettes et se mit à fumer. Pourtant, par un grand détour à travers un quartier neuf, il finit par revenir du côté du port. Le *La Fayette* était toujours immobile. Il vit de loin que les trois étages des ponts étaient chargés de figures serrées les unes contre les autres ; le navire appareillait. Jacques grinça des dents, et tourna les talons.

Alors il se mit à la recherche de Daniel pour passer sur quelqu'un sa colère. Il enfila des rues, déboucha sur la Canebière, se glissa un instant dans la cohue, revint sur ses pas. Une chaleur d'orage, suffocante, pesait sur la ville. Jacques était baigné de sueur. Comment rencontrer Daniel parmi tous ces gens ? Son désir de retrouver son camarade devenait de plus en plus impérieux, à mesure qu'il désespérait d'y parvenir. Ses lèvres, desséchées par les cigarettes et la fièvre, étaient brûlantes. Sans plus craindre de se faire remarquer, sans s'inquiéter des grondements lointains du tonnerre, il se mit à courir, de-ci, de-là, et les yeux lui faisaient mal à force de chercher. L'aspect de la ville changea brusquement : la lumière sembla monter des pavés, et les façades se découpèrent en clair sur un ciel violacé ; l'orage approchait ; de larges gouttes de pluie commencèrent à étoiler le trottoir. Un coup de tonnerre, brutal, tout proche, le fit tressaillir. Il longeait des marches, sous un fronton à colonnes : le portail d'une église s'ouvrait devant lui. Il s'y engouffra.

Ses pas sonnèrent sous des voûtes ; un parfum connu vint à ses narines. Aussitôt il éprouva un soulagement, une sécurité : il n'était plus seul, une présence surnaturelle l'environnait. Mais, au même instant, une nouvelle frayeur l'envahit : depuis son départ il n'avait pas une fois songé à Dieu ; et tout à coup il sentit planer sur lui le Regard invisible, qui pénètre et retourne les intentions les plus secrètes ! Il eut conscience d'être un grand coupable, dont la présence profanait le saint lieu, et que Dieu pouvait foudroyer du haut du ciel. La pluie ruisselait sur les toits ; de brusques éclairs illuminaient les vitraux de l'abside ; le tonnerre éclatait à coups répétés, et, comme s'il cherchait un coupable, roulait autour de l'enfant, dans l'ombre des voûtes. Agenouillé sur un prie-Dieu, Jacques se fit tout petit, et courba la tête, et balbutia en hâte quelques *Pater*, quelques *Ave*...

Enfin, les grondements s'espacèrent, une lueur plus égale descendit des verrières, l'orage s'éloigna ; le danger immédiat était passé. Il eut le sentiment d'avoir triché, et de ne pas avoir été pris. Il s'assit ; il gardait au fond de lui le sentiment de sa culpabilité ; mais la fierté maligne de s'être soustrait à la justice, pour timide qu'elle fût, n'était pas sans douceur. Le soir tombait. Qu'attendait-il là ? Apaisé, engourdi, il fixait le lumignon vacillant du sanctuaire, avec une vague impression d'insuffisance et d'ennui, comme si l'église était désaffectée. Un sacristain vint fermer les portes. Il s'enfuit comme un voleur, sans un bout de prière, sans une génuflexion : il savait bien qu'il n'emportait pas le pardon de Dieu.

Un vent frais séchait les trottoirs. Les promeneurs étaient peu nombreux. Où pouvait être Daniel? Jacques s'imagina qu'il lui était arrivé malheur; ses yeux s'emplirent de larmes, qui brouillaient son chemin et qu'il refoulait en pressant le pas. S'il avait soudain vu Daniel traverser la chaussée et venir à lui, il se fût évanoui de tendresse.

Huit heures sonnèrent au clocher des Accoules. Les fenêtres s'allumaient. Il eut faim, acheta du pain, et continua à marcher devant lui, traînant son désespoir, et ne songeant même plus à examiner les passants.

Deux heures plus tard, rompu de fatigue, il aperçut un banc, sous des arbres, dans un bout d'avenue solitaire. Il s'assit. L'eau s'égouttait des platanes.

Une main rude lui secoua l'épaule. Avait-il dormi? C'était un gardien de la paix : il crut mourir, ses jambes flageolèrent.

« Rentre chez toi, et rapidement! »

Jacques s'esquiva. Il ne pensait plus à Daniel, il ne pensait plus à rien; ses pieds lui faisaient mal; il évitait les sergents de ville. Il revint vers le port. Minuit sonna. Le vent était tombé; des feux de couleurs, par deux, se balançaient sur l'eau. Le quai était désert. Il faillit heurter les jambes d'un mendiant, qui ronflait, calé entre deux ballots. Alors il eut, plus forte que ses craintes, une envie irrésistible de s'étendre, tout de suite, n'importe où, et de dormir. Il fit quelques pas, souleva le coin d'une grande bâche, trébucha parmi des caisses qui sentaient le bois mouillé, et tomba endormi.

Cependant Daniel errait à la recherche de Jacques. Il avait rôdé aux environs de la gare, autour de l'hôtel où ils avaient couché, près du bureau des Messageries : en vain. Il redescendit aux quais. La place du *La Fayette* était vide, le port inanimé : l'orage faisait rentrer les flâneurs.

Tête basse, il revint en ville. L'averse lui cinglait les épaules. Il acheta quelques provisions pour Jacques et pour lui, et vint s'attabler au café où ils s'étaient arrêtés le matin. Une trombe d'eau s'abattait sur le quartier : à toutes les fenêtres on relevait les stores; les garçons de café, leur serviette sur la tête, roulaient les larges tentes des terrasses. Les trams à trolley filaient sans corner, jetant au ciel plombé les étincelles de leur antenne et l'eau, semblable à des socs de charrue, giclait de chaque côté des rails. Daniel avait les pieds trempés et les tempes lourdes. Que devenait Jacques? Il souffrait presque moins de l'avoir perdu, que d'imaginer l'angoisse, la détresse solitaire du petit. Il s'était persuadé qu'il allait le voir déboucher là, juste au coin de cette boulangerie et il guettait; il l'apercevait d'avance, dans son vêtement mouillé, traînant ses souliers dans les flaques, avec un visage pâli où les yeux allaient et venaient désespérément. Vingt fois, il fut sur le point de le héler : mais c'étaient des gamins inconnus qui entraient en courant chez le boulanger, et ressortaient, un pain sous la veste.

Deux heures passèrent. Il ne pleuvait plus; la nuit venait. Daniel n'osait partir : il lui semblait que Jacques allait surgir, dès qu'il aurait quitté la place. Enfin il reprit le chemin de la gare. La boule blanche était allumée, au-dessus de la porte de leur hôtel. Le quartier était mal éclairé ; se reconnaîtraient-ils seulement, s'ils se croisaient dans ce noir ? Une voix cria : « Maman ! » Il vit un garçon de son âge traverser la rue et rejoindre une dame, qui l'embrassa : ils passèrent près de lui : la dame avait ouvert son parapluie pour se protéger de l'eau des toits ; son fils lui donnait le bras ; ils causaient et disparurent dans la nuit. Une locomotive siffla. Daniel n'eut pas la force de résister à son chagrin.

Ah ! qu'il avait eu tort de suivre Jacques ! Il le savait bien ; il n'avait cessé d'en avoir conscience depuis le début, depuis ce rendez-vous matinal au Luxembourg, où s'était décidée leur folle équipée. Non, pas un instant, il n'avait pu se débarrasser de cette certitude, que si, au lieu de fuir, il avait couru tout expliquer à sa mère, loin de lui faire des reproches, elle l'eût protégé contre tous, et rien de mal ne fût arrivé. Pourquoi avait-il cédé ? Il restait devant lui-même comme devant une énigme.

Il se revit, le dimanche matin, dans le vestibule. Jenny l'entendant rentrer, était accourue. Sur le plateau, une enveloppe jaune, timbrée du lycée : son renvoi, sans doute ; il l'avait cachée sous le tapis de la table. Jenny, muette, fixait sur lui ses yeux pénétrants ; elle avait deviné qu'il se passait un drame, l'avait suivi dans sa chambre, l'avait vu prendre le portefeuille où il rangeait ses économies ; elle s'était jetée sur lui, elle l'avait serré des deux bras, l'embrassant, l'étouffant : « Qu'est-ce qu'il y a ? Qu'est-ce que tu vas faire ? » Alors il avait avoué qu'il partait, qu'il était accusé faussement, une histoire de lycée, que les professeurs se liguaient tous contre lui, et qu'il fallait qu'il disparût quelques jours. Elle avait crié : « Seul ? » — « Non, avec un camarade. » — « Qui ? » — « Thibault. » — « Emmène-moi ! » Il l'avait attirée contre lui, sur ses genoux, comme autrefois, et il lui avait répondu à mi-voix : « Et maman ? » Elle pleurait. Il lui avait dit : « N'aie pas peur, et ne crois rien de ce qu'on te dira. Dans quelques jours, j'écrirai, je reviendrai. Mais jure-moi que tu ne diras jamais, ni à maman, ni à personne, jamais, jamais que je suis rentré, que tu m'as vu, que tu sais que je pars... » Elle avait fait un brusque signe de tête. Puis il avait voulu l'embrasser, mais elle s'était sauvée dans sa chambre, avec un sanglot rauque, un tel cri de désespoir, qu'il en avait encore le déchirement dans l'oreille. Il pressa le pas.

Comme il s'en allait devant lui, sans regarder son chemin, il se trouva bientôt à bonne distance de Marseille, dans la banlieue. Le pavé était gluant, les réverbères rares. De chaque côté, dans l'ombre, s'ouvraient des trous noirs, des accès de cours, des corridors fétides. La marmaille piaillait au fond des logements. Un phonographe glapissait dans un cabaret borgne. Il fit demi-tour et marcha longtemps dans l'autre sens. Il aperçut enfin le feu d'un disque : la gare était proche. Il tombait de fatigue. Le cadran lumineux marquait une heure. La nuit serait longue encore : que faire ? Il chercha un coin où reprendre baleine. Un bec de gaz chantait à l'entrée d'une impasse vide ; il franchit l'espace éclairé et se tapit dans l'ombre, le grand mur d'une usine se dressait à gauche, il y appuya le dos et ferma les yeux.

Une voix de femme l'éveilla en sursaut.

« Où habites-tu ? Tu ne vas pas coucher là, je pense ! »

Elle l'avait ramené dans la lumière. Il ne savait que dire.

« Tu as eu des mots avec le père, je parie ? Tu n'oses plus rentrer chez toi ? »

La voix était douce. Il accepta le mensonge. Il avait retiré son chapeau et répondit poliment :

« Oui, Madame. »

Elle se mit à rire.

« Oui, Madame ! Eh bien, faut rentrer tout de même, vois-tu. J'ai connu ça avant toi. Puisqu'il faudra que tu rappliques un jour ou l'autre, à quoi bon attendre ? Plus que t'attends, plus que c'est vexatoire. » Et comme il se taisait : « T'as peur d'être battu ? » demanda-t-elle en baissant la voix, sur un ton intéressé, familier, complice.

Il ne répondit rien.

« Phénomène ! » fit-elle. « Il est si obstiné qu'il aimerait mieux passer la nuit là ! Allons, viens chez moi, je n'ai personne, je te mettrai un matelas par terre. Je ne peux pourtant pas laisser un gosse dans la rue ! »

Elle n'avait pas l'air d'une voleuse, et il éprouvait un immense soulagement à ne plus être seul. Il voulut dire : « Merci, Madame » ; mais il se tut et la suivit.

Bientôt, devant une porte basse, elle sonna. On n'ouvrit pas tout de suite. Le couloir sentait la lessive. Il buta contre des marches.

« J'ai l'habitude, dit-elle, donne la main. »

Celle de la dame était gantée et tiède. Il se laissa conduire. L'escalier aussi était tiède. Daniel était heureux de ne plus être dehors. Ils montèrent deux ou trois étages, puis elle tira sa clef, ouvrit une porte et alluma une lampe. Il aperçut une chambre en désordre, un lit défait. Il restait debout, clignant des yeux dans la lumière, épuisé, dormant presque. Sans même enlever son chapeau, elle avait tiré du lit un matelas qu'elle traînait dans l'autre pièce. Elle se retourna et se mit à rire :

« Il tombe de sommeil... Allons, déchausse-toi, au moins ! »

Il obéit, les mains molles. Le projet de retourner, le lendemain matin, à cinq heures précises, à la buvette de la gare, avec l'espoir que Jacques aurait la même pensée, lui revenait comme une idée fixe. Il balbutia :

« Faudra m'éveiller de bonne heure...

— Oui, oui... », fit-elle en riant.

Il sentit qu'elle l'aidait à retirer sa cravate, à se déshabiller. Il se laissa choir sur le matelas, et perdit conscience.

Lorsqu'il ouvrit les yeux, il faisait jour. Il se croyait à Paris, dans sa chambre, mais il fut frappé par la couleur de la lumière à travers les rideaux ; une voix jeune chantait : alors il se souvint.

La porte de la chambre voisine était ouverte : une petite fille, penchée sur la toilette, se lavait la figure à grande eau. Elle se retourna, le vit dressé sur un coude, et se mit à rire.

« Ah ! te voilà réveillé, ce n'est pas dommage... »

Était-ce la dame de la veille ? En chemise et en jupon court, les bras nus, les mollets nus, elle avait l'air d'une enfant. Il n'avait pas remarqué, sous le chapeau, qu'elle avait les cheveux coupés, des mèches brunes de gamin, rejetées en arrière à coups de brosse.

Brusquement la pensée de Jacques l'atterra :

« Ah ! mon Dieu, fit-il, moi qui voulais être de bonne heure à la buvette... »

Mais la chaleur des couvertures qu'elle avait roulées autour de lui, pendant son sommeil, l'engourdissait encore ; et puis, il n'osait pas se lever tant que la porte n'était pas fermée. À ce moment, elle entra, tenant une tasse fumante et un quignon de pain beurré.

« Tiens ! Avale ça, et puis décampe : je ne tiens pas à avoir des histoires avec ton père, moi ! »

Il était gêné d'être vu ainsi, en chemise, le col ouvert ; gêné de la voir approcher, le cou nu, elle aussi, les épaules nues... Elle se pencha. Il prit la tasse en baissant les paupières et se mit à manger, par contenance. Elle allait et venait d'une chambre à l'autre, traînant ses babouches et fredonnant. Il ne levait pas les yeux de sa tasse ; mais quand elle passait près de lui, il apercevait sans le vouloir, à sa hauteur, les jambes nues, grêles, veinées, et, glissant sur le parquet blond, les talons rougis qui n'étaient pas entrés dans les pantoufles. Le pain l'étranglait. Il était sans courage au seuil de cette journée grosse d'inconnu. Il songea que chez lui, à la table du petit déjeuner, sa chaise était vide.

Soudain le soleil emplit la pièce : la jeune femme venait de pousser les volets, et sa voix fraîche éclata dans la lumière comme un trille d'oiseau.

Ah ! si l'amour prenait racine
J'en planterais dans mon-on jardin !...

C'était trop. Ce rayon de soleil, et cette insouciance joyeuse, à l'instant même où il luttait contre son désespoir... Les larmes lui vinrent aux yeux.

« Allons, dépêche ! » cria-t-elle gaiement, en enlevant la tasse vide.

Elle s'aperçut qu'il pleurait :

« T'as du chagrin ? » fit-elle.

Elle avait la voix tendre d'une grande sœur ; il ne put retenir un sanglot. Elle s'assit sur le bord du matelas, passa le bras autour de son cou, et, maternellement, pour le consoler — dernier argument de toutes les femmes — elle prit sa tête et l'appuya contre sa poitrine. Il n'osa plus faire un mouvement ;

il sentait, le long de son visage, à travers la chemise, le va-et-vient de la gorge et sa tiédeur. La respiration lui manqua.

« Bêta ! fit-elle en se reculant, et cachant son buste avec son bras nu. C'est de voir ça, qui te rend tout chose ? Voyez-vous ce vice, à son âge ! Quel âge astu ? »

Il mentit sans y songer, comme il faisait depuis deux jours :

« Seize ans », balbutia-t-il.

Surprise, elle répéta :

« Seize ans, déjà ? »

Elle avait pris sa main, et, distraitement, l'examinait ; elle écarta la manche et découvrit l'avant-bras.

« C'est qu'il a la peau blanche comme une fille, ce môme-là », murmura-t-elle en souriant.

Elle avait soulevé le poignet de l'enfant, et le caressait avec sa joue inclinée ; elle cessa de sourire, respira plus fort et laissa retomber la main.

Avant qu'il eût compris, elle avait dégrafé son jupon :

« Réchauffe-moi », souffla-t-elle en se coulant sous les couvertures.

Jacques avait mal dormi sous sa bâche raidie par la pluie. Avant l'aube, il avait jailli de sa cachette, et s'était mis à déambuler dans le jour naissant. « Bien sûr, pensait-il, si Daniel est libre, il aura l'idée de venir comme hier à la buvette de la gare. » Luimême, il y fut bien avant cinq heures. Et à six heures, il ne se décidait pas à repartir.

Que penser ? Que faire ? Il se fit indiquer la prison.

Le cœur chaviré, il osait à peine lever les yeux sur le portail clos :

MAISON D'ARRÊT

C'était peut-être là que Daniel... Il contourna l'interminable mur, fit un détour afin d'apercevoir le haut des fenêtres barrées de fer, et, pris de peur, il se sauva.

Toute la matinée, il battit la ville. Le soleil dardait ; les linges de couleur, qui séchaient à toutes les fenêtres, pavoisaient les ruelles populeuses ; au seuil des portes, les commères causaient et riaient sur un diapason de dispute. Par instants, le spectacle de la rue, la liberté, l'aventure, soulevaient en lui une ivresse éphémère : mais aussitôt il songeait à Daniel. Il tenait son flacon d'iode à pleine main, au fond de sa poche : s'il ne retrouvait pas Daniel avant ce soir, il se tuerait. Il en fit le serment, en élevant à demi la voix afin de se lier avec plus de force ; mais, en lui-même, il doutait un peu de son courage.

Ce fut seulement vers onze heures, repassant pour la centième fois devant le café où, la veille, ils s'étaient fait indiquer le bureau des Messageries — ah ! il était là !

Jacques se précipita à travers tables et chaises. Daniel, plus maître de lui, s'était levé :

« Chut... »

On les remarquait ; ils se tendirent la main. Daniel paya ; ils sortirent et tournèrent dans la première rue qui s'offrit. Alors Jacques saisit le bras de son ami, s'accrochant à lui, l'étreignant, et, tout à coup, il se mit à sangloter, le front contre son épaule. Daniel ne pleurait pas : il continuait à avancer, très pâle, le regard dur fixé au loin en avant, serrant contre son côté la petite main de Jacques, et sa lèvre, relevée de biais sur les dents, tremblait.

Jacques raconta :

« J'ai dormi comme un voleur sur le quai, sous une bâche ! Et toi ? »

Daniel se troubla. Il respectait trop son ami et leur

amitié : pour la première fois, il lui fallait cacher quelque chose à Jacques, et quelque chose d'essentiel. L'énormité de ce secret, entre eux, l'étouffa. Il fut sur le point de s'abandonner, de tout dire ; mais non, il ne le pouvait pas. Il demeurait silencieux, hébété, sans pouvoir écarter l'obsession de tout ce qui avait eu lieu.

« Et toi, où as-tu passé la nuit ? » répéta Jacques.

Daniel fit un geste vague :

« Sur un banc, là-bas... Et puis, surtout, j'ai erré. »

Dès qu'ils eurent déjeuné, ils discutèrent. Rester à Marseille était une imprudence : leurs allées et venues ne tarderaient pas à devenir suspectes.

« Alors ?... dit Daniel, qui songeait au retour.

— Alors, répliqua Jacques, j'ai réfléchi : il faut aller jusqu'à Toulon ; c'est à vingt ou trente kilomètres d'ici, par là, à gauche, en suivant la côte. Nous irons à pied, comme des enfants qui se promènent. Et là-bas, il y a des tas de navires, nous trouverons bien le moyen d'embarquer. »

Tandis qu'il parlait, Daniel ne pouvait quitter des yeux le cher visage retrouvé, avec sa peau tachée de son, ses oreilles transparentes et son regard bleu, où passaient les visions des choses qu'il nommait : Toulon, les navires, l'horizon du large. Quel que fût son désir de partager la belle obstination de Jacques, son bon sens le rendait sceptique : il savait qu'ils n'embarqueraient pas ; mais, malgré tout, il n'en avait pas la certitude ; par instants même il espérait se tromper, et que la fantaisie donnerait un démenti au sens commun.

Ils achetèrent des vivres et se mirent en route. Deux filles les dévisagèrent en souriant. Daniel rougit ; les jupes ne lui cachaient plus le mystère des corps... Jacques sifflotait ; il n'avait rien remarqué. Et Daniel se sentit désormais isolé par cette expérience qui lui troublait le sang : Jacques ne pouvait plus être complètement son ami : ce n'était qu'un enfant.

À travers des faubourgs, ils atteignirent enfin leur chemin, qui suivait, comme une traînée de pastel rose, les sinuosités du rivage. Un air léger vint au-devant d'eux, savoureux, laissant un arrière-goût de sel. Ils marchaient au pas, dans la poussière blonde, les épaules cuisant au soleil. La proximité de la mer les enivra. Ils quittèrent le chemin pour courir vers elle, criant : « *Thalassa ! Thalassa !* », levant déjà les mains pour les tremper dans l'eau bleue... Mais la mer ne se laissa pas saisir. Au point où ils l'abordèrent, le rivage ne s'inclinait pas vers l'eau par cette pente de sable fin que leur convoitise avait imaginée. Il surplombait une sorte de goulet profond, d'une largeur partout égale, où la mer s'engouffrait entre des rocs à pic. Au-dessous d'eux, un éboulis de quartiers rocheux s'avançait en brise-lames, comme une jetée édifiée par des Cyclopes, et le flot qui heurtait ce bec de granit, fendu, brisé, impuissant, rampait sournoisement le long de ses flancs lisses, en bavant. Ils s'étaient pris la main, et, penchés ensemble, ils s'oubliaient à contempler l'eau houleuse qui miroitait sous le ciel. Dans leur exaltation silencieuse, il y avait un peu d'effroi.

« Regarde », fit Daniel.

À quelques centaines de mètres, une barque blanche, incroyablement lumineuse, glissait sur l'indigo de la mer. La coque, au-dessous de la ligne de flottaison, était peinte en vert, d'un vert agressif de jeune pousse, et les coups de rames projetaient l'embarcation en avant par une suite de rapides secousses, qui soulevaient la proue hors de l'eau, et découvraient à chaque bond l'éclat mouillé de la coque verte, subit comme une étincelle.

« Ah ! pouvoir décrire tout ça ! murmura Jacques en palpant son carnet dans sa poche. Mais, tu verras ! s'écria-t-il en secouant les épaules, l'Afrique c'est encore plus beau ! Viens ! »

Et il s'élança à travers les rochers dans la direction de la route. Daniel courait près de lui ; il avait pour un instant le cœur délivré de son fardeau, allégé de tout regret, follement avide d'aventure.

Ils parvinrent à un endroit où la route montait et faisait un angle droit pour desservir une agglomération de maisons. Comme ils allaient atteindre ce coude, un fracas infernal les arrêta net : un enchevêtrement de chevaux, de roues, de tonneaux, bringuebalant d'un côté à l'autre de la chaussée, dévalait vers eux à une vitesse vertigineuse, et, avant qu'ils eussent fait un mouvement pour fuir, l'énorme masse vint s'écraser à cinquante mètres d'eux, contre une grille qui vola en éclats. La pente était très rapide : un immense haquet, qui descendait à pleine charge, n'avait pu être freiné à temps ; de tout son poids, il avait entraîné les quatre percherons qui le tiraient, et qui, bousculés, se cabrant, s'empêtrant les uns dans les autres, venaient de s'abattre pêle-mêle au tournant, culbutant sur eux leur montagne de tonneaux d'où giclait du vin. Des hommes affolés, gesticulants, couraient en criant derrière cet amas de naseaux ensanglantés, de croupes, de sabots dont l'ensemble entier palpitait dans la poussière. Soudain, aux hennissements des bêtes, au tintamarre des grelots, aux sourdes ruades contre la porte de fer, au cliquetis des chaînes, aux vociférations des conducteurs, se mêla un raclement rauque qui domina tout le reste : le râle du cheval de flèche, un cheval gris que tous les autres piétinaient, et qui, les pattes prises sous lui, s'époumonait, étranglé par son harnais. Un homme, brandissant une hache, se jeta dans la mêlée : on le vit trébucher, tomber, se relever; il tenait le cheval gris par une oreille, et s'acharnait à coups de hache contre le collier; mais le collier était de fer; l'acier s'y ébréchait; on vit l'homme se dresser avec un visage de fou et lancer la hache contre le mur, tandis que le râle devenait un sifflement strident, de plus en plus précipité, et qu'un flot de sang jaillissait des naseaux.

Alors Jacques sentit que tout vacillait : il tenta de se cramponner à la manche de Daniel, mais ses doigts étaient raides, et ses jambes amollies le laissaient glisser à terre. Des gens l'entourèrent. On le conduisit dans un jardinet, on l'assit près d'une pompe, au milieu des fleurs, on lui bassina les tempes avec de l'eau fraîche. Daniel était aussi pâle que lui.

Quand ils revinrent sur la route, tout le village s'occupait des fûts. Les chevaux étaient relevés. Sur quatre, trois étaient blessés, dont deux, les pattes de devant brisées, étaient effondrés sur les genoux. Le quatrième était mort : il gisait dans le fossé où coulait le vin, sa tête grise collée contre la terre, la langue hors de la bouche, les yeux glauques à demi clos, et les jambes repliées sous lui, comme s'il eût cherché, en mourant, à se rendre aussi portatif que possible pour l'équarrisseur. L'immobilité de cette chair velue, souillée de sable, de sang et de vin, contrastait avec le halètement des trois autres, qui tremblaient sur place, abandonnés au milieu du chemin.

Ils virent un des conducteurs s'approcher du cadavre. Sur son visage hâlé, aux cheveux collés par la sueur, une expression de colère, ennoblie par une sorte de gravité, témoignait à quel point ce charretier ressentait profondément la catastrophe. Jacques ne pouvait détacher les yeux de cet homme. Il le vit mettre au coin des lèvres un mégot qu'il tenait à la main, puis se pencher sur le cheval gris, soulever la langue gonflée, déjà noire de mouches, introduire l'index dans la bouche et découvrir les dents jaunâtres ; il resta quelques secondes courbé en deux, palpant la gencive violacée ; enfin il se redressa, chercha un regard ami, rencontra celui des enfants, et, sans même essuyer ses doigts salis d'écume où s'engluaient des mouches, il reprit entre ses lèvres son bout de cigarette.

« Ça n'a pas sept ans ! » fit-il en haussant les épaules. Il s'adressait à Jacques : « La plus belle bête des quatre, la plus à l'ouvrage ! Je donnerais deux de mes doigts, tenez, ces deux-là, pour la ravoir. » Et, détournant la tête, il eut un sourire amer, et cracha.

Ils repartirent ; sans entrain, oppressés.

« Un mort, un vrai, un homme mort, en as-tu déjà vu ? demanda Jacques.

— Non.

— Ah ! mon vieux, c'est extraordinaire !... Moi, il y avait longtemps que ça me trottait en tête. Un dimanche à l'heure du catéchisme, j'y ai couru...

— Où ça ?

— À la Morgue.

— Toi ? Seul ?

— Parfaitement. Ah ? mon vieux, c'est blême un mort, tu n'as pas idée ; c'est comme en cire, en pâte à copier. Il y en avait deux. L'un avait la figure toute tailladée. Mais l'autre, il était comme vivant, même que les paupières n'étaient pas fermées. Comme vivant, reprit-il, et pourtant mort, ça ne faisait pas de doute, dès le premier coup d'œil, à cause de je ne sais quoi... Et pour le cheval, tu as vu, c'était la même chose... Ah ! quand nous serons libres, conclut-il, il faudra que je t'y mène, un dimanche, à la Morgue... »

Daniel n'écoutait plus. Ils venaient de passer sous le balcon d'une villa, où la main d'un enfant égrenait des gammes. Jenny... Il voyait devant lui le visage fin, le regard concentré de Jenny, lorsqu'elle avait crié : « Qu'est-ce que tu vas faire ? » et que les larmes étaient montées dans les yeux gris largement ouverts.

« Tu ne regrettes pas de ne pas avoir de sœur ? fit-il au bout d'un instant.

— Oh si ! Une sœur aînée, surtout. Car j'ai presque une petite sœur. » Daniel le regardait surpris ; il expliqua : « Mademoiselle élève à la maison une petite nièce à elle, une orpheline... Elle a dix ans... Gise... Elle s'appelle Gisèle, mais on dit Gise... Pour moi, c'est comme une petite sœur. » Ses yeux se mouillèrent tout à coup. Il poursuivit, sans lier les idées : « Toi, tu es élevé d'une autre manière. D'abord, tu es externe, tu vis déjà comme Antoine, tu es presque libre. C'est vrai que tu es raisonnable, toi, remarqua-t-il d'un ton mélancolique.

— Et toi, non ? fit Daniel avec sérieux.

— Oh ! moi, reprit Jacques en fronçant les sourcils, je sais bien que je suis insupportable. Ça ne peut pas être autrement. Ainsi, tiens, j'ai des colères, quelquefois, je ne connais plus rien, je casse, je cogne, je crie des horreurs, je serais capable dc sauter par la fenêtre ou d'assommer quelqu'un ! Je te dis ça pour que tu saches tout, ajouta-t-il. Et il était visible qu'il éprouvait une sombre jouissance à s'accuser. Je ne sais pas si c'est de ma faute, ou quoi ? Il me semble que si je vivais avec toi, je ne serais plus le même. Mais ce n'est pas sûr...

« À la maison, quand je rentre le soir, si tu savais comme ils sont ! continua-t-il, après une pause, en regardant au loin. Papa ne m'a jamais pris au sérieux. À l'École, les abbés lui disent que je suis un monstre, par lèche, pour avoir l'air de se donner beaucoup de mal en élevant le fils de M. Thibault, qui a le bras long à l'Archevêché, tu comprends ? Papa est bon, tu sais, affirma-t-il avec une animation soudaine, très bon même, je t'assure. Mais je ne sais comment dire... Toujours ses œuvres, ses commissions, ses discours : toujours la religion. Et Mademoiselle aussi : tout ce qui arrive de mal, c'est le bon Dieu qui me punit. Tu comprends ? Après le dîner, papa s'enferme dans son bureau, et Mademoiselle me fait réciter mes leçons que je ne sais jamais, dans la chambre de Gise, pendant qu'elle couche la petite. Elle ne veut même pas que je reste dans ma chambre, seul ! Ils ont dévissé mon commutateur, crois-tu ? pour que je ne puisse pas toucher à l'électricité !

— Mais ton frère ? questionna Daniel.

— Antoine, oui, c'est un chic type, mais il n'est jamais là, tu comprends ? Et puis — il ne me l'a jamais dit — mais je suppose que lui non plus, il n'y tient pas tant que ça, à la maison... Il était déjà grand quand maman est morte, puisqu'il a juste neuf ans de plus que moi ; alors Mademoiselle n'a jamais pu avoir beaucoup de crampon sur lui. Tandis que moi, elle m'a élevé, tu comprends ? »

Daniel se taisait.

« Toi, ce n'est pas la même chose, répéta Jacques. On sait te prendre, tu as été élevé d'une autre manière. C'est comme pour les livres : toi, on te laisse tout lire : chez toi la bibliothèque est ouverte. Moi, on ne me donne jamais que les gros bouquins rouge et or, à images, genre Jules Verne, des imbécillités. Ils ne savent même pas que j'écris des vers. Ils en feraient toute une histoire, ils ne comprendraient pas. Peut-être même qu'ils me cafarderaient à la boîte, pour me faire surveiller de plus près... »

Il y eut un assez long silence. La route, s'écartant de la mer, montait vers un boqueteau de chênes-lièges.

Tout à coup, Daniel se rapprocha de Jacques et lui toucha le bras.

« Écoute », dit-il ; sa voix qui muait, prit une sonorité basse, solennelle : « Je pense à l'avenir. Sait-on jamais ? Nous pouvons être séparés l'un de l'autre. Eh bien, il y a une chose que je voulais te demander depuis longtemps, comme un gage, comme le sceau éternel de notre amitié. Promets-moi de me dédier ton premier volume de vers... Oh ! sans mettre de nom : simplement : *À mon ami*. — Tu veux ?

— Je te le jure », fit Jacques en se redressant. Et il se sentit grandir.

Arrivés au bois, ils firent halte sous les arbres. Au-dessus de Marseille, le couchant s'embrasait.

Jacques, qui se sentait les chevilles gonflées, retira ses bottines et s'étendit dans l'herbe. Daniel le regardait, sans penser à rien ; et tout à coup, de ces petits pieds nus, dont les talons étaient rougis, il détourna les yeux.

« Tiens, un phare », fit Jacques en étendant le bras. Daniel tressaillit. Au loin, sur la côte, un scintillement intermittent piquait le fond soufré du ciel. Daniel ne répondit pas.

L'air avait fraîchi lorsqu'ils continuèrent leur voyage. Ils avaient projeté de coucher dehors, dans un buisson. Mais la nuit s'annonçait glacée.

Ils marchèrent une demi-heure sans échanger un mot, et débouchèrent enfin devant une auberge blanchie à neuf, dont on apercevait les gloriettes étagées sur la mer. La salle, éclairée, semblait vide. Ils se consultèrent. Une femme, les voyant hésiter sur le seuil, ouvrit la porte. Elle souleva vers eux son quinquet de verre, dont l'huile brillait comme une topaze. Elle était petite, âgée, et deux pendeloques d'or tombaient des oreilles sur son cou de tortue.

« Madame, dit Daniel, auriez-vous une chambre à deux lits pour cette nuit ? » Et, avant qu'elle l'eût interrogé : « Nous sommes deux frères, nous allons rejoindre mon père à Toulon, mais nous sommes partis trop tard de Marseille pour pouvoir coucher à Toulon ce soir...

— Hé, je pense ! » dit la bonne femme en riant. Elle avait le regard jeune, joyeux, et agitait les mains en parlant. « De pied jusqu'à Toulon ? Vous m'en narrez des anecdotes ! Enfin, il n'importe ! Une chambre, oui, deux francs, payés de suite.... » Et, comme Daniel tirait son portefeuille : « La soupe mijote : je vous en porte deux platées ? » Ils acceptèrent.

La chambre était une soupente, et il n'y avait qu'un seul lit dont les draps avaient déjà servi. D'un commun accord, sans explication, ils se déchaussèrent vivement et se glissèrent sous la couverture, tout habillés, dos à dos. Ils furent longs à s'endormir. La lune éclairait à plein la lucarne. Dans le grenier voisin, des rats galopaient avec un bruit flasque. Jacques aperçut une affreuse araignée qui cheminait sur le mur blafard et s'évanouit dans l'ombre ; il se jura de veiller toute la nuit. Daniel, en pensée, renouvelait le péché de chair ; son imagination enrichissait déjà ses souvenirs ; il n'osait bouger, trempé de sueur, haletant de curiosité, de dégoût, de plaisir.

Le lendemain matin — Jacques dormait encore — Daniel allait se lever pour échapper à ses visions, lorsqu'il entendit un remue-ménage dans l'auberge. Il avait vécu toute la nuit dans une telle hantise de son aventure, que sa première pensée fut qu'on allait le traîner en justice pour sa débauche. En effet, la porte, qui n'avait plus de loquet, s'ouvrit : c'était un gendarme, qu'amenait la patronne. En entrant, il heurta son front contre le linteau et retira son képi.

« Ils ont débarqué à la nuit venante, couverts de poussière, expliquait la vieille, riant toujours, et secouant les pendeloques de ses oreilles. « Regardez plutôt leurs brodequins ! Ils m'ont narré des anecdotes de loup-garou, qu'ils voulaient aller de pied jusqu'à Toulon, que sais-je en outre ! Et celui-là, le grand sacriste, fit-elle en avançant vers Daniel son bras où cliquetaient des bracelets, il m'a donné un billet de cent francs pour payer les quatre francs cinquante de la chambre et du souper. »

Le gendarme brossait son képi d'un air désabusé.

« Allons, debout ! ronchonna-t-il, et donnez-moi vos noms, prénoms, et toute la séquelle. »

Daniel hésitait. Mais Jacques avait sauté du lit : en culotte et en chaussettes, dressé comme un coq de combat, il paraissait résolu à terrasser ce grand flandrin, et lui criait au visage :

« Maurice Legrand. Et lui, Georges. C'est mon frère ! Notre père est à Toulon. Vous ne nous empêcherez pas d'aller le rejoindre, allez ! »

Quelques heures plus tard, ils faisaient leur entrée à Marseille, dans une charrette au trot, flanqués de deux gendarmes et d'un chenapan auquel on avait mis des menottes. Le haut portail de la maison d'arrêt s'ouvrit, puis, se referma, lourdement.

« Entrez ici, leur dit un gendarme, en ouvrant la porte d'une cellule. Et retournez-moi vos poches. Donnez tout ça. On vous laisse ensemble jusqu'à la soupe, le temps de vérifier vos racontars. »

Mais bien avant l'heure du repas, un brigadier vint les chercher pour les conduire au bureau du lieutenant.

« Inutile de nier, vous êtes pincés. On vous recherche depuis dimanche. Vous êtes de Paris : vous, le grand, vous vous appelez Fontanin ; et vous, Thibault. Des enfants de famille, courir les chemins comme des petits criminels ! »

Daniel avait pris une attitude ombrageuse ; mais il éprouvait un soulagement profond. C'était fini ! Déjà sa mère le savait vivant, l'attendait. Il lui demanderait pardon et ce pardon effacerait tout : tout, même ce à quoi il pensait à ce moment avec un trouble émoi, et que jamais il ne pourrait confesser à personne.

Jacques serrait les dents, et, songeant à son flacon d'iode, à son poignard, il crispait désespérément les poings au fond de ses poches vidées. Vingt projets de vengeance et d'évasion s'échafaudaient dans sa tête. À ce moment, l'officier ajouta :

« Vos pauvres parents sont dans le désespoir. »

Jacques lui jeta un regard terrible ; et, soudain, son visage se crispa, il fondit en larmes. Il apercevait son père, Mademoiselle et la petite Gise... Son cœur débordait de tendresse et de remords.

« Allez faire un somme, reprit le lieutenant. Demain, on pourvoira au nécessaire. J'attends les ordres. »

VIII

Depuis deux jours, Jenny somnole, très affaiblie, mais sans fièvre. Mme de Fontanin, debout contre la croisée, guette les bruits de l'avenue : Antoine est allé chercher les deux fugitifs à Marseille ; il doit les ramener ce soir ; neuf heures viennent de sonner ; ils devraient être là.

Elle tressaille : une voiture ne s'est-elle pas arrêtée devant la maison ?

Déjà elle est sur le palier, les mains à la rampe. La chienne s'est précipitée et jappe pour fêter l'enfant. Mme de Fontanin se penche, et soudain, en raccourci, le voilà ! C'est son chapeau, dont les bords cachent la figure, c'est le mouvement de ses épaules dans son vêtement. Il marche le premier, suivi d'Antoine, qui tient son frère par la main.

Daniel lève les yeux et aperçoit sa mère ; la lampe du palier, qui est au-dessus d'elle, lui fait les cheveux blancs et plonge son visage dans l'ombre. Il baisse la tête et continue à monter, devinant qu'elle descend vers lui ; il ne parvient plus à soulever les jambes, et tandis qu'il se découvre, n'osant relever la tête, ne respirant plus, il se trouve contre elle, le front sur sa poitrine. Son cœur est douloureux, presque sans joie : il a tant espéré cette minute qu'il y est insensible, et quand il s'écarte enfin, il n'y a pas une larme sur sa figure humiliée. C'est Jacques qui, s'adossant au mur de l'escalier, éclate en sanglots.

Mme de Fontanin tient à deux mains le visage de son fils, et l'attire vers ses lèvres. Pas un reproche : un long baiser. Mais toute l'angoisse de la terrible semaine fait trembler sa voix, lorsqu'elle demande à Antoine :

« Ont-ils seulement dîné, ces pauvres enfants ? »

Daniel murmure :

« Jenny ?

— Elle est sauvée, elle est dans son lit, tu vas la voir, elle t'attend... » Et comme Daniel se dégage et s'élance dans l'appartement : « Doucement, mon petit, prends garde, elle a été bien malade, tu sais... »

Jacques, à travers ses larmes vite séchées, ne peut se retenir de jeter autour de lui un coup d'œil curieux : ainsi, voilà la maison de Daniel, voilà l'escalier qu'il grimpe chaque jour en revenant du lycée, le vestibule qu'il traverse, et voilà celle dont il dit *maman*, avec cette étrange caresse de la voix ?

« Et vous, Jacques, demande-t-elle, voulez-vous m'embrasser ?

— Réponds donc ! » dit Antoine, souriant.

Il le pousse. Elle ouvre à demi les bras ; Jacques s'y glisse, et son front se pose là où Daniel vient si longtemps de laisser le sien. Mme de Fontanin, pensive, effleure des doigts la petite tête rousse, et tourne vers le grand frère son visage qui voudrait sourire ; puis, comme Antoine, resté sur le seuil, semble pressé de repartir, par-dessus l'enfant qui se cramponne, elle lui tend ses deux mains à la fois, d'un geste conscient et plein de gratitude :

« Allez, mes amis, votre père lui aussi vous attend. »

La porte de Jenny était ouverte.

Daniel, un genou plié, la tête sur les draps, avait mis ses lèvres sur les mains de sa sœur, qu'il tenait réunies dans les siennes. Jenny avait pleuré ; ses bras tendus tiraient de biais le buste hors des oreillers ; l'effort se lisait sur ses traits, où l'amaigrissement n'avait laissé d'expression qu'aux yeux : regard encore maladif, toujours un peu dur et volontaire, regard de femme déjà, énigmatique, et qui semblait avoir pour longtemps perdu sa jeunesse et sa sérénité.

Mme de Fontanin s'approcha ; elle faillit se pencher, serrer les deux enfants dans ses bras, mais il ne fallait pas fatiguer Jenny ; elle obligea Daniel à se relever, à l'accompagner dans sa chambre.

La pièce était gaiement éclairée. Devant la cheminée, Mme de Fontanin avait préparé la table à thé : des tartines grillées, du beurre, du miel, et, bien au chaud sous une serviette, des châtaignes bouillies, comme Daniel les aimait. Le samovar ronronnait ; la chambre était tiède, l'atmosphère douceâtre : Daniel pensa se trouver mal. De la main, il refusa l'assiette que sa mère lui tendait. Mais elle eut l'air si déçue !

« Quoi donc, mon petit ? Tu ne vas pas me priver d'une bonne tasse de thé, ce soir, avec toi ? »

Daniel la regarda. Qu'avait-elle donc de changé ? Pourtant, elle buvait, comme toujours, son thé brûlant, à petites gorgées, et ce visage à contre-jour, souriant dans la buée du thé, était bien, un peu plus fatigué sans doute, le visage de toujours ! Ah ! ce sourire, ce long regard... Il ne put supporter tant de douceur : il baissa la tête, saisit une rôtie, et, par contenance, fit mine d'y mordre. Elle sourit davantage ; elle était heureuse et ne disait rien ; elle dépensait le trop-plein de sa tendresse à flatter le front de la chienne, blottie au creux de sa robe.

Il reposa le pain. Les yeux toujours à terre, il dit, en pâlissant :

« Et au lycée, qu'est-ce qu'ils t'ont raconté ?

— Je leur ai dit que ce n'était pas vrai ! »

Le front de Daniel se détendit enfin ; levant les yeux, il rencontra le regard de sa mère, regard confiant, certes, mais qui interrogeait malgré tout, qui souhaitait d'être confirmé dans sa confiance ; et le regard de Daniel répondit à cette question muette de la manière la plus indubitable. Alors elle s'approcha, radieuse, et, très bas :

« Pourquoi, pourquoi n'es-tu pas venu me conter tout, mon grand, au lieu de... »

Mais elle se dressa, sans achever : un trousseau de clefs avait tinté dans l'antichambre. Elle restait immobile, tournée vers la porte entrebâillée. La chienne, remuant la queue, se glissa sans aboyer au-devant du visiteur ami.

Jérôme parut.

Il souriait.

Il était sans pardessus ni chapeau ; il avait un air si naturel qu'on eût juré qu'il habitait là, qu'il sortait de sa chambre. Il jeta un coup d'œil vers Daniel, mais se dirigea vers sa femme et baisa la main qu'elle lui laissa prendre. Un parfum de verveine, de citronnelle, flottait autour de lui.

« Amie, me voilà ! Que s'est-il passé ? Je suis désolé, vraiment... »

Daniel s'approchait de lui avec un visage joyeux. Il s'était habitué à aimer son père, bien que, dans sa petite enfance, il eût longtemps manifesté pour sa mère une tendresse exclusive, jalouse ; et maintenant encore, il acceptait, avec une inconsciente satisfaction, que son père fût sans cesse absent de leur intimité.

« Alors, tu es ici, toi, qu'est-ce qu'on m'a raconté ? » fit Jérôme. Il tenait son fils par le menton et le regardait en fronçant les sourcils ; puis il l'embrassa.

Mme de Fontanin était demeurée debout. « Lorsqu'il reviendra, s'était-elle dit, je le chasserai. » Son ressentiment n'avait pas fléchi, ni sa résolution ; mais il l'avait prise à l'improviste et il s'était imposé avec une si déconcertante désinvolture ! Elle ne pouvait détacher de lui ses yeux ; elle ne s'avouait pas combien elle était bouleversée par sa présence, combien elle était sensible encore au charme câlin de son regard, de son sourire, de ses gestes : il était l'homme de sa vie. Une pensée d'argent lui était venue, et elle s'y accrochait pour excuser la passivité de son attitude : elle avait entamé le matin même ses dernières économies ; elle ne pouvait plus attendre ; Jérôme le savait et, sans doute, il lui apportait l'argent du mois.

Daniel, ne sachant trop que répondre, s'était tourné vers sa mère, et il surprit alors sur le pur visage maternel, il n'eût pas su dire quoi, quelque chose de si particulier, de si intime, qu'il détourna la tête avec un sentiment de pudeur. Il avait perdu à Marseille jusqu'à l'innocence du regard.

« Faut-il le gronder, Amie ? » disait Jérôme, avec un glissant sourire qui faisait luire ses dents.

Elle ne répondit pas tout de suite. Elle lui jeta enfin, sur un ton où perçait comme un désir de vengeance :

« Jenny a été tout près de mourir. »

Il lâcha son fils et fit un pas vers elle, le visage tellement alarmé qu'elle eût aussitôt consenti à tout pardonner afin d'effacer ce mal qu'elle avait d'abord souhaité lui faire.

« Elle est sauvée, cria-t-elle, rassurez-vous. »

Elle se contraignait à sourire afin de le tranquilliser plus vite ; et ce sourire, en fait, était une capitulation momentanée. Elle en eut conscience. Tout conspirait contre sa dignité.

« Allez la voir, ajouta-t-elle, remarquant que les mains de Jérôme tremblaient. Mais ne l'éveillez pas. »

Quelques minutes s'écoulèrent. Mme de Fontanin s'était assise. Jérôme revint sur la pointe des pieds et ferma soigneusement la porte. Son visage rayonnait de tendresse, mais l'angoisse était dissipée ; il riait de nouveau et clignait des yeux :

« Si vous la voyiez dormir ! Elle a glissé de côté, la joue sur la main. » Ses doigts modelaient dans l'air la forme gracieuse de l'enfant assoupie. « Elle a maigri, mais c'est presque tant mieux, elle n'en est que plus jolie, ne trouvez-vous pas ? »

Elle ne répondit rien. Il la regardait, hésitant, puis il s'écria :

« Mais, Thérèse, vous êtes devenue toute blanche ? »

Elle se leva et courut presque à la cheminée. C'était vrai : deux jours avaient suffi pour que ses cheveux, argentés déjà mais encore blonds, eussent tout à fait blanchi sur les tempes et autour du front. Daniel comprit enfin ce qui, depuis son arrivée, lui semblait différent ; inexplicable. Mme de Fontanin s'examinait, ne sachant que penser, ne pouvant se défendre d'un regret ; et, dans la glace, elle aperçut Jérôme, qui était derrière elle : il lui souriait, et sans qu'elle y prît garde, ce sourire la consola. Il avait l'air amusé ; il frôla du doigt une mèche décolorée qui flottait dans la lumière :

« Rien ne pouvait vous aller si bien, Amie ; rien ne pouvait accuser mieux — comment dire ? — la jeunesse de votre regard. »

Elle dit, comme pour s'excuser, mais surtout pour masquer un secret plaisir :

« Ah ! Jérôme, j'ai passé des jours et des nuits atroces. Mercredi on avait tout tenté, on n'osait plus espérer... J'étais toute seule ! J'ai eu si peur !

— Pauvre Amie, s'écria-t-il avec élan. Je suis désolé, j'aurais si facilement pu revenir ! J'étais à Lyon pour l'affaire que vous savez, reprit-il, et avec tant d'assurance qu'elle se prit à chercher un instant dans sa mémoire. J'avais tout de bon oublié que vous n'aviez pas mon adresse. D'ailleurs, je n'étais parti que pour vingt-quatre heures : j'ai même perdu le bénéfice de mon billet de retour. »

À ce moment il se souvint que depuis longtemps il n'avait pas remis d'argent à Thérèse. Il ne pouvait rien toucher avant trois semaines. Il fit le compte de ce qu'il avait en poche, et ne put retenir une grimace ; mais il l'interpréta aussitôt :

« Tout cela, pour pas grand-chose, aucun marché sérieux n'est conclu. J'ai espéré jusqu'au dernier jour, et je reviens bredouille. Ces gros banquiers lyonnais sont si tristes en affaires, si méfiants ! » Et il se lança dans un récit de son voyage. Il inventait d'abondance, sans le moindre trouble, avec un amusement de conteur.

Daniel l'écoutait : pour la première fois, devant son père, il éprouvait une sorte de honte. Puis, sans raison, sans aucune apparence de lien, il songea à cet homme dont lui avait parlé la femme de là-bas, son « vieux » disait-elle, un homme marié, un homme dans les affaires, qui venait toujours l'après-midi, expliquait-elle, parce qu'il ne sortait jamais le soir « sans sa vraie femme ». Et le visage de sa mère, qui écoutait, elle aussi, lui parut, à cette minute, indéchiffrable. Leurs regards se croisèrent. Que lut la mère dans les yeux de son fils ? Perçut-elle plus avant parmi des pensées que Daniel ne formulait pas lui-même ? Elle dit, avec une précipitation un peu mécontente :

« Allons, va te coucher, mon petit ; tu es brisé de fatigue. »

Il obéit. Mais à l'instant où il se courbait pour l'embrasser, il eut la vision de la pauvre femme, abandonnée par tous tandis que Jenny se mourait. Par sa faute ! Sa tendresse s'accrut de tout le mal qu'il lui avait fait. Il l'étreignit, et murmura à son oreille :

« Pardon. »

Elle attendait ce mot depuis son retour, mais elle n'en éprouva pas le bonheur qu'elle eût goûté s'il l'eût prononcé plus tôt. Daniel le sentit, et en voulut à son père. Mme de Fontanin, elle aussi, en eut conscience ; mais c'est à son fils qu'elle en voulut, de ne pas avoir parlé tandis qu'elle était encore à lui seul.

Moitié par gaminerie, moitié par gourmandise, Jérôme s'était avancé jusqu'au plateau et l'inventoriait avec une moue amusée.

« Pour qui donc, toutes ces chatteries ? »

Sa façon de rire était assez factice : il rejetait la tête en arrière, ce qui coulait les prunelles dans le coin des yeux, et il égrenait l'un après l'autre trois « ah ! », un peu forcés : « Ah ! ah ! ah ! »

Il avait traîné un tabouret près de la table et s'emparait déjà de la théière.

« Ne buvez pas ce thé qui est tiède », dit Mme de Fontanin, en rallumant le samovar. Et comme il protestait : « Laissez-moi faire », dit-elle sans sourire.

Ils étaient seuls. Pour surveiller la bouilloire, elle s'était approchée, et respirait cette senteur acidulée de citronnelle, de verveine qui montait de lui. Il leva la tête vers elle, souriant à demi, et son expression était tendre, repentante : il tenait sa tartine à la main, comme un écolier, et, du bras libre, il entoura la taille de sa femme, avec un sans-gêne qui confessait une longue expérience amoureuse. Mme de Fontanin se dégagea brusquement ; elle avait peur de sa faiblesse. Dès qu'il eut retiré son bras, elle revint achever le thé, puis s'éloigna de nouveau.

Elle restait digne et triste ; devant une telle inconscience, le plus âpre de sa rancune avait cédé. Elle l'examinait, à la dérobée, dans la glace. Son teint ambré, ses yeux en amande, la cambrure de sa taille, et jusqu'à la recherche un peu exotique de sa mise, donnaient à sa nonchalance quelque chose d'oriental. Elle se souvint qu'au temps des fiançailles elle avait écrit dans son journal : « Mon bien-aimé est beau comme un prince hindou. » Elle le regardait, et c'était toujours avec les yeux d'autrefois. Il s'était assis de biais sur le siège trop bas, et allongeait les jambes vers le feu. Du bout de ses doigts aux ongles polis, il beurrait l'une après l'autre ses rôties, les dorait de miel, et, penchant le buste au-dessus de l'assiette, mordait dans le pain à belles dents. Lorsqu'il eut fini, il but son thé d'un trait, se releva avec une souplesse de danseur, et vint s'allonger dans un fauteuil. L'on eût dit que rien ne s'était passé, qu'il vivait là comme autrefois. Il caressait Puce qui avait sauté sur ses genoux. Son annulaire gauche portait une large sardoine héritée de sa mère, un camée ancien où la silhouette laiteuse d'un Ganymède s'enlevait sur un noir profond ; l'usage avait aminci l'anneau, et la bague, à chaque déplacement de la main, glissait d'un bout à l'autre de la phalange. Elle épiait tous ses gestes.

« Vous permettez que j'allume une cigarette, Amie ? »

Il était incorrigible et délicieux. Il avait une manière à lui de prononcer ce mot *Amie*, en laissant l'e final mourir au bord des lèvres, comme un baiser. L'étui d'argent brilla entre ses doigts ; elle reconnut son claquement sec, et ce tic qu'il avait de tapoter la cigarette sur le dos de sa main avant de la glisser sous la moustache. Et comme elle connaissait aussi les longues mains veinées, dont l'allumette fit soudain deux coquillages transparents, couleur de flamme !

Elle s'efforça de ranger la table à thé, calmement. Cette semaine l'avait brisée, et elle s'en apercevait à l'instant même où elle avait besoin de tout son courage. Elle s'assit. Elle ne savait plus que penser, elle entendait mal l'injonction de l'Esprit. Dieu ne l'avait-il pas placée auprès de ce pécheur, qui, jusque dans ses dérèglements, demeurait accessible à la bonté, pour qu'elle pût l'assister quelque jour dans son acheminement vers le Bien ? Non : le devoir immédiat était de préserver le foyer, les enfants. Sa pensée se redressait peu à peu. Ce fut un réconfort pour elle de se sentir plus ferme qu'elle n'avait cru. Le jugement qu'elle avait rendu, Jérôme absent, au fond de sa conscience éclairée par la prière, restait irrévocable.

Jérôme la considérait depuis un moment avec une attention songeuse, puis son regard prit une expression d'intense sincérité. Elle connaissait ce sourire en suspens, cet œil circonspect ; elle eut peur, car s'il était vrai qu'elle déchiffrât à tout instant, presque malgré elle, la signification de ce visage capricieux, cependant, toujours, son intuition finissait par heurter un certain point limite, au-delà duquel sa perspicacité s'enlisait en des sables mouvants ; et souvent elle s'était demandé : « Au fond de lui-même, qu'est-il ? »

« Oui, je comprends bien, commença Jérôme, avec une pointe de mélancolie cavalière. Vous me jugez sévèrement, Thérèse. Oh ! je vous comprends, je vous comprends trop bien. S'il s'agissait d'un autre que moi, je le jugerais comme vous faites, je penserais : C'est un misérable. Oui, un misérable — ayons au moins le courage des mots. Ah ! comment vous expliquer tout cela ?

— À quoi bon, à quoi bon... », interrompit la pauvre femme ; et sa figure, qui ne savait pas feindre, suppliait.

Il s'était renversé au fond du fauteuil et fumait ; le croisement des jambes découvrait jusqu'à la cheville son pied qu'il balançait indolemment.

« Rassurez-vous, je ne discuterai pas. Les faits sont là, ils me condamnent. Et pourtant, Thérèse, il existe peut-être de tout cela d'autres explications que celles qui sautent aux yeux. » Il sourit tristement. Il aimait à ratiociner sur ses fautes et invoquer des arguments d'ordre moral; peut-être satisfaisait-il ainsi ce qui subsistait en lui de protestantisme. Souvent, reprit-il, une action mauvaise a d'autres mobiles que des mobiles mauvais. On paraît chercher la satisfaction brutale d'un instinct; et, en réalité, quelquefois, souvent même, on cède à un sentiment qui est bon en soi — comme la pitié, par exemple. Ainsi l'on fait souffrir un être qu'on aime, et quelquefois c'est parce que l'on a pitié d'un autre être, disgracié, de condition inférieure, qu'un peu d'attention, croit-on, suffirait à sauver... »

Elle aperçut, sur le quai, cette petite ouvrière qui sanglotait. D'autres souvenirs s'évoquèrent, Mariette, Noémie... Elle avait l'œil fixé sur le va-et-vient du soulier verni, où s'allumait et s'éteignait tour à tour le reflet de la lampe. Elle se rappela, jeune mariée, ces dîners d'affaires, imprévus et urgents, dont il revenait au petit jour, pour s'enfermer dans sa chambre et dormir jusqu'au soir. Toutes les lettres anonymes qu'elle avait parcourues, puis déchirées, brûlées, piétinées, sans parvenir à atténuer la virule du venin! Elle avait vu Jérôme débaucher ses bonnes, une à une enjôler ses amies. Il avait fait le vide autour d'elle. Elle se souvint des reproches qu'au début elle avait hasardés, des scènes prudentes où elle parlait avec loyauté, avec indulgence, ne trouvant devant elle qu'un être dominé par ses caprices, fermé, fuyant, qui niait l'évidence avec une indignation puritaine, puis tout aussitôt, comme un gamin, jurait en souriant qu'il ne recommencerait plus.

« Ainsi, voyez, poursuivit-il, je me conduis mal avec vous, je... Si, si! n'ayons pas peur des mots. Et pourtant je vous aime, Thérèse, de toute mon âme, et je vous respecte, et je vous plains ; et rien autre, jamais, j'en fais le serment, pas une seule fois, pas une minute, rien n'a été comparable à cet amour-là, le seul enraciné au fond de moi !

« Ah ! ma vie est laide, je ne la défends pas, j'en ai honte. Mais vraiment, Amie, croyez-moi, vous commettriez une injustice, vous si pleine d'équité, en me jugeant seulement sur ce que je fais. Je... Je ne suis pas exactement l'homme de mes fautes. Je m'explique mal, je sens que vous ne m'entendez pas... Tout cela est mille fois plus compliqué encore que je ne peux le dire, et je ne parviens à l'entrevoir moi-même que par étincelles... »

Il se tut, la nuque courbée, les yeux au loin, comme s'il était épuisé par ce vain effort pour atteindre un instant la vérité intime de sa vie. Puis il releva la tête, et Mme de Fontanin sentit passer sur son visage le regard frôleur de Jérôme, si léger en apparence, mais qui possédait la vertu d'accrocher au passage les regards d'autrui, de les happer, pour ainsi dire, et de les tenir un moment englués, avant qu'ils pussent se détacher de lui : à la façon dont l'aimant attire, soulève et lâche un fer trop lourd. Une fois encore, leurs yeux se prirent et se quittèrent. « Toi aussi, pensa-t-elle, ne serais-tu pas meilleur que ta vie ? »

Cependant elle haussa les épaules.

« Vous ne me croyez pas », murmura-t-il.

Elle s'appliqua à prendre un accent détaché :

« Oh ! je veux bien vous croire, je vous ai souvent cru, déjà ; mais cela n'a guère d'importance. Coupable ou non, responsable ou non, Jérôme, le mal a été fait, le mal se fait tous les jours, le mal se fera encore, — et cela ne doit pas durer... Séparons-nous enfin. Séparons-nous définitivement. »

Elle y avait tant songé depuis quatre jours, qu'elle accentua ces mots avec une sécheresse à laquelle Jérôme ne se méprit pas. Elle vit sa stupéfaction, sa douleur, et se hâta de poursuivre :

« Il y a les enfants, aujourd'hui. Tant qu'ils étaient petits, ils ne comprenaient pas, j'étais seule à... » Mais au moment de prononcer le mot « souffrir », une pudeur la retint. « Le mal que vous m'avez fait, Jérôme, il ne m'atteint plus, moi seule, dans mon... affection : il entre ici avec vous, il est dans l'air de notre maison, il est dans l'air que respirent mes enfants. Je ne le supporterai pas. Voyez ce qu'a fait Daniel cette semaine. Dieu lui pardonne, comme je lui ai pardonné, la blessure qu'il m'a faite ! Il la regrette, dans son cœur resté droit », et son regard eut une lueur de fierté, presque de défi, « mais je suis sûre que votre exemple l'a aidé à faire le mal. Serait-il parti aussi facilement, sans souci de mon inquiétude, s'il ne vous voyait pas disparaître sans cesse... pour vos affaires ? » Elle se leva, fit un pas hésitant vers la cheminée, aperçut ses cheveux blancs, et, se penchant un peu dans la direction de son mari, sans toutefois le regarder : « J'ai bien réfléchi, Jérôme. J'ai beaucoup souffert cette semaine, j'ai prié, j'ai réfléchi. Je ne songe même pas à vous faire un reproche. D'ailleurs, ce soir, je n'en aurais pas la force, je suis exténuée. Je vous demande seulement de regarder la réalité en face : vous reconnaîtrez que j'ai raison, qu'il n'y a pas d'autre solution possible. La vie commune... », elle se reprit, « ... ce qui nous reste de vie commune, ce peu qui nous reste, Jérôme, c'est trop encore. » Elle se raidit, posa ses deux mains sur le marbre, et, ponctuant chaque mot d'un mouvement du buste et des mains, elle articula : « Je-n'en-veux-plus. »

Jérôme ne répondit pas mais, avant qu'elle eût pu

s'écarter, il avait glissé à ses pieds et posé la joue contre sa hanche, comme un enfant qui veut forcer le pardon. Il balbutia :

« Est-ce que je pourrais me séparer de toi ? Est-ce que je pourrais vivre sans mes petits ? Je me brûlerais la cervelle ! »

Elle eut presque envie de sourire, tant il mit de puérilité dans le simulacre qu'il fit vers sa tempe. Il avait pris le poignet de Thérèse, qui pendait le long de sa jupe, et le couvrait de baisers. Elle dégagea sa main, et lui caressa le front du bout de ses doigts, d'un mouvement inattentif et las, qui semblait maternel, qui prouvait son irrémédiable détachement. Il s'y trompa et redressa la tête, mais il comprit à l'examen de son visage combien il se leurrait. Elle s'était éloignée aussitôt. Elle tendit le bras vers une pendulette de voyage qui était sur la table de nuit.

« Deux heures ! fit-elle. Il est affreusement tard. Je vous en prie... Demain. »

Il jeta les yeux sur le cadran, de là sur le grand lit préparé où gisait l'oreiller solitaire.

C'est à ce moment qu'elle ajouta :

« Vous allez avoir de la peine à trouver une voiture. »

Il eut un geste vague, étonné ; il n'avait jamais eu le dessein de ressortir ce soir. N'était-il pas chez lui ? Sa chambre, toujours prête, l'attendait ; il n'avait qu'à traverser le couloir. Combien de fois était-il rentré, en pleine nuit, après quatre, cinq, six jours d'absence ? Et on le voyait apparaître au petit déjeuner, en pyjama, rasé de frais, plaisantant et riant haut pour vaincre chez ses enfants cette silencieuse défiance qu'il ne s'expliquait pas. Mme de Fontanin savait tout cela, et elle venait de suivre sur ses traits la courbe de sa pensée ; mais elle ne transigea pas et ouvrit la porte qui donnait sur le vestibule. Il passa, assez penaud dans le fond, mais gardant l'allure d'un ami qui prend congé.

Tandis qu'il endossait son pardessus, il songea qu'elle était sans argent. Il eût fait, sans hésiter, l'abandon des quelques billets qui lui restaient en poche, bien qu'il n'eût aucun moyen de se procurer d'autres subsides, mais la pensée que cette diversion pût modifier quelque chose à son départ, qu'après avoir reçu cet argent elle n'eût peut-être plus pris la liberté de l'éconduire si fermement, cette pensée le froissa dans sa délicatesse ; et, plus encore, la crainte que Thérèse pût y soupçonner un calcul. Il dit seulement :

« Amie, j'ai bien des choses à vous dire encore... »

À quoi elle répondit, vite, songeant à sa décision de rompre, puis aussi à la somme entendue :

« Demain, Jérôme. Je vous recevrai demain, si vous venez. Nous causerons. »

Il prit alors le parti de s'en aller galamment, saisit le bout de ses doigts et y apposa les lèvres. Il y eut entre eux une seconde d'indécision. Mais elle retira sa main et ouvrit la porte du palier.

« Eh bien, au revoir, Amie... À demain. »

Elle l'aperçut une dernière fois, le chapeau levé, descendant les premières marches, la tête inclinée vers elle, souriant.

La porte retomba. Mme de Fontanin restait seule. Son front s'appuya au chambranle ; le coup sourd de la porte cochère fit frémir jusqu'à sa joue la maison endormie. Devant elle un gant clair était tombé sur le tapis. Sans réfléchir, elle s'en saisit, le pressa sur sa bouche, le respira, cherchant, à travers ce relent de cuir et de fumée, un parfum plus subtil qu'elle connaissait bien. Puis, apercevant son geste dans la glace, elle rougit, laissa retomber le gant, tourna brutalement le commutateur, et, délivrée d'elle-même par les ténèbres, à tâtons, elle courut jusqu'aux chambres des enfants, pour écouter un long moment leurs respirations endormies.

IX

Antoine et Jacques étaient remontés dans leur fiacre. Le cheval n'avançait guère et semblait, avec ses sabots, jouer des castagnettes sur le macadam. Les rues étaient sombres. Une odeur de drap moisi s'évaporait dans l'obscurité de la guimbarde. Jacques pleurait. La fatigue, sans doute aussi l'accolade de cette dame au sourire maternel, le livraient enfin au remords : qu'allait-il répondre à son père ? Il se sentit défaillir et, se trahissant, vint appuyer sa détresse à l'épaule du frère, qui l'entoura de son bras. C'était la première fois que leurs timidités ne s'interposaient plus entre eux.

Antoine voulut parler, mais il ne parvint pas à dépouiller tout respect humain ; sa voix avait une bonhomie forcée, un peu rude :

« Allons, mon vieux, allons... C'est fini... À quoi bon se mettre dans cet état-là... »

Il se tut et se contenta de garder contre lui le buste du petit. Mais sa curiosité le travaillait :

« Qu'est-ce qui t'a pris, voyons ? reprit-il avec plus de douceur. Qu'est-ce qui s'est passé ? C'est lui qui t'a entraîné ?

— Oh ! non. Lui, ne voulait pas. C'est moi, moi tout seul.

— Mais pourquoi ? »

Pas de réponse. Antoine poursuivit gauchement :

« Tu sais, je connais ça, les liaisons au collège. Tu peux m'avouer bien des choses, à moi, je sais ce que c'est. On se laisse entraîner...

— C'est mon ami, voilà tout, souffla Jacques sans quitter l'épaule de son frère.

— Mais, hasarda l'autre, qu'est-ce que vous... faites ensemble ?

— Nous causons. Il me console. »

Antoine n'osait pas aller plus avant. « Il me console. » L'accent de Jacques lui serrait le cœur. Il allait dire : « Tu es donc bien malheureux, mon petit ? » lorsque Jacques ajouta crânement :

« Et puis, si tu veux savoir tout : il corrige mes vers. »

Antoine répliqua :

« Ah ! ça, c'est très bien, ça me plaît beaucoup. Je suis très content, vois-tu, que tu sois poète.

— Vrai ? fit l'enfant.

— Oui, très content. Je le savais d'ailleurs. J'ai déjà lu des poèmes de toi, j'en ai quelquefois trouvé, qui traînaient. Je ne t'en ai pas parlé. D'ailleurs, nous ne causions jamais ensemble, je ne sais pas pourquoi. Mais il y en a qui me plaisent beaucoup : tu as certainement des dons, il faudra en tirer parti. »

Jacques se pencha davantage :

« J'aime tant ça, murmura-t-il. Je donnerais tout pour les beaux vers que j'aime. Fontanin me prête des livres — tu ne le diras pas, dis, à personne ? — C'est lui qui m'a fait lire Laprade, Sully Prudhomme, et Lamartine, et Victor Hugo, et Musset... Ah ! Musset ! Tu connais ça, dis :

Pâle étoile du soir, messagère lointaine
Dont le front sort brillant des voiles du couchant...

« Et ça :

Voilà longtemps que celle avec qui j'ai dormi,
Ô Seigneur, a quitté ma couche pour la vôtre,
Et nous sommes encor tout mêlés l'un à l'autre,
Elle à demi vivante et moi mort à demi...

« Et *le Crucifix* de Lamartine, tu le connais, dis :

Toi que j'ai recueilli sur sa bouche expirante,
Avec son dernier souffle et son dernier adieu...

« C'est beau, hein, c'est fluide ! Chaque fois, ça me rend malade. » Son cœur débordait. « À la maison, reprit-il, on ne comprend rien, je suis sûr qu'on m'embêterait si on savait que je fais des vers. Tu n'es pas comme eux, toi », et il pressait le bras d'Antoine contre sa poitrine, « je m'en doutais bien depuis longtemps ; seulement tu ne disais rien ; et puis tu n'es pas souvent là... Ah ! je suis content, si tu savais ! Je sens que maintenant je vais avoir deux amis au lieu d'un ! »

Ave Cæsar, *voici la Gauloise aux yeux bleus...*

récita Antoine en souriant.

Jacques s'écarta :

« Tu as lu le cahier !

— Mais voyons, écoute...

— Et papa ? » hurla le petit, avec un accent si déchirant qu'Antoine balbutia :

« Je ne sais pas... Peut-être l'a-t-il un peu... »

Il ne put achever. L'enfant s'était jeté dans le fond de la voiture et se roulait sur le coussin, la tête entre ses bras :

« C'est ignoble ! L'abbé est un mouchard, un

salaud ! Je lui dirai, je lui crierai en pleine étude, je lui cracherai à la figure ! On peut me chasser de l'École, je m'en fous, je me sauverai encore ! Je me tuerai ! »

Il trépignait. Antoine n'osait souffler mot. Tout à coup l'enfant se tut de lui-même, s'enfonça dans le coin, se tamponna les yeux, ses dents claquaient. Son silence était plus alarmant encore que sa colère. Heureusement le fiacre descendait la rue des Saints-Pères, ils arrivaient.

Jacques sortit le premier. Antoine, en payant, ne quittait pas son frère de l'œil, craignant qu'il ne prît sa course dans la nuit, au hasard. Mais l'enfant semblait abattu ; sa figure de gamin des rues, balafrée par le voyage et fripée par le chagrin, était sèche, ses yeux baissés.

« Sonne, veux-tu ? » dit Antoine.

Jacques ne répondit pas, ne bougea pas. Antoine le fit entrer. Il obéissait docilement. Il ne pensa même pas à la curiosité de la mère Fruhling, la concierge. Il était écrasé par l'évidence de son impuissance. L'ascenseur l'enleva, comme un fétu, pour le jeter sous la férule paternelle : de toutes parts, sans résistance possible, il était prisonnier des mécanismes de la famille, de la police, de la société.

Pourtant, lorsqu'il retrouva son palier, lorsqu'il reconnut le lustre allumé dans le vestibule comme les soirs où son père donnait ses dîners d'hommes, il éprouva une douceur, malgré tout, à sentir autour de lui l'enveloppement de ces habitudes anciennes ; et lorsqu'il vit venir, boitillant vers lui du fond de l'antichambre, Mademoiselle, plus menue, plus branlante que jamais, il eut envie de s'élancer, presque sans rancune, dans ces petits bras de laine noire qui s'écartaient pour lui. Elle l'avait saisi et le dévorait de caresses, tandis que sa voix trébuchante psalmodiait, sur une seule note aiguë :

« Quel péché ! Le sans-cœur ! Tu voulais donc nous faire mourir de chagrin ? Dieu bon, quel péché ! Tu n'as donc plus de cœur ? » Et ses yeux de lama s'emplissaient d'eau.

Mais la porte du cabinet s'ouvre à deux battants, et le père surgit dans l'embrasure.

Du premier coup d'œil il aperçoit Jacques et ne peut se défendre d'être ému. Il s'arrête cependant et referme les paupières ; il semble attendre que le fils coupable se précipite à ses genoux, comme dans le Greuze, dont la gravure est au salon.

Le fils n'ose pas. Car le bureau, lui aussi, est éclairé comme pour une fête, et les deux bonnes viennent d'apparaître à la porte de l'office, et puis M. Thibault est en redingote, bien que ce soit l'heure de la vareuse du soir : tant de choses insolites paralysent l'enfant. Il s'est dégagé des embrassades de Mademoiselle, il a reculé, et reste debout, baissant la tête, attendant il ne sait quoi, ayant envie, tant il y a de tendresse accumulée dans son cœur, de pleurer, et aussi d'éclater de rire !

Mais le premier mot de M. Thibault semble l'exclure de la famille. L'attitude de Jacques, en présence de témoins, a fait s'évanouir en un instant toute velléité d'indulgence, et, pour mater l'insubordonné, il affecte un complet détachement :

« Ah ! te voilà, dit-il, s'adressant à Antoine seul. Je commençais à m'étonner. Tout s'est normalement passé là-bas ? » Et, sur la réponse affirmative d'Antoine, qui vient serrer la main molle que son père lui tend : « Je te remercie, mon cher, de m'avoir épargné une démarche... Une démarche aussi humiliante ! »

Il hésite quelques secondes, il espère encore un élan du coupable ; il décoche un coup d'œil vers les bonnes, puis vers l'enfant, qui fixe le tapis avec une physionomie sournoise. Alors, décidément fâché, il déclare :

« Nous aviserons dès demain aux dispositions à prendre pour que de pareils scandales ne se renouvellent jamais. »

Et quand Mademoiselle fait un pas vers Jacques pour le pousser dans les bras de son père, — mouvement que Jacques a deviné sans lever la tête, et qu'il attend comme sa dernière chance de salut, — M. Thibault, tendant le bras, arrête Mademoiselle avec autorité :

« Laissez-le ! Laissez-le ! C'est un vaurien, un cœur de pierre ! Est-ce qu'il est digne des inquiétudes que nous avons traversées à cause de lui ? » Et, s'adressant de nouveau à Antoine, qui cherche l'instant d'intervenir : « Antoine, mon cher, rends-nous le service de t'occuper, pour cette nuit encore, de ce garnement. Demain je te promets, nous t'en délivrerons. »

Il y a un flottement : Antoine s'est approché de son père, Jacques, timidement, a relevé le front. Mais M. Thibault reprend sur un ton sans réplique :

« Allons, tu m'entends, Antoine ? Emmène-le dans sa chambre. Ce scandale n'a que trop duré. »

Puis, dès qu'Antoine, menant Jacques devant lui, a disparu dans le couloir où les bonnes s'effacent le long du mur comme sur le chemin du poteau d'exécution, M. Thibault, les yeux toujours clos, rentre dans son cabinet et referme la porte derrière lui.

Il ne fait que traverser la pièce pour entrer dans celle où il couche. C'est la chambre de ses parents, telle qu'il l'a vue dès sa prime enfance dans le pavillon de l'usine paternelle, près de Rouen, telle qu'il l'a héritée et apportée à Paris lorsqu'il est venu faire son droit : la commode d'acajou, les fauteuils Voltaire, les rideaux de reps bleu, le lit où, l'un après l'autre, son père, puis sa mère sont morts et, suspendu devant le prie-Dieu dont Mme Thibault a brodé la tapisserie, le christ qu'il a lui-même, à quelques mois de distance, placé entre leurs mains jointes.

Là, seul, redevenu lui, le gros homme arrondit les épaules; un masque de fatigue paraît glisser de son visage, et ses traits prennent une expression simple, qui le fait ressembler à ses portraits d'enfant. Il s'approche du prie-Dieu et s'agenouille avec abandon. Ses mains bouffies se croisent d'une façon rapide, coutumière : tous ses gestes ont ici quelque chose d'aisé, de secret, de solitaire. Il lève sa face inerte; son regard, filtrant sous les cils, s'en va droit vers le crucifix. Il offre à Dieu sa déception, cette épreuve nouvelle, et, du fond de son cœur délesté de tout ressentiment, il prie, comme un père, pour le petit égaré. Sous l'accotoir, parmi les livres pieux, il prend son chapelet, celui de sa première communion dont les grains après quarante années de polissage coulent d'eux-mêmes entre ses doigts. Il a refermé les yeux, mais il garde le front tendu vers le christ. Personne jamais ne lui a vu, dans la vie, ce sourire intérieur, ce visage dépouillé, heureux. Le balbutiement de ses lèvres fait un peu trembler ses bajoues, et les coups de tête qu'il donne à intervalles réguliers, pour dégager son cou hors du col, semblent balancer l'encensoir au pied du trône céleste.

Le lendemain Jacques était seul, assis sur son lit défait. Il ne savait que devenir, par cette matinée de samedi, qui n'était pas vacances, au contraire, et qu'il passait là, dans sa chambre. Il songeait au lycée, à la classe d'histoire, à Daniel. Il écoutait les bruits matinaux qui ne lui étaient pas familiers et lui semblaient hostiles, le balai sur les tapis, les portes que les courants d'air faisaient grincer. Il n'était pas abattu : plutôt exalté; mais son inaction, et cette menace mystérieuse qui planait dans la maison, lui causaient un intolérable malaise. Il eût recherché comme une délivrance l'occasion d'un dévouement, d'un sacrifice héroïque et absurde, qui lui eût permis d'épuiser d'un coup ce trop-plein de tendresse qui l'étouffait. Par instants, la pitié qu'il avait de lui-même lui faisait redresser la tête, et il savourait une minute de volupté perverse, faite d'amour méconnu, de haine et d'orgueil.

Quelqu'un remua le bouton de la serrure. C'était Gisèle. On venait de lui laver les cheveux et ses boucles noires séchaient sur ses épaules; elle était en chemise et en pantalon; son cou, ses bras, ses mollets étaient bruns, et elle avait l'air d'un petit Algérien, dans sa culotte bouffante, avec ses beaux yeux de chien, ses lèvres fraîches, sa tignasse ébouriffée.

« Qu'est-ce que tu veux ? fit Jacques sans aménité.

— Je viens te voir », dit-elle en le regardant.

Ses dix ans avaient deviné bien des choses, cette semaine. Enfin, Jacquot était revenu. Mais tout n'était pas rentré dans l'ordre, puisque sa tante, en train de la coiffer, venait d'être appelée auprès de M. Thibault, et l'avait plantée là, les cheveux au vent, lui faisant promettre d'être sage.

« Qui a sonné ? demanda-t-il.

— M. l'abbé. »

Jacques fronça les sourcils. Elle se hissa sur le lit, à son côté :

« Pauvre Jacquot », murmura-t-elle.

Cette affection lui fit tant de bien que, pour la

remercier, il la prit sur ses genoux et l'embrassa. Mais il avait l'oreille au guet :

« Sauve-toi, on vient ! » souffla-t-il, en la poussant vers le couloir.

Il eut à peine le temps de sauter à bas du lit et d'ouvrir un livre de grammaire. La voix de l'abbé Vécard s'éleva derrière la porte :

« Bonjour, ma mignonne. Jacquot est par ici ? »

Il entra et s'arrêta sur le seuil. Jacques baissait les yeux. L'abbé s'approcha et lui pinça l'oreille :

« C'est du joli », fit-il.

Mais l'aspect buté de l'enfant lui fit aussitôt changer de manière. Avec Jacques il agissait toujours prudemment. Il éprouvait pour cette brebis souvent égarée une dilection particulière, mêlée de curiosité et d'estime ; il avait bien distingué quelles forces gisaient là.

Il s'assit et fit venir le gamin devant lui :

« As-tu au moins demandé pardon à ton père ? » reprit-il, quoiqu'il sût fort bien à quoi s'en tenir. Jacques lui en voulut de cette feinte ; il leva sur lui un regard lisse, et fit signe que non. Il y eut un court silence.

« Mon enfant, poursuivit le prêtre d'une voix contristée, un peu hésitante, tout cela me fait beaucoup de peine, je ne le cache pas. Jusqu'ici, malgré ta dissipation, j'ai toujours pris ta défense auprès de ton père. Je lui disais : "Jacquot a bon cœur, il y a de la ressource, patientons." Mais aujourd'hui, je ne sais plus que dire, et, ce qui est plus grave, je ne sais quoi penser. J'ai appris sur toi des choses que jamais, jamais je n'aurais osé soupçonner. Nous reviendrons là-dessus. Mais je me disais : "Il aura eu le temps de réfléchir, il nous reviendra, repentant ; et il n'y a pas de faute qui ne puisse être rachetée par une sincère contrition." Au lieu de cela, te voici avec ta mauvaise figure, sans un geste de regret, sans une larme. Ton pauvre père, cette fois, en est découragé : il m'a fait peine. Il se demande jusqu'à quel degré de perversion tu es descendu, si ton cœur est totalement desséché. Et, ma foi, je me le demande aussi. »

Jacques crispait les poings au fond de ses poches et comprimait le menton contre sa poitrine, afin qu'aucun sanglot ne pût jaillir de sa gorge, afin qu'aucun muscle du visage ne pût le trahir. Lui seul savait combien il souffrait de ne pas avoir demandé pardon, quelles larmes délicieuses il eût versées s'il eût reçu l'accueil de Daniel ! Non ! Et puisqu'il en était ainsi, jamais il ne laisserait soupçonner à personne ce qu'il éprouvait pour son père, cet attachement animal, assaisonné de rancune, et qui semblait même avivé depuis qu'aucun espoir de réciprocité ne le soutenait plus !

L'abbé se taisait. La placidité de ses traits rendait plus pesant son silence. Puis, le regard au loin, sans autre préambule, il commença d'une voix de récitant :

« *Un homme avait deux fils. Or, le plus jeune des deux, ayant rassemblé tout ce qu'il avait, partit pour une région étrangère et lointaine ; et là il dissipa son bien en vivant dans le désordre. Après qu'il eut tout dépensé, il rentra en lui-même et dit : "Je me lèverai et je m'en irai vers mon père, et je lui dirai : Mon père, j'ai péché contre le Ciel et à tes yeux je ne suis plus digne d'être ton fî." Il se leva donc et s'en fut vers son père. Et comme il était encore loin, son père l'aperçut, et il fut touché de compassion ; et courant à lui, il le serra dans ses bras et l'embrassa. Mais le fî lui dit : "Mon père, j'ai péché contre le Ciel et à tes yeux je ne suis plus digne d'être appelé ton fî..."* »

À ce moment, la douleur de Jacques fut plus forte que sa volonté : il fondit en larmes.

L'abbé changea de ton :

« Je savais bien que tu n'étais pas gâté jusqu'au fond du cœur, mon enfant. J'ai dit ce matin ma messe pour toi. Eh bien, va comme l'Enfant prodigue, va-t'en trouver ton père, et il sera touché de compassion. Et il dira, lui aussi « *Réjouissons-nous, car mon fî, que voici, était perdu, mais il est retrouvé !* »

Alors Jacques se souvint que le lustre du vestibule était illuminé pour son retour, que M. Thibault avait gardé sa redingote, et l'idée qu'il avait peut-être déçu les préparatifs d'une fête l'attendrit davantage.

« Je veux te dire encore autre chose, reprit le prêtre, en caressant la petite tête rousse. Ton père a pris à ton sujet une grave détermination... » Il hésita, et, tout en choisissant ses mots, il passait et repassait la main sur les oreilles décollées, qui pliaient le long de la joue et se redressaient comme des ressorts, et devenaient brûlantes ; Jacques n'osait bouger. « ... une détermination que j'approuve, appuya l'abbé, posant son index sur ses lèvres et cherchant avec insistance le regard du petit. Il veut t'envoyer quelque temps loin de nous.

— Où ? s'écria Jacques d'une voix étranglée.

— Il te le dira, mon enfant. Mais, quoi que tu puisses en penser d'abord, il faut accepter cette sanction d'un cœur contrit, comme une mesure prise pour ton bien. Peut-être, au début, sera-ce un peu dur quelquefois de te trouver des heures entières isolé en face de toi-même : souviens-toi, à ces moments-là, qu'il n'y a pas de solitude pour un bon chrétien, et que Dieu n'abandonne pas ceux qui mettent leur confiance en lui. Allons, embrasse-moi, et viens demander pardon à ton père. »

Quelques instants plus tard, Jacques rentrait dans sa chambre, la figure tuméfiée par les larmes, le regard en feu. Il s'avança vers la glace et se dévisagea férocement jusqu'au fond des yeux, comme s'il lui fallait l'image d'un être vivant à qui hurler sa haine, sa rancune. Mais il entendit marcher dans le couloir ; sa serrure n'avait plus de clef ; il entassa une barricade de chaises contre la porte. Puis, se précipitant à sa table, il griffonna quelques lignes au crayon, enfouit le feuillet dans une enveloppe, écrivit l'adresse, mit un timbre, et se leva. Il était comme égaré. À qui confier cette lettre ? Il n'avait autour de lui que des ennemis ! Il entrouvrit la fenêtre. Le matin était gris ; la rue déserte. Mais, là-bas, une vieille dame et un enfant venaient sans se presser. Jacques laissa tomber la lettre, qui tournoya, tournoya, et vint se poser sur le trottoir. Il recula précipitamment. Lorsqu'il hasarda de nouveau la tête au-dehors, la lettre avait disparu ; la dame et l'enfant s'éloignaient.

Alors, à bout de forces, il poussa un gémissement de bête au piège, et se rua sur son lit, s'arc-boutant des pieds au bois, les membres secoués de colère impuissante, mordant l'oreiller pour étouffer ses cris : il lui restait juste assez de conscience pour vouloir priver les autres du spectacle de son désespoir.

Dans la soirée, Daniel reçut le billet suivant :

Mon Ami,

Mon Amour unique, la tendresse, la beauté de ma vie !

Je t'écris ceci comme un testament.

Ils me séparent de toi, ils me séparent de tout, ils vont me mettre dans un endroit, je n'ose pas te dire quoi, je n'ose pas te dire où ! J'ai honte pour mon père !

Je sens que je ne te reverrai jamais plus, toi mon Unique, toi qui seul pouvais me rendre bon.

Adieu, mon ami, adieu !

S'ils me rendent trop malheureux et trop méchant, je me suiciderai. Tu leur diras alors que je me suis tué exprès, à cause d'eux ! Et pourtant, je les aimais !

Mais ma dernière pensée, au seuil de l'au-delà, aura été pour toi, mon ami !

Adieu !

Juillet 1920-mars 1921.

LE PÉNITENCIER

I

Depuis ce jour de l'année dernière où Antoine avait ramené les deux écoliers fugitifs, il n'était jamais retourné chez Mme de Fontanin, mais la femme de chambre le reconnut, et, bien qu'il fût neuf heures du soir, l'introduisit sans façons.

Mme de Fontanin se tenait dans sa chambre, et ses deux enfants auprès d'elle. Assise devant la cheminée, le buste droit, sous la lampe, elle lisait un livre à haute voix ; Jenny, tapie au fond d'une bergère, tortillait sa natte, et, les yeux fixés sur le feu, écoutait ; Daniel, à l'écart, les jambes croisées, un carton sur le genou, achevait un croquis de sa mère, au fusain. Sur le seuil, Antoine, une seconde arrêté dans l'ombre, sentit combien sa venue était intempestive ; mais il n'était plus temps de reculer.

L'accueil de Mme de Fontanin fut un peu froid ; elle semblait surtout étonnée. Laissant là les enfants, elle conduisit Antoine dans le salon et, dès qu'elle eut compris ce qui l'amenait, elle se leva pour chercher son fils.

Daniel paraissait maintenant avoir dix-sept ans,

bien qu'il en eût quinze ; une ombre de moustache accusait la ligne de la bouche. Antoine, intimidé, regardait le jeune homme bien en face, de son air un peu provocant, qui semblait dire : « Moi, vous savez, je vais au but sans détours. » Et, comme autrefois, un secret instinct lui faisait exagérer un peu cette allure de franchise, dès qu'il se trouvait en présence de Mme de Fontanin.

« Voici, fit-il. C'est pour vous que je viens. Notre rencontre, hier, m'a fait réfléchir. » Daniel parut surpris. « Oui, reprit Antoine, nous avons à peine échangé quelques mots, vous étiez pressé, moi aussi ; mais il m'a semblé... Je ne sais comment dire... Et puis, vous ne m'avez demandé aucune nouvelle de Jacques : j'en ai conclu qu'il vous écrivait. N'est-ce pas ? Je soupçonne même qu'il vous écrit des choses, des choses que, moi, je ne sais pas et que j'ai besoin de savoir. Non, attendez, écoutez-moi. Jacques a quitté Paris depuis juin dernier ; nous allons être en avril ; cela fait bientôt neuf mois qu'il est là-bas. Je ne l'ai pas revu, il ne m'a pas écrit ; mais mon père le voit souvent : il me dit que Jacques se porte bien, travaille ; que l'éloignement, la discipline ont déjà produit d'excellents effets. Se trompe-t-il ? Le trompe-t-on ? Depuis notre rencontre d'hier, je suis inquiet tout à coup. L'idée m'est venue qu'il est peut-être malheureux, là où il est, et que, n'en sachant rien, je ne puis lui venir en aide ; cette idée m'est intolérable. Alors j'ai pensé à venir vous trouver, franchement. Je fais appel à votre affection pour lui. Il ne s'agit pas de trahir des confidences. Mais, à vous, il doit écrire ce qui se passe là-bas. Vous êtes le seul qui puissiez me rassurer — ou me faire intervenir. »

Daniel écoutait, impassible. Son premier mouvement avait été de se refuser à cet entretien. Il tenait la tête levée et fixait sur Antoine son regard que le trouble durcissait. Puis, embarrassé, il se tourna vers sa mère. Elle le considérait, curieuse de ce qu'il allait faire. L'attente se prolongeait. Elle sourit enfin :

« Dis la vérité, mon grand, fit-elle avec un geste aventureux de la main. On ne se repent jamais de ne pas mentir. »

Alors Daniel, avec le même geste, avait pris le parti de parler. Oui, il avait reçu de temps à autre des lettres de Thibault ; lettres de plus en plus courtes, de moins en moins explicatives. Daniel savait bien que son camarade était pensionnaire chez un brave professeur de province, mais où ? Ses enveloppes étaient timbrées d'un wagon postal, sur le réseau du Nord. Une sorte de four-à-bachot, peut-être ?

Antoine s'efforçait de ne pas laisser paraître sa stupéfaction. Avec quel souci Jacques dissimulait la vérité à son plus intime ami ! Pourquoi ? Par honte ? La même, sans doute, qui poussait M. Thibault à maquiller aux yeux du monde la colonie pénitentiaire de Crouy, où il avait incarcéré son fils, en une « institution religieuse au bord de l'Oise » ? Le soupçon que peut-être ces lettres étaient dictées à son frère, traversa soudain l'esprit d'Antoine. On le terrorisait peut-être, ce petit ? Il se souvint d'une campagne entreprise par un journal révolutionnaire de Beauvais, et des terribles accusations portées contre l'*Œuvre de Préservation sociale* : mensonges dont M. Thibault avait fait justice, au cours d'un procès en diffamation qu'il avait gagné sur toute la ligne ; mais enfin ?

Antoine ne s'en rapportait vraiment qu'à lui-même :

« Vous ne voulez pas me montrer une de ces lettres ? » demanda-t-il. Et, voyant Daniel rougir, il s'excusa par un sourire tardif : « Une seule, pour voir ? N'importe laquelle... »

Sans répondre, sans consulter sa mère des yeux, Daniel se leva et sortit de la pièce.

Resté seul avec Mme de Fontanin, Antoine retrouva des impressions qu'il avait éprouvées jadis : dépaysement, curiosité, attirance. Elle regardait devant elle et semblait ne penser à rien. Mais on eût dit que sa présence suffisait à activer la vie intérieure d'Antoine, sa perspicacité. Autour de cette femme l'air possédait une conductibilité particulière. En ce moment, sans pouvoir s'y méprendre, Antoine y sentait flotter une désapprobation. Il ne se trompait guère. Sans blâmer précisément Antoine, ni M. Thibault, puisqu'elle ignorait le sort de Jacques, mais se souvenant de son unique visite rue de l'Université, elle avait l'impression que, souvent, ce qui se faisait là n'était pas bien. Antoine la devinait, l'approuvait presque. Certes, si quelqu'un se fût permis de critiquer la conduite de son père, il se fût récrié ; mais, à cet instant et dans le fond de lui-même, il était avec Mme de Fontanin, contre M. Thibault. L'an dernier déjà — et il ne l'avait pas oublié —, lorsqu'il avait pour la première fois traversé cette atmosphère où baignaient les Fontanin, l'air familial, au retour, lui avait été plusieurs jours irrespirable.

Daniel revint. Il tendit à Antoine une enveloppe d'aspect misérable.

« C'est la première. C'est la plus longue », dit-il, et il fut s'asseoir.

Mon cher Fontanin,

Je t'écris de ma nouvelle maison. Toi, ne cherche pas à m'écrire, c'est absolument défendu ici. À part cela, tout est très bien. Mon professeur est bien, il est gentil pour moi, et je travaille beaucoup. J'ai un tas de camarades très gentils aussi. D'ailleurs mon père et mon frère viennent me voir le dimanche. Tu vois donc que je suis très bien. Je t'en prie, mon cher Daniel, au nom de notre amitié, ne juge pas sévèrement mon père, tu ne peux pas tout comprendre. Moi, je sais qu'il est très bon, et il a bien fait de m'éloigner de Paris où je perdais mon temps au lycée, j'en conviens moi-même maintenant, et je suis content. Je ne te donne pas mon adresse, pour être sûr que tu ne m'écriras pas, car ici ce serait terrible pour moi.

Je t'écrirai encore quand je pourrai, mon cher Daniel.

JACQUES.

Antoine relut deux fois ce billet. S'il n'eût reconnu à certains signes l'écriture de son frère, il eût douté que la lettre fût de Jacques. L'adresse de l'enveloppe était d'une autre main : une écriture de paysan, lâche, hésitante, malpropre. Forme et fond le déconcertaient également. Pourquoi ces mensonges ? *Mes camarades !* Jacques vivait en cellule, dans ce fameux « pavillon spécial » que M. Thibault avait créé au pénitencier de Crouy pour les enfants de bonne famille, et qui était toujours vide ; il ne parlait à aucun être vivant, si ce n'est au domestique chargé de lui porter ses repas ou de le conduire en promenade, et au professeur, qui venait de Compiègne lui donner deux ou trois leçons par semaine. *Mon père et mon frère viennent me voir !* M. Thibault se rendait officiellement à Crouy le premier lundi de chaque mois pour y présider le Conseil de direction, et, ce jour-là, en effet, avant de repartir, il faisait comparaître quelques instants son fils au parloir. Quant à Antoine, il avait bien manifesté le désir d'aller faire visite à son frère à l'époque des grandes vacances, mais M. Thibault s'y était opposé : « Dans le régime de ton frère, disait-il, l'important, c'est la régularité de l'isolement. »

Les coudes sur les genoux, il tournait le papier entre ses doigts. Il avait pour longtemps perdu le repos. Il se sentit tout à coup si désemparé, si seul, qu'il fut sur le point de tout confier à cette femme éclairée qu'un bon hasard mettait sur sa route. Il leva les yeux vers elle : les mains sur sa jupe, la figure pensive, elle semblait attendre. Son regard était pénétrant :

« Si nous pouvions vous aider à quelque chose ? » murmura-t-elle en souriant à demi. La blancheur de ses cheveux légers faisait plus jeunes encore ce sourire et tout ce visage.

Cependant, au moment de s'abandonner, il hésita. Daniel le contemplait de son air juste. Antoine craignit de paraître irrésolu, et plus encore, de donner à Mme de Fontanin une fausse image de l'homme énergique qu'il était. Mais il se donna une meilleure raison : ne pas divulguer le secret que Jacques prenait tant de soin à cacher. Et, sans tergiverser davantage, se méfiant de lui-même, il se leva pour partir, la main tendue, avec ce masque fatal qu'il prenait volontiers et qui semblait dire à tous : « Ne m'interrogez pas. Vous me devinez. Nous nous comprenons. Adieu. »

Dehors, il se mit à marcher devant lui. Il se répétait : « Du sang-froid. De la décision. » Cinq ou six années d'études scientifiques l'obligeaient à raisonner avec une apparence de logique : « Jacques ne se plaint pas, donc Jacques n'est pas malheureux. » Et il pensait exactement le contraire. Il se rappelait avec obsession cette campagne de presse menée jadis contre le pénitencier ; il se rappelait surtout un article intitulé *Bagnes d'enfants*, où l'on décrivait par le menu la misère matérielle et morale des pupilles, mal nourris, mal logés, soumis aux punitions corporelles, abandonnés souvent à la brutalité des gardiens. Un geste de menace lui échappa : coûte que coûte, il tirerait le pauvre enfant de là ! Un beau rôle à jouer ! Mais comment ? Prévenir son père, discuter, il n'en était pas question : en fait, c'était contre son père, contre l'Œuvre fondée, administrée par lui, qu'Antoine s'insurgeait. Ce mouvement de révolte filiale était si nouveau pour lui qu'il en éprouva d'abord quelque gêne, puis de l'orgueil. Il se souvint de ce qui s'était passé, l'an dernier, le lendemain du retour de Jacques. Dès la première heure, M. Thibault avait fait appeler Antoine dans son cabinet. L'abbé Vécard venait d'arriver. M. Thibault criait : « Ce vaurien ! Broyer sa volonté ! » Il ouvrait devant lui sa grosse main velue et la refermait lentement, en faisant craquer les jointures. Puis il avait dit, avec un sourire satisfait : « Je crois tenir la solution. » Et après une pause, soulevant enfin les paupières, il avait lancé : « Crouy. » — « Jacques au pénitencier ? » s'était écrié Antoine. La discussion avait été vive. « Il s'agit de broyer sa volonté », répétait M. Thibault, en faisant craquer ses phalanges. L'abbé hésitait. Alors M. Thibault avait exposé le régime particulier auquel serait soumis Jacques, et qui semblait, à l'entendre, bienfaisant et paternel. Puis il avait conclu, d'une voix pleine, en marquant les virgules : « Ainsi, mis à l'abri des tentations pernicieuses, purgé de ses mauvais instincts par la solitude, ayant pris goût au travail, il atteindra sa seizième année, et je veux espérer qu'alors il pourra sans danger reprendre auprès de nous la vie familiale. » L'abbé acquiesçait : « L'isolement produit des cures merveilleuses », insinuaitil. Antoine, ébranlé par l'argumentation de M. Thibault, par l'approbation du prêtre, avait fini par penser qu'ils avaient raison. Ce consentement, il ne le pardonnait aujourd'hui ni à lui-même, ni à son père.

Il marchait vite, sans regarder son chemin. Devant le Lion de Belfort, il fit volte-face et repartit à grands pas, allumant cigarette sur cigarette et jetant sa fumée au vent du soir. Il fallait frapper un coup droit : filer à Crouy, apparaître en justicier...

Une femme l'accosta, lui glissa quelques mots d'une voix câline. Il ne répondit rien et continua de descendre le boulevard Saint-Michel. « En justicier ! » répétait-il. « Démasquer la fourberie des directeurs, la cruauté des gardes-chiourme, faire un esclandre, ramener le petit ! »

Mais son élan était coupé. Son esprit suivait une double piste : en marge du grand projet, un caprice avait surgi. Il traversa la Seine : il savait bien où sa distraction le menait. Et pourquoi non ? N'était-il pas trop énervé pour rentrer dormir ? Il aspira l'air, tendit le buste, sourit. « Être fort, être un homme », pensa-t-il. Tandis qu'il s'engageait allégrement dans la ruelle obscure, un souffle généreux le souleva de nouveau : sa résolution lui apparut, en raccourci, lumineuse, déjà triomphante ; sur le point d'exécuter l'un des deux desseins qui depuis un quart d'heure se disputaient son attention, l'autre, du coup, lui semblait presque réalisé ; et ce fut en poussant d'un geste familier la porte à vitraux, qu'il précisa :

« Demain, samedi, impossible de lâcher l'hôpital. Mais dimanche. Dimanche matin je serai au pénitencier ! »

II

Le rapide du matin ne s'arrêtant pas à Crouy, Antoine avait dû descendre à Venette, la dernière station avant Compiègne. Il sauta du train avec une animation extrême. Durant le trajet, malgré l'examen qu'il avait à passer la semaine suivante, il n'avait pu fixer son esprit sur les livres de médecine qu'il avait emportés. L'heure décisive approchait. Depuis deux jours son imagination lui représentait avec tant de précision l'accomplissement de cette croisade, qu'il pensait déjà avoir mis fin à l'incarcération de Jacques, et ne songeait plus qu'à reconquérir son affection.

Il y avait deux kilomètres à parcourir sur une belle route plane, égayée de soleil. Pour la première fois de l'année, après des semaines pluvieuses, le printemps semblait s'offrir enfin, dans le frais parfum de cette matinée de mars. Antoine regardait avec ravissement de chaque côté du chemin les champs hersés, déjà verdissants, et, sous le ciel clair de l'horizon où s'étiraient de légères vapeurs, les coteaux de l'Oise étincelants de lumière. Il eut un instant la faiblesse de souhaiter s'être trompé ; tant de calme l'environnait, tant de pureté ! Était-ce là le cadre d'un bagne d'enfants ?

Il fallait traverser le village de Crouy en son entier avant d'arriver à la colonie pénitentiaire. Et tout à coup, au tournant des dernières maisons, il reçut un choc : sans l'avoir jamais vu, il reconnaissait de loin, isolé comme un cimetière neuf dans sa ceinture de murs crépis, au milieu d'une plaine crayeuse dénuée de toute végétation, le grand bâtiment couvert de tuiles, et ses rangées de fenêtres à barreaux, et son cadran qui luisait au soleil. On eût dit une prison, si l'inscription philanthropique, gravée dans la pierre au-dessus du premier étage, ne se fût détachée en lettres d'or :

FONDATION OSCAR THIBAULT

Il s'engagea dans l'allée sans arbres qui menait au pénitencier. Les petites fenêtres regardaient de loin venir le visiteur. Il s'approcha du portail et tira la cloche qui tinta dans le silence dominical. Le battant s'ouvrit. Un molosse fauve, enchaîné à sa niche, aboya avec fureur. Antoine pénétra dans la cour : un jardinet, plutôt une pelouse entourée de graviers, et qui s'arrondissait devant le casernement principal. Il se sentait observé et n'apercevait aucun être vivant, si ce n'est le chien, qui, tirant sur sa chaîne, ne cessait de donner de la voix. À gauche de l'entrée s'élevait une petite chapelle surmontée d'une croix de pierre ; à droite, une construction basse, sur laquelle il lut : *Administration*. C'est vers ce pavillon qu'il se dirigea. La porte fermée s'ouvrit au moment où il atteignait le perron. Le chien aboyait toujours. Il entra. Un vestibule carrelé, peint en ocre et garni de chaises neuves, comme un parloir de couvent. La pièce était surchauffée. Un buste en plâtre de M. Thibault, grandeur naturelle, mais qui, sur ce mur bas, prenait des proportions, décorait le panneau de droite ; un humble crucifix de bois noir, orné de buis, essayait de lui faire pendant sur le mur opposé. Antoine restait debout, dans une pose défensive. Ah ! non il ne s'était pas trompé ! Tout puait la prison !

Enfin, dans le mur du fond, un guichet s'ouvrit : un surveillant passa la tête. Antoine lui jeta sa carte avec celle de son père, et demanda, d'un ton sec, à parler au directeur.

Près de cinq minutes s'écoulèrent.

Antoine, exaspéré, s'apprêtait à pénétrer plus avant dans la maison, lorsqu'un pas léger glissa dans le couloir : un jeune homme à lunettes, vêtu de flanelle havane, tout blond, tout rond, accourait vers lui, sautillant sur ses babouches avec un visage radieux et les deux mains tendues :

« Bonjour, docteur ! La bonne surprise ! C'est votre frère qui va être ravi ! Je vous connais bien, M. le Fondateur parle souvent de son grand fils médecin ! D'ailleurs, il y a un air de famille... Si fait, fit-il en riant, je vous assure ! Mais entrez dans mon bureau, je vous en prie. Et excusez-moi. Je suis M. Faîsme, le directeur. »

Il poussait Antoine vers le cabinet directorial, traînant les pieds et le suivant de près, les bras levés, les mains ouvertes, comme s'il eût craint qu'Antoine ne fît un faux pas et qu'il eût voulu pouvoir le rattraper au vol.

Il obligea Antoine à s'asseoir et prit place à son bureau.

« M. le Fondateur est en bonne santé ? questionna-t-il de sa voix flûtée. Il ne vieillit pas, il est extraordinaire ! Quel dommage qu'il n'ait pas pu vous accompagner ! »

Antoine inspectait les lieux d'un regard méfiant, et considérait sans complaisance cette figure de Chinois blond et ces lunettes d'or derrière lesquelles deux petits yeux bridés papillotaient sans cesse avec une expression joyeuse. Mal préparé à cet accueil volubile, et fort dérouté de trouver sous l'aspect souriant d'un jeune homme en pyjama, ce directeur de bagne, qu'il imaginait sous les traits rébarbatifs d'un gendarme en civil, tout au plus d'un principal de collège, il eut besoin de faire un effort pour reprendre son aplomb.

« Sapristi ! s'écria soudain M. Faîsme, mais c'est que vous arrivez juste pendant la grand-messe ! Tous nos enfants sont à la chapelle ; votre frère aussi. Comment faire ? » Il consulta sa montre. « Vingt minutes encore, une demi-heure peut-être, si les communions sont nombreuses. Et c'est possible. M. le Fondateur a dû vous le dire : nous possédons la crème des aumôniers, un prêtre jeune, allant, d'une adresse incomparable ! Depuis qu'il est ici, les sentiments religieux de la Fondation sont transformés. Mais quel dommage, comment faire ? »

Antoine se leva sans aménité. Le but de son enquête restait bien présent à son esprit.

« Puisque vos locaux sont pour l'instant inoccupés, dit-il en regardant le petit homme, serait-il indiscret de visiter la colonie ? Je serais curieux de voir les choses de près ; j'en entends si souvent parler depuis mon enfance...

— Vraiment ? fit l'autre, surpris. Rien n'est plus facile », reprit-il, mais il ne bougea pas de son siège. Il souriait, et, sans cesser de sourire, parut rêver un instant. « Oh ! vous savez, la bâtisse n'a rien d'intéressant. C'est ni plus ni moins une petite caserne : et cela dit, vous la connaissez aussi bien que moi. »

Antoine restait debout.

« Non, cela m'intéresserait », déclara-t-il. Et comme le directeur l'examinait de ses petits yeux plissés, avec une expression amusée et incrédule : « Je vous assure, insista-t-il.

— Eh bien, docteur, très volontiers. Le temps de passer un veston, des bottines, et je suis à vous. »

Il disparut. Antoine entendit un coup de sonnette. Puis une cloche, dans la cour, tinta cinq fois. « Ah ! ah ! pensa-t-il, on donne l'alarme, l'ennemi est dans la maison ! » Il ne pouvait rester assis. Il s'approcha de la croisée, mais les vitres étaient dépolies. « Du calme, se disait-il. Ouvrir l'œil. Se faire une certitude. Agir. C'est mon affaire. »

M. Faîsme reparut enfin.

Ils descendirent.

« Notre cour d'honneur ! » présenta pompeusement le directeur ; et il rit avec indulgence. Puis il courut au molosse qui recommençait à aboyer, et lui décocha dans le flanc un coup de pied brutal, qui fit rentrer l'animal dans sa niche.

« Êtes-vous un peu horticulteur ? Mais si, un médecin, ça se connaît en plantes, sapristi ! » Il s'arrêtait avec complaisance au milieu du jardinet. « Conseillez-moi. Comment cacher ce pan de mur ? Du lierre ? Il faudra des années... »

Antoine, sans répondre, l'entraîna vers le bâtiment central. Ils parcoururent le rez-de-chaussée. Antoine marchait devant, l'œil tendu, ouvrant d'autorité la moindre porte close ; rien ne lui échappait. Les murs étaient blanchis dans leur partie haute et badigeonnés de goudron noir jusqu'à deux mètres du sol. Toutes les fenêtres étaient, comme celles du directeur, en carreaux dépolis, et renforcées de barreaux. Antoine voulut tirer l'une d'elles ; mais il fallait une clef spéciale ; le directeur sortit l'outil de son gousset et fit jouer la croisée ; Antoine remarqua l'adresse de ses petites mains jaunes et potelées. Il plongea son regard de policier dans la cour intérieure ; elle était déserte : une grande esplanade rectangulaire, en boue piétinée et séchée, sans un arbre et enclose entre de hautes murailles hérissées de tessons.

M. Faîsme, avec entrain, détaillait la destination des locaux : salles d'étude, ateliers de menuiserie, de serrurerie, d'électricité, etc. Les pièces étaient petites, proprement tenues. Dans les réfectoires, des garçons de service achevaient d'essuyer les tables de bois blanc ; une odeur aigre montait des éviers placés dans les angles.

« Chaque pupille vient là, à la fin du repas, laver sa gamelle, son gobelet et sa cuillère. Jamais de couteaux, bien entendu, ni même de fourchettes... » Antoine le regardait sans comprendre. Il ajouta, en clignant des yeux : « Rien de pointu... »

Au premier étage, se succédaient d'autres salles d'étude, d'autres ateliers, et une installation de douches, qui ne devait pas servir souvent, mais dont le directeur semblait particulièrement fier. Il allait et venait gaiement d'une pièce dans l'autre, les bras écartés, les mains en avant, et, tout en parlant, d'un geste machinal, il repoussait un établi contre le mur, ramassait un clou à terre, fermait à bloc un robinet, rangeait tout ce qui n'était pas à sa place.

Au second, s'ouvraient les dortoirs. Ils étaient de deux sortes. La plupart contenaient une dizaine de couchettes alignées sous des couvertures grises, et ils eussent, avec leurs planches à paquetages, ressemblé à de petites chambrées militaires, sans une sorte de cage de fer, munie d'un fin grillage, et qui en occupait le centre.

« Vous en enfermez là-dedans ? » questionna Antoine.

M. Faîsme leva les bras d'une manière terrifiée et comique, puis se mit à rire.

« Mais non ! C'est là que couche le surveillant. Vous voyez : il place son lit bien au milieu, à égale distance des parois ; il voit tout, entend tout, et ne risque rien. D'ailleurs, il a sa sonnerie d'alerte, dont les fils passent sous le plancher. »

D'autres dortoirs se composaient de logettes juxtaposées, en maçonnerie, fermées de grilles comme les stalles d'une ménagerie. M. Faîsme s'était arrêté sur le seuil. Son sourire prenait parfois une expression désabusée, pensive, qui prêtait un instant à sa figure poupine la mélancolie de certains bouddhas.

« Ah ! docteur, expliqua-t-il, ici ce sont nos *terribles !* Ceux qui sont arrivés chez nous trop tard pour être sérieusement amendés : ce n'est pas la crème... Il y en a d'un peu vicieux, pas vrai ? On est bien obligé de les tenir isolés la nuit. »

Antoine approcha son visage d'une des grilles. Il distingua dans l'ombre un grabat défait, des murs chargés de dessins obscènes et d'inscriptions. Il fit un mouvement de recul.

« Ne regardez pas, c'est trop triste, soupira le directeur en l'entraînant. Vous voyez, voici l'allée centrale où le surveillant va et vient toute la nuit. Ici, le surveillant ne se couche pas, et l'on n'éteint pas l'électricité. Malgré qu'ils soient bien verrouillés, ces petits polissons-là seraient capables d'un mauvais coup... Parfaitement ! » Il secouait la tête, et brusquement se mit à rire en bridant les yeux : toute expression chagrine avait disparu. « On en voit de toutes sortes ! » conclut-il avec naïveté, en haussant les épaules.

Antoine était trop intéressé par ce qu'il voyait, pour songer à toutes les questions qu'il avait préparées. Il dit cependant :

« Comment les punissez-vous ? Je désirerais aussi voir vos cachots. »

M. Faïsme recula d'un pas, ouvrit les yeux tout ronds, et battit légèrement des mains :

« Sapristi, les cachots ! Mais, docteur, vous vous croyez à la Roquette ! Non, non, pas de cachots ici, grâce à Dieu ! Nos statuts nous l'interdisent, et vous pensez bien que Monsieur le Fondateur n'y consentirait jamais ! »

Antoine, interloqué, subissait l'ironie des petits yeux plissés dont les cils battaient derrière les lunettes. Il commençait à être fort embarrassé du personnage soupçonneux qu'il était venu jouer. Rien de ce qu'il voyait ne l'incitait à soutenir ce rôle. Il se demanda même, avec un peu de confusion, si le directeur n'avait pas déjà démasqué la méfiance qui l'avait attiré à Crouy; mais il était difficile de le savoir, tant la candeur de M. Faîsme semblait réelle, malgré les éclairs de malice qui fusaient par instants aux coins de ses paupières.

Le directeur cessa de rire, s'approcha d'Antoine et lui mit la main sur le bras :

« Vous vouliez plaisanter, pas vrai ? Vous savez aussi bien que moi le résultat des sévérités excessives : la révolte, ou, ce qui est pis encore, l'hypocrisie... Monsieur le Fondateur a prononcé sur ce sujet de bien belles paroles au Congrès de Paris, l'année de l'Exposition... »

Il avait baissé la voix et regardait le jeune homme avec une sympathie particulière, comme si Antoine et lui avaient constitué une élite, seule capable de discuter ces problèmes de pédagogie sans tomber dans les erreurs du commun. Antoine se sentit flatté, et son impression favorable s'accentua.

« Nous avons bien, dans la cour, comme dans les casernes, un petit bâtiment que l'architecte avait baptisé sur le plan *Locaux disciplinaires*...

— ?

— ... mais nous n'y mettons que notre provision de charbon, et nos pommes de terre. À quoi bon des cachots ? reprit-il. On obtient tellement davantage par la persuasion !

— Vraiment ? » fit Antoine.

Le directeur eut un fin sourire, et mit de nouveau la main sur l'avant-bras d'Antoine :

« Entendons-nous, avoua-t-il. Ce que j'appelle la persuasion, j'aime mieux vous en prévenir tout de suite, c'est la privation de certains aliments. Nos petits sont tous gourmands. C'est de leur âge, pas vrai ? Le pain sec, docteur, a des vertus persuasives absolument insoupçonnées... Mais il faut savoir l'employer : il est essentiel de ne pas isoler l'enfant que l'on veut convaincre. Vous voyez comme nous sommes loin de l'isolement du cachot ! Non ! C'est dans un coin du réfectoire qu'il faut lui faire manger sa croûte de pain rassis, à l'heure du meilleur repas, celui de midi, avec l'odeur du bon ragoût qui fume, avec la vue des autres qui se régalent. Voilà, ça, c'est irrésistible ! Pas vrai ? On maigrit si vite, à cet âge-là ! Quinze jours, trois semaines, jamais plus : je suis toujours venu à bout des plus récalcitrants. La persuasion ! conclut-il en arrondissant les yeux. Et jamais je n'ai eu à sévir autrement ; jamais je n'ai seulement levé la main sur un de ces petits qui me sont confiés ! »

Son visage rayonnait de fierté, de tendresse. Il avait vraiment l'air de les aimer, ces garnements, même ceux qui lui donnaient du fil à retordre.

Ils redescendirent les étages. M. Faîsme tira sa montre.

« Laissez-moi, pour terminer, vous offrir un spectacle bien édifiant. Vous raconterez cela à Monsieur le Fondateur, je suis sûr qu'il sera content. »

Ils traversèrent le jardin et pénétrèrent dans la chapelle. M. Faîsme offrit l'eau bénite. Antoine vit de dos une soixantaine de gamins en bourgerons écrus, alignés au cordeau, agenouillés sur le pavé, immobiles ; quatre surveillants moustachus, en drap bleu liséré de rouge, allaient et venaient, sans quitter les enfants de l'œil. Le prêtre, à l'autel, servi par deux pupilles, terminait son office.

« Où est Jacques ? » souffla Antoine.

Le directeur indiqua la tribune sous laquelle ils étaient, et, sur la pointe des pieds, regagna la porte.

« Votre frère a toujours sa place en haut, dit M. Faîsme dès qu'ils furent dehors. Il y est seul, c'est-à-dire avec le garçon attaché à son service. À ce propos, vous pourrez annoncer à Monsieur votre père que nous avons mis après de Jacques le nouveau domestique dont nous lui avions parlé. Voici une huitaine de jours déjà. L'autre, le père Léon, était un peu âgé et sera mieux placé à la surveillance d'un atelier. Le nouveau est un jeune Lorrain ; ah ! c'est la crème des braves gens : il sort du régiment : ordonnance du colonel ; nous avons eu sur lui des renseignements parfaits. Ce sera moins ennuyeux pour votre frère pendant les promenades, pas vrai ? Mais, sapristi, je bavarde, et les voilà qui sortent. »

Le chien se mit à aboyer furieusement. M. Faîsme le fit taire, assujettit ses lunettes, et se planta au centre de la cour d'honneur.

La porte de la chapelle s'était ouverte à deux battants, et les enfants, par trois, flanqués des surveillants, défilèrent au pas cadencé, comme pour une parade militaire. Ils étaient nu-tête et chaussés d'espadrilles qui donnaient à leur marche le pas feutré des sociétés de gymnastique ; les bourgerons étaient propres et serrés à la taille par un ceinturon de cuir dont la plaque brillait au soleil. Les plus âgés accusaient dix-sept ou dix-huit ans ; les plus jeunes dix ou onze. La plupart avaient le teint pâle, les yeux baissés, une physionomie calme, sans jeunesse. Mais Antoine, qui les examinait de toute son attention, ne surprit pas un coup d'œil équivoque, pas un mauvais sourire, pas même une expression sournoise : ces enfants-là n'avaient pas l'air d'être des *terribles* ; Antoine dut s'avouer à lui-même qu'ils ne semblaient pas davantage être des martyrs.

Lorsque la petite colonne eut disparu dans le casernement, dont l'escalier de bois résonna longtemps, il se tourna vers M. Faîsme qui semblait l'interroger :

« Tenue excellente », constata-t-il.

Le petit homme ne répondit pas ; mais il roulait doucement l'une dans l'autre ses mains grassouillettes, comme s'il les eût savonnées, et, derrière ses lunettes, ses yeux, brillant d'orgueil, disaient merci.

Alors seulement, la cour étant déserte, sur les marches ensoleillées de la chapelle, Jacques parut.

Était-ce lui ? Il avait tellement changé, tellement grandi, qu'Antoine le regardait, presque sans le reconnaître. Il ne portait pas l'uniforme, mais un complet de drap, un chapeau de feutre, un manteau jeté sur les épaules ; et il était suivi par un garçon d'une vingtaine d'années, trapu, blond, qui n'avait pas la livrée des surveillants. Ils descendirent le perron. Ni l'un ni l'autre ne paraissaient avoir aperçu le groupe formé par Antoine et le directeur. Jacques marchait tranquillement, les yeux à terre, et ce fut seulement à quelques mètres de M. Faîsme que, levant la tête, il s'arrêta, prit un air étonné, et se découvrit aussitôt. Son geste était parfaitement naturel ; cependant Antoine eut le soupçon que cet étonnement était joué. D'ailleurs le visage de Jacques restait calme, et, bien qu'il fût souriant, ne témoignait aucune joie véritable. Antoine s'avança la main tendue ; lui aussi feignait sa joie.

« Voilà une heureuse surprise, Jacques, n'est-ce pas ? s'écria le directeur. Mais je vais vous gronder : il faut mettre votre pardessus et le boutonner, quand vous êtes à la chapelle ; la tribune est froide, vous attraperiez du mal ! »

Jacques s'était détourné de son frère dès qu'il avait entendu M. Faîsme s'adresser à lui, et il regardait le directeur au visage, avec une expression respectueuse mais surtout inquiète, comme s'il eût cherché à comprendre tout le sens que ses paroles pouvaient receler. Puis, immédiatement, sans répondre, il enfila son paletot.

« Tu as rudement grandi, tu sais... », balbutia Antoine. Il examinait son frère avec stupéfaction, s'efforçant d'analyser ce changement complet d'aspect, d'allure, de physionomie, qui paralysait son élan.

« Voulez-vous rester un peu dehors, il fait si doux ? proposa le directeur. Jacques vous mènera chez lui quand vous aurez fait ensemble quelques tours de jardin ? »

Antoine hésitait. Il interrogea son frère dans les yeux :

« Veux-tu ? »

Jacques n'eut pas l'air d'entendre. Antoine supposa qu'il ne se souciait guère de rester là, sous les fenêtres du pénitencier.

« Non, fit-il ; nous serons mieux dans ta... chambre, n'est-ce pas ?

— À votre guise, s'écria le directeur. Mais auparavant, je veux encore vous montrer quelque chose : il faut que vous ayez vu tous nos pensionnaires. Venez avec nous, Jacques. »

Jacques suivit M. Faîsme, qui, les bras écartés, riant comme un écolier farceur, poussait Antoine vers un appentis accoté au mur de l'entrée. Il s'agissait d'une douzaine de clapiers. M. Faîsme adorait l'élevage.

« Cette portée-là est née lundi, expliquait-il avec

ravissement, et déjà, voyez, ils ouvrent les yeux, ces amours ! Par ici, ce sont mes mâles. Tenez, celui-là, docteur », fit-il, plongeant son bras dans une cage et soulevant par les oreilles un gros argenté de Champagne qui se détendait à brusques coups de reins, « celui-là, voyez-vous, c'est un terrible ! »

Il n'y mettait pas malice et riait de son rire candide. Antoine songea au dortoir de là-haut, avec ses clapiers barrés de fer.

M. Faîsme se retourna ; il eut un sourire d'incompris :

« Sapristi, je bavarde, et je vois bien que vous m'écoutez par pure politesse, pas vrai ? Je vous conduis jusque chez Jacques, et je vous laisse. Passez, Jacques, montrez-nous le chemin. »

Jacques partit en avant. Antoine le rejoignit et mit une main sur son épaule. Il faisait un effort pour se représenter le petit être malingre, nerveux, bas sur pattes, qu'il avait été cueillir à Marseille l'an dernier.

« Tu es aussi grand que moi, maintenant. »

De l'épaule, sa main remonta jusqu'à la nuque, pareille au maigre cou d'un oiseau. Tous les membres paraissaient étirés jusqu'à la fragilité : les poignets allongés dépassaient les manches ; le pantalon découvrait presque les chevilles ; la démarche avait une raideur, une gaucherie, et en même temps une élasticité, une jeunesse, tout à fait nouvelles.

Le pavillon aménagé pour les pupilles spéciaux formait une dépendance du bâtiment directorial ; l'on n'y avait accès que par les bureaux. Cinq chambres identiques donnaient sur un couloir peint en ocre. M. Faîsme expliqua que Jacques étant le seul *spécial*, et les autres chambres étant sans emploi, le garçon affecté au service de Jacques couchait dans l'une, tandis que les autres servaient de fourre-tout.

« Et voici la cellule de notre prisonnier », fit le directeur, en donnant de son doigt potelé une chiquenaude à Jacques, qui le regarda d'un air hébété, puis s'effaça pour le laisser entrer.

Antoine fit avidement l'inspection de la pièce. On eût dit une chambre d'hôtel, modeste mais bien tenue. Elle était tapissée d'un papier à fleurettes, et assez éclairée, quoique ce fût de haut, par deux impostes à vitres dépolies, garnies de grillage et de barreaux ; ces fenêtres étaient situées sous le plafond, et, la pièce étant élevée, elles étaient à plus de trois mètres de terre. Le soleil n'y donnait pas, mais la chambre était chauffée, surchauffée même, par le calorifère de l'administration. Le mobilier se composait d'une armoire de pitchpin, de deux chaises cannées et d'une table noire où les livres et les dictionnaires étaient rangés en bataille. Le petit lit, carré, uni comme un billard, laissait voir des draps qui n'avaient pas encore servi. La cuvette posait sur un linge propre, et plusieurs serviettes immaculées pendaient à l'essuie-main.

Ce coup d'œil minutieux acheva de jeter le trouble dans les dispositions d'Antoine. Tout ce qu'il voyait depuis une heure était exactement l'opposé de ce qu'il avait prévu. Jacques vivait très isolé des autres pupilles ; on le traitait avec d'affectueux égards ; le directeur était un brave garçon, aussi peu garde-chiourme que possible ; tous les renseignements donnés par M. Thibault étaient exacts. Si opiniâtre que fût Antoine, il était bien obligé d'abandonner un à un ses soupçons.

Il surprit le regard du directeur posé sur lui.

« Tu es vraiment bien installé », fit-il aussitôt, en se tournant vers Jacques.

Celui-ci ne répondit pas. Il retirait son pardessus

et son chapeau, que le domestique lui prit des mains et alla suspendre au portemanteau.

« Votre frère vous dit que vous êtes bien installé », répéta le directeur.

Jacques fit rapidement volte-face. Il avait un air poli, bien élevé, que son frère ne lui avait jamais vu.

« Oui, Monsieur le Directeur, très bien.

— N'exagérons pas, reprit l'autre en souriant. C'est très simple, nous veillons seulement à ce que ce soit propre. D'ailleurs, c'est Arthur qu'il faut complimenter, ajouta-t-il en s'adressant au garçon. Voilà un lit fait comme pour une revue... »

Le visage d'Arthur s'illumina. Antoine, qui le regardait, ne put s'empêcher de lui faire un signe amical. Il avait une tête ronde, des traits mous, des yeux pâles, quelque chose de loyal et d'avenant dans le sourire, dans le regard. Il était resté près de la porte, et tortillait sa moustache, qui semblait presque incolore tant son teint était hâlé.

« Voilà ce geôlier que j'imaginais déjà dans l'ombre d'un caveau, muni d'une lanterne sourde et d'un trousseau de clefs », se disait Antoine ; et, riant malgré lui de lui-même, il s'approcha des livres et les examina gaiement.

« Salluste ? Tu fais des progrès en latin ? » demanda-t-il, tandis qu'un sourire moqueur s'attardait sur son visage.

Ce fut M. Faîsme qui répondit.

« J'ai peut-être tort de le dire devant lui, fit-il, en feignant d'hésiter et en clignant des yeux vers Jacques. Cependant il faut reconnaître que son professeur est satisfait de son application. Nous travaillons nos huit heures par jour », continua-t-il plus sérieusement. Il alla vers le tableau noir accroché au mur, et, tout en parlant, le redressa. « Mais cela ne nous empêche pas de faire chaque jour, quel que soit le temps — Monsieur votre père y tient beaucoup — une grande marche de deux heures avec Arthur. Ils ont de bonnes jambes l'un et l'autre, je les laisse libres de varier les itinéraires. Avec le vieux Léon, c'était autre chose ; je crois qu'ils ne faisaient pas beaucoup de chemin ; en revanche, ils faisaient la cueillette des simples, le long des haies. Pas vrai ? Il faut vous dire que le père Léon a été garçon pharmacien dans son jeune temps et qu'il connaît un tas de plantes avec leurs noms latins. C'était très instructif. Mais je préfère leur voir faire de longues randonnées dans la campagne, c'est meilleur pour la santé. »

Antoine s'était plusieurs fois tourné vers son frère pendant que M. Faïsme parlait. On eût dit que Jacques écoutait dans un rêve, et que, par instants, il dût faire effort pour être attentif ; alors une expression d'angoisse vague entrouvrait ses lèvres et ses cils tremblaient.

« Sapristi, je bavarde, je bavarde, et voilà si longtemps que Jacques n'a pas vu son grand frère ! s'écria M. Faïsme, en reculant vers la porte avec de petits gestes familiers. Vous reprenez le train de onze heures ? » demanda-t-il.

Antoine n'y avait pas songé. Mais le ton de M. Faïsme impliquait que cela ne faisait pas de doute, et Antoine fut incapable de résister à cette offre d'évasion ; malgré tout, la tristesse du lieu, l'indifférence de Jacques, le rebutaient ; n'était-il pas fixé dès maintenant ? Il n'avait plus rien à faire ici.

« Oui, fit-il ; je dois malheureusement rentrer de bonne heure, pour la contre-visite...

— Ne le regrettez pas : c'est le seul train avant celui du soir. À tout à l'heure ! »

Les deux frères restèrent seuls. Il y eut un court moment de gêne.

« Prends la chaise », dit Jacques, s'apprêtant à s'asseoir sur le lit. Mais, apercevant la seconde chaise, il se ravisa et l'offrit à Antoine, en répétant sur un ton naturel : « Prends la chaise », comme il eût dit : « Assieds-toi. » Et lui-même s'assit.

Rien n'avait échappé à Antoine, qui, aussitôt soupçonneux, demanda :

« Tu n'as qu'une chaise, d'habitude ?

— Oui. Mais Arthur nous a prêté la sienne, comme les jours où j'ai leçon. »

Antoine n'insista pas.

« Tu n'es vraiment pas mal logé », remarqua-t-il, jetant un nouveau coup d'œil autour de lui. Puis, montrant les draps propres, les serviettes :

« On change souvent le linge ?

— Le dimanche. »

Antoine parlait de ce ton bref et gai qui lui était habituel, mais qui, dans cette pièce sonore et devant l'attitude passive de Jacques, semblait mordant, presque agressif.

« Figure-toi, dit-il, je craignais, je ne sais pourquoi, que tu ne sois pas bien traité ici... »

Jacques le considéra avec surprise, et sourit. Antoine ne quittait pas son frère des yeux :

« Alors, vrai, entre nous, tu ne te plains de rien ?

— De rien.

— Tu ne veux pas que je profite de ma visite pour obtenir quelque chose du directeur ?

— Quoi donc ?

— Je ne sais pas, moi. Cherche. »

Jacques parut réfléchir, sourit de nouveau et secoua la tête :

« Mais non. Tu vois, tout est très bien. »

Sa voix n'était pas moins transformée que le reste :

une voix d'homme, chaude et grave, bicn timbrée, quoique sourde et assez inattendue dans ce corps d'adolescent.

Antoine le regardait.

« Comme tu es changé... On ne peut même pas dire que tu aies changé : tu n'es plus le même, plus du tout, en rien... »

Il ne détachait pas son regard de Jacques, cherchant à retrouver, dans cette physionomie nouvelle, les traits d'autrefois. C'étaient bien les mêmes cheveux roux, plus foncés un peu, et tirant sur le brun, mais toujours rudes et plantés bas ; c'était le même nez mince et mal formé, les mêmes lèvres gercées qu'ombrait maintenant un impalpable duvet blond ; c'était la même mâchoire, massive, encore élargie, et c'étaient les mêmes oreilles décollées qui semblaient tirer sur la bouche et la tenir allongée. Mais rien de tout cela ne ressemblait plus à l'enfant d'hier. « On dirait que le tempérament même a changé, songeait-il ; lui, si mobile, toujours tourmenté, et maintenant ce visage plat, dormant... Lui, si nerveux, c'est maintenant un lymphatique... »

« Lève-toi un peu ! »

Jacques se prêtait à l'examen avec un sourire complaisant qui n'éclairait pas le regard. Il y avait comme une buée sur ses prunelles.

Antoine lui palpait les bras, les jambes.

« Ce que tu as grandi ! Tu ne te sens pas fatigué par cette croissance rapide ? »

L'autre secoua la tête. Antoine le tenait devant lui, par les poignets. Il remarquait la pâleur de la peau, sur laquelle les taches de rousseur faisaient un semis foncé, et aussi le léger cerne qui se creusait sous les paupières inférieures.

« Pas fameux, le teint », reprit-il avec une nuance

de sérieux ; il fronça les sourcils, fut sur le point de dire autre chose, et se tut.

Tout à coup, la physionomie soumise, inexpressive de Jacques lui rappela le soupçon qui l'avait effleuré lorsque Jacques avait paru dans la cour.

« On t'avait prévenu que je t'attendais après la messe ? » lança-t-il sans préambule.

Jacques le considérait sans comprendre.

« Quand tu es sorti de la chapelle, insista Antoine, tu savais que j'étais là ?

— Mais non. Comment ? » Il souriait avec un étonnement naïf.

Antoine battit en retraite ; il murmura :

« Je l'avais cru... On peut fumer ? » reprit-il pour changer la conversation.

Jacques le regarda avec inquiétude ; et comme Antoine lui présentait son étui :

« Non. Pas moi », répondit-il. Et sa figure se rembrunit.

Antoine ne savait plus que dire. Comme toujours lorsqu'on désire prolonger l'entretien avec un interlocuteur qui répond à peine, il s'épuisait à poser des questions :

« Alors, vraiment, recommença-t-il, tu n'as besoin de rien ? Tu as tout ce qu'il te faut ?

— Mais oui.

— Es-tu bien couché ? As-tu assez de couvertures ?

— Oh ! oui, j'ai même trop chaud.

— Ton professeur ? Il est gentil avec toi ?

— Très.

— Ça ne t'ennuie pas trop de travailler comme ça, toujours seul ?

— Non.

— Les soirées ?

— Je me couche après mon dîner, à huit heures.

— Et tu te lèves ?

— À six heures et demie, à la cloche.

— L'aumônier vient te voir quelquefois ?

— Oui.

— Il est bien ? »

Jacques leva sur Antoine son regard voilé. Il ne comprenait pas la question, et ne répondit pas.

« Et le directeur, il vient aussi ?

— Oui, souvent.

— Il a l'air agréable. Il est aimé ?

— Je ne sais pas. Oui, sûrement.

— Tu ne rencontres jamais les... autres ?

— Jamais. »

À chaque question, Jacques, qui gardait les yeux baissés, avait un léger tressaillement, comme s'il eût eu un effort à faire pour sauter ainsi d'un sujet à un autre.

« Et la poésie ? Est-ce que tu fais encore des vers ? demanda Antoine sur un ton enjoué.

— Oh ! non.

— Pourquoi ? »

Jacques eut un hochement de tête, puis un sourire placide qui ne s'effaça pas tout de suite. Il n'eût pas différemment souri si Antoine lui eût demandé : « Est-ce que tu joues encore au cerceau ? »

Alors, Antoine, à bout de ressources, se décida à parler de Daniel. Jacques ne s'y attendait pas : un peu de rougeur lui vint aux joues.

« Comment veux-tu que j'aie de ses nouvelles ? répondit-il, on ne reçoit pas de lettres, ici.

— Mais toi, poursuivit Antoine, tu ne lui écris pas ? »

Il tenait son frère sous son regard. L'autre eut le même sourire que tout à l'heure, lorsque Antoine avait parlé de poésie. Il haussa doucement les épaules :

« C'est de la vieille histoire, tout ça... Ne m'en parle plus. »

Qu'entendait-il par là ? S'il eût répondu : « Non, je ne lui ai jamais écrit », Antoine l'eût brusqué, l'eût confondu, et avec un secret plaisir, car la passivité de son frère commençait à l'agacer. Mais Jacques éludait la question sur un ton ferme et triste qui paralysa Antoine. Au même moment, il crut remarquer que le regard de Jacques se fixait tout à coup derrière lui, du côté de la porte, et, dans l'état d'animosité réflexe où il se trouvait, tous ses soupçons l'envahirent de nouveau. Cette porte était vitrée, afin sans doute que l'on pût surveiller du dehors ce qui se passait dans la chambre, et, au-dessus de la porte, il y avait un judas grillagé sans carreau qui permettait aussi d'entendre ce que l'on disait à l'intérieur.

« Il y a quelqu'un dans le couloir ? » fit Antoine brutalement, mais en baissant la voix.

Jacques le regarda comme s'il était devenu fou.

« Comment, dans le couloir ? Oui, quelquefois... Pourquoi ? Je viens justement de voir passer le père Léon. »

À ce moment, on frappa : le père Léon venait faire la connaissance du grand frère. Il s'assit familièrement sur le coin de la table.

« Eh bien, vous lui trouvez bonne mine, j'espère ? A-t-il forci, hein, depuis l'automne ? »

Il riait. Il avait une face de vieux grognard à moustaches tombantes, et son rire de bon vivant congestionnait ses pommettes, les couvrait de petits vermicelles rouges, qui se ramifiaient jusque dans le blanc de ses yeux, et troublaient son regard, dont l'expression, le plus souvent, était paternelle, mais malicieuse.

« Ils m'ont remis aux ateliers, expliqua-t-il en balançant les épaules. Moi qui étais si bien habitué avec

M. Jacques ! Enfin, fit-il en s'en allant, faut pas bouder sa vie... Mes salutations à M. Thibault, sans vous commander : de la part du père Léon, il me connaît bien, allez !

— Quel vieux brave homme », dit Antoine lorsqu'il fut sorti.

Il voulut renouer l'entretien :

« Je peux lui faire parvenir une lettre de toi, si tu veux », reprit-il. Et comme Jacques ne comprenait pas : « Tu n'as pas envie d'écrire un mot à Fontanin ? »

Il s'obstinait à guetter sur ses traits tranquilles un indice d'émotion, un rappel du passé ; en vain. Le jeune homme secouait la tête, sans sourire, cette fois :

« Non, merci. Je n'ai rien à lui dire. C'est de l'histoire ancienne. »

Antoine s'en tint là. Il était excédé. D'ailleurs le temps passait ; il tira sa montre :

« Dix heures et demie : dans cinq minutes, il faudra que je parte. »

Jacques sembla troublé tout à coup, désireux de dire quelque chose. Il interrogea son frère sur sa santé, sur l'heure du train, sur ses examens. Et lorsque Antoine se leva, il fut frappé de l'accent avec lequel Jacques soupira :

« Déjà ? Attends encore un peu... »

Antoine eut l'idée que l'enfant avait été déçu par sa froideur, et que peut-être cette visite lui avait causé plus de plaisir qu'il n'en avait laissé voir.

« Tu es content que je sois venu ? » murmura-t-il gauchement.

Jacques semblait absent, préoccupé ; il tressaillit, s'étonna, et répondit, avec un sourire poli :

« Mais oui, très content, je te remercie.

— Eh bien, je tâcherai de revenir ; au revoir », fit

Antoine, vexé. Il regardait encore une fois son cadet, bien en face ; toute sa perspicacité était en éveil ; sa tendresse aussi s'émut :

« Je pense souvent à toi, mon petit, hasarda-t-il. Je crains toujours que tu ne sois pas heureux ici ?... » Ils étaient près de la porte. Antoine saisit sa main : « Tu me le dirais, n'est-ce pas ? »

Jacques prit un air gêné. Il se penchait, comme s'il eût voulu faire une confidence. Il se décida enfin, très vite :

« Tu devrais donner quelque chose à Arthur, au garçon... Il est si complaisant... » Et comme Antoine hésitait, interdit : « Tu veux bien ?

— Mais, fit Antoine, ça ne va pas faire d'histoires ? »

— Non, non. En t'en allant, dis-lui au revoir, gentiment, et glisse-lui un petit pourboire... Tu veux ? »

Son attitude était presque suppliante.

« Bien sûr. Et toi, vraiment, réponds, tu n'as envie de rien ? Réponds... tu n'es pas malheureux ?

— Mais non ! » répliqua Jacques avec une imperceptible nuance d'humeur. Puis, baissant encore la voix : « Combien lui donneras-tu ?

— Je ne sais pas. Combien ? Dix francs, est-ce bien ? Veux-tu vingt francs ?

— Oh ! oui, vingt francs ! fit Jacques, avec une sorte de joie confuse. Merci, Antoine. » Et il serra très fort la main que son frère lui tendait.

Le garçon passait dans le couloir, comme Antoine sortait de la chambre. Il accepta le pourboire sans hésiter, et sa figure franche, un peu enfantine encore, rougit de plaisir. Il conduisit Antoine au bureau du directeur.

« Onze heures moins le quart, constata M. Faîsme. Vous avez tout votre temps, mais il faut partir. »

Ils traversèrent le vestibule où trônait le buste de M. Thibault. Antoine le considérait maintenant sans ironie. Il comprenait ce qu'il y avait de légitime dans l'orgueil que son père tirait de cette Œuvre, entièrement créée par lui ; il ressentit quelque fierté d'être son fils.

M. Faîsme l'accompagna jusqu'au portail, le chargeant de tous ses respects pour Monsieur le Fondateur ; il ne cessait de rire tout en parlant, plissant les yeux derrière ses lunettes d'or, et il tenait la main d'Antoine familièrement enfermée entre les siennes, qui étaient douces et potelées comme des mains de femme. Enfin Antoine se dégagea. Le petit bonhomme restait sur la route, nu-tête au soleil, les bras soulevés, riant toujours et dodelinant la tête en signe d'amitié.

« Je me suis monté la tête comme une midinette, se disait Antoine en marchant. Cette boîte est bien tenue et, somme toute, Jacques n'y est pas malheureux. »

« Le plus bête, songea-t-il tout à coup, c'est d'avoir perdu mon temps à jouer au juge d'instruction, au lieu de causer avec Jacques, en ami. » Il n'était pas loin de croire que son frère l'avait vu partir sans regret. « C'est un peu sa faute, pensa-t-il avec humeur ; il s'est montré si indifférent ! » Malgré tout il regrettait de ne pas avoir mis plus de chaleur à faire les premières avances.

Antoine vivait sans maîtresse, et se contentait des rencontres que lui offrait le hasard ; mais son cœur de vingt-quatre ans lui pesait quelquefois : il eût aimé prendre en pitié un être faible, prêter à quelqu'un l'appui de sa force. Son affection pour le petit augmentait à mesure qu'il s'éloignait de lui. Quand le reverrait-il maintenant ? Pour un rien il fût revenu en arrière.

Il marchait le front baissé, à cause du soleil. Lorsqu'il releva la tête, il vit qu'il s'était trompé de chemin. Des enfants lui indiquèrent un raccourci à travers champs. Il hâta le pas. « Si je manquais mon train, se dit-il par jeu, qu'est-ce que je ferais ? » Il imagina son retour au pénitencier. Il passerait la journée auprès de Jacques ; il lui raconterait ses craintes chimériques, son voyage en cachette du père ; il se montrerait confiant, camarade ; il rappellerait au petit la scène du fiacre, au retour de Marseille, et comme il avait cru sentir ce soir-là qu'ils pourraient devenir de vrais amis. Le désir de manquer son train devint si impérieux qu'il ralentit sa marche, ne sachant que décider. Tout à coup il entendit le sifflet de la locomotive ; un panache de fumée s'élevait, à sa gauche, au-dessus d'un bouquet d'arbres, et, sans plus réfléchir, il prit sa course. Il apercevait la gare. Il avait son billet en poche, n'avait qu'à sauter dans un wagon, fût-ce à contre-voie. Les coudes au corps, la tête en arrière, la barbe au vent, il aspirait l'air à pleins poumons ; il était fier de ses muscles ; il était sûr d'arriver.

Mais il avait compté sans le talus de la voie. Pour atteindre la station, la route faisait un crochet, passait sous un petit pont. Il eut beau accélérer l'allure, donner son maximum, il déboucha hors du pont lorsque le train, qui était en gare, s'ébranlait déjà. Il le manquait à cent mètres près.

Son orgueil était tel qu'il ne consentit pas à sa défaite. Il voulut l'avoir préférée : « Je pourrais encore sauter dans le fourgon, si je voulais, se dit-il en l'espace d'une seconde ; mais alors, je ne pourrais plus choisir, je serais parti sans avoir revu Jacques. » Il s'arrêta, satisfait de lui.

Et aussitôt, ce qu'il avait imaginé tout à l'heure prit corps : déjeuner à l'auberge, retourner au pénitencier, consacrer la journée à son frère.

III

Il était moins d'une heure, lorsque Antoine se retrouva devant la Fondation Thibault. M. Faîsme sortait. Il fut si surpris qu'il demeura quelques secondes pétrifié, les yeux dansant derrière ses lunettes. Antoine conta sa mésaventure. Alors seulement M. Faîsme éclata de rire et redevint loquace.

Antoine s'offrit à promener Jacques tout l'après-midi.

« Sapristi..., fit le directeur perplexe. Notre règlement... »

Mais Antoine insista si bien qu'il obtint gain de cause.

« Vous expliquerez le cas à Monsieur le Fondateur... Je vais vous chercher Jacques.

— Je vous accompagne », dit Antoine.

Il s'en repentit : ils arrivaient mal à propos. À peine eut-il pénétré dans le couloir, qu'Antoine aperçut son frère, accroupi en belle vue dans le réduit que l'administration nommait *les vatères*, et dont la porte était maintenue grande ouverte par Arthur, qui fumait sa pipe, adossé au battant.

Antoine se hâta d'entrer dans la chambre. Le directeur se frottait les mains et semblait jubiler :

« Vous voyez ? s'écria-t-il ; les enfants dont nous avons la garde sont gardés, même là. »

Jacques revint. Antoine s'attendait à ce qu'il parût gêné, mais il se boutonnait tranquillement, et ses traits n'exprimaient rien, pas même l'étonnement de revoir Antoine. M. Faîsme expliqua qu'il autorisait Jacques à sortir avec son frère jusqu'à six heures. Jacques le regardait au visage, comme s'il cherchait à bien comprendre, mais il ne souffla mot.

« Là-dessus je me sauve, excusez-moi, reprit M. Faîsme, de sa voix flûtée. Réunion de mon conseil municipal. Car je suis maire ! » cria-t-il de la porte, en pouffant de rire, comme si c'eût été du dernier comique ; et Antoine sourit, en effet.

Jacques s'habillait sans se presser. Avec une prévenance qu'Antoine remarqua, Arthur lui passait ses vêtements ; il voulut même lustrer les bottines ; Jacques se laissait faire.

La chambre avait perdu cet aspect très soigné qui, le matin, avait agréablement surpris Antoine. Il en chercha la cause. Le plateau du déjeuner était resté sur la table : une assiette sale, un gobelet vide, des miettes de pain. Le linge propre avait disparu : un torchon, rude et taché, pendait au porte-serviettes ; sous la cuvette, un bout de toile cirée, usé et sale ; les draps blancs étaient remplacés par de gros draps écrus, fripés. Ses soupçons se réveillèrent soudain. Mais il ne posa aucune question.

Lorsqu'ils furent tous deux sur la route :

« Où allons-nous ? fit Antoine gaiement. Tu ne connais pas Compiègne ? Il y a un peu plus de trois kilomètres, par le bord de l'Oise. Ça te va ? »

Jacques accepta. Il semblait s'appliquer à ne contrarier son frère en rien.

Antoine passa son bras sous celui du cadet et prit son pas.

« Qu'est-ce que tu dis du coup des serviettes ? » fit-il. Il regardait Jacques en riant.

« Le coup des serviettes ? répéta l'autre, qui ne comprenait pas.

— Oui : ce matin, pendant qu'on me promenait dans tout l'établissement, on a eu le temps de mettre chez toi de beaux draps blancs, de belles serviettes neuves. Mais la malchance a voulu que je revienne quand on ne m'attendait plus, et... »

Jacques s'arrêta, avec un demi-sourire contraint :

« On dirait que tu veux à toutes forces trouver mal ce qui se fait à la Fondation », finit-il par dire, de sa voix grave qui tremblait un peu. Il se tut, se remit à marcher, et reprit, presque aussitôt, avec effort, comme s'il éprouvait un ennui sans bornes à s'étendre sur un sujet aussi vain : « C'est bien plus simple que tu ne supposes. On change le linge les premier et troisième dimanches du mois. Arthur, qui s'occupe de moi depuis une dizaine de jours seulement, avait changé les draps et les serviettes dimanche dernier, et il a cru bien faire en recommençant ce matin, parce que c'était dimanche. Mais, à la lingerie, on a dû lui dire qu'il s'était trompé, et on lui a fait rapporter le linge propre. Je n'y ai pas droit avant la semaine prochaine. » Il se tut de nouveau et regarda la campagne.

La promenade débutait mal. Antoine s'employa aussitôt à changer le tour de la conversation, mais le regret de sa maladresse l'obsédait et ne lui permettait pas de prendre le ton simple et enjoué qu'il eût voulu. Jacques répondait par oui ou non, lorsque la phrase d'Antoine était interrogative ; mais sans le moindre intérêt. Il dit enfin à l'improviste :

« Je t'en prie, Antoine, ne parle pas de cette histoire de linge au directeur : ça ferait gronder Arthur pour rien.

— Bien entendu.

— Ni à papa ? ajouta Jacques.

— Mais à personne, sois tranquille ! Je n'y pensais même plus. Écoute, reprit-il, je vais te dire la vérité : figure-toi que je m'étais mis en tête, je ne sais pourquoi, que tout allait mal ici, et que tu n'étais pas heureux... »

Jacques se tourna légèrement et examina son frère avec une expression sérieuse.

« J'ai passé la matinée à fureter, continua Antoine. J'ai compris enfin que je m'étais trompé. Alors j'ai fait semblant de manquer mon train. Je ne voulais pas partir sans avoir eu le temps de causer un peu avec toi, tu comprends ? »

Jacques ne répondit rien. La perspective de cette causerie lui était-elle agréable ? Antoine n'en était pas sûr ; il craignit de faire fausse route, et se tut.

La pente du chemin, qui descendait vers la berge, rendait leur marche plus allègre. Ils atteignirent un bras de la rivière, qui était canalisé. Un petit pont en fer enjambait une écluse. Trois grosses péniches vides flottaient de toute la hauteur de leur coque brune sur l'eau presque immobile.

« Tu aimerais faire un voyage en péniche ? demanda gaiement Antoine. Glisser en douce sur les canaux, entre les peupliers, avec les arrêts aux écluses, et les brouillards du matin, et, le soir, au soleil couchant, fumer sa cigarette à l'avant, sans penser à rien, les pieds ballants au-dessus de l'eau... Est-ce que tu dessines toujours ? »

Cette fois Jacques eut un tressaillement très net et Antoine fut certain de le voir rougir.

« Pourquoi ? demanda-t-il d'une voix mal assurée.

— Pour rien, reprit Antoine, intrigué. Parce qu'il y aurait un croquis amusant à prendre, ces trois péniches, l'écluse, la passerelle... »

Le chemin de halage s'élargissait, devenait une

route. Ils arrivaient au grand bras de l'Oise, dont le cours gonflé roulait vers eux.

« Voilà Compiègne », dit Antoine.

Il s'était arrêté, et, pour s'abriter du soleil, il avait mis la main au front. Il reconnut dans le ciel lointain, par-dessus des frondaisons vertes, les points en faisceau du beffroi, le clocheton arrondi de l'église ; il s'apprêtait à les nommer, lorsqu'en jetant les yeux sur son frère, qui, à côté de lui, la main en visière, semblait comme lui inspecter l'horizon, il s'aperçut que Jacques regardait le sol à ses pieds ; il avait l'air d'attendre qu'Antoine se remît en marche, ce qu'Antoine fit, sans rien dire.

Tout Compiègne, ce dimanche, semblait être dehors. Antoine et Jacques se mêlèrent à la foule. Il avait dû y avoir conseil de révision, car des grappes de gars endimanchés achetaient aux marchands ambulants des flots de rubans tricolores, et, se tenant par le bras, barrant les trottoirs, titubaient en chantant des refrains de caserne. Sur le Cours, parmi les filles en robes claires et les dragons échappés du quartier, des familles se croisaient en saluant.

Jacques, désorienté, assourdi, contemplait tous ces gens avec un malaise grandissant.

« Allons ailleurs, Antoine... », supplia-t-il.

Ils prirent au milieu du Cours, une rue encaissée qui montait, sombre et silencieuse. L'arrivée sur la place du Palais fut un éblouissement. Jacques clignait des yeux. Ils s'arrêtèrent et s'assirent sous les quinconces qui ne donnaient pas encore d'ombre.

« Écoute », dit Jacques, en posant la main sur les genoux d'Antoine. Les cloches de Saint-Jacques s'ébranlaient pour les vêpres ; leurs vibrations semblaient ne faire qu'un avec la lumière du soleil.

Antoine s'imagina que l'enfant subissait à son insu

l'ivresse de ce premier dimanche de printemps. Il hasarda :

« À quoi penses-tu, mon vieux ? »

Mais, au lieu de répondre, Jacques se leva. Ils se dirigèrent en silence vers le parc.

Jacques ne prêtait aucune attention à la somptuosité du paysage. Il paraissait surtout préoccupé de fuir les endroits où il y avait du monde. Le calme qui régnait autour du château, sur les terrasses à balustres, l'attira. Antoine le suivait, parlant de ce qu'il voyait, des buis taillés tranchant sur le vert des pelouses, des ramiers qui se posaient sur l'épaule des statues. Mais il n'obtenait que des réponses évasives.

Jacques questionna tout à coup :

« Tu lui as parlé ?

— À qui ?

— À Fontanin.

— Mais oui : je l'ai rencontré au quartier Latin. Tu sais qu'il est maintenant externe à Louis-le-Grand ?

— Ah ? » fit l'autre. Mais il ajouta, avec un tremblement de la voix qui, pour la première fois, rappelait un peu le ton de menace qu'il prenait si souvent autrefois : « Tu ne lui as pas dit où j'étais ?

— Il ne m'a rien demandé. Pourquoi ? Tu ne veux pas qu'il le sache ?

— Non.

— Pourquoi ?

— Parce que.

— Excellente raison. Mais tu en as bien une autre ? »

Jacques le considéra stupidement ; il n'avait pas compris qu'Antoine plaisantait. Il ne se dérida pas, et se remit à marcher. Il ajouta, tout à coup :

« Et Gise ? Est-ce qu'elle sait ?

— Où tu es ? Non, je ne crois pas. Mais avec les

enfants on ne peut être sûr de rien... » Et s'accrochant à ce sujet que Jacques lui-même avait amorcé, il continua : « Certains jours, elle a déjà l'air d'une grande fille, elle écoute tout ce qui se dit avec ses beaux yeux bien ouverts. Et puis, d'autres jours, ce n'est qu'un bébé. Crois-tu qu'hier soir Mademoiselle la cherchait partout, elle jouait à la poupée sous la table du vestibule ? À onze ans bientôt ! »

Ils descendaient vers le berceau de glycines, et Jacques s'était arrêté au bas de l'escalier, près d'un sphinx en marbre rose moucheté dont il caressait le front poli qui luisait au soleil. Songeait-il à Gise, à Mademoiselle ? Revoyait-il tout à coup la vieille table du vestibule, avec son tapis à franges et le plateau d'argent où traînaient des cartes ? Antoine le crut. Il poursuivit gaiement :

« Je ne sais fichtre pas où elle prend toutes les idées qu'elle a ! La maison n'est pas gaie pour une enfant ! Mademoiselle l'adore, mais tu sais comment elle est : elle s'effraye de tout, lui défend tout, ne la quitte jamais d'une seconde... »

Il s'était mis à rire et regardait son frère avec une complicité joyeuse, tant il sentait que ces détails de vie familiale étaient leur trésor fraternel, n'avaient de sens que pour eux, ne cesseraient jamais de constituer pour eux quelque chose d'unique, d'irremplaçable : les souvenirs d'enfance. Mais Jacques n'eut qu'un bref sourire forcé.

Antoine continua cependant :

— « Les repas ne sont pas drôles non plus, je t'assure. Père ne dit rien ; ou bien il refait pour Mademoiselle les discours de ses Commissions et raconte par le menu l'emploi de sa journée. À propos, tu sais, ça marche très bien, la candidature à l'Institut !

— Ah ? » Un peu de tendresse adoucit les traits de

Jacques. Il réfléchit un instant et sourit : « Tant mieux !

— Tous les amis s'agitent, reprit Antoine. L'abbé est prodigieux, il a des relations dans les quatre Académies... L'élection a lieu dans trois semaines. » Il ne riait plus ; il murmura : « Ça ne fait rien, membre de l'Institut, c'est quelque chose tout de même. Et Père l'a bien gagné, tu ne trouves pas ?

— Oh ! si ! » Et, spontanément : « Papa est bon, tu sais, dans le fond... » Il s'arrêta, rougit, voulut ajouter quelque chose, et ne s'y décida pas.

« J'attends que père soit confortablement assis sous sa coupole, pour faire un coup d'État, reprit Antoine avec animation. Je suis vraiment à l'étroit dans la chambre du bout ; je ne sais plus où mettre mes livres. Tu sais qu'on a installé Gise dans ton ancienne chambre ? Je voudrais décider père à louer le petit logement du rez-de-chaussée, celui du vieux beau ; il déménage le 15. Trois pièces ; j'aurais un vrai cabinet de travail où je pourrais recevoir des clients, et même une espèce de laboratoire que j'installerais dans la cuisine... »

Il eut honte tout à coup d'exposer ainsi au reclus sa vie libre, ses désirs de confort ; il s'aperçut qu'il venait de parler de la chambre de Jacques, comme si celui-ci ne dût jamais y revenir. Il se tut. Jacques avait repris son air indifférent.

« Et maintenant, dit Antoine pour faire diversion, si nous allions goûter, veux-tu ? Tu dois avoir faim ? »

Il avait perdu tout espoir de rétablir entre Jacques et lui un contact fraternel.

Ils rentrèrent en ville. Les rues, pleines de monde, bourdonnaient comme des ruches. Les pâtisseries étaient prises d'assaut. Jacques, arrêté sur le trottoir, s'immobilisait devant les cinq étages de gâteaux vernissés de sucre, bavant de crème ; cette vue semblait l'étouffer.

« Eh bien, entre ! » fit Antoine en souriant.

Les deux mains de Jacques tremblaient en prenant l'assiette qu'Antoine lui tendit. Ils s'installèrent au fond de la boutique, devant une pyramide de gâteaux choisis. Des bouffées de vanille, de pâte chaude, venaient d'une porte de service entrouverte. Jacques, sans un mot, tassé sur sa chaise, les yeux congestionnés comme s'il allait pleurer, mangeait vite, s'arrêtant après chaque gâteau, attendant qu'Antoine le servît, et aussitôt se remettant à manger. Antoine fit verser deux portos. Jacques prit le verre entre ses doigts qui tremblaient toujours ; il y trempa les lèvres, se brûla au vin alcoolisé, et toussa. Antoine buvait à petits coups, sans paraître faire attention à son frère. Jacques s'enhardit, reprit une gorgée, la laissa descendre en lui comme une boule de feu, puis une autre, puis tout le contenu du verre, jusqu'au fond. Et lorsque Antoine lui remplit une seconde fois son verre, il feignit de ne pas s'en apercevoir, et fit, trop tard, un geste pour l'en empêcher.

Lorsqu'ils sortirent de la boutique, le soleil déclinait, la température avait baissé. Mais Jacques ne sentait pas la fraîcheur. Il avait les joues brûlantes, et, dans tout le corps, une sensation de bien-être factice, presque douloureuse.

« Nous avons encore nos trois kilomètres à faire, dit Antoine ; il faut revenir. »

Jacques fut sur le point de pleurer. Il ferma les poings au fond de ses poches, serra les mâchoires, et baissa la tête. Antoine, le regardant à la dérobée, remarqua un tel changement sur ses traits, qu'il eut peur :

« Cette longue promenade t'a fatigué ? » demanda-t-il.

Le ton de cette voix parut à Jacques d'une tendresse nouvelle ; incapable de prononcer un mot, il tourna vers son frère son visage crispé, et cette fois ses yeux s'emplirent de larmes.

Antoine, stupéfait, le suivit en silence. Lorsqu'ils eurent redescendu la ville, traversé le pont et qu'ils se trouvèrent sur le chemin de halage, il se rapprocha de son frère et prit son bras.

« Tu ne regrettes pas ta promenade habituelle ? » fit-il en souriant.

Jacques ne répondit rien. Mais, tout à coup, ces attentions, et cette voix affectueuse, et ces bouffées de liberté qui le grisaient depuis des heures, et ce porto, et cette fin d'après-midi si douce, si triste... L'émotion excédait ses forces : il éclata en sanglots. Antoine l'entoura de son bras, le soutint, l'assit contre lui sur le talus. Il ne songeait plus à découvrir dans la vie de Jacques de ténébreux secrets, mais il éprouvait une délivrance à voir fondre enfin cette indifférence contre laquelle il se heurtait depuis le matin.

Ils étaient seuls sur la rive déserte, seuls avec l'eau fuyante, sous un ciel brumeux où s'éteignait le couchant ; devant eux, un bachot que le courant berçait au bout de sa chaîne froissait les roseaux secs.

Ils avaient du chemin à faire, ils ne pouvaient s'éterniser là. Antoine voulut forcer l'enfant à relever la tête :

« À quoi penses-tu ? Qu'est-ce qui te fait pleurer ? »

Jacques se serra davantage contre lui.

Antoine chercha à se souvenir des mots qui avaient déclenché cet accès de larmes.

« C'est de penser à ta promenade habituelle, qui te fait pleurer ?

— Oui », avoua le petit, pour répondre quelque chose.

« Pourquoi ? insista l'autre. Où donc te promènes-tu le dimanche ? »

Pas de réponse.

« Tu n'aimes pas sortir avec Arthur ?

— Non.

— Pourquoi ne le dis-tu pas ? Si tu regrettes ton vieux père Léon, c'est bien facile d'obtenir...

— Oh ! non ! » interrompit Jacques, avec une violence imprévue. Il s'était redressé et montrait un visage de rancune si expressif et si inattendu, qu'Antoine en fut saisi.

Jacques, comme s'il fût incapable de rester immobile, s'était levé et entraînait son frère à grands pas. Il ne disait rien ; et Antoine, après quelques minutes d'attente au risque d'être maladroit, désireux avant tout de débrider cette plaie, comme il pensait, reprit résolument :

« Alors, tu n'aimais pas non plus sortir avec le père Léon ? »

Jacques continuait à marcher, les yeux grands ouverts, les dents serrées, sans prononcer une parole.

« Il a pourtant l'air d'être gentil avec toi, le père Léon ? » hasarda Antoine.

Pas de réponse. Il eut peur que Jacques ne se repliât de nouveau ; il voulut reprendre son bras, mais l'enfant se dégagea et hâta le pas. Antoine le suivait, perplexe, ne sachant comment ressaisir sa confiance, lorsque, tout à coup, Jacques eut un brusque sanglot, et, cessant de forcer l'allure, se mit à pleurer, sans tourner la tête :

« Ne le dis pas, Antoine, ne le dis jamais à personne... Avec le père Léon, je ne me promenais pas, presque pas... »

Il se tut. Antoine ouvrait la bouche pour questionner : un instinct l'avertit qu'il ne fallait pas proférer un son. En effet, la voix de Jacques, un peu hésitante et rauque, reprit :

« Les premiers jours, oui... C'est même en promenade qu'il a commencé à... à me raconter des choses. Et il me prêtait des livres — je ne croyais pas que ça existait ! Et après il m'a proposé de faire partir des lettres, si je voulais... et c'est à ce moment-là que j'ai écrit à Daniel. Car je t'ai menti : j'ai écrit... Mais je n'avais pas d'argent pour les timbres. Alors, tu ne sais pas... Il avait vu que je savais un peu dessiner. Tu devines... C'est lui qui me disait comment il fallait faire... En échange, il a payé le timbre pour Daniel. Mais il montrait les dessins le soir aux surveillants, et tous en voulaient d'autres, de plus en plus compliqués... Alors, à partir de ce moment-là, le père Léon ne s'est plus gêné, il a cessé de me promener. Au lieu d'aller dans les champs, il me faisait tourner derrière la Fondation pour traverser le village... Les gamins nous couraient après... On prenait la ruelle, pour entrer dans l'auberge par la cour du fond. Lui, il allait boire, jouer aux cartes, faire je ne sais quoi ; et pendant tout le temps qu'il restait là, on me cachait... dans une buanderie... avec une vieille couverture...

— On te cachait ?

— Oui... dans une buanderie vide... fermée à clef... pendant deux heures...

— Mais pourquoi ?

— Je ne sais pas. Tu comprends, les aubergistes avaient peur. Un jour, il y avait du linge à sécher dans la buanderie, alors on m'a mis dans un couloir. La femme a dit... a dit... » Il sanglotait.

— Qu'est-ce qu'elle a dit ?

— Elle a dit : "On ne sait jamais avec ces graines..." » Il sanglotait si fort qu'il ne put continuer.

« ... ces graines ? répéta Antoine, en se penchant.

— ... ces graines... d'escrocs... », acheva enfin le petit, et il se mit à sangloter de plus belle.

Antoine écoutait ; la curiosité d'en apprendre davantage était pour l'instant plus forte que sa pitié.

« Et alors ? fit-il. Raconte donc ! »

Jacques s'arrêta net, et vint s'accrocher au bras de son aîné :

« Antoine, Antoine, cria-t-il, jure-moi que tu ne diras rien, dis ? Jure-le-moi ? Si jamais papa se doutait de quelque chose, il... Papa m'aime, au fond, il serait malheureux. Ce n'est pas sa faute s'il ne comprend pas les choses comme nous... » Et, tout à coup : « Ah ! toi, Antoine, tu... Ne me quitte pas, Antoine, ne me quitte pas !

— Mais non, mon petit, mais non, aie confiance, je suis là... Je ne dirai rien, je ferai tout ce que tu voudras. Mais dis-moi la vérité. » Et comme Jacques ne se décidait pas à continuer : « Il te battait ?

— Qui ?

— Le père Léon.

— Oh ! non ! » Il était si surpris, qu'il ne put s'empêcher de sourire dans ses larmes.

« On ne te bat pas ?

— Oh ! non !

— Bien vrai ? Jamais personne ?...

— Mais non, personne !

— Alors ? »

Silence.

« Et le nouveau, Arthur ? Il n'est pas bien ? »

Jacques secouait la tête.

« Mais quoi ? Il va aussi au café, lui ?

— Non.

— Ah ! avec lui, tu te promènes ?

— Oui.

— Alors, qu'est-ce que tu lui reproches ? Il est dur avec toi ?

— Non.

— Alors quoi ? Il ne te plaît pas ?

— Non.

— Pour quelle raison ?

— Parce que. »

Antoine hésitait :

« Mais pourquoi diable ne te plains-tu pas ? reprit-il enfin. Pourquoi ne vas-tu pas expliquer tout ça au directeur ? »

Jacques pressait son corps fébrile contre celui d'Antoine, et suppliait :

« Non, non... Antoine, tu m'as juré, tu sais, tu m'as juré que tu ne dirais rien ! Rien, rien, à personne !

— Mais, oui, je ferai comme tu voudras. Je te demande seulement : Pourquoi ne t'es-tu pas plaint du père Léon au directeur ? »

Jacques secouait la tête, sans desserrer les dents.

« Tu supposes peut-être que le directeur sait tout ça et qu'il le tolère ? suggéra Antoine.

— Oh ! non.

— Qu'est-ce que tu penses du directeur ?

— Rien.

— Crois-tu qu'il rende les autres enfants malheureux ?

— Non, pourquoi ?

— Il a l'air gentil ; mais je ne sais plus, moi : le père Léon aussi avait l'air d'un brave bonhomme ! Est-ce que tu as entendu dire des choses contre le directeur ?

— Non.

— Les surveillants, en ont-ils peur ? Le père Léon, Arthur, est-ce qu'ils ont peur de lui ?

— Oui, un peu.

— Pourquoi ?

— Je ne sais pas. Parce que c'est le directeur.

— Mais toi ? Avec toi, est-ce que tu as remarqué des choses ?

— Quelles choses ?

— Quand il vient te voir, comment est-il avec toi ?

— Je ne sais pas.

— Tu n'oses pas lui parler librement ?

— Non.

— Mais si tu lui avais dit que le père Léon allait au café au lieu de te promener, et qu'on t'enfermait dans la buanderie, qu'est-ce que tu crois qu'il aurait fait ?

— Il aurait mis le père Léon à la porte ! répondit Jacques avec effroi.

— Alors, qu'est-ce qui te retenait de parler ?

— Mais ça, Antoine ! »

Antoine s'épuisait à démêler cet écheveau de complicités, dans lequel il sentait son frère prisonnier.

« Est-ce que tu ne veux pas me dire ce qui te retenait ? Ou bien, vraiment, est-ce que tu n'en sais rien toi-même ? demanda-t-il.

— Il y a des... dessins... qu'ils m'ont forcé à... signer », murmura Jacques, en baissant la tête. Il hésita, se tut, puis tout à coup : « Mais ce n'est pas seulement ça... On ne peut rien dire à M. Faîsme parce que c'est le directeur. Tu comprends ? »

L'accent était las, mais sincère. Antoine n'insista pas ; il se méfiait de lui-même : il savait qu'il avait une tendance à toujours deviner trop, et trop vite.

« Au moins, reprit-il, travailles-tu bien ? »

Ils arrivaient en vue de l'écluse, près des péniches, dont les petites fenêtres étaient éclairées déjà. Jacques continuait à marcher, les yeux à terre.

Antoine répéta :

« Alors, le travail non plus, ça ne va pas ? »

Jacques fit signe que non, sans lever la tête.

« Pourtant le directeur affirme que ton professeur est content de toi ?

— Parce que le professeur le lui dit.

— Mais pourquoi le dirait-il, si ce n'était pas vrai ? »

Jacques semblait suivre ce questionnaire avec effort.

« Tu comprends, fit-il mollement, lui, le professeur, il est vieux, il ne demande pas que je travaille ; il vient là parce qu'on lui a dit qu'il vienne, voilà tout. Il sait bien que personne ne vérifiera. Lui aussi, il aime mieux n'avoir pas de devoirs à corriger. Il reste une heure, on cause, il est très copain avec moi, il me raconte Compiègne, ses élèves, et tout... Ça n'est pas un type heureux, lui non plus... Il me raconte sa fille, qui a des maladies dans le ventre et qui se dispute avec sa femme... Parce qu'il est remarié. Et son fils, qui est adjudant, qui a été cassé parce qu'il a fait des dettes pour une caissière... On fait semblant, avec les cahiers, les leçons, mais on ne fait rien pour de vrai... »

Il se tut. Antoine ne trouvait rien à répondre. Il se sentait presque intimidé devant ce gamin qui avait déjà subi cette expérience de la vie... D'ailleurs il n'eut rien à demander. De lui-même l'enfant s'était remis à parler, d'une voix monotone et basse, sans que l'on pût, dans ce chaos, comprendre l'association de ses idées, ni même ce qui, après une si obstinée réserve, le poussait tout à coup à ce débordement :

« C'est comme pour l'abondance, tu sais, l'eau rougie... Je la leur laisse, tu comprends ? Le père Léon me l'avait demandé, au début ; moi je n'y tiens pas j'aime autant l'eau du broc. Mais ce qui m'ennuie c'est qu'ils rôdent tout le temps dans le couloir. Avec leurs chaussons, on ne les entend pas. Quelquefois même ils me font peur. Non, ce n'est pas que j'aie peur, c'est surtout que je ne peux pas faire un mouvement sans qu'ils me voient, sans qu'ils m'entendent... Toujours seul et jamais vraiment seul, tu comprends, ni en promenade, ni nulle part ! Ça n'est rien, je sais bien, mais à la longue, tu sais, tu n'as pas idée de l'effet que ça fait, c'est comme si on était sur le point de se trouver mal... il y a des jours où je voudrais me cacher sous le lit pour pleurer... Non, pas pour pleurer, mais pour pleurer *sans qu'on me voie*, tu comprends ?... C'est comme ton arrivée, ce matin : ils m'avaient prévenu, à la chapelle. Le directeur avait envoyé le secrétaire inspecter ma tenue, et on m'avait apporté mon pardessus et aussi mon chapeau, parce que j'étais nu-tête... Oh ! ne crois pas qu'ils ont fait ça pour te tromper, Antoine... Non, pas du tout : c'est l'habitude. Ainsi, le lundi, le premier lundi du mois, quand papa vient pour le Conseil, on fait toujours des choses comme ça, des riens, pour que papa soit content... C'est comme le linge : ce que tu as vu ce matin, c'est du linge blanc qui est toujours dans mon armoire pour arranger la chambre, si jamais il venait quelqu'un... Oh ! ce n'est pas qu'ils me laissent avec du linge sale, non, ils le changent bien assez souvent, et même, si je demande une serviette propre en plus, on me la donne. Mais c'est l'habitude, tu comprends, pour que ça ait plus d'œil quand on entre...

« J'ai tort de te raconter tout ça, Antoine, tu vas encore croire des choses qui ne sont pas. Je t'assure que je n'ai à me plaindre de rien, que le régime est très doux pour moi, qu'on ne fait rien pour m'être désagréable, au contraire. Mais c'est justement cette douceur, tu comprends ?... Et puis, rien à faire ! Toute la journée, attaché là, et rien, absolument rien à faire ! Au début, les heures me paraissaient longues, longues, tu n'as pas idée ; et puis j'ai cassé le remontoir de ma montre, et à partir de ce jour-là ça a été mieux et peu à peu je m'y suis fait. Mais je ne sais pas comment dire, c'est comme si on s'endormait dans le fond de soi, tout au fond... On ne souffre pas vraiment puisque c'est comme si on dormait... C'est pénible tout de même, tu comprends ? »

Il se tut un moment, et reprit, d'une voix saccadée, en hésitant davantage :

« Et puis, Antoine, je ne peux pas tout te dire... Mais tu sais bien... Seul comme ça, on finit par avoir un tas d'idées qu'on ne devrait pas... Surtout que... Ainsi, les histoires du père Léon, tu sais... et les dessins... Eh bien, au fond, c'est un peu une distraction, tu comprends ? J'en fais d'avance... Et la nuit, j'y repense... Je sais bien qu'il ne faudrait pas... Mais, tout seul, tu comprends ? Toujours tout seul... Oh ! j'ai tort de raconter tout ça... Je sens que je le regretterai... Mais je suis si fatigué ce soir... Je ne peux pas me retenir... » Et il se mit tout à coup à pleurer plus fort.

Il éprouvait un malaise étrange : il lui semblait mentir malgré lui, et que, plus il cherchait à dire la vérité, moins il y parvenait. Pourtant, rien de ce qu'il racontait n'était inexact ; mais, par le ton, par l'exagération de son trouble, par le choix des aveux, il avait conscience qu'il présentait de sa vie une image un peu falsifiée — et qu'il ne pouvait pas faire autrement.

Ils n'avançaient guère ; la moitié du trajet restait à parcourir. Cinq heures et demie. Le jour était encore clair : une buée montait de la rivière, débordait sur la campagne, les ensevelissait.

Antoine, soutenant le petit qui trébuchait, réfléchissait de toutes ses forces. Non à ce qu'il devait faire : il était bien résolu : arracher l'enfant de là ! Mais il cherchait le moyen d'obtenir son consentement. Ce n'était pas facile. Aux premiers mots, Jacques se suspendit à son bras, sanglotant, lui rappelant qu'il avait fait le serment de ne rien dire, de ne rien faire.

« Mais non, mon petit, c'est juré, je ne ferai rien contre ta volonté. Seulement, écoute-moi. Cette solitude morale, cette paresse, cette promiscuité ! Moi qui, ce matin, avais cru que tu étais heureux !

— Mais je le suis ! » En un instant, tout ce dont il venait de se plaindre s'effaça : il ne vit plus que les bons côtés de sa réclusion, l'oisiveté, l'absence de contrôle, l'éloignement des siens.

« Heureux ? Si tu l'étais, ce serait une honte ! Toi ! Non, mon petit, non, je ne peux pas croire que tu te plaises à croupir là-dedans. Tu te dégrades, tu t'abêtis ; ça n'a que trop duré. Je t'ai promis de n'agir qu'avec ton assentiment, je tiendrai ma parole, sois tranquille ; mais, réfléchis, regardons froidement les choses en face, toi et moi, comme deux amis... Est-ce que nous ne sommes pas deux amis maintenant ?

— Oui.

— Tu as confiance en moi ?

— Oui.

— Alors ? Qu'est-ce que tu crains ?

— Je ne veux pas retourner à Paris !

— Mais voyons, mon petit, après le tableau que tu m'as fait de ton existence ici, la vie de famille ne peut pas être pire !

— Oh ! si ! »

Devant ce cri, Antoine se tut, atterré.

Sa perplexité augmentait. « Nom de Dieu », se répétait-il sans pouvoir penser à rien. Le temps pressait. Il lui semblait marcher dans les ténèbres. Tout à coup le voile se déchira. Il tenait la solution ! En une seconde tout un plan s'échafauda dans sa tête. Il riait.

« Jacques ! s'écria-t-il, écoute-moi, ne m'interromps pas ! Ou plutôt, réponds : si nous nous trouvions tout à coup, toi et moi, seuls au monde, est-ce que tu ne voudrais pas venir auprès de moi, vivre avec moi ? »

L'enfant ne comprit pas tout de suite.

« Ah ! Antoine, fit-il enfin, comment veux-tu ? Il y a papa ?... »

Le père se dressait en travers de l'avenir. Une même idée les effleura : « Comme tout s'arrangerait, si subitement... » Antoine eut honte de sa propre pensée, dès qu'il en eut surpris le reflet dans le regard de son frère ; il détourna les yeux.

« Ah ! bien sûr, disait Jacques, si j'avais pu être avec toi, rien qu'avec toi, je serais devenu tout autre ! J'aurais travaillé... Je travaillerais, je deviendrais peut-être un poète... un vrai... »

Antoine l'arrêta d'un geste :

« Eh bien, écoute : si je te donnais ma parole que personne d'autre que moi ne s'occupera de toi, est-ce que tu accepterais de sortir d'ici ?

— Ou...i... » C'était par besoin d'affection et pour ne pas contrarier son frère, qu'il acquiesçait.

« Mais t'engagerais-tu à me laisser organiser ta vie, tes études, et te surveiller en tout, comme si tu étais mon fils ?

— Oui.

— Bon », fit Antoine, et il se tut. Il réfléchissait. Ses désirs étaient toujours si impérieux qu'il ne doutait jamais de leur exécution ; et, en fait, il avait jusqu'à présent mené à bout tout ce qu'il avait ainsi voulu avec opiniâtreté. Il se tourna vers son cadet et sourit :

« Je ne rêve pas, reprit-il, sans cesser de sourire, mais d'une voix résolue. Je sais à quoi je m'engage. Avant quinze jours, tu m'entends, avant quinze jours... Aie confiance ! Tu vas rentrer dans ta boîte, courageusement, sans avoir l'air de rien. Et avant quinze jours, je te le jure, tu seras libre ! »

Jacques, sans bien entendre, se serrait contre Antoine, avec un appétit soudain de tendresse ; il eût voulu se blottir près de lui, et rester là, longtemps, sans bouger, dans la tiédeur fraternelle de son corps.

« Confiance ! » répéta Antoine.

Il se sentait lui-même réconforté, et comme ennobli ; il avait plaisir à se trouver maintenant si joyeux et si fort. Il comparait sa vie à celle de Jacques : « Pauvre bougre, il lui arrive toujours des choses qui n'arrivent à personne ! » Il voulait dire « des choses comme il ne m'en est jamais arrivé ». Il le plaignait, mais il éprouvait surtout une jouissance très vive à être Antoine, cet Antoine équilibré, si bien organisé pour être heureux, pour devenir un grand homme, un grand médecin ! Il eut envie d'accélérer l'allure, de siffler gaiement. Mais Jacques traînait la jambe et semblait épuisé. D'ailleurs ils arrivaient à Crouy.

« Confiance ! » murmura-t-il encore une fois, en pressant le bras de Jacques sous le sien.

M. Faîsme fumait son cigare devant le portail. Du plus loin qu'il les vit, il sautilla vers eux.

« Eh bien, j'espère ! Quelle promenade ! Vous avez été voir Compiègne, je parie ! » Il riait d'aise, et levait les bras. « Par le bord de l'eau ? Ah ! la jolie route ! Quel beau pays que le nôtre, pas vrai ? » Il tira sa montre : « Ce n'est pas pour vous commander, docteur, mais si vous voulez ne pas manquer de nouveau votre train...

— Je me sauve », dit Antoine. Il se tourna vers son frère et sa voix s'émut : « Au revoir, Jacques. »

La nuit tombait. Il aperçut à contre-jour un visage soumis, des paupières battues, un regard rivé au sol. Il répéta :

« Au revoir ! »

Arthur attendait dans la cour. Jacques eût voulu prendre congé du directeur, mais M. Faîsme lui tournait le dos : il poussait lui-même, ainsi que chaque soir, les verrous du portail. Au milieu des aboiements du chien, Jacques entendit la voix d'Arthur :

« Eh bien, vous venez ? »

Il le suivit.

Il retrouva sa cellule avec une impression de soulagement. La chaise d'Antoine était là, près de la table. L'affection du frère aîné l'enveloppait encore. Il endossa ses vêtements de travail. Le corps était las, mais le cerveau alerte ; il y avait en lui, outre le Jacques de tous les jours, un autre être, immatériel, né d'aujourd'hui, qui regardait agir le premier, qui le dominait.

Il ne put demeurer assis et se mit à tourner en rond dans la chambre. Un sentiment neuf et puissant le tenait debout : la conscience d'une force. Il s'était approché de la porte, et il restait là, le front au carreau, l'œil fixé sur la lampe du couloir désert. L'atmosphère suffocante du calorifère augmentait sa fatigue. Il dormait presque. Tout à coup, de l'autre côté de la vitre, une ombre se dressa. La porte, fermée à double tour, s'ouvrit : Arthur apportait le dîner.

« Allons, dépêche, petite crapule ! »

Avant d'entamer les lentilles, Jacques retira du plateau le morceau de gruyère et le gobelet d'eau rougie.

« Pour moi ? » dit le garçon. Il sourit, prit le bout de fromage et s'en fut le manger près de l'armoire, afin de n'être pas vu de la porte. C'était l'heure, où, avant son dîner, M. Faîsme venait, en pantoufles, faire un tour dans le couloir, et le plus souvent, on ne s'apercevait de sa visite qu'après son passage, à l'odeur écœurante du cigare qui pénétrait par le treillage de l'imposte.

Jacques achevait son pain en trempant de grosses mies dans l'eau noire des lentilles. Lorsqu'il eut terminé :

« Maintenant, au plumard, dit Arthur.

— Mais il n'est pas huit heures.

— Allons, dépêche ! C'est dimanche. Les copains m'attendent. »

Jacques ne répondit rien et commença à se déshabiller. Arthur, les mains dans les poches, le regardait. Il y avait sur cette face un peu bestiale et dans ce corps trapu de blond déménageur, quelque chose d'assez doux.

« Le frangin, dit-il sentencieusement, voilà un bonhomme qui sait vivre. » Il fit le geste de glisser une pièce dans son gousset, sourit, prit le plateau vide, et sortit.

Lorsqu'il revint, Jacques était au lit.

« Ça y est déjà ? » Du bout des pieds le garçon poussa les bottines sous la toilette. « Dis donc, tu ne pourrais pas ranger un peu tes affaires avant de te coucher ? » Il s'approcha du lit. « Tu entends, petite crapule ?... » Il appuyait ses deux mains sur les épaules de Jacques et riait bizarrement. Un sourire de plus en plus pénible déformait le visage de l'enfant. « Tu ne caches rien sous le polochon, au moins ? Pas de bougie ? Pas de bouquin ? »

Il avançait la main sous les draps. Mais, d'un mouvement qu'Arthur ne put ni prévoir ni retenir, le petit se dégagea et se jeta en arrière, le dos au mur. Ses yeux étaient pleins de haine.

« Oh ! oh ! fit l'autre, on est chatouilleux ce soir ! » Il ajouta : « Je pourrais causer, moi, tu sais... »

Il parlait bas et surveillait de l'œil la porte du couloir. Puis, sans plus faire attention à Jacques, il alluma le quinquet qui restait toute la nuit en veilleuse pour la surveillance, ferma le commutateur avec son passe-partout, et sortit en sifflotant.

Jacques entendit la clef tourner deux fois dans la serrure et l'homme s'éloigner en traînant sur le carreau ses semelles de corde. Alors, il revint au milieu du lit, allongea les jambes et resta étendu sur le dos. Ses dents claquaient. Toute confiance l'abandonna. Se rappelant sa journée, ses aveux, il eut un sursaut de rage, suivi d'un découragement qui le déchira : il entrevit Paris, Antoine, la maison, les disputes, le travail, le contrôle familial... Ah ! il avait commis la faute irréparable, il s'était livré à ses ennemis ! « Mais qu'est-ce qu'ils me veulent, qu'est-ce qu'ils me veulent tous ? » Ses larmes coulaient. Il se cramponna à cette pensée que le mystérieux projet d'Antoine était irréalisable, que M. Thibault s'y opposerait. Son père lui apparut comme un sauveur. Oui, tout cela échouerait, et on finirait bien par le laisser en repos, par le laisser ici. Ici, c'était la solitude, l'engourdissement, le bonheur dans la paix.

Sur le plafond, le reflet de la veilleuse tournoyait, tournoyait au-dessus de sa tête.

Ici, c'était la paix, le bonheur.

IV

Dans la pénombre de l'escalier, Antoine croisa le secrétaire de son père, M. Chasle, qui glissait le long du mur comme un rat, et, le voyant, s'arrêta, l'œil effaré :

« Ah ! c'est vous ? » Il avait pris à son patron cette manie d'apostrophe. « Mauvaise nouvelle ! chuchota-t-il. Le clan des universitaires a mis en avant la candidature du doyen de la faculté des Lettres : quinze voix de perdues, pour le moins ; avec celles des juristes, cela fera vingt-cinq. Quoi ! C'est ce qu'on appelle la déveine. Le patron vous expliquera. » Il toussotait sans cesse par timidité, et, se croyant victime d'un catarrhe chronique, tout le long du jour, suçait des pastilles de gomme. « Je me sauve, maman doit s'inquiéter », reprit-il, voyant qu'Antoine ne répondait pas.

Il tira sa montre, l'écouta avant de regarder l'heure, releva son col et disparut.

Depuis sept ans, ce petit homme à lunettes était le collaborateur quotidien de M. Thibault, et Antoine ne le connaissait guère mieux qu'au premier jour. Il parlait peu, à voix basse, et n'exprimait que des idées répandues, en accumulant des synonymes. Il se montrait ponctuel, occupé de minimes habitudes. Il vivait avec sa mère, pour laquelle il semblait avoir de touchantes prévenances. Ses bottines crissaient toujours. Son prénom était Jules, mais M. Thibault, par considération pour lui-même, appelait son secrétaire « Monsieur Chasle ». Antoine et Jacques l'avaient surnommé « Boule de gomme » ou « l'Ennuyeux ».

Antoine entra tout droit dans le cabinet de son père, qui mettait en ordre son bureau avant d'aller au lit.

« Ah ! c'est toi ! Mauvaises nouvelles !

— Oui, interrompit Antoine, M. Chasle m'a raconté. »

M. Thibault tira d'un coup sec le menton hors de son col ; il n'aimait pas qu'on sût ce qu'il s'apprêtait à dire. Antoine, pour l'instant, ne s'en souciait point ; il songeait à ce qu'il venait faire, et sentait déjà la paralysie le gagner. Il en eut conscience à temps, et fonça :

« Moi aussi, je t'apporte de très mauvaises nouvelles : Jacques ne peut pas rester à Crouy. » Il reprit haleine, et continua d'un trait : « J'en arrive. Je l'ai vu. Je l'ai confessé. J'ai découvert des choses lamentables. Je viens en causer avec toi. Il est urgent de le sortir au plus tôt de là. »

M. Thibault demeura quelques secondes immobile. Sa stupeur ne fut perceptible que dans sa voix :

« Tu... ? À Crouy ? Toi ? Quand ? Pour quoi faire ? Sans me prévenir ? Es-tu fou ? Explique-toi. »

Quoique soulagé d'avoir du premier bond franchi l'obstacle, Antoine était fort mal à l'aise et bien incapable de parler. Il y eut un silence étouffant. M. Thibault avait ouvert les yeux ; ils se refermèrent lentement, comme malgré lui. Alors il s'assit et posa ses poings sur le bureau.

« Explique-toi, mon cher », reprit-il. Il martelait avec solennité chaque syllabe : « Tu dis que tu as été à Crouy ? Quand ?

— Aujourd'hui.

— Comment ? Avec qui ?

— Seul.

— Est-ce que... on t'a reçu ?

— Naturellement.

— Est-ce que... on t'a laissé voir ton frère ?

— J'ai passé toute la journée auprès de lui. Seul avec lui. »

Antoine avait une façon provocante de faire sonner la fin de ses phrases qui fouetta la colère de M. Thibault, mais l'avertit qu'il y avait lieu d'être circonspect.

« Tu n'es plus un enfant, proclama-t-il, comme s'il eût constaté l'âge d'Antoine au son de sa voix. Tu dois comprendre l'inconvenance d'une pareille démarche, à mon insu. Est-ce que tu avais une raison particulière pour aller à Crouy sans me le dire ? Est-ce que ton frère t'avait écrit, t'avait appelé ?

— Non. J'ai été pris de doutes, tout à coup.

— De doutes ? Sur quoi ?

— Mais sur tout... Sur le régime... Sur les effets du régime auquel Jacques est soumis depuis neuf mois.

— Vraiment, mon cher, tu... tu me surprends ! » Il hésitait, choisissant des termes mesurés, que démentaient ses grosses mains fermées et ses coups de tête en avant. « Cette... méfiance, à l'égard de ton père...

— Tout le monde peut se tromper. La preuve !

— La preuve ?

— Écoute, père, inutile de se fâcher. Je pense que nous voulons l'un et l'autre la même chose : le bien de Jacques. Quand tu sauras dans quel état de déchéance je l'ai trouvé, tu décideras, toi le premier, que Jacques doit quitter le pénitencier au plus tôt.

— Ça, non ! »

Antoine s'efforça de ne pas entendre le ricanement de M. Thibault.

« Si, père.

— Je te dis : non !

— Père, quand tu sauras...

— Est-ce que tu me prendrais pour un imbécile, par hasard ? Est-ce que tu supposes que j'ai attendu tes renseignements pour savoir ce qui se fait à Crouy, où, depuis plus de dix ans, je passe tous les mois une inspection générale, suivie d'un rapport ? Où rien ne se décide sans avoir d'abord été discuté en séance d'un Conseil dont je suis le président ? Voyons ?

— Père, ce que j'ai vu là-bas...

— Assez là-dessus. Ton frère a pu te débiter tous les mensonges qu'il a voulu ; avec toi, il avait beau jeu ! Mais avec moi, ce sera une autre affaire.

— Jacques ne s'est plaint de rien. »

M. Thibault parut interloqué.

« Eh bien, alors ? lança-t-il.

— Au contraire, et c'est le plus grave : il dit qu'il est tranquille, il dit même qu'il est heureux, qu'il se plaît là-bas ! » Et comme M. Thibault faisait entendre un petit rire satisfait, Antoine lâcha sur un ton blessant : « Le pauvre gosse a de tels souvenirs de la vie de famille, qu'il préfère encore sa prison ! »

L'offense manqua son but :

« Eh bien, c'est parfait, nous sommes donc tous d'accord. Que veux-tu d'autre ? »

Antoine n'était plus assez certain d'obtenir la liberté de Jacques pour dévoiler à M. Thibault tout ce que les aveux de l'enfant lui avaient appris ; il résolut de s'en tenir à des griefs généraux et de dissimuler le reste.

« Je vais te dire la vérité, père, commença-t-il, en fixant sur M. Thibault un regard attentif. J'avais soupçonné des privations, des mauvais traitements, des cachots. Oui, je sais. Rien de tout cela n'est fondé, heureusement. Mais j'ai constaté dans l'existence de Jacques une misère morale cent fois pire. On te trompe quand on te dit que l'isolement lui fait du bien. Le remède est bien plus dangereux que le mal. Ses journées se passent dans une oisiveté pernicieuse. Son professeur, n'en parlons pas : la vérité est que Jacques ne fait rien, et il est visible que déjà son intelligence devient incapable du moindre effort. Prolonger l'épreuve, crois-moi, c'est compromettre à jamais l'avenir. Il est tombé dans un tel état d'indifférence, et sa faiblesse est telle que, s'il restait quelques mois encore dans cette torpeur, il serait trop tard pour lui rendre jamais la santé. »

Antoine ne quittait pas son père de l'œil ; il semblait peser de tout son regard sur cette face inerte pour en faire jaillir une lueur d'acquiescement. M. Thibault, ramassé sur lui-même, gardait une immobilité massive ; il faisait songer à ces pachydermes dont la puissance reste cachée tant qu'ils sont au repos ; de l'éléphant d'ailleurs, il avait les larges oreilles plates, et aussi, par éclairs, l'œil rusé. Le plaidoyer d'Antoine le rassurait. Il y avait eu déjà quelques embryons de scandales à la Fondation, quelques surveillants qu'il avait fallu congédier, sans ébruiter les motifs de leur renvoi, et M. Thibault avait craint un moment que les révélations d'Antoine fussent de cette nature : il respirait.

« Est-ce que tu crois m'apprendre quelque chose ? fit-il d'un air bonasse. Tout ce que tu dis là fait honneur à ta générosité naturelle, mon cher : mais permets-moi de te dire, en toute conscience, que ces questions de correction sont fort complexes, et qu'en ces matières on ne s'improvise pas une compétence du jour au lendemain. Crois-en mon expérience et celle des spécialistes. Tu dis : faiblesse, torpeur. Dieu merci ! Tu sais ce que valait ton frère : crois-tu que l'on puisse broyer une pareille volonté de mal faire, sans d'abord la réduire ? En affaiblissant avec mesure un enfant vicieux, ce sont ses mauvais instincts qu'on affaiblit, et l'on peut alors en venir à bout : c'est la pratique qui apprend ça. Et vois : est-ce que ton frère n'est pas transformé ? Il n'a plus jamais de colères ; il est discipliné, poli avec tous ceux qui l'approchent. Tu dis toi-même qu'il en est arrivé déjà à aimer l'ordre, la régularité de sa nouvelle existence. Hé ! mais, est-ce qu'il n'y a pas lieu d'être fier d'un tel résultat, en moins d'un an ? »

Il effilait entre ses doigts boudinés la pointe de sa barbiche, et, lorsqu'il eut terminé, il glissa vers son fils un coup d'œil oblique. L'organe sonore, le débit majestueux prêtaient une apparence de force à ses moindres paroles, et Antoine avait une telle habitude de s'en laisser imposer par son père, qu'au fond de lui-même, il faiblit. Mais M. Thibault commit une maladresse d'orgueil :

« D'ailleurs je me demande pourquoi je prends la peine de défendre l'opportunité d'une sanction qui n'est pas et ne sera pas remise en question. Je fais ce que je crois devoir faire, en toute conscience, et n'ai de compte à rendre à qui que ce soit. Tiens-le-toi pour dit, mon cher. »

Antoine se cabra :

« Ce n'est pas le moyen de me réduire au silence, père ! Je te répète que Jacques ne peut pas rester à Crouy. »

M. Thibault eut de nouveau un petit rire acerbe. Antoine fit un effort pour demeurer maître de lui.

« Non, père, ce serait un crime que de laisser Jacques là-bas. Il y a, en lui, une valeur que l'on ne doit pas laisser perdre. Laisse-moi te dire, père : tu t'es souvent trompé sur son caractère : il t'agace et tu ne vois pas ses...

— Qu'est-ce que je ne vois pas ? Nous ne vivons tranquilles ici que depuis son départ. Est-ce vrai ? Eh bien, quand il sera corrigé, nous verrons à le faire revenir. D'ici là... » Son poing se souleva, comme s'il allait le laisser retomber de tout son poids ; mais il ouvrit la main, et posa doucement sa paume à plat sur le bureau. Sa colère couvait. Celle d'Antoine éclata :

« Jacques ne restera pas à Crouy, père, je t'en réponds !

— Oh ! oh !... fit M. Thibault sur un ton persifleur. Est-ce que tu n'oublies pas un peu trop, mon cher, que tu n'es pas le maître ?

— Non, je ne l'oublie pas. Aussi je te demande : Qu'est-ce que tu comptes faire ?

— Moi ? » murmura M. Thibault avec lenteur ; il eut un sourire froid et entrouvrit une seconde les paupières : « Cela ne fait pas de doute : semoncer vertement M. Faîsme pour t'avoir reçu sans mon autorisation ; et t'interdire à jamais l'accès de la colonie. »

Antoine croisa les bras.

« Alors, tes brochures, tes conférences ! Toutes tes belles paroles ! Dans les congrès, oui ! Mais devant une intelligence qui sombre, fût-ce celle d'un fils, rien ne compte : pas de complications, vivre tranquille, et advienne que pourra ?

— Imposteur ! » cria M. Thibault. Il se mit debout. « Ah ! ça devait arriver ! Je te voyais venir depuis longtemps. Certains mots qui t'échappent à table, *tes* livres, *tes* journaux... Ta froideur à accomplir tes devoirs... Tout se tient : l'abandon des principes religieux, et bientôt l'anarchie morale, et la révolte pour finir ! »

Antoine secoua les épaules :

« N'embrouillons pas les histoires. Il s'agit du petit, et ça presse. Père, promets-moi que Jacques...

— Je t'interdis dorénavant de me parler de lui ! Cette fois, est-ce clair ? »

Ils se toisèrent.

« C'est ton dernier mot ?

— Va-t'en !

— Ah ! père, tu ne me connais pas, murmura Antoine avec un rire plein de défi. Je te jure que Jacques sortira de ce bagne ! Et que rien, rien ne m'arrêtera ! »

Le gros homme, avec une violence soudaine, marchait sur son fils, la mâchoire serrée :

« Va-t'en ! »

Antoine avait ouvert la porte. Il se retourna sur le seuil pour lancer d'une voix sourde :

« Rien ! Dussé-je mener moi-même une nouvelle campagne dans *mes* journaux ! »

V

Le lendemain, de bonne heure, Antoine, qui n'avait pu fermer l'œil, attendait, dans une sacristie de l'archevêché, que l'abbé Vécard eût terminé sa messe. Il fallait que le prêtre fût mis au courant de tout et pût intervenir. Jacques n'avait plus d'autre chance.

L'entretien fut long. L'abbé avait fait asseoir le jeune homme près de lui, comme pour une confession, et il l'écoutait avec recueillement, le buste en arrière, la tête inclinée sur l'épaule gauche, à son habitude. Pas une fois il ne l'interrompit. Son visage incolore, au nez long, n'était guère expressif, mais, par instants, il posait sur Antoine un regard doux et insistant qui cherchait à comprendre au-delà des paroles. Bien qu'il eût moins fréquenté Antoine que les autres membres de la famille, il lui manifestait toujours une estime particulière ; le piquant est qu'il subissait en ceci l'influence de M. Thibault, dont la vanité était fort sensible aux succès d'Antoine, et qui se plaisait à faire l'éloge de son fils.

Antoine ne chercha pas à convaincre l'abbé par une adroite argumentation ; il lui fit le récit détaillé de la journée qu'il avait passée à Crouy et qui s'était terminée par la scène avec son père, ce dont l'abbé lui fit reproche, sans mot dire, par un geste significatif des mains, qu'il tenait presque toujours levées à la hauteur de la poitrine — deux mains de prélat, que les poignets arrondis laissaient retomber mollement, et qui, sans changer de place, s'animaient soudain, comme si la nature leur eût réservé cette faculté d'expression qu'elle avait refusée au visage.

« Le sort de Jacques est maintenant entre vos mains, Monsieur l'abbé, conclut Antoine. Vous seul pouvez faire entendre raison à mon père. »

L'abbé ne répondit pas. Il tourna vers Antoine un regard si morne, si distrait, que le jeune homme ne sut que penser. Il sentit alors son impuissance et les insurmontables difficultés de ce qu'il avait entrepris.

« Et après ? fit doucement l'abbé.

— Après ?

— Je suppose que votre père rappelle Jacques à Paris : qu'en fera-t-il, après ? »

Antoine se troubla. Il avait bien son projet, mais il ne savait comment l'exposer, tant il lui semblait difficile d'en faire admettre le principe à l'abbé : quitter l'appartement familial ; s'installer, Jacques et lui, au rez-de-chaussée de leur maison ; soustraire presque entièrement l'enfant à l'autorité paternelle ; se charger, à lui seul, de diriger l'éducation, de contrôler le travail et de surveiller la conduite de son cadet. Cette fois le prêtre ne put s'empêcher de sourire, mais son sourire était sans ironie.

« Vous assumeriez là une tâche bien lourde, mon ami.

— Ah ! répliqua Antoine avec feu, j'ai tellement la conviction que ce petit a besoin d'une très grande liberté ! Qu'il ne se développera jamais dans la contrainte ! Moquez-vous de moi, Monsieur l'abbé, mais je reste convaincu que si j'étais vraiment tout seul à m'occuper de lui... »

Il n'obtint du prêtre qu'un nouveau hochement de tête, suivi d'un de ses regards fixes et pénétrants qui semblaient venir de très loin et pénétrer fort avant. Il s'en alla désespéré : après le violent refus de son père, l'accueil nonchalant de l'abbé ne lui laissait guère d'espérance. Il eût été bien surpris de savoir que l'abbé avait résolu d'aller trouver M. Thibault ce jour même.

Il n'eut pas à se déranger.

Lorsqu'il rentra, comme il faisait chaque matin après sa messe, boire sa tasse de lait froid, dans l'appartement qu'il occupait avec sa sœur à deux pas de l'archevêché, il aperçut M. Thibault qui l'attendait dans la salle à manger. Le gros homme, affalé sur une chaise, les mains sur les cuisses, cuvait encore sa colère. L'arrivée de l'abbé le fit se lever.

« Ah ! vous voilà, grommela-t-il. Ma visite vous surprend ?

— Pas tant que vous supposez », répliqua l'abbé. Par moments, un sourire furtif, ou bien une lueur malicieuse du regard, illuminait son calme visage. « Ma police est bien faite : je suis au courant de tout. Vous permettez ? ajouta-t-il en s'approchant du bol qui l'attendait sur la table.

— Au courant ? Est-ce que vous auriez déjà vu... ? »

L'abbé buvait son lait, à petites gorgées :

« J'ai su dès hier matin l'état d'Astier, par la duchesse. Mais je n'ai appris qu'hier soir le retrait de votre adversaire.

— L'état d'Astier ? Est-ce que... ? Je ne comprends pas. Je ne sais rien, moi.

— Pas possible ? fit l'abbé. C'est à moi qu'est réservé le plaisir de vous apprendre la bonne nouvelle ? » Il prit un temps. « Eh bien, le vieux père Astier vient d'avoir une quatrième attaque : cette fois, le pauvre homme est perdu. Alors, le doyen, qui n'est pas un sot, se retire, et vous laisse seul candidat aux Sciences morales.

— Le doyen... se retire ? balbutia M. Thibault. Mais pourquoi ?

— Parce qu'il a réfléchi qu'un doyen de la faculté des Lettres sera mieux à sa place aux Inscriptions, et qu'il préfère attendre quelques semaines un fauteuil qui ne lui sera pas disputé, plutôt que de risquer sa chance contre vous !

— En êtes-vous bien sûr ?

— C'est officiel. J'ai rencontré le secrétaire perpétuel à une réunion de l'Institut catholique, hier soir. Le doyen venait d'apporter lui-même sa lettre de désistement. Une candidature qui aura duré moins de vingt-quatre heures !

— Mais alors... ! » bredouilla M. Thibault. La surprise, la joie l'essoufflaient. Il fit quelques pas au hasard, les bras derrière le dos, puis vint au prêtre et faillit le saisir aux épaules. Il lui prit seulement les mains.

« Ah ! mon cher abbé, je n'oublierai jamais. Merci. Merci. »

Tant de bonheur venait d'entrer en lui que tout le

reste était submergé ; sa colère fuyait à la dérive. Au point qu'il dut faire appel à sa mémoire pour répondre, lorsque l'abbé l'ayant, sans qu'il y prît garde, conduit dans son cabinet de travail, lui demanda, du ton le plus naturel :

« Et qu'est-ce donc qui vous amenait de si bonne heure, mon cher ami ? »

Alors il se souvint d'Antoine, et retrouva d'emblée son emportement. Il venait demander conseil sur la conduite à tenir vis-à-vis de son fils aîné, qui avait beaucoup changé ces derniers temps, et que l'on sentait travaillé par un esprit de doute et de révolte. Continuait-il seulement à accomplir ses pratiques religieuses ? Assistait-il même à la messe dominicale ? Il se montrait de moins en moins assidu à la table de famille, sous le prétexte de ses malades, et lorsqu'il y paraissait, son attitude y était tout autre que jadis : il y tenait tête à son père ; il se permettait d'inconcevables libertés d'opinion : lors des récentes élections municipales, la discussion avait pris plusieurs fois si âpre tournure, qu'il avait fallu lui imposer silence, comme à un gamin. Bref, si l'on voulait maintenir Antoine dans la bonne voie, il était urgent d'adopter à son égard des dispositions nouvelles, pour lesquelles l'appui et peut-être l'intervention de l'abbé Vécard semblaient indispensables. Puis, à titre d'exemple, M. Thibault relata l'acte d'indiscipline dont Antoine s'était rendu coupable en allant à Crouy, les stupides conjectures qu'il en avait rapportées et la scène inqualifiable qui s'en était suivie. Toutefois, la considération qu'il portait à Antoine, augmentée même à son insu par ces actes d'indépendance qu'il lui reprochait, ne cessait d'être sensible à travers ses paroles ; et l'abbé le nota.

Nonchalamment assis à son bureau, il donnait de temps à autre de petits signes approbateurs avec ses mains levées de chaque côté de son rabat. Mais dès qu'il fut question de Jacques, il dressa la tête, et son attention parut redoubler. Par une suite d'interrogations habiles, dont on ne pouvait deviner le lien, il se fit confirmer par le père tous les renseignements que venait de lui apporter le fils.

« Mais... mais... mais ! » fit-il, comme se parlant à lui-même. Il se recueillit un moment. M. Thibault attendait, surpris. Enfin l'abbé prit la parole, avec décision : « Ce que vous me rapportez de l'attitude d'Antoine ne me préoccupe pas autant que vous, mon cher ami. Il fallait s'y attendre. Le premier effet des études scientifiques sur une intelligence curieuse et passionnée est d'exalter l'orgueil et de faire vaciller la foi ; un peu de science éloigne de Dieu ; beaucoup y ramène. Ne vous effrayez pas. Antoine est à l'âge où l'on se précipite d'un extrême à l'autre. Vous avez bien fait de me prévenir : je ferai en sorte de le voir plus souvent, de causer avec lui. Tout cela n'est pas grave, patientez : il nous reviendra.

« Mais ce que vous m'apprenez de l'existence de Jacques m'inquiète bien davantage. J'étais loin de supposer que son isolement fût à ce point rigoureux ! C'est une vie de prisonnier qu'il mène là ! Je ne puis croire qu'elle soit sans danger. Mon cher ami, j'avoue que j'en suis très troublé. Y avez-vous réfléchi ? »

M. Thibault sourit.

« En toute conscience, mon cher abbé, je vous dirai ce que j'ai répondu hier à Antoine : est-ce que vous supposez que nous n'avons pas, et mieux que personne, l'expérience de ces choses-là ?

— Je ne le nie pas, prononça le prêtre sans la moindre humeur. Mais les enfants que vous avez coutume de traiter n'ont pas tous besoin des ménagements que nécessite le tempérament particulier de votre fils. Et leur régime est différent, si j'ai bien compris, puisqu'ils vivent en commun, ont des heures de récréation, s'exercent à des travaux manuels. J'étais, vous vous en souvenez, partisan d'infliger à Jacques un châtiment sévère, et ce simulacre de réclusion me semblait bien fait pour l'obliger à réfléchir, à s'amender. Mais, que diantre, je n'avais jamais songé que ce dût être une véritable incarcération ni surtout qu'elle pût lui être imposée si longtemps. Songez-y ! Depuis neuf mois, un enfant de quinze ans à peine, seul, en cellule, sous la surveillance d'un gardien sans instruction et sur l'honorabilité duquel vous n'avez que des renseignements officiels ? Il prend quelques leçons, soit ; mais ce professeur de Compiègne, qui lui consacre trois ou quatre heures en toute une semaine, que vaut-il ? Vous n'en savez rien. D'autre part vous alléguez votre expérience. Permettez-moi de rappeler que j'ai vécu douze années avec des écoliers et que je n'ignore pas tout à fait ce qu'est un garçon de quinze ans. L'état de délabrement physique, et surtout moral, dans lequel a pu tomber ce pauvre petit, sans qu'il y paraisse à vos yeux, mais c'est à faire frémir !

— Vous aussi ? répliqua M. Thibault. Je vous croyais l'esprit plus solide, ajouta-t-il avec un petit rire sec. D'ailleurs, il ne s'agit pas de Jacques en ce moment...

— Pour moi, il ne peut s'agir d'autre chose, interrompit l'abbé sans élever la voix. Après ce que je viens d'apprendre, j'estime que la santé physique et morale de cet enfant court les plus grands dangers » ; il parut réfléchir, puis articula, sans hâte : « — et qu'il ne doit pas demeurer un jour de plus là où il est.

— Quoi ? » fit l'autre.

Il y eut un silence. C'était la seconde fois en douze

heures qu'on frappait M. Thibault au point sensible. La rage le gagnait ; mais il se contint.

« Nous en reparlerons, concéda-t-il, en se redressant.

— Pardon, pardon, fit le prêtre, avec une vivacité inattendue. Le moins que l'on puisse dire, c'est que vous avez agi avec une imprudence... bien coupable. » Il avait une manière ferme et douce de traîner la voix sur certains mots, sans que son visage s'animât, et de dresser en même temps son index devant ses lèvres, comme pour dire : Attention ! Ce qu'il fit en répétant : « Bien coupable... » Puis, après une pause : « Il s'agit de réparer le mal au plus tôt.

— Quoi ? Qu'est-ce que vous me voulez ? » cria M. Thibault, qui cette fois ne se retenait plus. Il tourna vers le prêtre un nez agressif : « Vais-je interrompre sans raison un traitement qui produit déjà d'excellents effets ? Reprendre chez moi ce garnement ? Pour être de nouveau à la merci de ses incartades ? Merci bien ! » Il crispait ses poings à faire craquer les jointures, et sa mâchoire serrée lui faisait une voix rauque : « En toute conscience, je dis non, non et non ! »

D'un geste calme de ses deux mains, l'abbé sembla dire : « Comme vous voudrez. »

M. Thibault, d'un coup de reins, s'était levé. Le sort de Jacques se décidait une seconde fois.

« Mon cher abbé, reprit-il, je vois qu'il n'y a pas à causer sérieusement avec vous ce matin, et je m'en vais. Mais laissez-moi vous dire que vous vous montez l'imagination ni plus ni moins qu'Antoine. Est-ce que j'ai l'air d'un père dénaturé ? Est-ce que je n'ai pas tout fait pour ramener cet enfant au bien, par l'affection, l'indulgence, le bon exemple, l'influence de la vie familiale ? Est-ce que je n'ai pas supporté de lui, durant des années, tout ce qu'un père peut supporter de son fils ? Et nierez-vous que toutes mes bontés soient restées sans effet ? Par bonheur j'ai compris à temps que mon devoir était autre, et, si pénible qu'il m'ait paru, je n'ai pas hésité à sévir. Vous m'approuviez alors. Le bon Dieu m'avait du reste donné quelque expérience, et j'ai toujours pensé qu'en m'inspirant l'idée de fonder à Crouy ce pavillon spécial, la Providence m'avait permis de préparer le remède à un mal personnel. N'ai-je pas su accepter courageusement cette épreuve ? Est-ce que beaucoup de pères auraient agi comme moi ? Ai-je quelque chose à me reprocher ? Grâce à Dieu, j'ai la conscience tranquille, affirma-t-il, tandis qu'une obscure protestation assourdissait légèrement sa voix. Je souhaite à tous les pères d'avoir la conscience aussi tranquille que moi ! Et là-dessus, je m'en vais. »

Il ouvrit la porte : un sourire suffisant parut sur son visage ; son accent prit une intonation sarcastique qui n'était pas sans saveur et sentait le terroir normand :

« Heureusement, j'ai la tête plus solide que vous tous », fit-il.

Il avait traversé le vestibule, suivi de l'abbé silencieux.

« Allons, à bientôt, mon cher », lança-t-il avec rondeur lorsqu'il fut sur le palier.

Il se retournait pour une poignée de main, lorsque, soudain, sans autre préambule :

« *Deux hommes montèrent au temple pour prier,* commença l'abbé d'une voix songeuse. *L'un était pharisien et l'autre publicain. Le pharisien, se tenant debout, faisait cette prière en lui-même : "Mon Dieu, je vous rends grâce de ce que je ne suis pas comme le reste des hommes. Je jeûne deux fois la semaine et je distribue aux pauvres le dixième de mon bien." Le publicain, de son côté, se tenant à l'écart, n'osait pas lever les yeux vers le ciel, mais se frappait la poitrine, disant : "Mon Dieu, ayez pitié de moi, car je ne suis qu'un pécheur."* »

M. Thibault entrouvrit les paupières : il aperçut son confesseur, debout dans l'ombre du vestibule, et qui portait son index à ses lèvres :

« *Celui-ci, je vous assure, s'en alla justifié, et non pas l'autre : car quiconque s'élève sera humilié, et quiconque s'humilie sera élevé.* »

Le gros homme reçut le choc sans sourciller ; il demeurait immobile, les yeux clos. Comme le silence se prolongeait, il hasarda un second coup d'œil ; l'abbé, sans bruit, avait poussé le battant : M. Thibault se trouvait seul devant la porte refermée. Il eut un haussement d'épaules, vira sur lui-même et s'en alla. Mais, à mi-étage il fit halte ; son poing serrait la rampe ; sa respiration était courte ; il tirait le menton en avant, comme un cheval qu'impatiente le caveçon.

« Non », murmura-t-il.

Et, sans hésiter davantage, il rentra chez lui.

Tout le jour, il s'efforça d'oublier ce qui s'était passé. Mais, dans l'après-midi, comme M. Chasle tardait à lui donner un dossier dont il avait besoin il eut un brusque emportement qu'il eut peine à réprimer. Antoine était de service à l'hôpital. Le dîner fut silencieux. Sans attendre que Gisèle eût fini son dessert, M. Thibault plia sa serviette et regagna son bureau.

Huit heures sonnaient. « J'aurais le temps d'y retourner ce soir, songea-t-il en s'asseyant, bien résolu à n'en rien faire. Il me reparlerait de Jacques. J'ai dit non, c'est non. »

« Mais qu'est-ce qu'il a voulu dire, avec son histoire de pharisien ? » se demanda-t-il pour la centième fois. Tout à coup sa lèvre inférieure se mit à trembler. M. Thibault avait toujours eu peur de la mort. Il se dressa et, par-dessus les bronzes qui encombraient la cheminée, il chercha son image dans la glace. Ses traits avaient perdu cette assurance satisfaite qui avait peu à peu modelé son visage et dont il ne se départait jamais, fût-ce dans la solitude, fût-ce dans la prière. Un frisson le secoua. Les épaules basses, il se laissa retomber sur son siège. Il se voyait à son lit de mort et se demandait avec épouvante s'il ne s'y présenterait pas les mains vides. Il s'accrochait désespérément à l'opinion des autres sur lui : « Je suis pourtant un homme de bien ? » se répétait-il ; mais le ton restait interrogatif ; il ne pouvait plus se payer de mots, il était à une de ces rares minutes où l'introspection descend jusqu'à des bas-fonds qu'elle n'a jamais éclairés encore. Les poings crispés sur les bras de son fauteuil, il se penchait sur son existence et n'y découvrait pas un acte qui fût pur. Des souvenirs lancinants surgissaient de l'oubli. L'un d'eux, plus pénible que tous les autres ensemble, l'assaillit avec une précision si brutale qu'il prit son front entre ses mains. Pour la première fois de sa vie peut-être, M. Thibault avait honte. Il connaissait enfin ce suprême dégoût de soi, si intolérable qu'aucun sacrifice ne paraît trop cher, pourvu qu'il soit une réhabilitation, qu'il achète le pardon divin, qu'il rende à l'âme désolée la paix, l'espérance du salut éternel. Ah ! retrouver Dieu... Mais retrouver d'abord l'estime du prêtre, mandataire de Dieu... Oui... Ne pas vivre une heure de plus dans cet isolement maudit, sous cette réprobation...

Le grand air l'apaisa. Il prit une voiture pour arriver plus vite. L'abbé Vécard vint lui ouvrir ; sa figure, éclairée par la lampe qu'il souleva pour reconnaître le visiteur, était impassible.

« C'est moi », fit M. Thibault ; il tendit machinalement la main, se tut et se dirigea vers le cabinet de travail. « Je ne viens pas pour reparler de Jacques », déclara-t-il d'emblée, dès qu'il fut assis. Et comme les mains du prêtre ébauchaient un geste conciliant : « Croyez-moi, n'y revenons plus. Vous faites fausse route. D'ailleurs, si le cœur vous en dit, allez à Crouy, rendez-vous compte ; vous verrez que j'ai raison. » Puis, avec un mélange de brusquerie et de naïveté : « Pardonnez-moi ma mauvaise humeur de ce matin. Vous me connaissez, je suis vif, je ne... Mais au fond... C'est qu'aussi, pour ce pharisien, vous avez été dur, vous savez. Trop dur. J'ai le droit de protester, que diable ! Voilà tout de même trente ans que je donne aux œuvres catholiques tout mon temps, toutes mes forces ; mieux encore, la plus grosse partie de mes revenus. Est-ce pour m'entendre dire, par un prêtre, par un ami, que je... que je ne... Non, avouez, ce n'est pas juste ! »

L'abbé regarda son pénitent : il semblait dire : « L'orgueil éclate malgré vous dans la moindre de vos paroles... »

Il y eut une assez longue pause.

« Mon cher abbé, reprit M. Thibault d'un ton mal assuré, j'admets que je ne sois pas tout à fait... Eh bien, oui, j'en conviens : trop souvent, je... Mais c'est ma nature, pour ainsi dire... Est-ce que vous ne savez pas comme je suis ? » Il mendiait un peu d'indulgence. « Ah ! le chemin du salut est difficile...

« Vous êtes le seul à pouvoir me relever, me diriger... Je vieillis, j'ai peur... » balbutia-t-il tout à coup.

L'abbé fut remué par le changement de cette voix. Il sentit qu'il ne devait plus prolonger son silence, et approcha sa chaise.

« C'est moi qui maintenant hésite..., dit-il. Et d'ailleurs, cher ami, que dirais-je de plus, après que la parole sainte est entrée si avant ? » Il se recueillit un instant. « Je sais bien que Dieu vous a donné un poste difficile : en travaillant pour Lui vous acquérez de l'autorité sur les hommes, des honneurs, et il le faut ; mais comment ne pas confondre un peu sa gloire avec la vôtre ? Et comment ne pas céder à la tentation de préférer peu à peu la vôtre à la sienne ? Je sais bien... »

M. Thibault avait ouvert les yeux et il ne les refermait plus ; son regard pâle avait une expression effrayée, et en même temps puérile, innocente.

« Mais pourtant ! continua l'abbé. *Ad majorem Dei gloriam*. Cela seul importe, et tout le reste n'est pas bien. Vous êtes, mon cher ami, de la race des forts, c'est-à-dire des orgueilleux. Je sais combien il est malaisé de la tenir courbée dans le bon sens, cette force d'orgueil ! Combien il est difficile de ne pas vivre pour soi, de ne pas oublier Dieu, lors même que l'on est tout occupé d'œuvres pies ! De ne pas être parmi ceux dont Notre-Seigneur a si tristement dit un jour : *"Ce peuple m'honore des lèvres, mais le cœur est bien éloigné de moi !"*

— Ah ! » dit M. Thibault avec exaltation, sans baisser la tête, c'est terrible... Je suis même seul à savoir jusqu'à quel point c'est terrible ! »

Il éprouvait un apaisement délicieux à s'humilier ; il sentait confusément que c'était par là qu'il pourrait reconquérir le prêtre, et sans rien avoir à céder sur la question du pénitencier. Une force le poussait à faire davantage encore, à surprendre l'abbé par la profondeur de sa foi, par l'étalage d'une générosité inattendue : forcer sa considération, à n'importe quel prix.

« L'abbé ! » fit-il soudain, et son regard eut un instant cette expression fatale que prenait fréquemment celui d'Antoine. « Si jusqu'ici je n'ai été qu'un pauvre orgueilleux, est-ce que Dieu ne m'offre pas justement aujourd'hui une occasion de... de réparer ? » Il hésita et parut lutter contre lui-même. Il luttait, en effet. L'abbé lui vit esquisser avec le gras du pouce un rapide signe de croix sur son gilet, à la place du cœur. « Je veux dire cette candidature, vous comprenez ? Il y aurait bien vraiment sacrifice, et sacrifice d'orgueil, puisque vous m'avez annoncé ce matin que l'élection était certaine. Eh bien, je... Tenez, il y a encore de la vanité là-dedans : est-ce que je ne devrais pas me taire et faire ça sans en parler, même à vous ? Mais tant pis. Eh bien, l'abbé : je fais le serment de retirer demain et pour toujours ma candidature à l'Institut. »

L'abbé fit un geste des mains que M. Thibault ne vit pas, car il s'était tourné vers le crucifix suspendu à la muraille.

« Mon Dieu, murmura-t-il, ayez pitié de moi car je ne suis qu'un pécheur. »

Il mit dans ce mouvement un reste de suffisance qu'il ne soupçonnait pas lui-même ; l'orgueil a de telles racines, qu'au moment du plus fervent repentir, c'était avec une prodigieuse jouissance d'orgueil qu'il savourait son humilité. L'abbé l'enveloppa d'un regard pénétrant : jusqu'à quel point cet homme pouvait-il être sincère ? Pourtant, à cette minute, la face de M. Thibault rayonnait de renoncement et de mysticité, au point que l'on n'en apercevait plus les bouffissures ni les rides, au point que cette figure de vieillard avait la candeur d'un visage d'enfant. Le prêtre en fut bouleversé. Il eut honte de la satisfaction mesquine qu'il avait prise, dans la matinée, à confondre le gros publicain. Les rôles se renversaient. Il fit un retour vers sa propre vie. Était-ce bien pour la seule gloire de Dieu qu'il avait quitté avec tant d'empressement ses élèves, qu'il avait brigué, à l'archevêché, cette place près du soleil ? Et ne tirait-il pas chaque jour un coupable plaisir personnel à exercer cette finesse de diplomate qu'il avait mise au service de l'Église ?

« En toute conscience, est-ce que vous croyez que Dieu me pardonnera ? »

Cette voix anxieuse rappela l'abbé Vécard à sa fonction de directeur spirituel. Il joignit les mains sous son menton, inclina la tête et sourit avec effort.

« Je vous ai laissé aller jusqu'au bout, fit-il. Je vous ai laissé boire le calice. Et je suis bien sûr que la miséricorde divine vous tiendra compte de cette heure-ci. Mais, ajouta-t-il en levant son index, l'intention suffit, et votre vrai devoir n'est pas d'aller jusqu'au bout du sacrifice. Ne protestez pas. C'est moi, votre confesseur, qui vous délie de votre engagement. En vérité votre renoncement serait moins utile à la gloire de Dieu que ne sera votre élection. Votre situation de famille, de fortune, a des exigences que vous ne devez pas méconnaître. Ce titre de membre de l'Institut vous conférera parmi ces grands républicains d'extrême-droite, qui sont la sauvegarde de notre pays, une autorité nouvelle et que nous estimons nécessaire à la bonne cause. Vous avez de tout temps su mettre votre vie sous la tutelle de l'Église. Eh bien, laissez-la, une fois de plus, par mon ministère, vous indiquer le chemin. Dieu refuse votre sacrifice, mon cher ami : si dur que cela soit, inclinez-vous. *Gloria in excelsis ! Gloire à Dieu au plus haut des cieux, et paix sur la terre aux hommes de bonne volonté !* »

L'abbé, tout en parlant, voyait les traits de M. Thibault se rassembler, et reprendre peu à peu leur équilibre ancien. Lorsqu'il eut terminé, le gros homme avait rebaissé les paupières, et il n'était plus possible de lire ce qui se pansait en lui. Le prêtre, en lui rendant ce fauteuil, ambition de vingt ans, lui avait rendu la vie. Mais il demeurait encore amolli par le formidable effort qu'il avait fait sur sa nature, et pénétré d'une gratitude surhumaine. Ils eurent ensemble la même pensée : le prêtre, courbant le front, commença à réciter à mi-voix une prière d'actions de grâces. Lorsqu'il releva la tête, M. Thibault s'était laissé glisser à genoux ; sa face d'aveugle, levée vers le ciel, était éclairée de joie, un balbutiement agitait ses lèvres mouillées, et, sur le bureau, ses deux mains velues, si bouffies qu'on les eût dites piquées par des guêpes, enchevêtraient leurs doigts avec une ferveur touchante. Pourquoi cet édifiant spectacle fut-il soudain insupportable aux yeux de l'abbé ? À tel point qu'il ne put se retenir d'avancer le bras, jusqu'à heurter presque son pénitent ? Il corrigea aussitôt son geste, et mit affectueusement sa main sur l'épaule de M. Thibault, qui se releva pesamment.

« Tout n'est pas encore dit, fit alors le prêtre, avec cette inflexible douceur qui lui était particulière. Vous devez prendre une décision au sujet de Jacques. »

M. Thibault eut un redressement de tout le corps.

L'abbé s'assit.

« Ne soyez pas comme ceux qui se croient quittes parce qu'ils ont fait face à un devoir difficile, et négligent le devoir immédiat, celui qui est tout près d'eux. Même si l'épreuve à laquelle vous avez soumis cet enfant n'est pas aussi préjudiciable que je puis le craindre, ne la prolongez pas. Songez au serviteur qui enfouit le talent que son Maître lui a confié. Allons, mon ami, ne partez pas d'ici sans avoir pris conscience de votre responsabilité entière. »

M. Thibault restait debout et secouait la tête, mais sa physionomie n'avait plus la même obstination. L'abbé se leva.

« Le difficile, murmura-t-il, c'est de ne pas avoir l'air de céder à Antoine. » Il vit qu'il avait touché juste, fit quelques pas, et, tout à coup sur un ton dégagé : « Savez-vous ce que je ferais à votre place, mon cher ami ? Je lui dirais : "Tu veux que ton frère quitte le pénitencier ? Oui ? Tu y tiens toujours ? Eh bien, je te prends au mot, va le chercher : mais garde-le. Tu as voulu qu'il revienne : occupe-toi de lui !" »

M. Thibault ne bougea pas. L'abbé reprit :

« J'irais même plus loin encore ! Je lui dirais : "Je ne veux pas de Jacques à la maison. Arrange-toi comme tu voudras. Tu as toujours l'air de penser que nous ne savons pas le prendre. Eh bien, essaye donc, toi !" Et je lui mettrais son frère sur les bras. Je les installerais quelque part tous les deux — à proximité de chez vous, bien entendu, pour qu'ils puissent prendre leurs repas avec vous ; mais j'abandonnerais à Antoine la direction complète de son frère. Ne vous récriez pas, mon cher ami, ajouta-t-il, bien que M. Thibault n'eût pas fait un geste, attendez, laissez-moi finir : mon idée n'est pas aussi chimérique qu'elle paraît... »

Il revint à son bureau et s'assit, les coudes sur la table :

« Suivez-moi bien, dit-il.

« *Primo :* Il y a fort à parier que Jacques supportera mieux l'autorité de son aîné que la vôtre, et je ne suis pas éloigné de croire qu'en jouissant d'une plus grande liberté, il cessera d'avoir cet esprit de résistance et d'indiscipline que nous lui avons connu autrefois.

« *Secundo :* Pour Antoine, son sérieux vous offre toutes les garanties. Pris au mot, je suis convaincu qu'il ne refusera pas ce moyen de délivrer son frère. Et quant à ces fâcheuses tendances que nous déplorions ce matin, une petite cause peut avoir de grands effets : j'estime qu'en lui imposant ainsi charge d'âme vous lui donneriez le meilleur des contrepoids, et vous le ramèneriez infailliblement à une conception moins... anarchiste de la société, de la morale, de la religion.

« *Tertio :* Votre autorité paternelle, mise ainsi à l'abri des frottements quotidiens qui l'usent et la dispersent, garderait tout son prestige pour exercer de haut, sur vos deux fils, cette direction générale qui est son apanage, et, comment dire ? sa principale utilité.

« Enfin — et le ton devint confidentiel — je vous avoue qu'au moment de votre élection, il me paraît désirable que Jacques ait quitté Crouy, et qu'il ne puisse plus être question de cette affaire. La notoriété attire toutes sortes d'interviews et d'enquêtes ; vous serez en butte aux indiscrétions de la presse... Considération tout à fait secondaire, je sais ; mais enfin... »

M. Thibault laissa échapper un coup d'œil qui trahissait l'inquiétude. Sans qu'il se l'avouât à lui-même, cette levée d'écrou libérait sa conscience, et la combinaison de l'abbé n'avait que des avantages, puisqu'elle sauvegardait son amour-propre vis-à-vis d'Antoine, et rendait à Jacques une situation régulière, sans que M. Thibault eût à s'occuper de l'enfant.

« Si j'étais sûr, finit-il par dire, que ce garnement,

une fois relâché, ne nous attirera pas de nouveaux scandales... »

La partie, cette fois, était gagnée.

L'abbé s'engagea à exercer un contrôle discret sur l'existence des deux enfants, au moins pendant les premiers mois. Puis il accepta de venir dîner le lendemain rue de l'Université et prendre part à l'entretien que le père voulait avoir avec son fils aîné.

M. Thibault se leva pour partir. Il s'en allait avec une âme légère, remise à neuf. Pourtant, lorsqu'il serra avec effusion les mains de son confesseur, un doute l'effleura de nouveau.

« Que le bon Dieu me pardonne d'être comme je suis », fit-il piteusement.

L'autre l'enveloppa d'un regard heureux :

« *Qui d'entre vous*, murmura-t-il, *ayant cent brebis, s'il en perd une, ne laisse pas les quatre-vingt-dix-neuf autres dans le désert, et ne va pas chercher celle qui s'est perdue, jusqu'à ce qu'il la trouve.* » Et levant le doigt avec un sourire fugitif : « *Je vous dis qu'il y aura plus de joie dans le Ciel pour un pécheur qui fait pénitence...* »

VI

Un matin, il était neuf heures à peine, la concierge de l'avenue de l'Observatoire fit demander Mme de Fontanin. En bas une « personne » désirait la voir, mais qui ne voulait ni monter à l'appartement ni donner son nom.

« Une personne ? Une femme ?

— Une jeune fille. »

Mme de Fontanin eut un mouvement de recul. Une aventure de Jérôme sans doute. Un chantage ?

« Et si jeune ! ajouta la concierge : Une enfant !

— J'y vais. »

Une enfant, en effet, qui se dissimulait dans l'ombre de la loge, qui leva enfin la tête...

« Nicole ? » s'écria Mme de Fontanin, en reconnaissant la fille de Noémie Petit-Dutreuil. Nicole fut sur le point de se jeter dans les bras de sa tante, mais elle réprima cet élan. Elle avait le teint gris, le visage défait. Elle ne pleurait pas : elle tenait ses yeux grands ouverts et ses sourcils levés ; elle semblait surexcitée, résolue, et tout à fait maîtresse d'elle-même.

« Tante, je voudrais vous parler.

— Viens.

— Pas là-haut.

— Pourquoi ?

— Non, pas là-haut.

— Mais pourquoi ? Je suis toute seule. » Elle devina que Nicole hésitait : « Daniel est au lycée, Jenny à son cours de piano : je te dis que je suis seule jusqu'au déjeuner. Allons, viens. »

Nicole la suivit, sans une parole. Mme de Fontanin la fit entrer dans sa chambre.

« Qu'est-ce qu'il y a ? » Elle ne pouvait dissimuler sa méfiance : « Qui t'envoie ? D'où viens-tu ? »

Nicole la regardait sans baisser les yeux ; ses cils battirent :

« Je me suis sauvée.

— Ah !... » fit Mme de Fontanin, avec une expression de souffrance. Elle se sentait soulagée, cependant. « Et c'est ici que tu es venue ? »

Nicole eut un mouvement d'épaules qui semblait dire : « Où aller ? Je n'ai personne.

— Assieds-toi, ma chérie. Voyons... Tu as l'air bien fatiguée. Tu n'as pas faim ?

— Un peu. » Elle souriait pour s'excuser.

« Mais pourquoi ne le dis-tu pas ? » s'écria Mme de Fontanin, en entraînant Nicole dans la salle à manger. Quand elle vit comment la petite mordait dans son pain beurré, elle tira du buffet un reste de viande froide et des confitures. Nicole mangeait, sans rien dire, honteuse de son appétit, incapable de le masquer. Le sang montait à ses joues. Elle but coup sur coup deux tasses de thé.

« Depuis quand n'avais-tu rien mangé ? demanda Mme de Fontanin, dont le visage était plus bouleversé que celui de l'enfant. Tu as froid ?

— Non.

— Mais si, tu frissonnes. »

Nicole fit un geste d'impatience : elle s'en voulait de ne pas pouvoir cacher ses faiblesses.

« J'ai voyagé toute la nuit, c'est ça qui donne un peu froid...

— Voyagé ? D'où viens-tu donc ?

— De Bruxelles.

— De Bruxelles, mon Dieu ! Et seule ?

— Oui », articula la jeune fille. Son accent suffisait à prouver la fermeté de sa détermination. Mme de Fontanin saisit sa main.

« Tu es gelée. Viens dans ma chambre. Veux-tu te coucher, dormir ? Tu m'expliqueras plus tard.

— Non, non, tout de suite. Pendant que nous sommes seules. D'ailleurs, je n'ai pas sommeil. Je vous assure, laissez-moi. »

On était encore au début d'avril. Mme de Fontanin alluma le feu, enveloppa la fugitive dans un châle et l'assit de force près de la cheminée. L'enfant résistait, puis cédait, agacée, avec deux yeux brillants et fixes qui ne voulaient pas s'attendrir. Elle consultait la pendule ; elle avait hâte de parler, et, maintenant qu'elle était installée, ne se décidait pas à le faire. Sa tante, pour ne pas accroître son malaise, évitait de la regarder. Quelques minutes s'écoulèrent ; Nicole ne commençait pas.

« Quoi que tu aies fait, chérie, dit alors Mme de Fontanin, personne ici ne te demandera rien. Garde ton secret, si tu veux. Je te sais gré d'avoir pensé à venir près de nous. Tu es ici comme une enfant de la maison. »

Nicole se redressa. Est-ce qu'on la soupçonnait d'avoir commis quelque faute pénible à confesser ? Dans le mouvement qu'elle fit, le châle glissa de ses épaules et découvrit un buste plein de santé, qui contrastait avec son visage maigri et l'extrême jeunesse de ses traits.

« Au contraire, dit-elle, avec un regard flamboyant, je veux tout dire. » Et aussitôt elle commença avec une sorte de sécheresse provocante : « Ma tante... Le jour où vous êtes venue rue de Monceau...

— Ah ! » fit Mme de Fontanin ; et, de nouveau, sa figure prit une expression de souffrance.

« ... j'ai tout entendu », acheva Nicole, très vite, en battant des paupières.

Il y eut un silence.

« Je le savais, ma chérie. »

La petite étouffa un sanglot et plongea son visage entre ses mains, comme si elle fondait en larmes. Mais elle releva la tête presque aussitôt ; ses yeux étaient secs et ses lèvres serrées, ce qui changeait son expression habituelle et jusqu'au son de sa voix :

« Ne *la* jugez pas mal, tante Thérèse ! *Elle* est très malheureuse, vous savez... Vous ne me croyez pas ?

— Si », répondit Mme de Fontanin. Une question lui brûlait les lèvres ; elle regarda la jeune fille avec un calme qui ne pouvait tromper personne : « Est-ce que, là-bas, il y a aussi... ton oncle Jérôme ?

— Oui. » Elle ajouta, après une pause, en levant les sourcils. « C'est même lui qui m'a donné l'idée de me sauver... de venir ici...

— Lui ?

— Non, c'est-à-dire... Pendant ces huit jours, il est venu chaque matin. Il me donnait un peu d'argent pour que je puisse vivre, puisque j'étais restée là, toute seule. Et avant-hier, il m'a dit : "Si une âme charitable pouvait te prendre chez elle, tu serais mieux qu'ici." Il a dit "une âme charitable". Mais j'ai tout de suite pensé à vous, tante Thérèse. Et je suis sûre que lui aussi, il y pensait. Vous ne croyez pas ?

— Peut-être... », murmura Mme de Fontanin. Elle éprouvait soudain un tel sentiment de bonheur qu'elle faillit sourire. Elle se hâta de parler.

« Mais, comment étais-tu seule ? Où donc étais-tu ?

— Chez nous.

— À Bruxelles ?

— Oui.

— Je ne savais pas que ta maman s'était installée à Bruxelles.

— Il a bien fallu, à la fin de novembre. Tout était saisi rue de Monceau. Maman n'a pas de chance, toujours des ennuis, des huissiers qui réclament de l'argent. Mais maintenant on a payé les dettes, elle pourra revenir. »

Mme de Fontanin leva les yeux. Elle voulut demander : « Qui *on* ? » Son regard posait si nettement la question, qu'elle lut la réponse sur les lèvres de l'enfant. De nouveau, elle ne put se retenir :

« Et... il est parti en novembre avec elle ? »

Nicole ne répondit pas. La voix de tante Thérèse avait tremblé si douloureusement !

« Tante, dit-elle enfin, avec effort, il ne faut pas

m'en vouloir, je ne veux rien vous cacher, mais c'est difficile d'expliquer tout, comme ça, en une fois. Vous connaissez M. Arvelde ?

— Non. Qui est-ce ?

— Un grand violoniste de Paris qui me donnait des leçons. Oh ! un grand, grand artiste : il joue dans les concerts.

— Eh bien ?

— Il habitait Paris, mais il est belge. C'est pour ça, quand il a fallu se sauver, il nous a emmenées en Belgique. Il a une maison à lui, à Bruxelles, où on s'est installés.

— Avec lui ?

— Oui. » Elle avait compris la question et ne s'y dérobait pas ; elle semblait même prendre un sauvage plaisir à surmonter toute réticence. Mais elle n'osa plus rien dire et se tut.

Mme de Fontanin reprit, après une pause assez longue :

« Mais, où étais-tu ces derniers jours, quand tu étais seule et que l'oncle Jérôme venait te voir ?

— Là.

— Chez ce monsieur ?

— Oui.

— Et ton oncle y venait ?

— Bien sûr.

— Mais comment te trouvais-tu seule ? continua Mme de Fontanin sans se départir de sa douceur.

— Parce que M. Raoul fait une tournée en ce moment, à Lucerne, à Genève.

— Qui ça, Raoul ?

— M. Arvelde.

— Et ta maman t'avait laissée seule à Bruxelles, pour aller avec lui en Suisse ? » L'enfant eut un geste si désespéré que Mme de Fontanin rougit. « Chérie, je te demande pardon, balbutia-t-elle. Ne parle plus de tout ça. Tu es venue, c'est bien. Reste auprès de nous. »

Mais Nicole secoua violemment la tête :

« Non, non, c'est presque fini. » Elle fit une forte aspiration, et tout d'un trait : « Écoutez, tante : M. Arvelde, lui, il est en Suisse. Mais sans maman. Parce qu'il avait obtenu pour maman un engagement dans un théâtre de Bruxelles, pour chanter un rôle d'opérette, à cause de sa voix, qu'il lui a fait travailler. Même qu'elle a eu un grand, grand succès dans les journaux ; j'en ai des coupures dans ma poche, que vous pourrez voir. » Elle s'arrêta, ne sachant plus où elle en était : « Alors, reprit-elle avec un regard étrange, c'est justement parce que M. Raoul partait en Suisse que l'oncle Jérôme est venu. Mais trop tard. Quand il est arrivé, maman n'était plus là. Un soir, elle m'a embrassée... Non, fit-elle en baissant la voix et en fronçant durement les sourcils, elle m'a presque battue parce qu'elle ne savait plus que faire de moi. » Elle releva la tête et se contraignit à sourire : « Oh ! elle ne m'en voulait pas pour de vrai, au contraire. » Son sourire s'étrangla dans sa gorge. « Elle était si malheureuse, tante Thérèse, vous ne pouvez pas savoir : il fallait bien qu'elle parte, puisque quelqu'un l'attendait en bas. Et elle savait que l'oncle Jérôme allait arriver, parce qu'il était déjà plusieurs fois venu nous voir, il faisait même de la musique avec M. Raoul ; mais la dernière fois il avait dit qu'il ne reviendrait plus tant que M. Arvelde serait là. Alors, avant de partir, maman m'a dit de dire à l'oncle Jérôme qu'elle était partie pour longtemps, qu'elle me laissait, et qu'il s'occupe de moi. Ça, je suis sûre qu'il l'aurait fait, mais je n'ai pas osé le lui dire, quand je l'ai vu arriver. Il était en colère, j'ai eu peur qu'il ne parte à leur poursuite ; alors je lui ai menti exprès ; je lui ai dit que maman allait revenir le lendemain; et tous les jours je lui disais que je l'attendais. Lui, il la cherchait partout, il la croyait encore à Bruxelles. Mais moi, tout ça était trop, je ne voulais plus rester; d'abord, parce que le domestique de M. Raoul, je le déteste! » Elle frissonna. « C'est un homme, tante Thérèse, qui a des yeux!... Je le déteste! Alors, le jour où l'oncle Jérôme m'a parlé de l'âme charitable, tout d'un coup je me suis décidée. Et hier matin, dès qu'il m'a eu donné un peu d'argent, je suis sortie pour que le domestique ne me le prenne pas, je me suis cachée dans les églises jusqu'au soir, et j'ai pris le train omnibus de nuit. »

Elle avait parlé vite, le front baissé. Quand elle redressa la tête, le visage si doux de Mme de Fontanin exprimait une telle révolte, une telle sévérité, que Nicole joignit les mains :

« Tante Thérèse, ne jugez pas mal maman, je vous assure que rien de tout ça n'est sa faute. Moi non plus je ne suis pas toujours gentille, et je suis tellement gênante pour elle, ça se comprend! Mais je suis grande maintenant, je ne peux plus vivre comme ça. Non, je ne peux plus, reprit-elle en serrant les lèvres. Je veux travailler, gagner ma vie, ne plus être à la charge de personne. Voilà pourquoi je suis venue, tante Thérèse. Je n'ai que vous. Comment voulez-vous que je fasse? Aidez-moi seulement quelques jours, tante Thérèse? Vous seule pouvez m'aider. »

Mme de Fontanin était trop émue pour répondre. Eût-elle jamais cru que cette enfant lui deviendrait un jour si chère? Elle la considérait avec une tendresse dont elle savourait elle-même la douceur, et qui calmait ses propres souffrances. Moins jolie qu'autrefois peut-être; la bouche abîmée par une éruption de petits boutons de fièvre; mais ses yeux! des yeux d'un gris-bleu assez foncé, et qui étaient presque trop vastes, trop ronds... Quelle loyauté, quel courage, dans leur limpidité !

Lorsqu'elle put sourire :

« Ma chérie, dit-elle en se penchant, je t'ai comprise, je respecte ta décision, je te promets de t'aider. Mais pour l'instant tu vas t'installer ici, près de nous : c'est de repos que tu as besoin. » Elle disait « repos » et son regard disait « affection ». Nicole ne s'y méprit pas ; mais elle refusait encore de s'attendrir :

« Je veux travailler, je ne veux plus être à charge.

— Et si ta maman revient te chercher ? »

Le regard transparent se troubla et prit soudain une incroyable dureté.

« Ça, jamais plus ! » fit-elle, d'une voix rauque.

Mme de Fontanin n'eut pas l'air d'avoir entendu. Elle dit seulement :

« Moi, je te garderais volontiers avec nous... toujours. »

La jeune fille se leva, parut chanceler, et, tout à coup, se laissant glisser, vint poser sa tête sur les genoux de sa tante. Mme de Fontanin caressait la joue de l'enfant, et songeait à certaines questions qu'il fallait bien qu'elle abordât encore :

« Tu as vu bien des choses, mon enfant, que tu n'aurais pas dû voir à ton âge... », hasarda-t-elle.

Nicole voulut se redresser, mais elle l'en empêcha. Elle ne voulait pas que l'enfant la vît rougir. Elle maintenait le front de la jeune fille sur son genou et enroulait distraitement une mèche de cheveux blonds autour de son doigt, cherchant ses mots :

« Tu as deviné bien des choses... Des choses qui doivent rester... secrètes... Tu me comprends ? » Elle penchait maintenant ses yeux sur ceux de Nicole, qui eurent une lueur rapide.

« Oh ! tante Thérèse, soyez sûre... Personne... Personne ! Ils ne comprendraient pas, ils accuseraient maman. »

Elle désirait cacher la conduite de sa mère presque autant que Mme de Fontanin tenait à cacher celle de Jérôme à ses enfants. Complicité inattendue, qui s'affirma soudain lorsque Nicole, après avoir réfléchi, se releva, le visage animé :

— « Écoutez, tante Thérèse. Voilà ce qu'il faudra leur dire : Que maman a été obligée de gagner sa vie, et qu'elle a trouvé une place à l'étranger. En Angleterre, par exemple... Une place qui l'empêcherait de m'emmener... Tenez, une place d'institutrice, voulez-vous ? » Elle ajouta, avec un sourire d'enfant : « Et puisque maman est partie, il n'y aura rien d'étonnant à ce que je sois triste, n'est-ce pas ? »

VII

Le vieux beau du rez-de-chaussée déménageait le 15 avril.

Le 16 au matin, Mlle de Waize, précédée des deux bonnes, de Mme Fruhling, la concierge, et d'un homme de peine, vint prendre possession de la garçonnière. Le vieux beau ne jouissait pas d'une bonne réputation dans l'immeuble, et Mademoiselle, serrant contre son buste sa pèlerine de mérinos noir, attendit pour franchir le seuil que toutes les fenêtres eussent été ouvertes. Alors elle pénétra dans l'antichambre, fit, en trottinant, le tour des pièces, puis, à demi rassurée par l'innocente nudité des murs, elle organisa le nettoyage comme s'il se fût agi d'un exorcisme.

La vieille demoiselle avait, à la surprise d'Antoine,

accepté presque sans objection l'idée d'installer les deux frères hors du foyer paternel, bien qu'un tel projet dût troubler ses traditions domestiques et bouleverser sa conception de la famille et de l'éducation. Antoine s'expliqua l'attitude de Mademoiselle par la joie que lui apportait le retour de Jacques et par le respect qu'elle portait aux décisions de M. Thibault, surtout lorsqu'elles étaient sanctionnées par l'abbé Vécard. Mais, à la vérité, l'empressement de Mademoiselle avait une autre cause : le soulagement qu'elle éprouvait à voir Antoine quitter l'appartement. Depuis qu'elle avait recueilli Gise, la pauvre demoiselle vivait dans la terreur des contagions. N'avait-elle pas, un printemps, tenu Gise emprisonnée pendant six semaines dans sa chambre, n'osant pas lui laisser prendre l'air ailleurs que sur le balcon, et retardant le départ de toute la famille pour Maisons-Laffitte, parce que la petite Lisbeth Fruhling, une nièce de la concierge, avait attrapé la coqueluche et qu'il eût fallu passer devant la loge pour sortir de la maison ? Il va sans dire qu'Antoine, avec son relent d'hôpital, ses trousses et ses livres, lui semblait un danger permanent. Elle l'avait supplié de ne jamais prendre Gise sur ses genoux. Si, par inadvertance, il jetait, en rentrant, son paletot sur une chaise du vestibule au lieu de le porter chez lui, ou s'il arrivait en retard et se mettait à table sans aller se laver les mains, bien qu'elle sût qu'il ne portait pas de pardessus pour soigner ses malades et qu'il ne quittait pas l'hôpital sans passer par le lavabo, elle ne mangeait plus, oppressée par ses craintes, et, sitôt le dessert, elle emmenait Gise dans sa chambre pour lui infliger un lavage antiseptique de la gorge et du nez. Installer Antoine au rez-de-chaussée, c'était créer entre Gisèle et lui une zone protectrice de deux étages et réduire autant que possible les risques quotidiens de contagion. Elle mit donc une diligence particulière à organiser le lazaret du pestiféré. En trois jours, le logement fut gratté, lavé, tapissé, garni de rideaux et de meubles.

Jacques pouvait venir.

Dès qu'elle pensait à lui, son activité redoublait ; ou bien elle cessait une seconde son travail, fixant de ses yeux languides le cher visage qu'elle évoquait. Sa tendresse pour Gise n'avait en rien dépossédé Jacques. Elle l'aimait depuis sa naissance, elle l'aimait de plus loin encore, puisqu'elle avait aimé et élevé, avant lui, cette mère qu'il n'avait pas connue, et qu'elle avait remplacée dès le berceau. C'est entre ses deux bras écartés, qu'un soir, trébuchant sur le tapis du couloir, Jacques avait fait vers elle son premier pas ; et quatorze ans de suite, elle avait tremblé pour lui, comme elle tremblait maintenant pour Gisèle. Tant d'amour et une incompréhension totale. Cet enfant qu'elle ne quittait presque pas des yeux restait pour elle une énigme. Certains jours elle se désespérait d'élever un monstre et pleurait en songeant à l'enfance de Mme Thibault, qui était douce comme un Jésus. Elle ne se demandait pas de qui Jacques pouvait tenir sa violence, et n'accusait que le Diable. Mais, à d'autres jours, un de ces gestes inattendus, subits, excessifs, où s'épanouissait soudain le cœur de l'enfant, l'attendrissait et la faisait pleurer encore, mais de joie. Elle n'avait jamais pu s'habituer à son absence. Elle n'avait rien compris à son départ ; mais elle voulait que son retour fût une fête et que cette nouvelle chambre contînt tout ce qu'il aimait, Antoine avait dû s'opposer à ce qu'elle encombrât d'avance les placards de tous les jouets d'autrefois. Elle avait fait descendre, de sa chambre à elle, ce fauteuil qu'il aimait, dans lequel il venait toujours s'asseoir lorsqu'il boudait ; et, sur le conseil d'Antoine, elle avait remplacé l'ancien lit de Jacques par un canapé-lit tout neuf, qui, replié dans le jour, donnait à la pièce la gravité d'un cabinet de travail.

Gisèle, délaissée depuis deux jours, enfermée dans sa chambre avec des devoirs à faire, ne pouvait fixer son attention sur ses cahiers. Elle mourait d'envie de voir ce qui se faisait en bas. Elle savait que son Jacquot allait revenir, que tout ce branle-bas avait lieu à cause de lui, et, pour calmer ses nerfs, elle tournait en rond dans sa prison.

Le troisième matin, le supplice devint intolérable et la tentation fut si forte, qu'à midi, voyant que sa tante ne remontait pas, sans réfléchir davantage, elle s'échappa et descendit l'escalier quatre à quatre. Justement Antoine rentrait. Elle éclata de rire. Il avait le don de provoquer chez elle, dès qu'il la regardait d'une certaine façon imperturbable et féroce, d'irrésistibles fous rires qui se prolongeaient d'autant qu'Antoine conservait plus longtemps son sérieux, et qui les faisaient gronder l'un et l'autre par Mademoiselle. Mais là, ils étaient seuls, et ils en profitèrent :

« Pourquoi ris-tu ? » fit-il enfin en lui saisissant les poignets. Elle se débattait et continuait de plus belle. Puis elle s'arrêta tout à coup.

« Il faut que je me corrige de rire comme ça, tu comprends, sans quoi je ne pourrai jamais me marier.

— Tu veux donc te marier ?

— Oui », dit-elle, en levant vers lui ses bons yeux de chien. Il regardait son petit corps potelé de sauvageonne et songeait pour la première fois que cette gamine de onze ans deviendrait femme, se marierait. Il lâcha ses poignets.

« Où courais-tu, seule, nu-tête, sans même un châle ? On va déjeuner.

— Je cherche tante. J'ai un problème que je ne comprends pas... », fit-elle en minaudant un peu. Elle avait rougi et montrait du doigt, dans l'ombre de l'escalier, la porte mystérieuse de la garçonnière, par où filtrait un rayon de lumière. Ses yeux brillaient.

« Tu as envie d'entrer là ? »

Elle prononça « oui » en remuant ses lèvres rouges, sans proférer un son.

« Tu vas te faire gronder ! »

Elle hésita et lui jeta un regard hardi, pour voir s'il plaisantait. Enfin elle déclara :

« Mais non ! D'abord, ça n'est pas un péché. »

Antoine sourit ; c'était bien ainsi que Mademoiselle distinguait le bien et le mal. Il se demanda ce que valait pour l'enfant l'influence de la vieille demoiselle ; un coup d'œil sur Gise le rassura : c'était une plante saine qui se développerait n'importe où, échapperait à toutes les tutelles.

Gisèle ne quittait pas des yeux la porte entrebâillée.

« Eh bien, entre », fit Antoine.

Elle étouffa un cri de joie et se glissa comme une souris dans l'intérieur.

Mademoiselle était seule. Grimpée sur le canapé-lit et se dressant sur ses pointes, elle achevait de suspendre au mur le christ qu'elle avait donné à Jacques pour sa première communion, et qui devait continuer à protéger le sommeil de son enfant. Elle était gaie, heureuse, jeune, et chantonnait en travaillant. Elle reconnut le pas d'Antoine dans l'antichambre et songea qu'elle avait oublié l'heure. Pendant ce temps, Gisèle avait fait le tour des autres pièces, et, incapable de contenir sa joie, s'était mise à danser en battant des mains.

« Dieu bon ! » murmura Mademoiselle en sautant à terre. Dans une glace elle aperçut, les cheveux flottant au vent des fenêtres ouvertes, sa nièce qui bondissait sur place comme un chevreau, en glapissant à tue-tête :

« Vive les courants d'air-rrr-e ! Vive les courants d'air-rrr-e ! »

Elle ne comprit pas, ne chercha pas à comprendre. L'idée que la fillette avait pu être amenée là par la désobéissance ne lui vint même pas à l'esprit ; elle avait depuis soixante-six ans l'habitude de se plier aux jeux de la fatalité. Mais, en un clin d'œil, elle dégrafa sa pèlerine, se précipita sur l'enfant, l'enveloppa tant bien que mal dans la capuche, et, l'entraînant sans un mot de reproche, lui fit remonter les deux étages plus vite que la petite ne les avait descendus. Elle ne reprit sa respiration qu'après avoir couché Gisèle sous une couverture et lui avoir fait boire un bol d'infusion bouillante.

Il faut dire que ses craintes n'étaient pas totalement dépourvues de fondement. La mère de Gisèle, une Malgache, que le commandant de Waize avait épousée à Tamatave où il était en garnison, était morte de tuberculose pulmonaire, moins d'un an après la naissance de l'enfant ; et deux ans plus tard, le commandant lui-même avait succombé à une maladie lente, mal déterminée, et qu'on pensa lui avoir été transmise par sa femme. Depuis que, seule parente de l'orpheline, Mademoiselle l'avait fait revenir de Madagascar et l'avait prise à sa charge, la menace de cette hérédité ne cessait de la hanter, bien que l'enfant n'eût jamais eu le moindre rhume inquiétant, et que sa solide constitution fût périodiquement reconnue et confirmée par tous les médecins et spécialistes qui l'examinaient chaque année.

Le vote de l'Institut devait avoir lieu dans la quinzaine, et M. Thibault semblait pressé de voir revenir Jacques. Il fut convenu que M. Faïsme se chargerait de le ramener à Paris le dimanche suivant.

La veille, le samedi soir, Antoine quitta l'hôpital à sept heures, se fit servir à dîner dans un restaurant voisin pour n'avoir pas à prendre son repas en famille, et, dès huit heures, il pénétrait, seul et joyeux, dans son nouveau chez-lui. Il devait y coucher, ce soir-là, pour la première fois. Il eut plaisir à faire jouer sa clef dans sa serrure, à claquer sa porte derrière lui ; il alluma l'électricité partout et commença, à petits pas, une promenade à travers son royaume. Il s'était réservé le côté donnant sur la rue : deux grandes pièces et un cabinet. La première était peu meublée : quelques fauteuils disparates autour d'un guéridon ; ce devait être un salon d'attente, lorsqu'il aurait à recevoir quelque client. Dans la seconde, la plus grande, il avait fait descendre les meubles qu'il possédait dans l'appartement de son père, sa large table de travail, sa bibliothèque, ses deux fauteuils de cuir, et tous les objets témoins de sa vie laborieuse. Dans le cabinet, qui contenait une toilette et une penderie, il avait fait mettre un lit.

Ses livres étaient empilés par terre, dans l'antichambre, près de ses malles non ouvertes. Le calorifère de l'immeuble donnait une douce chaleur, les ampoules neuves jetaient sur tout leur lumière crue. Antoine avait devant lui une longue soirée pour prendre possession ; il fallait qu'en quelques heures tout fût déballé, rangé et prêt à encadrer dorénavant sa vie. Là-haut, le repas s'achevait sans doute : Gise s'endormait sur son assiette. M. Thibault pérorait. Comme Antoine se sentait tranquille, comme sa solitude lui paraissait savoureuse ! La glace de la cheminée le reflétait à mi-corps. Il s'en approcha non sans complaisance. Il avait une manière à lui de se regarder dans les glaces, en carrant les épaules, en serrant les mâchoires, et toujours de face, avec un regard dur qu'il plongeait dans ses yeux. Il voulait ignorer le buste trop long, ses jambes courtes, ses bras grêles, et sur ce corps presque gringalet, la disproportion d'une tête trop forte, dont la barbe augmentait encore le volume. Il se voulait, il se sentait un vigoureux gaillard, à large encolure. Et il aimait l'expression contractée de son visage : car, à force de plisser le front comme s'il eût besoin de concentrer toute son attention sur chacun des instants de sa vie, un bourrelet s'était formé à la ligne des sourcils, et son regard, enchâssé dans l'ombre, avait pris un éclat têtu, qui lui plaisait comme un signe visible d'énergie.

« Commençons par les livres, se dit-il en retirant sa veste, et en ouvrant avec entrain les deux battants de la bibliothèque vide. Voyons... Les cahiers de cours en bas... Les dictionnaires à portée de la main... Thérapeutique... Bon... Tra la la ! Tout de même, me voici parvenu à mes fins. Le rez-de-chaussée, Jacques... Qui aurait cru, il y a seulement trois semaines ?... *Ce bougre-là est doué d'une volonté in-domp-table*, reprit-il sur un ton flûté, comme s'il imitait la voix d'une autre personne. *Persévérante et in-domp-table !* » Il lança vers la glace un coup d'œil amusé et fit une pirouette qui faillit faire perdre l'équilibre à la pile de brochures qu'il tenait sous son menton. « Holà, doucement ! Bon ! Voilà les rayons qui reprennent vie... Aux paperasses, maintenant...

Remettons pour ce soir les cartons dans le cartonnier, comme ils étaient... Mais il faudra bientôt procéder à une révision des notes, des observations... Je commence à en avoir une quantité respectable... Adopter un classement logique et clair, avec un répertoire bien à jour... Comme chez Philip... Un répertoire sur fiches... Tous les grands médecins, d'ailleurs... »

D'un pas léger, presque dansant, il faisait la navette de l'antichambre au cartonnier. Tout à coup il eut un rire puéril, vraiment inattendu. « *Le docteur Antoine Thibault*, annonça-t-il, s'arrêtant une seconde et redressant la tête. *Le docteur Thibault... Thibault, vous savez bien, le spécialiste d'enfants...* » Il fit de côté un petit pas furtif, accompagné d'un bref salut, et reprit gravement ses allées et venues. « Passons à la malle d'osier... Dans deux ans je décroche la médaille d'or ; chef de clinique... Et le concours des hôpitaux... Je m'installe donc ici pour trois ou quatre ans, pas davantage. Il me faudra alors un appartement convenable, comme celui du patron. » Il reprit sa voix flûtée : « *Thibault, un de nos plus jeunes médecins des hôpitaux... Le bras droit de Philip...* » J'ai eu du nez de me spécialiser tout de suite dans les maladies d'enfant... Quand je pense à Louiset, à Touron... Les imbéciles...

« *Les im-bé-ciles...* », répéta-t-il sans avoir l'air de songer à ce qu'il disait. Il avait les bras chargés des objets les plus divers, pour chacun desquels il cherchait, d'un œil perplexe, une place appropriée. « Si Jacques voulait être médecin, je l'aiderais, je le guiderais... Deux Thibault médecins... Pourquoi pas ? C'est bien une carrière pour des Thibault ! Dure, mais quelles satisfactions quand on a un peu le goût de la lutte, un peu d'orgueil ! Quels efforts d'attention, de mémoire, de volonté ! Et jamais au bout ! Et puis, quand on est arrivé ! Un grand médecin... Un Philip, par exemple... Pouvoir prendre cet air doux, assuré... Très courtois, mais distant... M. le Professeur... Ah ! être quelqu'un, être appelé en consultation par les confrères qui vous jalousent le plus !

« Et moi, j'ai choisi la plus difficile des spécialités, les enfants : ils ne savent pas dire, et quand ils disent, ils vous trompent. C'est bien là, vraiment, qu'on est seul, en tête à tête avec le mal à dénicher... Heureusement, la radio... Un médecin complet, aujourd'hui, devrait être un radiographe, et opérer lui-même. Dès mon doctorat, stage de radio. Et plus tard, à côté de mon cabinet, un atelier de radio... Avec une infirmière... Ou plutôt un aide, en blouse... Les jours de consultation, chaque cas un peu sérieux, hop, cliché...

« *Ce qui me donne confiance en Thibault, c'est qu'il commence toujours par un examen radiographique...* »

Il sourit au son de sa propre voix et cligna de l'œil vers la glace : « Eh bien, oui, je le sais bien, l'orgueil, songea-t-il avec un rire cynique. L'abbé Vécard dit : "L'orgueil des Thibault." Mon père, lui... Soit. Mais moi, eh bien, oui, l'orgueil. Pourquoi non ? L'orgueil, c'est mon levier, le levier de toutes mes forces. Je m'en sers. J'ai bien le droit. Est-ce qu'il ne s'agit pas avant tout d'utiliser ses forces ? Et quelles sont-elles mes forces ? » Un sourire découvrit ses dents. « Je les connais bien. D'abord, je comprends vite et je retiens ; ça reste. Ensuite, faculté de travail. *Thibault travaille comme un bœuf !* Tant mieux ; laisse-les dire ! Ils voudraient tous pouvoir en faire autant. Et puis, quoi encore ? Énergie. Ça, oui. *Une énergie extra-or-di-naire*, prononça-t-il lentement, en se cherchant de nouveau dans la glace. C'est comme un potentiel... Un accumulateur bien chargé, toujours prêt, et qui me permet n'importe quel effort ! Mais que vaudraient toutes ces forces, sans un levier pour m'en servir, Monsieur l'abbé ? » Il tenait à la main une trousse plate, en nickel, qui brillait sous la lumière du plafonnier, et qu'il ne savait trop où mettre ; il finit par la glisser sur le dessus de la bibliothèque. « *Et tant mieux*, lança-t-il, à pleine voix, avec cet accent gouailleur, normand, que prenait quelquefois son père. *Et tra la la, et vive l'orgueil, Monsieur l'abbé !* »

La malle se vidait, Antoine retira du fond deux petits cadres de peluche, qu'il regarda distraitement. C'étaient les photographies de son grand-père maternel et de sa mère : un beau vieillard, debout, en frac, la main sur un guéridon chargé de livres ; une jeune femme, aux traits fins, un regard insignifiant, plutôt doux, avec un corsage ouvert en carré et deux boucles molles tombant sur l'épaule. Il avait tellement l'habitude d'avoir sous les yeux cette image de sa mère, que c'est ainsi qu'il la revoyait, bien que ce portrait datât des fiançailles de Mme Thibault, et qu'il n'eût jamais connu sa mère avec cette coiffure. Il avait neuf ans à la naissance de Jacques, lorsqu'elle était morte. Il se rappelait mieux le grand-père Couturier, l'économiste, l'ami de Mac-Mahon, qui avait failli être préfet de la Seine à la chute de M. Thiers, qui avait été quelques années le doyen de l'Institut, et dont Antoine n'avait jamais oublié l'aimable figure, les cravates de mousseline blanche ni le semainier de rasoirs à manches de nacre dans leur étui de galuchat.

Il plaça les deux cadres sur la cheminée, parmi des échantillons de roches et des fossiles. Restait à ranger le bureau encombré d'objets divers et de paperasses. Il s'y mit gaiement. La pièce se transformait à vue d'œil. Lorsqu'il eut fini, il promena autour de lui un regard satisfait. « Quant au linge et aux vêtements, c'est l'affaire de maman Fruhling », songea-t-il paresseusement. (Afin d'échapper sans réserves à la tutelle de Mademoiselle, il avait obtenu que la concierge assumât seule le ménage et le service du rez-de-chaussée.) Il prit une cigarette et s'allongea dans un des fauteuils de cuir. Il était rare qu'il eût ainsi une soirée entière à lui, sans tâche précise ; et il s'en trouvait presque gêné. L'heure n'était pas avancée ; qu'allait-il faire ? Resterait-il là, à rêvasser en fumant ? Il avait bien quelques lettres à écrire, mais baste !

« Tiens, songea-t-il tout à coup en se levant, je voulais regarder dans Hémon ce qu'il dit du diabète infantile... » Il prit un gros volume broché et le feuilleta sur ses genoux. « Oui... J'aurais dû savoir ça, c'est évident, fit-il en fronçant les sourcils. Je me suis bien trompé... Sans Philip, ce pauvre gosse était perdu — par ma faute... C'est-à-dire, par ma faute, non ; mais tout de même... » Il referma le livre et le jeta sur la table.

« Comme il est sec, le patron, dans ces cas-là ! Il est tellement vaniteux, jaloux de sa situation ! "Le régime que vous aviez prescrit ne pouvait qu'aggraver son état, mon pauvre Thibault !" Devant les externes, les infirmières, c'est malin ! »

Il enfonça les mains dans ses poches, et fit quelques pas. « J'aurais bien dû lui répondre. J'aurais dû lui dire : "D'abord si vous faisiez votre devoir, vous !..." Parfaitement. Il me répond : "Monsieur Thibault, je crois qu'à ce point de vue-là, personne..." Mais je lui rive son clou : "Pardon ! Si vous arriviez à l'heure, le matin, et si vous attendiez la fin de la consultation, au lieu de filer à onze heures et demie pour soigner votre clientèle payante, je n'aurais pas besoin de faire votre besogne, moi, et je ne risquerais pas de me tromper!" Vlan! Devant tout le monde! Il me fera la tête pendant quinze jours, mais je m'en fiche. À la fin! »

Son visage avait pris une subite expression de méchanceté. Il haussa les épaules, et commença, sans y songer, à remonter la pendule, mais il eut un frisson, remit sa veste et vint se rasseoir à la place qu'il venait de quitter. Sa joie de tout à l'heure s'était évanouie; il lui restait au cœur une impression de froid. « L'imbécile », murmura-t-il, avec un sourire rancunier. Il croisa nerveusement les jambes et alluma une nouvelle cigarette. Mais tout en disant : « L'imbécile », il pensait à la sûreté de l'œil, à l'expérience, à l'instinct surprenant du docteur Philip; et, en cet instant, le génie du patron lui semblait former un ensemble écrasant.

« Et moi, moi? » se demanda-t-il avec une sensation d'étouffement. « Saurai-je jamais voir clair comme lui? Cette perspicacité presque infaillible, qui, seule, fait les grands cliniciens, est-ce que je...? Oui, la mémoire, l'application, la persévérance... Mais ai-je autre chose, moi, que ces qualités de subordonné? Ce n'est pas la première fois que je bute devant un diagnostic... facile — oui, c'était un diagnostic très facile, en somme, un cas classique, nettement caractérisé... Ah! fit-il en tendant brusquement le bras, ça ne viendra pas tout seul : travailler, acquérir, acquérir! » Il pâlit : « Et demain. Jacques! songea-t-il. Demain soir, Jacques sera là, dans la chambre qui est là, et moi je... je... »

Il s'était levé d'un bond. Soudain le projet qu'il avait fait de vivre avec son frère lui apparut sous son véritable jour : la plus irréparable des folies! Il ne pensait plus à la responsabilité qu'il avait acceptée; il ne pensait qu'à l'entrave qui, dorénavant, quoi qu'il fît, paralyserait sa marche. Il ne comprenait plus par quelle aberration il avait pu prendre ce sauvetage à sa charge. Avait-il du temps à gaspiller ? Avait-il seulement une heure par semaine à détourner de son but ? Imbécile ! C'était lui qui s'était attaché cette pierre au cou ! Et plus moyen de reculer !

Il traversa machinalement le vestibule, ouvrit la porte de la chambre préparée pour Jacques, et resta sur le seuil, pétrifié, cherchant à plonger son regard dans la pièce obscure. Le découragement s'emparait de lui. « Où fuir pour être tranquille, nom de Dieu ? Pour travailler, pour n'avoir à penser qu'à soi ! Toujours des concessions ! La famille, les amis, Jacques ! Tous conspirent à m'empêcher de travailler, à me faire rater ma vie ! » Il avait le sang à la tête, la gorge sèche. Il fut à la cuisine, but deux verres d'eau glacée, et revint dans son bureau.

Il était sans courage et commença à se déshabiller. Dépaysé dans cette chambre où il n'avait pas encore d'habitudes, où les objets usuels avaient pris un air insolite, tout brusquement lui semblait hostile.

Il mit une heure à se coucher, et fut plus long encore à s'endormir. Il n'était pas accoutumé au bruit si proche de la rue ; chaque passant dont la marche sonnait sur le trottoir le faisait tressaillir. Il pensait à des riens : à faire réparer son réveil ; à la difficulté qu'il avait eue l'autre nuit, en rentrant d'une soirée chez Philip, pour trouver une voiture... Par moments la pensée du retour de Jacques lui revenait avec une pénétration lancinante, et il se retournait avec désespoir dans son lit étroit.

« Après tout, songeait-il rageusement, j'ai ma vie à faire, moi ! Qu'ils se débrouillent ! Je l'installerai là, puisque c'est décidé. J'organiserai son travail, soit. Et puis, fais ce que tu veux ! J'ai consenti à m'occuper de lui, oui. Mais halte-là ! Que ça ne m'empêche pas d'arriver ! J'ai ma vie à faire, moi ! Et tout le reste... » De son affection pour l'enfant, ce soir, il ne restait pas trace. Il se souvint de la visite à Crouy. Il revit son frère, amaigri, usé par la solitude ; qui sait, tuberculeux peut-être ? Si cela était, il déciderait son père à envoyer Jacques dans un bon sanatorium : en Auvergne, ou dans les Pyrénées, plutôt qu'en Suisse ; et lui, Antoine, il resterait seul, libre de son temps, libre de travailler tout à sa guise... Il se surprit même à songer : « Je prendrais sa chambre, j'en ferais ma chambre à coucher... »

VIII

Le lendemain, à son réveil, Antoine se trouvait dans une disposition d'esprit tout opposée, et pendant la matinée qu'il passa à l'hôpital, à plusieurs reprises il consulta sa montre avec une joyeuse impatience ; il lui tardait d'aller recevoir son frère des mains de M. Faîsme. Il fut à la gare bien avant l'heure et, tout en faisant les cent pas, il se remémorait ce qu'il avait décidé de dire à M. Faîsme sur la Fondation. Mais, dès que le train fut à quai et qu'il eut aperçu dans la file des voyageurs la silhouette de Jacques et les lunettes du directeur, il oublia les paroles bien senties qu'il avait préparées et courut à la rencontre des arrivants.

M. Faîsme avait une figure radieuse et semblait retrouver dans Antoine son ami le plus cher ; il était vêtu avec recherche, ganté de clair, et rasé de si près qu'il avait dû s'enfariner le visage afin d'éteindre le feu de la lame. Il paraissait disposé à accompagner les deux frères jusque chez eux et les pressait d'accepter quelque chose à la terrasse d'un café. Antoine brusqua la séparation en hélant un taxi. M. Faîsme hissa lui-même le balluchon de Jacques sur le siège, et quand la voiture se mit en marche, au risque de laisser écraser le bout de ses souliers vernis, il passa encore une fois le buste dans la portière pour serrer avec effusion les mains des deux jeunes gens et charger Antoine de ses plus humbles salutations à l'adresse de Monsieur le Fondateur.

Jacques pleurait.

Il n'avait pas encore dit un mot ni fait un geste pour répondre au cordial accueil de son frère. Mais cette prostration augmentait la pitié d'Antoine et les sentiments nouveaux qui lui emplissaient le cœur. Si quelqu'un se fût avisé de lui rappeler son animosité de la veille, il l'eût niée et eût affirmé de bonne foi qu'il n'avait jamais cessé de sentir que le retour de l'enfant donnait enfin un but à son existence, jusque-là désespérément vide, stérile.

Lorsqu'il fit entrer son frère dans leur appartement et qu'il referma la porte derrière eux, il avait l'âme en fête d'un amant qui fait à sa première maîtresse les honneurs d'un logis préparé pour elle seule. Il y songea et se moqua de lui-même : mais peu lui importait qu'il fût ridicule ; il se sentait heureux et bon. Et bien qu'il guettât, sans succès, une lueur de satisfaction sur le visage de son frère, il ne doutait pas un instant de réussir dans la tâche qu'il entreprenait.

La chambre de Jacques avait été visitée au dernier moment par Mademoiselle : elle y avait allumé du feu, afin que la pièce fût plus accueillante, et elle avait disposé bien en vue une assiettée de gâteaux aux amandes saupoudrées de sucre vanillé, une spécialité du quartier pour laquelle Jacques montrait jadis une prédilection. Sur la table de nuit, dans un verre, trempait un petit bouquet de violettes, d'où s'échappait une banderole de papier découpé, sur laquelle Gisèle avait tracé en lettres multicolores :

Pour Jacquot.

Mais Jacquot ne remarqua aucun de ces préparatifs. À peine entré, et tandis qu'Antoine se débarrassait de son manteau, il s'assit près de la porte, son chapeau entre les doigts.

« Viens donc faire le tour du propriétaire ! » cria Antoine.

L'enfant le rejoignit sans hâte, jeta un regard distrait dans les autres pièces, et revint s'asseoir. Il semblait attendre et craindre.

« Tu veux que nous montions *les* voir ? » proposa Antoine. Et il comprit, au frémissement de Jacques, que celui-ci ne pensait pas à autre chose depuis son arrivée. Sa physionomie devint livide. Il avait baissé les yeux, mais il s'était levé aussitôt, comme s'il eût été en même temps terrifié par l'approche du moment fatal et impatient d'en finir.

« Eh bien, allons. Nous ne ferons qu'entrer et sortir », ajouta Antoine pour lui donner du courage.

M. Thibault les attendait dans son cabinet. Il était de bonne humeur : le ciel était beau, le printemps proche ; et, le matin, assistant à la grand-messe paroissiale, dans le banc d'œuvre, il avait pris plaisir à se répéter que le dimanche suivant il y aurait sans doute, assis à cette même place, un nouveau membre de l'Institut. Il vint au-devant de ses fils et embrassa le cadet. Jacques sanglotait. M. Thibault vit dans ces larmes une preuve de ses remords, de ses bonnes résolutions ; il en fut ému plus qu'il ne voulut le laisser paraître. Il fit asseoir l'enfant sur un des fauteuils à hauts dossiers qui encadraient la cheminée, et, debout, les mains au dos, allant, venant, et soufflant à son habitude, il prononça une brève admonestation, affectueuse et ferme à la fois, rappelant sous quelles conditions Jacques avait le bonheur de réintégrer le foyer paternel, et lui recommandant de témoigner à Antoine autant de déférence et de soumission que s'il se fût agi de lui-même.

Un visiteur inespéré écourta la péroraison ; c'était un futur collègue, et M. Thibault, soucieux de ne pas le laisser se morfondre dans le salon, congédia ses fils. Il les reconduisit néanmoins jusqu'à la porte de son cabinet, et tandis qu'il soulevait d'une main la portière, il posa l'autre sur la tête du pupille repenti. Jacques sentit les doigts paternels caresser ses cheveux et tapoter sa nuque avec une familiarité si nouvelle pour lui qu'il ne put retenir son émotion, et, se retournant, saisit la grosse main flasque pour la porter à ses lèvres. M. Thibault, surpris, ouvrit un œil mécontent, et retira la main avec un sentiment de gêne.

« Allons, allons... », grommela-t-il en tirant plusieurs fois de suite le cou hors du col. Cette sensiblerie ne lui présageait rien de bon.

Ils trouvèrent Mademoiselle qui habillait Gisèle pour les vêpres. En voyant entrer, à la place du petit diable turbulent qu'elle attendait, ce grand garçon pâle, aux yeux rougis, Mademoiselle joignit les mains, et le ruban qu'elle nouait dans les cheveux de la fillette lui glissa des doigts. Son saisissement était tel qu'à peine d'abord elle osa l'embrasser.

« Dieu bon ! C'est donc toi ? » fit-elle enfin, se jetant sur lui. Elle le serrait contre sa capuche, puis se reculait pour le regarder, et ses yeux brillants dévoraient le visage de Jacques, sans parvenir à y retrouver les traits qu'elle avait aimés.

Gise, plus déçue encore et fort intimidée, regardait le tapis, mordant ses lèvres pour ne pas éclater de rire. Ce fut elle qui obtint le premier sourire de Jacques :

« Tu ne me reconnais pas ? » fit-il en allant vers elle. La glace était rompue. Elle se jeta dans ses bras, puis se mit à sauter comme un cabri, sans lâcher la main qu'elle lui avait prise. Mais elle n'osa rien lui dire ce jour-là, pas même pour lui demander s'il avait vu ses fleurs.

Ils redescendirent tous ensemble. Gisèle ne lâchait toujours pas la main de Jacquot et elle se collait silencieusement contre lui, avec la sensualité d'un animal jeune. Ils se séparèrent au bas de l'escalier. Mais, sous la voûte, elle se retourna et lui adressa, à travers la porte vitrée, un gros baiser des deux mains : qu'il ne vit pas.

Lorsqu'ils se retrouvèrent seuls, chez eux, Antoine, au premier coup d'œil qu'il jeta vers Jacques, comprit que son frère éprouvait un vif soulagement d'avoir revu les siens et qu'il y avait déjà une amélioration dans son état.

« Crois-tu que nous allons être bien ici, tous les deux ? Réponds !

— Oui.

— Eh bien, assieds-toi, installe-toi : prends ce grand fauteuil, tu verras comme on y est bien. Je vais faire du thé. As-tu faim ? Va nous chercher des gâteaux.

— Non, merci.

— Mais j'en veux bien, moi ! » Rien ne pouvait altérer la bonne humeur d'Antoine. Ce bûcheur solitaire découvrait enfin la douceur d'aimer, de protéger, de partager. Il riait sans raison. C'était une ivresse heureuse, qui le rendait expansif comme jamais il n'avait été.

« Une cigarette ? Non ? Tu me regardes... Tu ne fumes pas ? Tu me regardes tout le temps comme si... comme si je te tendais des pièges ! Voyons, mon vieux, un peu d'abandon, que diable, un peu de confiance ; tu n'es plus au pénitencier ! Tu te méfies encore de moi ? Dis ?

— Mais non.

— Quoi donc ? Tu as peur que je t'aie trompé, que je t'aie fait revenir et que tu ne sois pas libre comme tu l'espérais ?

— N... non.

— Qu'est-ce que tu crains ? Regrettes-tu quelque chose ?

— Non.

— Alors ? Que se passe-t-il donc derrière ce front buté ? Hein ? »

Il vint à l'enfant, et fut sur le point de se pencher jusqu'à lui, de l'embrasser ; mais il ne le fit pas. Jacques leva vers Antoine un œil morne ; il vit que l'autre attendait une réponse :

« Pourquoi me demandes-tu tout ça ? » fit-il. Et après un léger frisson, il ajouta, très bas : « Qu'est-ce que ça peut faire ? »

Il y eut un court silence. Antoine enveloppait son cadet d'un regard si compatissant, que Jacques eut de nouveau envie de pleurer.

« Tu es comme un malade, mon petit, constata Antoine sur un ton attristé. Mais cela passera, aie confiance. Laisse-moi seulement soigner... Aimer, ajouta-t-il avec timidité, sans regarder l'enfant. Nous ne nous connaissons pas bien encore. Songe donc, neuf ans de différence, c'était un abîme entre nous, tant que tu étais un enfant. Tu avais onze ans quand j'en avais vingt ; nous ne pouvions rien mettre en commun. Mais maintenant ce n'est plus du tout la même chose. Je ne sais même pas si je t'aimais autrefois ; je n'y pensais pas. Tu vois que je suis franc. Mais je sens bien que cela aussi est changé... Je suis très content, très... ému même, de te voir là, près de moi. La vie va être plus facile à deux, et meilleure. Tu ne crois pas ? Vois-tu, quand je rentrerai de l'hôpital, je suis sûr que je me dépêcherai pour être plus tôt revenu chez nous. Et je te trouverai là, assis à ton bureau, ayant travaillé avec entrain. N'est-ce pas ? Et le soir, on redescendra de bonne heure, on s'installera chacun de son côté, sous la lampe, et on laissera les portes ouvertes, pour se voir, pour se sentir voisins... Ou bien, certains soirs, on bavardera, on bavardera ensemble, comme deux amis, sans pouvoir se décider à se coucher... Qu'est-ce que tu as ? Tu pleures ? »

Il s'approcha de Jacques, s'assit sur le bras de son fauteuil, et, après une hésitation, lui prit la main. Jacques tenait détourné son visage en larmes, mais il gardait dans les siennes la main d'Antoine, et, pendant une grande minute, il la serra fébrilement à la broyer.

« Antoine ! Antoine ! s'écria-t-il enfin d'une voix étouffée. Ah ! si tu savais tout ce qui s'est passé en moi depuis un an... »

Il sanglotait si fort qu'Antoine se garda bien de l'interroger. Il avait jeté son bras autour des épaules de Jacques et tenait son cadet tendrement pressé contre lui. Une fois déjà, lors de leur première expansion, dans l'obscurité du fiacre, il avait connu cet instant de pitié enivrante, cette surabondance soudaine de force, de volonté pour deux. Et bien souvent depuis, une certaine pensée lui était venue, qui, ce soir, prenait soudain un relief étrange. Il se leva et se mit à arpenter la chambre.

« Tiens, commença-t-il avec une exaltation particulière, je ne sais pas pourquoi je te parle de ça dès aujourd'hui. D'ailleurs, nous aurons l'occasion d'y revenir. Vois-tu, je pense à ceci : que nous sommes deux frères. Ça n'a l'air de rien, et pourtant c'est une chose toute nouvelle pour moi, et très grave. Frères ! Non seulement le même sang, mais les mêmes racines depuis le commencement des âges, exactement le même jet de sève, le même élan ! Nous ne sommes pas seulement deux individus, Antoine et Jacques : nous sommes deux Thibault, nous sommes les Thibault. Est-ce que tu comprends ce que je veux dire ? Et ce qui est terrible, c'est justement d'avoir en soi cet élan, ce même élan, l'élan des Thibault. Comprends-tu ? Nous autres, les Thibault, nous ne sommes pas comme tout le monde. Je crois même que nous avons quelque chose de plus que les autres, à cause de ceci : que nous sommes des Thibault. Moi, partout où j'ai passé, au collège, à la Faculté, à l'hôpital, partout, je me suis senti un Thibault, un être à part, je n'ose pas dire supérieur, et pourtant si, pourquoi pas ? oui, supérieur, armé d'une force que les autres n'ont pas. Et toi, penses-y. À l'école, est-ce que tu ne sentais pas, tout cancre que tu étais, cet élan intérieur qui te faisait dépasser tous les autres, *en force* ?

— Oui », articula Jacques, qui ne pleurait plus. Il dévisageait son frère avec un intérêt passionné, sa physionomie avait pris à l'improviste une expression d'intelligence et de maturité qui lui donnait dix ans de plus que son âge.

« Voilà longtemps que j'ai constaté ça, reprit Antoine. Il doit y avoir en nous une combinaison exceptionnelle d'orgueil, de violence, d'obstination, je ne sais comment dire. Ainsi, tiens, je pense à père... Mais tu ne le connais pas bien. D'ailleurs, lui, c'est autre chose encore. Eh bien », continua-t-il après une pause, et il vint s'asseoir vis-à-vis de Jacques, le buste penché, les mains sur les genoux, comme faisait M. Thibault, « ce que je voulais seulement te dire aujourd'hui, c'est que cette force secrète, elle apparaît sans cesse dans ma vie, je ne sais comment dire, à la manière d'une vague, à la manière de ces brusques lames de fond qui vous soulèvent quand on nage, qui vous portent, qui vous font franchir, d'un grand bond, tout un espace ! Tu verras ! C'est merveilleux. Mais il faut savoir en tirer parti. Rien n'est impossible, rien n'est même difficile, quand on a cette force-là. Et nous l'avons, toi et moi. Comprends-tu ? Ainsi moi... Mais je ne te dis pas ça pour moi. Parlons de toi. Voilà le moment de mesurer cette force en toi, de la connaître, de t'en servir. Le temps perdu, tu le rattraperas d'un seul coup, *si tu le veux*. Vouloir ! Tout le monde ne peut pas vouloir. (Il n'y a d'ailleurs pas bien longtemps que j'ai compris ça.) Moi, je peux vouloir. Et toi aussi, tu peux vouloir. Les Thibault peuvent vouloir. Et c'est pour ça que les Thibault peuvent tout entreprendre. Dépasser les autres ! S'imposer ! Il le faut. Il faut que cette force, cachée dans une race, aboutisse enfin ! C'est en nous que l'arbre Thibault doit s'épanouir : l'épanouissement d'une lignée ! Comprends-tu ça ? » Jacques avait toujours ses yeux rivés sur ceux d'Antoine, avec une attention douloureuse. « Comprends-tu ça, Jacques ?

— Mais oui, je comprends ! » cria-t-il presque. Ses yeux clairs brillaient ; une sorte d'irritation vibrait dans sa voix. Il avait un pli bizarre au coin des lèvres : on eût dit qu'il en voulait à son frère d'avoir ainsi bouleversé son âme par ce souffle inattendu. Il eut un rapide frisson, puis son visage se détendit, prit une expression de fatigue extrême.

« Ah ! laisse-moi ! » fit-il tout à coup, et il laissa tomber le front entre ses mains.

Antoine s'était tu. Il examinait son frère. Comme il avait encore maigri, pâli, depuis quinze jours ! Ses cheveux roux, tondus de près, accusaient le volume anormal du crâne et rendaient plus visibles le décollement des oreilles, la fragilité de la nuque. Antoine remarqua la peau transparente des tempes, la flétrissure du teint, le cerne des yeux.

« T'es-tu corrigé ? lança-t-il à brûle-pourpoint.

— De quoi ? » murmura Jacques. La limpidité de son regard se troubla. Il rougit, mais garda une expression étonnée, qui était feinte.

Antoine ne répondit rien.

L'heure avançait. Il consulta sa montre et se leva ; il avait sa contre-visite à passer, vers cinq heures. Il hésitait à prévenir son frère qu'il allait le laisser seul jusqu'au dîner, mais, contrairement à son attente, Jacques parut presque content de le voir partir.

En effet, resté seul, il se sentit comme allégé. Il eut l'idée de faire le tour de l'appartement. Mais dans l'antichambre, devant les portes closes, il fut pris d'une angoisse inexplicable, revint chez lui et s'enferma. Il avait à peine regardé sa chambre. Il aperçut enfin le bouquet de violettes, la banderole. Tous les détails de la journée s'enchevêtraient dans sa mémoire, l'accueil du père, la conversation d'Antoine. Il s'allongea sur le canapé, et recommença à pleurer ; sans aucun désespoir : non, il pleurait d'épuisement surtout, et aussi, à cause de la chambre, des violettes, de cette main que son père avait posée sur sa tête, des attentions d'Antoine, de cette vie nouvelle et inconnue ; il pleurait parce qu'on semblait de toutes parts vouloir l'aimer ; parce qu'on allait maintenant s'occuper de lui, et lui parler, et lui sourire ;

parce qu'il faudrait répondre à tous, parce que c'en était fini pour lui d'être tranquille.

IX

Antoine, pour ménager les transitions, avait remis au mois d'octobre la rentrée de Jacques dans un lycée. Avec d'anciens camarades qui se destinaient à l'Université, il avait élaboré un programme d'études récapitulatives qui avait pour but de rééduquer progressivement l'intelligence de l'enfant. Trois professeurs différents se partagèrent la besogne. C'étaient tous des jeunes gens, des amis. L'élève bénévole travaillait à ses heures et selon ses capacités d'attention. Antoine eut bientôt le plaisir de constater que la solitude du pénitencier n'avait pas causé aux facultés mentales de son frère autant de dommages que l'on avait pu craindre : à certains égards son esprit avait même singulièrement mûri dans la solitude ; si bien qu'après un départ assez lent, les progrès devinrent bientôt plus rapides qu'Antoine n'avait osé l'espérer. Jacques profitait, sans en abuser, de l'indépendance qui lui était accordée. D'ailleurs Antoine, sans le dire devant son père, mais avec l'assentiment tacite de l'abbé Vécard, ne redoutait guère les inconvénients de la liberté. Il avait conscience que la nature de Jacques était riche, et qu'il y avait fort à gagner à la laisser se développer à sa guise et dans son propre sens.

Durant les premiers jours, l'enfant avait éprouvé une vive répugnance à sortir de la maison. La rue l'étourdissait. Antoine dut s'ingénier à lui trouver des courses à faire pour l'obliger à prendre l'air. Jacques refit ainsi connaissance avec son ancien quartier. Bientôt même il prit goût à ces promenades ; la saison était belle ; il aima suivre les quais jusqu'à Notre-Dame, ou bien flâner dans les Tuileries. Il se hasarda même un jour à pénétrer dans le musée du Louvre ; mais il y trouva l'air étouffant, poussiéreux, et l'alignement des tableaux si monotone, qu'il s'en échappa assez vite et n'y retourna plus.

Aux repas, il restait silencieux ; il écoutait son père. D'ailleurs, le gros homme était si autoritaire et d'un commerce si rugueux, que tous les êtres obligés de vivre à son foyer se réfugiaient silencieusement derrière un masque. Mademoiselle elle-même, en dépit de son admiration béate, lui dissimulait sans cesse sa véritable figure. M. Thibault jouissait de ce silence déférent qui laissait libre cours à son besoin d'imposer ses jugements, et qu'il confondait naïvement avec une approbation générale. Vis-à-vis de Jacques, il se tenait sur une grande réserve et, fidèle à ses engagements, ne l'interrogeait jamais sur l'emploi de son temps.

Il y avait un point, cependant, sur lequel M. Thibault s'était montré intraitable : il avait formellement interdit toutes relations avec les Fontanin, et, par surcroît de sécurité, il avait décidé que Jacques ne paraîtrait pas cette année à Maisons-Laffitte, où M. Thibault allait s'installer chaque printemps avec Mademoiselle, et où les Fontanin possédaient également une petite propriété, en bordure de la forêt. Il fut convenu que Jacques resterait cet été-là à Paris, comme Antoine.

L'interdiction de revoir les Fontanin fut l'objet d'un sérieux entretien entre Antoine et son frère. Le premier cri de Jacques fut de révolte : il avait le sentiment que l'injustice passée ne serait jamais effacée tant que serait maintenue cette suspicion contre son ami. Réaction violente qui ne déplut pas à Antoine : elle lui était une preuve que Jacques, le vrai Jacques, renaissait. Mais, lorsque ce premier mouvement de colère fut passé, il s'employa à raisonner son cadet. Il n'eut d'ailleurs pas grand-peine à obtenir de lui la promesse qu'il ne chercherait pas à revoir Daniel. En réalité, Jacques n'y tenait pas autant qu'on aurait pu le penser. Il était encore trop sauvage pour souhaiter d'autres contacts, et l'intimité de son frère lui suffisait ; d'autant qu'Antoine s'efforçait de vivre avec lui sur un pied de simple camaraderie, sans rien qui pût marquer leur différence d'âge et moins encore l'autorité dont il avait été investi.

Dans les premiers jours de juin, Jacques, qui rentrait, vit un attroupement sous la porte cochère : la mère Fruhling venait d'avoir une attaque et gisait en travers de sa loge. Elle reprit ses sens dans la soirée, mais, du côté droit, le bras et la jambe n'obéissaient plus.

À quelques jours de là, un matin — Antoine allait sortir — on sonna. Une gretchen, en chemisette rose et tablier noir, apparut dans l'encadrement de la porte ; rougissante, avec un sourire hardi :

— « Je viens pour le ménage... Monsieur Antoine ne me reconnaît pas ? Lisbeth Fruhling... »

Elle avait le parler de l'Alsace, plus traînant encore sur ses lèvres d'enfant. Antoine se rappelait bien « l'orpheline de la mère Fruhling », qui vivait jadis à cloche-pied dans la cour. Elle expliqua qu'elle arrivait de Strasbourg pour soigner sa tante, la suppléer dans son service ; et sans perdre de temps, elle commença le ménage.

Elle revint ainsi chaque jour. Elle apportait le plateau et assistait au petit déjeuner des jeunes gens.

Antoine la plaisantait sur ses brusques rougeurs et l'interrogeait sur la vie allemande. Elle avait dix-neuf ans ; depuis six ans qu'elle avait quitté l'immeuble, elle habitait chez son onde, qui tenait à Strasbourg un *hôtel-restauration* dans le quartier de la gare. Tant qu'Antoine était là, Jacques se mêlait un peu à la conversation. Mais dès qu'il se sentait seul avec Lisbeth dans l'appartement, il l'évitait.

Pourtant, les jours où Antoine était de garde, c'était dans la chambre de Jacques qu'elle portait le déjeuner. Il lui demandait alors des nouvelles de la tante ; et Lisbeth ne lui faisait grâce d'aucun détail : maman Fruhling se remettait, niais lentement ; l'appétit, de jour en jour, était meilleur. Lisbeth avait le respect de la nourriture. Elle était petite, dodue, et l'élasticité de son corps trahissait sa passion pour la danse, les jeux, le chant. Lorsqu'elle riait, elle regardait Jacques sans la moindre gêne. Un minois éveillé, le nez court, deux lèvres fraîches, légèrement gonflées, des yeux de porcelaine, et, tout autour du front, une mousse de cheveux qui n'étaient pas blonds, mais couleur de chanvre.

Chaque jour Lisbeth bavardait un peu plus longtemps. La timidité de Jacques s'apprivoisait. Il l'écoutait avec une attention sérieuse. Il avait une façon d'écouter qui lui avait de tout temps valu des confidences : secrets de domestiques, de condisciples, parfois même de professeurs. Lisbeth causait avec lui plus librement qu'avec Antoine ; et c'était avec l'aîné qu'elle se montrait le plus enfant.

Un matin, elle remarqua que Jacques feuilletait un dictionnaire allemand, et perdit le peu qui lui restait de réserve. Elle voulut voir ce qu'il traduisait, et s'attendrit devant un lied de Goethe qu'elle savait par cœur, et que même elle chantait :

> Fliesse, fliesse, lieber Fluss
> Nimmer werd' ich froh...

La poésie allemande avait le don de lui tourner la tête. Elle fredonna plusieurs romances dont elle expliquait les premiers vers. Ce qu'elle trouvait de plus beau était toujours puéril et triste :

> *Si j'étais un petit oiseau-hirondelle*
> *Ah ! comme vers toi je m'envolerais !...*

Cependant elle avait une prédilection pour Schiller. Elle se recueillit et récita tout d'un trait un fragment qu'elle chérissait entre tous, ce passage de *Marie Stuart*, où la jeune reine prisonnière obtient de faire quelques pas dans les jardins de sa prison, et s'élance sur les pelouses, éblouie de soleil, ivre de jeunesse. Jacques ne comprenait pas tous les mots ; elle traduisait à mesure, et, pour exprimer cet élan vers la liberté, elle trouva des accents si naïfs, que Jacques, songeant à Crouy, sentit son cœur s'amollir. Par bribes, après bien des réticences, il se mit à conter ses malheurs. Il vivait encore si seul et parlait si rarement que le son de sa voix le grisait vite. Il s'anima, dénatura la vérité à plaisir, glissa dans son récit toutes sortes de réminiscences littéraires, car, depuis deux mois, le plus clair de son travail consistait à dévorer les romans de la bibliothèque d'Antoine. Il sentait bien que ces transpositions romantiques avaient sur la sensibilité de Lisbeth plus d'action que n'aurait eue la pauvre réalité. Et lorsqu'il vit la jolie fille s'essuyer les yeux dans l'attitude de Mignon, pleurant sa patrie, il goûta une volupté d'artiste, qui lui était encore inconnue, et il en ressentit tant de reconnaissance qu'il se demanda, tremblant d'espoir, si ce n'était pas de l'amour.

Le lendemain de ce jour-là, il l'attendit avec impatience. Elle s'en doutait peut-être; elle lui apportait un album plein de cartes illustrées, d'autographes, de fleurs séchées : sa vie de jeune fille, depuis trois ans, toute sa vie. Jacques la pressait de questions; il aimait à s'étonner, et il s'étonnait de tout ce qu'il ne connaissait pas. Les histoires de Lisbeth étaient jalonnées de détails indubitables, qui n'e permettaient pas de suspecter sa bonne foi; pourtant, lorsque ses joues se coloraient et que sa voix devenait plus traînante, elle avait cet air d'inventer, de mentir, que l'on voit aux gens qui essaient de raconter un rêve. Elle trépignait de plaisir en parlant des soirées d'hiver à la *Tanzschule*, où se retrouvaient les jeunes gens et les jeunes filles du quartier. Le maître à danser, armé d'un très petit violon, poursuivait les couples en marquant la cadence, tandis que Madame tournait les dernières valses viennoises sur le piano automatique. À minuit, on mangeait. Puis, par bandes folâtres, l'on s'ébrouait dans la nuit, et l'on s'accompagnait de maison en maison, sans pouvoir se séparer, tant la neige était douce aux pas, tant le ciel était pur et le vent vif aux joues. Parfois des sous-officiers se mêlaient aux danseurs habituels. L'un d'eux s'appelait Fredi, un autre Will. Lisbeth hésita longtemps à désigner, dans la photographie d'un groupe en uniformes, le gros joujou de bois qui portait ce prénom de Will. «*Ach*, se dit-elle, en époussetant l'image d'un revers de manche, il est si noble, si langoureux!» Elle avait dû aller chez lui, car il y avait une histoire de cithare, de framboises et de caillé, au milieu de laquelle elle s'interrompit avec un petit rire inattendu et qu'elle n'acheva pas. Tantôt elle nommait Will son fiancé, et tantôt elle parlait de lui comme s'il eût été perdu pour elle. Jacques finit par comprendre qu'il avait été envoyé dans une garnison de Prusse, après un épisode ténébreux et ridicule, dont le souvenir la faisait tour à tour frissonner d'effroi et pouffer de rire : il y avait une chambre d'hôtel au fond d'un couloir dont le parquet grinçait ; mais là, tout devenait incompréhensible ; la chambre devait être située dans l'hôtel même de Fruhling, sinon le vieil oncle n'aurait pas pu, en pleine nuit, poursuivre le sous-officier dans la cour et le jeter dans la rue, en chemise et en chaussettes. Lisbeth ajoutait, en guise d'explication, que son oncle songeait à l'épouser pour tenir la maison ; elle disait aussi qu'il avait un bec-de-lièvre, où brûlait, du matin au soir, un cigare qui sentait la suie ; et, cessant de sourire, sans transition, elle se mit à pleurer.

Jacques était assis à sa table. L'album était ouvert devant lui. Lisbeth s'était posée sur le bras du fauteuil ; lorsqu'elle se penchait, il respirait son souffle et ses frisures lui frôlaient l'oreille. Il n'éprouvait aucun trouble des sens. Il avait connu la perversité ; mais un autre monde maintenant le sollicitait, qu'il croyait découvrir en lui, qu'il exhumait d'un roman anglais récemment parcouru : l'amour chaste, un sentiment de plénitude heureuse et de pureté.

Toute la journée son imagination ne cessa de préparer, dans les plus menus détails, l'entrevue du lendemain : ils étaient seuls dans l'appartement, et il était bien convenu que rien ne les dérangerait de la matinée ; il avait assis Lisbeth sur le canapé, à droite ; elle penchait la tête en avant, et lui, debout, il apercevait sa nuque sous les cheveux follets, dans l'échancrure du corsage ; elle n'osait pas lever les yeux ; il se penchait : « Je ne veux pas que vous repartiez... » Alors seulement elle redressait la tête, avec un regard interrogateur ; et lui, sa réponse était un baiser sur le front, le baiser de fiançailles. « Dans cinq ans, j'aurai vingt ans. Je dirai à papa : "Je ne suis plus un enfant." S'ils me disent : "C'est la nièce de la concierge", je... » Il fit un geste de menace. « Fiancée ! Fiancée !... Vous êtes ma fiancée ! » Sa chambre lui parut trop petite pour tant de joie. Il sortit. L'air était chaud. Il se mouvait avec volupté dans la lumière. « Fiancée ! Fiancée ! Elle est ma fiancée ! »

Il dormait si fort, le lendemain, qu'il ne l'entendit même pas sonner, et sauta du lit en reconnaissant son rire dans la chambre d'Antoine. Lorsqu'il les rejoignit, Antoine avait déjeuné, et, prêt à sortir, tenait Lisbeth à pleines mains par les deux épaules :

« Tu entends ? menaçait-il ; si tu lui laisses encore prendre du café, tu auras affaire à moi ! » Lisbeth riait de son rire particulier ; elle refusait de croire que du bon café au lait à l'allemande, bien sucré et avalé bouillant, pût jamais faire du mal à maman Fruhling.

Ils restèrent seuls. Elle avait mis sur le plateau des tortillons de pâtisserie semés d'anis, qu'elle avait confectionnés la veille à son intention. Elle le regardait déjeuner avec déférence. Il s'en voulait d'avoir faim. Rien de tout cela n'était prévu ; il ne savait à quel endroit raccorder la réalité avec la scène qu'il avait si méticuleusement préparée. Pour comble de malheur, on sonna. C'était une surprise : la mère Fruhling entra, clopin-clopant ; elle n'était pas encore bien valide, mais elle allait mieux, beaucoup mieux, et venait dire bonjour à M. Jacques. Il fallut ensuite que Lisbeth l'aidât à regagner la loge, l'installât dans son fauteuil. Le temps passait. Lisbeth ne revenait pas. Jacques n'avait jamais pu supporter la contrainte des circonstances. Il allait et venait, en proie à une contrariété qui ressemblait à ses colères d'autrefois. Il serrait les mâchoires et enfonçait les poings dans ses poches. Il se mit à lui en vouloir.

Lorsqu'elle reparut enfin, il avait la bouche sèche et l'œil mauvais ; il était si énervé par l'attente, que ses mains tremblaient. Il fit mine d'avoir à travailler. Elle expédia le ménage et lui dit au revoir. Penché sur ses livres, la mort dans l'âme, il la laissa partir. Mais, sitôt seul, il se renversa en arrière, et il eut un sourire si parfaitement amer, qu'il s'approcha de la glace, afin d'en jouir objectivement. Pour la vingtième fois, son imagination lui représentait la scène convenue : Lisbeth assise, lui debout, la nuque... Il en ressentit un écœurement, mit ses mains devant ses yeux, et se jeta sur le canapé pour pleurer. Mais les larmes ne venaient pas ; il n'éprouvait que de l'énervement et de la rancune.

Quand elle entra, le jour suivant, elle avait un air attristé que Jacques prit pour un reproche, et qui fit fondre aussitôt son ressentiment. En réalité, elle venait de recevoir une mauvaise lettre de Strasbourg : son oncle la réclamait ; l'hôtel était plein ; Fruhling acceptait de patienter une semaine encore, mais pas davantage. Elle avait pensé montrer la lettre à Jacques ; mais il vint à elle avec un regard si timide et si tendre, qu'elle se retint de rien dire de triste. Elle s'assit directement sur le canapé, juste à la place où il avait décidé qu'elle serait, et il se tenait debout, à l'endroit où il s'était vu lui-même. Elle baissa la tête, et il aperçut, sous les frisons, la nuque qui fuyait dans l'échancrure du corsage. Il se penchait déjà, comme un automate, lorsqu'elle se redressa, — un peu trop tôt. Elle le regarda avec surprise, sourit, l'attira près d'elle sur le canapé, et sans la moindre hésitation, colla son visage contre celui de Jacques, sa tempe contre sa tempe, sa joue chaude le long de sa joue.

— « Chéri... *Liebling*... »

Il crut défaillir de douceur, et ferma les yeux. Il sentit les doigts de Lisbeth, dont le bout était piqué par les aiguilles, caresser sa joue libre, s'insinuer dans son col ; le bouton céda. Il eut un frisson délicieux. La petite main magnétique, glissant entre la chemise et la peau, vint se blottir contre son buste. Alors, lui aussi, il hasarda deux doigts qui heurtèrent une broche. Elle entrouvrit elle-même son corsage pour l'aider. Il retenait son souffle. Sa main frôla une chair inconnue. Elle fit un mouvement, comme s'il l'eût chatouillée, et il sentit tout à coup la chaude masse d'un sein couler dans le creux de sa paume. Il rougit, et l'embrassa gauchement. Aussitôt elle lui rendit son baiser à vif, en pleine bouche ; il en resta décontenancé, un peu dégoûté même de la fraîcheur, qu'après la chaleur du baiser, lui laissait cette salive étrangère. Elle avait remis son visage tout contre le sien et ne bougeait plus ; il sentit contre sa tempe battre ses cils.

Dès lors, ce fut le rite quotidien. Elle retirait sa broche dès l'antichambre, et la piquait, sitôt entrée, à la portière. Tous deux s'installaient sur le canapé, joue contre joue, les mains au chaud, et restaient silencieux. Ou bien elle commençait quelque romance allemande, qui leur mettait les larmes aux yeux, et, pendant de longs moments, ils balançaient en mesure leurs bustes enlacés, et mêlaient leurs haleines, sans désirer d'autres joies. Si les doigts de Jacques s'agitaient un peu sous la chemisette, s'il déplaçait un peu la tête pour frôler de ses lèvres la joue de Lisbeth, elle fixait sur lui ses yeux qui semblaient toujours demander qu'on fût gentil avec elle, et soupirait :

« Soyez langoureux... »

D'ailleurs, une fois bien en place, les mains restaient sages. D'un accord tacite, Lisbeth et Jacques évitaient les gestes inédits. Leur étreinte était toute dans cette pression patiente et continue de leurs visages, et aussi, à chaque respiration, dans cette caresse que procurait aux doigts la tiède palpitation des poitrines. Pour Lisbeth, qui souvent semblait lasse, elle écartait sans effort toute sollicitation des sens : auprès de Jacques elle se grisait de pureté, de poésie. Quant à lui, il n'avait même pas à repousser de tentation plus précise : ces chastes caresses trouvaient leur fin en soi ; l'idée qu'elles pussent être le prélude d'autres ardeurs ne l'effleurait même pas. Si parfois la tiédeur de ce corps féminin lui causait un trouble physique, c'était presque sans qu'il en prît conscience : il serait mort de dégoût et de honte, à la pensée que Lisbeth pût s'en apercevoir. Auprès d'elle, jamais aucune convoitise impure ne l'avait assailli. La dissociation était complète entre son âme et sa chair. L'âme appartenait à l'aimée ; la chair menait sa vie solitaire dans un autre monde, dans un monde nocturne où Lisbeth ne pénétrait pas. S'il lui arrivait encore, certains soirs, ne pouvant trouver le sommeil, de se jeter hors des draps, d'arracher sa chemise devant la glace, de baiser ses bras et de palper son corps avec une frénétique insatiété, c'était toujours seul, loin d'elle ; l'image de Lisbeth ne venait jamais se joindre au cortège habituel de ses évocations.

Cependant, pour Lisbeth, la date du départ approchait ; elle devait quitter Paris le dimanche suivant, par le train de nuit, et n'avait pas eu le courage d'en avertir Jacques.

Ce dimanche-là à l'heure du dîner, Antoine, sachant son frère en haut, rentra chez lui. Lisbeth attendait. Elle se jeta sur son épaule en pleurant.

« Eh bien ? » demanda-t-il avec un étrange sourire.

Elle fit signe que non.

« Et tu pars tout à l'heure ?

— Oui. »

Il eut un geste d'impatience.

« C'est sa faute aussi ! fit-elle. Il n'y pense pas.

— Tu avais promis d'y penser pour lui. »

Elle le regarda. Elle le méprisait un peu. Il ne pouvait pas comprendre que, pour elle, Jacques, « ce n'était pas la même chose ». Mais Antoine était beau, elle aimait son air fatal, et lui pardonnait d'être comme les autres.

Elle avait épinglé sa broche au rideau, et se déshabillait d'un air distrait, songeant déjà au voyage. Lorsque Antoine la saisit dans ses bras, elle eut un rire saccadé qui se perdit dans sa gorge :

« *Liebling*... Sois langoureux pour notre dernier soir... »

Antoine fut absent toute la soirée. Vers onze heures, Jacques l'entendit rentrer et gagner sa chambre sans faire de bruit. Il allait se coucher, il ne l'appela pas.

En pénétrant dans son lit, son genou heurta quelque chose de dur : un paquet, une surprise ! C'était, dans du papier d'étain, quelques tortillons à l'anis, gluants de caramel ; et, plié dans un mouchoir de soie aux initiales de Jacques, un petit billet mauve :

À mon bien-aimé !

Jamais encore elle ne lui avait écrit. C'était comme si ce soir elle fût venue se pencher à son chevet. Il riait de plaisir en décachetant l'enveloppe :

Monsieur Jacques,
Quand vous aurez cette chère lettre je serai déjà loin...

Les lignes se brouillaient ; son front se couvrit de sueur.

... Je serai déjà loin, car je monte ce soir dans le chemin de fer de 22 h 12 à la gare de l'Est pour Strasbourg...

« Antoine ! »

Appel si déchirant qu'Antoine accourut, croyant son frère blessé.

Jacques était assis sur son lit, les bras écartés, les lèvres entrouvertes, les yeux suppliants : on eût dit qu'il se mourait et qu'Antoine seul pouvait le sauver. La lettre traînait sur les draps. Antoine la parcourut, sans étonnement : il venait de conduire Lisbeth au train. Il se pencha sur son frère ; mais l'autre l'arrêta :

« Tais-toi, tais-toi... Tu ne peux pas savoir, Antoine, tu ne peux pas comprendre... »

Il employait les mêmes mots que Lisbeth. Son visage avait pris une expression butée, et son regard une fixité, une pesanteur, qui rappelaient l'enfant de jadis. Soudain sa poitrine se gonfla, ses lèvres se mirent à trembler, et, comme s'il cherchait à se réfugier contre quelqu'un, il se détourna et s'abattit sur le traversin, en sanglotant. Un de ses bras restait en arrière ; Antoine toucha cette main crispée qui s'agrippa aussitôt à la sienne, et qu'il serra tendrement. Il ne savait que dire ; il regardait le dos courbé de son frère, que les sanglots secouaient. Une fois de plus, il avait la révélation de ce feu caché sous la cendre, toujours prêt à s'embraser et il mesurait la vanité de ses prétentions éducatrices.

Une demi-heure passa ; la main de Jacques se desserrait ; il ne sanglotait plus, il haletait. Peu à peu la respiration se fit plus régulière ; il s'endormait. Antoine ne bougeait pas, ne se décidait pas à partir. Il songeait avec angoisse à l'avenir de ce petit. Il attendit une demi-heure encore, puis il s'en alla, sur la pointe des pieds, laissant les portes entrouvertes.

Le lendemain, Jacques dormait encore, ou feignait le sommeil, lorsque Antoine quitta la maison.

Ils se retrouvèrent en haut, à la table familiale. Jacques avait les traits fatigués, un pli méprisant aux coins des lèvres, et cet air des enfants qui s'enorgueillissent de se croire méconnus. Pendant tout le repas, son regard évita celui d'Antoine ; il ne voulait même pas être plaint. Antoine comprit. Au reste, il ne tenait guère à parler de Lisbeth.

Leur vie reprit son cours comme s'il ne se fût rien passé.

X

Un soir, avant le dîner, Antoine eut la surprise de trouver dans son courrier une enveloppe à son nom qui contenait une lettre cachetée, à l'adresse de son frère. Il ne reconnut pas l'écriture et, Jacques étant là, il ne voulut pas avoir l'air d'hésiter :

« Voilà qui est pour toi », dit-il.

Jacques s'approcha vivement, et son visage s'empourpra. Antoine, qui feuilletait un catalogue de livres, lui remit l'enveloppe sans le regarder. Lorsqu'il leva la tête, il vit que Jacques avait glissé la lettre dans sa poche. Leurs yeux se croisèrent ; ceux de Jacques étaient agressifs.

« Pourquoi me regardes-tu comme ça ? fit-il. J'ai bien le droit de recevoir une lettre ? »

Antoine considéra son frère sans rien dire, lui tourna le dos et quitta la pièce.

Pendant le dîner, il causa avec M. Thibault sans s'adresser à Jacques. Ils redescendirent ensemble, comme chaque soir, mais n'échangèrent pas une parole. Antoine gagna sa chambre ; il s'asseyait à peine à sa table, lorsque Jacques entra sans avoir frappé, s'avança d'un air provocant et jeta sur le bureau la lettre dépliée :

« Puisque tu surveilles ma correspondance ! »

Antoine replia la feuille sans la lire, et la tendit à son frère. Comme celui-ci ne la prenait pas, il écarta les doigts, et la lettre tomba sur le tapis. Jacques la ramassa et l'enfonça dans sa poche.

« Alors, ce n'est pas la peine de me faire la tête », ricana-t-il.

Antoine haussa les épaules.

« Et puis, j'en ai assez, si tu veux savoir ! reprit Jacques, élevant tout à coup la voix. Je ne suis plus un enfant. Je veux... j'ai bien le droit... » Le regard attentif et calme d'Antoine l'irritait. « Je te dis que j'en ai assez ! cria-t-il.

— Assez de quoi ?

— De tout. » Sa figure avait perdu toute nuance :

l'œil fixe et courroucé, les oreilles décollées, la bouche entrouverte, lui donnaient un air stupide ; il devenait très rouge. « D'ailleurs, c'est par erreur que cette lettre est arrivée ici ! J'avais ordonné qu'on m'écrive poste restante ! Là, au moins, je recevrai les lettres que je veux, sans avoir de comptes à rendre à qui que ce soit ! »

Antoine l'examinait toujours sans répondre. Ce silence lui donnait beau jeu et masquait son embarras : jamais encore l'enfant ne lui avait parlé sur ce ton.

« D'abord, je veux revoir Fontanin, entends-tu ? Personne ne m'en empêchera ! »

Ce fut un trait de lumière : l'écriture du cahier gris ! Jacques correspondait avec Fontanin, malgré sa promesse. Et elle, Mme de Fontanin, était-elle au courant ? Autorisait-elle cette correspondance clandestine ?

Antoine, pour la première fois, se voyait contraint d'endosser un rôle de parent ; le temps n'était pas éloigné où il eût pu avoir devant M. Thibault l'attitude que Jacques avait en ce moment devant lui. L'aspect des choses s'en trouvait renversé.

« Tu as donc écrit à Daniel ? » demanda-t-il en fronçant les sourcils.

Jacques lui tint tête par un signe très affirmatif.

« Sans m'en parler ?

— Et puis après ? » fit l'autre.

Antoine faillit se lever pour gifler l'impertinent. Il serra les poings. La tournure de ce débat risquait de compromettre ce à quoi il tenait le plus.

« Va-t'en, prononça-t-il sur un ton qui feignait le découragement. Ce soir, tu ne sais plus ce que tu dis.

— Je dis... Je dis que j'en ai assez ! cria Jacques en tapant du pied. Je ne suis plus un enfant. Je veux fréquenter qui bon me semble. J'en ai assez de vivre comme ça. Je veux voir Fontanin, parce que Fontanin est mon ami. Je lui ai écrit pour ça. Je sais ce que je fais. Je lui ai donné rendez-vous, tu peux le dire à... à qui tu voudras. J'en ai assez, assez, assez ! » Il trépignait ; et rien ne subsistait plus en lui, que haine et révolte.

Ce qu'il ne disait pas, ce qu'Antoine ne pouvait guère deviner, c'est qu'après le départ de Lisbeth, le pauvre gamin s'était senti le cœur si vide et tout à la fois si lourd, qu'il avait cédé au besoin de confier à un être jeune le secret de sa jeunesse, bien plus : de partager avec Daniel ce poids qui l'étouffait. Et, dans son exaltation solitaire, il avait par avance vécu les heures d'amitié totale, où il supplierait son ami d'aimer une moitié de Lisbeth, et Lisbeth de laisser à Daniel prendre à sa charge cette moitié d'amour.

« Je t'ai dit de t'en aller, reprit Antoine, qui affectait de rester impassible et savourait sa supériorité. Nous reparlerons de tout cela quand tu auras recouvré la raison.

— Lâche ! hurla Jacques que ce flegme exaspérait. Pion ! » Et il partit en claquant la porte.

Antoine se leva pour donner un tour de clef, et se jeta dans un fauteuil. Il avait pâli de rage.

« Pion ! L'imbécile. Pion ! Il me le paiera. S'il croit qu'il peut se permettre, il se trompe ! Ma soirée est perdue, je suis incapable de travailler maintenant. Il me le paiera. Ma tranquillité d'autrefois. Quelle sottise j'ai faite ! pour ce petit imbécile. Pion ! Plus on en fait pour eux... L'imbécile, c'est moi : je gâche pour lui une partie de mon temps, de mon travail. Mais c'est fini. J'ai ma vie, moi, mes examens. Ce n'est pas ce petit imbécile qui... » Il ne pouvait rester en place et se mit à arpenter la chambre. Il se vit tout à coup en présence de Mme de Fontanin, et ses traits prirent une expression ferme et désabusée : « J'ai fait ce que j'ai pu, Madame. J'ai essayé la douceur, l'affection. Je lui ai laissé la plus grande liberté. Et voilà. Croyez-moi, Madame, il y a des natures contre lesquelles on ne peut rien. La société n'a qu'un moyen de s'en garantir, c'est en les empêchant de nuire. Ce n'est pas sans raison que les pénitenciers s'intitulent Œuvres de Préservation sociale... »

Un grignotement de rat lui fit tourner la tête. Sous la porte close un billet venait d'être glissé :

« Je te demande pardon pour pion. Je ne suis plus en colère. Laisse-moi revenir. »

Antoine sourit malgré lui. Il eut un brusque élan d'affection, et sans réfléchir davantage, alla vers la porte et l'ouvrit. Jacques attendait, les bras ballants. Il était encore si énervé qu'il baissa la tête et pinça les lèvres pour ne pas éclater de rire. Antoine avait pris un air irrité, distant : il revint s'asseoir.

« J'ai à travailler, fit-il sèchement. Tu m'as déjà fait perdre assez de temps pour ce soir ? Qu'est-ce que tu veux ? »

Jacques leva ses yeux qui restaient rieurs, et regarda son frère bien en face :

« Je veux revoir Daniel », déclara-t-il.

Il y eut un court silence.

« Tu sais bien que père s'y oppose », commença Antoine. J'ai pris la peine de t'expliquer pourquoi. Tu t'en souviens ? Ce jour-là, il a été convenu entre nous que tu accepterais cet état de choses et ne ferais aucune tentative pour renouer les relations avec les Fontanin. J'ai eu confiance en ta parole. Tu vois le résultat. Tu m'as trompé ; à la première occasion, tu as rompu le pacte. Maintenant, c'est fini : jamais plus je ne pourrai avoir confiance en toi. »

Jacques sanglotait.

« Ne dis pas ça, Antoine. Ce n'est pas juste. Tu ne

peux pas savoir. C'est vrai que j'ai eu tort. Je n'aurais pas dû écrire sans t'en parler. Mais c'est parce qu'il y avait autre chose que j'aurais été forcé de raconter, et je ne pouvais pas. » Il murmura : « Lisbeth...

— Il ne s'agit pas de ça », interrompit aussitôt Antoine, afin d'éluder un aveu qui l'eût gêné plus encore que son frère. Et pour obliger Jacques à changer de sujet : « Je consens à tenter une nouvelle et dernière expérience : tu vas me promettre...

— Non, Antoine, je ne peux pas te promettre de ne pas revoir Daniel. C'est toi qui vas me promettre de me laisser le voir. Écoute-moi, Antoine, ne te fâche pas. Je te jure devant Dieu que je ne te cacherai plus rien. Mais je veux revoir Daniel et je ne veux pas le revoir sans que tu le saches. Lui non plus d'ailleurs. Je lui avais écrit de me répondre poste restante; il n'a pas voulu. Écoute ce qu'il m'écrit : *Pourquoi poste restante. Nous n'avons rien à dissimuler. Ton frère a toujours été pour nous. C'est donc à lui que j'adresse ce mot, qu'il te remettra.* Et à la fin, il refuse le rendez-vous que je lui proposais derrière le Panthéon : *J'en ai parlé à maman. Le plus simple serait que tu viennes aussitôt que possible passer un dimanche à la maison. Maman vous aime bien ton frère et toi, elle me charge de vous inviter tous les deux.* Tu vois, il est loyal, lui. Papa ne s'en doute pas, il le condamne sans rien savoir de lui; je ne lui en veux pas trop, mais toi, Antoine, ce n'est pas pareil. Tu connais Daniel, tu le comprends, tu as vu sa mère; tu n'as aucune raison d'être comme Papa. Tu dois être content que j'aie cette amitié. Il y a bien assez longtemps que je suis seul! Pardon, je ne dis pas ça pour toi, tu sais bien. Mais toi, c'est une chose; et Daniel, c'est une autre. Tu as bien des amis de ton âge, toi ? Tu sais bien ce que c'est d'avoir un vrai ami ? »

« Ma foi, non... », songeait Antoine, en remarquant l'expression heureuse et tendre que prenait le visage de Jacques, dès qu'il prononçait ce mot d'*ami*. Il eut soudain envie d'aller à son frère et de l'embrasser. Mais le regard de Jacques avait quelque chose d'irréductible et de combatif, qui était blessant pour l'orgueil d'Antoine. Aussi eut-il la velléité de heurter cette obstination, de la briser. Cependant l'énergie de Jacques lui en imposait un peu. Il ne répondit rien, allongea les jambes et se mit à réfléchir. « En réalité, se disait-il, moi qui ai l'esprit large, je dois convenir que l'interdiction de mon père est absurde. Ce Fontanin ne peut avoir sur Jacques qu'une bonne influence. Milieu parfait. Qui m'aiderait, même, dans ma tâche. Oui, certainement, *elle* m'aiderait, elle verrait même plus clair que moi ; elle prendrait vite de l'ascendant sur le petit ; c'est une femme de tout premier ordre. Mais si jamais père apprenait ça... Eh bien ? Je ne suis plus un enfant. Qui a pris la responsabilité de Jacques ? Moi. J'ai donc le droit de juger en dernier ressort. J'estime que, prise à la lettre, la défense de père est absurde et injuste : je passe outre, voilà tout. D'abord, Jacques m'en sera plus attaché. Il pensera : « Antoine n'est pas comme papa. » Et puis, je suis sûr que la mère... » Il se vit, une seconde fois, devant Mme de Fontanin, qui souriait : « Madame, j'ai tenu à vous amener mon frère moi-même... »

Il se leva, fit quelques pas, et vint se placer devant Jacques, qui restait immobile, la volonté tendue, férocement décidé à combattre et à vaincre l'opposition d'Antoine.

« Je suis bien obligé de te le dire, puisque tu m'y forces : mon intention, en dépit des ordres de père, a toujours été de te laisser revoir les Fontanin. Je projetais même de t'y conduire, ainsi tu vois ? Mais je voulais attendre que tu aies bien repris ton assiette : je comptais patienter jusqu'à la rentrée. Ta lettre à Daniel précipite les choses. Soit. Je prends tout sur moi. Père n'en saura rien ni l'abbé. Nous irons dimanche, si tu veux.

« Remarque, ajouta-t-il après une pause et sur un ton d'affectueux reproche, combien tu t'es mépris, combien tu as eu tort de ne pas me faire meilleur crédit. Je te l'ai vingt fois répété, mon petit : franchise complète entre nous, confiance réciproque, ou bien c'est la faillite de tout ce que nous avons espéré.

— Dimanche ? » balbutia Jacques. Il était tout désorienté d'avoir gain de cause sans lutte. Il eut l'impression qu'il était dupe de quelque machination qu'il n'apercevait pas. Puis il eut honte de ce soupçon : Antoine était vraiment son meilleur ami. Quel dommage qu'il fût si vieux ! Mais quoi, dimanche prochain ? Pourquoi si tôt ? Il se demandait maintenant s'il était vrai qu'il désirât tant revoir son ami.

XI

Daniel dessinait, ce dimanche-là, auprès de sa mère, lorsque la petite chienne se mit à aboyer. On avait sonné. Mme de Fontanin posa son livre.

« Laisse, maman », fit Daniel, en la devançant vers la porte. On avait dû, faute d'argent, congédier la femme de chambre, puis le mois précédent, la cuisinière : Nicole et Jenny aidaient au ménage.

Mme de Fontanin, qui prêtait l'oreille, sourit en reconnaissant la voix du pasteur Gregory, et fit quelques pas à sa rencontre. Il avait saisi Daniel aux épaules et le dévisageait avec un rire rauque :

« Comment ? Pas dehors pour une bonne promenade, *boy*, par ce beau temps ? Il n'y aura donc jamais ni canot, ni cricket, ni sport, chez ces Français ? » L'éclat de ses petits yeux noirs, dont l'iris emplissait l'écartement des paupières sans laisser paraître le blanc, était si pénible à soutenir de près, que Daniel détournait la tête avec un sourire gêné.

« Ne le grondez pas, dit Mme de Fontanin. Il attend la visite d'un camarade. Vous savez, ces Thibault ? »

Le pasteur, en grimaçant fouilla dans ses souvenirs ; tout à coup, avec une énergie diabolique, il frotta vigoureusement l'une contre l'autre ses mains sèches, d'où semblaient jaillir des étincelles, et sa bouche se fendit en un rire étrange, silencieux.

« Oh ! *yes*, fit-il enfin. Le barbu docteur ? Bon, brave jeune homme. Vous souvenez-vous quel visage étonné, quand il est venu voir notre chère petite chose ressuscitée ? Il voulait mesurer la ressuscitation avec son thermomètre ! *Poor fellow !* Mais, où est-elle, notre *darling* ? Aussi enfermée dans sa chambre, par si splendide soleil ?

— Non, rassurez-vous. Jenny est dehors avec sa cousine. À peine si elles ont pris le temps de déjeuner. Elles essaient un appareil de photographie... que Jenny a reçu pour sa fête. »

Daniel, qui avançait un siège pour le pasteur, leva la tête et regarda sa mère dont la voix s'était troublée en donnant ce détail.

« Quoi, à propos de cette Nicole ? demanda Gregory en s'asseyant. Rien de nouveau ? »

Mme de Fontanin fit signe que non. Elle ne désirait pas traiter ce sujet devant son fils, qui, au nom de Nicole, avait glissé un coup d'œil vers le pasteur.

« Mais, dites-moi, *boy*, fit brusquement celui-ci en se tournant vers Daniel, votre barbu docteur ami, quand viendra-t-il réellement pour nous importuner ?

— Je ne sais pas. Vers trois heures peut-être. »

Gregory se dressa pour extraire de son gilet de clergyman une montre d'argent large comme une soucoupe.

« *Very well !* cria-t-il. Vous avez presque une heure, paresseux garçon ! Jetez de côté la veste, et allez tout de suite, courant tout autour du Luxembourg, pour tirer un record de course à pied ! *Go on !* »

Le jeune homme échangea un regard avec sa mère, et se leva.

« Bien, bien, je vous laisse, fit-il malicieusement.

— Rusé garçon ! » murmura Gregory en le menaçant du poing.

Mais dès qu'il fut seul avec Mme de Fontanin, son visage glabre prit une expression de bonté, et son regard devint caressant.

« Maintenant, dit-il, le temps est venu où je désire parler à votre cœur seulement, *dear*. » Il se recueillit comme s'il priait. Puis, d'un geste nerveux, il passa ses doigts dans ses mèches noires, alla prendre une chaise et s'assit à califourchon. « Je l'ai vu, annonça-t-il, en regardant Mme de Fontanin pâlir. Je viens de sa part. Il regrette. Comme il est malheureux ! » Il ne la quittait pas des yeux ; il semblait, en l'enveloppant de son regard obstinément joyeux, vouloir calmer cette souffrance qu'il lui apportait.

« Il est à Paris ? » balbutia-t-elle, sans songer à ce qu'elle disait, puisqu'elle savait que Jérôme était venu lui-même l'avant-veille, jour anniversaire de la naissance de Jenny, déposer pour sa fille cet appareil de photographie, chez la concierge. Où qu'il fût, jamais encore il n'avait omis de fêter un anniversaire des siens. « Vous l'avez-vu ? » reprit-elle d'une voix distraite sans que l'expression de son visage parvînt à se fixer. Depuis des mois, elle pensait à lui d'une manière continuelle mais si diffuse, qu'une torpeur spéciale l'envahissait maintenant, dès qu'il était question de lui.

« Il est malheureux, répéta le pasteur avec insistance. Il est bourré de remords. Sa piteuse créature est toujours chanteuse, mais il est dégoûté réellement, il ne veut plus la revoir jamais. Il dit qu'il ne peut vraiment vivre sans sa femme, sans ses enfants, et je crois que c'est vrai. Il demande votre pardon ; il promet tout pour rester encore votre mari ; il vous prie de chasser votre volonté de divorce. Sa face, je l'ai perçu, est maintenant la face du Juste : il est réellement droit-homme, et bon. »

Elle se taisait et regardait vaguement devant elle. Ses joues pleines, le menton un peu empâté, la bouche molle et sensible respiraient tant de mansuétude, que Gregory crut qu'elle pardonnait.

« Il dit que vous allez tous deux, ce mois, chez le tribunal du juge, continua-t-il, pour la conciliation ; et qu'après seulement commencera la véritable machination de divorce. Alors il mendie, parce qu'il est vraiment changé entièrement. Il dit qu'il n'est pas ce qu'il paraît, et meilleur que nous croyons. Je pense cela aussi. Il désire maintenant travailler, s'il trouve travail. Et, si vous voulez, il vivra ici avec vous, dans un chemin renouvelé et réparateur. »

Il vit la bouche se crisper et un tremblement agiter le bas du visage. Elle secoua les épaules, tout à coup, et dit :

« Non. »

Le ton était tranchant, le coup d'œil douloureux et hautain. Sa décision semblait irréductible. Gregory renversa la tête, ferma les yeux et resta un long moment silencieux.

« *Look here,* dit-il enfin, d'une voix très différente, lointaine et sans chaleur. Je vais vous dire une histoire, voulez-vous, que vous ne connaissez pas. C'est l'histoire d'un homme qui aimait un être. Je dis : écoutez. Il était fiancé encore très jeune homme, à une pauvre fille, si bonne, si belle, si vraiment aimée de Dieu, que lui aussi l'aimait... » Son regard devint pesant, « ...avec toute son âme », accentua-t-il. Puis il sembla faire un effort, cherchait où il en était, et reprit, assez vite : « Alors, après le mariage, c'est ainsi que cela est arrivé : cet homme, il a perçu que sa femme, elle ne l'aimait pas lui seulement, mais qu'elle aimait un autre homme qui était leur ami et qui venait dans la maison comme un frère des deux. Alors le pauvre mari a emmené sa femme dans un long voyage, pour aider qu'elle oublie ; mais il a compris qu'elle aimerait toujours maintenant l'autre homme-ami, mais non plus jamais lui : et l'enfer a commencé pour eux. Il a vu sa femme souffrant l'adultère dans son corps ; et puis dans son cœur, et à la fin jusque dans son âme, car elle devenait injuste et mauvaise. Oui, fit-il gravement, cette chose-là était réellement terrible ; elle devenait mauvaise à cause de l'amour contrarié ; et lui aussi devenait mauvais, parce que le négatif était tout autour d'eux. Alors, qu'est-ce que vous croyez qu'il a fait, cet homme ? Il priait. Il pensait : "J'aime un être, je dois éviter le mauvais pour cet être." Et joyeusement, il a invité sa femme et son ami dans sa propre chambre, devant le Nouveau Testament, et il a dit : "Soyez mariés solennellement l'un avec l'autre devant Dieu, par moi-même.” Ils pleuraient tous les trois. Mais il a dit après : “N’ayez pas crainte : moi, je quitte ; et jamais plus je reviendrai encore importuner votre bonheur.” »

Gregory mit sa main devant ses yeux, et prononça, à voix basse :

« Ah ! *dear,* quelle récompense de Dieu, que le souvenir d’un si total amour-sacrifice ! » Puis il releva le front : « Et il a fait comme il a dit : il a laissé tout son argent pour eux, parce qu’il était riche excessivement, et elle pauvre comme le misérable Job. Il est parti loin, de l’autre côté du monde, et je sais, il est tout seul encore depuis dix-sept années, sans argent, et il gagne sa propre vie, comme moi je peux le faire, comme un simple infirmier disciple de la *Christian Scientist Society.* »

Mme de Fontanin l’examinait avec émotion.

« Attendez, fit-il avec vivacité, je vous dirai la fin maintenant. » Son visage était tiraillé en tous sens, et, sur le dossier de la chaise où il s’accoudait, ses doigts de squelette s’entrelacèrent brusquement. « Le pauvre, il pensait qu’il laissait le bonheur derrière lui pour eux, et qu’il emportait avec lui toutes les mauvaises choses ; mais ici est le secret de Dieu : c’est le mauvais qui est resté avec eux, là-bas. Ils ont ri de lui. Ils ont trahi l’Esprit. Ils acceptaient son sacrifice, pleurant, et dans leurs cœurs, ils moquaient. Ils disaient mensonges à propos de lui dans toute la gentry. Ils ont promené des lettres de lui. Ils ont fait étalage contre lui de sa fictive complaisance. Même ils ont dit qu’il avait abandonné sa femme sans un penny, pour la possession d’une autre femme en Europe. Ils ont dit ces choses, oui ! Et ils ont payé un jugement de divorce contre lui. »

Il baissa les paupières une seconde, fit entendre une sorte de gloussement rauque, se leva, et, soigneusement, s'en fut replacer sa chaise où il l'avait prise. Toute trace de douleur était effacée de son visage.

« Eh bien, reprit-il en se penchant vers Mme de Fontanin immobile, tel est Amour, et si nécessaire est le pardon, que si, à l'instant même, cette chère perfide femme venait tout à coup près de moi pour dire : "James, je reviens maintenant sous le toit de votre maison. Vous serez de nouveau mon serviteur piétiné. Quand je veux, je rirai encore de vous." Eh bien, je lui dirais : "Venez, prenez tout ce peu que j'ai. Je remercie Dieu pour votre retour. Et je ferai tellement grand effort pour être réellement bon devant vos yeux, que vous aussi, vous deviendrez bonne : car le Mauvais n'existe pas." Oui, en vérité, *dear*, si jamais ma Dolly vient un jour à mes côtés pour demander son refuge, voilà comme je ferai avec elle. Et je ne dirai pas : "Dolly, je pardonne", mais seulement : "Christ vous garde !" Et ainsi mes paroles ne me reviendront pas à vide : parce que le Bien est le seul pouvoir capable de mettre le frein sur le Négatif ! » Il se tut, croisa les bras, saisit à pleine main son menton anguleux, et, d'une voix chantante de prédicant : « Vous, de même vous devez faire, Madame Fontanin. Parce que vous aimez cet être de tout votre amour, et Amour c'est Justice. Christ a dit : *Si votre Justice n'est pas autre que celle du scribe usuel ou du pharisien, vous n'entrerez pas dans le Royaume.* »

La pauvre femme secoua la tête :

« Vous ne le connaissez pas, James, murmura-t-elle. L'air est irrespirable autour de lui. Partout il apporte le mal. Il détruirait de nouveau notre bonheur. Il contaminerait les enfants.

— Quand Christ a touché la plaie du léprosé avec

sa main, ce n'est pas la main du Christ qui est devenue épidémique, mais le léprosé qui a été nettoyé.

— Vous dites que je l'aime, non, ce n'est pas vrai ! Je le connais trop bien maintenant. Je sais ce que valent ses promesses. J'ai pardonné trop souvent.

— Quand Pierre demanda à Christ combien il devra pardonner son frère. *Faut-il jusqu'à sept fois.* Alors Christ répond : *Qu'est-ce que c'est, jusqu'à sept fois ? Moi je dis jusqu'à soixante et dix fois sept fois.*

— Je vous dis que vous ne le connaissez pas, James !

— Qui donc peut penser : *je connais mon frère* ? Christ a dit : *Je ne juge aucun.* Et moi, Gregory, je dis : Celui qui vit une vie de péché sans être trouble et malheureux dans son cœur, c'est parce qu'il est encore loin de l'heure de vérité ; mais il est bien près de l'heure de vérité, celui qui pleure parce que sa vie est dans le péché. Je vous dis, il regrette, il avait la face du Juste.

— Vous ne savez pas tout, James. Demandez-lui ce qu'il a fait quand cette femme a dû fuir en Belgique pour échapper aux créanciers qui la traquaient. Elle était partie avec un autre ; il a tout quitté pour les suivre et consenti à toutes les compromissions. Il a tenu pendant deux mois une place de contrôleur dans le théâtre où elle chantait ! Je vous dis que c'est une honte. Elle continuait à vivre avec son violoniste, il acceptait tout, il dînait chez eux, il venait faire de la musique avec l'amant de sa maîtresse. La face du Juste ! Vous ne le comprenez pas. Aujourd'hui, il est à Paris, repentant, il dit qu'il a quitté cette femme, qu'il ne veut plus la revoir. Pourquoi donc alors paye-t-il ses dettes, si ce n'est pour se l'attacher à nouveau ? Car il désintéresse un à un les créanciers de Noémie. Oui, voilà pourquoi il est à Paris ! Avec quel argent ? Le mien, celui de ses enfants. Tenez, voici trois semaines, savez-vous ce qu'il a fait ? Il a hypothéqué notre propriété de Maisons-Laffitte pour jeter vingt-cinq mille francs à un créancier de Noémie qui perdait patience ! »

Elle baissa le front ; elle ne disait pas tout. Elle se souvenait de cette convocation chez le notaire, à laquelle elle s'était rendue sans méfiance, et où elle avait trouvé Jérôme à la porte, qui l'attendait. Il avait besoin de sa procuration pour l'hypothèque, parce que la propriété lui appartenait, à elle, par héritage. Il l'avait implorée, prétextant qu'il était sans le sou, acculé au suicide ; et il faisait, sur le trottoir, le geste de retourner ses poches. Elle avait cédé, presque sans lutte ; elle l'avait accompagné chez le notaire, pour qu'il cessât de la harceler ainsi, en pleine rue — et aussi parce qu'elle était elle-même à court d'argent, et qu'il lui avait promis de prélever sur la somme quelques billets de mille francs, dont elle avait besoin pour vivre six mois, en attendant le règlement des comptes après le divorce.

« Je vous répète que vous ne le connaissez pas, James. Il vous jure que tout est changé, qu'il désire vivre près de nous ? Si je vous apprenais qu'avant-hier, lorsqu'il est venu déposer en bas son cadeau pour l'anniversaire de Jenny, il avait laissé, à cent mètres de notre porte, une voiture... dans laquelle il n'était pas venu seul ! » Elle frissonna ; elle revit soudain, sur le banc du quai des Tuileries, Jérôme et cette petite ouvrière en noir, qui pleurait. Elle se leva : « Voilà l'homme qu'il est, cria-t-elle. Tout sens moral est chez lui à ce point aboli, qu'il se fait accompagner par une maîtresse de rencontre le jour où il va souhaiter la fête de sa fille ! Et vous dites que je l'aime encore, non, ce n'est pas vrai ! » Elle s'était redressée, elle semblait vraiment, à ce moment-là, le haïr.

Gregory la considéra sévèrement :

« Vous n'êtes pas dans la vérité, dit-il. Même en pensée, devons-nous rendre mal pour mal ? L'Esprit est tout. Le Matériel est esclave du Spirituel. Christ a dit... » Les aboiements de Puce lui coupèrent la parole. « Voilà votre damné barbu docteur ! » grommela-t-il, avec une grimace. Il courut reprendre sa chaise, et s'assit.

La porte s'ouvrit en effet. C'était Antoine, que suivaient Jacques et Daniel.

Il entrait de son pas résolu, ayant accepté les conséquences de cette visite. La lumière des fenêtres ouvertes frappait en plein son visage ; ses cheveux, sa barbe formaient une masse sombre ; tout l'éclat du jour se concentrait sur le rectangle blanc du front, auquel il prêtait le rayonnement du génie ; et bien qu'il fût de taille moyenne il eut un instant l'air grand. Mme de Fontanin le regardait venir, et toute sa sympathie réveillée se dilatait soudain. Tandis qu'il s'inclinait devant elle et qu'elle lui prenait les mains, il reconnut Gregory, et fut mécontent de le trouver là. Le pasteur lui fit, de sa place, un signe de tête cavalier.

Jacques, à l'écart, examinait curieusement l'étrange bonhomme, et Gregory, à califourchon sur sa chaise, le menton sur ses bras croisés, le nez rouge, la bouche grimaçant un incompréhensible sourire, contemplait les jeunes gens avec bonhomie. À ce moment, Mme de Fontanin s'approcha de Jacques, et l'expression de ses yeux était si affectueuse, qu'il se souvint du soir où elle l'avait tenu pleurant dans ses bras. Elle-même y songeait, car elle s'écria :

« Il a tellement grandi que je n'oserai plus... » ; et

comme, ce disant, elle l'embrassait, elle se mit à rire avec un rien de coquetterie : « C'est vrai que je suis une maman ; et vous êtes un peu comme le frère de mon Daniel... » mais elle vit que Gregory s'était levé et qu'il s'apprêtait à partir : « Vous ne vous en allez pas, James ?

— Pardonnez-moi, fit-il, maintenant je dois quitter. » Il serra vigoureusement les mains des deux frères, et vint à elle.

« Encore un mot, lui dit Mme de Fontanin, en l'accompagnant hors de la pièce. Répondez-moi franchement. Après ce que je vous ai appris, pensez-vous encore que Jérôme soit digne de reprendre sa place auprès de nous ? » Elle l'interrogeait des yeux. « Pesez votre réponse, James. Si vous me dites : "Pardonnez", je pardonnerai. »

Il se taisait ; son regard, son visage exprimaient cette universelle pitié où se complaisent ceux qui croient être en possession de la Vérité. Il crut voir comme une lueur d'espérance passer dans les yeux de Mme de Fontanin. Ce n'était pas ce pardon-là que Christ désirait d'elle. Il détourna la tête, et fit entendre un ricanement réprobateur.

Elle le prit alors par le bras et fit mine de le congédier affectueusement :

« Je vous remercie, James. Dites-lui que c'est non. »

Il n'écoutait pas, il priait pour elle.

« Que Christ règne sur votre cœur », murmura-t-il, en s'éloignant sans la regarder.

Lorsqu'elle revint dans le salon où Antoine, regardant autour de lui, songeait à sa première visite, Mme de Fontanin dut faire effort pour refouler son agitation.

« Comme c'est gentil d'avoir accompagné votre frère, s'écria-t-elle, forçant un peu sa bienvenue.

Asseyez-vous là. » Elle désignait à Antoine un siège auprès d'elle. « Nous ferons bien aujourd'hui de ne pas compter sur les jeunes pour nous tenir compagnie... »

Daniel avait en effet passé son bras sous celui de Jacques et l'entraînait vers la chambre. Ils étaient de même taille maintenant. Daniel ne s'attendait pas à trouver son ami si transformé ; son amitié en était affermie, et plus pressant son désir de confidence. Dès qu'ils furent seuls, sa figure s'anima, prit une expression mystérieuse :

« D'abord que je te prévienne : tu vas la voir : c'est une cousine qui habite avec nous. Elle... est divine ! » Surprit-il un léger embarras dans l'attitude de Jacques ? Fut-il troublé par un scrupule tardif ? « Mais parlons de toi », fit-il avec un sourire aimable ; il gardait jusque dans la camaraderie une courtoisie un peu cérémonieuse. « Depuis un an, pense donc ! » Et comme Jacques se taisait : « Oh ! rien encore, reprit-il en se penchant. Mais j'ai bon espoir. »

Jacques fut gêné par l'insistance du coup d'œil, par le timbre de la voix. Il s'apercevait enfin que Daniel n'était pas tout à fait comme avant, mais il n'eût su dire en quoi. Ses traits étaient restés les mêmes ; peut-être l'ovale du visage s'était-il allongé, mais la bouche avait toujours la même circonflexion compliquée, mieux accusée encore par le liséré de la moustache ; et il avait conservé la même façon de sourire d'un seul côté qui dérangeait brusquement l'ordonnance des lignes et découvrait les dents du haut, à gauche ; peut-être ses yeux brillaient-ils d'un éclat moins pur ; peut-être ses sourcils obéissaient-ils davantage à cette tension vers les tempes, qui donnait au regard une douceur glissante ; et peut-être aussi laissait-il percer dans sa voix, dans ses manières, une sorte de désinvolture qu'il ne se fût pas permise jadis ?

Jacques examinait Daniel sans songer à lui répondre, et, à cause peut-être de cette nonchalance impertinente qui l'agaçait et le séduisait en même temps, il se sentit tout à coup porté vers son ami par un retour de cette tendresse passionnée qu'il éprouvait au lycée ; il en eut les larmes aux yeux.

« Eh bien, voyons, depuis un an ? Raconte ! » s'écria Daniel qui ne tenait pas en place, et qui s'assit pour se contraindre à l'attention.

Son attitude décelait l'affection la plus vraie ; cependant Jacques y perçut une application qui le paralysa. Il commença néanmoins à parler de son séjour au pénitencier. Il retombait, sans le vouloir précisément, dans les mêmes clichés littéraires qu'il avait essayés sur Lisbeth ; une espèce de pudeur l'empêchait de raconter nûment ce qu'avait été là-bas sa vie de chaque jour.

« Mais pourquoi m'écrivais-tu si peu ? »

Jacques éluda la véritable raison, qui était de mettre son père à l'abri de toute critique malveillante, ce qui ne l'empêchait d'ailleurs pas, quant à lui, de désapprouver M. Thibault en tout.

« La solitude, tu sais, ça vous change », expliqua-t-il après une pause ; et rien que d'y songer mit sur son visage une expression de stupeur. « On devient indifférent à tout. Il y a aussi comme une peur vague qui ne vous quitte pas. On fait des gestes, mais sans penser à rien. À la longue, on ne sait presque plus qui on est, on ne sait même plus bien si on existe. On finirait par en mourir, tu sais... Ou par devenir fou », ajouta-t-il en fixant devant lui un regard interrogateur. Il frémit imperceptiblement, et changeant de ton, conta la visite d'Antoine à Crouy.

Daniel l'écoutait sans l'interrompre. Mais dès qu'il vit que la confession de Jacques se terminait, sa physionomie se ranima.

« Je ne t'ai même pas dit son nom, lança-t-il. Nicole. Tu aimes ?

— Beaucoup, dit Jacques, qui, pour la première fois, réfléchissait au prénom de Lisbeth.

— Un nom qui lui va. Je trouve. Tu verras. Pas jolie, jolie, si tu veux. Mais plus que jolie : fraîche, pleine de vie, des yeux ! » Il hésita : « Appétissante, tu comprends ? »

Jacques évita son regard. Lui aussi eût souhaité parler à cœur ouvert de son amour ; c'est pour cela qu'il était venu. Mais, dès les premières confidences de Daniel, il s'était senti mal à l'aise ; et, maintenant encore, il l'écoutait les yeux baissés, avec un sentiment de contrainte, presque de honte.

« Ce matin, narrait Daniel, réprimant mal son entrain, maman et Jenny étaient sorties de bonne heure alors nous étions seuls à prendre le thé, Nicole et moi. Seuls dans l'appartement. Elle n'était pas habillée encore. C'était exquis. Je l'ai suivie dans la chambre de Jenny, où elle couche. Alors, mon cher, cette chambre, ce lit de jeune fille... Je l'ai saisie dans mes bras. Un instant. Elle s'est débattue, mais elle riait. Ce qu'elle est souple ! Alors elle s'est sauvée, elle s'est enfermée dans la chambre de maman, elle n'a jamais voulu ouvrir... Je te raconte ça, c'est idiot », reprit-il en se levant. Il voulut sourire, mais ses lèvres restaient crispées.

« Tu veux l'épouser ? demanda Jacques.

— Moi ? »

Jacques eut une impression pénible, comme s'il eût essuyé une offense. De minute en minute son ami lui devenait étranger. Un regard curieux, un peu moqueur, dont Daniel l'enveloppa, acheva de le glacer.

« Mais toi ? questionna Daniel, en se rapprochant. D'après ta lettre, toi aussi tu... »

Jacques, les yeux toujours baissés, secoua la tête. Il semblait dire : « Non, c'est fini, de moi tu ne sauras rien. » D'ailleurs, sans même attendre de réponse, Daniel venait de se lever. Un bruit de voix jeunes arrivait jusqu'à eux.

« Tu me raconteras... Les voilà, viens ! » Il jeta un regard vers la glace, redressa la tête et s'élança dans le couloir.

« Mes enfants, appelait Mme de Fontanin, si vous voulez goûter... »

Le thé était servi dans la salle à manger.

Dès la porte, Jacques, le cœur battant, aperçut deux jeunes filles près de la table. Elles avaient encore leurs chapeaux, leurs gants, et le teint avivé par la promenade. Jenny vint au-devant de Daniel et se pendit à son bras. Il ne parut pas y prendre garde, et, poussant Jacques vers Nicole, fit les présentations avec une aisance enjouée. Jacques sentit glisser sur lui la curiosité de Nicole, et peser le regard investigateur de Jenny ; il détourna les yeux vers Mme de Fontanin qui, debout près d'Antoine dans la porte du salon, achevait une conversation commencée :

« ... inculquer aux enfants, disait-elle en souriant avec mélancolie, qu'il n'y a rien de plus précieux que la vie, et qu'elle est incroyablement courte. »

Il y avait longtemps que Jacques ne s'était trouvé au milieu de personnes étrangères, et ce spectacle le passionnait au point de lui enlever toute sa timidité. Jenny lui parut petite et plutôt laide, tant Nicole avait d'élégance naturelle et d'éclat. En ce moment elle causait avec Daniel et riait. Jacques ne distinguait pas leurs paroles. Elle levait sans cesse les sourcils en signe d'étonnement et de joie. Ses yeux, d'un gris-bleu ardoisé, peu profonds, trop écartés et peut-être trop ronds, mais lumineux et gais, entretenaient un perpétuel renouvellement de vie sur son visage blanc et blond, tout en chair, qu'alourdissait une épaisse natte, roulée en couronne autour de sa tête. Elle avait une façon de se tenir un peu penchée en avant, qui lui donnait toujours l'air d'accourir vers un ami, d'offrir à tout venant la vivacité animale de son sourire. Jacques, en la dévisageant, revenait malgré lui au mot de Daniel qui lui avait si fort déplu : appétissante... Elle se sentit examinée et perdit aussitôt de son naturel, en l'exagérant.

C'est que Jacques ne se souciait nullement de dissimuler l'intérêt que lui inspiraient les êtres; il avait l'ingénuité de l'enfant qui contemple, bouche bée; son visage devenait fixe, son regard inanimé. Autrefois, avant son retour de Crouy, il n'était pas ainsi; il coudoyait les gens avec tant d'indifférence qu'il ne reconnaissait jamais personne. Maintenant, où qu'il fût, dans un magasin, dans la rue, son coup d'œil happait les passants. Il n'analysait d'ailleurs pas ce qu'il découvrait en eux, mais sa pensée travaillait à son insu; car il lui suffisait d'avoir surpris une particularité de physionomie ou d'attitude, pour que ces inconnus, croisés par hasard, devinssent dans son imagination des personnages spéciaux, auxquels il attribuait des caractéristiques individuelles.

Mme de Fontanin le tira de sa rêverie en posant la main sur son bras.

« Venez goûter près de moi, lui dit-elle. Faites-moi maintenant une petite visite. » Elle lui confia une tasse, une assiette. « Je suis si contente de vous voir ici. Jenny, ma mignonne, offre-nous du gâteau. Votre frère vient de me raconter la vie que vous menez tous les deux, dans le petit appartement. Je suis si contente ! Deux frères qui s'entendent comme de vrais amis, voilà une si ravissante chose ! Daniel et Jenny s'entendent bien, eux aussi, c'est ma grande joie. Et cela te fait sourire, mon grand, dit-elle à Daniel qui s'approchait avec Antoine. Il faut toujours qu'il se moque de sa vieille maman. Embrasse-moi pour ta punition. Devant tout le monde. »

Daniel riait, un tant soit peu gêné peut-être, mais il s'inclina et effleura de ses lèvres la tempe maternelle. Ses moindres gestes avaient de la grâce.

Jenny, de l'autre côté de la table, suivait la scène ; elle eut un délicat sourire, qui enchanta Antoine. Elle ne résista pas à venir de nouveau se suspendre au bras de Daniel. « Encore une, pensa Antoine, qui donne plus qu'elle ne reçoit. » Dès sa première visite, ce regard de femme dans cette figure d'enfant l'avait intrigué. Il remarqua le joli mouvement des épaules, qui lui échappait de temps à autre, pour soulever hors du corset sa poitrine naissante, puis doucement la laisser reprendre sa place. Elle ne ressemblait en rien à sa mère ; pas davantage à Daniel, et l'on ne s'en étonnait pas : elle paraissait née pour une vie différente des autres.

Mme de Fontanin buvait son thé à petites lampées, tenant la tasse tout près de son visage rieur, et, à travers la buée, elle faisait de petits signes d'amitié à Jacques. Son regard, à force de clarté et de tendresse, donnait une impression de lumière, de chaleur et ses cheveux blancs couronnaient, comme un étonnant diadème, son front jeune, largement découvert. Les yeux de Jacques allaient de la mère au fils. Il les aimait tous deux, à cette minute, avec tant de force qu'il souhaitait ardemment que cela se vît ; car il éprouvait plus qu'un autre le besoin de n'être pas méconnu. Sa curiosité des êtres allait jusque-là : jusqu'à briguer une place dans leur pensée intime, jusqu'à désirer fondre sa vie dans la leur.

Devant la fenêtre, une contestation s'élevait entre Nicole et Jenny, à laquelle Daniel vint prendre part. Ils se penchèrent tous trois sur l'appareil de photographie, afin de vérifier s'il y restait ou non un dernier cliché à prendre.

« Pour me faire plaisir ! » s'écria tout à coup Daniel, de cette voix chaude qu'il n'avait pas autrefois, fixant sur Nicole son regard caressant et impérieux. « Si ! Telle que vous êtes là, en chapeau ; et mon ami Thibault près de vous !

« Jacques ! » appela-t-il ; et plus bas : « Je vous en prie, je veux absolument vous prendre ensemble ! »

Jacques les rejoignit. Daniel les entraîna de force dans le salon, où la lumière, disait-il, était meilleure.

Mme de Fontanin et Antoine s'attardaient dans la salle à manger.

« Je tiens à ce que vous ne vous mépreniez pas sur cette visite, concluait Antoine, avec cette brusquerie qui lui semblait donner à ses paroles l'accent de la franchise. S'il savait que Jacques est ici, et que c'est moi qui l'y amène, je crois qu'il soustrairait mon frère à mon influence et que tout serait à recommencer.

— Pauvre homme, murmura Mme de Fontanin, sur un tel ton qu'Antoine sourit.

— Vous le plaignez ?

— De n'avoir pas su mériter la confiance de fils tels que vous.

— Ce n'est pas sa faute, et ce n'est pas non plus la mienne. Mon père est ce qu'il est convenu d'appeler un homme éminent et respectable. Je le respecte. Mais, que voulez-vous ? Jamais, sur aucun point, nous ne pensons, je ne dis pas seulement la même chose, mais je dis : d'une manière analogue. Jamais, quel que soit le sujet, nous n'avons pu nous placer au même point de vue.

— Tous n'ont pas encore reçu la lumière.

— Si c'est à la religion que vous pensez, dit vivement Antoine, mon père est excessivement religieux ! »

Mme de Fontanin hocha la tête.

« L'apôtre Paul était déjà d'avis que ce ne sont pas ceux qui écoutent la Loi qui sont justes devant Dieu, mais ceux qui la mettent en pratique. »

Elle éprouvait pour M. Thibault, qu'elle croyait plaindre de tout son cœur, une antipathie instinctive et farouche. L'interdiction dont son fils, sa maison, dont elle-même était l'objet, lui paraissait odieusement injuste et motivée par les plus viles raisons. Se souvenant avec répugnance de l'aspect du gros homme, elle ne lui pardonnait pas de suspecter ce à quoi elle attachait le plus haut prix : son élévation morale, son protestantisme. Et elle savait d'autant plus gré à Antoine d'avoir cassé le jugement paternel.

« Et vous, demanda-t-elle avec une soudaine appréhension, est-ce que vous êtes resté pratiquant ? »

Il fit signe que non, et elle en fut si heureuse que son visage s'éclaira.

« La vérité est que j'ai pratiqué fort tard », expliqua-t-il. Il lui semblait que la présence de Mme de Fontanin le rendît plus lucide ; plus loquace, assurément. C'est qu'elle avait une façon prévenante d'écouter qui prêtait de la valeur à ses interlocuteurs et les encourageait à se hisser pour elle au-dessus de leur niveau habituel. « Je suivais la routine, sans vraie piété. Dieu était pour moi une espèce de proviseur auquel rien ne pouvait échapper, et qu'il était prudent de satisfaire à l'aide de certains gestes, d'une certaine discipline; j'obéissais, mais je n'y trouvais guère que de l'ennui. J'étais un bon élève en tout; en religion aussi. Comment ai-je perdu la foi ? Je n'en sais plus rien. Lorsque je m'en suis avisé — il n'y a pas plus de quatre ou cinq ans —, j'avais déjà par ailleurs atteint un degré de culture scientifique qui laissait peu de place à des croyances religieuses. Je suis un positif», fit-il, avec un sentiment de fierté; à vrai dire, il exprimait là des idées qu'il improvisait, n'ayant guère eu occasion ni loisir de s'analyser si complaisamment. «Je ne dis pas que la science explique tout, mais elle constate; et, moi, ça me suffit. Les *comment* m'intéressent assez pour que je renonce sans regret à la vaine recherche des *pourquoi*. D'ailleurs, ajouta-t-il rapidement et en baissant la voix, entre ces deux ordres d'explications, il n'y a peut-être qu'une différence de degré ?» Il sourit comme pour s'excuser : «Quant à la morale, reprit-il, eh bien, elle ne me préoccupe guère. Je vous scandalise ? Voyez-vous, j'aime mon travail, j'aime la vie, je suis énergique, actif, et je crois avoir éprouvé que cette activité est par elle-même une règle de conduite. En tout cas, jusqu'à présent, je ne me suis jamais trouvé hésitant sur ce que j'avais à accomplir.»

Mme de Fontanin ne répondit rien. Elle n'en voulait pas à Antoine de s'avouer si différent d'elle. Mais, en son for intérieur, elle remerciait davantage Dieu d'être si constamment présent dans son cœur. Elle puisait dans cette assistance une confiance surabondante et joyeuse qui, véritablement, rayonnait d'elle : au point que, sans cesse malmenée par l'événement et plus malheureuse à beaucoup près que la plupart de ceux qui l'approchaient, elle avait néanmoins ce privilège d'être pour chacun une source de courage, d'équilibre, de bonheur. Antoine en faisait, à ce moment même, l'expérience ; jamais, dans l'entourage de son père, il n'avait rencontré personne qui lui inspirât cette réconfortante vénération, et autour de qui l'atmosphère fût à ce point exaltante à force d'être pure. Il désira faire un pas de plus vers elle, fût-ce au détriment de la vérité :

« Le protestantisme m'a toujours attiré, affirma-t-il, bien qu'il n'eût jamais songé aux protestants avant d'avoir connu les Fontanin. Votre Réforme c'est la Révolution sur le terrain religieux. Il y a dans votre religion des principes d'émancipation... »

Elle l'écoutait avec une sympathie grandissante. Il lui paraissait jeune, ardent, chevaleresque. Elle admirait sa physionomie vivante, le pli attentif de son front, et, comme il relevait la tête, elle ressentit une joie enfantine à découvrir dans ses traits une particularité qui ajoutait au caractère réfléchi de son regard : la paupière supérieure était chez lui si étroite qu'elle disparaissait presque sous l'arcade sourcilière lorsqu'il avait les yeux grands ouverts, à tel point que les cils venaient presque doubler les sourcils et se confondre avec eux. « Celui qui possède un front pareil, pensait-elle, est incapable de bassesse... » Alors cette pensée la traversa : qu'Antoine personnifiait l'homme digne d'être aimé. Elle était encore toute vibrante de son ressentiment contre son mari. « Lier sa vie à un être de cette trempe... » C'était la première fois qu'elle comparait quelqu'un à Jérôme ; la première fois surtout qu'un regret précis l'effleurait, et ce soupçon qu'un autre eût pu lui apporter le bonheur. Ce ne fut qu'un élan, passionné, furtif, qui la troubla, d'un coup, jusqu'aux profondeurs, mais dont elle eut honte presque aussitôt, qu'elle maîtrisa du moins sur-le-champ, tandis que s'évanouissait plus lentement l'amertume que la contrition, et peut-être le regret, laissaient derrière eux.

L'entrée de Jenny et de Jacques acheva de libérer son imagination. Du plus loin, avec un geste accueillant, elle les appela près d'elle, de crainte qu'ils ne pussent se croire importuns. Mais, au premier coup d'œil, elle eut l'intuition qu'il s'était passé quelque chose entre eux.

Effectivement.

Aussitôt pris le cliché de Nicole et de Jacques, Daniel avait offert de constater sur l'heure s'il était réussi. Il avait, le matin, promis à Jenny et à sa cousine de leur apprendre à développer, et elles avaient déjà préparé le nécessaire dans une penderie sans emploi, située à l'extrémité du couloir, et dont Daniel se servait naguère comme de chambre noire. Ce placard était si étroit qu'il était malaisé d'y tenir plus de deux. Aussi Daniel avait-il manœuvré de telle sorte que Nicole y entrât la première ; alors, s'élançant vers Jenny, et appuyant une main fébrile sur son épaule, il lui avait glissé à l'oreille :

« Tiens compagnie à Thibault. »

Elle lui avait jeté un regard clairvoyant, réprobateur ; mais elle avait consenti, tant avait d'action sur elle le prestige de son frère, tant était irrésistible cette façon qu'il avait d'exiger, par la voix, par l'effronterie du regard, par l'impatience de toute son attitude, que l'on se soumît sans différer à son désir.

Jacques, pendant cette courte scène, était demeuré en arrière, devant une vitrine du salon. Jenny le rejoignit, crut s'assurer qu'il n'avait rien surpris du manège de Daniel, et lui dit, avec une moue :

« Et vous, est-ce que vous faites de la photo ?

— Non. »

Elle comprit à l'imperceptible gêne de la réponse qu'elle n'aurait pas dû poser la question ; elle se souvint qu'il venait d'être longtemps enfermé dans une espèce de cachot. Par association d'idées, et pour dire quelque chose, elle reprit :

« Vous n'aviez pas revu Daniel depuis longtemps, n'est-ce pas ? »

Il baissa les yeux.

« Non. Très longtemps. Depuis... Cela fait plus d'un an. »

Une ombre passa sur le visage de Jenny. Sa seconde tentative n'était guère plus heureuse que la première : elle semblait avoir voulu rappeler à Jacques l'escapade de Marseille. Tant pis. Elle lui avait toujours gardé rancune de ce drame ; à ses yeux, il en portait toute la responsabilité. De longue date, sans le connaître, elle le détestait. En l'apercevant, ce soir-là, au début du goûter, elle s'était souvenue malgré elle du mal qu'il leur avait fait ; et, dès le premier examen, il lui avait déplu sans réserve. D'abord elle le jugeait laid, même vulgaire, à cause de sa grosse tête aux traits mal formés, de sa mâchoire, de ses lèvres gercées, de ses oreilles, de ses cheveux roux qui se cabraient en épi sur le front. Vraiment elle ne pardonnait pas à Daniel son attachement pour un tel camarade, et, dans sa jalousie, elle s'était presque réjouie de constater que le seul être qui osât lui disputer une part de l'affection fraternelle, eût si peu d'attraits.

Elle avait pris la petite chienne sur ses genoux et la caressait distraitement. Jacques gardait les yeux à terre, songeant lui aussi à sa fugue, puis au soir où il avait pour la première fois franchi le seuil de cette maison.

« Est-ce que vous trouvez qu'il a beaucoup changé ? demanda-t-elle afin de rompre le silence.

— Non », fit-il ; mais, se ravisant soudain : « Pourtant si, tout de même. »

Elle remarqua ce scrupule, et lui sut gré d'être sincère ; pendant une seconde, il lui fut moins antipathique. Cette fugitive rémission fut-elle perceptible à Jacques ? Il cessa de penser à Daniel. Il regardait Jenny et se posait des questions à son sujet. Il n'aurait pas su exprimer ce qu'il entrevoyait de sa nature ; cependant, sous ce visage à la fois expressif et clos, au fond de ces prunelles vivantes mais qui ne trahissaient pas leur secret, il avait deviné l'instabilité nerveuse et le perpétuel frémissement de la sensibilité. L'idée lui vint qu'il serait doux de la mieux connaître, de pénétrer ce cœur fermé, peut-être même devenir l'ami de cette enfant ? L'aimer ? Une minute il y rêva : ce fut une minute de béatitude. Il avait tout oublié de ses misères passées, il ne lui semblait plus possible d'être jamais malheureux. Ses regards allaient et venaient autour de la pièce, effleurant Jenny avec un mélange d'intérêt et de timidité, qui l'empêchait de remarquer combien l'attitude de la jeune fille était réservée, défensive. Tout à coup, par un renversement fatal de sa pensée, Lisbeth lui apparut : petite chose, familière, domestique, presque rien. Épouser Lisbeth ? La puérilité de cette hypothèse lui apparaissait pour la première fois. Alors ? Un vide soudain se creusait dans sa vie, un vide affreux qu'il fallait combler à tout prix — que Jenny eût tout naturellement comblé —, mais...

« ... dans un collège ? »

Il tressaillit. Elle lui parlait.

« Pardon ?

— Vous êtes dans un collège ?

— Pas encore, fit-il, tout troublé. Je suis très en retard. Je prends des leçons avec des professeurs, des amis de mon frère. » Il ajouta, sans penser à mal : « Et vous ? »

Elle fut offensée qu'il se permît de l'interroger, et

plus encore par son regard amical. Elle répondit d'un ton sec :

« Non, je ne vais dans aucune école ; je travaille avec une institutrice. »

Il eut un mot malencontreux :

« Oui, pour une fille, ça n'a pas d'importance. »

Elle se rebiffa :

« Ce n'est pas l'avis de maman. Ni de Daniel. »

Elle le dévisageait avec des yeux franchement hostiles.

Il s'aperçut de sa maladresse, voulut se rattraper, crut dire quelque chose d'aimable :

« Une fille en sait toujours assez pour ce qu'elle a besoin... »

Il comprit qu'il s'enferrait ; il n'était maître ni de ses pensées ni de ses paroles ; il eut l'impression que le pénitencier avait fait de lui un imbécile. Il rougit, puis, tout à coup, cette bouffée de chaleur qui lui montait au visage l'étourdit, et il ne vit plus d'autre issue que dans la colère. Il chercha, pour se venger, un trait qu'il ne trouva pas, perdit tout bon sens, et lança avec cet accent de gouaillerie vulgaire que prenait souvent son père :

« Le principal ne s'apprend pas dans les écoles : c'est d'avoir bon caractère ! »

Elle se retint au point de ne pas même hausser les épaules. Mais comme Puce venait de bâiller bruyamment :

« Oh ! la vilaine ! La mal élevée ! fit-elle d'une voix qui tremblait de rage. Oh ! la mal élevée ! » répéta-t-elle encore une fois, avec une insistance triomphante. Puis elle mit la chienne à terre, se leva, et fut s'accouder au balcon.

Cinq longues minutes s'écoulèrent dans un silence intolérable. Jacques n'avait pas bougé de sa chaise ; il étouffait. Dans la salle à manger, la voix de

Mme de Fontanin alternait avec celle d'Antoine. Jenny lui tournait le dos ; elle fredonnait un de ses exercices de piano ; son pied battait la mesure avec impertinence. Ah ! elle raconterait tout à son frère, pour qu'il cessât de fréquenter ce malotru ! Elle le haïssait. À la dérobée, elle l'aperçut, rouge et digne. Son aplomb redoubla. Elle chercha ce qu'elle pourrait inventer afin de le blesser davantage.

« Viens, Puce ! Moi, je m'en vais. »

Et, quittant le balcon, elle passa devant lui comme s'il n'existait pas et se dirigea sans hâte vers la salle à manger.

Jacques craignit par-dessus tout, en restant là, de ne plus savoir ensuite comment s'en aller. Il la suivit donc, mais sans l'accompagner.

L'amabilité de Mme de Fontanin changea son ressentiment en mélancolie.

« Ton frère vous a donc abandonnés ? » dit-elle à sa fille.

Jenny, avec un visage fuyant, déclara :

« J'ai demandé à Daniel de développer mes clichés tout de suite. Oh ! il n'en a pas pour longtemps. »

Elle évitait le regard de Jacques, se doutant bien qu'il n'était pas dupe : complicité involontaire qui aggrava leur inimitié. Il la jugea menteuse et réprouva sa complaisance à couvrir la conduite de son frère. Elle devinait son jugement et s'en trouvait blessée dans son orgueil.

Mme de Fontanin leur souriait, et leur faisait signe de s'asseoir.

« Ma petite malade a joliment grandi », constata Antoine.

Jacques ne disait rien et regardait à terre. Il sombrait dans le désespoir. Jamais il ne redeviendrait comme autrefois. Il se sentait malade, malade jusqu'au fond de l'âme, à la fois faible et brutal, livré à ses impulsions, jouet d'une implacable destinée.

« Êtes-vous musicien ? » lui demanda Mme de Fontanin.

Il n'eut pas l'air de comprendre ce qu'elle disait. Ses yeux s'emplirent de larmes ; il se pencha vivement, et fit mine de renouer le lacet de son soulier. Il entendit qu'Antoine répondait pour lui. Ses oreilles bourdonnaient. Il souhaita mourir. Jenny le regardait-elle ?

Il y avait plus d'un quart d'heure déjà que Daniel et Nicole étaient entrés dans le cabinet noir.

Daniel s'était hâté de pousser le loquet et de dérouler les pellicules hors de l'appareil :

« Ne touchez pas à la porte, dit-il ; le moindre filet de jour voilerait toute la bande. »

Aveuglée d'abord par l'obscurité, Nicole aperçut bientôt, tout près d'elle, des ombres incandescentes qui se mouvaient dans le halo rouge de la lanterne ; et peu à peu elle distingua deux mains de fantômes, longues, fines, tranchées au poignet, et qui balançaient une petite cuve. Elle ne voyait rien d'autre de Daniel que ces deux tronçons animés ; mais le réduit était si étroit, qu'elle sentait chacun de ses mouvements comme s'il l'eût frôlée. Ils retenaient leur souffle, songeant l'un et l'autre, par une fatale obsession, au baiser du matin, dans la chambre.

« Est-ce... qu'on voit quelque chose ? » murmura-t-elle.

Il ne voulut pas répondre tout de suite : il savourait la délicieuse angoisse dont était fait ce silence ; et, dispensé de toute retenue par les ténèbres, il s'était tourné vers Nicole et dilatait les narines pour aspirer l'air qui l'enveloppait.

« Non, pas encore », scanda-t-il enfin.

Il y eut un nouveau silence. Puis, la cuvette, que Nicole ne quittait pas du regard, devint immobile : les deux mains de flamme avaient déserté la lueur de la lampe. Ce fut un moment interminable. Brusquement, elle se sentit saisie à pleins bras. Elle n'eut aucune surprise et fut presque soulagée d'être délivrée de l'attente, mais elle rejeta le buste en arrière, à droite, à gauche, pour fuir la bouche de Daniel qu'elle espérait et redoutait à la fois. Enfin leurs visages se trouvèrent. Le front brûlant de Daniel heurta quelque chose d'élastique, de glissant et de froid : la tresse que Nicole portait enroulée autour de la tête; il ne put réprimer un frisson, un léger mouvement de recul; elle en profita pour lui dérober ses lèvres, juste le temps d'appeler :

« Jenny ! »

Il étouffa le cri avec sa main, et, debout, appuyé de tout son corps sur celui de Nicole qu'il écrasait contre la porte, il balbutiait entre ses dents serrées, comme s'il eût le délire :

« Tais-toi, laisse... Nicole... Chérie adorée... Écoute-moi... »

Elle se défendait moins, il crut qu'elle cédait. Elle avait glissé le bras derrière elle et cherchait le verrou : brutalement le battant céda, un flot de jour viola l'obscurité. Il la lâcha et referma la porte. Mais elle avait aperçu son visage ! Méconnaissable ! Un masque chinois, livide, avec des plaques roses autour des yeux, qui les allongeaient vers les tempes; des pupilles rétractées, sans expression; sa bouche tout à l'heure si mince, et maintenant enflée, informe, entrouverte... Jérôme ! Il n'avait guère de ressemblance avec son père, et, dans ce jet impitoyable de lumière, c'était Jérôme qu'elle avait vu !

« Mes compliments, fit-il enfin, d'une voix sifflante. Tout le rouleau est perdu. »

Elle répondit posément :

« Je veux bien rester, j'ai à vous parler. Mais ouvrez le loquet.

— Non, Jenny va venir. »

Elle hésita, puis :

« Alors, jurez-moi que vous ne me toucherez plus. »

Il eut envie de sauter sur elle, de la bâillonner avec son poing, de déchirer son corsage ; en même temps, il se sentit vaincu.

« Je le jure, dit-il.

— Eh bien, alors, écoutez-moi, Daniel. Je... Je vous ai laissé aller beaucoup, beaucoup trop loin. J'ai eu tort ce matin. Mais, cette fois, je dis non. Ce n'est pas pour en arriver là que je me suis sauvée. » Elle avait prononcé ces derniers mots, vite et pour elle seule. Elle reprit pour Daniel : « Je vous confie mon secret : je me suis sauvée de chez maman. Oh ! contre elle, il n'y a rien à dire : elle est seulement très malheureuse... et entraînée. Je ne peux pas vous en dire davantage. » Elle fit une pause. L'image exécrée de Jérôme restait devant ses yeux. Le fils ferait d'elle ce qu'elle pensait que Jérôme avait fait de sa mère. « Vous ne me connaissez pas bien, reprit-elle hâtivement, car le silence de Daniel l'effrayait. C'est ma faute, d'ailleurs, je le sais. Je n'ai pas été avec vous ce que je suis vraiment. Avec Jenny, oui. Avec vous, je me suis laissée aller, vous avez cru... Mais, au fond, non. Pas ça. Je ne veux pas d'une vie... d'une vie qui commencerait comme ça. Est-ce que ç'aurait été la peine de venir auprès d'une femme comme tante Thérèse ? Non ! Je veux... Vous allez vous moquer de moi, mais ça m'est égal : je veux pouvoir, plus tard... mériter le respect d'un homme qui m'aimera pour de vrai, pour toujours... D'un homme sérieux, enfin...

— Mais je suis sérieux », hasarda Daniel, avec un sourire piteux qu'elle devina au son de sa voix. Elle eut aussitôt conscience que tout danger était écarté.

« Oh ! non, fit-elle presque gaiement. Ne vous fâchez pas de ce que je vais vous dire, Daniel : vous ne m'aimez pas.

— Oh !

— Mais non. Ce n'est pas moi que vous aimez, c'est... autre chose. Et moi non plus, je ne vous... Tenez, je vais être franche : je crois que jamais je ne pourrai aimer un homme comme vous.

— Comme moi ?

— Je veux dire : un homme comme tous les autres... Je veux... aimer, oui, plus tard, mais alors ce sera quelqu'un de... enfin quelqu'un de pur, qui sera venu à moi autrement... pour autre chose... Je ne sais pas comment vous expliquer. Enfin un homme très différent de vous.

— Merci ! »

Son désir était tombé ; il ne songeait plus qu'à éviter de paraître ridicule.

« Allons, reprit-elle, la paix ; et n'y pensons plus. » Elle entrouvrit la porte ; cette fois, il la laissa faire. « Amis ? » fit-elle, en lui tendant la main. Il ne répondit pas. Il regardait ses dents, ses yeux, sa peau, ce visage étalé qu'elle offrait comme un fruit. Il eut un sourire forcé et ses paupières battirent. Elle prit sa main et la serra.

« Ne gâchez pas ma vie », murmura-t-elle avec une inflexion câline. Et, drôlement, les sourcils levés : « Un rouleau de clichés, ça suffit pour aujourd'hui. »

Il consentit à rire. Elle ne lui en demandait pas tant et en ressentit un peu de tristesse. Mais, en somme, elle était assez fière de sa victoire et de l'opinion qu'il aurait d'elle, plus tard.

« Eh bien ? cria Jenny dès qu'ils reparurent dans la salle à manger.

— Raté », fit Daniel sèchement.

Jacques, par dépit, en éprouva du plaisir. Nicole eut un sourire malicieux :

« Complètement raté ! » répétait-elle.

Mais, voyant que Jenny détournait son visage crispé, et qu'un afflux de larmes troublait son regard, elle courut à elle et l'embrassa.

Jacques, depuis l'entrée de son ami, avait cessé de songer à lui-même : il ne pouvait détacher de Daniel son attention. Le masque de Daniel avait une expression nouvelle, pénible à voir : une contradiction entre le bas et le haut du visage, un désaccord entre le regard voilé, soucieux, fuyant, et le sourire cynique qui relevait la lèvre et désaxait les traits vers la gauche.

Leurs yeux se rencontrèrent. Daniel fronça légèrement les sourcils et changea de place.

Cette défiance blessa Jacques encore plus profondément que tout le reste. Depuis son arrivée, Daniel n'avait cessé de le décevoir. Il en prit conscience, enfin. Pas une minute de véritable contact entre eux : il n'avait même pas pu révéler à son ami le nom de Lisbeth ! Il crut un instant souffrir de cette désillusion ; il souffrait surtout, en réalité, mais sans bien s'en rendre compte, d'avoir osé pour la première fois porter sur son amour un jugement critique, et de s'en être ainsi lui-même dépossédé. Comme tous les enfants, il ne vivait que du présent car le passé s'évanouissait tôt dans l'oubli, et l'avenir n'éveillait en lui qu'impatience. Or, le présent s'obstinait à avoir aujourd'hui un intolérable goût d'amertume ; l'après-midi s'achevait dans un découragement sans limites. Et lorsque Antoine lui fit signe de s'apprêter pour le départ, ce fut une impression de soulagement pour lui.

Daniel avait aperçu le geste d'Antoine. Il se hâta de rejoindre Jacques.

« Vous ne partez pas encore ?

— Mais si.

— Déjà ? » Il ajouta, plus bas : « On s'est si peu vu. »

Lui aussi ne recueillait de sa journée que du désappointement. Il s'y ajoutait du remords vis-à-vis de Jacques ; et, ce qui le navrait davantage encore, vis-à-vis de leur amitié.

« Excuse-moi », fit-il tout à coup, en poussant Jacques dans l'embrasure de la fenêtre, avec un air humble et si bon, que Jacques, oubliant tous ses déboires, se sentit de nouveau soulevé par un élan de sa tendresse passée. « Aujourd'hui, ça tombait si mal... Quand te reverrai-je ? continua Daniel d'une voix pressante. Il faut que je te voie seul, longuement. Nous ne nous connaissons plus bien. Ce n'est pas extraordinaire, toute une année, pense donc ! Mais il ne le faut pas. »

Il se demanda soudain ce qu'allait devenir cette amitié, que, depuis si longtemps, rien n'alimentait plus, rien qu'une fidélité mystique dont ils venaient d'éprouver la fragilité. Ah ! il ne fallait pas laisser dépérir ça ! Jacques lui paraissait un peu enfant ; mais son affection pour lui restait entière, et, qui sait ? plus vive peut-être de se sentir ainsi l'aîné.

« Nous restons chez nous tous les dimanches, disait, au même moment, Mme de Fontanin à Antoine. Nous ne quitterons Paris qu'après la distribution des prix. » Ses yeux s'éclairèrent. « Car Daniel a des prix, chuchota-t-elle, sans dissimuler son orgueil. Tenez », ajouta-t-elle brusquement, en s'assurant que son fils lui tournait le dos et ne pouvait l'entendre, venez, je veux vous montrer mes trésors. » Elle s'élança gaiement vers sa chambre ; Antoine l'accompagna. Dans un tiroir de son secrétaire, gisaient, alignées, une vingtaine de couronnes de laurier en carton peint. Elle referma presque aussitôt le meuble et se mit à rire, un peu gênée de s'être laissée aller à cet enfantillage. « Ne le dites pas à Daniel, dit-elle, il ne sait pas que je les garde. »

Ils revinrent en silence jusqu'au vestibule.

« Eh bien, Jacques ? appela Antoine.

— Aujourd'hui, ça ne compte pas », dit Mme de Fontanin en tendant à Jacques ses deux mains : elle le regardait avec insistance ; on eût dit qu'elle avait tout deviné. « Vous êtes ici chez des amis, mon petit Jacques : toutes les fois que vous voudrez venir, vous serez le bienvenu. Et le grand frère aussi, cela va sans dire », reprit-elle en se tournant vers Antoine, avec un geste gracieux.

Jacques chercha Jenny des yeux ; mais elle avait disparu avec sa cousine. Il se pencha vers la petite chienne, et mit un baiser sur son front satiné.

Mme de Fontanin revint dans la salle à manger afin de remettre la table en ordre. Daniel, qui la suivait distraitement, vint s'adosser au chambranle de la porte et, silencieux, alluma une cigarette. Il pensait à ce que lui avait dit Nicole : pourquoi lui avait-on caché que sa cousine s'était sauvée de chez elle, qu'elle était venue chercher refuge chez eux ? Un refuge contre quoi ?

Mme de Fontanin allait et venait avec cette aisance de mouvements qui lui conservait l'allure d'une jeune femme. Elle songeait à la conversation d'Antoine, à tout ce qu'il lui avait appris sur lui, sur ses études et ses projets d'avenir, sur son père. « Un cœur loyal, se disait-elle ; et quel beau front... » Elle chercha une épithète : « méditatif », ajouta-t-elle avec un élan joyeux. Elle se souvint alors de l'idée qui l'avait traversée : une seconde, en esprit, n'avait-elle pas péché, elle aussi ? Les paroles de Gregory lui revinrent à la mémoire. Et tout à coup, sans raison précise, elle sentit monter un telle allégresse, qu'elle posa l'assiette qu'elle tenait pour passer les doigts sur son visage, pour palper, lui semblait-il, cette joie sur ses traits. Elle vint à son fils, surpris, mit gaiement les mains sur ses épaules, le regarda jusqu'au fond des yeux, l'embrassa sans rien dire, et brusquement quitta la pièce.

Elle alla droit à son bureau, et, de sa grosse écriture d'enfant, un peu tremblée, elle écrivit :

Mon cher James,

J'ai été bien orgueilleuse devant vous. Qui de nous a le droit de juger ? Je remercie Dieu de m'avoir éclairée encore une fois. Dites à Jérôme que je renonce à demander le divorce. Dites-lui...

Les mots dansaient à travers ses larmes.

XII

À quelques jours de là, Antoine fut éveillé, au petit jour, par des coups frappés aux volets. Le chiffonnier ne pouvait se faire ouvrir la porte cochère ; il entendait le timbre sonner dans la loge et soupçonnait un accident.

En effet, maman Fruhling était morte : une dernière attaque l'avait terrassée au pied de son lit.

Jacques arriva comme on reposait la vieille sur son matelas. La bouche entrouverte découvrait des dents jaunes. Cela lui rappelait quelque chose d'horrible : ah ! oui, le cadavre du cheval gris, sur la route de Toulon... Et, tout à coup, l'idée lui vint que Lisbeth allait peut-être faire le voyage.

Deux jours s'écoulèrent. Elle ne venait pas, elle ne viendrait pas. Tant mieux. Il ne précisait pas ses sentiments. Même après sa visite avenue de l'Observatoire, il avait continué à travailler un poème dans lequel il célébrait la bien-aimée et se lamentait sur son exil. Mais il ne souhaitait pas vraiment la revoir.

Pourtant, il passait dix fois par jour devant la loge, et chaque fois il jetait un regard anxieux à l'intérieur, et chaque fois il s'en retournait rassuré, mais insatisfait.

La veille de l'enterrement, comme il rentrait après avoir dîné seul au petit restaurant où Antoine et lui prenaient leurs repas depuis le départ de M. Thibault pour Maisons-Laffitte — le premier objet qui frappa ses yeux fut, à la porte de la loge, une valise abandonnée. Un tremblement le saisit, et son front se couvrit de sueur. Dans la lumière que faisaient les cierges autour de la bière, une silhouette d'enfant était agenouillée sous des voiles de deuil. Sans hésiter, il entra. Les deux religieuses levèrent sur lui leurs regards indifférents, mais Lisbeth ne se retourna pas. Le soir était orageux ; une odeur chaude et sucrée emplissait la pièce ; des fleurs se fanaient sur le cercueil. Jacques restait debout, regrettant d'être entré ; cet appareil funèbre lui causait un invincible malaise. Il ne pensait plus à Lisbeth, il cherchait l'occasion de fuir. Une religieuse se leva pour moucher la mèche d'un cierge ; il en profita pour s'esquiver.

Lisbeth avait-elle deviné sa présence, reconnu son pas ? Elle le rejoignit avant même qu'il eût atteint la porte de l'appartement. Jacques s'était retourné, l'entendant venir. Ils restèrent quelques secondes l'un devant l'autre, dans le coin sombre de l'escalier. Elle pleurait sous ses voiles baissés, sans voir la main que Jacques lui tendait. Il aurait voulu pleurer aussi, par contenance, mais il n'éprouvait rien, qu'un peu d'ennui et de timidité.

Une porte, en haut, claqua. Jacques craignit qu'on ne les surprît là et tira ses clefs. Mais le trouble, l'obscurité, l'empêchaient de trouver la serrure.

« Ce n'est peut-être pas la bonne clef ? » suggéra-t-elle. Il fut tout ébranlé par le son traînant de cette voix. Enfin le battant s'ouvrit ; elle hésitait ; le pas du locataire descendait les étages.

« Antoine est de garde », souffla Jacques pour la décider. Il se sentait rougir. Elle franchit le seuil, sans paraître gênée.

Lorsqu'il eut refermé la porte et donné de la lumière, il vit qu'elle allait tout droit à leur chambre et s'asseyait sur le canapé, avec les gestes de jadis. Il aperçut alors, à travers le crêpe, ses paupières gonflées et son visage enlaidi peut-être, mais transfiguré par la tristesse. Il remarqua qu'elle avait un doigt enveloppé de linge. Il n'osait pas s'asseoir ; il ne pouvait écarter de son esprit les lugubres circonstances de ce retour.

« Comme il fait lourd, dit-elle ; il va faire de l'orage. »

Elle se déplaça un peu sur son siège, et son attitude semblait inviter Jacques à prendre la place qu'elle lui faisait près d'elle : sa place. Il s'assit ; et aussitôt, sans dire un mot, sans retirer son voile, l'écartant seulement du côté de Jacques, elle mit comme autrefois son visage tout contre le sien. Le contact de cette joue mouillée lui fut désagréable. Le voile de crêpe dégageait un relent de teinture, de vernis. Il ne savait que faire, que dire. Il voulut prendre sa main, elle poussa un cri :

« Vous êtes blessée ?

— *Ach*, c'est un... un panaris », soupira-t-elle.

Tout se mêlait dans ce soupir : son mal, son chagrin, le flot de sa tendresse sans issue. Elle déroulait distraitement le pansement, et lorsque le doigt apparut, fripé, livide, l'ongle décollé par l'abcès, Jacques eut un arrêt de respiration, une seconde de vertige, comme si elle eût soudain dénudé quelque place de chair secrète. Pourtant la chaleur de ce corps si proche le pénétrait à travers les vêtements. Elle tourna vers lui ses yeux de faïence qui semblaient toujours prier qu'on ne lui fît pas de peine. Alors il eut envie, malgré sa répugnance, de baiser la main malade pour la guérir.

Mais elle s'était levée et roulait tristement la bande autour de son doigt.

« Il faut que je retourne », dit-elle.

Elle avait l'air si las, qu'il proposa :

« Laissez-moi vous faire une tasse de thé ? Voulez-vous ? »

Elle lui jeta un étrange regard, et, seulement après, sourit.

« Je veux bien. Je vais faire une petite prière là-bas, et je reviens. »

Il se hâta de faire chauffer l'eau, de préparer le thé, de le porter dans sa chambre. Lisbeth n'était pas revenue. Il s'assit.

Maintenant il désirait qu'elle revînt. Il éprouvait

un trouble qu'il ne cherchait pas à expliquer. Pourquoi ne revenait-elle pas ? Il n'osait pas l'appeler, la disputer à maman Fruhling. Mais qu'attendait-elle pour revenir ? Le temps passait. Il allait à chaque instant tâter la théière. Quand le thé fut froid il n'eut plus de prétexte pour se lever et resta immobile. Les yeux lui faisaient mal à force de fixer la lampe. L'impatience lui donnait la fièvre. Il eut les nerfs cinglés par la lueur d'un éclair, à travers les fentes des volets. Reviendrait-elle jamais ? Il se sentait engourdi et malheureux, malheureux à se laisser mourir.

Un roulement sourd. Boum ! voilà la théière qui éclate ! C'est bien fait ! Le thé retombe en pluie, fouette les persiennes. Lisbeth est trempée, l'eau coule sur ses joues, sur son crêpe, qui déteint, qui devient pâle, pâle, et transparent comme un tulle de mariée...

Jacques sursauta : elle venait de se rasseoir, d'appuyer de nouveau son visage au sien :

« *Liebling*, tu dormais ? »

Jamais encore elle ne l'avait tutoyé. Elle avait retiré son voile, et, dans un demi-sommeil, il retrouvait enfin, malgré les yeux battus et la bouche défaite, le vrai visage de sa Lisbeth. Elle eut un geste las des épaules.

« Maintenant, dit-elle, oncle m'épousera. »

Elle courba la tête. Pleurait-elle ? Son accent avait été plaintif, mais résigné ; qui sait même si elle n'éprouvait pas un peu de curiosité envers ce nouvel avenir ?

Jacques ne poussait pas l'analyse si loin. Il voulait qu'elle fût malheureuse, tant il goûtait en ce moment de volupté à la plaindre. Il l'entoura de ses bras, il la serra de plus en plus fort, il semblait vouloir la fondre en lui. Elle chercha sa bouche, qu'il lui abandonna avec avidité. Jamais il n'avait connu pareil soulèvement de tout son être. Sans doute elle avait d'avance dégrafé son corsage, car tout de suite, presque sans l'avoir cherché, il eut dans le creux de sa main la chaude pesanteur du sein nu.

Alors elle se tourna, pour que la main de Jacques pût aller et venir plus aisément sur son corps, qu'il sentait libre sous la robe.

« Prions ensemble pour maman Fruhling », balbutia-t-elle.

Il n'eut aucune envie de sourire ; il n'était pas éloigné de croire qu'il priait, tant il y avait de ferveur dans ses caresses.

Tout à coup, elle se dégagea, avec une sorte de gémissement ; il crut avoir heurté son doigt malade, ou bien qu'elle fuyait. Mais elle n'avait fait qu'un pas pour éteindre la lumière, et revenait vers lui. Il entendit contre son oreille : « *Liebling !* » puis il sentit une bouche glissante chercher une seconde fois sa bouche, des doigts fébriles fouiller ses vêtements...

Un nouveau roulement de tonnerre l'éveilla ; la pluie crépitait sur les dalles de la cour. Lisbeth... Où était-elle ? Nuit noire. Jacques était seul sur le canapé en désordre. Il eut l'intention de se lever, d'aller à sa recherche ; il ébaucha même le geste de se dresser sur un coude ; mais il ne put lutter contre son sommeil, et retomba sur les coussins.

Il faisait grand jour lorsque enfin il ouvrit les yeux.

Il aperçut tout d'abord la théière sur la table ; puis sa veste, à terre, en tapon. Alors, il se souvint ; il se leva. Et une irrésistible envie le prit aussitôt de quitter ce qui lui restait de vêtements, et de laver à grande eau ses membres moites. La fraîcheur du tub lui parut un baptême. Encore ruisselant, il se mit à aller et venir par la chambre, cambrant les reins, palpant ses jambes nerveuses, sa peau fraîche, avec un total oubli de ce que pouvait lui rappeler de honteux cette complaisante adoration de sa nudité. La glace lui offrit sa svelte image, et, pour la première fois depuis bien longtemps, il contempla sans trouble aucun, les particularités de son corps. Au souvenir de ses égarements, il eut même un haussement d'épaules, suivi d'un sourire indulgent. « De bêtises de gosse », songea-t-il ; ce chapitre-là lui semblait définitivement clos, comme si des forces longtemps méconnues, longtemps déviées, eussent enfin trouvé leur véritable carrière. Sans réfléchir précisément à ce qui s'était passé cette nuit, sans même penser à Lisbeth, il se sentait le cœur joyeux, l'âme et la chair purifiées. Ce n'était pas qu'il eût le sentiment d'avoir découvert quelque chose, mais plutôt celui d'avoir recouvré un ancien état d'équilibre : comme un convalescent, que réjouit mais n'étonne en rien le retour de la santé.

Toujours nu, il se glissa dans le vestibule et en entrebâilla la porte d'entrée. Il crut distinguer, dans l'ombre de la loge, Lisbeth agenouillée sous ses voiles, comme la veille au soir. Des hommes, sur des échelles, tendaient de noir la porte cochère. Il se rappela que l'enterrement avait lieu à neuf heures, et s'habilla en hâte, comme pour une fête. Ce matin-là, toute action lui était une joie.

Il achevait de remettre sa chambre en ordre, lorsque M. Thibault, revenu exprès de Maisons-Laffitte, vint le prendre.

Il suivit le convoi aux côtés de son père. À l'église, il défila parmi les autres, parmi tous ces gens qui ne savaient pas, et serra la main de Lisbeth, sans grande émotion, avec un certain sentiment de supériorité familière.

Toute la journée la loge fut vide. Jacques attendait d'un instant à l'autre le retour de Lisbeth, sans formuler consciemment le désir qui couvait sous cette impatience.

À quatre heures, on sonna, il courut ouvrir : son professeur de latin ! Il avait oublié qu'il avait répétition ce jour-là.

Il suivait distraitement l'explication d'Horace, lorsqu'on sonna de nouveau. Cette fois, c'était elle. Elle aperçut, dès le seuil, la porte de la chambre ouverte, et le dos du professeur courbé sur la table. Quelques secondes, l'un devant l'autre, ils s'interrogèrent des yeux. Jacques ne soupçonnait guère qu'elle venait lui faire ses adieux, qu'elle repartait par le train de six heures. Elle n'osa rien dire, mais elle eut un léger frisson ; ses paupières battirent, elle leva son doigt malade jusqu'à sa bouche, puis, de tout près, comme si déjà le train l'emportait pour toujours, elle lui jeta un baiser bref, et s'enfuit.

Le répétiteur reprit la phrase interrompue : « *Purpurarum usus* équivaut à *purpura quâ utuntur*. Sentez-vous la nuance ? »

Jacques souriait comme s'il eût senti la nuance. Il songeait que Lisbeth allait lui revenir tout à l'heure ; il revoyait, dans l'ombre du vestibule, son visage sous le voile levé, et ce baiser qu'elle avait comme arraché de ses lèvres pour lui, avec son doigt enveloppé de linge.

« Continuez », dit le professeur.

1921.

LA BELLE SAISON

I

Les deux frères longeaient la grille du Luxembourg. La demie de cinq heures venait de sonner à l'horloge du Sénat.

« Tu t'énerves, dit Antoine, que, depuis un instant, le pas accéléré de Jacques fatiguait. Quelle chaleur. Ça va finir par de l'orage. »

Jacques ralentit l'allure et souleva son chapeau qui lui serrait les tempes.

« M'énerver ? Non, pas du tout. Au contraire. Tu ne me crois pas ? Je suis même étonné de mon calme. Voici deux nuits que je dors d'un sommeil de plomb. Au point que le matin, j'en suis fourbu. Très calme, je t'assure. Et tu aurais dû t'épargner cette course : tu as tant d'autres choses à faire ! D'autant mieux que Daniel y sera. Oui, tu crois ? Il est revenu de Cabourg exprès, ce matin. Il vient de téléphoner pour savoir l'heure de l'affichage. Ah ! pour ces choses-là, il est d'une gentillesse... Battaincourt aussi doit venir. Tu vois que je ne serai pas seul. » Il tira sa montre : « Enfin, dans une demi-heure... »

« Ce qu'il est nerveux, pensait Antoine. Et moi

aussi, un peu. Pourtant, puisque Favery affirme qu'il est sur la liste. » Il écartait, comme il avait toujours fait pour lui, toute hypothèse d'échec. Il jeta vers son cadet un coup d'œil paternel, et fredonna, la bouche close : « *Dans mon cœur... Dans mon cœur...* Ah ! je ne peux plus me débarrasser de cette mélodie que la petite Olga chantonnait ce matin. C'est de Duparc, je crois. Pourvu qu'elle n'oublie pas de rappeler à Belin la ponction du sept. *Dans mon cœur na-na-na...* »

« Et si je suis reçu, se demandait Jacques, est-ce que j'en serai vraiment, vraiment heureux ? Pas autant qu'eux », se dit-il, songeant à Antoine et à son père.

« Tu sais, fit-il, mû par un souvenir, la dernière fois que j'ai été dîner à Maisons-Laffitte ? Je venais de finir les oraux, j'avais les nerfs en pelote. Alors, à table, voilà père qui me lance, avec son air, tu sais : "Et qu'est-ce que *nous* ferons de toi, si tu n'es pas reçu ?" »

Il s'interrompit : un autre souvenir se jetait à la traverse. Il songea : « Comme je suis nerveux, ce soir. » Il sourit et prit son frère par le bras :

« Non, Antoine, ce n'est pas ça qui est extraordinaire. C'est le lendemain. Le lendemain de ce soir-là... Il faut absolument que je te raconte... Père m'avait chargé, puisque j'étais libre, d'aller pour lui à l'enterrement de M. Crespin. Tu te rappelles ? C'est là qu'il s'est passé une chose tout à fait incompréhensible. Je me trouvais en avance ; il pleuvait ; je suis entré dans l'église. Il faut dire que j'étais très agacé de perdre ma matinée ; mais, quand même, tu vas voir, ça n'explique pas... Donc, j'entre, et je me place dans un rang vide. Voilà qu'un abbé vient se mettre près de moi. Remarque qu'un grand nombre de chaises restaient libres ; et pourtant cet abbé vient se coller juste à côté de moi. Tout jeune, un séminariste sûrement, bien rasé, sentant le propre, l'eau dentifrice ; mais des gants noirs exaspérants ; et surtout un parapluie, un gros parapluie à manche noir qui puait le chien mouillé. Ne ris pas, Antoine, tu vas voir. Je ne pouvais plus penser à autre chose qu'à ce prêtre. Il suivait l'office en remuant les lèvres, le nez dans son bouquin. Bon. Bon. Mais à l'élévation, au lieu de se servir du prie-Dieu qui était devant lui — j'aurais encore compris ça, — non, le voilà qui s'agenouille par terre, et qui se prosterne sur les dalles. Moi, au contraire, j'étais resté debout. Alors, en se relevant, il m'a aperçu, il a rencontré mon regard et, ma foi, il a peut-être trouvé quelque chose d'agressif dans mon attitude ? J'ai surpris sur son visage une désapprobation pincée, avec un glissement des prunelles sous les paupières — quelque chose de faussement digne, quelque chose d'exaspérant ! Tellement que... — Qu'est-ce qui m'a pris ? Je n'y comprends encore rien. — J'ai tiré de ma poche une carte de visite, j'ai griffonné dessus la chose, en travers, et je lui ai tendu la carte. (Ce n'était pas vrai ; Jacques avait seulement imaginé, à ce moment-là, qu'il pourrait faire ce geste. Pourquoi mentait-il ?) Il a levé le nez : il hésitait ; j'ai dû... oui... lui mettre la carte dans la main ! Il y a jeté les yeux, il m'a regardé avec ahurissement, et puis il a glissé son chapeau sous son bras, il a pris doucement son riflard, et il a décampé... oui... comme s'il avait eu pour voisin un énergumène... Et moi aussi, ma foi, je n'ai pu y tenir, j'étouffais de colère. Je suis parti sans attendre le défilé.

— Mais... qu'est-ce que tu avais écrit sur la carte ?

— Ah ! oui, la carte ! C'est idiot. Je n'ose presque pas le dire. J'avais écrit : MOI, JE NE CROIS PAS ! Point d'exclamation ! Souligné ! Sur une carte de visite ! Est-ce bête ! JE NE CROIS PAS ! » Ses yeux s'arrondirent et se fixèrent. « D'abord, est-ce qu'on peut jamais affirmer ça ? » Il se tut un instant, pour suivre des yeux un jeune homme en deuil, de mise impeccable, qui traversait le carrefour Médicis. « C'est stupide, reprit-il, la voix troublée comme s'il se contraignait à un aveu pénible. Sais-tu à quoi je viens de penser, toute une minute ? Je me disais que, si tu venais à mourir, toi, Antoine, je voudrais porter un complet noir ajusté, comme celui de ce type qui s'en va, là-bas. J'ai même, un instant, souhaité ta mort — impatiemment... Tu ne crois pas que je finirai dans un cabanon ? »

Antoine haussa les épaules.

« C'est peut-être dommage, reprit Jacques. J'essayerais de m'analyser jusqu'au dernier degré de la folie. Écoute. J'ai pensé à écrire l'histoire d'un homme très intelligent qui serait devenu fou. Tous ses actes seraient insensés : et cependant il n'agirait qu'après de scrupuleuses réflexions et il se conduirait, selon lui, avec une logique rigoureuse. Comprends-tu ? Je me placerais au centre même de son intelligence, et je... »

Antoine se taisait. Encore une attitude qu'il avait choisie et qui lui était devenue familière. Mais ses silences étaient si attentifs, que la pensée d'autrui, loin d'en être paralysée, y trouvait excitation.

« Ah ! si seulement j'avais le temps de travailler, d'essayer des choses, soupira Jacques. Toujours ces examens. Et vingt ans déjà, c'est effrayant ! »

« Et ce nouveau clou qui pousse malgré la teinture d'iode », songea-t-il, portant la main à sa nuque, où le frottement du col irritait la pointe d'un furoncle.

« Dis, Antoine, reprit-il, à vingt ans, tu n'étais plus un enfant, toi ? Je me rappelle bien. Mais, moi, je ne change pas. Au fond, je me sens aujourd'hui le même qu'il y a dix ans. Tu ne trouves pas ?

— Non. »

« C'est vrai ce qu'il dit là, pensait Antoine. Cette conscience de la continuité, ou plutôt cette continuité de la conscience... Le vieux monsieur qui dit : "Moi, j'adorais jouer à saute-mouton." Les mêmes pieds, les mêmes mains, le même bonhomme. Ainsi, moi, la nuit de ma peur, à Cotterets, cette colique ; et je n'osais pas sortir de ma chambre : c'était lui, exactement lui, le docteur Thibault... notre chef de clinique... Un type de valeur... », ajouta-t-il avec satisfaction, comme s'il entendait un de ses internes parler de lui.

« Je t'agace ? » demanda Jacques. Il retira son chapeau et s'essuya le front.

« Pourquoi ?

— Je vois bien : tu me réponds à peine, tu m'écoutes comme un malade qui a la fièvre.

— Pas du tout. »

« Si les bains d'oreille ne suffisent pas à faire baisser la température... », songea Antoine, évoquant le visage souffreteux d'un petit qu'on avait amené ce matin à l'hôpital. « *Dans mon cœur... Dans mon cœur na-na-na-na...* »

« Tu t'es mis dans la tête que j'étais nerveux, continua Jacques. Je te répète que tu te trompes. Tiens, je vais t'avouer quelque chose, Antoine : il y a des moments où... Oui ! où je souhaite presque de ne pas être reçu !

— Pourquoi ça ?

— Pour échapper !

— Échapper ? À quoi ?

— À tout ! À l'engrenage ! À toi, à eux, à vous tous ! »

Au lieu de dire : « Tu déraisonnes » — ce qu'il pensait — Antoine se tourna vers son frère et le considéra d'un œil scrutateur.

« Couper les ponts, continua Jacques. Partir ! Oh ! oui, partir, partir seul, n'importe où ! Et là-bas, je serais tranquille, je travaillerais. » Il savait qu'il ne partirait pas : il s'abandonnait avec d'autant plus de fougue à son rêve. Il s'était tu. Mais il reprit presque aussitôt, avec un sourire pénible :

« Et, de là-bas, oui, peut-être, mais de là-bas seulement, je pourrais leur pardonner. »

Antoine s'arrêta :

« Tu y penses donc encore ?

— À quoi ?

— Tu dis : leur pardonner. À qui ? Pardonner quoi ? Le pénitencier ? »

Jacques lui jeta un mauvais regard, haussa les épaules et reprit sa marche. Il s'agissait bien de son séjour à Crouy ! Mais à quoi bon s'expliquer ? Antoine ne pouvait pas comprendre.

D'ailleurs, à quoi correspondait cette idée de pardon ? Jacques lui-même ne le savait pas au juste, bien qu'il se heurtât sans cesse à cette alternative : pardonner, ou bien, au contraire, exalter son ressentiment ; accepter, s'agréger, être un rouage parmi d'autres rouages ; ou bien, au contraire, stimuler les forces de destruction qui s'agitaient en lui, se jeter, de toute sa rancune, contre... — il n'aurait su dire quoi — contre l'existence toute faite, la morale, la famille, la société ! Rancune ancienne, qui datait de son enfance ; sentiment confus d'avoir été un être méconnu, auquel étaient dus certains égards, et auquel, sans répit, tout le genre humain avait manqué. Oui, à coup sûr, s'il avait jamais pu s'évader, il l'aurait trouvé enfin, cet équilibre intérieur qu'il accusait les autres de lui rendre impossible !

« Et là-bas, je travaillerais, répéta-t-il.

— Où, là-bas ?

— Ah ! tu vois, tu me demandes où ! Tu ne peux pas comprendre, Antoine ! Toi, tu t'es senti toujours en accord avec le reste. Tu as toujours aimé la route que tu suivais. »

Il pensa tout à coup à son aîné comme il s'était rarement permis de le faire. Il le vit satisfait et appliqué. Énergie, soit ; mais intelligence ? Une intelligence de zoologiste ! Tellement positive, cette intelligence, qu'elle avait trouvé, dans les études scientifiques, sa pleine dilatation ! Une intelligence qui s'était construit une philosophie sur la seule notion d'activité et qui s'en contentait ! Et — ce qui était plus grave encore — une intelligence qui dépouillait toujours les choses de leur valeur secrète, de tout ce qui était, en somme, le véritable sens, la beauté de l'univers !

« Moi, je ne suis pas comme toi », affirma-t-il, avec passion. Et il s'écarta un peu de son frère pour marcher seul, en silence, au bord du trottoir.

« Moi, j'étouffe ici, se disait-il. Tout ce qu'ils me font faire est haïssable, est mortel ! Mes professeurs ! Mes camarades ! Leurs engouements, leurs livres de prédilection ! Les auteurs contemporains ! Ah ! si seulement quelqu'un au monde pouvait soupçonner ce que je suis, moi — ce que je veux faire ! Non, personne n'en a l'idée, pas même Daniel. » Sa violence était tombée. Il n'écoutait pas ce que lui répondait Antoine. « Oublier tout ce qui a déjà été écrit, songeait-il. Sortir des rails ! Regarder en soi, et dire tout ! Personne encore n'a eu l'audace de dire tout. Quelqu'un, enfin : moi ! »

La température rendait pénible la montée de la rue Soufflot. Ils ralentirent l'allure. Antoine continuait à parler, Jacques à se taire. Celui-ci le remarqua et sourit intérieurement : « Au fond, je n'ai jamais pu discuter avec Antoine. Ou bien je lui tiens tête, et je rage ; ou bien je reste coi devant les arguments qu'il aligne en bon ordre, et je me tais. Comme en ce moment. Avec une certaine duplicité. Car je sais bien qu'Antoine prend ces silences pour un acquiescement. Et ce n'est pas vrai. Loin de là ! Je me cramponne à mes idées. Ça m'est égal qu'elles soient confuses pour les autres. Je suis certain de leur valeur. Il ne s'agirait que de savoir la démontrer, cette valeur. Le jour où je voudrai m'en donner la peine ! Des arguments, on en trouve toujours. Antoine, lui, il va, il va. Jamais il ne se demande s'il y a autre chose de fondé dans ce que je pense. Tout de même, ce que je me sens seul ! » Et, une fois encore, s'aviva le désir de partir. « Tout quitter, d'un coup : ce serait merveilleux. *Chambres quittées ! Merveilles des départs !* » Il sourit de nouveau, et, tournant vers Antoine un regard malicieux, il récita :

« *Familles, je vous hais ! Foyers clos, portes refermées...*

— De qui est-ce ?

— *Nathanaël, tu regarderas tout en passant, et tu ne t'arrêteras nulle part...*

— De qui ?

— Ah ! » fit Jacques, cessant de sourire et accélérant soudain le pas, c'est d'un livre qui est cause de tout ! Un livre où Daniel a trouvé toutes les excuses... — bien pis : la glorification — de... de ses cynismes ! Un livre qu'il sait par cœur, maintenant, et que moi, je... — Non, ajouta-t-il d'une voix qui tremblait, non, je ne peux pas dire que je le déteste ; mais vois-tu, Antoine, c'est un livre qui brûle les mains pendant qu'on le lit, et avec lequel je n'ai jamais voulu me trouver en tête à tête, tant je crois qu'il est redoutable ! » Il reprit, avec une complaisance involontaire : « *Chambres quittées ! Merveilles des départs !* » Puis il se tut. Et changeant tout à coup de ton, il ajouta, d'une voix rauque, rapide : « Je dis ça : partir ! Mais il est trop tard. Je ne peux plus partir vraiment. »

Antoine répliqua :

« Tu dis toujours "partir", comme on dit : "s'expatrier !" Évidemment, ça c'est un peu compliqué. Mais voyager, pourquoi non ? Si tu es reçu, père trouvera tout naturel que tu ailles faire un voyage pendant l'été. »

Jacques secoua la tête :

« Trop tard. »

Qu'entendait-il par là ?

« Tu ne vas pourtant pas passer tes deux mois de vacances à Maisons-Laffitte, entre père et Mademoiselle ?

— Si. »

Il fit un geste évasif ; puis, comme ils avaient traversé la place du Panthéon et s'engageaient dans la rue d'Ulm, il désigna du doigt les groupes qui stationnaient devant l'École Normale. Son visage s'assombrit.

« Quelle bizarre nature », se dit Antoine. Remarque qu'il faisait souvent ; avec indulgence ; avec une inconsciente fierté. Bien qu'il eût horreur de l'inattendu et que Jacques le déroutât sans cesse, il faisait toujours effort pour comprendre son frère. Autour des propos décousus que celui-ci laissait échapper, l'esprit actif d'Antoine se livrait à une incessante gymnastique intellectuelle, qui l'amusait d'ailleurs, et qui, pensait-il, lui permettait d'approfondir le caractère de son cadet. En réalité, dès qu'Antoine croyait être parvenu à une constatation psychologique culminante, une nouvelle déclaration de Jacques venait généralement renverser l'échafaudage de ses réflexions : il fallait repartir à neuf et, le plus souvent, vers des conclusions opposées. Si bien que, pour Antoine, tout entretien avec son frère consistait en une improvisation de jugements successifs et contradictoires dont le dernier, toujours, lui semblait définitif.

Ils arrivaient devant la façade revêche de l'École. Antoine se tourna vers Jacques et l'enveloppa d'un coup d'œil pénétrant : « Quand on va au fond des choses, se dit-il, on s'aperçoit que ce petit a pour la vie de famille bien plus de goût qu'il ne le soupçonne lui-même. »

La porte était ouverte, et la cour pleine de gens.

À l'entrée du vestibule, Daniel de Fontanin causait avec un jeune homme blond.

« Si c'est Daniel qui nous aperçoit le premier, je suis reçu », pensa Jacques. Mais Fontanin et Battaincourt se retournèrent ensemble à l'appel d'Antoine.

« Pas trop nerveux ? questionna Daniel.

— Pas nerveux du tout. »

« S'il prononce le nom de Jenny, je suis reçu », se dit Jacques.

« Rien de pire que ce quart d'heure avant l'affichage, déclara Antoine.

— Croyez-vous ? » objecta Daniel en souriant. Par gaminerie, il s'appliquait souvent à contredire Antoine, qu'il appelait « docteur », et dont le sérieux prématuré l'égayait. « Il y a toujours un peu de volupté dans l'attente. »

Antoine haussa les épaules.

« Tu l'entends ? demanda-t-il à son frère. Pour moi, reprit-il, j'ai déjà subi quatorze ou quinze "attentes" de ce genre, et je n'ai jamais pu m'y habituer. D'ailleurs, j'ai remarqué que ceux qui font, à ces moments-là, figure de stoïciens, ce sont presque toujours les médiocres, les faibles.

— Tout le monde ne sait pas savourer l'impatience », reprit Daniel, dont l'œil, taquin lorsqu'il regardait le docteur, devenait caressant dès qu'il se tournait vers Jacques.

Antoine suivait son idée :

« Je vous parle sérieusement, dit-il. Les forts étouffent dans l'incertitude. Le courage, le vrai, ça n'est pas d'attendre avec calme l'événement ; c'est de courir au-devant, pour le connaître le plus tôt possible et l'accepter. N'est-ce pas, Jacques ?

— Non, je suis plutôt de l'avis de Daniel », répondit Jacques, qui n'avait rien entendu. Et, comme Daniel continuait à causer avec Antoine, il insinua, sentant qu'il trichait : « Ta mère et ta sœur sont toujours à Maisons-Laffitte ? »

Daniel n'entendit pas ; et Jacques, s'obstinant à penser : « Je suis recalé », découvrit combien inébranlable était sa confiance en son succès. « Père va être content. » Il souriait par avance ; il offrit ce sourire à Battaincourt :

« Je vous remercie d'être venu, Simon. »

L'autre le contemplait gentiment, incapable de dissimuler cette admiration chaleureuse qu'il avait vouée à l'ami de Daniel et que Jacques n'acceptait pas toujours sans impatience, parce qu'il lui était impossible d'y répondre par une amitié au même titre.

À ce moment, le brouhaha de la cour cessa net. Derrière la vitre d'une fenêtre du rez-de-chaussée, un rectangle de papier blanc venait de surgir. Jacques sentit confusément qu'un flot houleux l'arrachait au pavé, le portait vers le feuillet fatidique.

Ses oreilles bourdonnèrent, Antoine parlait :

« Reçu ! Troisième. »

La voix résonna un moment dans son oreille ; elle

était chaude, vivante ; mais il ne saisit le sens des mots qu'en tournant la tête, timidement, et en apercevant le visage radieux de son frère. Alors, d'une main molle, il déplaça son chapeau ; la sueur ruisselait sur son front. Déjà Daniel et Battaincourt, contournant la foule, revenaient vers lui. Daniel le regardait, et Jacques, l'œil fixe, regardait venir Daniel, dont la lèvre supérieure, soulevée, découvrait les dents, sans qu'il y eût dans ses traits la moindre intention de sourire.

Un murmure s'éleva, emplit la cour. La vie reprenait. Jacques respira profondément ; le sang circula de nouveau dans ses membres. Tout à coup, il eut la vision d'un piège, d'une trappe, et pensa : « Je suis pris. » D'autres pensées affluaient. Il revécut quelques secondes de son examen oral de grec, l'instant exact où il avait commis sa faute : il revoyait le vert du tapis et le doigt du professeur, écrasé sur *les Choéphores*, avec son ongle bombé comme un copeau de corne.

« Qui est le premier ? »

Il n'écouta pas le nom que prononça Battaincourt. « C'est moi qui serais le premier, si j'avais compris l'*asile*, le *sanctuaire... Gardiens du sanctuaire domestique...* » Et, plusieurs fois de suite, il s'acharna à reconstituer la chaîne des idées qui l'avaient mené à ce contresens impardonnable.

« Allons, docteur, ayez l'air satisfait », dit Daniel en frappant sur l'épaule d'Antoine, qui sourit enfin. Le plaisir, chez Antoine, s'accompagnait presque toujours d'une contrainte, parce que la gravité de son altitude refusait toute issue aux expansions joyeuses. Daniel, au contraire, laissait libre cours à sa joie. Avec un plaisir qu'on eût presque dit sensuel, il dévisageait ses amis, ses voisins, et particulièrement les femmes venues là, mères ou sœurs, dont la tendresse à ce moment éclatait sans pudeur dans la moindre intonation, le moindre geste.

Antoine consulta sa montre et se tourna vers Jacques :

« Eh bien ? As-tu quelque chose d'autre à faire ici ? »

Jacques tressaillit :

« Moi ? Non », fit-il, l'air navré. Il venait de s'apercevoir que, sans y penser — au moment de l'affichage, sans doute — il avait de nouveau fait saigner à sa lèvre un bouton qui, depuis huit jours, le défigurait.

« Alors, filons, dit Antoine. J'ai encore une visite à faire avant le dîner. »

Comme ils sortaient de la cour, ils virent Favery, qui accourait aux nouvelles. Il triompha :

« Vous voyez ! On m'avait bien dit que la composition française était remarquable. »

Sorti de Normale depuis un an, il avait obtenu une suppléance provisoire à Saint-Louis, afin d'éviter la province ; et il donnait des répétitions à ses heures de liberté, le jour, de façon à pouvoir mener la vie de Paris, la nuit. Il méprisait le professorat, rêvait de journalisme, et tendait en secret vers la politique.

Jacques se rappela que Favery connaissait assez bien l'examinateur de grec ; une fois encore, il revit le tapis vert, le doigt, et se sentit rougir de honte. Il n'avait pas encore pensé qu'il était reçu ; il n'éprouvait aucune impression de délivrance, mais seulement une sensation de lassitude, coupée de brusques colères dès qu'il se souvenait de son contresens ou de son bouton.

Daniel et Battaincourt le tenaient gaiement par le bras, et l'entraînaient d'un pas dansant vers le Panthéon. Antoine suivait avec Favery.

« Mon réveil sonne à six heures et demie, dans une

soucoupe en équilibre sur un verre, expliquait Favery, parlant haut et riant avec complaisance. Je grogne, j'ouvre un œil, j'allume ; puis je mets l'aiguille sur sept heures, et je me rendors, serrant la bombe sur ma poitrine. Bientôt un tremblement de terre ébranle la maison, le quartier. Je rage, mais je n'obéis pas. Je me donne jusqu'à cinq, puis jusqu'à dix, puis jusqu'à quinze ; et, comme le quart est déjà passé de deux minutes, je me donne jusqu'à vingt, parce qu'il faut bien attendre un chiffre rond. Enfin je me tire du lit. Tout est prêt sur trois chaises, comme le harnachement des sapeurs-pompiers. À sept heures vingt-huit, je suis dans la rue. Je n'ai encore jamais eu le temps de déjeuner ni de me laver, bien entendu. J'ai quatre minutes pour gagner mon métro. À huit heures tapant, je monte en chaire, et le gavage commence. Vous voyez à quelle heure il finit. Il faut bien que j'aille prendre mon tub, que je m'habille, que je dîne, que je voie des amis. Quand voulez-vous que je travaille ? »

Antoine écoutait distraitement ; il cherchait, des yeux, une voiture.

« Jacques, fit-il, tu dînes avec moi ?

— Jacques dîne avec nous, riposta Daniel.

— Non, non, cria Jacques, ce soir, je dîne avec Antoine. » Il songea, agacé : « Vont-ils me laisser tranquille, à la fin ? D'abord, il faut que je remette de l'iode sur mon bouton.

— Dînons tous ensemble, proposa Favery.

— Où ?

— N'importe. Chez Packmell ? »

Jacques protesta :

« Non. Pas ce soir. Je suis fatigué.

— Tu nous ennuies, murmura Daniel, glissant son bras sous celui de Jacques. Docteur, venez nous retrouver chez Packmell. »

Antoine avait arrêté un taxi. Il se retourna, et on le vit hésiter une seconde :

« Qu'est-ce que c'est, Packmell ?

— Pas du tout ce que vous supposez », affirma Favery à tout hasard.

Antoine questionnait Daniel des yeux.

« Packmell ? fit celui-ci. Difficile à définir, n'est-ce pas, mon petit Batt' ? Rien des traditionnelles boîtes de nuit. Presque une pension de famille. Un bar, oui, si on veut, de cinq à huit. Mais, à huit heures, les baigneurs s'en vont, il ne reste plus que les indigènes : on rapproche les tables, et on dîne, sur une grande nappe bien sage, autour de la mère Packmell. Un bon orchestre. De jolies filles. Que vous faut-il de plus ? Alors, est-ce convenu ? Rendez-vous chez Packmell ? »

Antoine sortait rarement le soir : ses journées étaient dures, et il avait besoin de ses soirées pour préparer son concours des hôpitaux ; mais il se sentait, ce jour-là, peu de goût pour l'hématologie : demain, dimanche ; lundi, travail. De temps à autre, il s'accordait ainsi la nuit du samedi pour des fringales préméditées. Packmell le tentait. De jolies filles...

« Si vous y tenez, fit-il, du ton le plus détaché qu'il put. Mais où est-ce ?

— Rue Monsigny. On vous attendra jusqu'à huit heures et demie.

— J'y serai bien avant », cria Antoine, en faisant claquer la portière.

Jacques ne s'insurgea pas ; l'acceptation de son frère modifiait ses dispositions ; et puis, il éprouvait toujours un secret plaisir à céder aux caprices de Daniel.

« On descend à pied ? demanda Battaincourt.

— Moi, je saute dans le métro, dit Favery, palpant

son menton. Le temps de me changer, et je vous rejoins. »

Une touffeur d'orage pesait sur ce Paris des fins de juillet où, le soir, l'air devient opaque et gris sans que l'on puisse démêler si c'est de buée ou de poussière.

Ils avaient une demi-heure de marche avant d'arriver chez Packmell.

Battaincourt s'approcha de Jacques :

« Vous voilà parti pour la gloire », dit-il, sans ironie.

Jacques eut un mouvement d'impatience, et Daniel sourit. Bien que Battaincourt eût cinq ans de plus que lui, Daniel le considérait comme un enfant et il le supportait justement à cause de ce qui irritait Jacques : son inépuisable naïveté. Il se souvint du temps où l'on s'amusait à prier Battaincourt de réciter quelque chose, et où celui-ci s'avançait devant la cheminée, et commençait :

Ô Corse ! Ô cheveux plats ! Que la France était belle
Sous le soleil de Messidor !

sans jamais avoir trouvé suspecte l'hilarité qu'il déchaînait, dès le troisième mot.

En ce temps-là, Simon de Battaincourt, frais débarqué de la ville du Nord où son père était colonel, portait une jaquette noire boutonnée qu'il avait fait confectionner afin de suivre décemment à Paris les cours de théologie. Le futur pasteur venait alors assez souvent chez Mme de Fontanin, qui s'était fait un devoir de l'attirer chez elle, parce que la colonelle de Battaincourt était une de ses amies d'enfance.

« J'ai décidément horreur de votre Quartier latin »,

dit à ce moment l'ex-théologien, qui vivait maintenant dans le quartier de l'Étoile, portait des complets clairs, et, brouillé avec ses parents à cause du mariage insensé qu'il s'apprêtait à faire, passait ses journées à classer, pour quatre cents francs par mois, des estampes très modernes à la librairie Ludwigson, où Daniel lui avait trouvé un emploi.

Jacques leva la tête et promena les yeux autour de lui. Son regard tomba sur une vieille marchande de roses accroupie derrière son panier ; il l'avait aperçue déjà en passant avec Antoine, mais d'un œil soucieux, qui ne s'abandonnait alors à aucune sollicitation. Et, se rappelant cette montée de la rue Soufflot, il eut tout à coup la sensation qu'il lui manquait quelque chose, comme il arrive lorsque l'on perd un objet familier, la bague que l'on portait toujours au doigt. L'angoisse qui habitait en lui depuis des semaines et qui, moins d'une heure auparavant, l'étreignait encore à chaque pas, avait disparu, laissant un vide presque douloureux. Pour la première fois depuis l'affichage, il prit contact avec son succès, mais pour se sentir étourdi et brisé, comme après une chute.

« As-tu seulement pris des bains de mer ? » demanda Battaincourt à Daniel.

Jacques se tourna :

« C'est vrai, fit-il, et son regard s'adoucit. Dire que tu es revenu à cause de moi ! Tu t'es amusé, là-bas ?

— Au-delà de tout ce que je pouvais prévoir ! » répondit Daniel.

Jacques sourit avec amertume :

« Comme toujours. »

Ils échangèrent un regard où se prolongeaient bien des discussions passées.

Jacques avait voué à Daniel une affection sévère, très différente de l'amitié complaisante que lui témoignait Daniel. « Tu es bien plus exigeant pour moi que tu ne l'es pour toi-même, lui disait quelquefois celui-ci ; tu n'as jamais pris ton parti de la vie que je mène.

— Non, répondait Jacques. J'accepte bien ta vie ; mais ce que je ne peux pas accepter, c'est l'attitude que tu as prise devant la vie. »

Sujet de querelles qui datait de loin.

Daniel, sitôt bachelier, s'était refusé à suivre aucun chemin tracé. Son père, absent, ne s'occupait jamais de lui. Sa mère le laissait libre de choisir sa voie ; elle était respectueuse de toute volonté forte, soutenue par une confiance mystique dès qu'il s'agissait de ses enfants et en général de l'avenir ; elle désirait avant tout que son fils fût libre et ne se fît pas un devoir de gagner quelque argent pour améliorer la situation des siens. Daniel y songeait cependant. Deux ans de suite, il souffrit en secret de ne pouvoir aider sa mère et guetta l'occasion qui lui permettrait de concilier cet ordre d'obligations avec d'autres nécessités plus impérieuses qui le dominaient. Scrupules dont Jacques lui-même n'avait pas pénétré la complexité. C'est que — à voir la façon presque nonchalante dont Daniel s'était mis à travailler la peinture, seul, sans autres guides que son instinct et, semblait-il, son caprice, peignant à peine, dessinant un peu davantage, s'enfermant quelquefois une journée entière avec un modèle pour couvrir un demi-album d'esquisses au trait, puis restant plusieurs semaines sans toucher un crayon — on ne se fût guère douté de la superbe idée qu'il se faisait de lui-même, de son avenir. Orgueil silencieux, pur de toute fatuité : il attendait le jour où, par l'enchaînement de lois fatales, ce qu'il y avait en lui de supérieur trouverait son mode d'expression ; il avait la certitude que sa destinée était celle d'un artiste de première grandeur. Quand, par quelles routes, atteindrait-il ces sommets ? il n'en savait rien, agissait comme s'il ne s'en fût pas soucié, et proclamait qu'il fallait s'abandonner à la vie. Il s'y abandonnait du reste. Pas toujours sans remords ; mais ces retours inquiets vers la morale de sa mère n'avaient eu qu'un temps, et ne l'avaient jamais bien fermement arrêté sur sa pente. « Dans les pires crises de scrupules qui ont troublé ces deux dernières années, écrivait-il naguère à Jacques (il avait alors dix-huit ans), je te jure que je ne suis jamais parvenu à avoir vraiment honte de moi-même. Bien mieux : dans ces heures de doute où je me reprochais mes entraînements, j'éprouvais en réalité beaucoup moins d'indignation contre moi-même, que je n'en éprouvais ensuite à me rappeler ces reniements puérils et ces contraintes, dès que, de nouveau, la vie l'avait emporté. »

C'est peu après avoir écrit cette lettre qu'il voyagea dans un train de banlieue avec celui qu'ils appelèrent par la suite « l'homme du wagon », et qui, certes, ne se douta jamais du retentissement que cette brève rencontre eut sur l'adolescence des deux jeunes gens.

Daniel revenait de Versailles, où il avait passé un bel après-midi d'octobre, sous les ombrages du parc. Il avait sauté dans le train à la dernière minute. Le hasard voulut que l'homme âgé en face duquel il s'assit ne lui fût pas tout à fait inconnu : au cours de la journée, il l'avait croisé dans les bosquets du grand Trianon ; il l'avait regardé, remarqué ; il fut enchanté de pouvoir l'examiner plus à loisir. De près, le voyageur paraissait beaucoup plus jeune : bien que ses cheveux fussent blancs, il devait à peine avoir atteint la cinquantaine ; une barbe très blanche et courte soulignait avec soin l'ovale d'un visage dont la régularité accentuait la douceur. Le teint, l'allure, les mains, la coupe et l'étoffe claire du vêtement, le ton rare de la cravate, et surtout ce regard bleu, ardent et vif, qu'il promenait sur toutes choses, étaient d'un adolescent. La reliure du livre qu'il feuilletait d'un doigt familier était souple comme celle d'un guide, et ne portait aucun titre. Entre Suresnes et Saint-Cloud, il se leva, gagna le couloir, et se pencha pour contempler le panorama de Paris, dont le couchant enflammait les ors. Puis il vint s'adosser à la vitre contre laquelle Daniel était assis ; et le jeune homme eut, à la hauteur de son visage, et isolées seulement par l'épaisseur du verre, les mains qui tenaient le livre secret : des mains déliées, à la fois nonchalantes et nerveuses, qui éveillaient une idée de spiritualité. À un mouvement qu'elles firent, le livre s'entrouvrit, et, sur la page qui vint s'écraser contre la vitre, Daniel put lire quelques mots :

Nathanaël, je t'enseignerai la ferveur...
Une vie palpitante et déréglée...
Une existence pathétique, Nathanaël, plutôt que la tranquillité...

Le livre se déplaça, Daniel eut encore le temps de déchiffrer le titre qui courait au haut des pages : *Les Nourritures terrestres.*

Intrigué, il entra, le jour même, chez plusieurs libraires. L'ouvrage y était ignoré. L'homme du wagon garderait-il son secret ? « *Une existence pathétique* », se répétait Daniel, «*plutôt que la tranquillité...* » Le lendemain matin, il courut dépouiller des catalogues sous les galeries de l'Odéon et, quelques heures plus tard, le volume en poche, il venait s'enfermer chez lui.

Il le lut d'un trait. L'après-midi y passa. Vers le

soir, il sortit. Jamais encore il n'avait connu pareille fièvre, exaltation aussi glorieuse : il allait devant lui, à grands pas, comme un conquérant. La nuit vint. Il avait suivi les quais, il était fort loin de chez lui. Il dîna d'un croissant et rentra. Le livre attendait sur la table. Daniel tournait autour, sans plus oser l'ouvrir. Il se coucha, mais ne put trouver le sommeil. Alors il capitula, s'enveloppa d'un manteau, et reprit sa lecture, lentement, depuis le début. Il sentait bien que l'heure était solennelle, qu'un travail, une germination mystérieuse, s'élaborait au plus intime de sa conscience. Lorsque, à l'aube, il eut, une fois encore, achevé la dernière page, il s'aperçut qu'il posait sur la vie un regard neuf.

J'ai porté hardiment ma main sur chaque chose et me suis cru des droits sur chaque objet de mes désirs...

Il y a profit aux désirs et profit au rassasiement des désirs — parce qu'ils en sont augmentés.

Cette manie d'évaluation morale qu'il avait contractée par éducation, il comprit qu'il en était d'un seul coup débarrassé. Le mot « faute » avait changé de sens.

Il faut agir sans juger si l'action est bonne ou mauvaise. Aimer sans s'inquiéter si c'est le bien ou le mal...

Les sentiments, auxquels jusqu'alors il ne s'abandonnait qu'à contre-volonté, se libérèrent soudain et prirent joyeusement la première place ; cette nuit-là, en quelques heures, se trouva renversée l'échelle des valeurs que, depuis son enfance, il croyait immuable. Le jour qui suivit fut comme un lendemain de baptême. À mesure qu'il répudiait tout ce qu'il avait tenu pour indubitable, un merveilleux apaisement naissait entre les forces qui jusqu'alors l'avaient écartelé.

Daniel n'avait parlé de cette découverte à personne, si ce n'est à Jacques, et longtemps après l'avoir faite. C'était un des secrets de leur amitié ; ils y pensaient comme à un mystère quasi religieux et n'y faisaient allusion qu'à mots couverts. Cependant, malgré les efforts de Daniel, Jacques s'était obstinément dérobé à la contagion de cette ferveur : en refusant d'étancher sa propre soif à cette source trop capiteuse, il lui semblait se résister à lui-même, demeurer plus fort, se garder intact ; mais il sentait bien que Daniel avait trouvé là son régime, *sa nourriture* ; et, dans la résistance de Jacques, il y avait de l'envie et du désespoir.

« Tu comptes Ludwigson parmi les merveilles de la nature ? disait Battaincourt.

— Ludwigson, mon petit Batt'... », expliqua Daniel.

Jacques haussa les épaules et laissa ses amis prendre un peu d'avance.

Ce Ludwigson, chez qui Daniel venait d'être reçu plusieurs jours, et qui passait dans les capitales où il avait établi ses comptoirs pour un des plus effrontés trafiquants d'art de l'Europe, était, de longue date, un sujet de dissentiment entre les deux jeunes gens. Jacques n'avait jamais approuvé que Daniel pût, de près ou de loin, et fût-ce pour vivre, collaborer aux entreprises que lançait ce marchand. Mais Jacques ni personne ne pouvait se vanter d'avoir jamais détourné Daniel d'une aventure qui le sollicitât vraiment. Or, l'intelligence de Ludwigson, cette activité sans trêve qu'il poussait jusqu'à s'être fait une habitude de l'insomnie, ce dédain du luxe et, dans une certaine mesure, ce mépris de l'argent chez un nabab ivre seulement de risque et de réussite, la puissance de ce brasseur d'affaires dont l'existence éveillait l'idée d'une torche en flamme, secouée par les vents, fumeuse mais éblouissante, intéressaient passionnément Daniel et, s'il avait consenti à travailler pour ce forban, c'était par curiosité bien plus que par besoin.

Jacques se souvenait du jour où Daniel et Ludwigson s'étaient pour la première fois affrontés : deux races, deux sociétés en présence. Justement, ce matin-là, il se trouvait dans l'atelier que Daniel partageait alors avec plusieurs camarades aussi peu rentés que lui. Ludwigson était entré sans frapper, avait répondu par un sourire à l'algarade de Daniel ; puis, sans préambule, sans se présenter, ni s'asseoir, tirant de sa poche un portefeuille avec l'allure d'un acteur du répertoire qui va jeter sa bourse à quelque valet, il avait offert à « celui de ces messieurs qui s'appelait Fontanin » un fixe de six cents francs par mois, à dater de ce jour et pendant trois années consécutives, à la condition que lui, Ludwigson, propriétaire de la Galerie Ludwigson et directeur des Établissements d'art Ludwigson et Cie, aurait l'exclusive propriété de toutes les études qu'exécuterait Daniel pendant cette période, études que celui-ci s'engagerait à dater et à signer de son nom. Daniel, qui travaillait peu, qui n'avait jamais exposé ni vendu la moindre esquisse, ne s'était jamais expliqué comment Ludwigson avait pu prendre de son talent une opinion assez avantageuse pour motiver semblable proposition. Il entendait d'ailleurs préserver l'indépendance de sa production ; il savait bien que, s'il avait acquiescé aux termes de ce marché, il n'aurait accepté l'argent de Ludwigson qu'en lui remettant chaque mois un nombre de dessins correspondant pour le moins à la somme convenue : or, il s'était fait un dogme de travailler sans aucune contrainte, dans la joie. Avec une courtoisie glacée, il avait donc prié Ludwigson de prendre la porte, et, devant ses camarades ébahis, sans donner au visiteur le temps de s'y reconnaître, il l'avait lui-même, et très rapidement, fait reculer jusque sur le palier.

Les choses n'en étaient pas restées là. Ludwigson était revenu, s'était montré plus circonspect, et, quelques mois plus tard, de véritables relations d'affaires s'étaient nouées entre le trafiquant et Daniel amusé. Ludwigson éditait en trois langues un somptueux magazine traitant des arts plastiques ; il pria Daniel de présider au choix des articles français. (Le caractère du jeune homme lui avait plu dès le premier jour, et sa sûreté de goût ne lui avait pas échappé.) Ce n'était pas un travail ennuyeux ; Daniel y employa ses loisirs et, bientôt, il dirigea effectivement la partie française de la revue. Ludwigson, qui dépensait pour lui-même sans compter, avait pour principe de s'adjoindre peu de collaborateurs, mais de les choisir avec soin, de leur laisser la plus grande initiative, et de rémunérer largement leur labeur : Daniel, sans l'avoir sollicité, reçut bientôt les mêmes appointements que les deux autres directeurs, l'Anglais et l'Allemand. Il fallait vivre, et Daniel préférait une besogne nettement étrangère à sa vie d'artiste. Au reste, certains de ses dessins, dont Ludwigson avait organisé une exposition privée, étaient déjà recherchés par des collectionneurs. Ces avantages, qu'il tirait de ses rapports avec le marchand de tableaux, lui permettaient, non seulement de contribuer à l'aisance de sa mère et de sa sœur, mais de mener la vie facile qu'il aimait, sans être astreint à aucune tâche stricte, et sans compromettre des loisirs nécessaires à son véritable travail.

Jacques rejoignit ses amis à la traversée du boulevard Saint-Germain.

« ... l'ineffable surprise, disait Daniel, d'être présenté là-bas à une Mme Ludwigson douairière !

— L'idée ne m'était pas encore venue que ton Ludwigson pût jamais avoir eu une mère, fit Jacques, pour se mêler à la conversation.

— Pas plus qu'à moi, reprit Daniel. Et quelle mère ! Figure-toi... Il faudrait un croquis. J'en ai fait plusieurs, mais pas d'après nature : j'en suis inconsolable. Figure-toi une momie qui aurait été regonflée par des clowns pour faire un numéro de cirque ! Une vieille juive égyptienne et pour le moins centenaire, déformée par la graisse et la goutte, qui sent l'oignon frit, porte des mitaines, tutoie les valets de pied, appelle son fils *bambino*, vit de mie de pain trempée de vin rouge, et offre à tout venant du tabac...

— Ça fume ? demanda Battaincourt.

— Non, ça prise. Ça crible de poudre noire une parure de gros diamants que Ludwigson, je ne sais pourquoi, lui a flanqué sur le poitrail... » Il hésita, amusé lui-même par l'idée qu'il venait d'avoir : « ... comme on allume un quinquet des démolitions ! » ajouta-t-il.

Jacques sourit. Il avait une inépuisable indulgence pour la verve de Daniel.

« Qu'est-ce qu'il voulait obtenir de toi, en te révélant ce répugnant secret de famille ?

— Tu ne croyais pas si bien dire : il a de nouveaux projets. C'est un as.

— C'est un as, parce qu'il est richissime. S'il était pauvre, ce ne serait qu'un... »

Daniel coupa net :

« Lâche-le, s'il te plaît. Je l'aime. Et son projet n'est pas bête : une collection de monographies : *les Maîtres par l'image*. Il se fait fort de publier des recueils farcis de reproductions, à des prix exceptionnels... »

Jacques cessa d'écouter; il se sentait endolori, triste. Pourquoi ? La fatigue, les émotions de la journée ? L'ennui de s'être laissé entraîner ce soir, quand il désirait tant d'être seul ? Ce frottement du col sur sa nuque ?

Battaincourt se glissa entre les deux amis.

Il cherchait une occasion de leur demander d'être ses témoins à son mariage. Depuis des mois, jour et nuit, il ne songeait qu'à cet événement, avec une fièvre de désir qui consumait à vue d'œil sa complexion lymphatique. Enfin il touchait au but. Le délai légal prévu pour l'opposition de ses parents venait d'expirer, et, ce matin même, la date du mariage avait été fixée : dans deux semaines... À cette pensée le sang lui monta au visage; il détourna la tête pour cacher sa rougeur, retira son chapeau et s'épongea le front.

« Ne bouge pas, cria Daniel. C'est incroyable ce que, de profil, tu peux ressembler à un chevreau ! » En effet, Battaincourt avait un nez long attaché à la lèvre, des narines busquées, un œil rond, et, ce soir, une mèche de cheveux couleur ficelle que la transpiration recourbait sur la tempe en une petite corne pointue.

Battaincourt remit tristement son chapeau, et laissa fuir son regard par-delà la place du Carrousel vers le jardin des Tuileries où rougeoyait la poussière.

« Pauvre chevreau bêlant, songea Daniel. Qui donc l'aurait jamais cru capable de tant de passion ? Le voilà qui renie tous ses principes et se brouille avec les siens pour cette femme... Une veuve, qui a quatorze ans de plus que lui... Une veuve tarée... Appétissante, mais tarée... » Il eut un imperceptible sourire. Il se rappelait cet après-midi du dernier automne où Simon avait tant insisté pour le présenter à la belle veuve, et ce qui, la semaine suivante, en était résulté. Il avait, du moins, conscience d'avoir ensuite tout mis en œuvre pour détourner Battaincourt de commettre cette folie. Mais il s'était heurté à un appétit aveugle ; et comme il respectait la passion, où qu'il la rencontrât, il s'était borné à éviter la dame et à suivre de loin les péripéties de cette aventure matrimoniale.

« Vous faites un gagnant bien mélancolique, dit à ce moment Battaincourt, qui, déçu par la moquerie de Daniel, cherchait à se dédommager auprès de Jacques.

— Tu ne comprends donc pas qu'il espérait être refusé ? » insinua Daniel. Il fut surpris du regard pensif que Jacques lui jeta ; il se rapprocha de son ami, lui mit la main sur l'épaule, et, souriant, murmura : « *... car c'est différemment que vaut chaque chose !* »

C'en fut assez pour rappeler à Jacques le passage entier que Daniel se plaisait à citer souvent :

Malheur à toi si tu dis que ton bonheur est mort parce que tu n'avais pas rêvé pareil à cela ton bonheur... Le rêve de demain est une joie — mais la joie de demain en est une autre — et rien heureusement ne ressemble au rêve qu'on s'en était fait car c'est différemment que vaut chaque chose.

Jacques sourit.

« Donne-moi une cigarette », fit-il. Pour faire plaisir à Daniel, il essayait de secouer sa torpeur. *Le rêve de demain est une joie*... Il crut sentir, en effet, qu'une joie, encore insaisissable, rôdait autour de lui. Demain ? S'éveiller, apercevoir par la fenêtre ouverte le soleil sur les cimes des arbres ! Demain, Maisons-Laffitte et la fraîcheur de son parc ombreux !

II

Dans cette rue morte du quartier de l'Opéra, quelques voitures, stationnant le long du trottoir, attiraient seules l'attention sur la façade d'un cabaret sans enseigne, aux rideaux baissés. Un groom poussa devant eux la porte tournante, et Daniel, comme s'il eût été chez lui, s'effaça pour laisser passer Jacques et Battaincourt.

L'apparition de Daniel fut saluée par quelques exclamations discrètes. On l'appelait « le Prophète », et peu d'habitués le connaissaient sous son nom. Il y avait d'ailleurs peu de monde. Derrière le bar, dans le renfoncement d'où s'élevait en spirale le petit escalier blanc à filets d'or, pareil aux boiseries des murs, qui conduisait à l'entresol de Mme Packmell, un piano, un violon, un violoncelle, jouaient les valses de la saison. On avait poussé les tables contre les banquettes de panne grise, et quelques couples bostonnaient sur le tapis pourpre dans une lumière de jour finissant, qu'adoucissaient encore les rideaux de guipure. Au plafond, les hélices des ventilateurs bourdonnaient sans répit, balançant les pendeloques des lustres, les palmes des plantes vertes, et soulevant autour des couples de danseurs, le pan des écharpes de mousseline.

Jacques, que l'atmosphère d'un lieu nouveau grisait toujours du premier coup, se laissa emmener par Daniel vers une table d'où l'on apercevait les deux salles en enfilade. Battaincourt dansait déjà, accaparé par un groupe de jeunes femmes installées dans la pièce du fond.

« Il faut toujours que tu te fasses tirer l'oreille, dit Daniel. Maintenant que tu y es, je suis sûr que tu t'amuses. Avoue que ce petit bar est intime et bon enfant ?

— Commande-moi un cocktail, fit brusquement Jacques, tu sais : celui où il y a du lait, de la groseille, et du zeste de citron. »

Le service était fait par de jeunes *girls* en toile blanche, qu'on avait surnommées « les infirmières ».

« Veux-tu que je te présente de loin quelques habitués ? reprit Daniel, qui changea de place et vint s'asseoir à côté de Jacques. Ça d'abord, en bleu : la patronne. On dit "la mère Packmell", bien que ce soit encore, comme tu vois, une blonde désirable. Mais si ! Toute la soirée, elle va et vient, avec ce sourire-là, au milieu de ses jeunes clientes : elle a l'air d'une couturière en vogue qui fait défiler ses mannequins. Vise le type basané qui lui dit bonjour — qui cause maintenant avec cette gosse très pâle, celle qui dansait tout à l'heure avec Battaincourt — non, plus près de nous, Paule, cette petite blonde qui a l'air d'un ange, d'un ange un peu perverti, mais très peu... Tiens, elle pinte en ce moment un poison étonnant : ça doit être du curaçao vert... Eh bien, ce type qui lui parle, debout, c'est le peintre Nivolsky, un numéro délicieux, menteur, tricheur, et avec ça chevaleresque comme un mousquetaire. Toutes les fois qu'il est en retard à un rendez-vous, il raconte qu'il a eu un duel, et, sur le moment, il s'en persuade lui-même. Il emprunte à tout le monde ; il n'a jamais le sou, mais, comme il ne manque pas de talent, il paye en tableaux ; et, pour simplifier, sais-tu l'idée qu'il a eue ? Il s'en va l'été à la campagne, et il peint une route sur une bande de toile de cinquante mètres ; une vraie route, avec des arbres, des charrettes, des bicyclistes, un coucher de soleil ; et, l'hiver, il débite sa route par tronçons, selon la tête du créancier et la somme qu'il doit. Il prétend qu'il est Russe, qu'il possède je ne sais combien de mille “âmes”. Alors, naturellement, pendant la guerre russo-japonaise, tout le monde le blaguait de rester à Montmartre à faire du patriotisme de café. Sais-tu ce qu'il a fait ? Il est parti. Il a disparu, une année durant. Il n'est revenu qu'après la prise de Port-Arthur. Il rapportait un tas de photos de la guerre ; il en avait toujours plein ses poches ; il disait : “Vous voyez, cher, cette batterie en position ? Et, derrière, vous voyez ce gros rocher ? Et, derrière le rocher, vous voyez ce canon de fusil qui dépasse à peine ? Eh bien, cher, c'est moi.” Seulement il rapportait aussi plusieurs caisses d'études : et, pendant les deux ans qui ont suivi, il a payé toutes ses dettes en paysages siciliens... Tiens, il a flairé que je parlais de lui, il est enchanté, il va faire la roue. »

Jacques, accoudé, ne répondait rien. Il avait, à de tels moments, un visage stupide : les lèvres entrouvertes, l'œil terne, un regard animal, endormi et grognon. Tout en écoutant son ami, il examinait le couple que formaient Nivolsky et la jeune Paule. Elle tenait à la main son fard à lèvres ; elle arrondit la bouche, y posa le crayon rouge, et le fit tourner d'un petit coup sec comme pour forer un trou ; le peintre, en la regardant, faisait pivoter le sac de la jeune femme autour de son doigt. Il n'y avait entre eux — c'était évident — qu'une camaraderie de bar, et cependant elle lui touchait les mains, le genou, elle arrangeait sa cravate ; à un moment, il se pencha vers elle pour lui raconter quelque chose, et elle le repoussa gaiement en lui posant à plat sur le visage sa petite main pâle... Jacques fut troublé.

Non loin d'elle, une femme brune, seule, pelotonnée au fond de la banquette et comme frileusement enveloppée dans sa cape de satin noir, sans que Paule s'en aperçût peut-être, la dévorait des yeux.

Sur tous ces gens, Jacques promenait son regard massif. Observait-il, ou bien inventait-il ? Ceux qu'il regardait quelque temps, il leur attribuait aussitôt des sentiments complexes. Il ne cherchait d'ailleurs pas à analyser ce qu'il croyait voir ; il n'eût pas été capable de traduire en mots ses intuitions ; il était bien trop pris par le spectacle pour se dédoubler et pour enregistrer quoi que ce fût. Mais, d'entrer ainsi en communication — illusoire ou réelle — avec d'autres êtres, lui faisait éprouver une incomparable volupté.

« Et cette grande, qui parle au barman ? demanda-t-il.

— En bleu paon, avec un sautoir jusqu'aux genoux ?

— Oui. Comme elle a l'air cruel.

— C'est Marie-Josèphe. Elle est assez belle. Un nom d'impératrice. L'histoire de ses perles est amusante. Tu m'écoutes ? continua Daniel en souriant. Elle était la maîtresse de Reyvil, le fils du parfumeur ; or, ce Reyvil avait une épouse légitime qui le trompait avec Josse, le banquier. M'écoutes-tu ?

— Mais oui, très bien.

— C'est que tu as l'air de dormir... Un jour, Josse, qui est fort riche, veut offrir des perles à Mme Reyvil, sa maîtresse. Comment manœuvrer pour que Reyvil ne prenne pas ombrage ? Josse n'est pas tombé de la dernière pluie : il invente une histoire de tombola au profit des Filles repenties, il fait prendre à Reyvil, le mari, dix billets à vingt sous, et il lui fait gagner le sautoir destiné à sa femme. Là, tout se complique : Reyvil écrit à Josse pour le remercier, mais, en *post-scriptum*, il le prie de ne souffler mot de la loterie à Mme Reyvil, parce qu'il vient d'envoyer les perles à Marie-Josèphe, sa maîtresse... Attends donc : le plus beau est pour la fin...

Fureur de Josse, qui n'a plus qu'une idée en tête : ravoir son collier, ou du moins, avoir la femme qui le porte. Et, trois mois après, il avait plaqué Mme Reyvil pour chiper Marie-Josèphe à l'ami Reyvil, troquant ainsi la femme sans perles contre la maîtresse à sautoir. Et le brave Reyvil, qui a tout à fait oublié que le collier ne lui a coûté que dix pièces de vingt sous, déblatère à qui veut l'entendre sur l'insondable muflerie des courtisanes !... Bonjour, Werff », fit-il, en serrant la main d'un beau garçon qui venait d'entrer, et que l'on acclamait déjà à l'autre extrémité de la salle aux cris de : « L'Abricot ! » « Vous vous connaissez, n'est-ce pas ? » demanda-t-il à Jacques, qui tendit sans aménité la main à Werff. — « Bonjour la plus belle, dit encore Daniel, s'inclinant pour baiser au passage la main de Paule, l'exsangue camarade du peintre russe. Permettez-moi de vous présenter mon ami Thibault. » Jacques s'était levé. La jeune femme laissa traîner sur lui un regard maladif, qu'elle arrêta plus longuement sur Daniel ; elle parut hésiter à dire quelque chose, et passa.

« Tu viens souvent ici ? dit Jacques.

— Non. Enfin, oui. Plusieurs fois par semaine. Une habitude. Et pourtant je me lasse en général très vite d'un endroit, des mêmes gens ; j'aime sentir que la vie coule... »

« Je suis reçu », songea Jacques tout à coup. Sa poitrine se gonfla. Une idée traversa son cerveau.

« Sais-tu à quelle heure ferme le télégraphe de Maisons-Laffitte ?

— Il est fermé. Mais si tu envoies un télégramme ce soir, ton père le recevra demain, à la première heure. »

Jacques fit signe au groom :

« De quoi écrire. »

Il se mit à griffonner la dépêche d'une main si fébrile et cette impatience tardive d'annoncer son succès était si bien de lui, que Daniel sourit et se pencha sur son épaule; mais il se releva précipitamment, surpris et surtout ennuyé de son indiscrétion involontaire : au lieu de l'adresse de M. Thibault, il avait lu : *Mme de Fontanin, Chemin de la Forêt. Maisons-Laffitte.*

Un mouvement de curiosité se produisait autour d'une vieille habituée, qui venait de faire son entrée, accompagnée d'une jolie fille brune, dont l'attitude attentive, quoique sans timidité, laissait supposer qu'elle venait là pour la première fois.

« Tiens, du neuf », fit Daniel à mi-voix.

Werff, qui passait, sourit :

« Vous ne saviez pas ? dit-il. Maman Juju lance une nouvelle.

— La petite est rudement bien », décréta Daniel, après une pause.

Jacques se retourna. Elle était charmante, en effet : des yeux clairs, des joues pures de fard, un air de n'être pas de la maison. Elle était vêtue de linon à peine rosé, sans une garniture, sans un bijou. Près d'elle, aussitôt, même les plus jeunes semblèrent défraîchies.

Daniel avait repris sa place près de Jacques :

« Il faudra que tu voies maman Juju de près, dit-il. Je la connais bien : c'est un type. Elle jouit maintenant d'une espèce de situation sociale : elle habite un assez bel appartement; elle a son jour; elle donne des soirées; elle protège les débutantes. Ce qu'elle a de particulier, c'est de n'avoir jamais voulu être une femme entretenue : c'était une brave petite prostituée, et elle n'a jamais essayé de monter en grade. Elle a vécu trente ans en carte, à faire le trottoir entre la Madeleine et la rue Drouot. Mais elle avait divisé sa vie en deux : de neuf heures du matin à cinq heures du soir, elle s'appelait Mme Barbin, et elle menait la vie d'une petite bourgeoise, dans un entresol de la rue Richer, avec une suspension, une bonne, et les mêmes soucis que les petits bourgeois : un livre de dépenses, la cote de la Bourse pour surveiller ses placements, des ennuis domestiques, des relations de famille, des neveux Barbin, des nièces Barbin, des anniversaires, et même une fois l'an, un goûter d'enfants autour d'un arbre de Noël. Je n'invente rien. Et, à cinq heures, tous les soirs, par tous les temps, elle lâchait sa camisole de pilou pour un tailleur chic, et partait sans aucun dégoût, faire sa besogne ; ce n'était plus Mme Barbin, c'était la môme Juju, toujours gaie, consciencieuse, jamais lasse, connue et appréciée dans tous les hôtels meublés des boulevards. »

Jacques ne détachait plus les yeux de maman Juju. Elle avait une brave figure de curé de campagne, énergique, riante, finaude aussi, et portait sur des cheveux courts tout blancs un chapeau de pêcheur à la ligne.

Pensif, il répéta :

« Sans aucun dégoût...

— Mais naturellement », répliqua Daniel. Et, coulant vers Jacques un regard malicieux, un peu agressif, il murmura deux vers de Whitman :

You prostitutes flaunting over the trottoirs or obscene in your rooms,
Who am I that I should call you more obscene than myself[1] ?

1. « Vous que la prostitution fait magnifiques sur les trottoirs, ou obscènes dans vos chambres,
« Qui suis-je, pour me dire moins obscène que vous ? »
(*Autumn Rivulets*.)

Daniel savait bien qu'il heurtait la pudeur de Jacques. Il le faisait exprès, agacé qu'il était de voir avec quelle aisance Jacques, durant des mois entiers — par réaction peut-être aussi contre le libertinage de son ami —, s'accommodait d'une existence presque chaste. Daniel avait même la naïveté de s'en alarmer ; et il savait que, parfois, Jacques lui-même s'inquiétait un peu de la complaisante torpeur d'un tempérament qui, jadis, semblait s'annoncer plus exigeant. Cette délicate question avait été effleurée une seule fois entre eux, cet hiver, un soir qu'ils revenaient du théâtre et suivaient ensemble la cohue amoureuse des grands boulevards. Daniel s'était étonné de l'indifférence de son compagnon. « Pourtant, avait répliqué Jacques, je suis robuste. Au conseil de révision, j'ai bien constaté que j'étais parmi les plus vigoureux... » Et Daniel se rappelait l'imperceptible anxiété qui avait ébranlé sa voix.

Il fut détourné de ce souvenir par Favery, qu'il aperçut de loin, tourné vers eux ; avec une désinvolture étudiée, il remettait chapeau, canne et gants à la préposée au vestiaire, et, riant déjà, il s'adressait à Jacques :

« Ton frère n'est pas arrivé ? »

Favery portait, le soir, des faux cols un peu trop montants, des vêtements neufs qu'il semblait avoir empruntés, et il avançait son menton rasé de frais, avec un air de fringale qui faisait dire à Werff : « Normale part à la conquête de Babylone. »

« Je suis reçu », songea Jacques. Et il eut envie de filer à l'anglaise pour prendre dès ce soir, le train pour Maisons. La pensée d'Antoine qui avait promis de le rejoindre, qui allait arriver d'une minute à l'autre, le paralysa. « Non, se dit-il, mais demain, de très bonne heure. » Il se sentit déjà baigné de fraîcheur : le soleil matinal pompait la rosée des avenues... Packmell s'effaça...

L'allumage éblouissant de tous les lustres à la fois le tira de son inertie. « Je suis reçu », pensa-t-il encore, comme pour marquer aussitôt son contact avec le réel. Il chercha des yeux son ami, et l'aperçut, dans un angle, qui causait à voix basse avec maman Juju. Daniel était assis de biais sur une chaise volante, et l'animation de son débit faisait valoir le gracieux port de sa tête, l'intelligence de son visage, de son regard, de son sourire, l'élégance de ses mains, qu'il tenait à demi levées ; mains, sourire et regard parlaient autant que ses lèvres. Jacques ne se lassait pas de le contempler. « Qu'il est beau ! songeait-il sans formuler sa pensée. Comme c'est beau qu'un être jeune, vivant, puisse être aussi totalement possédé par la minute présente ! Aussi naturel dans son jeu ! Il ne sait pas que je le regarde ; il n'y pense pas ; il ne se défie d'aucun contrôle. Surprendre un être qui ne sait pas qu'on le voit, un être dans le secret de sa nature ! Y a-t-il vraiment des gens qui, dans un lieu public peuvent oublier tout ce qui les entoure ? Il parle, il est tout à ce qu'il dit. Moi, jamais je ne suis naturel. Jamais je ne pourrais m'abandonner à ce point — si ce n'est dans une chambre close, à l'abri de tous les regards. Et encore ! » Il réfléchit un instant : « Daniel n'est pas spécialement observateur. Voilà pourquoi le spectacle ne l'absorbe pas comme moi ; il peut rester lui-même. » Il réfléchit de nouveau : « Moi, le monde extérieur me dévore », conclut-il en se levant.

« Non, mon beau Prophète, inutile d'insister : cette enfant-là n'est pas pour toi », disait au même instant maman Juju à Daniel, dont le regard eut une lueur si rageuse qu'elle se mit à rire : « Voyez-vous ça ! *Assieds-toi, petit, ça va passer.* »

(C'était — avec quelques autres scies telles que : *Enfant, sois mon fétiche* ou : *Ça n'intéresse personne*, ou encore : *Tout ça n'est rien, tant qu'on a la santé* —, c'était une de ces absurdes phrases-clichés, qui variaient avec les saisons et que les habitués du lieu se renvoyaient à tout propos avec des sourires d'initiés.)

« Comment l'as-tu connue ? reprit Daniel avec une expression têtue.

— Non, mon joli, je te dis que ce n'est pas pour toi. C'est une gosse exceptionnelle, bonne fille, pantoufle : une perle.

— Dis-moi toujours comment tu l'as connue ?

— Tu la laisseras tranquille ?

— Mais oui.

— Eh bien, c'est quand j'ai eu ma pleurésie. Tu te rappelles ? Elle l'a su, elle est arrivée sans rien demander à personne. Et note bien que je ne la connaissais pour ainsi dire pas ; je l'avais bien aidée une ou deux fois, mais à peine. (Parce qu'il faut te dire qu'elle eu de gros ennuis, déjà, cette petite : une histoire sérieuse, un homme du monde, à ce que j'ai compris, qu'elle aimait, et un enfant — on ne dirait pas, hein ? — un enfant qui est mort tout de suite — tant et si bien qu'on ne peut pas lui parler d'enfant sans qu'elle se mette à pleurnicher.) Donc, quand j'ai eu ma pleurésie, elle est venue s'installer chez moi comme une bonne sœur, et elle m'a soignée mieux que si ç'avait été ma fille, jour et nuit, pendant plus de six semaines ; elle me posait des cent ventouses en vingt-quatre heures ; oui, mon petit ; elle m'a sauvé la vie, c'est bien simple : et elle ne dépensait rien. Une perle. Alors je me suis juré de la tirer d'affaire. C'est jeune, ça ne sait rien d'autre que son béguin. Moi, je me fais fort de la faire partir ; mais tu sais ce qui s'appelle partir ! (Et, pour ça, tu pourrais même me donner un coup de main : je t'expliquerai comment.) Voici donc trois mois que je ne la quitte pas. D'abord il a fallu lui trouver un nom. Elle s'appelait Victorine. Victorine Le Gad. Le Gad, en deux mots, ça va encore. Mais Victorine, c'est fou ! J'en ai fait : *Rinette*. Pas mal, hein ? Et de tout comme ça. Colin lui a donné des leçons de diction ; elle avait un accent breton qui faisait rigoler tout le monde ; il lui en reste juste ce qu'il faut, un petit quelque chose d'étranger, d'acidulé, d'english — charmant. En quinze jours, elle a su bostonner ; elle est légère comme un duvet. À part ça, elle n'est pas sotte. Elle chante juste, une voix chaude, un rien canaille : j'adore ça. Enfin, la voilà gréée, je la mets à l'eau ce soir, il ne s'agit plus que de lui souffler du vent dans les voiles. Non, sois sérieux. C'est justement à ça que tu peux m'aider. J'ai parlé d'elle à Ludwigson, qui est comme un feu dansant depuis que Bertha l'a plaqué. Il m'a promis de venir aujourd'hui pour rencontrer la gosse. Dis-lui seulement qu'elle te plaît, il s'emballera à fond. Tu comprends, un Ludwigson, c'est exactement ce qu'il faudrait à cette enfant. Elle n'a qu'une idée, faire un petit magot pour retourner dans sa Bretagne. Que diable veux-tu, c'est son goût ! Les Bretonnes sont toutes comme ça. Une bicoque sur la place de la criée, une coiffe blanche et des processions : la Bretagne, quoi ! Ça n'est pas le Pérou qu'elle demande, elle peut y arriver vite, avec de l'ordre et des conseils. Je veux qu'après les étrennes elle ait déjà mis à gauche, une vingtaine de billets que je lui placerai, je sais déjà comment. Tu t'y entends un peu, toi, aux mines d'or ?

— À table ! » criaient des voix tapageuses.

Daniel rejoignit Jacques :

« Ton frère n'est pas arrivé? Allons toujours prendre nos places. »

Il y avait un certain flottement autour de la longue table où une vingtaine de couverts étaient mis. Daniel fit si bien que Jacques se trouva à la gauche de Rinette; maman Juju ne la lâchait pas et la flanquait d'aussi près que possible sur la droite. Mais, au moment où, tout le monde s'étant placé, Jacques allait s'asseoir, Daniel le bouscula :

« Change avec moi. » Et, sans attendre, il lui prit si rudement le bras pour l'écarter, que Jacques sentit les doigts de Daniel se crisper sur son poignet, et qu'il dut se retenir pour ne pas crier.

Mais Daniel ne pensait guère à s'excuser :

« Maman Juju, fit-il, je crois qu'il serait décent de me présenter à ma voisine.

— Ah! toi! » bougonna la vieille, qui venait de découvrir la manœuvre de Daniel. Puis s'adressant à la tablée : « Je vous présente à tous Mademoiselle Rinette » ; et, d'un ton menaçant : « Une protégée à moi.

— Présentez-nous! Présentez-nous! firent plusieurs voix.

— En voilà des micmacs », soupira maman Juju. Elle se leva de mauvaise grâce, retira son chapeau, et le lança à une des « infirmières » qui faisaient le service. « Le Prophète, commença-t-elle en désignant Daniel. Un joli sujet.

— Bonjour, Monsieur », fit la petite, gentiment. Daniel lui prit la main et la baisa.

« Continuez!

— Son ami je ne sais comment, reprit maman Juju en tendant le bras vers Jacques.

— Bonjour, Monsieur, fit Rinette.

— Après ça : Paule, Sylvia, Mme Dolorès et un

enfant inconnu : l'Enfant du Miracle. Werff, dit l'Abricot. Gaby. La Gourde...

— Merci, interrompit une voix ricanante. J'aime mieux le nom de mes pères : Favery, Mademoiselle, un de vos plus zélés soupirants.

— *Enfant, sois mon fétiche !* fit une voix ironique.

— Lily et Harmonica, ou les Inséparables, poursuivait maman Juju, sans écouter. Le Colonel. La belle Maud. Un monsieur que je ne connais pas, avec deux dames que je connais bien, mais dont j'ai oublié les noms. Une place vide. Un autre *idem*. Bataincourt, dit le petit Batt'. Marie-Josèphe et ses perles. Madame Packmell. » Puis, faisant la révérence : « Et maman Juju, pour finir.

— Bonjour, Monsieur. — Bonjour, Mademoiselle. — Bonjour, Monsieur. — Bonjour, répétait Rinette sur un ton argentin, souriant sans la moindre gêne.

— Ce n'est pas Mam'zelle Rinette qu'il faut l'appeler, remarqua Favery, c'est Mam'zelle Bonjour !

— Je veux bien, dit la petite.

— Un ban pour Mam'zelle Bonjour ! »

Elle riait et semblait enchantée du bruit fait en son honneur.

« Et maintenant, le potage », proposa Mme Packmell.

Jacques poussa Daniel du coude, et lui montrant le cercle rouge de son poignet :

« Qu'est-ce qui t'a pris tout à l'heure ? »

L'autre lui jeta un regard amusé, dénué de tout remords ; un regard ardent, un peu sauvage.

« *I am he that aches with amorous love* [1] », dit-il en baissant la voix.

Jacques inclina la tête pour apercevoir Rinette, qui

1. « Je suis celui que l'amoureux désir tourmente... »

justement se tournait vers lui ; il rencontra ses yeux : ils étaient verts, frais et mouillés comme des huîtres.

Daniel continuait :

« *Does the earth gravitate ? does not all matter aching, attract all matter ?*

« *So the body of me to all I meet or know*[1]. »

Jacques fronça les sourcils. Ce n'était pas la première occasion qui lui était donnée d'assister à un de ces déclenchements passionnels qui lançaient Daniel vers son plaisir sans qu'il fût possible de lui faire obstacle. Et, chaque fois, l'amitié de Jacques s'était rétractée malgré lui. Un détail amusant fit dévier sa pensée : il s'avisa que l'intérieur du nez de Daniel était tapissé d'un duvet très noir qui faisait ressembler ses narines aux trous d'un masque ; il chercha des yeux les mains du Prophète, ces belles mains allongées sur lesquelles courait aussi le même duvet brun. « *Vir pilosus* », songea-t-il, et il eut grande envie de sourire.

Mais Daniel se penchait de nouveau, et, sans changer de ton, comme s'il achevait la citation de Whitman :

« *Fill up your neighbour's glass, my dear*[2].

— Madame Packmell, le menu est illisible, ce soir, zézaya quelqu'un de l'autre côté de la table.

— Madame Packmell aura un double zéro, décréta Favery.

— *Tout ça n'est rien — tant qu'on a la santé* », répliqua philosophiquement la belle blonde.

Jacques se trouvait près de Paule, l'ange perverti,

1. « Est-ce que gravite la terre ? Est-ce que toute matière n'est pas tourmentée par l'attraction de toute matière ?
Ainsi mon corps à moi, par tous ceux que je connais ou rencontre. »

(*Children of Adam*)

2. « Remplis le verre de ta voisine, mon cher. »

à la chair si pâle. Puis il y avait une fille au buste opulent, qui ne parlait pas et s'essuyait les lèvres après chaque cuillerée. Et plus loin, presque en face de Jacques, à côté de cette femme brune dont le front était mangé de frisures et que maman Juju avait nommée Mme Dolorès, un gamin de sept à huit ans, assez pauvrement vêtu de noir, suivait de ses yeux limpides les mouvements des convives, et sa figure, par éclairs, s'illuminait d'un sourire.

« On ne vous a pas servi de potage ? demanda Jacques à sa voisine.

— Je n'en prends pas, merci. »

Elle gardait les yeux baissés, et, lorsqu'elle les relevait, c'était toujours vers Daniel. Elle avait tout fait pour se placer près de lui ; et, au dernier moment, elle l'avait vu donner sa chaise à Jacques ; et c'est à Jacques qu'elle en voulait. D'où venait-il, celui-là, avec son visage boutonneux et son clou à la nuque ? Elle détestait les roux, et ce brun-là avait un aspect de rouquin. Sans compter qu'avec ce front herbu, ces oreilles décollées, cette mâchoire, il avait l'air d'une brute.

« Eh bien, voyons, qu'est-ce que tu attends pour mettre ta serviette ? » dit à voix haute Mme Dolorès, secouant le petit garçon pour mieux lui nouer autour du cou le linge cylindré dont les cassures l'ensevelissaient à demi.

« Quand une femme avoue son âge, criait Favery, qui discutait avec Marie-Josèphe, c'est qu'elle ne l'a plus. Je vous dis, moi, qu'elle est entrée au Conservatoire à limite d'âge, il y a juste quarante-cinq ans, avec un acte de naissance appartenant à sa sœur cadette et qui la rajeunissait de deux ans. Cela fait donc...

— *Ça n'intéresse personne !* lança maman Juju à la cantonade.

— Favery est un de ces bons esprits qui ne peuvent jamais prendre part à une conversation sans rappeler d'abord que l'accélération de la pesanteur est de 9,80 m à Paris », remarqua Werff, qui jadis avait préparé Centrale. On l'avait surnommé l'Abricot à cause de sa peau que les sports en plein air avaient dorée et crottée de taches de son. Un superbe mâle d'ailleurs, aux épaules ondulantes, avec de fortes pommettes et des lèvres gonflées ; le soir, la bonne humeur de ses muscles, satisfaits par les exercices du jour, resplendissait dans ses yeux bleus et sur ses joues lustrées.

« On ne sait pas de quoi il est mort, dit quelqu'un.

— Savais-tu de quoi il vivait ? repartit une voix moqueuse.

— Allons, dépêche-toi, dit Mme Dolorès au gamin. Tu sais, ici, il y a du dessert. Tu n'en auras pas.

— Pourquoi ? demanda le petit, tournant vers elle son regard rayonnant.

— Tu n'en auras pas, si je le veux. Obéis. Dépêche-toi. » Elle s'aperçut de l'attention de Jacques et lui décocha un sourire complice. « Il est difficile, voyez-vous, reprit-elle. Il a peur de tout ce qu'il ne connaît pas. Des pigeons en salmis, on t'en donnera ! Il mangeait le plus souvent du lard aux choux que des pigeons, bien sûr ! Il a été trop gâté. Toujours choyé, câliné comme tous les uniques. Surtout que sa mère est restée malade si longtemps ! Oui, oui, fit-elle, en passant sa main sur la tête ronde, tondue de près, un enfant gâté. C'est très vilain. Mais, avec sa tante, ça ne sera plus pareil. Monsieur voulait-il pas garder ses boucles comme une petite fille ? Ah ! mais, c'en est fini, des caprices, des gâteries. Allons, mange ; le monsieur te regarde, dépêche. » Heureuse d'être écoutée, elle sourit de nouveau à Jacques et à Paule : « C'est un petit orphelin, déclara-t-elle sur un ton satisfait. Il a perdu sa mère cette semaine. Une femme qui était mariée avec un frère à moi. Elle est morte de la poitrine, dans son village, en Lorraine. Pauvre petit, ajouta-t-elle, il a encore de la chance que j'aie bien voulu le prendre à ma charge : il n'a plus personne d'aucun côté; il n'a plus que moi. Mais j'aurai du tintouin. »

Le gamin avait cessé de manger; il regardait sa tante. Comprenait-il ?

Il demanda, avec une intonation étrange :

« C'est ma maman à moi, qui est morte ?

— T'occupe pas de ça. Mange.

— N'ai plus envie.

— Vous voyez, voilà comme il est! reprit Mme Dolorès. Oui, là : c'est ta maman qui est morte. Et maintenant, obéis, mange. Ou bien tu n'auras pas de glace. »

Paule, à ce moment, détourna la tête, et Jacques, croisant son regard, crut y lire l'impression de malaise qu'il ressentait lui-même. Elle avait un cou fin, mobile, et pâle, plus encore que ses joues : son aspect gracile invitait à de tendres égards. Jacques regardait ce cou, cette peau fine, à peine duvetée, et il éprouvait une sensation de douceur aux lèvres. Il chercha quelque chose à dire, ne trouva rien, et sourit. Elle l'examina à la dérobée. Il lui sembla moins laid. Mais un brusque pincement au cœur la fit devenir toute blanche : elle posa ses mains au bord de la table et renversa un peu la tête en arrière, mordant sa langue pour ne pas perdre connaissance.

Jacques la vit. Elle avait l'air d'un oiseau qui serait venu mourir là, sur la nappe. Il murmura :

« Quoi donc ? »

Il apercevait, entre les paupières à demi closes, le

blanc des yeux chavirés. Elle fit un effort et balbutia sans bouger :

« Dites rien. »

Il avait la gorge nouée, il n'aurait pu appeler. Personne d'ailleurs ne prêtait attention à eux. Il regarda les mains de Paule : les doigts, immobilisés, transparents comme de petits cierges, étaient si livides que les ongles y faisaient des taches violacées.

« Mon réveil sonne à six heures et demie dans une soucoupe en équilibre sur un verre... », expliquait Favery à sa voisine, avec des roucoulements satisfaits.

Déjà Paule, moins pâle, rouvrait les yeux; elle tourna la tête et sourit faiblement pour remercier Jacques de s'être tu :

« C'est fini, souffla-t-elle. Ça vient par crises, c'est des pointes au cœur. » Et du bout des lèvres encore crispées, elle ajouta, non sans mélancolie : « *Assieds-toi, petit, ça va passer.* »

Il eut envie de la saisir dans ses bras, de l'emporter loin de ce lieu souillé; il songeait à se consacrer à elle, à la guérir. Ah ! qu'il se sentait d'amour pour tout être faible qui eût sollicité, ou seulement accepté, l'appui de sa force !

Il fut sur le point de confier à Daniel ce projet chimérique : mais Daniel ne songeait guère à Jacques.

Daniel causait avec maman Juju, dont Rinette le séparait. C'était un prétexte pour se tourner vers sa voisine, pour être plus près de sa tiédeur. Quoique, depuis le début du repas, il eut par tactique évité presque de lui adresser la parole, visiblement il ne pensait qu'à elle. À plusieurs reprises, elle avait surpris son regard : chaque fois, sans qu'elle pût s'expliquer pourquoi, ce regard, au lieu de la flatter, soulevait en elle un sentiment d'éloignement; et l'attrait de ce visage viril, bien qu'elle y fût sensible, l'irritait.

Un débat assez vif animait l'autre bout de la table : « Fat ! » cria l'Abricot à Favery.

L'autre en convint :

« Hé ! je me le dis souvent.

— Trop bas, sans doute. »

Il y eut des rires, Werff garda l'avantage :

« Favery, mon cher, déclara-t-il, élevant exprès le ton, permettez que je vous dise une chose : vous venez de parler des femmes comme quelqu'un qui n'a jamais su... leur parler ! »

Daniel regarda Favery qui riait, et il crut saisir un regard du normalien dans la direction de Rinette, comme si ce fût à propos d'elle que la discussion fût née : un certain regard osé et concupiscent qui redoubla soudain l'antipathie de Daniel pour Favery. Il connaissait sur lui plusieurs anecdotes qui le discréditaient. Une envie féroce le prit de les raconter devant Rinette. Il ne résistait jamais à ces sortes de tentations. Baissant la voix, pour n'être entendu que des deux femmes, et se penchant vers maman Juju d'une façon qui mettait Rinette en tiers dans le colloque, il demanda négligemment :

« Est-ce que tu connais l'histoire de Favery et de la Femme adultère ?

— Non, s'écria la vieille, alléchée. Raconte. Et, passe-moi une cigarette ; le dîner n'en finit pas, ce soir.

— Un beau jour — elle était depuis longtemps sa maîtresse — elle débarque chez lui avec une valise : "J'en ai assez, je veux vivre avec toi, et cætera... — Mais ton mari ? — Mon mari ? Je viens de lui écrire : *Cher... Eugène, je suis arrivée à un tournant de ma vie, et cœtera... J'ai le besoin et le droit d'épancher ma tendresse dans un cœur ami, et cœtera... J'ai trouvé ce cœur, et je pars."*

— En fait de cœur, dis donc... !

— C'était son affaire. Écoute la suite. Voilà mon Favery épouvanté. Une femme sur les bras et, qui pis est, une femme bientôt divorcée, libre, qui allait exiger qu'on l'épouse... C'est alors qu'il a eu ce qu'il appelle lui-même son idée de génie. Il a écrit au mari : *Monsieur, je reconnais que c'est pour me suivre que votre femme abandonne le domicile conjugal. Salutations. Favery.*

— C'est chic, murmura Rinette.

— Pas tant que ça, répliqua Daniel avec un sourire presque méchant. Vous allez voir. Favery, malin, prenait simplement ses précautions pour l'avenir ; il savait que le mari ferait état de cette lettre devant les tribunaux : or, la loi interdit à l'amant d'épouser jamais sa complice. "Il est bon de connaître le Code", dit-il quand il raconte l'histoire. »

Rinette réfléchissait ; enfin, elle comprit :

« Oh ! ce vice ! » s'écria-t-elle.

Daniel, qui penchait la tête vers elle, reçut son souffle au visage, aux lèvres. Il fit une longue aspiration et dut presque fermer les yeux.

« Il l'a quittée ? » demanda la vieille.

Daniel ne répondit pas. Rinette tourna les yeux vers lui. Il gardait les paupières à demi baissées tant il se sentait peu maître de dissimuler l'intensité de son désir. Elle vit de tout près sa chair lisse, le pli cruel de sa bouche, ses cils frémissants ; et, comme si depuis longtemps elle avait expérimenté les secrets trompeurs de ce visage, quelque chose en elle d'aussi indiscutable qu'un instinct se révolta tout à coup contre lui.

« Et la femme, qu'est-ce qu'elle est devenue ? » demanda maman Juju.

Daniel avait repris son calme, mais sa voix gardait un léger tremblement :

« On a dit qu'elle s'était tuée, fit-il. Lui, il affirme qu'elle était tuberculeuse. » Il essaya de rire, et passa sa main sur son front.

Rinette se tenait droite, appuyée au dossier de sa chaise, afin de s'écarter le plus possible de Daniel. Pourquoi ce tumulte en elle ? Cela s'était fait d'un seul coup, à cause de ce visage, de ce sourire, de ce regard. Tout en ce beau garçon lui était odieux : sa façon de se pencher, l'élégance de ses gestes, et sa main surtout, sa longue main nerveuse... Jamais elle n'aurait cru qu'il y eût en elle, disponible, et pour ainsi dire toute préparée, tant d'aversion contre un inconnu.

« Alors, autant dire que je suis une coquette ? » s'écria Marie-Josèphe, prenant à témoin toute la table.

Battaincourt sourit naïvement :

« Est-ce ma faute ? La langue française n'a que ce terme-là pour désigner cette chose, entre toutes charmante : l'intention de plaire...

— C'est du propre ! » glapit Mme Dolorès.

On se retourna. Mais il s'agissait du petit garçon qui venait de renverser une cuillerée de glace sur sa veste noire et que sa tante traînait vers le lavabo.

Jacques profita de son absence :

« Vous la connaissez ? demanda-t-il à Paule, heureux de se rapprocher d'elle.

— Un peu. » Elle fut sur le point de se taire ; elle n'était pas bavarde et se sentait triste. Mais Jacques avait été gentil avec elle, tout à l'heure. « Ça n'est pas une méchante femme, vous savez, poursuivit-elle. Et puis elle est riche. Elle a été longtemps avec un type qui écrivait pour les théâtres. Après, elle a épousé un pharmacien ; qui est mort. Elle touche encore de grosses rentes pour les spécialités. Le *Coricide Dolorès*, vous connaissez bien ça ? Non ? Faut lui dire, elle en a toujours des échantillons dans son sac. Épatant, vous verrez. C'est une originale. Elle a chez elle une douzaine de chats, racolés partout. Et des poissons, un grand aquarium, dans sa chambre à coucher. Elle adore les bêtes.

— Mais elle n'aime pas les enfants. »

Paule hocha la tête :

— « C'est une femme qui est comme ça », conclut-elle.

Elle respirait difficilement quand elle avait parlé. Jacques s'en aperçut. Il cherchait cependant à prolonger leur aparté. La pensée qu'elle avait une maladie de cœur amena assez sottement sur ses lèvres :

« *Le cœur a ses raisons que la raison ne connaît pas.* »

Elle resta une seconde pensive.

« *Que la raison n'a pas*, rectifia-t-elle, en pianotant sur la table, sans ça, le vers serait faux ».

Il la désirait malgré tout. Pourtant il avait déjà moins envie de lui consacrer sa vie. « Dès qu'un être me laisse lire en lui, si peu que ce soit, je suis prêt à l'aimer », songea-t-il. Il se souvint de la promenade où il avait, pour la première fois, fait cette remarque : l'été dernier, dans les bois de Viroflay, avec des camarades d'Antoine et une étudiante en médecine, une Suédoise, qui s'était appuyée à son bras pour lui conter des souvenirs d'enfance.

Et, tout à coup, il s'avisa qu'Antoine n'était pas venu. Neuf heures et demie !

Alors, envahi par une terreur nerveuse, oubliant tout le reste, il secoua Daniel par le bras :

« Sûrement, il est arrivé quelque chose !

— Quelque chose ?

— À Antoine ! »

Justement, on sortait de table. Jacques s'était levé. Daniel, debout, cherchant à ne pas s'éloigner de Rinette, essayait de le rassurer :

« Voyons, tu es fou ! Les médecins... Il a suffi d'un malade... »

Mais Jacques était déjà loin. Incapable de réfléchir, incapable de lutter contre son pressentiment, il avait couru jusqu'au vestiaire, et sans dire au revoir à personne, sans une pensée pour Paule, il s'élançait dehors. « C'est moi qui ai porté malheur à Antoine, se répétait-il avec épouvante. C'est moi... C'est moi... Pour avoir un complet noir, comme le type du carrefour Médicis !... »

Le trio de musiciens venait d'attaquer une valse. Quelques couples dansaient déjà dans la salle du bar. Daniel vit Favery lever le menton comme s'il prenait le vent et fixer sur Rinette son regard clignotant. D'un pas preste, il le devança :

« Un boston ? »

Elle l'avait vu venir et l'examinait avec hostilité ; elle le laissa s'incliner légèrement, avant de lui répondre :

« Non. »

Il dissimula sa surprise et sourit :

« Pourquoi : non ? » fit-il, imitant son intonation. Il était si certain de la décider qu'il dit : « Allons », et fit un pas vers elle. Geste un peu trop assuré, qui acheva de la mettre en révolte.

« Avec vous, non ! accentua-t-elle.

— Non ? » répéta-t-il, tandis que son œil noir la défiait, semblait dire : « Quand je voudrai ! »

Elle se détourna et, apercevant Favery qui hésitait

à s'approcher, alla vers lui comme s'il l'eût déjà invitée, et se mit à danser, sans un mot.

Ludwigson venait d'arriver. En smoking, debout près du bar, le canotier sur la tête, il causait avec la mère Packmell et Marie-Josèphe dont il maniait familièrement le sautoir. Mais, sans en avoir l'air, de son regard dormant qui glissait sous ses paupières de tortue et qui, par instants, s'abattait sur quelque chose ou sur quelqu'un comme un coup de canne plombée, il inspectait la salle.

Maman Juju naviguait entre les couples, à la recherche de Rinette. Elle l'atteignit enfin et lui poussa le coude :

« Vite. Et comme je t'ai dit. »

Daniel, que Paule avait acculé dans un angle, écoutait la jeune femme avec un sourire distrait. Il vit maman Juju venir le plus naturellement du monde se mêler au groupe de Marie-Josèphe, tandis que Rinette, cessant de danser, allait s'asseoir seule à une table éloignée, dans la pièce du fond. Presque aussitôt, Ludwigson et maman Juju traversèrent les deux salons pour la rejoindre. Ludwigson, surtout lorsqu'il se sentait regardé, marchait en raidissant le torse comme un cocher de l'ancien style ; il n'ignorait pas que la nature l'avait affligé d'une croupe de houri, qui se dandinait de droite et de gauche dès qu'il pressait le pas et il se surveillait. Rinette lui tendit la main ; il y appuya ses grosses lèvres. Dans le mouvement qu'il fit, Daniel aperçut son crâne un peu fuyant, sur lequel collaient ses cheveux noirs savamment décrêpés. « Une certaine allure, malgré tout, observa-t-il. Il y a du portefaix dans ce polichinelle levantin ; mais il y a aussi du grand vizir. »

Ludwigson se dégantait sans hâte, tout en évaluant Rinette d'un œil connaisseur ; puis il s'assit en face d'elle, et maman Juju à côté de lui. On leur apportait déjà à boire sans que Ludwigson eût rien commandé; ses habitudes étaient connues : il ne prenait jamais de champagne, mais buvait de l'asti, non mousseux, non frappé, pas même frais, un peu chambré : « Tiède, disait-il, comme le *yus* d'un *frouit* au soleil. »

Daniel quitta Paule, alluma une cigarette, fit le tour du bar, serra des mains, puis revint s'asseoir dans la seconde salle. Ludwigson et maman Juju lui tournaient le dos; mais il se trouvait placé juste en face de Rinette, quoique séparé d'elle par toute une pièce. Une conversation animée s'était établie d'emblée autour des coupes d'asti. Rinette souriait aux finesses de Ludwigson qui, penché vers elle et visiblement séduit, multipliait les frais en son honneur. Lorsqu'elle aperçut que Daniel les épiait, elle exagéra sa gaieté.

Par la baie qui faisait communiquer les deux salles, on voyait passer et repasser les couples de danseurs. Derrière le comptoir, une petite grue aux joues roses, qui ressemblait à un Lawrence, était grimpée sur une marche du petit escalier blanc, et là, tenant la rampe de chaque main, perchée sur un pied, balançant l'autre et levant le museau, elle accompagnait l'orchestre, en glapissant un absurde refrain que tout le monde, cet été-là, savait par cœur.

Timélou, lamélou, pan, pan, timéla !

La cigarette aux lèvres, Daniel s'était accoudé et regardait fixement Rinette. Il ne souriait plus; il avait un visage figé, et ses lèvres se pinçaient. « Où donc l'ai-je vu ? » se demandait la jeune femme; elle riait avec excès et prenait soin de ne pas rencontrer les yeux de Daniel. Elle y parvenait de moins en moins aisément ; et comme une alouette voletant au miroir, de plus en plus souvent son attention se laissait happer par ce regard tenace : regard voilé sans être vague, et dont la précision semblait réglée sur un point situé fort au-delà de Rinette ; regard qui restait aigu et tenace ; regard brûlant, aimanté, dont elle réussissait bien chaque fois à se déprendre, mais chaque fois avec plus d'effort.

Tout à coup, Daniel sentit quelque chose remuer presque contre lui. Il avait les nerfs si tendus qu'il ne put s'empêcher de tressaillir. C'était, parmi les coussins de la banquette, roulé dans le manteau soyeux de Dolorès, le petit orphelin qui dormait, un doigt près de la bouche, et des larmes mal séchées au bord des cils.

La musique s'était tue. Le violoniste quêtait de table en table. Lorsqu'il s'approcha de Daniel, celui-ci glissa un billet sous la serviette :

« Le prochain boston, un quart d'heure sans arrêt », murmura-t-il. Les paupières bistrées battirent en signe d'acquiescement.

Daniel sentit que Rinette le surveillait. Alors, relevant la tête, il s'empara de son regard. Il comprit que maintenant il en était le maître ; une ou deux fois, par jeu, il se donna le plaisir de le prendre et de le laisser, afin d'éprouver sa possession. Puis il ne le quitta plus.

Très allumé, Ludwigson redoublait d'amabilités. Cependant l'attention que lui prêtait Rinette était de plus en plus factice et haletante. Lorsque le violon attaqua une nouvelle valse, dès le premier coup d'archet, elle comprit au frémissement que lui communiqua le visage crispé de Daniel, qu'un événement décisif allait avoir lieu. En effet, Daniel s'était levé ; très calme, et sans lâcher sa proie du regard, il traversa le salon et vint droit sur elle. Il eut le temps de se dire : « Je joue ma situation chez Ludwigson » ; ce fut comme un coup de fouet qui cingla son désir. Rinette le regardait approcher, et son œil fixe exprima quelque chose de si anormal que Ludwigson et maman Juju, ensemble, se retournèrent. Ludwigson crut que Daniel venait le saluer, et déjà il ébauchait le geste de l'accueillir à sa table. Daniel n'eut même pas l'air de le reconnaître. Il inclina la tête et plongea son regard dans les yeux verts où se lisait autant de consentement que d'effroi. Elle se dressa subjuguée. Sans un mot, il l'enlaça, l'étreignit et disparut avec elle dans la salle où se tenait l'orchestre.

Ludwigson et maman Juju restèrent une seconde immobiles, suivant le couple des yeux. Puis ils se regardèrent.

« Quel toupet ! », balbutia-t-elle. Son double menton tremblait d'émotion et de colère.

Ludwigson leva les sourcils et ne répondit pas. Son teint blafard l'empêchait de pouvoir pâlir. Il avança, vers la coupe qui était devant lui, sa main énorme dont les ongles étaient sombres comme des cornalines, et il trempa ses lèvres dans l'asti.

Maman Juju respirait comme quelqu'un qui vient de courir.

« Voilà toujours un blanc-bec qui ne travaillera plus pour vous, je suppose », dit-elle, avec un rire sec de femme qui se venge.

Il parut surpris :

« M. de Fontanin ? Et pourquoi donc ? »

Il sourit, en grand seigneur qui ne s'abaisse pas à certaines mesquineries, et, très maître de lui, enfila ses gants. Peut-être bien s'amusait-il vraiment de l'aventure ? Il tira son portefeuille, jeta un billet sur la table, et, se levant, salua maman Juju d'un geste courtois. Puis il gagna la salle où l'on dansait et s'arrêta sur le seuil, pour attendre que le couple vînt à passer devant lui. Daniel rencontra son regard endormi, où il y avait un peu de méchanceté, un peu d'envie, de l'admiration ; il le vit ensuite glisser vers la sortie en longeant les banquettes et disparaître dans le tambour vitré, qui parut le cueillir dans son remous pour le jeter dehors.

Daniel bostonnait sans hâte, le corps en apparence immobile, la tête droite, avec une sorte de flegme fait de raideur et d'aisance, ne dansant qu'avec la pointe de ses pieds qui ne quittaient pas le sol. Rinette, inconsciente, grisée, incapable de savoir si elle était exaspérée ou ravie, épousait les moindres ondulations de son cavalier, semblait n'avoir jamais dansé qu'avec lui. Au bout de dix minutes, ils restaient les derniers ; les autres couples, depuis longtemps fatigués, formaient cercle autour d'eux. Cinq nouvelles minutes s'écoulèrent. Ils bostonnaient toujours. Enfin, après une dernière reprise, l'orchestre, doucement, s'arrêta.

Ils avaient dansé jusqu'aux derniers accords : elle, à demi pâmée sur son épaule ; lui, grave, les paupières baissées sur un regard brûlant qu'il essayait de temps à autre sur elle et qui la faisait tour à tour palpiter de rancune et de désir.

Des applaudissements éclatèrent.

Daniel ramena Rinette à la table de Ludwigson, s'assit le plus simplement du monde à la place vacante, demanda une quatrième coupe, l'emplit d'asti, la leva gaiement vers maman Juju, et la vida.

« Pouah, fit-il, quel sirop ! »

Rinette partit d'un éclat de rire nerveux, et ses yeux s'emplirent de larmes.

Maman Juju couvait Daniel d'un œil émerveillé ;

sa rage s'était évanouie. Elle se leva, haussa les épaules, et soupira drôlement :

« *Tout ça n'est rien — tant qu'on a la santé.* »

Une demi-heure plus tard, Rinette et Daniel sortaient ensemble de chez Packmell.

Il avait plu.

« Une voiture ? proposa le groom.

— Marchons d'abord un peu », dit Rinette. Sa voix avait des inflexions molles que Daniel remarqua avec joie.

Malgré l'averse, la température demeurait orageuse. Les rues étaient vides, mal éclairées. Ils allaient doucement devant eux sur le trottoir luisant d'eau.

Un fantassin les croisa, qui tenait deux femmes par la taille et s'amusait à leur faire changer le pas. « Un, deux ! Pas comme ça ! On saute sur le pied gauche : un, deux ! » Leurs rires, longtemps, résonnèrent entre les façades muettes.

Elle s'était attendue, en quittant le bar, à ce qu'il vînt aussitôt glisser son bras sous le sien. Mais Daniel savourait si fort les attentes qu'il se plaisait à les prolonger jusqu'à l'énervement. Ce fut elle qui se rapprocha, après un éclair lointain.

« L'orage n'est pas fini. Il va pleuvoir.

— Ça va être délicieux », répliqua-t-il, sur un ton caressant qui exprimait toutes sortes de choses. C'était bien subtil pour elle, que la réserve de Daniel intimidait. Elle dit :

« Vous savez, on ne m'ôtera pas de l'idée que je vous ai déjà vu ailleurs. »

Il sourit dans l'ombre ; il lui savait gré de ne prononcer que des mots prévus. Il était loin de soupçonner qu'elle pensait vraiment l'avoir rencontré.

Par gaminerie, il fut sur le point de répondre : « Moi aussi » ; et ils auraient émis des hypothèses. Mais il s'amusait davantage encore à l'intriguer en se taisant.

« Pourquoi qu'ils vous appellent le Prophète ? reprit-elle, après un silence.

— Parce que je m'appelle Daniel.

— Daniel quoi ? »

Il hésita ; il n'aimait pas à se livrer, si peu que ce fût. Pourtant la curiosité de Rinette était si dépourvue de rouerie, qu'il eut scrupule à se fabriquer pour elle un nom d'emprunt.

« Daniel de Fontanin », dit-il.

Elle ne répondit pas, mais elle eut un haut-le-corps. Il crut qu'elle avait bronché et voulut la soutenir ; elle fit un mouvement pour l'éviter. C'en fut assez pour lui donner envie de la contraindre : il s'approcha, essayant de lui prendre le bras ; elle esquiva son attouchement par un bond de côté, et, changeant tout à coup de direction, s'engagea dans une rue de traverse. Il pensa qu'elle jouait et se prêta au jeu. Elle paraissait réellement fuir devant lui : elle avait accéléré l'allure, et il avait du mal à garder sa distance sans courir. Il s'amusait : cette marche rapide dans ce quartier désert ressemblait à une chasse. Cependant, un peu las, comme elle allait s'enfoncer dans une rue obscure qui, par un détour les eût ramenés sur leurs pas, il voulut l'arrêter et tenta pour la troisième fois de saisir son bras. Elle échappa de nouveau.

« C'est stupide, fit-il agacé. Arrêtez-vous maintenant. »

Elle fuyait de plus belle, cherchant l'ombre et changeant sans cesse de trottoir comme si vraiment elle eût voulu qu'il perdît sa trace ; et tout à coup elle se mit à courir. En quelques enjambées, il fut à sa hauteur et la bloqua dans l'embrasure d'une porte. Alors il découvrit sur son visage une expression d'effroi qui ne pouvait pas être feinte.

« Qu'est-ce qu'il y a ? »

Essoufflée, elle restait blottie dans l'encoignure humide, fixant sur lui des yeux égarés. Il réfléchit une seconde. Il ne comprenait pas, mais il voyait bien que quelque chose de grave s'était passé en elle. Il voulut l'attirer contre lui. Elle se dégagea d'un geste si apeuré qu'un volant de sa robe se déchira.

« Qu'est-ce qu'il y a donc ? répéta-t-il, reculant d'un pas. Vous avez peur de moi ? Vous vous sentez souffrante ? »

Prise d'un tremblement nerveux, elle ne pouvait prononcer un mot, et ne cessait de le regarder.

Il ne comprenait toujours pas ; cependant, il eut pitié :

« Préférez-vous que je vous laisse ? » proposa-t-il.

Elle fit signe que oui. Il se sentit bien près d'être ridicule.

« C'est vrai ? Vous voulez que je m'en aille ? reprit-il, mettant autant de douceur dans sa voix que s'il eût essayé d'apprivoiser un enfant perdu.

— Oui ! » souffla-t-elle, presque brutalement.

Certes, elle ne jouait pas la comédie.

Il sentit combien c'eût été inélégant d'insister, et, renonçant d'un coup à elle, il prit le parti d'agir galamment.

« Eh bien, soit, fit-il. Seulement, je ne peux pas vous abandonner là, en pleine nuit, dans le creux de cette porte ! Nous allons faire quelques pas à la recherche d'une voiture, et je vous laisserai... Voulez-vous ? »

Ils se dirigèrent en silence vers l'avenue de l'Opéra dont on apercevait les lumières. Bien avant, ils croisèrent un taxi en maraude, qui, sur un signe, vint se ranger contre le trottoir. Rinette gardait les yeux obstinément baissés. Daniel ouvrit la portière. Sur le marchepied, elle se décida à tourner la tête vers lui et le regarda au visage, comme si elle ne pouvait se retenir de l'examiner encore une fois. Il s'efforçait de sourire, et, tête nue, s'appliquait à garder l'attitude d'un ami qui prend congé. Lorsqu'elle fut certaine qu'il ne cherchait pas à l'accompagner, ses traits se détendirent. Elle donna l'adresse au chauffeur. Puis, se tournant vers Daniel, elle murmura, sur un ton d'excuse :

« Pardon. Ce soir, il faut me laisser, Monsieur Daniel. Demain, je vous expliquerai.

— Eh bien, à demain, fit-il en s'inclinant. Mais où ?

— C'est vrai, où ? répéta-t-elle naïvement. Chez Mme Juju, si vous voulez. Oui, chez Mme Juju. À trois heures.

— À trois heures. »

Il tendit la main, elle avança la sienne, et, de ses lèvres, il effleura le bout des doigts gantés.

L'auto démarra.

Alors seulement Daniel eut un mouvement de colère. Il se reprenait déjà, lorsqu'il vit le buste clair de la jeune femme se pencher hors de la voiture et arrêter net le chauffeur.

Il ne fit qu'un bond jusqu'à la portière, Rinette, déjà, l'avait ouverte. Il remarqua qu'elle s'était rejetée au fond de la banquette ; ses yeux étaient ouverts dans l'ombre. Il comprit ; il sauta près d'elle. Lorsqu'il la saisit dans ses bras, elle écrasa ses lèvres sur les siennes, et il sentit bien qu'elle ne s'abandonnait pas par faiblesse ni par crainte : qu'elle s'offrait. Elle sanglotait — on eût dit de désespoir — et murmurait des mots inintelligibles :

« Je voudrais... je voudrais... »

Daniel fut bouleversé d'entendre :

« Je voudrais... un enfant... de toi !

— Alors, même adresse ? » demanda le chauffeur.

III

En quittant Jacques et ses amis, Antoine s'était fait conduire à Passy, où il avait une « pneumonie à voir » ; puis, de là, rue de l'Université, à la maison paternelle, dont il partageait, depuis cinq ans, le rez-de-chaussée avec son frère. Et, au fond de la voiture qui le ramenait chez lui, une cigarette aux lèvres, il s'avisa que le petit malade allait vraiment mieux, que sa journée de médecin était terminée, et qu'il se trouvait en excellente disposition.

« J'avoue qu'hier soir je n'étais pas fier. En général, quand l'expectoration cesse aussi brusquement... *Pulsus bonus, urina bona, sed aeger moritur*... Il ne s'agit plus que d'éviter l'endocardite... La mère est encore jolie femme... Paris aussi est bien joli, ce soir... » Au passage, il plongeait son regard dans les verdures du Trocadéro, et il se retourna pour suivre des yeux un couple qui s'engageait dans une allée perdue. La tour Eiffel, les statues du pont, la Seine étaient roses. « *Dans mon cœur... na-na-na...* » Le ronron du moteur soutenait son chant. « *Dans mon cœur... dort !* » fit-il tout à coup. « Oui, c'est ça : *Dans mon cœur dort na-na-na-na*... C'est agaçant de ne pas pouvoir retrouver les paroles. Qu'est-ce qui peut bien dormir dans mon cœur ?... *Le cochon qui sommeille ?* » songea-t-il en souriant ; et, de nouveau, sa pensée l'entraîna vers les perspectives amusantes de la soirée chez Packmell. Une aventure galante?... Il se sentit heureux de vivre, et comme porté par un désir latent. Il jeta sa cigarette, croisa les jambes et aspira l'air, auquel la vitesse du véhicule donnait une apparence de fraîcheur. « Pourvu que Belin n'oublie pas les ventouses du petit. Nous allons le sauver, ce pauvre gosse — et sans intervention. Je voudrais voir la tête de Loisille. Ces chirurgiens! Ils ont la vogue, mais pfuit! Des acrobates. Comme disait le vieux père Black : "Si j'avais trois fils, je dirais au moins doué : *Fais-toi accoucheur*. Au plus sportif : *Prends le bistouri*. Mais au plus intelligent des trois : *Sois médecin, soigne beaucoup de malades et tâche d'y voir de plus en plus clair!*" » Il se sentit de nouveau joyeux, joyeux jusque dans le plus intime de sa force : « J'ai bien dirigé ma vie », murmura-t-il à mi-voix.

Lorsqu'il pénétra chez lui, la porte ouverte de la chambre de Jacques lui rappela que son frère était reçu. Cinq années de vigilance, de ménagements, aboutissaient à ce succès. « Je me souviens très bien le soir où j'ai rencontré Favery rue des Écoles, et où j'ai eu la première fois l'idée d'aiguiller Jacques vers Normale. Le square Monge était blanc de neige. Un peu moins chaud qu'aujourd'hui », soupira-t-il. Il se représenta, par avance, le délice des ablutions froides, et jeta ses vêtements autour de lui avec une impatience d'enfant.

Il sortit de la douche, régénéré. Il pensait à Packmell et sifflotait de plaisir. Ce qu'il appelait « les femmes » ne tenait dans son existence qu'une place secondaire; l'amour sentimental, aucune. Il se contentait de rencontres faciles; et il en tirait vanité parce que c'était plus « pratique ». D'ailleurs, certains soirs exceptés, il se défendait assez bien contre tout cela, non par discipline ni par indifférence physique;

mais parce que « tout cela » faisait partie d'un genre de vie différent de celui qu'il avait une fois pour toutes résolu d'adopter. Il avait l'impression que ces obsessions-là étaient des faiblesses ; lui, il était un « fort ».

Ding ! On venait de sonner. Un coup d'œil vers la pendule : au besoin, il aurait encore le temps de voir un malade avant de rejoindre la bande chez Packmell.

« Qui est là ? cria-t-il à travers la porte.

— C'est moi, Monsieur Antoine. »

Il reconnut la voix de M. Chasle, et ouvrit. Pendant les séjours de M. Thibault à Maisons-Laffitte, son secrétaire continuait à travailler rue de l'Université.

« Ah ! c'est vous », dit M. Chasle machinalement. Puis, gêné de voir Antoine en caleçon, il tourna la tête, en murmurant : « Quoi ? d'un air interrogatif. Ah ! vous vous habillez, ajouta-t-il presque aussitôt, levant le doigt comme s'il découvrait le mot d'une énigme. Je ne vous dérange pas, au moins ?

— Il faut que je sois parti dans vingt-cinq minutes, s'empressa d'avouer Antoine.

— C'est bien plus qu'il ne faut. Regardez, docteur ». Il déposa son chapeau, retira ses lunettes et écarquilla les yeux. « Vous ne voyez rien ?

— Où ça ?

— Dans l'œil.

— Lequel ?

— Celui-ci.

— Ne bougez pas. Je ne vois absolument rien. Un coup d'air, peut-être ?

— Ah ! oui, sûrement ! Merci. Ce n'est rien : un coup d'œil sur l'air... J'avais ouvert les deux fenêtres. » Il toussota et remit ses lunettes. « Merci. Me voilà tranquillisé. Un coup d'œil sur l'air. Ça arrive souvent, ça n'est rien. » Il ajouta avec un petit rire : « Vous voyez, je ne vous ai pas dérangé longtemps. » Mais, au lieu de reprendre son chapeau, il se hissa sur le bord d'une chaise, sortit son mouchoir, et s'épongea le front.

« Il fait chaud, dit Antoine.

— Sûr ! répondit l'autre en plissant les paupières avec malice, un vrai temps à orage. Ceux qu'il faut plaindre, ce sont ceux qui ont à aller ici ou là ; ceux qui ont des démarches à faire. »

Antoine, qui laçait ses bottines, leva le nez :

« Des démarches ?

— Dame, par cette chaleur ! Dans les bureaux, dans les commissariats, on étouffe. Alors, on remet au lendemain », conclut-il en secouant la tête avec indulgence.

Antoine restait le nez en l'air.

« À propos, fit M. Chasle, voilà longtemps que je veux vous demander ça : connaissez-vous l'Asile de l'Âge mûr ?

— De l'Âge mûr ?

— Oui. Pour les vieillards. Pas des incurables. Une maison de retraite, au Point-du-Jour. Ça, comme air, il n'y a pas mieux. Et tenez, pendant que nous sommes là-dessus, Monsieur Antoine, une chose que je vais également vous demander : vous n'avez pas trouvé, un jour, une pièce de cent sous, oubliée ?

— Oubliée ?... dans une poche ?

— Non... Dans un jardin. Dans la rue, en quelque sorte ? »

Debout, son pantalon à la main, Antoine regardait M. Chasle, et songeait : « Dès qu'on est avec cet animal-là, on a l'impression d'être devenu idiot. » Il fit un effort pour être attentif, et déclara sérieusement :

« Je ne comprends pas bien votre question.

— Voyons : il y a des gens qui perdent une chose,

par exemple. Eh bien, cette chose, il y a des gens qui pourraient la trouver, pourquoi pas ?

— Évidemment.

— Eh bien, vous, par hasard, si vous la trouviez, la chose, qu'est-ce que vous en feriez ?

— Je chercherais à qui elle appartient.

— N'est-ce pas ? Mais, s'il n'y avait plus personne ?

— Où ?

— Dans le jardin, dans la rue, par exemple.

— Eh bien, je porterais la... chose au commissariat de police. »

M. Chasle eut un sourire en coin.

« Mais, si c'était de l'argent ? Ah ! ah ! Une pièce de cent sous ? On sait trop bien ce que ça deviendrait, chez ces gens-là !

— Vous supposez que le commissaire garderait la pièce pour lui ?

— Sûr.

— Mais non, Monsieur Chasle. D'abord, il y a des formalités, des paperasses. Tenez, avec un ami, nous avons trouvé un jour dans un fiacre un hochet d'enfant, très joli, ma foi, ivoire et vermeil. Eh bien, au commissariat, on a pris le nom de mon ami, le mien, celui du cocher, nos adresses, le numéro de la voiture, et on nous a fait signer une déclaration, et on nous a donné un reçu en règle. Ça vous étonne ? Et même un an après, mon ami a été avisé que personne n'était venu réclamer le hochet et qu'il pouvait venir le chercher.

— Pour quoi faire ?

— C'est le règlement : si l'objet trouvé n'est réclamé par personne, il appartient de droit, au bout d'un an et un jour, à celui qui l'a trouvé.

— Un an et un jour ? À celui qui l'a trouvé ?

— Parfaitement. »

M. Chasle haussa les épaules :

« Un hochet, possible. Mais si c'était un billet... un billet de cinquante francs, par exemple...

— Ce serait la même chose.

— Je ne crois pas, Monsieur Antoine.

— Et moi, j'en suis sûr, Monsieur Chasle. »

Le nain à poils gris, juché sur sa chaise, regarda fixement le jeune homme par-dessus ses lunettes. Puis il détourna les yeux, toussa dans le creux de sa main, et dit :

« Je vous demandais ça, c'est pour ma mère.

— Votre mère a trouvé de l'argent ?

— Quoi ? » fit M. Chasle, se trémoussant sur son siège. Il était devenu pourpre, et, pendant une seconde, son visage refléta la plus douloureuse incertitude. Presque aussitôt, il sourit finement : « Mais non, je parlais de l'Asile. » Puis, comme Antoine enfilait son veston, il sauta de sa chaise pour l'aider à glisser le bras dans l'emmanchure : « La traversée de la Manche », insinua-t-il ; et, profitant de ce qu'il était derrière Antoine, il lui glissa très vite, dans l'oreille : « Le terrible, voyez-vous, c'est qu'ils demandent 9 000 francs. Avec les petits frais, comptez 10 000. Et 10 000 francs *d'avance* : c'est imprimé. Alors, après, si on veut partir ?

— Partir ? fit Antoine en se retournant ; et, de nouveau, il eut la sensation pénible qu'il perdait le fil.

— Dame, elle n'y restera pas trois semaines ! Est-ce que c'est une chose à faire, voyons ? La voilà qui entre dans ses soixante-dix-sept ans. Eh bien, il y a gros à parier qu'elle n'aura plus le temps de les dépenser à la maison, les 10 000 francs ! Pas vrai ?

— Soixante-dix-sept ans ? » répéta Antoine, qui, malgré lui, esquissa le lugubre calcul.

Il ne songeait plus à l'heure. « Dès qu'on déplace son attention pour la porter sur autrui, remarqua-t-il, on découvre un cas. (En dépit de ses habitudes professionnelles, son attention était si naturellement concentrée sur lui-même, qu'il avait le sentiment de la déplacer dès qu'il la tournait vers autrui.) Cet imbécile est certainement un cas, se dit-il, le cas Chasle. » Il se souvint de la première année où il avait connu le bonhomme : sur la recommandation des abbés de l'École, M. Thibault avait emmené M. Chasle en vacances, à titre de répétiteur ; puis, à la rentrée, séduit par sa ponctualité, il se l'était attaché comme secrétaire. « Voilà dix-huit ans que je vois ce petit homme presque chaque jour, et je ne sais rien de lui... »

« C'est une femme admirable que maman, continuait M. Chasle sans le regarder. Dans notre famille, Monsieur Antoine, il ne faut pas croire qu'on soit si peu que rien. Moi, oui, peut-être. Mais maman, non. Elle était faite pour mener la grande vie, et pas cette petite vie-là. Mais, comme répètent souvent ces messieurs de Saint-Roch — de vrais amis pour nous, même M. le curé, qui connaît bien M. Thibault de nom : "Chacun sa croix", qu'ils disent : et c'est bien vrai. Moi, ce n'est pas que je ne veuille pas. Au contraire. Si j'étais sûr !... dix mille francs... Pour avoir, après ça, ma petite vie tranquille !... Mais elle n'y restera pas. Et on ne me rendra pas l'argent. Ils prennent leurs précautions, vous pensez ! Ils vous font signer, en entrant, tout un papyrus, sur papier timbré, une déclaration en règle. C'est comme à votre commissariat. Seulement, eux, pas si bêtes, ils ne vous écrivent pas un an après ; ils ne rendent rien. Rien. Rien, rien », reprit-il d'un air goguenard. Et, sans changer de ton : « Qu'est-ce qu'il a fait votre ami ? Est-ce qu'il a été le rechercher ?

— Le hochet d'ivoire ? Ma foi non. »

M. Chasle avait pris une attitude songeuse :

« C'est vrai qu'un hochet d'ivoire... Tandis qu'une

somme d'argent ! Tous ceux qui perdent de l'argent dans la rue courent aussitôt le réclamer dans tous les commissariats de Paris ! Je parierais qu'il y en a même qui vont réclamer plus qu'ils n'ont perdu. Et quelle preuve ? » Antoine ne répondit pas. M. Chasle l'examinait avec insistance ; il répéta gouailleur : « Et quelle preuve ? Dites ?

— Quelle preuve ? fit Antoine, agacé. Et tous les détails qu'il faut fournir : comment l'argent a été perdu, si c'était en billets ou en pièces, s'il y avait...

— Oh ! non, pas ça ! interrompit M. Chasle avec vivacité. On ne va pas leur demander si c'est en billets ou en pièces ! Des détails, soit, j'admets. Mais pas ça, non ! » Il répéta plusieurs fois d'un air distrait : « Pas ça... pas ça... »

Antoine jeta les yeux vers la pendule.

« Cette fois, ce n'est pas pour vous renvoyer, mais il va falloir que je parte. »

M. Chasle tressaillit, et se laissa glisser à terre.

« Merci pour la consultation, docteur. Je vais rentrer mettre une compresse... un peu de coton dans l'oreille... Ça ne sera rien. »

Antoine ne put se défendre de sourire en voyant le petit homme s'aventurer en sautillant sur le parquet ciré du vestibule. M. Chasle avait toujours eu des chaussures qui criaient ; c'était une des « croix » de sa vie : il avait pris conseil de tous les bottiers ; il avait expérimenté toutes les formes de tiges et de claques, toutes les variétés de semelles, en cuir, en feutre, en caoutchouc ; il avait consulté des pédicures ; il avait même, à l'instigation d'un trotteur qui faisait les extras, confié ses pieds à l'inventeur d'un soulier à élastiques, dit « Le Silencieux », spécialement destiné aux serveurs et gens de maison. En vain. Alors il avait contracté cette habitude de marcher sur les pointes : et il avait l'air, avec sa petite tête aux yeux ronds, sa jaquette d'alpaga dont les basques flottaient derrière lui, d'une pie dont on a rogné les ailes.

« Bon, j'oubliais ! dit-il, lorsqu'il fut à la porte. « Tous les magasins sont fermés. Vous n'auriez pas de la monnaie ?

— De ?

— De mille francs.

— Peuh, fit Antoine en allant ouvrir un tiroir.

— Je n'aime guère avoir un de ces gros-là sur moi, expliquait M. Chasle. Justement vous qui me parliez d'argent perdu... Si vous pouviez me donner dix billets de cent francs ? Ou vingt de cinquante ? Plus le paquet est conséquent, moins on risque. En quelque sorte.

— Non, je n'ai que deux coupures de cinq cents, déclara Antoine, s'apprêtant à refermer le tiroir.

— Eh bien, oui, fit M. Chasle en s'avançant. C'est quand même très différent. » Il tendit à Antoine le billet qu'il venait de prendre dans la doublure de sa jaquette et il s'apprêtait à y glisser les deux autres, lorsque le timbre de l'entrée retentit, si strident que les deux hommes sursautèrent, et que M. Chasle, qui n'avait pas fini de cacher son argent, balbutia : « Attendez, attendez... »

Mais ses traits se décomposèrent en reconnaissant la voix de son propre concierge, qui glapissait, frappant du poing la porte :

« M. Chasle n'est pas ici ? »

Antoine courut ouvrir.

« Il est là ? cria l'homme essoufflé. Vite ! Un accident. La petite s'est fait écraser. »

M. Chasle entendait. Il chancela. Antoine reparut juste à temps pour le recevoir, l'étendre à terre, lui souffleter le visage avec une serviette humide. Le pauvre vieux rouvrit les yeux et tenta de se lever.

« Ah ! Monsieur Jules, disait l'homme, venez vite, j'ai une voiture.

— Morte ? questionna Antoine, sans même se demander quelle pouvait être cette petite.

— Ma foi, c'est moins cinq », murmura l'autre.

Antoine prit sur l'étagère la trousse de campagne qu'il tenait toujours prête pour les cas fortuits ; et, se souvenant tout à coup qu'il avait prêté à Jacques le flacon de teinture d'iode, il s'élança dans la chambre de son frère, en criant au concierge :

« Emmenez-le toujours. Et attendez-moi. Je vous accompagne. »

Lorsque la voiture s'arrêta près des Tuileries, devant la maison que les Chasle habitaient, rue d'Alger, Antoine, à travers les explications désordonnées du concierge, parvenait encore mal à démêler ce qui avait eu lieu. Il s'agissait d'une petite fille qui venait tous les jours au-devant de M. Jules. Avait-elle voulu traverser la rue de Rivoli, voyant que ce soir M. Jules n'arrivait pas ? Un triporteur de livraison l'avait renversée et lui avait passé sur le corps. La marchande de journaux, attirée par l'attroupement, l'avait reconnue à ses nattes et avait pu donner son adresse. On l'avait rapportée inanimée à l'appartement.

M. Chasle, plié au fond de la voiture, ne pleurait pas ; mais chaque nouveau détail lui arrachait un sanglot houleux, qu'il étouffait en appuyant son poing sur sa bouche.

Devant la porte, un rassemblement s'attardait. On s'écarta sur le passage de M. Chasle, que ses deux compagnons durent soutenir jusqu'au dernier étage de l'escalier. Une porte bâillait à l'extrémité d'un couloir dans lequel M. Chasle s'engagea en flageolant. Le concierge, laissant passer Antoine, lui mit la main sur le bras :

« Ma femme, pas bête, est partie à la recherche du

petit médecin qui mange au restaurant d'à côté. J'espère qu'elle l'a trouvé. »

Antoine approuva de la tête, et suivit M. Chasle. Ils traversèrent une sorte de penderie qui sentait le placard moisi, puis deux pièces basses, carrelées, presque obscures, où l'air était étouffant malgré les fenêtres ouvertes sur une cour; dans la dernière, Antoine contourna une table ronde où quatre couverts attendaient sur une toile cirée noirâtre. M. Chasle ouvrit une porte, entra dans une pièce éclairée, et presque aussitôt, s'affaissa, bégayant :

« Dédette... Dédette...

— Jules ! » glapit une voix sévère.

Antoine ne vit d'abord rien d'autre qu'une lampe tenue à deux mains par une femme en peignoir rose, et dont la chevelure rousse, le front, la poitrine, resplendissaient dans la lumière : puis il distingua le lit que la femme éclairait, et sur lequel plusieurs ombres étaient penchées. Le jour crépusculaire qui entrait encore par la croisée venait se fondre au halo de la lampe, et la pièce était noyée dans une pénombre où tout semblait irréel. Antoine aida M. Chasle à s'asseoir, et s'avança vers le lit. Un homme jeune, à lorgnon, courbé en deux, et qui avait encore son chapeau sur la tête, lacérait avec des ciseaux les vêtements ensanglantés de la petite victime, dont on devinait le visage, versé sur le traversin, parmi les cheveux coagulés. Une vieille, à genoux, aidait le médecin.

« Elle vit ? » demanda Antoine.

Le docteur se retourna, l'aperçut, hésita, s'essuya le front et répondit enfin sans conviction :

« Oui...

— J'étais avec M. Chasle quand on est venu le chercher, expliqua Antoine, et j'ai apporté de quoi donner les premiers soins. Docteur Thibault, ajouta-t-il à mi-voix, chef de clinique aux Enfants-Malades. »

Le médecin s'était levé ; il fit un mouvement pour céder la place.

« Faites, faites, dit aussitôt Antoine, reculant d'un pas. Le pouls ?

— Presque incomptable », répondit l'autre qui reprit hâtivement sa besogne.

Antoine leva les yeux vers la jeune femme rousse, rencontra son regard anxieux, et proposa :

« Le mieux, Madame, serait de téléphoner à un poste d'ambulance et de transporter tout de suite votre enfant à mon hôpital.

— Non », fit une voix nette.

Alors Antoine distingua, debout à la tête du lit, une femme âgée — la grand-mère, sans doute — qui le dévisageait de ses prunelles de paysanne, claires comme de l'eau : un nez pointu, des traits volontaires, ramassés dans un océan de graisse, dont les dernières vagues formaient les plis du cou.

« Je sais bien que nous avons l'air d'être des pauvres, continua-t-elle, avec une inflexion de voix résignée. Mais, quand même, nous autres, on préfère mieux rester mourir dans ses draps. Dédette n'ira pas à l'hôpital.

— Mais pourquoi, Madame ? » insista Antoine.

Elle déplissa le cou, avança le menton, et, d'un ton mélancolique, mais inflexible :

« C'est notre goût ! » dit-elle simplement.

Antoine chercha des yeux la jeune femme ; elle écartait des mouches obstinées à se poser sur son visage lumineux, et ne semblait pas avoir d'avis. Alors il eut l'idée d'en appeler à M. Chasle. Le bonhomme était tombé à genoux au pied de la chaise où Antoine avait voulu l'asseoir, et il enfonçait sa tête entre ses bras repliés, pour ne plus rien entendre, pour ne plus rien voir. La vieille dame qui surveillait tous les gestes d'Antoine, devina son intention et la prévint.

« N'est-ce pas, Jules ? » fit-elle.

M. Chasle tressaillit :

« Oui, maman. »

Elle eut l'air satisfait, et reprit, d'une voix maternelle :

« Ne reste pas là, Jules. Tu seras mieux dans ta chambre. »

Le pauvre vieux leva son front blême ; ses yeux dansaient derrière ses lunettes. Il n'objecta rien, se mit debout, et quitta la pièce sur la pointe des pieds.

Antoine mordait sa lèvre, et, tout en envisageant l'opportunité d'une discussion, il retirait déjà sa veste, et roulait ses manches de chemise au-dessus des coudes ; puis il vint s'agenouiller au bord du lit. Il ne réfléchissait presque jamais sans commencer en même temps à agir, tant il était inapte à soupeser longuement les données d'un problème, tant il était impatient d'avoir pris un parti. Il lui importait moins de ne pas s'être trompé que d'être intervenu avec célérité et audace : penser n'était pour lui qu'un moyen de déclencher l'acte, fût-ce prématurément.

Avec le concours du docteur et de l'autre vieille, qui tremblait, il acheva de démailloter le corps de la fillette, dont la nudité chétive apparut enfin, très pâle, presque grise. Le triporteur avait dû renverser l'enfant avec une violence extrême, car elle était couverte d'ecchymoses, et une traînée sombre rayait la cuisse en biais, depuis la hanche jusqu'au genou.

« C'est la droite », précisa le confrère. En effet, le pied droit était tordu, tourné en dedans, et la jambe, souillée de sang, paraissait déformée et plus courte.

« Fracture du fémur ? » hasarda le médecin.

Antoine ne répondit pas. Il réfléchissait. « Elle est trop choquée, songea-t-il. Il y a sûrement autre chose. Autre chose, mais quoi ? » Il tâta la rotule ; puis ses doigts remontèrent lentement le long de la cuisse ; et, tout à coup, par une plaie imperceptible qui se trouvait sur la face interne de la jambe, quelques centimètres au-dessus du genou, un jet de sang gicla.

« Ah ! fit-il.

— La fémorale ? » s'écria l'autre.

Antoine s'était levé précipitamment.

D'avoir à prendre seul la décision lui donnait un afflux de force, et, toujours, lorsqu'il était en présence d'autres êtres, le sentiment de sa puissance se trouvait exalté. « Un chirurgien ? se demanda-t-il. Non : elle n'arriverait pas vivante à l'hôpital. Alors, qui ? Moi ? Pourquoi non ? Et que faire d'autre ? »

« Vous allez essayer de lier ? » questionna le docteur que le mutisme d'Antoine vexait.

Mais Antoine ne pensait pas à lui répondre. « Bien sûr, songea-t-il, et sans attendre une seconde ; peut-être est-ce déjà trop tard ! » Il jeta autour de lui un regard aigu. « Lier. Avec quoi ? Voyons : la rousse n'a pas de ceinture ; les rideaux, pas d'embrasses. Un tissu élastique ? Ah ! je l'ai ! » En un clin d'œil, il se débarrassa de son gilet, détacha ses bretelles, les rompit d'un coup sec, et, s'agenouillant de nouveau, en fit un garrot qu'il noua serré à la naissance de la cuisse.

« Bon. Deux minutes pour souffler », dit-il en se relevant. La sueur coulait le long de ses joues. Il sentit tous les yeux fixés sur lui. « Elle est perdue si on ne l'opère pas sur-le-champ, articula-t-il d'une voix brève. Essayons. »

Aussitôt tous s'écartèrent du lit, même la femme qui tenait la lampe, même le jeune docteur, troublé.

Antoine serrait les mâchoires, et son regard, contracté, brutal, semblait entièrement tourné en dedans. « Voyons, pensa-t-il, du calme. Une table ? La table ronde que j'ai vue en entrant. »

« Éclairez-moi, cria-t-il à la jeune femme. Et vous, venez », ajouta-t-il, en s'adressant au médecin. D'un pas rapide, il entra dans la pièce voisine. « Bon, songea-t-il, salle d'opération. » En un tournemain, il eut enlevé les couverts, et fait une pile des assiettes. « Ça, pour ma lampe », se dit-il. Il avait pris possession du logis, comme d'un champ de manœuvre. « La petite, maintenant. » Il retourna dans la chambre ; le médecin et la jeune femme suivaient tous ses gestes et marchaient dans ses pas. Il montra la fillette au médecin :

« Je vais la prendre. Elle ne pèse rien. Vous, soutenez sa jambe. »

Glissant le bras sous les reins de l'enfant qui poussa un faible gémissement, il la transporta jusque sur la table. Puis il prit la lampe des mains de la rousse, enleva l'abat-jour, et plaça la lampe sur la pile d'assiettes. « Je suis un type merveilleux », eut-il le temps de penser, en promenant un coup d'œil autour de lui. La lampe rayonnait comme une fournaise au milieu de rougeâtres ténèbres d'où surgissaient le masque éclatant de la jeune femme et le binocle du docteur ; une lumière impitoyable tombait sur le petit corps dont les membres tressaillaient par instants. L'air était chargé de mouches que l'orage électrisait. Antoine transpirait de chaleur, d'angoisse. « Vivra-t-elle jusqu'à ce que j'aie fini ? » se demanda-t-il ; mais une force, qu'il n'analysait pas, le soulevait. Jamais il n'avait été si sûr de lui.

Il saisit sa trousse et, après en avoir retiré un flacon de chloroforme, une compresse, il la tendit au médecin :

« Ouvrez ça quelque part. Sur le buffet. Enlevez la machine à coudre. Déballez tout. »

Puis, se retournant, le flacon à la main, il distingua des formes dans la sombre embrasure de la porte : les deux vieilles, immobiles, debout. L'une, la mère Chasle avait de gros yeux fixes, comme un hibou ; l'autre pressait sur sa bouche ses deux mains jointes.

« Allez ! » ordonna-t-il. Et, comme elles s'enfonçaient en reculant dans l'ombre de la chambre où était le lit, il désigna l'autre partie de l'appartement : « Non !... Plus loin. Par ici ! » Elles obéirent, traversèrent la pièce, disparurent, sans un mot.

« Pas vous ! » cria-t-il, impatienté, à la femme rousse qui s'apprêtait à les suivre.

Elle fit volte-face. Une seconde, il la regarda : elle avait un beau visage, un peu charnu, et que la douleur sans doute ennoblissait : une expression de calme, de maturité qui lui plut. Malgré lui, il pensa : « Pauvre femme ! Mais j'ai besoin d'elle. »

« Vous êtes la mère ? » demanda-t-il. Elle secoua la tête :

« Non.

— Ah ! tant mieux. » Tout en parlant, il avait imbibé la compresse et l'avait prestement dépliée sur le nez de l'enfant. « Eh bien, mettez-vous là, et prenez ça, dit-il en lui passant le flacon. Quand je vous ferai signe, vous en remettrez. »

L'odeur du chloroforme se répandit dans la pièce. La petite gémit, fit plusieurs aspirations profondes et se tut.

Un dernier coup d'œil : le terrain était déblayé : seules restaient, les difficultés professionnelles. L'heure décisive était venue ; l'angoisse d'Antoine, comme par enchantement, se dissipa. Il s'approcha du buffet où le médecin achevait de disposer sur une serviette le contenu de la trousse. « Voyons, se dit-il, comme s'il cherchait encore à dérober quelques secondes : La boîte des instruments, bon ! Le bistouri, les pinces. La boîte de gaze, le coton, ça va ! Alcool. Caféine. Teinture d'iode. Et cætera. Tout y est. Commençons. » Et, de nouveau, il eut la sensation d'être soulevé : ivresse joyeuse de l'acte ; confiance sans limite ; activité vitale tendue à son paroxysme ; et, par-dessus tout, exaltation de se sentir superbement grandi.

Il leva la tête, regarda un instant le jeune médecin dans les yeux ; il semblait dire : « Vous avez du cran. La partie est dure. À nous deux ! »

L'autre ne broncha pas. Il suivait maintenant, avec une attention servile, tous les mouvements d'Antoine. Il savait bien que l'opération était l'unique chance ; seul, jamais il ne l'aurait osée, mais, avec Antoine, tout semblait possible.

« Le petit confrère n'est pas mal, pensa celui-ci ; j'ai de la veine. Voyons. Une cuvette. Bah ! À quoi bon ? voilà qui est aussi bien. » Il empoigna la teinture d'iode et s'en inonda les bras jusqu'aux coudes.

« À vous », dit-il, offrant la fiole au docteur, qui astiquait fiévreusement les verres de son lorgnon.

Un éclair strident, suivi d'un coup brutal, illumina la fenêtre.

« Un peu trop tôt, la fanfare, songea Antoine, je n'avais même pas le bistouri en main. La rousse n'a pas tressailli. Ça va détendre les nerfs et rafraîchir ; je suis sûr qu'il y a 35° sous ce toit. » Il avait pris des compresses et les disposait autour de la jambe afin de limiter le champ opératoire.

Il tourna les yeux vers la jeune femme.

« Quelques gouttes de chloroforme. Assez. Bon. »

« Elle obéit comme un soldat au feu, pensa-t-il. Ces femmes ! » Puis, regardant avec attention la petite cuisse gonflée, il avala sa salive, et leva le bistouri :

« Allons-y. »

D'un geste précis, il incisa.

« Épongez », dit-il au médecin, penché près de lui. « Que c'est maigre, songea-t-il. Nous allons tout de suite arriver dessus. Tiens, voilà ma Dédette qui ronfle. Bon. Faisons vite. Les écarteurs maintenant. » « À vous », souffla-t-il. L'autre lâcha les cotons imbibés de sang pour empoigner les écarteurs et faire béer la plaie.

Antoine s'arrêta une seconde : « Bien », se dit-il. « Ma sonde ? La voilà. Dans le canal de Hunter. La ligature classique ; tout va bien. Zim ! Encore un éclair. Celui-là n'a pas dû tomber loin. Sur le Louvre. Ou bien sur "ces messieurs de Saint-Roch", peut-être... » Il se sentait très calme ; il ne s'inquiétait plus de l'enfant ni de la mort imminente : il réfléchissait joyeusement à « la ligature fémorale dans le canal de Hunter ».

« Zim ! Encore un. Et presque pas de pluie. On étouffe. L'artère est lésée au niveau du foyer de fracture : l'extrémité de l'os l'a déchirée ; c'est enfantin. Elle n'avait pourtant pas beaucoup de sang à perdre... » Un coup d'œil vers la petite : « Hum... Dépêchons ! C'est enfantin, mais on en meurt... Une pince, bon. Une autre. Zim ! Ces éclairs sont insupportables ; effet facile... Je n'ai que de la soie plate ; tant pis. » Il brisa le tube, sortit l'écheveau, fit une ligature près de chaque pince. « Parfait. Nous touchons au but. La circulation collatérale suffit, surtout à cet âge-là. Je suis un type merveilleux. Est-ce que j'aurais raté ma vocation? J'avais tout ce qu'il faut pour faire un chirurgien, un grand chirurgien... » Dans le silence, entre deux grondements de l'orage qui s'éloignait, on entendit le claquement sec des ciseaux dont les pointes coupaient les bouts de la soie. « Tout : le coup d'œil, le sang-froid, l'énergie, l'habileté... » Soudain, il tendit l'oreille, et pâlit :

« Diable », fit-il à mi-voix.

L'enfant ne respirait plus.

Il écarta la femme d'une poussée brusque, arracha la compresse qui couvrait le visage de la petite opérée, et posa l'oreille sur le cœur. Le médecin et la jeune femme, les yeux braqués sur Antoine, attendaient.

« Si ! Elle respire encore », murmura-t-il.

Il prit le poignet, mais le pouls était si précipité qu'il renonça à compter les pulsations. « Pfuit ! » fit-il, et sa figure crispée se contracta davantage. Ses deux aides sentirent son regard passer sur eux ; mais il ne les voyait pas.

Il commanda d'un ton bref :

« Vous, enlevez les pinces, faites un pansement ; et puis levez le garrot. Vite... Vous, donnez-moi de quoi écrire. Inutile, j'ai mon carnet. » Il s'essuyait fébrilement les mains avec une boule de coton. « Quelle heure est-il ? Pas encore neuf heures. Le pharmacien est ouvert. Vous allez y courir. »

Elle se tenait devant lui ; au mouvement imperceptible qu'elle esquissa, comme pour mieux croiser sur elle les deux côtés de son peignoir, il comprit qu'elle hésitait à sortir parce qu'elle était à demi nue, et, l'espace d'une seconde, sa pensée évoqua sous l'étoffe ce corps plantureux. Il griffonna l'ordonnance et signa. « Une ampoule d'un litre. Courez, Madame, courez !

— Et si... ? » balbutia-t-elle.

Il la toisa.

« Si c'est fermé, cria-t-il, vous sonnerez, vous cognerez, jusqu'à ce qu'on ouvre ! Allez ! »

Elle s'éclipsa. Il pencha la tête, s'assura qu'elle s'éloignait en courant, puis se tourna vers le médecin :

« Nous allons tenter le sérum. Et pas du sous-cutané, ça n'en vaut plus la peine : de l'intraveineux. Notre dernière chance. » Il prit deux petites fioles sur le buffet. « Le garrot est levé ? Bon. Faites-moi toujours une piqûre d'huile camphrée. Et puis une de caféine ; la moitié seulement, pauvre gosse... Mais, je vous en prie, faites vite. »

Il revint à l'enfant et reprit le frêle poignet entre ses doigts ; il ne percevait plus rien, à peine un frémissement accéléré. « Cette fois, pensa-t-il, le pouls est franchement incomptable. » Alors il eut une minute de faiblesse, de désespoir.

« Ah ! nom de nom, bégaya-t-il. Dire que tout est réussi, et que ça n'aura servi à rien ! »

D'instant en instant, le visage de l'enfant devenait plus livide. Elle mourait. Antoine aperçut, près des lèvres entrouvertes, deux petits cheveux enroulés, plus légers que des fils de la Vierge, et qui, par intervalles, se soulevaient : elle respirait toujours.

« Il n'est pas maladroit, pour un myope, songea-t-il, en surveillant le médecin qui faisait les piqûres. Mais nous ne la sauverons pas. » Il ressentait plus de dépit encore que de chagrin. Il avait l'insensibilité des médecins, pour qui la souffrance des autres signifie expérience, profit, intérêt professionnel, et qui ne s'enrichissent guère qu'aux dépens de la douleur ou de la mort.

À ce moment, il crut entendre battre une porte, et s'élança au-devant de la jeune femme. Elle accourait, en effet, de son pas onduleux, se retenait de paraître essoufflée ; il lui arracha le paquet des mains.

« De l'eau chaude, dit-il, ne pensant même pas à la remercier.

— Bouillie ?

— Non. Pour tiédir le sérum. Vite. »

Il eut à peine le temps de développer le paquet, que déjà elle était revenue, tenant une casserole fumante. Cette fois, sans la regarder, il murmura :

« Bien. Très bien. »

Le temps pressait. En quelques secondes, il eut brisé les pointes de l'ampoule et assujetti le tube de caoutchouc. Au mur pendait un baromètre suisse, en bois sculpté. Il l'enleva d'une main, et de l'autre accrocha l'ampoule au clou. Puis il saisit la casserole d'eau chaude, hésita un dixième de seconde, et enroula le caoutchouc au fond. « Le sérum se chauffera en passant. Merveilleux ! », songea-t-il ; et il prit le temps de jeter un coup d'œil vers le médecin pour s'assurer que l'autre l'avait vu faire. Enfin, il revint à l'enfant, souleva le petit bras inanimé, le badigeonna d'iode, découvrit le vaisseau d'un coup de bistouri, glissa la sonde dessous et piqua l'aiguille dans la veine.

« Ça passe, cria-t-il. Prenez le pouls. Moi, je ne bouge plus. »

Dix interminables minutes s'écoulèrent dans un absolu silence.

Antoine, le corps couvert de sueur, la respiration courte, les paupières plissées, attendait. Son regard ne quittait pas l'aiguille.

Il leva enfin les yeux vers l'ampoule :

« Où en sommes-nous ?

— Presque un demi-litre.

— Et le pouls ? »

Le médecin secoua la tête sans répondre.

Cinq autres minutes passèrent dans la même intolérable anxiété.

Antoine reporta les yeux sur l'ampoule :

« Où en sommes-nous ?

— Reste un tiers de litre.

— Et le pouls ? »

Le médecin hésita :

« Je ne sais pas. Je crois qu'il aurait plutôt tendance à... à revenir un peu...

— Pouvez-vous compter ? »

Une pause.

« Non. »

« Si le pouls revenait... », pensa Antoine. Il eût donné dix ans de sa propre vie pour ranimer ce petit cadavre. « Quel âge ça a-t-il ? Sept ans ? Si je la sauve, avant dix ans d'ici elle fera de la tuberculose, dans ce taudis. Mais la sauverai-je ? Elle est à la limite — à l'extrême limite... Nom de nom, j'ai pourtant tout fait ! Le sérum passe. Mais il est trop tard... Attendons... Rien à faire, rien à essayer : attendre... La rousse a été très bien. Belle créature. Ça n'est pas la mère. Qu'est-ce que c'est, alors ? Chasle n'a jamais soufflé mot de tous ces gens. Ça n'est pas sa fille pourtant ? Je n'y comprends rien. Et la vieille, avec ses airs... En tout cas, ils m'ont bien fichu la paix. Cette autorité qu'on prend tout d'un coup. Ils ont tous compris à qui ils avaient affaire. L'ascendant d'un type énergique !... Mais il aurait fallu réussir... Vais-je réussir ? Non, elle a dû perdre trop de sang dans le transport. En tout cas pour l'instant aucun indice de mieux. Ah ! nom de nom ! »

Il regarda les lèvres décolorées et les deux fils d'or, qui, par intervalles, se soulevaient toujours. La respiration lui parut même un peu plus nette. Se trompait-il ? Une demi-heure passa. Un imperceptible soupir sembla gonfler la poitrine et s'en exhaler lentement, comme s'il épuisait un reste de vie. Antoine resta une seconde perplexe, l'œil fixe. Non, elle respirait toujours. Il fallait attendre, attendre, encore attendre.

Une minute plus tard un autre soupir, presque distinct.

« Où en êtes-vous ?

— L'ampoule est presque vide.

— Et le pouls ? Il revient ?

— Oui. »

Antoine respira.

« Vous pouvez compter ? »

Le médecin tira sa montre, rajusta son lorgnon, se tut pendant une minute, et dit :

« Cent quarante... Cent cinquante peut-être.

— C'est mieux que rien », laissa échapper Antoine.

Il se défendait de toutes ses forces contre l'immense soulagement, qui déjà, malgré lui, l'envahissait. Pourtant, il ne rêvait pas, il y avait un mieux certain. Le souffle devenait plus régulier. Il dut faire effort pour ne pas changer de place ; il avait une envie puérile de siffler, de chanter. « C'est mieux-que-rien-na-na-na-na », fredonna-t-il en lui-même, sur l'air qui l'obsédait depuis le matin. « *Dans mon cœur... Dans mon cœur dort... na-na-na-na...* Dort quoi ? — Ah ! j'y suis ! songea-t-il brusquement : Un clair de lune ! Un clair de lune d'été !

Dans mon cœur dort un clair de lu-ne,
Un beau clair de lu-ne d'é-té... »

Il eut une seconde de délivrance, de véritable joie.

« Et la petite est sauvée, pensa-t-il. Il faut qu'elle soit sauvée !

Un beau clair de lu-ne d'é-té... »

— L'ampoule est vide, constata le docteur.

— Parfait ! »

À ce moment, l'enfant, qu'il ne quittait pas du regard, eut un frisson. Antoine se tourna quasi gaiement vers la jeune femme, qui, depuis un quart d'heure, adossée au buffet, n'avait pas remué un cil.

« Eh bien, Madame, cria-t-il d'un ton bourru, nous dormons ? Et la bouillotte ? » Il faillit sourire de sa stupéfaction. « Évidemment, Madame, ça tombe sous le sens ! Une boule, et bien chaude, pour réchauffer les petons de cette enfant ! »

Elle eut, au fond du regard, un bref éclair de joie, et disparut.

Alors Antoine, se penchant avec un redoublement de précaution, de tendresse, retira l'aiguille, et, du bout des doigts, mit une compresse sur la petite plaie. Puis il palpa le bras dont la main pendait, inerte encore.

« Une autre ampoule d'huile camphrée, mon cher, à tout hasard ; et nous aurons épuisé le grand jeu. » Il ajouta entre ses dents : « Je ne serais pas surpris que nous tenions le bon bout. » De nouveau, une force, une force allègre, le soulevait.

La femme reparaissait déjà, un cruchon entre les bras. Elle hésitait, et, comme il ne disait rien, elle s'approcha des pieds de l'enfant.

« Pas comme ça, Madame, reprit Antoine sur le même ton brusque et gai. Vous allez la brûler ! Donnez-moi ça. Dire qu'il faut que je vous apprenne à emmailloter une bouillotte ! » Et, souriant cette fois, il prit une serviette roulée qui traînait, jeta le rond sur le haut du buffet, enveloppa le cruchon et le cala contre les pieds de la fillette. La rousse le regardait, surprise par le sourire juvénile qui rajeunissait tout à coup ce visage.

« Elle est... sauvée ? » hasarda-t-elle.

Il n'osa pas encore répondre oui.

« Je vous dirai ça dans une heure », bougonna-t-il. Elle ne s'y méprit point. Elle l'enveloppa d'un regard hardi, chargé d'admiration.

« Qu'est-ce que cette belle fille fait ici ? » se demanda Antoine pour la troisième fois. Puis désignant la porte :

« Et les autres ? »

Elle sourit imperceptiblement :

« Ils attendent.

— Rassurez-les un peu, dites-leur qu'ils se couchent. Qu'ils aillent dormir. Et vous aussi, Madame, il faut aller vous reposer.

— Oh ! moi..., murmura-t-elle, en s'en allant.

— Remettons la petite dans le lit, proposa Antoine au médecin. Comme tout à l'heure. Soutenez la jambe. Enlevez le traversin ; la tête à plat. Maintenant, le moment est venu d'organiser un appareil... Donnez-moi cette serviette. Et la ficelle du paquet. Nous allons improviser un extenseur. Faites passer la corde entre les barreaux. Bien. C'est commode, ces lits de fer. Maintenant, un poids. N'importe ! Ce pot. Non, voilà mieux : ce fer à repasser. Il y a tout ce qu'il faut ici. Mais oui, donnez. Là ! Demain, nous perfectionnerons. En attendant, ça va suffire à faire un peu d'extension... N'est-ce pas votre avis ? »

Le médecin ne répondit pas. Il regardait Antoine, fixement, comme Marthe dut regarder le Sauveur lorsque Lazare se fut dressé hors du cercueil. Ses lèvres s'entrouvrirent. Il balbutia seulement :

« Puis-je ranger votre trousse ? » Et dans cette voix timide, résonnait un tel besoin de servir, de se dévouer, qu'Antoine en éprouva l'enivrement des chefs. Ils étaient seuls. Il alla vers le jeune homme et plongea son regard dans le sien.

« Vous êtes un chic type, mon petit. »

L'autre en perdit le souffle. Antoine, plus intimidé encore que son jeune confrère, ne lui laissa pas le temps de répondre.

« Maintenant, rentrez chez vous, mon cher. Il est tard. Nous n'avons pas besoin d'être deux ici. » Il hésita : « Je crois pouvoir vous dire qu'elle est sauvée. Je crois. Cependant, à tout hasard, je passerai la nuit là, si vous permettez, continua Antoine, car je n'oublie pas que c'est votre malade. Parfaitement. Je suis intervenu d'urgence parce que l'indication était formelle. N'est-ce pas ! Mais, dès demain, je laisse la petite entre vos mains. Et sans inquiétude : ce sont de très bonnes mains. » Tout en parlant, il avait reconduit le médecin jusqu'à la porte. « Voulez-vous repasser vers midi ? ajouta-t-il. Je reviendrai après l'hôpital ; nous conviendrons ensemble du traitement.

— Maître, je... je suis trop heureux d'avoir pu... »

C'était la première fois qu'Antoine s'entendait saluer comme un « maître ». Il huma tout entière cette bouffée d'encens, et, spontanément, il tendit au jeune homme ses deux mains. Il se ressaisit aussitôt :

« Je ne suis pas un maître, dit-il d'une voix altérée. Un élève, mon cher, un apprenti : un simple apprenti. Comme vous. Comme les autres. Comme tout le monde. On essaie, on tâtonne... On fait ce qu'on peut ; et c'est déjà bien. »

Antoine avait désiré, avec une sorte d'impatience, le départ du jeune médecin. Pour être seul ? Cependant, lorsqu'il entendit le pas de la jeune femme qui revenait, son visage s'anima.

« Vous n'allez donc pas vous coucher, vous ?

— Non, docteur. »

Il n'insista pas.

La malade geignait ; elle eut un hoquet et cracha.

« Bien, ça, Dédette ! fit-il ; très bien ! » Il prit le pouls. « Cent vingt. De mieux en mieux. » Il regarda la femme, sans sourire : « Cette fois, je crois vraiment que nous avons le dessus. »

Elle ne dit rien ; il sentit qu'elle croyait en lui. Il ne savait comment entamer la conversation qu'il souhaitait.

— « Vous avez été bien courageuse », reprit-il. Et, comme toujours lorsqu'il était intimidé, il alla de l'avant : « Qu'est-ce que vous êtes, ici ?

— Moi ? Rien. Une voisine. Pas même une amie. C'est parce que j'habite l'appartement du cinquième.

— Mais alors, qui est la mère de l'enfant ? Je n'y comprends rien.

— Je crois que la mère est morte. C'était une sœur d'Aline.

— Aline ?

— La bonne.

— La vieille dont les doigts tremblaient ?

— Oui.

— Alors, l'enfant n'est pas du tout parente des Chasle ?

— Non. C'est une nièce qu'Aline élève ici ; aux frais de M. Jules, bien entendu. »

Ils parlaient à mi-voix, légèrement penchés l'un vers l'autre, et Antoine voyait de tout près les lèvres, les joues, cette chair éclatante, à laquelle la fatigue ajoutait une sorte de charme. Il se sentait à la fois déprimé et fiévreux, sans résistance contre ses instincts.

La fillette commençait à s'agiter dans son sommeil. Ils s'approchèrent ensemble du lit. La petite entrouvrit et referma les yeux.

« C'est peut-être la lumière qui la gêne », dit la jeune femme, en prenant la lampe pour la placer en retrait. Puis, elle revint au chevet de la malade afin d'essuyer le petit front où perlait la transpiration. Et, comme elle se penchait, Antoine, qui la suivait des yeux, eut un choc : en ombre chinoise, sous l'étoffe du peignoir, il apercevait le corps de la jeune femme avec une précision aussi troublante que si elle se fût tout à coup trouvée nue devant lui. Il retenait son souffle; il regardait, avec une sensation de brûlure au fond des yeux, le sein, dans la demi-lumière, s'abaisser et se relever mollement, au rythme de l'haleine. Les mains d'Antoine, glacées tout à coup, se crispèrent. Jamais il n'avait désiré aucune créature avec cette soudaine frénésie.

« Mademoiselle Rachel... », chuchota quelqu'un.

Elle se releva :

« C'est Aline qui voudrait venir près de la petite. »

Elle souriait et semblait intercéder pour la bonne. Il était dépité de la venue d'un tiers, mais il n'osa pas refuser.

« Vous vous appelez Rachel? balbutia-t-il. Oui, oui : qu'elle entre. »

C'est à peine s'il vit la vieille s'agenouiller au bord du lit. Il s'approcha d'une des fenêtres ouvertes; ses tempes bourdonnaient; aucune fraîcheur n'entrait du dehors; au-dessus des toits, le clignement de quelques éclairs lointains blêmissait par instants le ciel. Il s'aperçut alors de sa fatigue; il était resté debout trois ou quatre heures de suite. Il chercha un siège pour s'asseoir. Entre les croisées, deux matelas d'enfant, posés à même le carrelage, formaient une sorte de divan. Ce devait être la couchette habituelle de Dédette, et la chambre devait être celle d'Aline. Il se laissa tomber sur ce grabat, appuya le dos au mur, et de nouveau, ce fut comme s'il se livrait sans défense à sa convoitise : apercevoir encore une fois, dans la transparence du peignoir, le ferme contour du sein, sa palpitation ! Mais Rachel n'était plus placée dans la lumière.

« Est-ce que la petite n'a pas remué la jambe ? » murmura-t-il sans se lever. Elle fit un pas vers le lit, et tout son corps ondula sous l'étoffe.

« Non. »

Les lèvres d'Antoine étaient desséchées, et il sentait toujours cette brûlure au fond des yeux. Il ne savait comment faire avancer Rachel devant la lampe.

« Est-elle toujours aussi pâle ?

— Un peu moins.

— Mettez-lui la tête bien droite, voulez-vous ? À plat, et droite... »

Alors elle s'engagea dans la zone éclairée, mais ne fit que passer entre le foyer lumineux et Antoine. Cette seconde suffit à déchaîner de nouveau son désir. Il fut obligé de fermer les yeux, d'écraser son dos contre la muraille ; il restait là, les dents serrées, s'efforçant de garder les paupières closes sur sa secrète vision. L'odeur des grandes villes pendant l'été — ce relent fait de fumée, de crottin, de poussière d'asphalte — rendait l'air irrespirable. Les mouches frappaient l'abat-jour comme des balles et venaient harceler le visage moite d'Antoine. De temps à autre, le tonnerre continuait à gronder sur la banlieue.

Peu à peu, la chaleur, la fièvre, l'excès même de son trouble, triomphèrent de ses forces : il ne s'aperçut pas de la torpeur qui s'emparait de lui ; ses muscles se détendirent, ses épaules s'abandonnèrent contre le mur : il dormait.

Il fut tiré de son sommeil par une sollicitation particulière ; et, sans sortir d'une demi-somnolence, il eut l'impression d'éprouver quelque chose d'agréable. Il demeura un long moment dans cet état de confuse béatitude, avant de discerner par quelle partie de son corps, par quel point de sa frontière, s'insinuait cette tiède sensation de bien-être. Par sa jambe. Au même instant, il prit conscience que quelqu'un était venu s'asseoir près de lui ; que cette chaleur contre sa cuisse émanait d'un corps vivant ; que ce corps, cette chaleur, étaient de Rachel ; et que ce qu'il éprouvait était en réalité un plaisir sensuel, lequel s'amplifiait encore depuis qu'il en avait constaté la source. La jeune femme avait dû glisser contre lui en dormant. Il eut la présence d'esprit de ne faire aucun geste. Il s'éveilla tout à fait. Le contact des deux cuisses s'établissait, à travers les étoffes, par une surface moins large que la main, où toute la sensibilité d'Antoine se trouvait pour l'instant concentrée. Il demeurait haletant, immobile, prodigieusement lucide, et puisant dans la confusion de leurs deux chaleurs une volupté plus irritante que dans le plus prolongé des baisers.

Tout à coup, Rachel s'éveilla, raidit les bras, s'écarta de lui sans hâte, et se redressa. Il fit mine de s'éveiller aussi, parce qu'elle remuait. Elle avoua, souriant :

« J'ai un peu dormi.

— Moi aussi.

— Il fait jour », constata-t-elle, levant la main pour rajuster ses cheveux.

Antoine regarda sa montre : il allait être quatre heures.

L'enfant reposait, presque calme. Aline, les mains jointes, semblait prier. Antoine s'approcha et découvrit le lit. « Pas une goutte de sang : ça va. » Tout en suivant des yeux les mouvements de Rachel, il prit le poignet de la fillette, et compta cent dix.

« Comme sa jambe était chaude », pensa-t-il.

Rachel se contemplait dans un fragment de miroir fixé au mur par trois clous et riait. Avec son casque de cheveux roux, son col dégrafé, ses robustes bras nus, son regard libre, hardi, un rien moqueur, elle évoquait une figure de l'émeute républicaine : *La Marseillaise* sur des barricades.

« Me voilà jolie ! » murmura-t-elle en faisant la moue. Elle savait bien que son teint et sa jeunesse gardaient leur fleur même à l'instant du réveil. Elle le lut clairement aussi sur la physionomie d'Antoine, lorsqu'il s'avança jusqu'auprès d'elle et vint la regarder dans le miroir. Elle remarqua que ce regard d'homme ne cherchait pas ses yeux, mais ses lèvres.

Cependant, Antoine s'aperçut lui-même dans la glace, les manches relevées sur ses bras brûlés d'iode, la chemise fripée et tachée de sang.

« Et moi qu'on attendait pour dîner chez Packmell ! » dit-il.

Un sourire curieux illumina le visage de Rachel :

« Tiens ? Vous allez quelquefois chez Packmell ? »

Leurs yeux riaient. Antoine se sentit tout joyeux : il n'avait guère d'autre expérience que celle des femmes de vie légère. Rachel lui parut soudain moins distante de son désir.

« Je redescends chez moi », dit-elle. Et se tournant vers Aline, qui les examinait : « Si je peux être utile, n'hésitez pas à m'appeler. »

Puis, sans dire au revoir à Antoine, elle croisa les revers de son peignoir, et s'esquiva légèrement.

Dès qu'elle fut sortie, il eut envie de partir. « Respirer l'air frais, songea-t-il en jetant, par-dessus les toits, un regard vers le ciel matinal. Et puis, rentrer chez moi, expliquer à Jacques... Je reviendrai après être passé à l'hôpital. Lavé, présentable. Je pourrai peut-être la faire demander, pour aider au pansement ? Ou bien, la prévenir, en montant ? Mais je ne sais même pas si elle habite seule... »

Pour le cas où la petite malade s'éveillerait avant son retour, il fit quelques recommandations à Aline. Puis, au moment de partir, un scrupule lui vint : qu'était devenu M. Chasle ?

« Sa chambre donne dans le vestibule, près du poêle », expliqua la bonne.

Près du poêle, en effet, une porte de placard ouvrait sur un boyau qui s'évasait en triangle, et qu'éclairait, dans le fond, un jour de souffrance percé dans la cloison de l'escalier. C'était là. Tout habillé, étendu sur une couchette de fer, la bouche ouverte, M. Chasle ronflait doucement.

« L'imbécile, il s'est bien fourré du coton dans l'oreille ! » remarqua Antoine.

Il résolut de patienter quelques minutes, dans l'espoir que le bonhomme ouvrirait les yeux. Le long des murs, des images de piété étaient collées sur des cartons de couleur. Des livres — de piété, eux aussi — garnissaient une étagère dont la planchette supérieure portait une mappemonde, entre deux alignements de flacons de parfumerie vides.

« Le cas Chasle..., se dit Antoine. J'ai la manie des cas. Beaucoup plus simple : visage insignifiant, vie d'imbécile. Quand je m'applique à voir, je déforme, j'amplifie. Se méfier. C'est comme la bonne de Toulouse... Tiens, pourquoi ce rapprochement ? Parce que sa soupente s'aérait aussi par l'escalier ? Non, à cause de ce relent de savon de toilette... Curieux les associations d'idées... » Il découvrit qu'il évoquait avec un vif plaisir la vision de cette servante d'hôtel, que, tout jeune homme encore, au cours d'un voyage avec son père pour un congrès, il était allé retrouver une nuit dans sa mansarde. Il eût payé cher, en cette minute, le corps potelé de cette fille, tel qu'il l'avait possédé entre les draps rugueux.

M. Chasle ronflait toujours. Antoine renonça à attendre et regagna le couloir qui menait sur le palier.

À peine eut-il mis le pied sur les marches, il se souvint que Rachel habitait au-dessous ; et, dès qu'il fut au tournant, il chercha des yeux la porte : elle n'était pas fermée ! C'était bien certainement la sienne, il n'y en avait pas d'autre. Pourquoi ouverte ?

Il n'eut pas le temps d'hésiter : il descendit sans oser ralentir le pas, il arrivait à l'étage.

Rachel était dans son antichambre, et se retourna, par hasard, en l'entendant marcher. Elle était fraîche, recoiffée ; elle avait changé son peignoir rose pour un kimono de soie blanche. Ses cheveux roux, au sommet de cette blancheur, faisaient penser à la flamme d'un cierge.

Il dit :

« Au revoir, Mademoiselle. »

Elle vint à lui, dans l'embrasure :

« Voulez-vous prendre quelque chose avant de vous en aller, docteur ? Je viens justement de faire du chocolat.

— Non, je suis trop sale. Vraiment. Au revoir ! »

Il lui tendit la main. Elle souriait à demi, et ne lui donna pas la sienne.

Il répéta :

« Au revoir ! » Et, comme elle continuait à sourire sans prendre la main qu'il lui offrait, il ajouta : « Vous ne voulez pas me donner la main ? »

Il vit le sourire de la jeune femme se figer et son regard durcir. À son tour, elle tendit la main. Mais elle ne lui laissa pas le temps de la serrer : elle avait saisi Antoine avec force et l'avait attiré d'un geste brusque dans le vestibule, repoussant le battant derrière lui. Ils se trouvèrent debout, l'un devant l'autre. Elle ne souriait plus, et cependant elle n'avait pas rapproché les lèvres : il vit luire ses dents. L'odeur des cheveux l'enveloppait. Il pensa au sein nu, à la jambe brûlante. Il approcha durement son visage, et plongea son regard dans les yeux de Rachel, élargis tout près des siens. Elle ne recula pas ; à peine s'il sentit ployer la taille qu'il avait entourée de son bras : et ce fut elle qui jeta sa bouche sous les lèvres d'Antoine. Puis elle se dégagea avec effort, baissa la tête, et, souriant de nouveau, murmura :

« Des nuits comme ça énervent... »

Il apercevait, dans le fond, par les portes ouvertes, un lit sous des soies roses ; et le soleil levant faisait de cette alcôve lointaine et si proche, un vaste calice de fleur, baigné d'aurore.

IV

Ce même matin, vers onze heures et demie, Rachel vint frapper à la porte des Chasle.

« Entrez ! » cria une voix aiguë.

Mme Chasle avait repris sa place dans la fenêtre

ouverte de la salle à manger, et se tenait le buste droit, les pieds sur un tabouret, les mains inoccupées comme toujours. « Je suis honteuse de ne rien faire, disait-elle parfois. Mais il y a un âge où l'on ne peut plus se tuer pour les autres.

— Comment va la petite ? demanda Rachel.

— Elle s'est éveillée, elle a bu, et puis elle s'est rendormie.

— M. Jules n'est pas là ?

— Non, il est sorti », répondit Mme Chasle, haussant les épaules avec une expression résignée.

Rachel se sentit déçue.

La vieille poursuivait tristement :

« Toute la matinée, il a été comme un moustique. Ah ! le dimanche est un jour infernal pour ceux qui ont des hommes. Je croyais que cet accident allait le rendre un peu convenable avec nous. Ouiche ! Déjà ce matin, il pensait à autre chose. Dieu sait à quoi ! Il avait ce nez allongé que je connais bien, depuis cinquante et des, que je l'endure. Il est parti pour la grand-messe, plus d'une heure en avance. Croyez-vous que c'est naturel ? Et il n'est pas encore rentré. Tenez, fit-elle, tandis que ses lèvres se pinçaient, le voilà. Quand on parle de malheur... Je t'en supplie, Jules, reprit-elle, tendant le cou vers son fils qui entrait sur la pointe des pieds, ne claque pas ainsi les portes. Ce n'est pas seulement pour ma maladie de cœur ; cette fois, c'est pour Dédette, qui en mourra. »

M. Chasle ne chercha pas à se disculper. Il semblait distrait et soucieux.

« Venez voir la petite », lui proposa Rachel. Et dès qu'ils furent devant le lit de l'enfant endormie : « Il y a longtemps que vous le connaissez, ce docteur Thibault ?

— Quoi ? » fit Chasle. Son œil prit une expression

effarée ; mais il sourit d'un air entendu, répéta : « Quoi ? » à la façon d'un écho, et se tut. Puis, comme quelqu'un qui se décide à faire une confidence, il se tourna brusquement vers elle :

« Écoutez, Mademoiselle Rachel, vous avez été bien bonne pour Dédette, je vais vous demander un petit service. J'étais tellement échiné par tout ça que je n'avais sans doute pas ma tête à moi, ce matin : honnêtement, il faut que j'y retourne. Et tout de suite. Mais c'est si... si mortifiant de se présenter une seconde fois à ce guichet, tout seul ! Ne me dites pas non, supplia-t-il. Je vous donne ma parole d'honnête homme, Mademoiselle Rachel, que ça ne durera pas plus de dix minutes. »

Elle consentit en souriant, sans rien comprendre à ce qu'il disait, prête déjà à s'amuser des extravagances du bonhomme, et désireuse aussi de profiter du tête-à-tête pour l'interroger sur Antoine. Mais, de tout le chemin, il ne parut pas entendre ses questions, et ne desserra pas les dents.

Midi était sonné depuis longtemps lorsqu'ils arrivèrent au poste de police. Le commissaire venait de partir. M. Chasle eut l'air si consterné, que l'employé prit la mouche :

« Puisque je suis là, moi, c'est tout comme. Qu'est-ce que vous voulez ? »

M. Chasle lui glissa un coup d'œil craintif, et, n'osant plus se retirer, commença des explications :

« C'est parce que j'ai réfléchi à tout ça. J'ai des choses à ajouter à ma déclaration.

— Quelle déclaration ?

— Je suis venu ce matin, j'ai parlé à ce guichet là-bas.

— Votre nom ? Je vais chercher le dossier. »

Rachel, intriguée, s'approcha. L'employé revint

bientôt, une feuille à la main, et examina son homme des pieds à la tête :

« Chasle ? Jules-Auguste ? C'est vous ? De quoi s'agit-il ?

— Eh bien, j'ai peur que Monsieur le commissaire n'ait pas bien compris où j'ai trouvé l'argent.

— Rue de Rivoli », fit l'autre en regardant le papier.

M. Chasle sourit, comme s'il eût gagné un pari :

« Vous voyez ! Non, ça n'est pas tout à fait ça. J'y suis retourné, et ma foi, sur place, des détails me sont revenus qui peuvent être utiles à noter, pour être honnête. » Il toussa dans sa main et continua : « En somme, je n'ose pas affirmer que c'était dans la rue. C'était plutôt dans les Tuileries. Oui. J'étais dans le jardin, comprenez-vous ? J'étais même assis sur un banc de pierre qui est le deuxième après le kiosque aux journaux quand on va de la Concorde au Louvre. J'étais là, assis, et j'avais ma canne. Vous allez bientôt découvrir pourquoi j'insiste sur cette particularité. Je vois un monsieur et sa dame qui passent devant moi, et un enfant qui suivait par-derrière. Ils causaient. Même que j'ai pensé : "En voilà deux qui ont su faire une famille, un enfant et cætera..." Vous voyez que je vous dis bien tout. Alors l'enfant, au moment qu'il passe devant mon banc, le voilà qui tombe. Il crie. Moi je n'ai pas l'habitude des fragilités. Je ne bouge pas. La maman se précipite. Et alors, devant moi, presque à mes pieds — ce n'était pas ma faute, n'est-ce pas ? —, la voilà qui s'agenouille près de l'enfant, et, pour lui essuyer la figure, tire d'un petit sac de dame, qu'elle avait à la main, un mouchoir, ou je ne sais quoi. Moi, je suis resté assis. Eh bien, reprit-il en levant l'index, c'est quand ils ont été repartis, que moi, jouant avec ma canne, avec le bout de ma canne, dans le sable, j'ai tout d'un coup aperçu l'argent. Je me suis rappelé tout ça après. J'ai toujours été ce qu'on appelle un homme scrupuleux. Mademoiselle pourra vous le dire : cinquante-deux ans, et rien à me reprocher : ça compte. Donc, il ne s'agit pas de dire ceci ou cela. Moi, j'en suis arrivé à croire que peut-être la dame et son petit sac y sont pour quelque chose dans cette histoire d'argent : et je le dis honnêtement.

— Vous n'avez pas pu courir après eux ? demanda Rachel.

— Ils étaient trop loin. »

L'employé leva le nez de ses écritures :

« Pouvez-vous au moins donner leur signalement ?

— Le monsieur, je ne sais pas. La dame, elle, était en foncé ; une trentaine d'années peut-être. Le bébé avait une locomotive. Oui, ça, je suis sûr de cette particularité : une petite locomotive. Enfin, je dis petite, entendons-nous : je veux dire grande comme ça. Qu'il traînait. Vous inscrivez bien tout ?

— Soyez tranquille. C'est fini ?

— Oui.

— Je vous remercie. »

Rachel avait déjà gagné la porte. M. Chasle, au lieu de la suivre, s'accouda sur la planchette et inclina la tête vers le guichet.

« Encore une petite particularité, murmura-t-il, devenant cramoisi. Il est bien possible que j'aie commis une légère erreur ce matin en déposant l'argent. Oui. » Il s'arrêta pour s'éponger le front. « Je crois bien que j'ai remis deux billets, n'est-ce pas ? Deux billets de cinq cents francs ? Si, si, maintenant j'en suis sûr. C'est une erreur de ma part, ou plutôt une négligence. Parce que... ce que j'ai trouvé... ça n'était pas tout à fait ça : c'était un seul billet... Un billet de mille francs, vous comprenez ?... » Il ruisselait de sueur et s'épongea de nouveau. « Notez ça, puisque j'y pense ; quoique ça revienne au même, en quelque sorte.

— Ça ne revient pas du tout au même », répliqua l'employé. Je pense bien que c'est important ! Le monsieur qui a perdu un billet de mille francs, il aurait pu venir ici cent fois de suite, on ne lui aurait jamais remis vos deux billets de cinq cents. En voilà une histoire ! » Il toisait M. Chasle d'un regard mécontent. « Avez-vous seulement une pièce d'identité ? »

M. Chasle fouilla dans ses poches :

« Non.

— Ça ne suffit pas, dit l'autre. Je suis au regret, mais je ne peux pas vous laisser filer comme ça. Un agent va vous accompagner jusque chez vous : votre concierge témoignera que vos nom et domicile ne sont pas présupposés. »

M. Chasle semblait devenu indifférent à tout. Il s'épongeait toujours, mais son visage était rasséréné, presque souriant.

« À votre service », dit-il poliment.

Rachel partit d'un éclat de rire. M. Chasle leva sur elle un regard plein de tristesse ; puis, après réflexion, il se décida à faire un pas vers elle, et, bégayant un peu :

« Quelquefois, Mademoiselle Rachel, sous la jaquette d'un simple inconnu, il y a un cœur plus noble — oui, je dis plus noble, je veux dire aussi plus honnête — que sous le chapeau haut de forme de tel ou tel, qui est considéré, et même chargé d'honneurs. » Le bas de son visage tremblait. Il regretta presque aussitôt sa vivacité : « Je ne dis pas cela pour vous, Mademoiselle Rachel. Ni pour vous, Monsieur l'agent », ajouta-t-il, regardant sans aucune timidité le sergent de ville qui venait d'entrer.

Rachel laissa M. Chasle et l'agent s'expliquer dans la loge, et remonta chez elle.

Antoine l'attendait sur le palier.

Elle était bien loin de penser le trouver là. Elle ressentit, en l'apercevant, une joie violente qui lui fit un instant baisser les paupières, mais qui parut à peine sur son visage.

« J'ai sonné, sonné. J'étais au désespoir », avoua-t-il.

Ils se regardaient gaiement avec un sourire complice.

« Qu'est-ce que vous faites ce matin ? demanda-t-il, ravi de la trouver si élégante dans ce tailleur de toile claire et sous ce chapeau fleuri.

— Ce matin ? Mais il est une heure passée. Et je n'ai pas déjeuné, moi.

— Moi non plus. » Il se décida tout à coup : « Vous voulez venir déjeuner avec moi, dites ? Vous voulez ? Oui ? » Elle souriait, conquise par cet air d'enfant avide qui ne sait déguiser ses désirs. « Dites oui !

— Eh bien, oui !

— Ah ! » fit-il. Et sa poitrine se dilata.

Elle reprit, en ouvrant la porte :

« Le temps de prévenir ma femme de ménage et de la renvoyer chez elle. »

Il resta seul, une minute, à l'entrée du vestibule. Il retrouvait les sensations qu'il avait eues le matin, lorsqu'elle s'était avancée vers lui. « Comme elle m'a donné sa bouche », pensa-t-il ; et il fut si remué qu'il s'appuya du poing au mur.

Rachel revenait déjà.

« Allons », fit-elle ; et elle ajouta : « J'ai faim ! » avec un sourire animal, qui semblait appeler le plaisir.

Il proposa gauchement :

« Préférez-vous sortir seule, et que je vous rejoigne dans la rue ? »

Elle se tourna en riant :

« Moi ? Je suis complètement libre, et ne me cache jamais de rien ! »

Ils prirent la rue de Rivoli. Antoine remarqua de nouveau l'aisance rythmée de son pas qui lui donnait l'air de danser dès qu'elle se déplaçait.

« Où allons-nous ? demanda-t-il.

— Et si l'on entrait là, tout simplement ? Il est si tard ! » Du bout de son ombrelle, elle indiquait, au coin de la rue, un restaurant de quartier.

À l'entresol, il n'y avait personne. Les petites tables s'alignaient le long des fenêtres en demi-cercle, qui donnaient sous les arcades et qui, ouvertes au ras du sol, éclairaient de façon inattendue la salle basse. La température était fraîche, l'ombre constante. Ils s'installèrent l'un en face de l'autre, avec des regards d'enfants qui vont jouer.

« Je ne sais même pas votre nom », remarqua-t-il soudain.

— Rachel Gœpfert. Vingt-six ans. Menton ovale. Nez moyen...

— Et toutes ses dents ?

— Vous allez voir ! s'écria-t-elle, en se jetant sur un ravier de saucisson.

— Méfiez-vous, il doit être à l'ail.

— Tant pis, répliqua-t-elle. J'adore m'encanailler. »

Gœpfert... À l'idée qu'elle était peut-être israélite, le peu qui subsistait chez Antoine de son éducation s'émut : juste assez pour assaisonner l'aventure d'un piment d'indépendance et d'exotisme.

« Mon père était juif », déclara-t-elle, sans bravade, et comme si elle eût deviné les pensées du jeune homme.

Une serveuse à manches de crémière apportait la carte.

« *Mixed grill ?* » proposa Antoine.

Le visage de Rachel s'éclaira d'un très étrange sourire, que, visiblement, elle n'avait pas été maîtresse de réprimer.

« Pourquoi riez-vous ? C'est excellent. Il y a un tas de bonnes choses grillées ensemble, des rognons, du *bacon*, des saucisses, des côtelettes...

— ... avec du cresson et des pommes soufflées, renchérit la serveuse.

— Je sais, je veux bien », dit-elle ; et la gaieté qu'elle était parvenue à refouler semblait pétiller encore dans son regard énigmatique.

« Vous boirez ?

— De la bière.

— Moi aussi. Bien fraîche. »

Il la contemplait tandis qu'elle grignotait les feuilles d'un petit artichaut cru.

« J'adore tout ce qui est vinaigré, confessa-t-elle.

— Moi aussi. »

Il se voulait pareil à elle. Il se retenait de l'interrompre à chaque mot, pour s'écrier : « C'est comme moi ! » Tout ce qu'elle disait, tout ce qu'elle faisait, correspondait à ce qu'il attendait d'elle. Elle s'habillait exactement comme il avait toujours souhaité qu'une femme s'habillât. Elle portait au cou un collier de vieil ambre, dont les gros grains, translucides et allongés, faisaient penser à des fruits, à d'énormes raisins de Malaga, à des mirabelles gonflées de soleil. Et, sous l'ambre, sa chair avait un rayonnement laiteux, troublant. Antoine se sentait devant elle semblable à un être affamé, dont rien, jamais, ne parviendrait à rassasier la fringale. « Comme elle m'a donné sa bouche... », songea-t-il de nouveau, avec un afflux de sang au cœur. Et elle était là, en face de lui, la même... Elle souriait !

On venait de poser sur la table deux chopes de bière mousseuse. Ils eurent la même impatience d'y goûter. Antoine s'amusa à boire en même temps que Rachel, sans la quitter des yeux, et lorsqu'il sentit la gorgée piquante et savonneuse baigner sa langue et s'y tiédir, à la seconde même où Rachel faisait couler contre la sienne le même liquide glacé, ce fut comme si leurs deux bouches se confondaient encore une fois. Il en demeura une minute étourdi, avant d'entendre de nouveau sa voix :

« ... elles le traitent comme leur domestique », disait-elle.

Il se ressaisit :

« Qui ça ? elles ?

— La mère et la bonne. (Il comprit que Rachel parlait des Chasle.) La vieille n'appelle jamais son fils autrement que Dadais !

— Avouez que cela ne lui va pas si mal.

— Dès qu'il est entré, elle le houspille. Le matin, c'est lui qui décrotte leurs chaussures sur le palier, même les bottines de la petite.

— Monsieur Chasle ? » fit Antoine amusé. Il aperçut le bonhomme écrivant sous la dictée de M. Thibault, ou recevant à la place de son patron un collègue des Sciences Morales.

« Et elles s'y entendent pour le dépouiller ! Elles vont jusqu'à lui voler son argent dans sa poche, sous prétexte de lui brosser le dos quand il va sortir. L'an dernier, la vieille a signé pour trois ou quatre mille francs de billets, en imitant la signature de son fils. On a cru que M. Jules allait en tomber malade.

— Et qu'est-ce qu'il a fait ?

— Mais il a tout payé, naturellement. En six mois ; par petites sommes. Il ne pouvait pas dénoncer sa mère.

— Nous qui le voyons tous les jours, nous ne soupçonnions rien de tout ça.

— Vous n'étiez jamais venu chez eux ?

— Jamais.

— Maintenant ils sont meublés pis que des pauvres. Mais il fallait voir leur petit intérieur, il y a encore deux ans. Dans ce logement carrelé, à boiseries, à placards, on se serait cru — vous savez ? — du temps de Voltaire. Des meubles en marqueterie, des tableaux de famille, même de la vieille argenterie.

— Et qu'est-ce devenu ?

— Tout a été vendu en catimini par les deux femmes. Un soir, M. Jules revenait : le secrétaire Louis XVI avait décampé. Un autre jour, c'était la tapisserie, les bergères, la pendule, les miniatures. Même le portrait du grand-père, un beau gaillard en uniforme, avec un tricorne sous le bras et une carte dépliée devant lui.

— Noblesse d'épée ?

— Presque : il avait servi en Amérique, sous La Fayette. »

Il remarqua qu'elle était bavarde, mais qu'elle racontait assez bien ; les détails qu'elle donnait avaient de la couleur. Elle était intelligente. Elle avait surtout un tour d'esprit, une façon d'observer et de retenir, qu'il appréciait.

« À la maison, dit-il, jamais il ne se plaint.

— Oh ! moi je l'ai aperçu bien souvent, le soir, qui s'était réfugié dans l'escalier pour pleurer !

— C'est à ne pas croire ! » s'écria-t-il.

Il avait jeté cette exclamation avec un regard, un sourire, si vivants, qu'elle cessa de penser à ce qu'elle racontait, pour ne plus songer qu'à lui.

Il demanda :

« Sont-ils vraiment dans une telle misère ?

— Bien sûr que non ! Tout cet argent-là, les deux vieilles en font un magot, qu'elles cachent. Et elles ne se privent de rien, je vous assure ; seulement, elles lui font des scènes lorsqu'il s'achète des boules de gomme ! Ah ! si je vous racontais tout ce qu'on sait dans la maison !... Aline a voulu... Devinez !... Se faire épouser par M. Jules ! Ne riez pas ; il s'en est fallu de peu ! Elle était d'accord avec la vieille. Heureusement, un jour, elles se sont disputées...

— Et Chasle, il voulait bien ?

— Oh ! il aurait fini par dire oui, à cause de Dédette. C'est sa passion. Quand elles ont quelque chose à obtenir de lui, elles le menacent de renvoyer la petite en Savoie, au pays d'Aline ; alors il pleure et promet tout ce qu'elles veulent. »

Il n'écoutait guère ce que Rachel disait : il regardait remuer cette bouche qu'il avait baisée : une bouche bien dessinée, charnue au milieu, et, dans les commissures, fine comme une incision ; au repos, les deux coins des lèvres se relevaient à peine, en un demi-sourire suspendu, qui n'était pas moqueur, mais calme, gai.

Il pensait si peu à ce pauvre Chasle, qu'il déclara, à mi-voix :

« Je suis un homme heureux, vous savez. » Puis il rougit.

Elle éclata de rire. Après avoir, la veille, devant la table d'opération, si bien mesuré la valeur de cet homme, elle était ravie de ce côté puéril qu'elle lui découvrait, et qui le rapprochait d'elle.

« Depuis quand ? » demanda-t-elle.

Il mentit un peu :

« Depuis ce matin. »

C'était vrai, tout de même. Il se souvint de l'impression qu'il avait eue, en sortant de chez Rachel, en s'élançant dans la rue ensoleillée : jamais il ne s'était senti si en forme. Il se rappelait, devant le pont Royal, s'être jeté dans un encombrement avec un sang-froid exceptionnel, et s'être dit, en se faufilant parmi les voitures : « Comme je suis sûr de moi, comme je suis en ce moment maître de mes forces ! Et il y a des gens qui nient le libre arbitre ! »

« Laissez-moi vous servir, dit-il, ce cèpe grillé ?

— *With pleasure*[1].

— Vous parlez l'anglais ?

— Bien sûr. *Si son vedute cose più straordinarie*[2].

— L'italien aussi ? Et l'allemand ?

— *Aber nicht sehr gut*[3]. »

Il réfléchit une seconde :

« Vous avez voyagé ? »

Elle se retint de sourire :

« Un peu. »

Il chercha son regard, tant l'intonation lui avait paru sibylline.

« Qu'est-ce que je disais ? » reprit-il.

Peu importaient les paroles : ils sentaient un échange incessant se faire entre eux, par leurs regards et leurs sourires, par leurs voix, par leurs moindres gestes.

Elle dit, l'examinant tout à coup :

« Comme vous êtes différent de celui que j'ai vu cette nuit...

— Je vous jure que c'est le même, fit-il, levant ses

1. « Avec plaisir. »
2. « On a vu des choses plus extraordinaires. »
3. « Mais pas très bien. »

mains encore jaunies par l'iode. Je ne peux pourtant pas jouer au grand praticien, quand je n'ai qu'une côtelette à désosser !

— J'ai eu le temps de bien vous regarder, savez-vous !

— Et alors ? »

Elle se tut.

« C'était la première fois que vous assistiez à une séance de ce genre ? » reprit-il.

Elle le regarda, ne répondit pas tout de suite et se mit à rire :

« Moi ? fit-elle, sur un ton qui semblait dire : J'en ai vu bien d'autres ! » Mais elle rompit aussitôt les chiens :

« Vous opérez comme ça tous les jours ?

— Jamais. Je ne fais pas de chirurgie. Je suis médecin, je suis spécialiste d'enfants.

— Pourquoi n'êtes-vous pas chirurgien ? Un homme comme vous !

— Il faut croire que ce n'était pas ma vocation.

— Ah ! que c'est dommage ! » soupira-t-elle.

Il y eut une courte pause. Ce qu'elle venait de dire éveillait en lui un écho de mélancolie.

« Bah ! médecin, chirurgien..., fit-il à haute voix. On se fait bien des idées fausses, au sujet de la vocation. On croit toujours avoir choisi. Ce sont les circonstances... (Elle vit reparaître sur ses traits comme l'ébauche de ce masque viril qui l'avait si fort séduite la veille, au chevet de l'enfant.) À quoi bon remettre en question ce qui est fait ? poursuivit-il. Le chemin qu'on a pris est toujours le meilleur, pourvu qu'il permette d'aller de l'avant ! » Et, songeant soudain à cette belle créature assise en face de lui, songeant à la place qu'elle s'était, en quelques heures, déjà taillée dans sa vie, il se dit, avec une subite anxiété :

« Oui, mais d'abord, que ça ne m'empêche pas de travailler ! D'arriver ! »

Elle distingua cette ombre qui passait sur son front :

« Vous devez être terriblement têtu ? »

Il sourit :

« Vous n'allez pas vous moquer de moi ? Longtemps j'ai eu pour devise un mot latin, qui veut dire : Je tiendrai ! *Stabo !* Je l'avais fait reproduire sur mon papier à lettres, je l'inscrivais sur la feuille de garde de mes livres... » Il tira sa chaîne de montre : « Je l'ai même fait graver sur un cachet ancien, que je porte encore. »

Elle prit le bijou qui pendait au bout de la chaîne :

« Il est ravissant.

— C'est vrai ? Il vous plaît ? »

Elle comprit, et, le lui rendant :

« Non. »

Déjà, il avait détaché la breloque :

« Je vous en prie.

— Vous êtes fou.

— Rachel... En souvenir de...

— De quoi ?

— De tout. »

Elle répéta : « De tout ? » sans cesser de le regarder bien en face, avec un rire franc.

Ah ! qu'elle lui plaisait en ce moment. Comme il aimait ce sourire libre, presque un sourire de garçon ! Elle différait autant des professionnelles qu'il avait connues que des jeunes filles ou des jeunes femmes qu'il avait eu l'occasion de rencontrer dans le monde ou dans les hôtels pendant les vacances, et qui l'intimidaient sans presque jamais l'attirer. Rachel ne l'intimidait pas : elle était sur le même plan que lui. Elle avait le charme païen, et même un peu de cette simplicité qu'ont les filles qui aiment leur métier ; mais elle possédait ce charme-là sans rien avoir d'équivoque ni de vulgaire. Qu'elle lui plaisait ! Il ne trouvait pas seulement en elle une partenaire incomparable : pour la première fois de sa vie, il pensait avoir une compagne, une amie.

Depuis le matin, cette idée le hantait. Il avait déjà échafaudé toute une combinaison d'existence nouvelle, où Rachel aurait sa part. Seul, le consentement de l'intéressée manquait encore au contrat. Aussi, avec une impatience enfantine, brûlait-il de lui prendre les mains, de lui dire : « Vous êtes celle que j'attendais. Je veux renoncer aux amours de hasard. Mais j'ai horreur de l'incertain, réglons la suite de nos relations. Vous serez ma maîtresse. Organisons-nous. » À plusieurs reprises, il avait laissé percer sa préoccupation et hasardé un mot qui cherchait à engager l'avenir : elle n'avait jamais eu l'air de comprendre ; et il devinait en elle une réserve qui le faisait hésiter à démasquer ses plans.

« N'est-ce pas qu'on est bien, ici ? dit-elle, croquant une grappe de groseilles givrées qui lui mit du carmin aux lèvres.

— Oui. À retenir. On trouve de tout à Paris, même la province. » Il ajouta, montrant la salle vide : « Et pas de rencontres à craindre.

— Ça vous ennuierait d'être vu avec moi ?

— Voyons ! C'est pour vous que je dis ça. »

Elle haussa les épaules :

« Pourquoi ? » Elle eut plaisir à sentir combien elle l'intriguait, et ne se hâta pas de s'expliquer davantage. Pourtant, il l'interrogeait du regard avec tant de secrète anxiété, qu'elle finit par confier : « Je vous répète que je n'ai de comptes à rendre à personne. J'ai de quoi vivre, modestement, et m'en contente. Je suis libre. »

La figure crispée d'Antoine s'était détendue naïvement. Elle comprit qu'il traduisait : « Je t'appartiens, si tu le veux. » Avec tout autre, elle se fût insurgée ; mais il lui plaisait ; et elle éprouvait encore plus d'agrément à se sentir désirée, que d'agacement à voir combien il se trompait sur elle.

On apportait le café. Elle se tut et réfléchit. Elle-même, d'ailleurs, n'avait pas été sans envisager l'éventualité d'une liaison puisqu'elle s'était surprise, tout à l'heure, à penser : « Je lui ferai couper cette barbe. » Cependant, elle ne le connaissait pas ; ce goût qu'elle avait aujourd'hui pour lui, elle l'avait, en somme, éprouvé déjà, pour d'autres. Il ne fallait pas qu'il se méprît et continuât à la regarder, comme en ce moment, avec autant d'assurance que de gourmandise...

« Une cigarette ?

— Non, j'en ai là, de plus douces. »

Il lui tendit la flamme d'une allumette ; elle tira une bouffée dont elle s'enveloppa.

« Merci. »

Certes, il importait, dès le début, d'éviter les malentendus. Elle pouvait d'autant mieux se permettre la franchise qu'elle sentait bien ne courir aucun risque. Elle avança un peu sa tasse, mit ses coudes sur la nappe et son menton sur ses doigts enlacés. Ses paupières, plissées par la fumée, voilaient presque complètement son regard.

« Je dis que je suis libre, accentua-t-elle. Je ne dis pas que je sois disponible. Vous saisissez ? »

Il avait repris son air fatal. Elle continua :

« Je vous avoue que j'ai déjà été sérieusement étrillée par la vie. Je n'ai pas toujours eu ma liberté. Il y a deux ans, je ne l'avais pas. Aujourd'hui, je l'ai. J'y tiens. (Elle se croyait sincère.) J'y tiens tellement que, pour rien au monde, je ne consentirais plus à l'aliéner. Vous saisissez ?

— Oui. »

Il y eut un silence. Il l'examinait. Elle sourit un peu, sans le regarder, en tournant sa cuillère dans sa tasse.

« D'ailleurs, je vous le dis simplement, je n'ai rien de ce qu'il faut pour faire une amie fidèle, une maîtresse de tout repos. J'aime à me passer tous mes caprices. Tous. Pour ça, il faut être libre. Je veux rester libre. Vous saisissez ? » Et, posément, elle lampa son café, à petits coups, en se brûlant.

Antoine eut une minute de désespoir. Tout s'écroulait. Pourtant elle était encore là, devant lui ; rien n'était perdu. Il ne savait pas renoncer à ce qu'il voulait fortement ; il n'avait pas l'habitude des défaites. En tout cas, la situation était franche ; cela valait mieux que de s'illusionner ; bien renseigné, on peut agir. Pas un instant, l'idée qu'elle lui échapperait peut-être, qu'elle se refuserait à ses projets d'association, ne lui parut possible. Il était ainsi : certain, toujours, d'atteindre le but.

Ce qu'il fallait, c'était mieux la comprendre, déchirer ce voile qui l'entourait encore.

« Il y a deux ans, vous n'étiez pas libre ? murmura-t-il sur un ton nettement interrogatif. L'êtes-vous vraiment, pour toujours ? »

Rachel le considéra comme elle eût fait d'un enfant. Puis son regard se nuança d'ironie. Elle semblait dire : « Je vais vous répondre, mais parce que je le veux bien. »

« L'homme avec qui je vivais est installé dans le Soudan égyptien, expliqua-t-elle. Il ne reparaîtra jamais en France. » Elle termina sa phrase par un petit rire silencieux, et déroba son regard. Puis elle coupa court : « Allons », fit-elle en se levant.

Dehors, elle reprit le chemin de la rue d'Alger. Antoine l'accompagnait en silence ; il se demandait ce qu'il allait faire ; il ne pouvait se résoudre à la quitter déjà.

Rachel vint à son aide, lorsqu'ils arrivèrent devant la porte :

« Vous montez voir Dédette ? » proposa-t-elle. Puis, sans broncher, elle ajouta : « Mais je dis ça, peut-être êtes-vous occupé ailleurs ? »

Antoine avait, en effet, promis de retourner chez son petit malade de Passy. Il avait aussi à relire les épreuves d'un rapport que son patron lui avait communiqué ce matin, à l'hôpital, en le priant de vérifier les références. Il voulait surtout aller dîner à Maisons-Laffitte, où il était attendu et où il avait la ferme intention de ne pas arriver trop tard, afin de causer un peu avec Jacques. Mais, de tout cela, dès l'instant où il entrevit la possibilité de suivre Rachel, rien ne subsista.

« Je suis libre toute la journée », affirma-t-il, s'effaçant pour la laisser entrer.

C'est à peine s'il fut effleuré par l'idée du travail compromis, d'une perturbation dans sa façon de se conduire. Tant pis. (Il était presque sur le point de penser : Tant mieux.)

Ils montèrent l'escalier sans dire un mot.

Arrivée chez elle, elle mit sa clef dans la serrure et se retourna. Le désir éclatait sur son visage : un désir sans subtilités ni déguisements ; un désir affranchi, joyeux, irrésistible.

V

Dès que Jacques, revenu en courant de chez Packmell, eut appris par la concierge que l'on était venu chercher M. Antoine pour un accident, sa superstitieuse terreur se dissipa d'un coup ; mais il demeura vexé d'avoir cru que le souhait d'un vêtement de deuil pût suffire à provoquer la mort de son frère. La disparition du flacon d'iode dont il avait besoin pour son furoncle acheva de l'énerver et il se déshabilla dans cet état d'animosité imprécise dont il était coutumier et qui lui était douloureux parce qu'il en avait honte. Il fut long à s'endormir. Son succès ne lui apportait aucune joie.

Le lendemain matin, Antoine rencontra Jacques sous la porte cochère, au moment où celui-ci se décidait à partir pour Maisons-Laffitte sans qu'ils se fussent revus. En quelques mots, Antoine le mit au courant de ce qui s'était passé la veille au soir ; mais il ne souffla mot de Rachel. Il avait l'œil brillant et, sur son visage tiré, une expression guerrière que son frère attribua aux difficultés de l'opération.

Les cloches sonnaient à la volée lorsque Jacques mit le pied hors de la gare de Maisons-Laffitte. Rien ne le pressait ; M. Thibault, non plus que Mlle de Waize, ni Gisèle ne manquaient jamais la grand-messe : Jacques avait donc le temps de faire un tour avant de rentrer à la villa. L'ombre tiède du parc invitait à la flânerie. Les avenues étaient désertes. Il s'assit sur un banc. Il n'entendait rien que le bruissement des insectes dans l'herbe et l'envol brusque des passereaux qui, un à un, désertaient l'arbre au-dessus de lui. Il restait immobile, un sourire aux lèvres, ne pensant à rien de précis, heureux d'être là.

L'ancien domaine de Maisons, accolé à la forêt de Saint-Germain-en-Laye, avait été acheté sous la Restauration par Laffitte, qui avait mis en lotissement les cinq cents hectares du parc, pour ne conserver que le château. Mais le financier avait pris des mesures pour que ce morcellement ne portât aucun préjudice aux somptueuses perspectives ménagées autour de sa résidence, et pour que le déboisement fût réduit à l'indispensable. Maisons était donc resté, grâce à lui, un immense parc seigneurial dont les avenues de tilleuls deux fois centenaires desservaient avec magnificence une colonie de menues propriétés, sans murs mitoyens, et presque invisibles dans la verdure.

La villa de M. Thibault était située au nord-est du château, sur une petite place en gazon, ceinte de lices blanches, éternellement à l'ombre des grands arbres, et dont le centre était occupé par un bassin rond, entre des compartiments de buis.

Jacques se dirigeait à petits pas vers cette place. Et, de très loin, dès qu'il put apercevoir la maison, il distingua une robe blanche appuyée à la barrière de l'entrée : Gisèle guettait. Tournée vers l'allée de la gare, elle ne le voyait pas venir. Alors, soulevé par un joyeux élan, il se mit à courir. Elle l'aperçut, agita les bras, et, tout de suite, les mains en porte-voix, questionna :

« Reçu ? »

Bien qu'elle eût seize ans, elle n'osait pas sortir du jardin sans la permission de Mademoiselle.

Il ne répondit pas, pour la taquiner. Mais elle lut la bonne nouvelle dans ses yeux et se mit à sauter sur place, comme une enfant. Puis elle s'élança dans ses bras.

« Allons, allons, folle ! » fit-il par habitude. Elle se dégagea en riant, pour se jeter de nouveau, frémissante, contre lui. Il vit son sourire radieux, ses yeux brillants de larmes : il en fut ému, reconnaissant, et, pendant une seconde, il retint la jeune fille sur sa poitrine.

Elle rit et baissa la voix :

« J'ai inventé toute une histoire pour forcer ma tante à venir avec moi à la messe basse ; je pensais que tu arriverais à dix heures. Quant à ton père, il n'est pas encore de retour. Viens », dit-elle en l'entraînant vers la villa.

La petite Mademoiselle apparaissait au fond du vestibule : un peu bossue maintenant, elle avançait à pas pressés, et l'émotion lui faisait branler la tête. Elle s'arrêta au bord du perron et, dès que Jacques fut à sa hauteur, elle tendit vers lui ses bras de marionnette et faillit perdre l'équilibre pour l'embrasser.

« Reçu ? Tu es reçu ? marmonnait-elle, comme si elle avait sans cesse mâché quelque chose.

— Aïe, fit-il joyeusement. Prenez garde, j'ai un clou qui me fait très mal.

— Tourne-toi. Dieu bon ! » Et, comme si ce bobo eût été mieux à sa mesure que les examens de Normale, elle renonça aussitôt à interroger Jacques sur son succès, pour l'obliger à un lavage d'eau bouillie et à des compresses émollientes.

Le pansement s'achevait dans la chambre de Mademoiselle, lorsque le timbre de la barrière tinta : M. Thibault rentrait.

« Jacquot est reçu ! glapit Gisèle en se penchant à la fenêtre, tandis que Jacques descendait à la rencontre de son père.

— Ah ! te voilà ? Quel rang ? demanda M. Thibault, dont une évidente satisfaction colorait pour un instant le visage albumineux.

— Troisième. »

L'approbation de M. Thibault devint plus manifeste encore. Il ne souleva pas les paupières, mais les muscles du nez tressaillirent, le lorgnon tomba au bout du fil, et il tendit la main.

« Allons, ce n'est pas mal », grommela-t-il, retenant la main de Jacques entre ses doigts mous. Il hésita une seconde, prit un air hargneux, murmura : « Quelle chaleur ! », puis, attirant son fils vers lui, il l'embrassa. Le cœur de Jacques battait. Il voulut regarder son père. M. Thibault s'était déjà retourné, et, hâtant le pas, gravissait les marches du perron ; il gagna son cabinet, jeta son paroissien sur la table, fit quelques pas, et, tirant son mouchoir, s'essuya lentement le visage.

Le déjeuner était servi.

Gisèle avait paré la place de Jacques d'un bouquet de mauves, qui donnait à la table familiale un air de fête. Elle ne pouvait s'empêcher de rire, tant elle avait de joie au cœur. Son existence de jeune fille était sévère, entre les deux vieillards ; elle portait assez de vie en elle pour n'en souffrir jamais : attendre le bonheur, n'était-ce pas déjà être heureuse ?

M. Thibault entra, se frottant les mains.

« Eh bien, fit-il, après avoir déplié sa serviette et posé les poings de chaque côté de son couvert, il s'agit maintenant de ne pas t'en tenir là. Nous ne sommes pas des imbéciles, et, si tu es entré troisième, pourquoi ne pourrais-tu pas, en travaillant, sortir premier ? » Il entrouvrit un œil et dressa la barbiche, d'un air rusé :

« Est-ce qu'il ne faut pas toujours, dans une promotion, qu'il y ait un premier ? »

Jacques répondit au sourire de son père par un sourire évasif. Il avait tellement pris le pli de feindre, pendant ces repas de famille, qu'il n'avait presque plus à se contraindre : certains jours, il se reprochait même cette accoutumance comme une faute de dignité.

« Être sorti premier d'une grande école, reprit M. Thibault, tu peux le demander à ton frère, cela vous accompagne pendant toute la vie : partout où l'on se présente ensuite, on est sûr d'être considéré. Ton frère va bien ?

— Il doit venir après le déjeuner. »

L'idée de raconter à son père qu'il y avait eu un accident dans l'entourage de M. Chasle ne se présenta même pas à l'esprit de Jacques. D'un commun accord, tout le monde, autour de M. Thibault, se taisait : on ne commettait plus jamais l'imprudence de le mettre au courant de quoi que ce fût, car il était impossible de prévoir quelles conclusions le gros homme, trop puissant, trop actif, tirait de la moindre nouvelle ni par quelles démarches, lettres ou visites, il se croirait en droit d'intervenir et d'embrouiller les événements.

« Est-ce que vous avez vu que la presse de ce matin confirme la faillite de notre coopérative de Villebeau ? » demanda-t-il à Mademoiselle, bien qu'il sût qu'elle n'ouvrait jamais un journal. Elle répondit d'ailleurs par un signe d'assentiment marqué. M. Thibault eut un petit rire froid. Puis il se tut, et, jusqu'à la fin du déjeuner, sembla se désintéresser de la conversation. Son ouïe rebelle l'isolait chaque jour davantage. Il lui arrivait souvent de rester ainsi, pendant tout un repas, muet, engouffrant les copieuses portions qu'exigeait son estomac de lutteur, et concentré en lui-même. En réalité, il ruminait quelque affaire difficile. Son inertie trompeuse était celle d'une araignée à l'affût : il attendait que le va-et-vient de sa pensée lui eût livré la solution de quelque problème administratif ou social. C'est ainsi d'ailleurs qu'il avait toujours travaillé : passif et comme pétrifié, les yeux mi-clos, le cerveau seul en éveil ; jamais ce grand laborieux n'avait pris une note, n'avait écrit le canevas d'un discours ; tout se combinait, se gravait infailliblement, jusqu'au dernier détail, sous son crâne immobile.

Assise en face de lui et attentive au service, Mademoiselle croisait sur la nappe ses mains minuscules, restées jolies et qu'elle entretenait (en cachette, pensait-elle) avec un cosmétique au lait de concombre. Elle ne se nourrissait presque plus. Au dessert, on lui servait un bol de lait et un biscuit, qu'elle avait la coquetterie de grignoter sec, car elle avait gardé des dents de souris. Elle trouvait toujours que l'on s'alimentait avec excès, et surveillait de près l'assiette de sa nièce. Mais, ce matin, en l'honneur de Jacques, elle renia ses principes jusqu'à proposer, le dessert fini :

« Jacquot, tu vas goûter mes nouvelles confitures ?

— *Saveur exquise, digestibilité parfaite* », murmura Jacques, clignant de l'œil vers Gisèle ; et cette vieille plaisanterie, qui leur rappelait un certain sac de berlingots et un des meilleurs fous rires de leur jeunesse, les fit rire aux larmes, comme deux enfants.

M. Thibault n'avait pas entendu, mais il sourit avec bonhomie.

« Méchant lutin, reprit Mademoiselle, regarde plutôt comme elles sont bien prises ! » Sur la desserte, protégés par une mousseline que harcelaient en vain les mouches, une cinquantaine de pots, remplis d'une gelée rubis, attendaient leurs ronds de papier rhumé.

La salle à manger ouvrait, par deux portes-fenêtres, sur une véranda garnie de caisses fleuries. Le long des stores, le soleil glissait jusqu'au parquet ses traînées aveuglantes. Autour du compotier de reines-claudes une guêpe bourdonnait, et toute la maison semblait ronronner avec elle sous la caresse de midi. Jacques devait plus tard se souvenir de ce repas comme du seul moment où son admission à Normale lui eût causé un fugitif sentiment de plaisir.

Gisèle, agitée, heureuse, mais silencieuse par habitude, échangeait avec lui des coups d'œils furtifs, chargés d'une complicité sans objet, et, au moindre mot de Jacques, sa gaieté partait en fusée.

« Oh ! Gise, cette bouche ! » chevrotait alors Mademoiselle, qui ne s'était jamais résignée à ce que Gisèle eût une bouche largement fendue et des lèvres fortes. Elle ne prenait pas davantage son parti des cheveux noirs, un rien crêpelés, du nez camus, ni de ce teint blond aux ombres chaudes, qui lui rappelaient, plus qu'elle ne l'eût souhaité, la mère de Gisèle, la métisse épousée par le commandant de Waize pendant son séjour à Madagascar. Aussi ne manquait-elle jamais une occasion de rappeler l'ascendance paternelle de sa nièce : « Quand j'avais ton âge, reprit-elle en souriant, mon aïeule, tu sais la grand-mère à l'écharpe écossaise, pour me faire une petite bouche me faisait répéter cent fois de suite : *Baillez-nous, ma mie, deux tout petits pruneaux de Tours.* » Elle s'efforçait, tout en parlant, de happer la guêpe dans le piège de sa serviette tendue, et riait à tout instant de l'avoir manquée. Car la chère vieille n'avait rien de morose : les tribulations de son existence n'avaient pas altéré la jeunesse de son rire perlé, contagieux. « Cette grand-mère-là, poursuivait-elle, avait dansé à Toulouse avec le comte de Villèle, le ministre. Et elle serait bien malheureuse au temps d'aujourd'hui, car elle n'aimait ni les grandes bouches ni les grands pieds. » Mademoiselle était fort coquette des siens, qui étaient faits comme ceux des nouveau-nés, et qu'elle chaussait toujours d'escarpins en étoffe, carrés du bout, afin de préserver les orteils de toute déformation.

À trois heures, la maison se vida pour les vêpres. Jacques, resté seul, monta dans sa chambre.

Elle était au second, mansardée, mais vaste, fraîche, et tapissée d'un papier à fleurs ; l'horizon y était borné, mais par les cimes de deux marronniers dont le feuillage plumeux était une caresse pour le regard.

Sur la table traînaient encore des dictionnaires, un traité de philologie : il jeta le tout au bas d'un placard et revint s'asseoir à son bureau.

« Suis-je un enfant ou bien suis-je un homme ? se demanda-t-il inopinément. Daniel... Lui, c'est autre chose. Moi, je... Qu'est-ce que je suis, moi ? » Il eut l'impression d'être un monde ; un monde peuplé de contradictions, un chaos, un chaos de richesses. Il souriait à sa propre immensité, l'œil perdu sur cette surface d'acajou, qu'il avait déblayée pour... Pourquoi ? Certes, les projets ne lui faisaient pas défaut. Depuis combien de mois repoussait-il presque chaque jour la tentation d'entreprendre quelque chose ? « Quand je serai reçu », se disait-il. Et maintenant, cette liberté, qui s'éployait tout à coup à sa portée, plus rien ne lui semblait digne de lui être consacré : ni le *Conte des deux jeunes hommes*, ni les *Feux*, ni même la *Confidence brusquée !*

Il quitta son bureau, fit quelques pas, flaira sur l'étagère le rayon de livres qu'il accumulait — quelques-uns depuis l'an dernier —, pour le moment où il serait libre, chercha mentalement quel serait d'entre tous le premier élu, fit la moue, et vint choir sur son lit, les mains vides.

« Assez de livres, assez de raisonnements, assez de

phrases ! songea-t-il. *Words ! Words ! Words !* » Il tendit les bras vers il ne savait quoi d'insaisissable et fut sur le point de pleurer. « Est-ce que je peux déjà... vivre ? » se demanda-t-il, oppressé. Et, de nouveau : « Suis-je encore un enfant ? Ou bien suis-je un homme ? »

De violentes aspirations le soulevaient ; il en était accablé ; il n'eût pas osé dire ce qu'il attendait du sort.

« Vivre, répéta-t-il ; agir. »

Il ajouta : « Aimer », et ferma les yeux.

Une heure plus tard, il se leva. Avait-il rêvassé ou dormi ? Il remuait difficilement la tête ; son cou était irrité. Un abattement fait d'ennui sans cause et de force en excès, entravait en lui toute velléité d'action, obscurcissait toute pensée. Il parcourut des yeux sa chambre. Stagner, deux mois entiers, là, dans cette maison ? Et pourtant, il sentait qu'une mystérieuse destinée l'enchaînait ici, cette année, et que, partout ailleurs, il traînerait une détresse pire.

Il s'approcha de la fenêtre pour s'y accouder ; du même coup, sa tristesse s'envola : la robe de Gisèle faisait une tache claire à travers les basses branches des marronniers. Près d'elle, il eut le sentiment qu'il retrouverait aussitôt du goût à être jeune et à vivre !

Il tenta de la surprendre. Elle avait l'oreille au guet, ou bien sa lecture ne captivait guère son attention, car elle se retourna vite en reconnaissant le pas de Jacques derrière elle :

« Manqué !

— Qu'est-ce que tu lis là ? »

Elle refusa de répondre, et, de ses bras croisés, pressa le livre contre sa poitrine. Ils se défièrent avec une pointe subite de plaisir :

« Un, deux, trois... »

Il fit basculer le fauteuil et glisser la jeune fille dans l'herbe. Elle ne lâchait pas le livre, et il dut lutter un bon moment contre ce corps souple et chaud, avant de pouvoir s'emparer du volume.

« *Le Petit Savoyard*, tome premier. Bigre ! Et il y en a plusieurs, de ces tomes ?

— Trois.

— Félicitations. C'est passionnant ? »

Elle rit.

« Je n'arrive même pas à finir le premier.

— Aussi pourquoi lis-tu des choses pareilles ?

— Je n'ai pas le choix. »

(« Gise n'aime pas beaucoup la lecture », affirmait Mademoiselle, après plusieurs essais de ce genre.)

« Je te prêterai des livres, moi », déclara Jacques, qui se plaisait à conseiller la révolte et la désobéissance.

Gisèle n'eut pas l'air d'entendre.

« Ne t'en va pas tout de suite, implora-t-elle, en se couchant sur le gazon. Tiens, prends mon fauteuil. Ou bien mets-toi là. »

Il s'étendit à côté d'elle. Le soleil tapait dur sur la villa, qui s'élevait à cinquante mètres d'eux, au centre d'un terre-plein sablé, garni d'orangers en caisses, mais, sous les arbres, l'herbe était restée fraîche.

— « Alors, te voilà libre, Jacquot ? Tout à fait libre ? » Elle prit un air dégagé qui n'avait rien de naturel, pour demander : « Qu'est-ce que tu vas faire ? » et resta tournée vers lui, les lèvres entrouvertes.

« Comment ?

— Oui. Où vas-tu aller, maintenant que tu es libre pour deux mois ?

— Nulle part.

— Quoi ? Tu vas rester un peu avec nous ? fit-elle, levant vers lui ses yeux de bon chien, ronds et brillants.

— Oui. Le 10, j'irai en Touraine marier un ami.

— Et après ?

— Je ne sais pas. » Il détourna la tête. « Je pense rester à Maisons toutes les vacances.

— Vrai ? » balbutia-t-elle, en se penchant pour saisir le regard de Jacques.

Il souriait, heureux de lui faire tant de plaisir, et il n'éprouvait presque plus d'appréhension, à la perspective de vivre deux mois auprès de cet être naïf et tendre, qu'il aimait comme une sœur : bien mieux qu'une sœur. Il n'avait pas pensé que son arrivée illuminerait à ce point la vie de cette enfant, lui dont la présence n'avait jamais semblé désirée de personne ; et il lui sut tant de gré de cette découverte qu'il prit sa main abandonnée sur l'herbe et la caressa.

« Tu as la peau douce, Gise. La pommade au concombre, toi aussi ? »

Elle rit et se rapprocha de lui par un glissement qui fit remarquer à Jacques combien elle était flexible. Elle avait la sensualité naturelle et joyeuse d'un animal jeune, et son rire de gorge, lorsqu'il ne faisait pas penser à un fou rire d'enfant, ressemblait à un roucoulement amoureux. Mais son âme de vierge habitait à l'aise ce corps potelé, malgré les mille désirs dont il frémissait déjà, sans qu'elle en soupçonnât la nature.

« Ma tante ne veut pas encore que je fasse partie du Tennis cette année, reprit-elle, faisant la grimace. Et toi, tu iras au club ? »

— Certainement non.

— Feras-tu des promenades à bicyclette ?

— Ça, peut-être.

— Quel bonheur ! » s'écria-t-elle. Son regard

paraissait toujours apercevoir quelque chose de surprenant. « Tu sais, ma tante a promis qu'elle me laisserait sortir avec toi. Voudras-tu ? »

Il examina un instant ses prunelles sombres, miroitantes :

« Tu as de beaux yeux, Gise. »

Il crut remarquer qu'un trouble soudain les fonçait encore. Elle tourna la tête, en souriant. Ce quelque chose de gai, de rieur, qui frappait en elle dès l'abord, ne se manifestait pas seulement par l'éclat du regard ni par le jeu des deux fossettes très mobiles dont l'ombre se creusait sans cesse au coin des lèvres, mais éclatait jusque dans la rondeur des pommettes, dans le bout arrondi du nez, dans la saillie ronde et gamine du menton, et sur toute sa figure charnue qui respirait la santé, la bonne humeur.

Comme il ne répondait pas à ce qu'elle venait de dire, elle prit peur :

« Tu voudras bien, dis ?

— Quoi donc ?

— M'emmener en forêt, ou bien à Marly, comme l'été dernier ? »

Elle fut si contente de le voir sourire en manière d'acquiescement, qu'elle roula tout contre lui et l'embrassa. Puis ils demeurèrent côte à côte, allongés sur le dos, le regard fouillant les profondeurs branchues des arbres.

On entendait le grésillement du jet d'eau, le ricanement des rainettes autour du bassin de la place, et, par moments, des voix de promeneurs le long de la palissade du jardin. L'odeur des pétunias, dont le soleil avait rissolé tout le jour les calices poisseux, se dégageait lourdement des jardinières de la véranda et planait dans l'air chaud.

« Comme tu es drôle, Jacquot. Tu réfléchis toujours ! À quoi peux-tu penser ? »

Il se souleva sur un coude, regarda Gise, vit ses lèvres entrouvertes, un peu humides, étonnées.

« Je pense que tu as de jolies dents. »

Elle ne rougit pas, mais haussa les épaules :

« Non, je parle sérieusement », dit-elle, avec une intonation d'enfant.

Il se mit à rire.

Un bourdon tout enflé de lumière fauve rôdait autour d'eux ; il vint heurter Jacques au visage, comme une houppe de laine, puis, visant le sol, il s'engouffra dans un trou de gazon, avec un bruit de batteuse.

« Je pense aussi que ce bourdon te ressemble, Gise.

— À moi ?

— Oui.

— Pourquoi ?

— Je n'en sais rien, fit-il s'étalant de nouveau sur le dos. Il est rond et noir comme toi. Et même son bourdonnement ressemble un peu au bruit que tu fais quand tu ris. »

Cette remarque, énoncée d'un ton grave, parut plonger Gisèle dans de profondes réflexions.

Ils se taisaient tous deux. Sur la pelouse mordorée, les ombres s'allongeaient, obliques. Et Gisèle, dont le soleil atteignait la figure, ne put encore une fois s'empêcher de rire, chatouillée par les paillettes d'or qui jouaient sur ses joues et picotaient ses yeux à travers les cils.

Lorsque le timbre de la barrière annonça l'arrivée d'Antoine et que Jacques aperçut son frère au bout de l'allée, il se dressa avec décision, comme s'il eût prémédité ce qu'il allait faire, et courut à lui :

« Tu repars ce soir ?

— Oui. Dix heures vingt. »

L'attention de Jacques fut encore une fois attirée, non pas tant par l'expression fatiguée des traits d'Antoine, que par leur rayonnement, qui lui donnait un aspect inaccoutumé, presque belliqueux.

Il baissa la voix :

« Tu ne voudrais pas, après le dîner, venir avec moi chez Mme de Fontanin ? » Il sentit que son frère allait hésiter, cessa de le regarder, et ajouta très vite : « Il faut absolument que je lui fasse visite, et ça m'ennuie beaucoup d'y aller seul demain.

— Daniel y sera ? »

Jacques savait pertinemment que non.

« Bien sûr », dit-il.

Ils se turent en voyant M. Thibault paraître à l'une des croisées du salon, un journal déplié à la main.

« Ah ! te voilà, cria-t-il à Antoine. Je suis content que tu aies pu venir. » Il lui parlait toujours avec égard. « Restez dehors, je vous rejoins.

— Alors, c'est convenu ? souffla Jacques. Nous prétexterons une promenade après le dîner ? »

M. Thibault n'était jamais revenu sur l'interdiction qu'il avait jadis signifiée à Jacques de renouer la moindre relation avec les Fontanin. Par prudence, le nom maudit n'était jamais prononcé devant lui. Ignorait-il que, depuis longtemps, ses ordres étaient transgressés ? Personne n'eût pu l'affirmer. L'orgueil paternel était si aveugle chez lui que, peut-être bien, l'idée ne lui était jamais venue qu'il pût être si constamment désobéi.

« Eh bien, il est reçu ! dit M. Thibault, en descendant à pas lourds les marches du perron. Nous voilà enfin tranquilles pour l'avenir. » Il ajouta : « Faisons le tour de la pelouse, avant le dîner. » Et, pour expliquer cette proposition insolite, il déclara : « J'ai à vous parler à tous deux. Mais d'abord, demanda-t-il à Antoine, est-ce que tu as lu les journaux du soir ? Qu'est-ce qu'on dit de la faillite de Villebeau ? Tu n'as pas vu cela ?

— Votre coopérative ouvrière ?

— Oui, mon cher. En pleine déconfiture ; avec scandale à la clef. Cela n'a pas été long. » Il eut un petit rire sec qui ressemblait à une toux.

« Comme elle m'a donné sa bouche », songeait Antoine. Il revit le restaurant, Rachel assise en face de lui, éclairée par-dessous, comme à la scène, par les fenêtres à ras du sol. « Pourquoi ce rire bizarre, quand je lui ai proposé un *mixed grill* ? »

Il fit un effort pour s'intéresser aux propos de son père. Il était surpris d'ailleurs que M. Thibault acceptât si aisément cette « déconfiture » : car le philanthrope faisait partie de la Société qui avait fourni les fonds aux boutonniers de Villebeau, lorsque, après la dernière grève, afin de prouver qu'ils pouvaient se passer du patronat, ils avaient voulu fonder une coopérative de production.

M. Thibault pérorait déjà :

« Selon moi, ce n'est pas de l'argent perdu pour la bonne cause. Notre rôle aura été parfait : nous avons pris au sérieux les utopies de la classe ouvrière, nous avons été les premiers à les aider de nos capitaux. Résultat : la faillite en moins de dix-huit mois. Il faut reconnaître, en la circonstance, que nous avons eu, entre les délégués ouvriers et nous, un intermédiaire parfait. Mais tu le connais bien, ajouta-t-il en s'arrêtant et en se penchant vers Jacques : C'est Faîsme, qui était à Crouy, de ton temps ! »

Jacques ne répondit pas.

« Il tient tous les chefs de file par des lettres dans

lesquelles ces bons apôtres nous demandent des subsides ; oui, des lettres écrites au pire moment de la grève. Pas un n'osera broncher. » Et, de nouveau, il fit entendre une toux satisfaite. « Mais ce n'est pas là-dessus que je désirais vous consulter », continua-t-il, reprenant sa marche.

Il avançait pesamment, vite essoufflé, traînant les pieds sur le sable, le corps penché en avant, les mains derrière le dos, la jaquette ouverte et flottante. Ses fils l'encadraient en silence. Et Jacques se souvint d'une phrase qu'il avait lue il ne savait plus où : « Quand je rencontre deux hommes, l'un âgé et l'autre jeune, qui cheminent côte à côte sans rien trouver à se dire, je sais que c'est un père et son fils.

— Voilà, fit M. Thibault. Je tiens à prendre vos avis sur un projet que j'ai fait pour vous. » Sa voix prit une nuance de mélancolie et un son d'authenticité qui ne lui étaient pas coutumiers : « Vous verrez, mes enfants, quand vous atteindrez mon âge, comme on s'interroge, malgré tout, sur la portée de ce qu'on a fait. Je sais bien — et c'est ce que me dit toujours l'abbé Vécard — que toutes les forces employées à bien faire concourent au même but, et s'additionnent. Mais est-ce qu'il n'est pas pénible de penser que tout l'effort d'une vie individuelle viendra peut-être se perdre dans les alluvions anonymes d'une génération ? Est-ce qu'il n'est pas légitime, pour un père, de désirer que ses enfants, au moins, gardent un souvenir personnel de lui ? Ne fût-ce qu'à titre d'exemple ? » Il soupira. « En toute conscience, j'ai donc pensé à vous plus qu'à moi. Je me suis dit que dans l'avenir, il pourrait vous être agréable, étant mes fils, de ne pas être confondus avec tous les Thibault de France. N'avons-nous pas derrière nous deux siècles de roture, dûment justifiée ? C'est quelque chose. Pour ma part, j'ai conscience d'avoir, selon mes moyens, accru ce patrimoine respectable ; et j'ai le droit — ce sera ma récompense —, de souhaiter que l'on ne méconnaisse pas votre origine ; de désirer que vous portiez mon nom en son entier, pour le transmettre sans mutilation à ceux qui naîtront de mon sang. La chancellerie a prévu de semblables désirs. J'ai donc, depuis plusieurs mois, rempli toutes les formalités nécessaires à la modification de votre état civil ; j'aurai sous peu quelques papiers à vous faire signer, à l'un et à l'autre. Et, selon moi, dès la rentrée — au plus tard vers la Noël — vous aurez légalement le droit de ne plus être des Thibault quelconques, des Thibault tout court, mais des *Oscar-Thibault*, avec un trait d'union : le *docteur Antoine Oscar-Thibault*. » Il joignit les mains et les frotta l'une contre l'autre. « Voilà ce que j'avais à vous dire. Ne me remerciez pas. N'en parlons plus. Et allons dîner : Mademoiselle nous fait des signes. » Il mit, à la manière des patriarches, un bras sur l'épaule de chacun de ses fils : « S'il advient, par surcroît, que cette distinction vous soit de quelque profit dans votre carrière, tant mieux, mes enfants. Est-ce qu'il n'est pas juste, en conscience, qu'un homme, qui n'a jamais rien demandé au temporel, fasse bénéficier sa descendance de la considération qu'il s'est acquise ? »

Sa voix tremblait. Pour ne pas s'attendrir, il quitta brusquement l'allée où ils étaient, et seul, hâtant le pas, trébuchant à travers les mottes de gazon, il regagna la villa. Antoine et Jacques ne se souvenaient pas de l'avoir jamais vu si troublé.

« On n'inventerait pas ces choses-là ! » murmura Antoine. Il jubilait.

« Tais-toi donc ! » fit Jacques ; il eut l'impression que son frère lui touchait le cœur avec des mains sales. Il était rare que Jacques parlât de M. Thibault sans une sorte de respect ; il évitait de le juger : sa propre clairvoyance lui était pénible lorsqu'elle s'exerçait — et le plus souvent : sans qu'il l'eût cherché — contre son père. Mais ce soir, il avait été douloureusement frappé par ce qui perçait d'angoisse dans ce besoin de se survivre : lui-même, malgré ses vingt ans, ne pouvait songer à la mort sans une soudaine défaillance.

« Pourquoi ai-je emmené Antoine là-bas ? » se demandait Jacques, une heure plus tard, tandis qu'il suivait avec son frère la verte avenue, plantée d'un double rang de tilleuls séculaires, qui menait du château à la forêt. Sa nuque lui faisait mal : Mademoiselle avait insisté pour qu'Antoine examinât le furoncle, et celui-ci avait jugé bon d'y donner un coup de bistouri, malgré les protestations du patient, qui se souciait peu d'être obligé de sortir avec un pansement.

Antoine, las, mais bavard, ne pouvait songer qu'à Rachel ; hier, à cette heure-ci, il ne la connaissait pas encore ; et, maintenant, elle occupait chaque minute de sa vie.

Son exaltation contrastait avec les sentiments qui animaient Jacques, après cette paisible journée, et surtout à cet instant, sur ce chemin, au seuil de cette visite dont la pensée éveillait en lui une changeante émotion, assez semblable, par moments, à de l'espérance. Il marchait à côté d'Antoine il se sentait mécontent, soupçonneux ; il éprouvait ce soir contre son frère une prévention instinctive, qui ne s'exprimait pas, mais qui le murait dans une sorte de silence, bien que la conversation entre eux fût amicale autant qu'à l'ordinaire. En réalité, ils jetaient devant eux des mots, des phrases, des sourires, comme deux adversaires jetteraient des pelletées de terre afin d'élever un retranchement entre deux positions. Ils n'étaient, ni l'un ni l'autre, dupes de cette manœuvre. La fraternité créait en eux une telle sensibilité qu'ils ne parvenaient plus à rien se cacher d'important. Une simple intonation d'Antoine vantant le parfum d'un tilleul tardif — qui venait de lui rappeler en secret l'odorante chevelure de Rachel — sans précisément renseigner Jacques, lui en disait pourtant presque aussi long qu'une confidence. Et il ne fut guère surpris lorsque Antoine, cédant à son obsession, lui saisit le bras, et, l'entraînant d'un pas plus rapide, se mit à lui conter son étrange veillée et tout ce qui s'en était suivi. Le ton d'Antoine, son rire, son attitude d'homme fait, certains détails trop crus qui contrastaient avec son habituelle réserve d'aîné, provoquaient chez Jacques un malaise tout nouveau. Il faisait bonne contenance, il souriait, approuvait de la tête, mais il souffrait. Il en voulait à son frère de lui causer cette souffrance ; il ne pardonnait pas à Antoine cette désapprobation qu'Antoine lui-même venait de susciter. Et, plus l'autre lui laissait entrevoir l'état d'ivresse dans lequel il avait vécu depuis douze heures, plus Jacques se réfugiait dans une résistance hautaine et sentait croître en lui une soif de pureté. Lorsque Antoine, parlant de son après-midi, se permit les mots « journée d'amour », Jacques eut un tel sursaut qu'il ne put le réprimer, et qu'il se révolta :

« Ah ! non, Antoine, non ! L'amour, c'est autre chose que ça ! »

Antoine sourit, non sans fatuité ; et, surpris malgré tout, se tut.

Les Fontanin possédaient à l'extrémité du parc, à la lisière de la forêt, contre la muraille de l'ancienne enceinte, une vieille habitation que Mme de Fontanin avait héritée de sa mère. Une route bordée d'acacias, et si peu fréquentée qu'elle était toujours envahie de hautes herbes, reliait à l'avenue la petite porte d'entrée, percée dans le mur du jardin.

La nuit tombait lorsqu'ils en franchirent le seuil. Une clochette tinta, et l'on entendit, à l'autre bout de l'enclos, près de la maison dont plusieurs fenêtres étaient déjà éclairées, l'aboiement de Puce, la chienne de Jenny. On se tenait, après les repas, de l'autre côté de la maison où le terrain, ombragé par deux platanes, surplombait en terrasse le fossé de l'ancien saut de loup. Les deux frères durent contourner une auto, dont la masse immobile barrait l'allée.

« Ils ont des visites », murmura Jacques, pris d'un subit regret d'être venu.

Mais, déjà, Mme de Fontanin s'avançait au-devant d'eux :

« Je l'avais deviné ! » s'écria-t-elle, dès qu'elle put les reconnaître. Elle accourait à petits pas joyeux, les mains ouvertes, un sourire accueillant sur le visage. « Nous avons été si contentes, ce matin, en ouvrant la dépêche de Daniel ! (Jacques ne broncha pas.) Mais *je savais* que vous seriez reçu », continua-t-elle, regardant Jacques avec sérieux : « Quelque chose me l'avait dit, ce dimanche de juin où vous êtes venu avec Daniel. Ce cher Daniel ! Il a dû être si content, si fier ! Et Jenny aussi a été bien contente !

— Daniel n'est donc pas ici ce soir ? » demanda Antoine.

Ils arrivaient au cercle des fauteuils. On entendait causer avec animation. Jacques distingua aussitôt, parmi d'autres, une voix qui avait un timbre spécial, vibrant et pourtant voilé : celle de Jenny. Elle était restée assise près de sa cousine Nicole et d'un homme d'une quarantaine d'années, vers lequel

Antoine s'avança avec surprise : c'était un jeune chirurgien dont il avait été le collègue à l'hôpital Necker. Les deux hommes se serrèrent la main avec sympathie.

« Vous vous connaissez déjà ? » s'écria Mme de Fontanin, ravie. « Antoine et Jacques Thibault sont de grands amis de Daniel, expliqua-t-elle au docteur Héquet. Vous voulez bien qu'ils soient dans la confidence ? » Puis, se tournant vers Antoine : « Ma petite Nicole me permettra de vous annoncer ses fiançailles ; n'est-ce pas, ma chérie ? Ce n'est pas encore officiel ; mais, vous voyez : Nicole amène déjà son fiancé chez tante, et il suffit de les regarder pour deviner leur secret ! »

Jenny n'était pas venue au-devant des deux frères ; elle avait attendu qu'ils fussent devant elle pour se lever ; elle échangea avec eux une froide poignée de main.

« Mon petit Nico, viens que je te montre mes pigeons, dit-elle à Nicole, avant que l'on fût rassis. J'en ai huit petits qui...

— ... qui tètent encore ? » lança Jacques, sur un ton qui visait à l'insolence, mais qui n'était que désobligeant et incongru.

Il le sentit aussitôt, et serra les mâchoires.

Jenny ne parut pas entendre.

« ... qui commencent à voler, acheva-t-elle.

— Mais ils sont couchés, à cette heure-ci, insinua Mme de Fontanin pour la retenir.

— Raison de plus, maman. Dans la journée, on ne peut pas les approcher. Vous venez avec nous, Félix ? » Le docteur Héquet, qui causait déjà avec Antoine, s'empressa de rejoindre les jeunes filles.

« C'est un petit mariage ravissant, confia Mme de Fontanin, en se penchant vers Antoine et vers Jacques, dès que les fiancés se furent éloignés. Ma pauvre Nicole, qui n'a aucune fortune, avait l'idée fixe de n'être à la charge de personne. Depuis trois ans, elle gagnait sa vie comme infirmière. Eh bien, voyez comme elle est récompensée ! Le docteur Héquet l'a rencontrée au chevet d'une de ses malades, et il l'a trouvée si intelligente, si dévouée, si courageuse devant la vie, qu'il s'est épris d'elle. Et voilà ! N'est-ce pas que c'est tout à fait ravissant ? »

Elle savourait ingénument le romanesque de cet épisode, où il n'y avait que de nobles sentiments, où triomphait la vertu ; son visage resplendissait de foi. Elle s'adressait de préférence à Antoine, lui parlant sur un ton amical qui semblait présupposer entre eux une invariable conformité de vues ; elle aimait son front, son regard pénétrant, sans penser jamais qu'elle était de seize ans son aînée, qu'elle eût pu, à peu de choses près, avoir un fils de son âge. Il l'enchanta en assurant que Félix Héquet était chirurgien de valeur, un homme d'avenir.

Jacques ne se mêlait pas à l'entretien. « Qui tètent encore ! » se répétait-il rageusement. Tout l'exaspérait depuis son arrivée, même l'affable verbiage de Mme de Fontanin. Il n'avait pu supporter jusqu'au bout ses félicitations, et s'était détourné, honteux pour elle qu'elle pût paraître attacher quelque prix à cette réussite — dont il avait pourtant pris soin de lui télégraphier la nouvelle. « Jenny au moins m'a fait grâce de ses compliments, remarqua-t-il. Se serait-elle rendu compte que je suis supérieur à ce succès ? Non. Pure indifférence. Ma supériorité... Qui tètent encore !... Imbécile !... D'ailleurs, sait-elle seulement ce que c'est qu'un normalien ? Et que lui importe mon avenir ? À peine si elle m'a dit bonjour. Et moi... Mais aussi pourquoi ai-je lâché cette absurdité ? » Il rougit, et de nouveau serra les dents. « En me disant bonjour, elle continuait à écouter sa cousine. Ses yeux... Ils sont indéchiffrables. Tout le visage est encore d'une enfant ; mais les yeux... » Le furoncle, à tout instant, se rappelait à son souvenir, par des élancements aigus ; et, plus encore que de son clou, il souffrait de ce pansement qui lui était imposé par tous, par Mademoiselle, par Gise elle-même ! Il devait avoir un aspect répugnant...

Antoine souriait, causait, sans s'occuper de Jacques.

« ... au point de vue moral... », disait-il.

« Antoine parle, il n'y en a que pour lui !... » songea Jacques. Et tout à coup l'amabilité mondaine de son frère, ce « point de vue moral », surtout après les confidences licencieuses qu'Antoine venait de lui faire, l'offensèrent comme une impardonnable hypocrisie. Ah ! comme ils étaient différents l'un de l'autre ! Jacques se jetait d'un coup à l'extrême et ne voyait plus rien de commun entre son frère et lui. Oui, tôt ou tard, ils se sépareraient, c'était fatal : leurs deux forces étaient incompatibles et, toutes deux, exclusives. Alors, une amère tristesse le gagna, à penser que cinq années d'entente ne suffisaient pas à les prémunir contre la désaffection imminente, ne les empêcheraient pas de devenir l'un pour l'autre des étrangers, peut-être des ennemis ! Il fut sur le point de se lever, de s'en aller sous un prétexte quelconque. Errer, dans la nuit, n'importe où, à travers la forêt ! Un seul être au monde avait jamais su lui sourire : c'était Gise. Il eût de bon cœur renoncé à son succès de la veille pour se retrouver, à l'instant même, près d'elle sur la pelouse, près de son visage, près de ses yeux — des yeux sans mystère, ceux-là ! — lorsqu'elle s'était écriée : « Tu voudras bien, dis ? » et qu'elle avait ri, de son rire de tourterelle ! Jenny, il ne se souvenait pas de l'avoir jamais entendue rire, et son sourire même avait une expression désenchantée ! « Qu'ai-je donc ? » se dit-il, tâchant de se ressaisir. Mais elle était plus forte que sa volonté, cette nostalgie qui avait un goût de rancune, et qui lui faisait tout haïr en bloc, les paroles de Mme de Fontanin, l'avilissement d'Antoine, les gens, sa jeunesse stérile, tout — et Jenny, qui semblait vivre à l'aise parmi la médiocrité universelle !

« Qu'allez-vous faire de vos vacances, Jacques ? demanda Mme de Fontanin. Vous devriez bien décider mon Daniel à quitter Paris quelques semaines : un voyage à deux, ce pourrait être si amusant, si instructif ! » (Elle était un peu attristée de ne pas voir se dessiner plus nettement l'avenir exceptionnel sur lequel elle comptait pour son fils ; et, sans vouloir s'y attarder, elle s'inquiétait parfois de la vie qu'il menait, trop libre, trop peu régulière — elle n'osait penser : dissolue.)

Lorsqu'elle apprit que Jacques avait l'intention de rester tout l'été à Maisons :

« Que je suis contente ! J'espère bien que vous allez attirer un peu Daniel ; il ne prend jamais de vacances, il finira par s'abîmer la santé... Jenny ! annonça-t-elle à la jeune fille qui revenait avec ses hôtes, une bonne nouvelle : Jacques est des nôtres pour tout l'été ! Cela promet quelques bonnes parties de tennis, j'imagine ?... Jenny est enragée, cette année, elle passe toutes ses matinées au club. Il y a maintenant ici un cercle de tennis renommé, expliqua-t-elle au docteur Héquet, qui vint s'asseoir auprès d'elle : Toute une ravissante jeunesse, qui se retrouve là-bas, le matin ; des courts excellents, avec une organisation de matches, de championnats... Je n'y entends pas grand-chose, avoua-t-elle en riant, mais il paraît que c'est passionnant. Et ils se plaignent toujours de la pénurie de jeunes gens ! Vous faites toujours partie du club, Jacques ?

— Oui, Madame.

— À la bonne heure !... Nicole, il faudra que tu viennes cet été avec ton fiancé passer une grande semaine chez nous. N'est-ce pas, Jenny ? Je suis sûre que le docteur Héquet est un bon joueur, lui aussi ? »

Jacques se tourna vers Héquet. La lampe du salon, par la baie ouverte, éclairait la figure allongée et sérieuse du jeune chirurgien, sa barbe châtaine assez courte, ses tempes qui s'argentaient déjà. Il devait avoir une dizaine d'années de plus que Nicole. Le reflet qui jouait sur les verres de son binocle empêchait d'observer la qualité de son regard ; mais son attitude réfléchie était sympathique. « Oui, se dit Jacques, moi je suis un enfant ; et voilà un homme. Un homme qu'on peut aimer. Tandis que moi... »

Antoine s'était levé ; il se sentait fatigué et ne voulait pas manquer son train. Jacques lui jeta un regard courroucé. Lui qui songeait, quelques minutes auparavant, à partir sous n'importe quel prétexte, il ne pouvait se résoudre à terminer là cette soirée ; pourtant il fallait bien qu'il accompagnât son frère.

Il s'approcha de Jenny :

« Avec qui jouez-vous cette année, au club ? »

Elle le regarda, et la ligne mince de ses sourcils se contracta légèrement.

« Avec ceux que je trouve, répondit-elle.

— Les deux Casin, Fauquet, la bande des Périgault ?

— Naturellement.

— Toujours les mêmes et toujours aussi spirituels ?

— Que voulez-vous ? Tout le monde ne passe pas par Normale.

— Après tout, il est peut-être indispensable d'être un imbécile pour bien jouer au tennis.

— C'est possible. » Elle leva la tête avec impertinence. « Vous devez le savoir mieux que personne ; vous étiez une excellente raquette, autrefois. » Puis, rompant les chiens, et se tournant vers sa cousine : « Tu ne pars pas encore, petite Nico ?

— Demande à Félix.

— Qu'est-ce qu'il faut demander à Félix ? » dit Héquet, rejoignant les jeunes filles.

« Cette petite a un teint éblouissant, songeait Antoine, les yeux fixés sur Nicole. Mais en comparaison de Rachel... » Et, soudain, son cœur se gonfla.

« Alors, Jacques, on vous reverra bientôt ? dit Mme de Fontanin. Iras-tu jouer demain, Jenny ?

— Je ne sais pas, maman ; je ne pense pas.

— Enfin, si ce n'est pas demain, vous vous retrouverez un de ces matins », reprit Mme de Fontanin, conciliante. Et, malgré les protestations d'Antoine, elle reconduisit les deux frères jusqu'à la petite porte du jardin.

« Vraiment, chérie, tu n'as guère été aimable avec tes amis ! s'écria Nicole, dès que les Thibault eurent pris quelque distance.

— D'abord, ce ne sont pas mes amis, répliqua la jeune fille.

— Thibault, avec qui j'ai travaillé, intervint Héquet, est un garçon extrêmement remarquable, et déjà très coté. Son frère, je ne sais pas ; mais, ajouta-t-il — et son regard gris eut, sous le lorgnon, une lueur malicieuse, car il avait entendu le court dialogue de Jacques et de Jenny —, il est rare qu'un imbécile soit, du premier coup, reçu à Normale, et dans les premiers... »

Le visage de Jenny s'empourpra. Nicole se hâta d'intervenir. Elle avait assez longtemps vécu auprès de sa cousine pour bien connaître certains travers du caractère de Jenny, cette timidité sans cesse en lutte contre l'orgueil, et qui dégénérait parfois en une susceptibilité extravagante.

« Le pauvre avait un clou à la nuque, remarqua-t-elle avec indulgence. Cela ne dispose pas à faire beaucoup de frais. »

Jenny ne répondit rien. Héquet n'insista pas ; il se tourna vers sa fiancée :

« Nicole, il va falloir nous apprêter », fit-il, sur le ton d'un homme habitué à diriger sa vie avec exactitude.

La réapparition de Mme de Fontanin acheva de faire diversion.

Jenny accompagna sa cousine dans la chambre où celle-ci avait déposé son manteau ; et là, après un silence assez long, elle murmura :

« Voilà mon été absolument gâté. »

Nicole, assise devant le miroir, arrangeait sa coiffure avec l'unique souci de plaire à son fiancé ; elle se sentait jolie, se demandait ce qu'il disait en bas à sa tante, songeait à ce retour dans l'auto du jeune médecin, à travers la nuit silencieuse, et elle ne prêtait pas grande attention à la mauvaise humeur de Jenny. Mais elle sourit en apercevant l'expression farouche de son amie :

« Es-tu enfant ! » dit-elle.

Elle ne vit pas le regard que Jenny lui décocha.

La corne de l'auto se fit entendre. Nicole se retourna gaiement, et, avec ce mélange de tendresse, d'innocence et de coquetterie, qui avait chez elle tant de séduction, elle bondit vers sa cousine et voulut lui entourer la taille. Mais Jenny poussa un cri involontaire et fit un bond de côté. Elle ne pouvait supporter qu'on la touchât ; elle n'avait jamais voulu apprendre à danser tant le contact d'un bras étranger lui semblait physiquement intolérable, et, lorsqu'elle était encore une toute petite fille un après-midi, qu'elle s'était foulé la cheville au Luxembourg et qu'il avait fallu la ramener en voiture, elle avait préféré monter l'escalier en traînant son pied meurtri, plutôt que de laisser le concierge la prendre dans ses bras pour la porter jusqu'à son étage.

« Es-tu chatouilleuse ! » fit Nicole. Puis, avec un regard clair, faisant allusion au moment qu'elles avaient passé seules, avant le dîner, dans l'allée des roses : « Je suis contente d'avoir pu te parler, ma chérie. Il y a des jours où mon bonheur m'étouffe. Avec toi, vois-tu, j'ai toujours été *vraie*. Comme je suis avec toi, c'est comme ça que je suis, dans le vrai de moi-même ! Je voudrais tant, chérie, que toi aussi, bientôt... »

Le jardin métamorphosé par les phares, était féerique et théâtral. Héquet, le capot levé, resserrait une bougie avec des gestes disciplinés de praticien. Nicole voulut garder son manteau plié sur ses genoux ; mais son fiancé l'obligea à se couvrir. Il la traitait un peu en fillette dont il aurait eu la garde. Peut-être traitait-il toutes les femmes comme des enfants ? Nicole céda d'ailleurs avec une bonne grâce qui surprit Jenny, et qui réveilla en elle une sorte de ressentiment contre les deux fiancés. « Non, songeait-elle, secouant son petit front, ce bonheur-là... Moi, non. »

Longtemps elle suivit des yeux, parmi les arbres, la traînée lumineuse qui devançait la voiture dans la nuit. Et, appuyée au mur du jardin, serrant la chienne entre ses bras, elle éprouvait une si poignante mélancolie, tant de rancœur contre elle ne savait quoi, tant d'espérance sans but, qu'elle leva la tête vers le ciel constellé, et souhaita, pendant quelques secondes, de mourir avant d'avoir essayé de vivre.

VI

Gisèle se demandait pourquoi, depuis quelques jours, les journées étaient si brèves, l'été si glorieux, et pourquoi le matin, en faisant sa toilette près de la croisée grande ouverte, elle ne pouvait se retenir de chanter et de sourire à tout ce qu'elle voyait : à sa glace, au ciel limpide, au jardin, aux pois de senteur qu'elle arrosait sur l'appui de sa fenêtre, aux orangers de la terrasse qui lui semblaient s'être mis en boule comme des hérissons afin de mieux se défendre des rayons du soleil.

M. Thibault ne séjournait guère à Maisons-Laffitte plus de deux ou trois jours sans retourner vingt-quatre heures à Paris pour ses affaires. Durant ses absences, un air plus léger circulait dans la villa. Les repas étaient comme des jeux : Jacques et Gise retrouvaient leurs absurdes fous rires d'enfants. Mademoiselle, plus allègre, trottinait de l'office à la lingerie, et de la cuisine au séchoir, fredonnant des cantiques démodés qui ressemblaient à des couplets de Nadaud. Ces jours-là, Jacques, détendu, l'esprit vivace et plein de projets contradictoires, s'abandonnait sans réticence à sa vocation, et passait l'après-midi dans un coin du jardin, s'asseyant, se levant, griffonnant des notes. Gisèle, gagnée elle aussi par le désir de bien employer son temps, s'installait sur le palier, d'où elle pouvait apercevoir les allées et venues de Jacquot sous les arbres, et là, plongée dans les *Great Expectations* de Dickens, dont Mademoiselle, sur les instances de Jacques, avait autorisé la lecture comme une occasion de faire des progrès en anglais, elle pleurait avec délices, parce qu'elle avait, dès le début, deviné que Pip délaisserait la pauvre Biddy pour la cruelle et fantasque Miss Estelle.

Une courte absence que dut faire Jacques dans la seconde semaine d'août, pour assister, en Touraine, au mariage de Battaincourt dont il n'avait pu refuser d'être le témoin, suffit à rompre le charme.

Le lendemain de son retour à Maisons, éveillé tôt après un sommeil énervé, comme il se rasait avec soin et constatait que son teint n'offrait plus la moindre rougeur et qu'à la place de son clou il ne restait qu'une invisible cicatrice, la perspective de reprendre cette existence tout unie lui parut si décevante qu'il quitta sa toilette pour se jeter rageusement en travers de son lit. « Et les semaines passent », songea-t-il. Était-ce là les vacances qu'il avait espérées ? Brusquement, il sauta à terre. « Je devrais prendre un peu d'exercice », se dit-il sur un ton raisonnable qui contrastait avec la fébrilité de ses gestes. Il choisit dans son armoire une chemise à col ouvert, vérifia si ses souliers, sa raquette, étaient valides ; et, quelques instants plus tard, il enfourchait sa bicyclette pour être plus vite au club.

Deux des courts étaient occupés. Jenny jouait. Elle n'eut pas l'air de remarquer l'arrivée de Jacques qui ne se hâta pas d'aller lui dire bonjour. Un remaniement des équipes les rassembla dans la même partie, d'abord en adversaires, puis en partenaires. Ils étaient de même force.

Ils reprirent d'emblée le ton discourtois de leur camaraderie passée. Jacques s'occupait beaucoup de Jenny, mais toujours d'une façon tracassière, voire blessante, raillant ses fautes de jeu, et prenant un visible plaisir à la contredire. Jenny répondait du tac au tac avec une voix de tête qui ne lui était pas naturelle. Il lui eût été facile d'éviter un partenaire aussi désobligeant ; pourtant elle ne paraissait pas chercher à l'évincer ; au contraire, elle s'obstinait à avoir le dernier mot. Et, lorsque les autres joueurs commencèrent à se disperser pour le déjeuner, elle interpella Jacques sur un ton qui ne désarmait pas :

« Je vous fais un simple en quatre jeux ! »

Elle y déploya une surexcitation si combative, qu'il fut battu par quatre-zéro.

Le triomphe la rendit généreuse :

« Ça ne compte pas, vous n'êtes pas entraîné. Vous prendrez votre revanche un de ces jours. »

Sa voix avait retrouvé l'intonation voilée qui lui était coutumière. « Nous sommes deux enfants », se dit Jacques. Il était heureux de partager une faiblesse avec elle. Ce fut comme une lueur d'espoir. Il fut saisi de honte en songeant à son attitude envers Jenny ; mais lorsqu'il chercha quelle autre attitude adopter, il n'en trouva aucune ; jamais, vis-à-vis d'elle, il ne saurait être naturel ; et il n'y avait personne avec qui plus ardemment il eût désiré l'être.

Midi sonnait lorsqu'ils sortirent ensemble du club, leurs bicyclettes à la main.

« Au revoir, dit-elle. Passez devant. J'ai tellement chaud que je crains d'attraper du mal, en machine. »

Il ne répondit pas, et continua de cheminer près d'elle.

Jenny n'aimait pas que l'on s'imposât ; elle eut un sentiment d'impatience à ne pouvoir se défaire de son compagnon au moment qu'elle le souhaitait. Jacques ne s'en douta pas ; il pensait à revenir jouer dès le lendemain et cherchait une phrase qui lui permît de motiver cette assiduité imprévue.

« Maintenant que je suis revenu de Touraine »,

commença-t-il avec embarras... Il avait renoncé à son ton moqueur. (D'ailleurs, elle avait déjà remarqué l'an dernier qu'il cessait presque toujours de la taquiner lorsqu'il leur arrivait d'être seuls.)

« Vous étiez en Touraine ? dit-elle, pour dire quelque chose.

— Oui. Un mariage d'ami. Mais vous le connaissez : c'est chez vous que je l'ai rencontré : Battaincourt ?

— Simon de Battaincourt. » Elle parut rassembler quelques souvenirs, et sur un ton catégorique : « Il ne me plaisait pas.

— Tiens ? Pourquoi ? »

Elle supportait mal ce genre d'interrogation.

« Vous êtes trop sévère, c'est un gentil garçon », reprit Jacques, voyant qu'elle ne répondait pas. Mais il se ravisa : « Non, au fond, vous avez raison : il est très quelconque. » Elle l'approuva d'un signe de tête et il en fut tout heureux.

« Je ne savais pas que vous étiez lié avec lui, dit-elle.

— Pardon. C'est lui qui s'est lié avec moi, rectifia-t-il en souriant. Cela s'est fait un soir que nous revenions, je ne sais plus d'où. Il était très tard. Daniel nous avait quittés. Alors Battaincourt m'a pris pour confident sans crier gare. Il m'a raconté toute sa vie, comme on confie sa fortune à un banquier en lui disant : "Occupez-vous de mes affaires, je m'en rapporte à vous." »

Elle l'écoutait avec une certaine curiosité, et ne songeait plus, pour l'instant, à se débarrasser de lui.

« Il vous arrive souvent d'être pris pour confident ? demanda-t-elle.

— Non. Pourquoi ?... Si, peut-être. » Il sourit : « Oui, au fond, ça m'arrive assez souvent. » Il ajouta, non sans quelque défi : « Ça vous étonne ? »

Il fut ému de l'entendre répondre, sur un ton sage :
« Non, pas du tout. »

Des bouffées de vent chaud leur soufflaient au visage l'haleine des jardins qu'ils longeaient, un fumet de terreau mouillé, une odeur sourde de fleurs au soleil, d'œillets d'Inde, d'héliotropes. Jacques se taisait. Ce fut elle qui le relança :

« Et de confidence en confidence, vous l'avez marié ?

— Oh ! non : bien au contraire. J'ai fait tout pour empêcher ce mariage inepte. Une veuve de quatorze ans plus vieille que lui, et qui a un enfant ! Les parents de Battaincourt se sont brouillés avec leur fils. Mais il n'y a rien eu à faire. » Il ajouta, se souvenant qu'il avait déjà, au sujet de son ami, employé avec bonheur le mot *possédé* dans le sens liturgique : « Battaincourt est absolument possédé de cette femme.

— Jolie ? » fit-elle, sans autrement remarquer la force de l'expression.

Il réfléchit tant, qu'elle pinça les lèvres et ajouta :
« Je ne pensais pas vous poser une question si embarrassante ! »

Il réfléchissait toujours et ne souriait pas :

« Je ne peux pas dire qu'elle soit jolie. Elle est terrible. Je ne trouve pas d'autre mot. » Et, après une pause, il s'écria : « C'est si curieux, les êtres ! » Il leva les yeux vers Jenny et vit qu'elle semblait surprise. « C'est vrai, reprit-il, tous les êtres sont si curieux ! Même ceux qui n'intéressent personne. Avez-vous remarqué, lorsqu'on parle de gens qu'on connaît à d'autres qui les connaissent aussi, combien de choses significatives, révélatrices, leur ont échappé ? C'est pour ça que les gens se comprennent si mal entre eux. »

Il la regarda de nouveau et sentit qu'elle l'avait

bien écouté, qu'elle se répétait à elle-même ce qu'il venait de dire. La défiance qu'il gardait toujours vis-à-vis de Jenny fit soudain place à un abandon joyeux; il eut envie de capter davantage cette attention inaccoutumée, d'émouvoir la jeune fille, en lui racontant certains détails de la cérémonie, qu'il avait encore présents à la mémoire.

« Où en étais-je ? dit-il étourdiment. J'aimerais tant écrire un jour la vie de cette femme, d'après le peu que je sais d'elle ! On dit qu'elle a commencé par être vendeuse dans un bazar. L'ascension opiniâtre de cette femme », reprit-il, répétant la formule qu'il avait inscrite sur un carnet de poche. « Une sœur de Julien Sorel. Vous aimez *Le Rouge et le Noir* ?

— Non, pas du tout.

— Tiens ? fit-il. Oui, je comprends bien ce que vous voulez dire. » Il réfléchit un instant et sourit. « Mais, si nous commençons à ouvrir des parenthèses, je n'en finirai jamais. Je n'abuse pas de votre temps, au moins ? »

Pour se défendre de paraître trop intriguée, elle lança étourdiment :

« Non, nous ne déjeunons qu'à la demie, à cause de Daniel.

— Daniel est là ? »

Elle se trouvait acculée au mensonge :

« Il a dit qu'il viendrait peut-être, dit-elle en rougissant. Mais vous ?

— Je ne suis pas pressé, mon père est à Paris. Prenons le côté de l'ombre, voulez-vous ?... Ce que je veux vous raconter, c'est seulement le repas qui a eu lieu après le mariage. Oh ! ce n'est rien, mais ç'a été tout de même très pénible, je vous assure. Voyons. D'abord, comme cadre, un château genre historique, avec un donjon restauré par Goupillot. Goupillot, c'est le premier mari, un bonhomme extraordinaire, un ancien commis mercier qui s'est découvert le génie du bazar, et qui est mort multimillionnaire, après avoir doté toutes nos villes de province d'un *Bazar du xx*e *siècle*. Vous en avez vu certainement. Car la veuve, soit dit en passant, est excessivement riche. Je ne lui avais jamais été présenté. Comment vous la décrire ? Une femme maigre, souple, trop élégante ; une tête pas commode, un profil fier ; des yeux gris, dans un teint de brune, un peu brouillé ; des yeux gris taupe d'une nuance assez trouble : l'eau qui dort. Vous voyez ça. Des attitudes d'enfant gâté ; des attitudes qui sont sensiblement plus jeunes que sa figure ; elle parle haut, elle rit ; et, par moments — je ne sais comment vous expliquer ça — son regard gris galope entre ses paupières, le long de ses cils ; et alors, brusquement, les enfantillages qu'elle débite prennent une portée inquiétante ; et on pense malgré soi au bruit, qui a couru après son veuvage, qu'elle aurait empoisonné lentement Goupillot.

— Elle me fait peur », dit Jenny, cessant de résister à l'intérêt que Jacques faisait naître en elle. Il le sentit et en fut agréablement stimulé.

« Oui, c'est bien ça, répéta-t-il. Une femme qui fait un peu peur. Je me rappelle que c'est tout à fait la sensation que j'ai eue, au moment où l'on s'est mis à table ; je la regardais ; elle était debout, le masque dur, devant la table garnie de fleurs blanches...

— Elle était en blanc ?

— Presque ; pas tout à fait une robe de mariée : une robe de jardin, si vous voulez, assez théâtre, d'un blanc foncé, crémeux. Le déjeuner était servi par petites tables. Elle invitait des gens à la sienne, sans s'inquiéter du nombre de places, à tort et à travers. Battaincourt était auprès d'elle. Il avait l'air nerveux ; il lui a dit : "Vous voyez bien que vous embrouillez tout." Ils ont échangé un regard... Ah ! un bien étrange regard ! J'ai eu l'impression qu'entre eux, il n'y avait plus rien de jeune, déjà ; plus rien de vivace : du passé seulement. »

« Peut-être, se disait Jenny, peut-être n'est-il pas aussi pervers que je pensais, ni aussi sec ni aussi... » Et, au même moment, elle s'aperçut qu'elle savait depuis longtemps que Jacques était sensible et bon. Elle en demeura troublée et, tout en suivant le récit de Jacques, elle ne put s'empêcher de retenir au passage ce qui motivait davantage le jugement favorable qu'elle venait de porter sur lui.

« Simon a voulu que je sois assis à sa gauche », continua-t-il. « J'étais le seul présent de tous ses amis. Daniel avait promis de venir : mais il s'était défilé. Et pas un membre de la famille Battaincourt, pas même le cousin germain de Simon, avec lequel il a été élevé et sur lequel il avait compté jusqu'à l'heure du dernier train. Le pauvre diable faisait pitié. C'est une nature sensible, assez fine ; je vous assure ; je sais de lui des choses très bien. Il regardait tous ces gens autour de lui : tous des étrangers. Il pensait à ses parents. Il m'a dit : "Jamais je n'aurais cru qu'ils me tiendraient rigueur à ce point-là. Faut-il qu'ils m'en veuillent !" Et, à un autre moment du repas, il m'a dit : "Pas un mot, pas même un télégramme ! Je n'existe donc plus pour eux. Dis ?" Je ne savais que lui répondre. Alors il s'est dépêché d'ajouter : "Oh ! ce n'est pas pour moi que je dis ça ; moi, je m'en fiche. C'est pour Anna." Justement la terrible Anna décachetait une dépêche qu'on venait d'apporter. Battaincourt est devenu tout pâle. Mais la dépêche était bien pour elle : des félicitations d'une amie. Alors il n'a pas pu y tenir : malgré tous les gens qui le regardaient, malgré Anna et son visage fermé, et ce regard froid qui le surveillait, il s'est mis à pleurer. Elle était furieuse. Il s'en est rendu compte. Il était à côté d'elle, naturellement. Il lui a posé la main sur le bras, et il lui a dit, à mi-voix, comme un gosse : "Je vous demande pardon." C'était affreux à entendre. Elle n'a pas bronché. Alors — et c'était plus pénible encore que de le voir pleurer — il a commencé à parler avec animation, à plaisanter ; et, par moments, tout en disant n'importe quoi sur un ton forcé, on voyait les larmes venir à ses yeux, et il les essuyait, sans s'arrêter de parler, du revers de sa main. »

Le trouble de Jacques prêtait tant d'émotion à cette scène, que Jenny murmura :

« C'est affreux... »

Il eut une joie d'auteur, la première peut-être. Intense. Mais qu'il dissimula hypocritement :

« Je ne vous ennuie pas ? » fit-il comme s'il n'avait pas entendu. Et il reprit aussitôt : « Ce n'est pas tout. Au dessert, les autres tables ont réclamé : "Les mariés !" Battaincourt et sa femme ont dû se lever, sourire, faire le tour de la salle, une coupe de champagne à la main. C'est là qu'il y a eu un petit détail poignant. Dans leur promenade autour des tables, ils avaient oublié la fille du premier mari, une enfant de huit ou neuf ans. La gamine a couru derrière eux. Ils étaient déjà revenus à leurs places. Sa mère l'a embrassée, à la diable, en défripant la collerette de la petite robe. Et puis elle a poussé sa fille vers Battaincourt. Mais lui, après cette tournée où il n'avait pas rencontré le regard d'un ami, il avait les yeux pleins de larmes, et il ne voyait rien : il a fallu lui mettre la fillette sur les genoux. Ce faux sourire qu'il a eu, en se penchant vers l'enfant de l'autre ! La petite tendait sa joue : elle avait des yeux tristes, cette enfant, je n'oublierai jamais ça. Enfin, il l'a embrassée. Et, comme elle ne s'en allait pas, il lui flattait le menton, bêtement, comme ça, avec un doigt, vous comprenez ? Je vous assure que c'était lamentable. Mais c'est tout de même une belle histoire... Vous ne trouvez pas ?... »

Elle se tourna vers lui, frappée de la façon dont il avait prononcé « une belle histoire ». Elle fit la remarque que le regard de Jacques n'avait plus cette lourdeur brutale qu'elle trouvait si antipathique, et même que ses prunelles, claires, mobiles, expressives, étaient, en ce moment, d'une eau très pure. « Pourquoi n'est-il pas toujours ainsi ? » songea-t-elle.

Jacques souriait maintenant. La mélancolie de ces souvenirs comptait peu au prix de ce goût qu'il avait pour la vie d'autrui, pour tout ce qui révélait la pensée, le sentiment des êtres. Jenny aussi ressentait ce plaisir ; et peut-être, chez elle comme chez lui, ce plaisir était-il pour l'instant accru de n'être pas solitaire.

Ils atteignaient le bout de l'avenue ; ils apercevaient déjà la bordure de la forêt. Le soleil sur l'herbe étendait devant eux une nappe éblouissante. Jacques s'arrêta :

« Je bavarde, fit-il, je vous ennuie. »

Elle ne protesta pas.

Pourtant, au lieu de prendre congé, il proposa :

« Puisque je suis venu jusqu'ici, j'ai envie d'aller dire bonjour à votre frère. »

C'était lui rappeler bien mal à propos son mensonge. Elle en fut d'autant plus agacée qu'il n'avait pas hésité à la croire. Elle ne répondit pas, et Jacques comprit seulement qu'elle avait assez de lui et ne désirait pas être accompagnée plus loin.

Il cn fut mortifié. Cependant, il ne pouvait se résoudre à la quitter en la laissant sous une fâcheuse impression, surtout ce matin où il avait cru sentir naître entre eux quelque chose qu'il souhaitait confusément depuis des mois, peut-être des années !

Ils parcoururent en silence le chemin bordé d'acacias qui menait à la petite porte. Un peu en retrait derrière Jenny, Jacques apercevait la courbe gracieuse et triste de sa joue.

Plus il avançait, moins il était plausible qu'il changeât d'avis et la laissât seule. Les minutes s'enchaînaient. Ils arrivèrent à la porte. Elle l'ouvrit. Il la suivait. Ils traversèrent le jardin.

La terrasse était déserte ; le salon vide.

— « Maman ? » appela Jenny.

Personne ne répondit. Elle se dirigea vers la fenêtre de la cuisine, et, liée par son mensonge, demanda :

« M. Daniel est-il arrivé ?

— Non, Mademoiselle... Mais tout à l'heure, on a apporté un télégramme.

— Ne dérangez pas votre mère, dit enfin Jacques. Je m'en vais. »

Jenny se tenait droite, et son visage avait pris une expression obstinée.

« Au revoir, murmura Jacques. À demain, peut être ?

— Au revoir », répondit-elle, sans faire un pas pour le reconduire.

Puis, dès que Jacques eut tourné les talons, elle entra dans le vestibule, mit avec brusquerie sa raquette dans le tendeur, et jeta le tout sur un coffre, soulagée de manifester son humeur par un geste brutal.

« Non, pas demain ! Sûrement pas, demain ! » pensa-t-elle.

Mme de Fontanin avait bien entendu de sa chambre l'appel de sa fille, et reconnu la voix de Jacques. Mais elle était si bouleversée qu'elle n'avait pas eu la force de feindre le calme. La dépêche qu'elle venait de recevoir était de son mari. Jérôme était à Amsterdam, seul et sans ressources, disait-il, auprès de Noémie malade. La décision de Mme de Fontanin avait été prise aussitôt : elle irait à Paris, aujourd'hui même prendre ce qui lui restait en banque pour l'envoyer à l'adresse que lui donnait Jérôme.

Elle s'habillait, lorsque sa fille entra dans sa chambre. Les traits altérés de Mme de Fontanin, la dépêche ouverte sur la table, bouleversèrent Jenny.

« Qu'est-ce qu'il y a ? » balbutia-t-elle. Elle eut le temps de penser : « Il est arrivé quelque chose. Je n'étais pas là. C'est la faute de Jacques ! »

« Rien de grave, ma chérie, soupira Mme de Fontanin. Ton père... Ton père a besoin d'un peu d'argent. » Et, honteuse de sa propre faiblesse, honteuse surtout du père devant l'enfant, elle rougit et cacha son visage entre ses mains.

VII

L'aube naissait derrière les vitres embuées du wagon. Tapie dans son coin, Mme de Fontanin contemplait sans les voir les herbages plats de la Hollande.

En arrivant à Paris, la veille, elle avait trouvé chez elle une seconde dépêche de Jérôme : *Médecin déclare Noémie perdue. Ne puis rester seul. Vous supplie venir. Si possible apportez argent*. Elle n'avait pu joindre Daniel avant le train du soir. Mais elle lui avait laissé un mot, pour l'avertir qu'elle partait, et lui confier Jenny.

Le train stoppa. Elle entendit crier :

« Haarlem ! »

C'était le dernier arrêt avant Amsterdam. On éteignit les lampes. Le soleil encore invisible emplissait tout le ciel d'une blancheur de perle, diffuse et multicolorée. Les voyageurs s'éveillaient, s'agitaient, pliaient des manteaux. Mme de Fontanin s'immobilisa afin de prolonger cette torpeur qui la protégeait encore un peu contre la pleine conscience de son acte. Noémie allait mourir. Elle chercha à lire en elle-même. Jalouse ? Non. La jalousie, c'était ces flambées soudaines qui la dévoraient, au cours des premières années de ménage, alors qu'elle doutait toujours, et se refusait aux évidences, et luttait contre d'intolérables obsessions visuelles. Depuis longtemps, ce n'était plus de jalousie qu'elle souffrait, c'était de l'injustice qui lui était faite. Et, même, pouvait-elle dire qu'elle souffrait ? Elle avait connu de bien autres supplices ! D'ailleurs, avait-elle jamais été vraiment une femme jalouse ? Sa pire douleur avait toujours été d'apprendre, après coup, qu'elle avait été dupe ; le plus souvent, elle n'éprouvait pour les maîtresses de Jérôme qu'une compassion un peu hautaine, quelquefois nuancée de sympathie, comme envers des sœurs imprudentes.

Ses doigts tremblèrent lorsqu'il fallut boucler les courroies. Elle descendit du wagon la dernière. Le coup d'œil rapide, effaré, qu'elle promena autour d'elle ne rencontra pas le regard dont elle attendait le choc. N'avait-il pas reçu son télégramme ? L'idée que peut-être deux yeux l'observaient la contraignit à se raidir. Elle suivit la file des arrivants.

Quelqu'un lui toucha le bras. Jérôme était devant elle, le regard hésitant, quoique joyeux, tête nue, à demi incliné, et conservant toujours, malgré son visage maigri et ses épaules un peu voûtées, sa grâce inquiétante de prince oriental. Le flot des voyageurs les bouscula avant qu'il eût trouvé le mot d'accueil ; mais il s'empara du sac de Thérèse avec un tendre empressement. « *Elle* n'est pas morte », se dit Mme de Fontanin, et elle eut peur d'être obligée de la voir mourir.

Ils gagnèrent en silence la place de la gare. D'un signe, M. de Fontanin arrêta une voiture libre. Alors, tandis qu'elle y montait, une émotion, qui ressemblait bien à du bonheur, la suffoqua : elle venait d'entendre la voix de Jérôme ! Et pendant qu'il achevait de donner en hollandais ses ordres au cocher, elle demeura une seconde sur le marchepied, immobile et vibrante, puis elle rouvrit les yeux, et s'assit.

Dès qu'il fut à ses côtés dans la voiture découverte, il se tourna vers elle. Elle reconnut l'éclat mordoré et sourd des prunelles ; elle fut, une fois encore, tout enveloppée de leur chaude ardeur. Il semblait prêt à prendre la main de Thérèse, à toucher son bras, et cette attitude contrastait tant avec la courtoisie châtiée de ses manières qu'elle en fut choquée comme d'une privauté qu'il se fût permise, mais troublée comme d'une preuve d'amour qu'elle n'espérait plus.

Ce fut elle qui jeta les premiers mots dans le silence :

« Comment va... ? » Elle buta sur le nom ; elle ajouta aussitôt : « Est-ce qu'elle souffre ?

— Non, non, fit-il, plus du tout. »

Bien qu'elle évitât de regarder son visage, elle comprit au ton de sa réponse que Noémie allait beaucoup mieux, et crut sentir qu'il était assez confus d'avoir appelé sa femme au chevet de sa maîtresse malade. Un cuisant regret la saisit. Elle ne concevait plus quel sortilège avait pu la décider à accourir aussi vite. Puisque Noémie allait revivre, puisque tout allait reprendre et continuer, que venait-elle faire ici ? Elle résolut de repartir sur-le-champ.

Jérôme murmura :

« Je vous remercie, Thérèse... »

Le timbre de la voix était tendre, respectueux, timide. Elle apercevait sur le genou de Jérôme, sa main, un peu maigrie, sa longue main veinée, qui tremblait imperceptiblement, et le large camée branlant à l'annulaire. Elle se retenait de lever la tête, mais elle appuyait son regard sur cette main nue et elle ne parvenait plus à regretter son voyage. Pourquoi partir ? Elle était venue librement, dans un élan que lui avait inspiré la prière : aucun mal ne pouvait en résulter. Sitôt que, pour repousser toute intention de départ, elle eut pris ce point d'appui sur sa foi, elle se sentit redevenue forte. Jamais le souffle divin ne l'avait longtemps abandonnée dans l'incertitude.

La voiture s'engageait dans une grande ville aérée, aux vastes perspectives. Les volets des boutiques n'étaient pas encore retirés, mais, sur les trottoirs, des travailleurs se rendaient déjà aux chantiers. Le cocher prit une voie moins large, tronçons successifs de chaussée, reliés par des ponts en dos d'âne : la rue coupait une suite de canaux parallèles bordés de maisons dont les façades sans relief, hautes, étroites, et pour la plupart rouges avec des croisées blanches, se reflétaient dans l'eau semi-stagnante, entre les branches des ormes penchés au bord des quais. Mme de Fontanin se sentit loin de France.

« Comment vont les enfants ? » demanda Jérôme.

Elle remarqua qu'il avait hésité à poser cette question, qu'il était ému et, pour une fois, ne cherchait pas à dissimuler son trouble.

« Très bien.

— Daniel ?

— Il est à Paris, il travaille. Il vient à Maisons quand il est libre.

— Vous étiez à Maisons ?

— Oui. »

Il se tut ; évidemment, il évoquait le parc, la demeure connue au bord de la forêt.

« Et... Jenny ?

— Elle va bien. » Il semblait l'interroger du regard, l'implorer ; elle ajouta : « Elle a beaucoup grandi, elle est très changée. »

Les paupières de Jérôme battirent. Il murmura d'une voix faussée par l'effort :

« Oui, n'est-ce pas ? Elle a dû beaucoup changer... » Puis il se tut de nouveau, détourna la tête, et tout à coup, passant la main sur son front : « Ah ! tout ça, c'est affreux », s'écria-t-il sourdement. Et, sans transition, il déclara : « Je suis presque sans argent, Thérèse.

— J'en ai apporté », dit-elle très vite. Elle avait perçu tant de détresse dans ce cri, qu'elle eut d'abord, à pouvoir rassurer Jérôme, un mouvement de joie. Mais immédiatement une idée blessante s'implanta : Noémie n'avait jamais été aussi malade qu'on le lui avait fait croire, et ils ne l'avaient fait venir que pour cet argent ! Aussi frémit-elle, révoltée, lorsque Jérôme, après avoir attendu quelques instants, ne put se retenir de demander avec une intonation honteuse :

« Combien ? »

Elle fut, une seconde, effleurée par la tentation de réduire le chiffre.

« Tout ce que j'ai pu réunir, dit-elle ; un peu plus de trois mille francs. »

Il balbutia :

« Ah ! merci... Merci !... Si vous pouviez savoir,

Thérèse !... L'important, c'est d'avoir cinq cents florins à donner au médecin... »

La voiture avait franchi, sur un pont de pierre, une sorte de grand fleuve encombré de bateaux, puis, après avoir tourné dans les ruelles d'un faubourg, atteignait une petite place déserte et s'arrêtait devant le perron d'une chapelle.

Jérôme descendit, paya, prit le sac, et, de l'air le plus naturel, faisant passer Thérèse devant lui, il gravit les marches et poussa le battant de la porte. Ce n'était ni une église ni un temple ; une synagogue, peut-être ?

« Je vous demande pardon, souffla-t-il. C'est pour éviter d'arriver en voiture jusqu'à la maison. Les étrangers sont très surveillés ; je vous expliquerai. » Et, changeant de voix, avec un sourire engageant d'homme du monde, il poursuivit : « D'ailleurs, quelques pas à pied ne seront pas désagréables ? Il fait si doux ce matin !... Je vous montre la route. »

Elle le suivit sans répondre. La voiture n'était plus sur la place. Jérôme prit un passage voûté qui accédait, par des degrés, à l'unique quai d'un canal : sur l'autre bord, les soubassements des maisons s'alignaient dans l'eau. Le soleil jouait sur les briques, sur les vitres brillantes des fenêtres qu'égayaient des capucines et des géraniums. Le quai était encombré de gens, de tréteaux, de paniers ; on dressait une sorte de marché en plein air ; parmi la friperie et le bric-à-brac, on déchargeait de petites péniches chargées de fleurs dont les parfums se mêlaient au relent un peu croupi de l'eau.

Jérôme se retourna :

« Pas trop fatiguée, Amie ? »

Il avait toujours la même façon chantante de prononcer « Ami...e ». Elle baissa la tête sans répondre.

Il ne soupçonna rien de l'émotion qu'il avait provoquée ; il désignait sur l'autre bord un pignon d'angle, auquel aboutissait une passerelle :

« C'est là, fit-il. Oh ! c'est très modeste... Vous m'excuserez de vous recevoir si simplement. »

La maison était, en effet, de pauvre apparence, mais son récent badigeon acajou et ses bois peints en blanc faisaient penser à un yacht bien tenu. Sur les stores orange du premier étage, qui tous étaient baissés, Thérèse lut en lettres discrètes :

Pension Roosje-Mathilda.

Jérôme habitait donc une sorte d'hôtel, un logis anonyme où elle n'aurait pas trop l'impression d'être reçue chez *eux*. Elle en éprouva un soulagement.

Ils s'engagèrent sur la passerelle. Un des stores du premier étage bougea. Noémie guettait donc ?... Mme de Fontanin se redressa. Alors seulement elle remarqua, entre deux fenêtres du rez-de-chaussée, une enseigne de tôle peinturlurée, représentant une cigogne près d'un nid d'où sortait un bébé nu.

Ils prirent un couloir, puis un escalier qui embaumait l'encaustique. Jérôme s'arrêta sur le palier et sonna deux coups. On entendit un remue-ménage à l'intérieur, le judas glissa derrière son grillage, enfin la porte s'entrouvrit juste assez pour livrer passage à Jérôme.

« Vous permettez ? dit-il. Je vais prévenir. »

Mme de Fontanin perçut une courte discussion en hollandais. Presque aussitôt, Jérôme rouvrit toute grande la porte d'entrée. Il était seul. Ils suivirent un long corridor ciré qui faisait des coudes ; Mme de Fontanin était oppressée, et, craignant à tout instant de se trouver en présence de Noémie, elle faisait appel à sa dignité pour conserver son sang-froid.

Mais la pièce où ils pénétrèrent était inhabitée c'était une chambre propre et gaie, donnant sur le canal.

« Vous voilà chez vous, Amie », fit Jérôme.

Elle se retenait de questionner : « Et Noémie ? »

Il devina sa pensée :

« Je vous quitte un instant, dit-il ; je vais voir si l'on n'a pas besoin de moi. »

Avant de sortir, il avança vers sa femme et saisit sa main :

« Ah ! Thérèse, laissez-moi vous dire... Si vous saviez par quelles angoisses j'ai passé ! Mais vous voilà, vous voilà... » Il posait sur la main de Mme de Fontanin ses lèvres, sa joue. Elle recula d'un pas ; il ne fit rien pour la retenir. « Je viendrai dans un moment vous chercher », dit-il, en s'écartant. « Vous voulez bien... la revoir ? »

Oui, elle reverrait Noémie, puisque aussi bien elle avait accompli de plein gré ce voyage ! Mais après, aussitôt après, quoi qu'il advînt, elle partirait ! Elle fit signe que oui, n'écouta pas le « merci » qu'il balbutia, et, se penchant vers son sac, fit mine d'y fouiller jusqu'à ce que Jérôme eût quitté la chambre.

Alors elle se retrouva seule en face d'elle-même, et son assurance tomba. Elle retira son chapeau, jeta dans la glace un coup d'œil vers son visage fatigué, et passa la main sur son front. Comment se pouvait-il qu'elle fût là ? Elle avait honte.

Elle n'eut pas le temps de s'abandonner : on frappait. Avant qu'elle eût répondu, la porte s'ouvrit devant une femme vêtue d'un peignoir rouge, et qui paraissait d'un certain âge, malgré ses cheveux trop noirs et son visage fait. Elle prononça quelques mots interrogatifs dans une langue que Mme de Fontanin ne comprit pas, eut un geste d'impatience, et fit entrer une autre femme, plus jeune, également en peignoir, mais bleu ciel, qui semblait attendre dans le couloir, et qui salua Mme de Fontanin d'un guttural :

— « *Dag*, Madame ! Bonjour ! »

Il y eut un court colloque entre les nouvelles venues. La plus âgée expliquait à l'autre ce qu'il fallait dire. Celle-ci se recueillit une seconde, se tourna gracieusement, et commença, avec des pauses :

« La dame dit vous devez emporter la dame malade. Payer la facture et changer pour une autre maison. *Verstaat U*[1] ? Vous comprenez mon langage ? »

Mme de Fontanin fit un geste évasif ; tout cela ne la regardait pas. La femme âgée intervint alors de nouveau, d'un air soucieux et obstiné.

« La dame dit, reprit la plus jeune, même sans payer la facture tout de suite, vous d'abord changer, partir, emmener la dame malade dans une chambre d'hôtel autre part. *Verstaat U ?* C'est mieux pour la *Politie.* »

À ce moment, la porte s'ouvrit avec précipitation, et Jérôme parut. Il s'avança vers le peignoir rouge, et se mit à invectiver contre lui en hollandais, tout en le poussant dehors. Le peignoir bleu se taisait, regardant tour à tour Jérôme et Mme de Fontanin avec des yeux effrontés. Cependant la vieille semblait au comble de l'irritation, levait son poing cliquetant de bracelets comme celui d'une romanichelle, et vociférait des phrases hachées où revenaient sans cesse les mêmes mots :

« *Morgen... morgen... Politie !* »

Enfin Jérôme parvint à les faire sortir et poussa le loquet.

« Je vous demande pardon », fit-il en se tournant vers sa femme d'un air contrarié.

Thérèse s'aperçut alors que, au lieu de se rendre

1. « Comprenez-vous ? »

auprès de Noémie, il avait dû s'aller changer, car il était rasé de frais, légèrement poudré, rajeuni. « Et moi, se dit-elle, comment suis-je, après cette nuit de voyage ? »

« J'aurais dû vous dire de vous enfermer, continua-t-il en s'approchant. Cette vieille logeuse est une brave femme, mais bavarde et d'un sans-gêne...

— Que me voulait-elle donc ? » dit Thérèse distraitement. Elle venait de reconnaître cet arôme de cédrat qui flottait toujours autour de Jérôme après sa toilette. Elle en demeura quelques secondes les lèvres entrouvertes, le regard troublé.

« Je n'ai rien compris à son jargon, dit-il. Elle a dû vous prendre pour une autre locataire.

— La bleue a répété plusieurs fois qu'il fallait payer la note et aller ailleurs. »

Jérôme haussa les épaules, et Mme de Fontanin saisit comme un écho de son ancien rire, ce rire un peu factice, un peu fat, qui lui faisait renverser la tête en arrière :

« Ah ! ah ! ah !... Que c'est bête ! s'écria-t-il. La vieille a peut-être craint que je ne la paye pas. » Il semblait considérer comme une supposition folle qu'il pût jamais être en peine de payer ses dettes. « Est-ce ma faute ? reprit-il, assombri soudain. J'ai bien essayé. Aucun hôtel n'a souci de nous prendre.

— Mais elle me disait : à cause de la police ?

— Elle vous a dit : la police ? répéta-t-il avec étonnement.

— Je crois. » Elle distingua une fois de plus sur les traits de Jérôme cette expression d'ingénuité douteuse, dont le souvenir restait lié aux pires crises de sa vie, et qui aussitôt l'oppressait, comme si l'air se fût chargé de pestilence.

« Des idées de bonnes femmes ! Pourquoi ferait-on une enquête ? Parce qu'il y a une clinique au rez- de-chaussée ? Non. L'important est de pouvoir donner cinq cents florins à ce petit médecin. »

Mme de Fontanin ne comprenait pas bien, et elle en souffrait, car elle avait un constant besoin de clarté. Elle souffrait surtout de retrouver Jérôme empêtré, compromis comme toujours dans des combinaisons dont elle ne savait trop que penser.

« Depuis quand êtes-vous ici ? demanda-t-elle, décidée à obtenir quelques éclaircissements.

— Quinze jours. Non... Pas autant : douze, dix peut-être. Je ne sais plus comment je vis.

— Mais... cette maladie ? » reprit-elle ; et elle termina sur un ton si interrogatif qu'il ne put se dérober.

« Eh bien, justement, répliqua-t-il, sans paraître hésiter : Avec ces médecins étrangers, on a tant de peine à se comprendre ! C'est un mal de ce pays-ci, une de ces fièvres... hollandaises, vous savez ? Les émanations des canaux... » Il réfléchit une seconde : « Il y a du paludisme dans cette ville, toutes sortes de miasmes encore mal connus... »

Elle ne l'écoutait qu'à demi. Elle ne pouvait s'empêcher de remarquer que, chaque fois qu'il était question de Noémie, l'attitude de Jérôme, ses haussements d'épaules, et, jusqu'à la façon apathique dont il parlait de cette maladie, n'exprimaient pas une passion bien vivace. Elle se défendit néanmoins d'y voir l'aveu d'un détachement.

Il ne surprit pas le regard investigateur qu'elle posa sur lui : il s'était approché de la fenêtre, et, sans lever le store, inspectait soigneusement le quai. Lorsqu'il revint vers elle, il avait cette expression grave, désabusée et sincère, qu'elle connaissait bien, qu'elle redoutait tant.

« Je vous remercie, vous êtes bonne, dit-il sans

transition. Vous êtes venue, malgré toute la peine que je vous fais... Thérèse... Amie... »

Elle s'était reculée et ne le regardait pas. Mais elle était tellement accessible aux sentiments d'autrui, à ceux de Jérôme surtout, qu'elle ne pouvait nier à ce moment qu'il fût ému ni que cet hommage fût véridique. Pourtant, elle se refusait à lui répondre, elle se refusait même à prolonger l'entretien.

« Menez-moi... là-bas », fit-elle.

Il hésita une seconde, et consentit :

« Venez. »

Le moment terrible approchait.

« Du courage ! » se répétait Mme de Fontanin, en suivant derrière Jérôme le long couloir obscur. « Est-elle encore couchée ? Convalescente ? Que vais-je lui dire ? » Elle pensa tout à coup à son propre visage fripé de fatigue, et regretta de n'avoir pas au moins remis son chapeau.

Jérôme s'arrêta devant une porte fermée. D'un geste tremblant, Mme de Fontanin passa la main sur ses cheveux blancs. « Ce qu'elle va me trouver vieillie », songea-t-elle. Son énergie l'abandonnait.

Jérôme avait ouvert la porte sans bruit. « Elle est couchée », se dit Mme de Fontanin.

La pièce était dans la pénombre, les rideaux de perse à ramages bleus étaient tirés. Deux inconnues étaient là, qui se levèrent. L'une, petite, devait être une servante ou bien une garde ; elle avait un tablier et tricotait ; l'autre, une forte matrone de cinquante ans, qui portait un serre-tête violacé, comme une villageoise italienne, exécuta un mouvement de retraite pendant que Mme de Fontanin avançait au milieu de la chambre, glissa quelques mots à l'oreille de Jérôme, et s'esquiva.

Thérèse ne remarqua ni le départ de la femme, ni le désordre de la chambre, ni la cuvette et les serviettes tachées qui traînaient sur le lit. Elle n'avait d'attention que pour la malade, étendue à plat, sans oreiller. Noémie allait-elle tourner la tête ? Elle dormait sans doute, car on l'entendait ronfler ; et déjà Mme de Fontanin songeait lâchement à se retirer afin de ne pas troubler ce sommeil, lorsque Jérôme lui fit signe d'approcher jusqu'au pied du lit. Elle n'osa refuser. Elle vit alors que les yeux étaient ouverts, et que le ronflement s'échappait par saccades de la bouche béante. S'habituant à l'obscurité, elle apercevait maintenant la tête exsangue, et ces pupilles dépolies, bleuâtres comme celles d'un animal abattu. Elle comprit en un instant que ce qui gisait là allait mourir, et son saisissement fut tel qu'elle se retourna, prête à appeler au secours. Mais Jérôme était près d'elle et, bien qu'il contemplât la moribonde avec un visage ravagé de chagrin, elle vit bien qu'elle n'avait rien à lui apprendre.

« Depuis la dernière hémorragie, expliqua-t-il à voix basse, et c'était la quatrième, elle n'a plus repris connaissance. Hier soir, ce râle a commencé. » Deux larmes gonflèrent lentement le bord de ses paupières, tremblèrent une seconde parmi les cils et roulèrent sur ses joues bistrées.

Mme de Fontanin faisait de vains efforts pour se ressaisir, et ne parvenait pas à accepter le spectacle qui s'imposait à sa vue.

Ainsi, elle allait mourir, elle allait enfin disparaître de leur vie, cette Noémie qu'à l'instant même elle pensait trouver triomphante ? Elle n'osait pas détacher les yeux de cette face où tout déjà était immobilisé : le regard, les ailes durcies du nez, et ces lèvres blanches entre lesquelles s'échappait un souffle venu de très loin, rauque, intermittent, et qui renaissait sans cesse. Elle examinait ces traits un à un, sans pouvoir rassasier une curiosité chargée d'effroi.

Était-ce bien Noémie, cette chair mate, vidée de sang, cette mèche brune collée sur ce front sec et brillant ? Dans cette physionomie sans couleur et sans expression, elle ne reconnaissait rien. Depuis quand donc ne l'avait-elle pas vue ? Alors, elle se souvint de cette visite qu'elle lui avait faite, cinq ou six années auparavant, lorsqu'elle était accourue vers Noémie pour lui crier : « Rends-moi mon mari ! » Elle crut entendre le rire excessif de sa cousine, et, tout à coup, sans pouvoir réprimer un haut-le-corps, elle crut apercevoir la belle créature étalée sur le divan, et ce coin d'épaule charnue qui palpitait sous la dentelle. C'est ce jour-là que, dans le vestibule, Nicole...

« Et Nicole ? fit-elle vivement.

— Eh bien ?

— L'avez-vous prévenue ?

— Non. »

Comment n'y avait-elle pas songé elle-même en quittant Paris ? Elle entraîna Jérôme à l'écart :

« Il le faut, Jérôme. C'est sa mère. »

Elle lut toute la faiblesse de cet homme dans son regard suppliant, et elle-même hésita. L'arrivée de Nicole dans cette horrible maison, l'entrée de Nicole dans cette chambre, la rencontre de Nicole et de Jérôme au chevet de ce lit ! Elle reprit cependant, quoique d'une voix moins ferme :

« Il le faut. »

Elle remarqua cette nuance terreuse qui fonçait davantage le teint de Jérôme lorsqu'il était violenté dans ses projets, et ce rictus qui faisait voir, comme un trait cruel, ses dents entre les lèvres amincies.

« Jérôme, il faut que Nicole vienne », répéta-t-elle doucement.

Les fins sourcils se rejoignirent, s'abaissèrent. Il

résistait encore. Enfin, il releva sur elle son regard dur : il cédait.

« Donnez-moi son adresse », dit-il.

Lorsqu'il fut parti pour le télégraphe, elle revint près de Noémie. Il lui était impossible de s'éloigner de ce lit.

Elle restait debout, les bras tombants, les mains jointes. Comment donc avait-elle pu croire que la malade était sauvée ? Et comment Jérôme ne semblait-il pas souffrir davantage ?... Qu'allait-il devenir ? Reviendrait-il vivre auprès d'elle ? Ah ! certes, elle ne le lui proposerait pas ; mais elle ne lui refuserait pas non plus cet asile...

Une sorte de joie, ou plutôt un sentiment très doux de paix, un sentiment dont elle eut aussitôt honte, naissait en elle, malgré elle. Elle s'efforça de le chasser. De prier. De prier pour cette âme qui allait s'en retourner vers l'Esprit. « Pauvre âme, songeait-elle, son bagage n'était pas lourd ! » Mais, dans cette progression inéluctable des êtres vers le mieux, à travers ces étapes successives que marquent les incarnations terrestres, chaque effort, si petit soit-il, ne reste-t-il pas au bénéfice de celui qui l'accomplit ? Chaque souffrance n'est-elle pas fatalement un degré de plus vers la perfection ?... Thérèse ne doutait pas que Noémie eût souffert. Malgré sa vie brillante, la malheureuse n'avait sans doute pas cessé de traîner avec elle une amère inquiétude, cette contrainte des consciences qui s'ignorent, mais s'alarment quand même en secret de leur profanation. Et ce tourment-là, pauvre âme, lui serait compté pour une réincarnation meilleure, comme aussi son amour, bien qu'il fût criminel et qu'il eût causé tant de mal ! Ce mal, Thérèse, en cette minute, le pardonnait sans peine. Elle réfléchit qu'elle n'y avait pas grande vertu. Elle dut convenir qu'elle ne réussissait pas à penser que la mort de Noémie fût un grand malheur. Pour personne. Elle aussi, comme Jérôme, s'habituait à l'idée de cette disparition. Ses sentiments évoluaient avec une impitoyable rapidité. Il n'y avait pas une heure qu'elle *savait* — et, déjà, elle ne faisait plus seulement que de se résigner...

Lorsque, deux jours après, Nicole descendit du rapide de Paris, il y avait trente-six heures que sa mère était morte, et l'enterrement devait avoir lieu dès le matin suivant.

Tout le monde semblait pressé d'en finir : la logeuse, Jérôme, et surtout le jeune docteur aux cinq cents florins, lequel avait délivré un certificat pour l'inhumation sans seulement monter jusqu'à l'étage de la morte après un bref conciliabule dans une pièce du rez-de-chaussée.

Bien que ce devoir lui fût pénible à l'excès, Thérèse avait manifesté le désir d'aider à la dernière toilette de Noémie, pour pouvoir dire à Nicole qu'elle l'avait remplacée dans cette pieuse besogne. Mais, au dernier moment, sous un mauvais prétexte, on l'écarta de la chambre mortuaire ; et ce fut la sage-femme — « elle a l'habitude », expliqua Jérôme — qui tint à assumer cette tâche, sans autre témoin que la garde.

La présence de Nicole fit diversion.

Il était temps : les rencontres, dans les couloirs, de la matrone, de la logeuse, du médecin, devenaient d'heure en heure plus intolérables à Mme de Fontanin ; depuis son arrivée, la pauvre femme n'avait pas trouvé, dans cette maison, une bouffée d'air qui lui fût respirable. Le visage ouvert de Nicole, sa santé, sa jeunesse, apportèrent enfin dans ce lieu une atmosphère purificatrice. Cependant, l'explosion de sa douleur — qui bouleversa Jérôme, réfugié dans la chambre voisine — parut à Mme de Fontanin sans proportion avec les sentiments que la jeune fille pouvait réellement éprouver envers cette mère destituée; et ce chagrin d'enfant, violent, irréfléchi, confirma son opinion sur la nature de sa nièce : « Nature généreuse, pensait-elle, mais sans véritable densité. »

Nicole eût désiré ramener le corps en France; comme elle ne voulait pas adresser la parole à Jérôme, qu'elle continuait à rendre responsable de l'inconduite maternelle, tante Thérèse se chargea de poser la question. Elle se heurta à une résistance générale et formelle; on lui opposa le prix exorbitant de ces sortes de transports, les formalités sans nombre auxquelles il eût fallu se soumettre, enfin l'enquête, à tout le moins inutile, que n'eût pas manquer d'ordonner la police hollandaise, si tracassière, affirmait Jérôme, pour les étrangers. Il fallut y renoncer.

Bien qu'épuisée par l'émotion et le voyage, Nicole voulut veiller près de la bière. Ils passèrent tous trois cette dernière nuit, seuls et silencieux, dans la chambre de Noémie. Le cercueil posait sur deux chaises, sous les fleurs. Le parfum des roses et des jasmins était si capiteux qu'il avait fallu ouvrir toute grande la fenêtre. La nuit était chaude et très pure; l'éclat de la lune aveuglant. On entendait par intervalles clapoter l'eau contre les piles de la maison. Les heures sonnaient à un carillon voisin. Un rayon lunaire, glissant sur le parquet, s'allongeait, s'étirait de minute en minute vers une rose blanche à demi défaite, tombée au pied du cercueil, et qui devenait transparente, presque bleue. Nicole examinait d'un œil hostile le désordre de la pièce. C'était là, peut-être, que sa mère avait vécu; là, sans doute qu'elle avait souffert. C'est en dénombrant les bouquets de cette tenture que, peut-être, elle avait perçu l'avertissement de la fin, et peut-être, passé désespérément en revue les folies de son existence gâchée. Avait-elle eu pour sa fille une tardive pensée ?

L'enterrement eut lieu de très bonne heure.

Ni la logeuse ni la sage-femme ne se montrèrent derrière le convoi. Tante Thérèse marchait entre Nicole et Jérôme ; et il n'y avait personne d'autre qu'un vieux pasteur auquel Mme de Fontanin avait fait demander d'accompagner le corps et de réciter les dernières prières.

Puis, pour épargner à Nicole de revoir l'odieuse maison du canal, Mme de Fontanin décida qu'elle emmènerait directement la jeune fille à la gare, en sortant du cimetière ; Jérôme devait les rejoindre avec les bagages. D'ailleurs, Nicole avait refusé d'emporter quoi que ce fût qui eût été témoin de la vie de sa mère à l'étranger ; et cet abandon des malles de Noémie facilita singulièrement la discussion des derniers règlements avec la logeuse.

Lorsque Jérôme se trouva seul, tous comptes soldés, dans le fiacre qui devait le conduire au train, comme il lui restait un long temps à passer avant l'heure du départ, cédant à une impulsion subite, il fit rebrousser chemin à la voiture pour retourner une dernière fois au cimetière.

Il erra un peu avant de retrouver l'emplacement de la tombe. Dès qu'il la reconnut, de loin, à la terre remuée, il se découvrit, et s'avança à pas compassés. Là, gisaient maintenant six années de vie commune, de ruptures, de jalousies et de reprises, six années de souvenirs et de secrets, jusqu'au dernier de tous, le plus tragique, et qui aboutissait là.

« Après tout, songea-t-il, cela pouvait se terminer plus mal encore... Je souffre peu », constata-t-il, tandis que son front crispé et ses yeux noyés de larmes semblaient attester le contraire. Était-ce sa faute, si la joie que lui causait la présence de sa femme était plus forte que son chagrin ? Thérèse, seul être qu'il eût aimé ! Le saurait-elle jamais. Comprendrait-elle jamais, dans sa froideur sévère, qu'elle seule, en dépit des apparences, emplissait cette vie d'homme à bonnes fortunes où il n'y avait cependant jamais eu qu'un grand amour ? Comprendrait-elle jamais que, à côté de l'attachement total qu'il lui avait voué, tout autre penchant ne pouvait qu'être éphémère ? Et cependant, il en avait, en ce moment même, une preuve nouvelle : la mort de Noémie ne le laissait ni désemparé ni seul. Tant que Thérèse vivait, eût-elle été plus éloignée encore, eût-elle cru rompre tous les liens qui l'unissaient à lui, il n'était pas seul. Il voulut imaginer, l'espace d'une seconde, que Thérèse reposait là, sous ce tertre jonché de fleurs : mais il ne put en supporter l'idée. Il ne se faisait presque aucun reproche des chagrins qu'il avait causés à sa femme tant, à cette minute solennelle, devant cette tombe, il avait conscience de ne lui avoir rien dérobé d'essentiel, de lui avoir consacré le plus rare et le plus durable de son cœur ; tant il avait conscience de ne lui avoir jamais un seul instant été infidèle. « Que va-t-elle faire de moi ? » songea-t-il, mais avec confiance. « Elle va m'offrir de revenir auprès d'elle, auprès des enfants... » Il restait incliné, le visage trempé de larmes — le cœur rayonnant d'un insidieux espoir.

« Tout serait bien, s'il n'y avait pas Nicole. »

Il revit l'attitude muette de la jeune fille, son regard implacable. Il la revit, penchée vers la fosse, et il crut entendre de nouveau ce sanglot sec, déchirant, qu'elle n'avait pu retenir.

Ah ! la pensée de Nicole lui était une torture.

N'était-ce pas à cause de lui que l'enfant, soulevée d'indignation, avait déserté le foyer maternel ? Du fond de sa mémoire montèrent des bribes de sermon : *Malheur à celui par qui le scandale arrive...* « Comment racheter ? » songea-t-il. « Comment mériter son pardon ? Comment reconquérir sa sympathie ? » Il ne pouvait supporter la pensée que quelqu'un ne l'aimât pas. Alors une idée merveilleuse lui traversa l'esprit : « Si je l'adoptais ? »

Tout s'éclaira. Il aperçut aussitôt Nicole, installée près de lui, dans un petit appartement qu'elle parerait pour lui, l'entourant de prévenances, l'aidant à recevoir. L'été, ils pourraient même voyager ensemble. Et tout le monde admirerait son zèle à réparer sa faute. Et Thérèse l'approuverait.

Il remit son chapeau, et, s'éloignant de la tombe, rejoignit à pas rapides la voiture.

Le train était formé depuis quelque temps lorsqu'il arriva à la gare. Les deux femmes avaient déjà pris place dans un compartiment, et Mme de Fontanin s'étonnait que son mari ne l'eût pas encore rejointe. Jérôme avait-il rencontré quelque difficulté à la pension ? Tout semblait possible. Jérôme n'allait-il pas pouvoir partir ? Ce rêve qu'elle avait fait, de l'emmener à Maisons, de lui rendre faciles son retour au foyer et peut-être son repentir, ce beau rêve allait-il s'évanouir, à peine formé ? Ses transes redoublèrent en le voyant s'avancer vers elle à grandes enjambées et la mine inquiète :

« Où est Nicole ?

— Elle est là, dans le couloir », répondit-elle, surprise.

Nicole se tenait devant la vitre à demi baissée ; son regard glissait indolemment sur l'écheveau luisant des rails. Elle était triste, mais surtout lasse ; triste et pourtant heureuse, car tout le chagrin d'aujourd'hui ne pouvait la priver un seul instant de son bonheur. Que sa mère fût vivante ou morte, son fiancé ne l'attendait-il pas ? Et elle s'efforçait de chasser une fois de plus, comme une faute, cette idée, que la disparition de sa mère, était, pour son fiancé du moins, une délivrance, la suppression du seul point noir qui, jusque-là, avait entaché leur avenir.

Elle n'avait pas entendu Jérôme s'approcher d'elle :

« Nicole, je t'en supplie ! Au nom de ta mère, pardonne-moi. »

Elle tressaillit, se retourna. Il était devant elle, son chapeau à la main, et fixait sur elle un regard humble et caressant. Ce visage, délabré par la douleur, par le remords, ne put, cette fois, lui faire horreur : elle eut pitié. Ce fut comme si, justement, elle eût désiré cette occasion d'être bonne. Oui, elle pardonnait.

Elle ne répondit pas, mais elle lui tendit franchement sa petite main gantée de noir, qu'il prit, qu'il serra, sans pouvoir dominer son émotion.

« Merci », murmura-t-il. Et il s'éloigna.

Quelques minutes s'écoulèrent. Nicole ne bougeait plus. Elle songeait qu'en effet cela était mieux ainsi, à cause de tante Thérèse, et qu'elle raconterait cette scène touchante à son fiancé. Des gens commençaient à monter, à la frôler de leurs colis. Enfin, le train démarra. La secousse l'aida à sortir de son engourdissement. Elle revint au compartiment. Des inconnus avaient pris les places tout à l'heure inoccupées. Et, dans le fond, elle aperçut, bien installé en face de Mme de Fontanin, un bras dans la boucle de la suspension et la tête tournée vers le paysage, l'oncle Jérôme qui mordait dans un pain au jambon.

VIII

Jacques avait passé la soirée à se rappeler mot à mot son entretien avec Jenny. Il ne cherchait pas à analyser ce qui rendait si obsédant ce souvenir, mais il ne pouvait s'en détacher, et, dans la nuit, il s'éveilla plusieurs fois pour y revenir avec un plaisir qui ne s'émoussait pas. Aussi, le lendemain, en arrivant au tennis, sa déception fut-elle grande de ne pas apercevoir la jeune fille.

Il ne voulut pas refuser la partie qu'on lui proposait ; il joua mal, regardant sans cesse vers l'entrée. Le temps passait. Jenny ne viendrait pas. Dès qu'il put s'esquiver, il le fit. S'il n'espérait plus, il ne désespérait pas encore.

Tout à coup, il vit Daniel s'avancer vers lui.

« Et Jenny ? demanda-t-il, sans même s'étonner de la rencontre.

— Elle ne joue pas ce matin. Tu sortais déjà ? Je t'accompagne. Je suis à Maisons depuis hier soir... Oui, poursuivit-il dès qu'ils furent hors du club, maman a été obligée de s'absenter, et elle m'a demandé de coucher ici, pour que Jenny ne reste pas seule la nuit ; la maison est si loin de tout... Encore une invention de mon père. Ma pauvre maman ne sait rien lui refuser. » Il demeura soucieux une seconde, puis sourit avec décision : il ne s'attardait pas à ce qui lui était pénible. « Et toi ? » fit-il, avec une tendre sollicitude dans le regard. « Tu sais, j'ai beaucoup repensé à ta *Confidence brusquée*. Décidément, je continue à aimer ça. De plus en plus, en y réfléchissant. C'est d'une psychologie inattendue, un peu brutale, un peu obscure aussi par endroits. Mais l'idée est belle, et les deux personnages sont toujours très vrais et très neufs.

— Non, Daniel, interrompit l'autre avec une impatience qu'il ne put maîtriser. Ne me juge pas là-dessus. D'abord la forme est détestable ! C'est boursouflé, pâteux, chargé de bavardages ! » Il pensa rageusement : « L'atavisme... »

« Et même le fond, reprit-il ; c'est encore bien trop conventionnel, fabriqué... Les dessous d'un être... Ah ! je vois bien ce qu'il faudrait, mais... » Et, brusquement, il se tut.

« Qu'est-ce que tu fais en ce moment ? Tu as commencé autre chose ?

— Oui. » Sans qu'il sût pourquoi, Jacques se sentit rougir. « Je me repose, surtout, reprit-il. J'étais plus fatigué que je ne le croyais, après cette année de boîte. Et puis je viens d'aller marier ce pauvre Battaincourt. Lâcheur !

— Jenny m'a raconté ça », dit Daniel.

Jacques rougit de nouveau. D'abord un bref mécontentement que leur causerie d'hier ne fût plus comme un secret entre Jenny et lui, puis un plaisir très vif à savoir qu'elle y avait attaché quelque prix, qu'elle s'en était souvenue jusqu'à en parler le soir même à son frère.

« Veux-tu descendre, en causant, jusqu'au bord de la Seine ? proposa-t-il en passant son bras sous celui de Daniel.

— Impossible, mon vieux. Je retourne à Paris par 1 h 20. Tu comprends, je veux bien être chien de garde, la nuit ; mais le jour... » Son sourire, qui laissait entendre quelle sorte d'obligation le rappelait à Paris, déplut à Jacques qui retira son bras.

« Mais, sais-tu ? reprit Daniel, pour dissiper cette

ombre, tu vas venir déjeuner avec nous. Ça fera plaisir à Jenny. »

Jacques baissa les yeux pour dissimuler un nouveau trouble. Il fit semblant d'hésiter. Son père n'étant pas de retour, il lui était facile de manquer un repas. La joie qui l'envahit l'étonna lui-même. Il la maîtrisa pour répondre :

« Si tu veux. Le temps de passer prévenir chez moi. Va devant. Je te rejoindrai sur la place. »

Quelques minutes plus tard, il retrouvait son ami qui l'attendait, couché dans l'herbe, devant le château.

« Qu'il fait bon ! lui cria Daniel, en allongeant ses jambes dans le soleil. Que ce parc est beau, ce matin ! Tu as de la veine, de vivre dans ce cadre-là !

— Il ne tiendrait qu'à toi d'y vivre aussi », répliqua Jacques.

Daniel se releva.

« Peuh ! je sais bien », concéda-t-il, avec une expression rêveuse et gaie. Mais moi, ce n'est pas la même chose... Oh ! mon cher, fit-il en se rapprochant et en changeant de ton, je crois que je commence une aventure prodigieuse !

— La petite aux yeux verts ?

— Aux yeux verts ?

— Chez Packmell. »

Daniel s'arrêta ; son regard, une seconde, se fixa devant lui ; il sourit bizarrement :

« Rinette ? Mais non, du nouveau : et bien mieux encore ! » Il se tut, préoccupé. « Ah ! cette Rinette, dit-il enfin, l'étrange fille ! Tu sais, c'est elle qui m'a plaqué ! Oui, au bout de quelques jours ! » Il rit, en homme à qui la chose n'était jamais arrivée auparavant. « Toi, le romancier, elle t'aurait peut-être intéressé. Moi, elle me fatiguait. Je n'ai jamais rencontré une femme aussi indéchiffrable. J'en suis encore à me demander si elle m'a jamais aimé dix minutes de suite ; mais, par exemple, pendant qu'elle m'aimait !... Une détraquée !... Elle devait avoir un passé plus ou moins louche, qui la poursuivait. On viendrait me dire qu'elle avait appartenu autrefois à une de ces bandes noires, tu sais ? je n'en serais pas autrement surpris.

— Tu ne la vois plus du tout ?

— Non. Je ne sais même pas ce qu'elle est devenue ; elle n'a jamais reparu chez Packmell... Parfois je la regrette », ajouta-t-il, après une pause. « Je dis ça, mais, au fond, ça ne pouvait pas durer ; elle serait vite devenue insupportable. D'une indiscrétion dont tu n'as pas idée ! Elle ne cessait de poser des questions. Des questions sur ma vie privée. Mais oui ! Sur ma famille ; sur ma mère, ma sœur ; bien mieux ; sur mon père ! »

Il fit quelques pas en silence, et reprit :

« Quoi qu'il en soit, j'ai d'elle un souvenir royal : celui de la soirée où je l'ai soufflée à Ludwigson.

— Et lui, il ne t'a pas soufflé... les vivres ?

— Lui ? » Le regard de Daniel se mit à briller ; le pli de son sourire découvrit les dents : « je n'avais pas encore eu pareille occasion de juger mon Ludwigson : eh bien, il n'a jamais eu l'air de se souvenir de rien ! Pense de lui ce que tu voudras, mon vieux. Moi, je dis : c'est un grand bonhomme. »

Jenny avait passé cette matinée-là sans sortir ; et, lorsque Daniel lui avait proposé de l'accompagner au tennis, elle avait refusé avec entêtement, prétextant qu'elle avait à faire. Mais elle n'avait goût à rien, et ne parvenait pas à occuper son temps.

Quand elle vit, de sa fenêtre, les deux jeunes gens traverser le jardin, son premier mouvement fut de contrariété : Jacques lui gâtait ce repas en tête à tête avec son frère, dont elle s'était réjouie. Cependant, son dépit ne put résister à la joyeuse apparition de Daniel dans la porte entrouverte :

« Devine qui je t'amène pour déjeuner ? »

« J'ai le temps de changer de robe », pensa-t-elle.

Jacques se promenait de long en large dans le jardin ; mieux que jamais, il goûtait, ce matin, l'attrait du lieu. Au sortir de ce parc à villas, la propriété des Fontanin avait le charme d'une ferme abandonnée à l'orée de la forêt. Des bâtiments disparates étaient venus s'accoler au logis central, ancien pavillon de chasse sans doute, à hautes fenêtres, dix fois remanié ; sous un auvent, un escalier de bois pareil à un escalier de grange desservait la plus élevée des deux ailes. Les pigeons de Jenny voletaient perpétuellement sur la pente des toits de tuiles, et les murs étaient restés enduits d'un vieux crépi rose vif qui buvait la lumière comme un badigeon italien. De grands sapins, poussés en désordre, ensevelissaient la maison dans une ombre sèche qui sentait la résine et où l'herbe ne poussait plus.

Le déjeuner fut égayé par l'entrain communicatif de Daniel. Il était ravi de sa matinée, plein d'espoirs pour l'après-midi. Il complimenta Jenny sur sa robe de toile bleu lin, et lui mit au corsage une rose blanche ; il l'appelait « petite sœur », riait de tout et se divertissait lui-même de sa verve.

Il voulut que Jacques et Jenny vinssent le conduire à la gare et attendissent avec lui le train.

« Tu reviendras pour dîner ? » demanda-t-elle.

Jacques remarqua, non sans une nuance de tristesse, le ton cassant, à coup sûr involontaire, qui perçait par moments sous ses dehors effacés et doux.

« Mon Dieu, c'est probable, répondit Daniel. Je veux dire que je ferai l'impossible pour prendre le train de sept heures. Mais, de toute façon, je reviendrai avant la nuit ; je l'ai écrit à maman. » Il avait prononcé ces derniers mots avec une intonation d'enfant docile, si charmante sur ses lèvres d'homme, que Jacques ne put s'empêcher de rire, et que Jenny elle-même, qui se penchait pour attacher la laisse au collier de sa petite chienne releva la tête avec un regard amusé.

Le train entrait en gare. Daniel les quitta pour courir aux premiers wagons, qui passaient vides ; et, de loin, ils le virent, penché à la portière, qui agitait avec gaminerie son mouchoir.

Ils se retrouvèrent seuls, sans avoir eu loisir de s'y préparer, encore étourdis par la bonne humeur de Daniel. Ils gardèrent sans effort le ton de la camaraderie, comme si Daniel continuait à leur servir de lien, et ils se sentirent l'un et l'autre si soulagés par cette nouvelle trêve, qu'ils furent attentifs à ne pas perdre l'accord.

Jenny, attristée un peu par ce départ, songeait aux continuelles absences de son frère.

« Vous devriez obtenir de Daniel qu'il ne passe pas ainsi les vacances à aller et venir. Il ne sait pas combien maman s'attriste de voir qu'il vient si peu, cette année. Oh ! naturellement, vous allez le défendre », ajouta-t-elle, mais sans la moindre pointe.

« Non, je n'en ai nullement l'intention, répliqua-t-il. Croyez-vous que j'approuve la vie qu'il mène ?

— Le lui dites-vous, au moins ?

— Bien sûr.

— Mais il ne vous écoute pas ?

— Il m'écoute. C'est plus grave : je crois qu'il ne me comprend pas. »

Elle hasarda, se tournant vers lui :

« ... qu'il ne vous comprend *plus* ?

— Peut-être ; oui. »

Du premier coup, leur conversation prenait un tour sérieux. À propos de Daniel, ils échangeaient une sympathie, qui, depuis hier, n'était pas entièrement nouvelle entre eux, mais qu'ils n'avaient jamais encore consenti à laisser s'établir aussi ouvertement. Et, comme ils allaient rentrer dans le parc, ce fut elle qui proposa :

« Si nous prenions la route ? Vous me reconduiriez à la maison par la forêt ? Il est si tôt, il fait si doux ? »

Un grand bonheur, qu'il ne chercha pas à cacher, entrait en lui ; il n'osa s'y abandonner : il craignait de laisser s'évanouir le précieux sujet de leur entente, et se hâta de renouer :

« Il y a en Daniel une telle ivresse de vivre !

— Ah ! je sais bien, dit-elle. De vivre sans contrainte. Mais une vie sans contrainte est bien... bien dangereuse. Est impure », ajouta-t-elle, sans le regarder.

Il répéta gravement :

« Impure. Je pense comme vous, Jenny. »

Ce mot, qu'il hésitait toujours à prononcer, mais qui lui montait si souvent aux lèvres, il le recueillait avec transport sur celles de la jeune fille. Toutes les aventures de Daniel étaient impures. Impure aussi, la passion d'Antoine. Impurs, tous les désirs charnels. Seul était pur ce sentiment innomé qui depuis des mois germait en lui — qui, depuis hier, s'épanouissait d'heure en heure.

Cependant, il poursuivait avec une apparence de calme :

« Comme je lui en veux quelquefois de cette attitude qu'il a prise devant la vie ! Cette espèce de...

— De perversité », dit-elle naïvement ; un terme qu'elle employait souvent avec elle-même, synonyme pour elle de tout ce qui semblait suspect à son innocence.

« Cette espèce de cynisme, plutôt », rectifia-t-il, employant lui aussi le terme impropre qu'il avait adopté pour son usage. Mais aussitôt, l'idée lui vint qu'il se trahissait un peu lui-même, et, s'arrêtant, il s'écria : « Ce n'est pas que j'aie de l'estime pour les natures sans cesse en lutte contre elles-mêmes : je préfère... » (Jenny le considérait, attentive à pénétrer sa pensée, et comme si cette dernière phrase eût été spécialement importante à ses yeux) « ... je préfère celles qui ont pris le parti d'être ce qu'elles sont. Encore faut-il pourtant... » Plusieurs exemples dont il n'osait se servir devant la jeune fille se présentèrent à son esprit. Il hésita.

« Oui, articula-t-elle. Moi, j'ai peur que Daniel ne finisse par perdre tout à fait le... comment dirai-je ?... le sens de la faute. Vous me comprenez ? »

Il approuva de la tête et ne put s'empêcher à son tour de la regarder avec insistance, car son visage réfléchi ajoutait beaucoup à ses paroles. « Dans ce qu'elle dit là, songeait-il, quelle confession involontaire ! »

Elle demeurait maîtresse d'elle-même ; mais la contraction de sa bouche et sa respiration oppressée révélaient son effort à étouffer, en ce moment, une de ces brusques ardeurs dont elle était si souvent consumée, et qu'elle s'appliquait à ne jamais laisser paraître.

« Pourquoi donc, se demandait Jacques, son visage prend-il si aisément cet aspect dur et fermé ? Est-ce à cause des sourcils, dont la ligne est trop mince et trop sèche ? N'est-ce pas plutôt à cause de ces deux trous noirs que font, en se rétractant, les pupilles, dans le gris-bleu, trop clair, de l'iris ? » Et, dès cet instant-là Jacques oublia Daniel pour ne plus penser qu'à Jenny.

Pendant quelques minutes, ils marchèrent sans parler. Intervalle relativement long, qui leur parut très court. Pourtant, lorsqu'ils voulurent reprendre l'entretien, ils s'aperçurent que leurs pensées avaient, de part et d'autre, couvert beaucoup de chemin, et peut-être en des sens différents. De sorte qu'aucun d'eux ne savait plus comment rompre le silence.

Par chance, la route longeait une sorte de garage qui encombrait la chaussée d'autos en réparation, et la trépidation des moteurs n'incitait pas à la causerie.

Un vieux chien, galeux, infirme, qui pataugeait dans les flaques de cambouis, vint tourner autour de Puce : Jenny prit sa petite chienne dans ses bras. Ils avaient à peine dépassé la porte de ce chantier, que des cris les firent se retourner : un châssis squelettique sonnant la ferraille, et que conduisait un apprenti de quinze ans, venait, en sortant de l'atelier, d'exécuter un virage si brusque, que malgré le cri tardif du gamin, le vieux chien noir n'eut pas le temps de se garer. Jacques et Jenny virent le véhicule prendre la pauvre bête de flanc et les deux roues, l'une après l'autre, lui passer sur le corps.

Jenny, horrifiée, hurla :

« Il va mourir ! Il va mourir !

— Non, il marche ! »

En effet, l'animal s'était relevé et fuyait au hasard, ensanglanté, braillant, traînant dans la poussière son train de derrière brisé qui le faisait zigzaguer et s'écrouler tous les deux mètres.

Défigurée, Jenny répétait sur le même ton :

« Il va mourir ! Il va mourir ! »

Le chien disparut dans la cour d'une maison. Ses gémissements s'espacèrent, puis cessèrent tout à fait. Les ouvriers du garage, égayés par cet intermède, suivaient les traces de sang. L'un d'eux, qui avait été jusqu'à la maison, cria aux autres :

« Il y est. Il ne remue plus. »

Jenny, comme soulagée, laissa glisser sa chienne à terre, et ils reprirent la direction de la forêt. Mais cette émotion, ressentie ensemble, les avait encore rapprochés.

« Je n'oublierai jamais, dit Jacques, votre figure, votre voix, pendant que vous criiez.

— On est stupide, c'est nerveux. Qu'est-ce que je criais ?

— Vous avez crié : *Il va mourir !* Remarquez : vous aviez vu le chien, roulé par l'auto, devenir une bouillie sanglante ; c'était ça qui était horrible. Et, pourtant, l'angoisse véritable n'a commencé qu'après ce moment-là, c'est-à-dire à l'instant tragique où l'animal, qui jusque-là était vivant, n'avait plus qu'à s'étendre pour mourir. N'est-ce pas ? Parce que la chose la plus pathétique c'est bien ce passage, cette chute insaisissable de la vie au néant. Il y a en nous une terreur de cette minute-là, une espèce de terreur sacrée, qui est toujours prête à s'éveiller... Vous pensez souvent à la mort ?

— Oui... C'est-à-dire non, pas très souvent... Et vous ?

— Oh ! moi, presque sans interruption. Je veux dire que la plupart de mes pensées me ramènent à cette idée de la mort. Mais », reprit-il, avec un accent découragé, « on a beau y revenir souvent, c'est une pensée... » Il n'acheva pas. Son visage était ardent, révolté, presque beau, et l'impatience de vivre s'y mêlait à l'épouvante de mourir.

Ils firent encore quelques pas en silence, puis elle commença, d'une voix timide :

« Tenez, je ne sais pas pourquoi — cela n'a aucun

rapport — mais je pense à une chose que Daniel vous a peut-être racontée : ma première rencontre avec la mer ?

— Non. Dites.

— Oh ! c'est une vieille histoire... J'avais quatorze ou quinze ans. Voilà : nous étions parties, à la fin des vacances, maman et moi, pour rejoindre Daniel au Tréport. Il nous avait écrit de descendre à je ne sais plus quelle station, et il était venu nous chercher en charrette. Pour m'éviter de découvrir la mer, peu à peu, au hasard des tournants, il m'avait bandé les yeux... C'est stupide, n'est-ce pas ?... À un moment, il m'a fait descendre de voiture et m'a conduite par la main. Je butais à chaque pas. Je sentais un vent de tempête me balayer la figure, j'entendais des sifflements, des mugissements, un vacarme infernal. Je mourais de peur, je suppliais Daniel de me laisser. Enfin, quand nous avons atteint le point le plus haut de la falaise, sans rien dire, il a passé derrière moi, et il a dénoué le bandeau. Alors j'ai aperçu toute la mer : la mer déchaînée dans les roches, au-dessous de moi, presque à pic ; la mer tout autour de moi, à perte de vue. La respiration m'a manqué ; je suis tombée dans les bras de Daniel. Je ne suis revenue à moi que plusieurs minutes après. Alors j'ai sangloté, sangloté... Il a fallu me rentrer, me coucher, j'ai eu de la fièvre. Maman était très mécontente... Eh bien, maintenant, savez-vous ? je ne regrette rien. Je crois que je connais bien la mer. »

Jacques ne lui avait jamais vu cette figure d'où la tristesse avait disparu, ce regard émancipé, avec une pointe d'extravagance. Brusquement, ce feu s'éteignit.

Jacques découvrait peu à peu une Jenny inconnue. Ces alternatives de réserve, puis de fougue subite, faisaient songer à une source aveuglée mais copieuse qui, par instants seulement, trouverait issue. Peut-être touchait-il là le secret de cette mélancolie originelle qui donnait à ce visage un tel reflet de vie intérieure, tant de prix à la fugacité de ses sourires ? Et soudain il fut saisi d'angoisse, à la pensée qu'une telle promenade pouvait prendre fin.

« Vous n'êtes pas pressée », insinua-t-il, lorsqu'ils eurent franchi l'arc de l'ancienne porte de la forêt. « Faisons le grand tour. Je parie que vous ne connaissez pas ce petit chemin-là ? »

Une allée sablonneuse, douce aux pieds, s'enfonçait dans l'ombre du taillis ; elle était, au départ, largement bordée d'herbe ; puis elle devenait de plus en plus étroite. Les arbres, dans ce secteur, poussaient mal ; leur feuillage souffreteux laissait de tout côté percer le ciel.

Ils avançaient, sans être gênés de leur silence.

« Qu'ai-je donc ? se demandait Jenny. Il n'est pas ce que je croyais. Non. Il est... Il est... » Mais aucune épithète ne pouvait la satisfaire. « Comme nous nous ressemblons », remarqua-t-elle soudain, avec un sentiment d'évidence et de joie. Puis elle s'inquiéta : « À quoi pense-t-il ? »

Il ne pensait à rien. Il s'abandonnait à un bien-être délicieux et vide ; il marchait auprès d'elle sans rien désirer d'autre.

« C'est un de nos plus vilains coins de la forêt, que je vous montre là », murmura-t-il enfin.

Elle tressaillit au son de sa voix, et ils eurent ensemble cette pensée que ces minutes de silence avaient eu, pour les choses vagues auxquelles ils songeaient tous deux, une importance capitale.

« Je suis de votre avis, répondit-elle.

— Ce n'est même pas de l'herbe, c'est une espèce de chiendent, continua Jacques en piétinant le sol.

— Ma chienne s'en régale, voyez-la. »

Ils disaient n'importe quoi : le sens des mots avait totalement changé de valeur pour eux.

« J'aime le ton bleu de sa robe », se dit Jacques. « Pourquoi ce bleu doux, un peu gris, est-il si bien sa couleur ? » Puis, sans autre préparation, il s'écria :

« Je vais vous dire : ce qui me rend si stupide, c'est que je n'arrive pas à détacher mon attention de ce que je sens en moi. »

Et Jenny, croyant lui répondre, déclara :

« C'est comme moi. Je rêve presque tout le temps. J'aime ça. Vous aussi ? Ce à quoi je rêve n'appartient qu'à moi ; ça me plaît de n'avoir pas à le partager avec les autres. Vous me comprenez ?

— Oh ! très bien », fit-il.

Des branches d'églantines, dont l'une portait déjà de petites baies, fleurissaient un buisson en travers du sentier. Jacques fut sur le point de les lui offrir : « *Voici des fleurs, des fruits, des feuilles et des branches. Et puis...* » Il s'arrêterait, la regarderait... Il n'osa pas. Et, lorsque le buisson fut dépassé, il se dit : « Ce que je suis littéraire ! »

« Vous aimez Verlaine ? demanda-t-il.

— Oui. Surtout *Sagesse*, que Daniel aimait tant autrefois. »

Il murmura :

Beauté des femmes, leur faiblesse, et ces mains pâles
Qui font souvent le bien et peuvent tout le mal...

« Et Mallarmé ? reprit-il, après une pause. J'ai un recueil de poèmes modernes qui n'est pas mal fait. Je vous l'apporterai, voulez-vous ?

— Oui.

— Aimez-vous Baudelaire ?

— Moins. C'est comme Whitman. D'ailleurs, Baudelaire, je le connais peu.

— Et Whitman, vous l'avez lu ?

— Daniel m'en a fait des lectures cet hiver. Je sens bien pourquoi il aime tant Whitman, lui. Mais moi... » (Ils pensèrent tous deux à ce mot d'« impur », qu'ils avaient prononcé tout à l'heure. « Comme elle me ressemble ! » se dit Jacques.)

« Mais vous, reprit-il c'est justement pour ça que vous n'aimez pas Whitman autant que lui ? »

Elle inclina la tête, heureuse qu'il eût achevé sa pensée.

Le sentier s'élargissait de nouveau pour aboutir à une clairière où s'offrait un banc, entre deux chênes mangés de chenilles. Jenny jeta dans l'herbe son grand chapeau de paille souple, et s'assit.

« Il y a des moments, confia-t-elle spontanément, comme si elle eût pensé tout haut, où je suis presque étonnée de votre intimité avec Daniel.

— Pourquoi ? » Il sourit : « Parce que vous me trouvez différent de lui ?

— Aujourd'hui, très. »

Il s'étendit, à quelque distance d'elle, sur le talus.

« Mon amitié avec Daniel », murmura-t-il. « Il vous parlait quelquefois de moi ?

— Non... C'est-à-dire, oui. Un peu. »

Elle rougit ; mais il ne la regardait pas.

« Ah ! reprit-il, mâchant un brin d'herbe, maintenant c'est une affection stable, une chose pacifiée. Ça n'a pas toujours été ainsi. » Il se tut, et, du doigt, lui montra, dans une flaque de soleil, au bout d'une herbe, un limaçon, transparent comme une agate, qui mouvait avec hésitation dans la lumière ses deux cornes gélatineuses. « Vous savez, reprit-il sans transition, pendant ma vie d'écolier, il y a eu des semaines entières où j'ai cru devenir fou, tant il y avait de choses en fusion dans ma pauvre tête. Et toujours seul !

— Cependant vous viviez avec votre frère ?

— Heureusement. Et j'étais très libre, heureusement aussi. Sans quoi, je crois bien que je serais devenu fou, pour de bon... Ou bien que je me serais évadé. »

Elle songea à l'escapade de Marseille, et, pour la première fois de sa vie, avec quelque indulgence.

« Je me sentais incompris, déclara-t-il d'une voix sombre ; incompris de tous ; même de mon frère ; même de Daniel, souvent. »

« Exactement comme moi », se disait-elle.

« Pendant ces périodes-là, j'étais incapable de m'intéresser à aucun travail de la boîte. Je lisais, je lisais comme un forcené, tout ce qu'il y avait dans la bibliothèque d'Antoine, tout ce que Daniel pouvait m'apporter. Presque tous les romans modernes, français, anglais, russes, y ont passé. Si vous saviez les élans que ça me donnait ! Et, après ça, tout me paraissait d'un ennui mortel : les leçons, les ergotages des textes, la belle morale des honnêtes gens ! Je n'étais décidément pas fait pour tout ça, moi ! » Il ne mettait à parler de lui aucune suffisance ; mais, plein de lui comme tout être jeune et fort, il n'imaginait pas de jouissance plus authentique que de s'analyser ainsi devant ces yeux attentifs ; et le plaisir qu'il y prenait était contagieux. « C'est le temps, poursuivit-il, où j'adressais à Daniel des lettres de trente pages, que je passais une nuit entière à griffonner ! Des lettres où je déversais tous mes enthousiasmes de la journée, toutes mes haines, surtout ! Ah ! je devrais en rire maintenant... Mais non, dit-il, pressant son front entre ses mains, tout ça m'a trop fait souffrir, je ne peux pas encore pardonner ça !... Ces lettres, je les ai reprises à Daniel. Je les ai relues. Chacune est comme la confession d'un fou dans une lueur de lucidité. Elles se suivaient à quelques jours d'intervalle, à quelques heures parfois ; et chacune était comme une explosion, l'explosion d'une crise intérieure, en contradiction le plus souvent avec la crise précédente. Crise religieuse, parce que je venais de me jeter à corps perdu dans les Évangiles, ou bien dans l'Ancien Testament, ou bien dans le positivisme de Comte. Ah ! ma lettre après une lecture d'Emerson ! J'ai eu toutes les maladies de l'adolescence ; une *vincite* aiguë, une *baudelairite* exaspérée ! Mais jamais d'affection chronique ! Un matin, j'étais classique ; le soir, romantique — et je faisais flamber en cachette dans le laboratoire d'Antoine mon Malherbe ou mon Boileau. Je l'ai fait, tout seul, riant comme un démon ! Le lendemain, tout ce qui était littérature me semblait également vide, écœurant. Je me mettais à piocher ma géométrie, en recommençant depuis le début ; j'étais absolument décidé à découvrir de nouvelles lois qui devaient bouleverser toutes les notions acquises. Et puis je redevenais poète. J'ai composé pour Daniel des odes, des épîtres de deux cents vers, écrites presque sans rature. Mais le plus incroyable de tout, fit-il, se calmant soudain, c'est que j'ai rédigé, le plus sérieusement du monde, et en anglais, oui, entièrement en anglais, un traité de quatre-vingts pages sur l'*Émancipation de l'individu dans ses rapports avec la Société : The emancipation of the individual in relation to Society !* Je l'ai encore. Attendez, ce n'est pas tout : avec une préface — courte, je l'avoue — mais en grec moderne ! » (Ce dernier détail était faux ; il se souvenait seulement d'avoir voulu composer cette préface.) Il éclata de rire. « Non, je ne suis pas fou », reprit-il après un silence. Il se tut encore un instant, et, moitié grave, moitié riant, sans orgueil, toutefois, il constata : « Tout de même j'étais assez différent des autres... »

Jenny caressait la petite chienne et songeait. Que

de fois déjà, elle avait eu de Jacques cette vision d'un être inquiétant, presque dangereux ! Elle dut pourtant s'avouer qu'il ne l'effrayait plus.

Jacques s'était étendu dans l'herbe et regardait devant lui. Il était heureux d'avoir parlé avec cet abandon.

« N'est-ce pas qu'on est bien sous ces arbres ? demanda-t-il paresseusement.

— Oui. Quelle heure est-il ? »

Ils n'avaient pas de montre. La lisière du parc était proche ; rien ne les pressait ; Jenny apercevait, de son banc, les cimes de deux châtaigniers qu'elle connaissait bien, et plus loin, le cèdre de la maison forestière, qui allongeait ses palmes noires sur le bleu du ciel.

Penchée vers la chienne qui s'était dressée contre sa jupe, elle dit, évitant de se tourner du côté de Jacques :

« Daniel m'a lu de vos vers. »

Puis, frappée de son mutisme, elle se décida à le regarder : il avait rougi jusqu'à l'épi qui étoilait la naissance des cheveux ; son regard rageur errait autour de lui. Elle rougit à son tour, et s'écria :

« Ah ! j'ai eu tort de vous raconter ça ! »

Jacques se reprochait déjà son irritation et cherchait à la dompter ; mais il ne supportait pas l'idée que quelqu'un — Jenny — pût le juger sur ses balbutiements de jeune homme, et il était d'autant plus ombrageux à ce sujet, qu'il savait bien n'avoir jamais encore donné sa mesure, en rien ; ce dont il souffrait tous les jours de sa vie.

« Mes vers, c'est zéro ! » lança-t-il brutalement. (Elle ne protesta pas, ne bougea même pas la main, et il lui en sut gré.) « Ce serait m'estimer bien peu que de... Ceux qui... Ah ! s'écria-t-il enfin, si on se doutait de ce que je veux faire ! » Et ce sujet brûlant, la présence de Jenny, cette solitude soulevaient en lui une telle émotion, que sa voix s'étrangla et que ses yeux le piquèrent comme s'il allait éclater en larmes. « Tenez, continua-t-il après un temps d'arrêt, c'est comme ceux qui me félicitent de mon admission à Normale ! Si vous soupçonniez ce que je pense de ça ! J'en suis honteux. Oui, honteux ! Non seulement honteux d'être reçu, mais honteux d'avoir accepté le... le jugement de tous ces... ! Ah ! si vous saviez ce qu'ils sont ! Tous fabriqués par le même moule, par les mêmes livres ! Les livres, et toujours les livres ! Et il a fallu que, moi, j'aille mendier leur... Moi ! Je me suis plié à... Ah !... Je... » Les mots lui manquaient. Il sentait bien qu'il ne donnait à son aversion aucun motif valable. Mais les bons arguments, les vrais, étaient trop vivaces, trop intimement enracinés en lui, pour être extirpés sur l'heure et étalés au grand jour. « Ah ! je les méprise tous ! cria-t-il. Et je me méprise encore davantage d'être parmi eux ! Et jamais, jamais je ne pourrai... je ne pourrai pardonner tout ça ! »

Elle gardait d'autant mieux la maîtrise d'elle-même qu'elle le voyait hors de lui. Elle remarqua, sans d'ailleurs bien saisir quelle était la pensée de Jacques, qu'il exprimait souvent cette rancune indéterminée et ce refus de pardon. Il fallait vraiment qu'il eût beaucoup souffert. Pourtant — et, en cela, comme il différait d'elle ! — sa foi en l'avenir, en un bonheur futur, restait évidente ; à travers ses imprécations, circulait un perpétuel souffle d'espérance, de certitude ; son ambition paraissait démesurée, n'offrir aucune prise au doute. Jenny n'avait jamais auparavant envisagé quel pourrait être l'avenir de Jacques, mais elle ne ressentit aucune surprise à découvrir qu'il avait placé son but très haut ; même au temps où elle considérait Jacques comme un gamin brutal et vulgaire, elle n'avait jamais cessé de reconnaître en lui une force, et, aujourd'hui, ces paroles fiévreuses, la flamme dont elle sentait le cœur de Jacques dévoré, provoquaient en elle un sentiment de vertige, comme si elle se fût trouvée, malgré elle, emportée dans le même tourbillon. Il en résulta une impression d'insécurité si pénible qu'elle se leva.

« Je vous demande pardon, dit alors Jacques d'une voix étranglée, c'est que, voyez-vous, tout ça me tient très au cœur. »

Ils prirent le sentier qui suivait, comme un chemin de ronde, les méandres de l'ancien saut de loup, et atteignirent l'autre porte de la forêt sur le parc ; elle était fermée par une grille à fers de lance, dont la serrure grinçait comme un verrou de prison.

Le soleil était haut, il n'était pas plus de quatre heures. Rien ne les obligeait à terminer déjà leur promenade. Pourquoi donc avaient-ils pris le chemin du retour ?

Dans le parc, quelques promeneurs les croisèrent ; et, bien qu'hier encore ils eussent parcouru ensemble, et sans songer à mal, ces mêmes avenues, un pareil sentiment de pudeur leur vint aujourd'hui d'y être rencontrés côte à côte, et seuls.

« Eh bien », fit tout à coup Jacques, au croisement de deux allées, « je vais vous quitter là, n'est-ce pas ? »

Elle répondit sans hésiter :

« C'est cela. Me voici presque à la maison. »

Il se tenait devant elle, gêné sans savoir pourquoi, ne pensant même pas à soulever son chapeau. L'embarras restituait à son visage cette expression lourde, fruste, qu'il prenait si souvent, et qu'elle ne lui avait pas vue durant la promenade. Il ne lui tendit pas la main. Il fit un effort pour sourire, et, juste au moment de tourner les talons, avec un timide regard vers elle, il balbutia :

« Pourquoi… ne suis-je pas toujours… ainsi… avec vous ? »

Jenny n'eut pas l'air d'entendre et fila, sans se retourner, en ligne droite, à travers l'herbe. C'était presque les mêmes mots qu'elle s'était plusieurs fois répétés depuis hier. Mais, brusquement, un soupçon l'effleura, un soupçon qu'elle osait à peine formuler : peut-être Jacques avait-il voulu dire : « Pourquoi ne m'est-il pas permis de vivre toujours ainsi, auprès de vous, comme aujourd'hui ? » Cette supposition la brûlait. Elle accéléra le pas et, rentrée dans sa chambre, les joues en feu, les jambes vacillantes, elle se défendit de penser.

Toute la fin de cet après-midi, elle l'employa avec fébrilité à agir : elle modifia l'arrangement de sa chambre, déplaça les meubles, mit de l'ordre dans l'armoire à linge du palier, refit tous les bouquets de la maison. Par moments, elle saisissait la petite chienne, l'étreignait, l'accablait de caresses. Quand elle dut constater, en consultant une dernière fois la pendule, que Daniel ne serait pas là pour le dîner, elle fut prise de désespoir ; elle ne put se mettre à table seule, dîna d'une assiettée de fraises qu'elle mangea sur la terrasse, et, pour fuir l'interminable agonie du jour, se réfugia dans le salon, alluma toutes les lampes, et prit un recueil de Beethoven. Puis changeant d'idée, elle remit le Beethoven, s'empara d'un cahier d'*Études* de Chopin, et courut au piano.

Le jour semblait en effet mourir avec une particulière lenteur, parce que la clarté de la lune, levée déjà mais cachée par les arbres, s'était insensiblement substituée aux dernières lueurs du couchant.

Jacques avait, sans intention précise, glissé dans sa poche ce volume de poètes contemporains qu'il avait proposé à Jenny, et, ne pouvant supporter, ce soir, l'indifférence de la vie familiale, il était sorti pour flâner dans le parc. Sa pensée vagabondait sans qu'il pût la fixer sur rien. Moins d'une demi-heure après, il se trouvait engagé dans le chemin bordé d'acacias. « Pourvu que la porte ne soit pas fermée », songea-t-il.

Elle ne l'était pas. La clochette tinta ; il tressaillit comme un intrus. Une senteur chaude et résineuse, à laquelle se mêlait un relent de fourmilière, venait de dessous les sapins. Le son étouffé du piano animait à peine le jardin recueilli. Jenny et Daniel faisaient sans doute de la musique. Le salon ouvrait sur la façade opposée. Du côté où se trouvait Jacques, la maison dormait, toutes fenêtres closes, mais le toit était baigné d'une étrange lumière, et il se retourna, surpris : c'était la lune, qui, par-dessus la cime des arbres, blêmissait déjà le faîtage et faisait briller les vitres des lucarnes. Il approchait de la maison, le cœur battant, gêné de n'avoir aucun moyen d'annoncer sa présence, et il éprouva un soulagement lorsque Puce s'élança en jappant. Le son du piano devait couvrir les aboiements, car la musique ne cessa pas. Jacques se baissa, souleva la petite chienne dans ses bras, comme faisait Jenny, et frôla des lèvres le front soyeux. Puis il contourna l'aile de la maison, et se trouva sur la terrasse, devant le salon, dont la baie était ouverte et éclairée. Il approchait toujours. Il cherchait à reconnaître ce que jouait Jenny : la mélodie, comme incertaine, semblait se balancer quelque temps, flotter entre le rire et les larmes, pour s'épanouir enfin dans une région supérieure où la joie et la douleur n'existent plus.

Il était arrivé sur le seuil. Le salon lui parut vide. D'abord, il ne distingua rien que le voile de perse dont le piano était drapé, et les bibelots posés dessus. Tout à coup, dans le trou qui se creusait entre deux potiches, il aperçut un visage, un masque grimaçant, suspendu dans le halo des bougies, une Jenny que la vibration intérieure défigurait. Et l'expression de ce visage était si dépouillée, si nue, qu'il recula d'instinct, comme s'il eût surpris la jeune fille dévêtue.

Serrant toujours la chienne contre son épaule, et tremblant comme un voleur, il attendit à l'écart, dans l'ombre de la maison, que le morceau fût achevé : alors, à haute voix, il appela Puce, et parut arriver à l'instant du jardin.

Jenny avait frémi en reconnaissant sa voix et s'était levée très vite. Elle gardait sur ses traits les stigmates de son émotion solitaire, et son regard effarouché repoussait celui de Jacques comme pour défendre un secret. Il demanda :

« Je vous ai fait peur ? »

Elle fronça les sourcils sans pouvoir articuler un son. Il continua :

« Daniel n'est pas encore revenu ? » Puis, après une courte pause : « Je vous apportais ces morceaux choisis dont je vous ai parlé tantôt. »

Il sortit gauchement le livre de sa poche. Elle le prit et le feuilleta d'un geste machinal.

Elle ne s'asseyait pas, ne lui offrait pas de s'asseoir. Jacques comprit qu'il devait partir. Il sortit sur la terrasse. Jenny le suivit.

« Ne vous dérangez pas », bredouilla-t-il.

Elle l'accompagnait parce qu'elle ne savait comment en finir plus vite, qu'elle n'osait pas lui tendre la main, et rompre là. Dégagée des arbres, la lune éclairait tant que, lorsqu'il se tournait vers Jenny, il voyait battre ses cils. Sa robe bleue avait l'inconsistance d'une apparition.

Ils traversèrent tout le jardin sans avoir prononcé un mot.

Jacques ouvrit la petite porte et descendit sur le chemin. Jenny avait, elle aussi, sans y penser, franchi le seuil et se tenait au milieu du sentier, arrêtée devant Jacques et nimbée de lumière. Alors, sur le mur étincelant de lune, il aperçut l'ombre de la jeune fille, son profil, sa nuque, la torsade de ses cheveux, le menton, jusqu'à l'expression de la bouche — silhouette d'un noir de velours, d'une impeccable netteté. Il la désigna du doigt. Une idée folle traversa son esprit, et, sans vouloir réfléchir, avec cette audace que seuls se permettent les timides, il se pencha vers le mur et baisa l'ombre du visage aimé.

Jenny fit une brusque retraite, comme pour lui arracher son effigie, et disparut dans l'embrasure de la porte. Le carré lumineux du jardin cessa d'être visible : la porte retomba. Jacques entendit Jenny qui s'enfuyait sur le gravier. Alors, il prit son élan et partit dans la nuit.

Il riait.

Jenny s'était mise à courir, à courir, comme si l'eussent poursuivie tous les spectres blancs et noirs qui peuplaient le jardin trop silencieux. Elle s'était ruée dans la maison, avait grimpé jusqu'à sa chambre et s'était jetée sur son lit. Une sueur froide la faisait frissonner. Son cœur était douloureux ; elle pressait sur son corsage ses mains qui tremblaient, et, de son front, fouillait durement l'oreiller. Toute sa volonté se tendait en un seul effort : ne se souvenir de rien ! La honte l'oppressait, empêchait les larmes de monter jusqu'aux yeux. Et elle était dominée par un sentiment nouveau : la peur. La peur d'elle-même.

Puce, oubliée en bas, aboya. Daniel rentrait.

Jenny l'entendit gravir l'escalier en fredonnant, puis s'arrêter une minute près de la porte. Il n'osait frapper, voyant qu'aucune lumière ne passait par la feuillure, croyant que sa sœur dormait déjà. Pourtant, toutes les lampes du salon étaient restées allumées ?... Jenny ne fit aucun mouvement ; elle voulait demeurer seule, dans l'obscurité. Mais, en entendant le pas de son frère s'éloigner, elle fut saisie d'angoisse et sauta de son lit.

« Daniel ! »

À la lumière de la lampe qu'il tenait, il aperçut le visage ravagé, les prunelles fixes. Il crut que son retard avait alarmé sa sœur ; il cherchait déjà des excuses, lorsqu'elle l'interrompit :

« Non, je suis énervée », fit-elle d'une voix sifflante. « Je n'ai pas pu me débarrasser de ton ami : il m'a suivie, suivie, il ne me quittait pas ! » Elle était pâle de rage, et elle martelait chaque syllabe. Puis une onde brusque de rougeur inonda son visage, et, sanglotant tout à coup, elle s'assit, épuisée, sur son lit : « Je t'assure, Daniel, dis-lui... Chasse-le... Je ne peux pas, je t'assure, je ne peux pas ! »

Il la considérait, interdit, essayant de deviner ce qui avait bien pu se passer entre eux.

« Mais... quoi ? » murmura-t-il. Une idée l'effleura ; il hésitait à lui donner forme. Sa lèvre se releva de biais, en un sourire gêné : « Ce pauvre Jacques, insinua-t-il enfin, peut-être bien qu'il t'... »

L'intonation était assez significative pour qu'il n'eût pas à terminer sa phrase. Il fut étonné de voir que Jenny ne tressaillait pas, et, les yeux baissés, semblait devenue indifférente. Elle se ressaisissait.

Après une pause, si longue que Daniel n'espérait plus de réponse, elle dit :

« Peut-être. » Sa voix avait repris son timbre normal.

« Elle l'aime », pensa Daniel ; et cette conclusion le prit tellement à l'improviste qu'il demeura muet, frappé de stupeur.

À ce moment, Jenny rencontra le regard de son frère : elle y lut clairement ce qu'il pensait. Elle se rebella : son œil bleu eut un éclair, son visage prit une expression de défi ; et, sans élever la voix, ses yeux dans les yeux de Daniel, secouant sa tête énergique, elle répéta trois fois de suite :

« Jamais ! Jamais ! Jamais ! »

Puis, comme Daniel la considérait, indécis, mais avec une tendresse, une sollicitude d'aîné, qui la cinglait comme une offense, elle alla vers lui, releva sur le front du jeune homme une mèche indocile, et, lui donnant une tape sur la joue :

« As-tu seulement dîné, grand fou ? »

IX

Antoine, en pyjama, debout devant la cheminée, attaquait avec un criss malais un pavé de plum-cake.

Rachel bâilla.

« Coupe épais, mon Minou », fit-elle d'une voix paresseuse. Elle était sur le lit, les mains sous la tête, et nue.

La fenêtre était ouverte, mais aveuglée jusqu'en bas par le store de toile qui ne laissait pénétrer dans la chambre qu'une ombre chaude de tente au soleil. Paris cuisait au feu d'un dimanche d'août. Aucun bruit ne montait de la rue. La maison, elle aussi, était silencieuse, vide, peut-être, sauf à l'étage au-dessus, où sans doute Aline lisait tout haut le journal pour distraire Mme Chasle et la petite convalescente, condamnée plusieurs semaines encore à la position horizontale.

« J'ai faim », constata Rachel, ouvrant une gueule rose de chatte.

« L'eau ne peut pas bouillir encore.

— Tant pis ! Donne ! »

Il mit une large tranche de cake dans l'assiette qu'il vint poser sur le bord du lit. Elle tourna lentement le haut du torse, sans quitter la pose étendue, et, s'appuyant sur le coude, la tête renversée, elle commença de goûter, pinçant entre deux doigts des fragments de gâteau qu'elle faisait tomber dans sa bouche.

« Et toi, chéri ?

— J'attends le thé, dit-il, en se laissant choir dans les coussins de la bergère.

— Fatigué ? »

Il lui sourit.

Le lit était bas, entièrement découvert. La soie rose des rideaux s'arrondissait au fond de l'alcôve, où la nudité de Rachel, glorieusement étalée, semblait reposer, comme une figure allégorique, au creux d'une coquille transparente.

« Si j'étais peintre..., murmura Antoine.

— Tu vois que tu es fatigué, observa Rachel avec un sourire rapide. Quand tu deviens artiste, c'est que tu es fatigué. »

Elle rejeta la tête en arrière, et son visage se perdit dans l'ombre, sur la litière flamboyante des cheveux. Une lumière rayonnait de ce corps nacré. La jambe droite, mollement abandonnée en faucille, s'enfonçait dans le matelas ; l'autre, relevée au contraire et pliée faisait saillir la courbe de la cuisse, et dressait dans le jour sa rotule d'ivoire.

« J'ai faim », gémit-elle. Et comme il s'approchait pour prendre l'assiette vide, elle lui lança autour du cou ses deux bras virils, et attira son visage.

« Oh ! cette barbe », fit-elle, sans le repousser, « quand donc nous en délivreras-tu ? »

Il se releva, jeta vers la glace un œil inquiet, et fut chercher un second morceau de cake.

« Ce qui me plaît tant chez toi, c'est ça, déclara-t-il, tandis qu'elle mordait la tranche à belles dents.

— Mon appétit ?

— Ta santé. Ce corps où le sang circule bien. Tu es tonique !... Moi aussi, la carcasse est bonne », ajouta-t-il cherchant de nouveau la glace pour s'y mirer : il carrait les épaules, redressait et dilatait le buste, sans s'apercevoir à quel point ses membres restaient grêles pour le volume de la tête ; il s'imaginait toujours que sa structure physique avait la même apparence de vigueur que l'expression voulue de ses traits. Cette sensation de force, de plénitude, s'était, depuis deux semaines, accrue jusqu'à l'outrecuidance de tout ce que l'amour exaltait en lui. « Sais-tu ? conclut-il, nous sommes l'un et l'autre bâtis pour vivre un siècle.

— Ensemble ? » murmura-t-elle, les yeux tendres, à demi clos. Et ce fut une pensée triste qui l'effleura : la crainte de ne pas conserver toujours ce goût qu'elle avait de lui et qui la rendait si heureuse.

Elle ouvrit les yeux, palpa ses jambes, glissa ses mains tout le long de sa chair élastique, et affirma :

« Oh ! moi, si on ne me tue pas, je suis sûre de vivre très vieille. Mon père avait soixante-douze ans quand je l'ai perdu, et il était solide comme un homme de cinquante. Il est mort des suites d'un coup de soleil, par accident. D'ailleurs, on meurt d'accident, chez nous. Mon frère est mort noyé. Et moi aussi, je mourrai d'accident : d'un coup de revolver. J'ai toujours eu cette idée-là.

— Et ta mère ?

— Ma mère ? Elle n'est pas morte. Chaque fois, je la trouve rajeunie. C'est vrai, aussi, que la vie qu'elle mène... » Elle ajouta, sans intonation particulière : « Elle est enfermée à Sainte-Anne.

— À l'asile des... ?

— Je ne t'avais pas dit ça ? » Elle sourit comme pour s'excuser, et reprit complaisamment : « Voilà dix-sept ans qu'elle est là-dedans. Je me souviens à peine d'elle. À neuf ans, tu penses ? Elle est gaie, elle ne paraît souffrir de rien, elle chante... Nous sommes résistants dans la famille... Ton eau bout. »

Il se hâta vers le réchaud, et, tandis que le thé infusait, il se pencha vers la coiffeuse, cachant sa barbe d'une main et cherchant à imaginer l'aspect de son visage rasé. Non. Elle lui plaisait, cette masse sombre à la base de sa figure : elle laissait tant d'importance au rectangle clair du front, au pli des sourcils, au regard ! Et puis, il craignait instinctivement de démasquer la bouche, comme si c'eût été un aveu compromettant.

Rachel s'assit sur le lit pour boire son thé, alluma une cigarette, et se renversa de nouveau.

« Viens près de moi. Qu'est-ce que tu fais à bouder là-bas ? »

Gaiement il se glissa près d'elle et se pencha sur son visage. L'odeur de la chevelure dénouée montait vers lui dans la tiédeur de l'alcôve : une odeur excitante à la fois et douce, une odeur tenace, un peu écœurante, que tour à tour il recherchait et redoutait, parce que, après l'avoir trop longtemps respirée, il en demeurait imprégné jusqu'au fond de la gorge.

« Qu'est-ce que tu veux ? dit-elle.

— Je te regarde.

— Mon Minou. »

Dès qu'il se fut détaché de ses lèvres, il reprit sa pose : il plongeait curieusement dans les yeux de Rachel.

« Qu'est-ce que tu regardes donc ?

— Je cherche tes prunelles.

— Elles sont donc bien difficiles à trouver ?

— Oui, à cause de tes cils. Ça fait comme un brouillard doré devant tes yeux. C'est ça qui te donne cet air...

— Quel air ?

— Énigmatique. »

Elle haussa les épaules et déclara :

« Elles sont bleues, mes prunelles.

— Tu crois ça ?

— Bleu argent.

— Pas du tout », fit-il, posant de nouveau ses lèvres sur celles de Rachel et les retirant aussitôt par jeu. « Elles sont tantôt grises et tantôt mauves, tes prunelles. Une couleur trouble, pas franche. »

« Merci. » Elle riait et faisait virer ses yeux de droite et de gauche.

Lui, songeait, la contemplant : « Quinze jours... Il me semble qu'il y a des mois. Pourtant, je n'aurais pas pu dire la couleur de ses yeux. Et, de sa vie, qu'est-ce que je connais ? Vingt-six années vécues sans moi, dans un univers si différent du mien ! Vécues : c'est-à-dire pleines de choses, d'expériences. De choses mystérieuses, d'ailleurs, et que je commence à découvrir peu à peu... » Il ne s'avouait pas à lui-même tout le plaisir qu'il prenait à ces découvertes. Encore moins le lui laissait-il voir, à elle : il ne lui demandait jamais rien. Mais elle bavardait volontiers. Il l'écoutait, réfléchissait, rapprochait des détails, des dates, cherchait à comprendre, s'étonnait surtout, s'étonnait sans cesse, et s'appliquait à n'en rien montrer jamais. — Par dissimulation ? — Non. Mais, depuis si longtemps, son attitude devant les autres était de paraître savoir ! Il n'avait appris à interroger que ses malades. La curiosité, la surprise, étaient au nombre des sentiments que son orgueil l'avait habitué à masquer le mieux sous des airs entendus et attentifs.

« Tu me regardes aujourd'hui comme si tu ne me connaissais pas, dit-elle. Non, assez, laisse donc ! »

Elle s'impatientait. Elle avait fermé les yeux pour se dérober à cette investigation. Il voulut soulever les paupières avec ses doigts.

« Assez, non, c'est fini, je ne veux plus te laisser regarder dans mon regard, déclara-t-elle, pliant son bras nu devant ses yeux.

— Tu veux donc me cacher quelque chose, petit sphinx ? » Il baisa, depuis l'épaule jusqu'à l'attache du poignet, le beau bras luisant.

« Est-elle cachottière ? » se demanda-t-il. « Non... Une certaine réserve ; mais pas de cachotterie. Au contraire, elle se raconte avec plaisir. Elle devient même de jour en jour plus loquace... Parce qu'elle m'aime, songea-t-il, ravi, parce qu'elle m'aime ! »

Elle lui passa le bras autour du cou, l'attira une fois encore contre son visage, puis soudain, sur un ton sérieux :

« C'est vrai, tu sais : on n'imagine pas du tout ce qu'on peut laisser voir, rien que dans un regard ! » Elle se tut. Il entendit au fond de sa gorge ce petit rire silencieux qui lui échappait souvent lorsqu'elle évoquait le passé. « Tiens, je me rappelle : c'est par un regard, un simple regard, que j'ai découvert le secret d'un homme avec lequel je vivais depuis des mois. À table. Dans un restaurant, à Bordeaux. Nous étions l'un en face de l'autre. Nous causions. Nos yeux allaient et venaient de nos assiettes à nos visages, ou bien parcouraient rapidement la salle. Tout à coup — je n'oublierai jamais ça — j'ai surpris, mais à peine l'espace d'une seconde, j'ai saisi son regard qui se fixait derrière moi, avec une expression... C'était si fort que je me suis retournée d'un seul coup, malgré moi, pour voir...

— Eh bien ?

— Eh bien, c'est pour te dire, reprit-elle d'un autre ton, il faut se méfier de ses regards. »

Antoine fut sur le point d'insister : « Mais ce secret ? » Il n'osa pas. Il avait une peur extrême de paraître naïf en risquant des questions oiseuses ; deux ou trois fois déjà, il s'était hasardé à solliciter une explication de ce genre, et Rachel l'avait regardé, surprise, amusée, riant d'un petit air moqueur qui l'avait profondément humilié.

Il se tut donc. Ce fut elle qui reprit :

« Ça m'attriste, ces vieilles histoires... Embrasse. Encore. Mieux que ça. » Mais elle n'avait pas fini d'y songer, car elle ajouta : « D'ailleurs, quand je dis *son* secret, c'est *un de ses* secrets, que je devrais dire ! Avec ce bonhomme-là, on n'en aura jamais fini de tout découvrir. »

Et, pour échapper à ses souvenirs, peut-être aussi à l'interrogation muette d'Antoine, elle se détourna tout entière d'un mouvement si lent, si onduleux, que son corps semblait annelé.

« Es-tu souple ! dit-il, en la caressant comme on flatte une bête de sang.

— Vraiment ? Savez-vous que j'ai fait dix ans de classes à l'Opéra ?

— Toi ? À Paris ?

— Oui, monsieur. J'étais même premier sujet quand j'ai quitté.

— Il y a longtemps ?

— Six ans.

— Et pourquoi as-tu quitté ?

— Les jambes. » Son visage s'assombrit un instant. « Après ça, j'ai failli devenir écuyère, reprit-elle presque aussitôt. Dans un cirque. Ça t'étonne ?

— Non, déclara-t-il résolument. Dans quel cirque ?

— Oh ! pas en France. Dans un grand truc international que Hirsch, en ce temps-là, promenait à travers le monde. Tu sais, Hirsch, l'ami dont je t'ai parlé, le type qui est au Soudan égyptien. Il voulait tirer parti de mes dispositions ; mais je n'ai pas marché ! » Elle s'amusait, tout en parlant, à plier et à allonger l'une et l'autre de ses jambes, avec une dextérité retenue de gymnasiarque. « Une idée qu'il avait, poursuivit-elle, parce qu'il m'avait fait faire un peu de voltige, autrefois à Neuilly. J'adorais ça. Nous avions des chevaux superbes, et dame ! on en profitait.

— Vous habitiez Neuilly ?

— Pas moi. Lui. Il était propriétaire du manège de Neuilly, à cette époque-là. Il a toujours eu la passion des chevaux. Moi aussi. Et toi ?

— Je monte un peu », dit-il en se redressant. « Mais les occasions m'ont manqué. Le temps aussi.

— Moi, des occasions, j'en ai eu. Quelques-unes ! Nous sommes restés une fois vingt-deux jours en selle !

— Où ça ?

— En plein bled, au Maroc.

— Tu as été au Maroc ?

— Deux fois. Hirsch vendait d'anciens fusils Gras aux harkas du Sud. Une vraie expédition. Un jour, notre douar a été attaqué pour de bon. On s'est battu une nuit et un jour... non, une nuit entière, sans rien voir, c'était effrayant, et toute la matinée du lendemain. C'est rare qu'ils attaquent de nuit. Ils nous ont tué dix-sept porteurs et ils en ont blessé plus de trente. Je me couchais entre les caisses à chaque fusillade. Mais j'ai tout de même écopé un peu.

— Écopé ?

— Oui, dit-elle en riant. « Un rien, une éraflure. » Elle désignait, sous les côtes, au pli de la taille, une cicatrice soyeuse.

« Pourquoi m'as-tu dit que tu avais fait une chute de voiture ? demanda Antoine, qui ne souriait pas.

— Oh ! fit-elle avec un haussement d'épaules, c'était notre premier jour. Tu aurais cru que je voulais me rendre intéressante. »

Ils se turent.

« Elle est donc capable de me mentir ? » se dit Antoine.

Les yeux de Rachel devinrent rêveurs, puis brillèrent à nouveau, mais d'une lueur haineuse qui s'éteignit très vite :

« Il s'imaginait que je le suivrais partout et toujours. Il se trompait. »

Antoine éprouvait une satisfaction trouble, chaque fois qu'elle lançait vers son passé ce regard de rancune. Il avait envie de lui dire : « Reste avec moi. Toujours. » Il mit sa joue contre la cicatrice et s'y attarda. Son oreille, professionnelle malgré lui, suivait au fond de la poitrine sonore le moelleux va-et-vient vésiculaire, et percevait, lointain mais net, le tic-tac généreux du cœur. Ses narines palpitèrent. Dans la chaleur du lit, le corps entier de Rachel exhalait la même senteur que sa chevelure, mais plus discrète et comme nuancée : une odeur enivrante et fade, avec des pointes poivrées ; un relent de moiteur, qui faisait songer aux arômes les plus disparates, au beurre fin, à la feuille de noyer, au bois blanc, aux pralines à la vanille ; moins une odeur, à tout prendre, qu'un effluve, ou même qu'une saveur ; car il en restait comme un goût d'épices sur les lèvres.

« Ne me parle plus de tout cela, reprit-elle, et passe-moi une cigarette... Non : les nouvelles, sur la petite table... C'est une amie qui me les fabrique : il y a un peu de thé vert mêlé au maryland ; ça sent le feu de feuilles, le campement dehors, je ne sais quoi, l'automne et la chasse ; tu sais, ce parfum de la poudre, quand on a tiré sous bois, et que la fumée se dissipe mal dans le brouillard ? »

Il s'étendit de nouveau le long d'elle, dans les spirales du tabac. Ses mains caressaient le ventre de Rachel, lisse et d'une blancheur presque phosphorescente, à peine rosée ; un ventre spacieux, comme une vasque creusée au tour. Elle avait conservé, de ses voyages sans doute, l'habitude des onguents orientaux, et cette chair de femme gardait la fraîcheur, la netteté impubère d'un corps d'enfant.

« *Umbilicus sicut crater eburneus* », murmura-t-il, citant de mémoire et tant bien que mal un passage de ce *Cantique des Cantiques* qui l'avait si fort troublé vers sa seizième année. « *Venter tuus sicut...* euh... *sicut cupa !*

— Qu'est-ce que ça veut dire ? » demanda-t-elle, se relevant à demi. « Attends, laisse-moi deviner. *Culpa*, je sais : *mea culpa ;* ça veut dire faute, péché. Hein ? *Ton ventre est un péché ?* »

Il éclata de rire. Depuis qu'il vivait près d'elle, il ne refoulait plus sa gaieté.

« Non : *cupa... Ton ventre est pareil à une coupe* », rectifia-t-il, en appuyant la tête sur le flanc de Rachel. Et continuant ses citations approximatives : « *Quam pulchræ sunt mammæ tuæ, soror mea !* Qu'ils sont beaux tes seins, ô ma sœur ! *Sicut duo* (je ne sais plus quoi) *gemelli qui pascuntur in liliis!* Comme deux petites chèvres broutant parmi les lis ! »

Elle les soulevait tour à tour avec sollicitude et les considérait avec un sourire attendri, comme une couple de petits animaux fidèles.

« C'est très rare, les pointes roses, franchement roses, roses comme des boutons de pommier, affirma-t-elle avec le plus grand sérieux. Toi, un médecin, tu as dû remarquer ça ? »

Il répondit :

« Ma foi, c'est vrai. Un épiderme sans granulation pigmentaire. Du blanc, du blanc, et puis des ombres roses. » Fermant les yeux, il se blottit le plus près possible d'elle. « Ah ! tes épaules... », reprit-il, d'une voix somnolente. « J'ai horreur des petites épaules frileuses des trottins.

— Vrai ?

— Ces rondeurs dodues... Ces beaux plis fermes... Cette chair de savon... J'aime ça. Ne bouge plus. Je suis bien. »

Et tout à coup un souvenir très pénible le cingla. « Chair de savon... » C'était peu de jours après l'accident de Dédette, un soir qu'il avait voyagé avec Daniel en revenant de Maisons. Ils étaient seuls dans leur compartiment, et Antoine, qui ne pouvait penser à autre chose qu'à Rachel, cédant aussi au plaisir de pouvoir enfin conter une aventure à ce connaisseur, n'avait pu se retenir, durant le trajet, de faire à Daniel un récit de la tragique veillée : l'opération *in extremis*, l'attente anxieuse au chevet de la petite, puis son désir subit de la belle fille rousse endormie contre lui sur le divan ; et il avait employé ces mêmes termes : « rondeurs dodues... chair de savon... » Mais il n'avait pas osé raconter la suite ; et — lorsqu'il en était venu au moment où, descendant à l'aube l'escalier des Chasle, il avait aperçu, ouverte, la porte de

Rachel — il avait ajouté, moins par discrétion que par un stupide souci de donner au jeune homme une preuve de sa volonté : « M'attendait-elle ? Devais-je profiter des circonstances ?... Ma foi, j'ai pris sur moi, j'ai fait semblant de ne pas voir, et j'ai passé. Qu'est-ce que vous auriez fait à ma place ? » Alors Daniel, qui jusque-là avait écouté en silence, l'avait dévisagé, et lui avait assené ceci : « J'aurais fait exactement comme vous — menteur ! »

Antoine avait encore dans l'oreille le ton de la voix de Daniel, gouailleur, sceptique, blessant, mais où restait cependant juste assez de bonhomie pour qu'il fût impossible de le prendre mal. Et ce souvenir, chaque fois, le piquait à vif. Menteur... C'était vrai que, parfois, il lui arrivait de mentir : ou, plus exactement, d'avoir menti.

« Rondeur dodue... », songeait de son côté Rachel.

« Je vais peut-être devenir une grosse dame, dit-elle. Les juives, tu sais... Mais ma mère ne l'était pas, je ne suis qu'une demi-portion de yiddish. Ah ! si tu m'avais connue il y a seize ans, quand je suis entrée dans la classe préparatoire ! Une vraie petite souris rousse... »

Avant qu'il eût pu la retenir, elle avait glissé hors du lit.

« Qu'est-ce qui te prend ?

— Une idée.

— On prévient.

— Mieux vaut pas », fit-elle, riant, et échappant au bras tendu.

« Loulou... Viens dormir !, murmura-t-il d'une voix fléchissante.

— Fini dodo. On met les housses », dit-elle, en enfilant son peignoir.

Elle courut à son secrétaire, l'ouvrit, prit un tiroir

plein de photographies, et revint s'asseoir au bord du lit, le tiroir sur ses genoux joints.

« J'adore ça, les vieilles photos. Souvent, le soir, je prends le tas, je me couche avec, et, pendant des heures, je remue ça, je pense... Reste tranquille... Tiens, regarde. Ça ne t'ennuie pas ? »

Antoine, ramassé derrière elle en chien de fusil, se redressa, intrigué, et s'accouda confortablement. Il voyait de profil le visage de Rachel penché vers les photos, un visage assagi, où les cils, abaissés sur la joue, bordaient d'un trait de gomme-gutte la boutonnière mince de l'œil. La chevelure, relevée en hâte, et qu'il apercevait à contre-jour, ressemblait à un casque de soie floche, presque orangée ; mais, dès qu'elle agitait la tête, sur le coin de la tempe et sur la nuque, des étincelles semblaient crépiter.

« La voilà, celle que je cherchais. Tu vois, cette petite danseuse ? C'est moi. J'ai même dû me faire attraper, ce jour-là, pour avoir chiffonné les volants de mon tutu, en les écrasant comme ça contre le mur. Crois-tu ? Ces cheveux sur les épaules, ces coudes pointus, et ce corsage plat, à peine échancré. J'avais pas l'air gai, hein ? Et là, tiens, j'étais déjà en troisième année : les mollets devenaient meilleurs. Ça, c'est la classe. Tu nous vois à la barre ? M'as-tu trouvée, seulement ? Oui, c'est ça. Et celle-ci, c'est Louise. Ça ne te dit rien ? Eh bien, c'est la fameuse Phytie Bella, qui a fait ses classes avec moi, et qui, dans ce temps-là, s'appelait Louise tout court. Même Louison. On se disputait les places. Moi aussi, je serais peut-être première étoile aujourd'hui, sans mes phlébites... Tiens, veux-tu voir Hirsch ? Ah ! ça t'intéresse, ça ? Le voilà. Comment le trouves-tu ? Tu ne le croyais pas si âgé, je suis sûre ? Mais il porte gaillardement sa cinquantaine, je te promets. L'horrible homme ! Regarde son cou, cette nuque énorme, engoncée dans les épaules : quand il tourne la tête, tout le reste vient avec. À le voir, au premier abord on dirait je ne sais quoi : un maquignon, en entraîneur. N'est-ce pas ? Sa fille lui disait toujours : "Milord, tu as l'air d'un marchand d'esclaves." Ça le faisait rire, lui ; de son gros rire en dedans. Regarde tout de même son crâne, ce nez large et busqué, le pli de sa bouche. Il est laid, mais ce n'est pas n'importe qui. Et les yeux ! Il aurait encore plus l'aspect d'une brute, s'il n'avait pas cette sorte d'yeux-là : je ne sais comment dire. A-t-il l'air sûr de lui, prêt à tout, violent ? Hein ? Violent et sensuel ? Ah ! s'il aime la vie, celui-là ! J'ai beau le détester, on a envie de dire comme pour certains dogues, tu sais : "Il est beau de laideur." Tu ne trouves pas, toi ?... Tiens : papa ! Papa au milieu de ses ouvrières. Il était toujours comme ça, en manches de chemise, avec sa barbiche blanche, ses ciseaux pendus. Il vous faisait un costume avec trois chiffons et quatre épingles. C'est pris dans son atelier, ça. Tu vois les mannequins drapés, au fond, et les maquettes sur le mur ? Il était devenu costumier de l'Opéra, il ne travaillait plus pour d'autres. Mais tu peux encore demander aux gens de l'Opéra ce qu'on pensait du père Gœpfert. Quand il a fallu enfermer ma mère, qu'il est resté seul avec moi, il a espéré que je travaillerais avec lui, pauvre vieux ; qu'il pourrait me laisser sa boîte. Ça rapportait beaucoup d'argent. La preuve, c'est que je peux vivre sans rien faire. Mais tu sais ce que c'est, une gosse qui voyait toujours l'atelier plein d'actrices ! Je n'avais qu'une idée : être danseuse. Il m'a laissée faire. Il m'a remise lui-même entre les mains de la mère Staub. Et, quand il a vu que ça marchait, il a été content. Il me parlait souvent de mon avenir. S'il me voyait aujourd'hui, le pauvre vieux, devenue n'importe qui ! Ah ! tu sais, j'ai pleuré quand il m'a fallu lâcher tout. Les femmes, en général, elles n'ont pas d'ambition, elles se laissent vivre. Mais nous, au théâtre, on se cramponne pour arriver, on lutte, et on prend vite goût à cette lutte ; au moins autant qu'au succès. Alors, ça paraît affreux, quand il faut renoncer, vivre comme tout le monde, ne plus avoir d'avenir devant soi !... Tiens, ça, ce sont des photos de voyages. En vrac. Ça, c'est un déjeuner que nous avons fait, je ne sais plus où, dans les Karpates. Hirsch était venu chasser. Tu vois, il avait laissé pousser de grandes moustaches tombantes, il avait l'air d'un sultan. Le prince l'appelait toujours Mahmoud. Tu vois le type basané, debout, derrière moi ? C'est le prince Pierre, qui est devenu roi de Serbie. Il m'avait donné ces deux lévriers blancs, qui sont couchés au premier plan : couchés comme toi, tout à fait comme toi... Et celui-là qui rit, tu ne trouves pas qu'il me ressemble ? Regarde bien. Non ? C'est pourtant mon frère. Oui, c'est lui. Il était brun comme papa, tandis que moi je suis blonde comme ma mère... — enfin blonde, blond ardent, quoi ! Es-tu bête ! Rousse, là, si tu veux. Mais, moralement, c'est moi qui tenais de papa, et c'est mon frère qui avait des ressemblances avec ma mère. Tiens : dans celle-là, on le voit encore mieux... De ma mère, je n'ai aucune photo, rien ; papa a tout détruit. Il ne m'en parlait jamais. Et jamais il ne m'a emmenée à Sainte-Anne. Pourtant, lui, il y allait deux fois par semaine, et ça, durant neuf années, sans manquer une fois. Les gardiennes me l'ont raconté depuis. Il s'asseyait devant ma mère, et il restait avec elle une heure, quelquefois davantage. Pour rien, puisqu'elle ne le reconnaissait pas ; ni lui ni personne. Mais il l'adorait. Il était beaucoup plus vieux qu'elle. Il ne s'est jamais remis de ces histoires. Je me rappelle très bien le soir où on est venu chercher papa à l'atelier parce que ma mère avait été arrêtée. Oui, au Louvre. Elle avait volé de la bonneterie à l'étalage. Crois-tu, Mme Gœpfert, la costumière de l'Opéra ! On a trouvé dans son manchon des chaussettes d'homme, un tricot d'enfant ! On l'a relâchée tout de suite, on a dit qu'elle était cleptomane. Tu connais bien ça, toi ? C'était sa maladie qui commençait... Eh bien, mon frère tenait beaucoup d'elle. Il a eu des histoires terribles, des histoires de banque. Hirsch s'en est mêlé. Mais il serait devenu comme elle, un jour ou l'autre, sans son accident... Ça, non laisse. Laisse donc ! Puisque je t'affirme que ce n'est pas moi ! C'est... une petite filleule. Qui est morte... Regarde plutôt ça. C'est... c'est aux portes... de Tanger... Non, fais pas attention, mon Minou, c'est fini, tu vois, je ne pleure plus... La plaine de Boubana : le campement de la mehalla de Si Guebbas. Et ça, c'est moi, près du marabout de Sidi-bel-Abbès. Tu vois Marrakech dans le fond ?... Tiens, ça, c'est à côté de Missoum-Missoum, ou bien de Dongo, je ne sais plus. Ce sont deux chefs Dzems. J'ai eu du mal à les prendre. Des anthropophages. Mais oui, ça existe encore... Ah ! ça, c'est horrible. Tu ne vois rien ? Mais si, là, ce petit tas de pierres. Tu vois maintenant ? Eh bien, il y a une femme là-dessous. Lapidée ! C'est horrible. Figure-toi une brave femme que son mari a abandonnée, sans raison, pendant trois ans. Il avait disparu. Elle l'a cru mort, elle s'est remariée. Et, deux ans après ce mariage, il est revenu. La bigamie, dans ces tribus-là, c'est un crime inouï. Alors, on l'a lapidée... Hirsch m'avait forcée à venir de Méched, exprès pour voir ça ; mais je me suis sauvée au diable, à cinq cents mètres. J'avais vu la femme traînée dans le village, le matin du supplice ; ça m'avait déjà rendue malade. Lui, il a tout regardé, il avait voulu être au premier rang... Écoute : il paraît qu'on avait creusé un trou, une fosse très profonde. Et puis, on a amené la femme. Et elle s'y est couchée, d'elle-même, sans dire un mot. Crois-tu ? Elle ne disait rien, mais la foule hurlait : je les entendais crier la mort, j'étais pourtant loin... C'est leur grand-prêtre qui a commencé. Il a d'abord lu la sentence. Et puis, le premier, il a pris un énorme moellon, et il l'a lancé de toutes ses forces dans le trou. Hirsch m'a dit qu'elle n'avait pas crié. Mais ça a déchaîné la foule. Il y avait de gros tas tout préparés, chacun puisait dedans et lançait des blocs de pierre dans le trou. Hirsch m'a juré que, lui, il n'en avait pas jeté. Quand la fosse a été comblée (et même, tu vois, par-dessus bord), ils l'ont piétinée en poussant de grands cris, et puis tout le monde est parti. Alors Hirsch m'a forcée à revenir pour prendre ce cliché, parce que c'est moi qui avais l'appareil. Il a bien fallu que je vienne... Tiens, rien que d'y penser, tu vois si le cœur me saute. Elle était là-dessous... Morte — probablement... Ah ! non, pas ça, pstt ! »

Antoine qui avançait sa tête par-dessus l'épaule de Rachel n'eut pas le temps de distinguer autre chose qu'un enchevêtrement de membres nus. Rachel lui avait brusquement appliqué la main sur les yeux ; et la chaleur de cette paume contre ses paupières lui rappela, un peu moins crispé mais exactement le même, le geste qu'elle faisait à l'instant de son plaisir, pour dérober à son amant la vue de son visage pâmé. Il se débattit en jouant. Mais elle s'était levée d'un bond, serrant contre son peignoir une poignée de photographies liées ensemble.

Elle courut au secrétaire, et, riant, glissa la liasse dans un tiroir qu'elle ferma d'un tour de clef...

« D'abord, ça n'est pas à moi », dit-elle. « Je n'ai pas le droit d'en disposer.

— À qui sont-elles ?

— À Hirsch. »

Elle revint s'asseoir auprès d'Antoine :

« Tu vas être sage, maintenant, tu promets ? On continue. Ça ne t'ennuie pas ?... Tiens : ça, c'est encore une expédition... Une expédition à ânes dans les bois de Saint-Cloud. Tu vois, on commençait à porter des manches kimono. Ce qu'il était chic, mon petit costume !... »

X

« Je me mens sans cesse, pensait Mme de Fontanin, si j'étais franche avec moi-même, je n'espérerais plus rien. »

Debout près d'une des fenêtres du salon, elle suivit un moment des yeux, sans soulever le rideau de tulle, les allées et venues, dans le jardin, de Jérôme, Daniel et Jenny.

« Comme les êtres les plus droits peuvent vivre à l'aise dans le mensonge ! » se dit-elle. Mais, de même qu'il lui arrivait souvent de ne pouvoir s'empêcher de sourire, de même elle ne pouvait empêcher son bonheur de monter par moments en elle, comme un flot.

Elle quitta la croisée et vint sur la terrasse. C'était l'heure où les yeux se fatiguent à vouloir discerner les contours ; le ciel était moiré, et de pâles étoiles y paraissaient déjà. Mme de Fontanin s'assit. Ses regards errèrent un instant sur l'horizon familier. Elle soupira. Elle savait bien que Jérôme ne continuerait pas à vivre auprès d'elle, comme il faisait depuis deux semaines : elle savait bien que ce foyer retrouvé serait, une fois de plus, éphémère ! Est-ce que, dans l'attitude même de Jérôme à son égard, dans sa tendresse empressée, elle ne retrouvait pas, avec un plaisir mêlé de crainte, celui qu'il avait toujours été ? N'était-ce pas une preuve qu'il n'avait pas changé, et qu'il s'en irait bientôt, ainsi qu'il avait toujours fait ? Déjà, il n'était plus le Jérôme vieilli, prostré qu'elle avait ramené de Hollande, et qui s'accrochait à elle comme un naufragé. Déjà, malgré les airs d'enfant puni qu'il prenait dès qu'il était seul avec elle, malgré les soupirs résignés et dignes qu'il laissait échapper dès qu'il se souvenait de son deuil, déjà il avait sorti de sa malle des costumes d'été, et pris, à son insu, une mine rajeunie. Ce matin même, lorsque avant le déjeuner elle lui avait dit : « Allez donc chercher Jenny au club, cela vous promènera un peu », il avait fait semblant de céder avec indifférence à son conseil ; mais il s'était levé sans se faire prier et, peu après, elle l'avait vu sortir d'un pas rapide, en pantalon de flanelle blanche, la taille redressée dans un veston clair ; même, elle l'avait surpris cueillant au passage un brin de jasmin pour sa boutonnière.

À ce moment, Daniel s'aperçut que sa mère était seule et vint la rejoindre. Depuis le retour de son mari, Mme de Fontanin se sentait un peu gênée devant son fils. Daniel n'était pas sans l'avoir remarqué : aussi multipliait-il ses visites à Maisons et s'efforçait-il d'être plus attentionné que jamais, désirant ainsi faire entendre qu'il devinait bien des choses et ne désapprouvait rien.

Il s'allongea dans un fauteuil de toile, très bas, un fauteuil qu'il affectionnait, et il sourit à sa mère en allumant une cigarette. (Comme il avait les mains, les gestes de son père !)

« Tu ne repars pas ce soir, mon grand ?

— Mais si, maman. J'ai un rendez-vous de bonne heure, demain. »

Il se mit à parler de ses travaux, ce qu'il faisait rarement : il préparait pour la rentrée un numéro de *L'Éducation esthétique*, consacré aux plus jeunes écoles de peinture en Europe, et le choix de nombreuses reproductions, qui devaient illustrer le texte, l'amusait fort. Puis la conversation tomba.

Le silence était plein des murmures du soir, que dominait, sous la terrasse, le crissement des grillons dans le saut de loup de la forêt ; un goût d'aromates brûlés passait par moments dans le souffle qui traversait les sapins et qui faisait bruire sur le sable les feuilles fibreuses et les écorces des platanes. Une chauve-souris vint, de son battement d'ailes précipité et mou, frôler les cheveux de Mme de Fontanin ; celle-ci ne put retenir un léger cri.

« Seras-tu là, dimanche ? demanda-t-elle.

— Oui je viendrai demain pour deux jours.

— Tu devrais inviter ton ami à déjeuner... Je l'ai justement rencontré hier, dans le village. » Elle ajouta, — un peu parce qu'elle le pensait réellement, un peu parce qu'elle attribuait à Jacques les qualités qu'elle croyait remarquer chez Antoine, un peu aussi pour faire plaisir à Daniel — : « Quelle nature sincère et généreuse ! Nous avons fait un long bout de chemin ensemble. »

Le visage de Daniel s'assombrit. Il se rappela l'étrange surexcitation de Jenny, le soir de la promenade en forêt avec Jacques.

« Petite âme mal poussée, mal partie, sans équilibre », songea-t-il avec chagrin ; « trop mûrie par la réflexion, la solitude, les lectures... Et tellement ignorante de la vie ! Qu'y puis-je ? Elle se défie un peu de moi, maintenant. Si seulement elle avait une santé solide : mais des nerfs de petite fille ! Et ce romantisme ! Ce besoin de se croire incomprise, ce perpétuel refus de s'expliquer ! Un orgueil silencieux qui envenime tout ! À moins que ce ne soit un reste de l'âge ingrat ? »

Il changea de siège, vint s'asseoir plus près de sa mère, et, par acquit de conscience :

« Dis-moi, maman, tu n'as rien remarqué dans l'attitude de Jacques avec vous ? Avec Jenny ?

— Avec Jenny ? » répéta Mme de Fontanin. Ces deux mots, jetés par Daniel, cristallisaient soudain en elle une inquiétude latente. Une inquiétude ? Moins que cela peut-être : une de ces impressions flottantes dont son extrême sensibilité avait enregistré le message sans le bien traduire. Alors l'angoisse l'étreignit ; un élan de ferveur éleva son cœur vers l'Esprit : « Ne nous abandonne pas ! » pria-t-elle.

Les promeneurs revenaient.

« Vous ne mettez rien sur vous, Amie ? s'écria Jérôme. Méfiez-vous, il fait bien moins chaud ce soir que les autres jours. »

Il pénétra dans le vestibule et revint avec une écharpe dont il enveloppa les épaules de sa femme. Puis, s'apercevant que Jenny traînait sur le sable la chaise longue d'osier où elle avait ordre de s'étendre après les repas, et qui était restée sous les platanes, il s'empressa d'accourir à son aide, et de l'installer.

Il avait eu quelque peine à apprivoiser cet oiseau farouche. Jenny avait vécu, toute son enfance, si près de sa mère, qu'elle avait subi le contrecoup des souffrances maternelles, et qu'elle avait, très jeune, porté sur son père un jugement sans indulgence. Mais Jérôme, ravi de retrouver une Jenny transformée, presque une femme, avait multiplié les prévenances et déployé auprès d'elle ses plus délicates séductions, avec tant de bonne grâce et de discrétion à la fois, que la jeune fille n'y était pas demeurée insensible.

Aujourd'hui, vraiment, le père et la fille avaient causé sans prévention, comme deux amis, et Jérôme en était encore tout remué.

« Vos roses embaument, ce soir, Amie », déclara-t-il en s'abandonnant au va-et-vient d'un fauteuil à bascule ; « les *Gloire de Dijon* du pigeonnier ne sont qu'une fleur. »

Daniel s'était levé.

« C'est l'heure », dit-il ; et s'approchant de sa mère, il l'embrassa sur le front.

Elle prit à deux mains le visage du jeune homme, le considéra un instant de près, et murmura :

« Mon grand fils !

— Eh bien, je t'accompagne jusqu'à la gare », proposa Jérôme. Sa promenade du matin l'incitait à s'évader un peu de ce jardin où il avait vécu deux semaines cloîtré. « Tu ne viens pas, Jenny ?

— Je vais rester avec maman.

— Tiens, passe-moi une cigarette », dit Jérôme en prenant le bras de Daniel. (Depuis son retour, ne voulant pas sortir pour acheter du tabac, il s'était privé de fumer.)

Mme de Fontanin accompagna du regard les deux hommes qui s'éloignaient. Elle entendit la voix de Jérôme qui demandait :

« Crois-tu que je trouverai du tabac d'Orient à la gare ? » Puis ils disparurent dans l'ombre des sapins.

Jérôme serrait contre lui le bras de ce bel adolescent qui était son fils. Quelle attraction tout être jeune exerçait sur lui ! Mais quelle attraction empoisonnée de regrets ! C'était sa souffrance de chaque jour depuis qu'il était à Maisons : la vue de Jenny éveillait en lui, à tout instant, la nostalgie de sa propre jeunesse. Ce matin encore, au tennis, comme il avait souffert ! Tous ces jeunes gens et ces jeunes filles au regard clair, échevelés par le jeu, le col dégrafé, et les vêtements en désordre sans que rien pût altérer le charme triomphant de leur jeunesse ; tous ces corps flexibles, baignés de soleil, et dont la transpiration même était fraîche et répandait un parfum de santé ! Ah ! pendant les dix minutes qu'il avait passées là comme il avait cruellement mesuré la disqualification de l'âge ! Comme il avait eu honte et horreur de cette lutte quotidienne qu'il lui fallait maintenant mener contre lui-même, contre les flétrissures, la malpropreté, l'odeur de la vieillesse ! contre tous les signes avant-coureurs de cette décomposition finale, déjà commencée en lui ! Et, comparant sa démarche engourdie, son souffle hâtif, ses efforts pour être encore alerte, aux foulées élastiques de son fils, il quitta brusquement le bras de celui-ci, et ne put retenir un cri d'envie :

« Que je voudrais avoir tes vingt ans, mon petit ! »

Mme de Fontanin n'avait pas protesté lorsque Jenny avait déclaré qu'elle voulait lui tenir compagnie.

« Tu as l'air fatiguée, ma chérie ? » lui dit-elle, quand elles furent seules. « Ne veux-tu pas monter te coucher ?

— Bah ! fit Jenny, les nuits sont déjà assez longues.

— Tu ne dors pas bien, en ce moment ?

— Pas très.

— Pourquoi donc, ma chérie ? »

L'accent que Mme de Fontanin avait donné à ces mots dépassait leur sens courant. Jenny, surprise, regarda sa mère, et elle comprit, à l'instant, que celle-ci avait une arrière-pensée et souhaitait une explication. D'instinct, elle résolut de s'y soustraire ; non qu'elle fût dissimulée, mais elle ne se livrait pas, dès qu'on paraissait l'y engager.

Mme de Fontanin était inhabile à feindre : elle s'était tournée vers sa fille et la considérait franchement à travers les cendres du soir, espérant faire céder sous la tendresse de son regard ce roidissement de Jenny, qui mettait tant de distance entre elles.

« Puisque nous sommes seules, ce soir », reprit-elle avec une légère insistance, qui sembla demander pardon à l'enfant de la perturbation que le retour paternel avait jetée dans leur intimité, « il y a une chose dont je voudrais te parler, ma chérie... Il s'agit de ce petit Thibault, que j'ai rencontré hier... » Elle s'arrêta : elle avait été sans détours jusqu'au seuil du sujet, et ne savait comment aller plus loin ; mais la sollicitude de sa pose penchée prolongeait sa phrase et précisait l'interrogation.

Jenny ne répondit pas, et Mme de Fontanin, redressant peu à peu le buste, se mit à regarder devant elle le jardin qu'envahissait la nuit.

Cinq minutes passèrent.

Le vent fraîchissait. Mme de Fontanin crut remarquer que Jenny avait frissonné.

« Tu vas prendre froid, rentrons », dit-elle.

Sa voix avait retrouvé son timbre habituel. Elle venait de réfléchir : à quoi bon insister ? Elle était heureuse d'avoir parlé, sûre d'avoir été comprise, confiante en l'avenir.

Elles se levèrent, traversèrent le vestibule sans échanger d'autre parole, et s'engagèrent dans l'escalier, où l'obscurité était presque complète. Mme de Fontanin, qui montait la première, s'arrêta sur le palier devant la porte de Jenny, pour embrasser sa fille, comme chaque soir. Bien qu'elle ne distinguât pas le visage de la jeune fille, elle sentit sous son baiser l'insurrection de ce corps contracté, et retint une minute la joue de l'enfant contre la sienne, geste de compassion, qui provoqua chez Jenny un mouvement de résistance. Mme de Fontanin s'écarta avec douceur et continua son chemin vers sa chambre. Cependant elle s'aperçut que Jenny, au lieu d'ouvrir sa porte pour entrer chez elle, la suivait, et, au même instant, elle l'entendit derrière elle qui s'écriait tout d'une haleine et sur un ton exalté :

« Tu n'as qu'à être plus froide avec lui, maman, si tu trouves qu'il vient trop souvent !

— Qui donc ? » fit Mme de Fontanin, se retournant. « Jacques ? Trop souvent ? Mais voilà plus de quinze jours que je ne l'ai vu ici ! »

(En effet, ayant appris par Daniel l'arrivée de M. de Fontanin et le bouleversement causé de ce fait dans leur vie de famille, Jacques avait tenu, par discrétion, à ne pas reparaître chez eux.) D'autre part, comme Jenny se rendait beaucoup moins régulièrement au club, qu'elle évitait Jacques le plus possible et attendait souvent qu'il fût engagé dans une partie pour s'esquiver sans presque lui avoir parlé, les deux jeunes gens s'étaient fort peu rencontrés depuis une quinzaine.

Jenny était délibérément entrée dans la chambre de sa mère ; elle avait refermé la porte et se tenait debout, muette, dans une attitude intrépide.

Mme de Fontanin eut grand-pitié d'elle, et ne songea qu'à faciliter la confidence :

« Je t'assure, ma chérie, que je ne vois pas bien ce que tu veux dire.

— Pourquoi aussi Daniel a-t-il amené ces Thibault chez nous ?, articula Jenny avec feu. Tout ça ne serait pas arrivé sans l'incompréhensible amitié de Daniel pour ces gens-là !

— Mais qu'est-il arrivé, ma chérie ? » demanda Mme de Fontanin, dont le cœur battait plus fort.

Jenny se cabra :

« Il n'est rien arrivé, ce n'est pas ça que j'ai voulu dire ! Mais si Daniel, et toi, maman, si vous n'aviez pas toujours attiré ces Thibault à la maison, je ne... je... » Et sa voix se rompit net.

Mme de Fontanin rassembla son courage :

« Voyons, ma chérie, explique-moi. Est-ce que tu as cru remarquer de la part de... un... un sentiment particulier ? »

Jenny n'avait même pas attendu la fin de la question pour abaisser la tête en un signe d'affirmation. Elle revit le jardin plein de lune, la petite porte, sa silhouette sur le mur, le geste outrageant de Jacques ; mais le souvenir de cette seconde terrible qui jour et nuit l'obsédait encore, elle était bien résolue à le taire, comme si, en le conservant ainsi enfermé dans son cœur, elle se fût réservé la liberté de s'en faire un sujet d'horreur ou simplement d'émoi.

Mme de Fontanin sentait l'heure décisive et ne voulait pas laisser Jenny se murer à nouveau dans son silence. La pauvre femme s'appuyait d'un bras tremblant à la table qui se trouvait derrière elle et se penchait de tout le corps vers Jenny, dont elle entrevoyait le visage, à peine éclairé par la fenêtre ouverte.

« Ma chérie, reprit-elle, cela ne deviendrait grave que si tu... que si, toi aussi, tu... »

Cette fois, ce fut un signe négatif, répété plusieurs fois avec opiniâtreté, et Mme de Fontanin, délivrée d'une anxiété atroce, soupira.

« J'ai toujours détesté ces Thibault ! » cria tout à coup Jenny d'une voix que sa mère ne lui connaissait pas. « L'aîné est une espèce de brute vaniteuse, et l'autre...

— Ce n'est pas vrai, interrompit Mme de Fontanin, dont le visage s'empourpra dans l'ombre.

— ... et l'autre a toujours été le mauvais démon de

Daniel ! » continua Jenny, reprenant un ancien grief dont elle avait elle-même depuis longtemps fait justice. « Ah ! maman, ne les défends pas : tu ne peux pas les aimer, ce sont des gens trop différents de toi ! Je t'assure maman, je ne me trompe pas : ce ne sont pas des gens de notre espèce ! Ils sont... Je ne sais pas... Même quand ils ont l'air de penser comme nous, il ne faut pas s'y laisser prendre : c'est toujours d'une autre façon, et pour d'autres motifs ! Ah ! c'est une race... » Elle hésita : « Exécrable ! » lança-t-elle enfin. « Exécrable ! » Et, entraînée par le désordre de ses pensées, elle poursuivit, tout d'un trait : « Je ne veux rien te cacher, maman. Non, jamais. Eh bien, quand j'étais petite, je crois que j'ai eu un vilain sentiment... une espèce de jalousie contre Jacques. Je souffrais de voir Daniel entiché de ce garçon ! Je me disais : Il n'est pas digne de lui ! Un égoïste, un orgueilleux ! Et bourru, taquin, mal élevé ! Rien que son aspect physique, sa bouche, sa mâchoire... Je cherchais à ne pas penser à lui ! Mais je ne pouvais pas : il m'avait toujours lancé quelque chose de blessant, que je me rappelais, qui me mettait en colère ! Il venait tout le temps à la maison : on aurait dit qu'il faisait exprès de s'occuper de moi !... Mais ça, c'était autrefois. Je ne sais pas pourquoi j'y reviens toujours... Depuis ce temps-là, je l'ai observé de plus près. Cette année surtout. Ce mois-ci. Et maintenant je le juge autrement. Je tâche d'être juste. Je vois bien ce qu'il y a, malgré tout, de bon en lui. Je vais même te dire une chose, maman : j'ai cru, plusieurs fois, oui, plusieurs fois, que moi aussi, sans m'en rendre compte, je... j'étais comme attirée... Mais non, non ! Ce n'est pas vrai ! Tout, en lui, m'est antipathique ! Presque tout ! »

Mme de Fontanin concéda :

« Jacques, je ne sais pas. Tu as eu mieux que moi

l'occasion de le juger. Pour ce qui est d'Antoine, en revanche, je peux t'affirmer...

— Mais, interrompit la jeune fille avec vivacité, pour Jacques je n'ai pas dit... je n'ai jamais nié qu'il ait, lui aussi, de très grandes qualités ! » Elle avait peu à peu changé de ton, et parlait posément. « D'abord, tout ce qu'il dit montre qu'il est très intelligent. Je le reconnais. Je vais même plus loin : son caractère n'est pas pervers ; il est capable, non seulement de sincérité, mais d'élévation, de noblesse. Tu vois, maman, que je ne suis pas montée contre lui ! Et ce n'est pas tout : je crois », ajouta-t-elle, pesant ses mots avec gravité, tandis que Mme de Fontanin, surprise, l'examinait avec attention, « je crois qu'il est appelé à une haute, peut-être à une très haute destinée ! Ainsi, tu vois que je tâche d'être juste ! Je suis même presque sûre maintenant que cette force qui est en lui, eh bien, c'est ça qu'on appelle le génie : oui, parfaitement, le génie ! » répéta-t-elle sur un ton quasi provocant, bien que sa mère ne parût pas songer à la contredire.

Puis tout à coup, avec une violence désespérée, elle cria :

« Mais tout ça n'empêche rien. Il a la nature d'un Thibault ! C'est un Thibault ! Et je les hais ! »

Mme de Fontanin demeura un instant muette, frappée de stupeur.

« Mais... Jenny... ! » murmura-t-elle enfin.

Et Jenny reconnut dans l'intonation de sa mère cette même pensée qu'elle avait lue si clairement dans le regard de Daniel. Alors, comme une enfant, elle se précipita vers Mme de Fontanin, et lui mit la main sur la bouche :

« Non ! Non ! Ça n'est pas vrai ! Je te dis que ça n'est pas vrai ! »

Puis, pendant que sa mère l'attirait contre elle et

l'entourait de ses bras comme pour la protéger, Jenny, délivrée soudain de ce nœud qui lui serrait la gorge, put enfin sangloter, répétant sans répit, de cette voix qu'elle avait jadis dans ses chagrins de petite fille :

« Maman... Maman... Maman... »

Mme de Fontanin la berçait tendrement contre sa poitrine et balbutiait pour la calmer :

« Ma chérie... N'aie pas peur... Ne pleure pas... En voilà des idées !... Mais personne ne t'oblige... Heureusement que tu ne... » (Elle se souvint de son unique rencontre avec M. Thibault, le lendemain de la disparition des deux gamins ; elle revit le gros homme, entre les deux prêtres, dans son cabinet de travail ; elle se l'imagina, refusant son consentement à l'amour de Jacques, infligeant à l'amour de Jenny les pires humiliations.) « Ah ! heureusement que cela n'est pas... Toi, tu n'as rien à te reprocher... Je lui parlerai, moi, à ce petit, je lui ferai comprendre... Ne pleure pas, ma chérie... Tu vas oublier tout ça... C'est fini, fini... Ne pleure pas... »

Mais Jenny sanglotait de plus en plus fort, car chaque parole de sa mère la déchirait davantage. Et longtemps les deux femmes restèrent ainsi debout, étroitement embrassées dans l'ombre, l'enfant, blottissant sa douleur dans les bras maternels, la mère, psalmodiant ses consolations cruelles, et les yeux grands ouverts d'effroi : car, avec sa prescience coutumière, elle voyait se déployer devant Jenny l'inéluctable destinée, à laquelle ses craintes, ni sa tendresse, ni ses prières, ne pourraient plus arracher son enfant. « Dans l'ascension sans fin des êtres vers l'Esprit, songeait-elle, accablée, chacun de nous doit s'avancer seul, d'épreuve en épreuve et souvent d'erreur en erreur, sur le chemin qui, de toute éternité, lui est réservé comme sien... »

Ce fut seulement en entendant fermer la porte d'en

bas, et en reconnaissant le pas de Jérôme sur le dallage du vestibule, qu'elles tressaillirent toutes les deux. Alors, Jenny, desserrant son étreinte, s'enfuit, sans un mot, chancelant sous cette détresse qui lui était échue et dont personne au monde ne pouvait plus alléger le poids.

XI

Une affiche monumentale arrêtait devant le cinéma les flâneurs du boulevard :

L'AFRIQUE INCONNUE
VOYAGE CHEZ LES OUOLOFFS, LES SÉRÈNES,
LES FOULBÉS, LES MOUNDANGS
ET LES BAGUIRMIENS

« Ça ne commence qu'à huit heures et demie, soupira Rachel.

— Tu vois ! »

Pour s'offrir du moins l'illusion d'un tête-à-tête, Antoine, qui n'avait pas renoncé sans regret à l'intimité de la chambre rose, loua l'une des baignoires treillagées du fond de la salle.

Rachel le rejoignit près du guichet.

« J'ai déjà découvert une merveille », dit-elle en l'entraînant sous le péristyle où on exposait quelques vues des films : « Regarde. »

Antoine lut d'abord l'inscription : *Jeune fille moundang vannant le mil au bord du fleuve Mayo Kabbi*. Un corps de bronze entièrement nu, sauf un ruban de paille tressée, en guise de ceinture. La belle moundang se tenait debout, appuyée sur la jambe droite, le visage appliqué, le buste étiré par sa besogne : son bras droit, levé en rond par-dessus sa tête, inclinait une large calebasse pleine de grains qu'elle faisait couler, en un mince filet et d'aussi haut que possible, dans une seconde écuelle en bois, tenue de la main gauche au niveau du genou. Rien de concerté dans sa pose : le port de la tête légèrement rejetée en arrière, la gracieuse courbure des deux bras balancés, le redressement du torse qui soulevait deux jeunes seins au contour ferme, et le pli de la taille, et l'effort de la hanche, et le jet en avant de la jambe libre qui ne touchait au sol que par le bout du pied, toute cette harmonie était naturelle, imposée par le travail, et d'une émouvante beauté.

« Tiens, regarde ceux-ci ! » reprit-elle, montrant à Antoine une dizaine d'adolescents noirs qui portaient sur leurs épaules une pirogue effilée. « Et ce petit-là est-il beau ! C'est un Ouoloff, tu vois : il a son gri-gri au cou, son boubou bleu, et son tarbouch. » Elle parlait ce soir avec une agitation particulière ; elle souriait sans presque entrouvrir les lèvres, comme si les muscles de son visage se fussent, à son insu, contractés, et, dans l'incision des paupières, son regard fiévreux, glissant, avait des lueurs argentées qu'Antoine ne reconnaissait pas.

« Entrons, dit-elle.

— Mais nous sommes en avance de plus d'un quart d'heure !

— Ça ne fait rien, répliqua-t-elle, avec une impatience d'enfant. Entrons. »

La salle était vide. Dans l'antre de l'orchestre, quelques musiciens préparaient leurs instruments. Antoine leva le treillage de la loge. Rachel restait debout contre lui.

« Desserre donc cette cravate, fit-elle en riant : tu

as toujours l'air d'avoir voulu te pendre, et de t'être sauvé la corde au cou! » Il eut un imperceptible mouvement d'humeur. « Ah! murmura-t-elle aussitôt, ce que j'ai plaisir à venir voir ça avec toi! » Elle prit à deux mains le visage d'Antoine et l'attira vers ses lèvres. « Et puis, ce que je t'aime, depuis que tu n'as plus ta barbe! »

Elle retira son manteau, son chapeau, ses gants. Ils s'assirent. À travers le lattis, qui suffisait à les rendre invisibles, ils assistaient à la métamorphose de la salle qui, en quelques minutes, cessa d'être cette grotte silencieuse, poussiéreuse, rougeoyante, où surnageaient quelques épaves, pour devenir une masse grouillante de figures, dans un doux tumulte de volière, que dominait, par instants, la gamme chromatique d'un instrument à vent. Malgré la chaleur exceptionnelle de l'été, la seconde moitié de septembre contraignait au retour beaucoup de Parisiens; et, déjà, ce n'était plus ce Paris des vacances, que Rachel aimait, chaque année, comme une ville toujours nouvelle à découvrir.

« Écoute... », dit-elle. L'orchestre venait d'entamer un fragment de *La Walkyrie*, le lied du printemps.

Elle avait abandonné sa tête sur l'épaule d'Antoine, assis tout près d'elle, et il entendait, à travers les lèvres de Rachel et ses dents jointes, comme un écho qui doublait le chant des violons.

« Tu as entendu Zucco? Zucco, le ténor? fit-elle nonchalamment.

— Oui, pourquoi? »

Elle continuait à rêvasser et ne répondit pas tout de suite; enfin, à mi-voix, comme si elle avait un scrupule tardif à lui cacher sa pensée :

« Il a été mon amant », dit-elle.

Antoine éprouvait une vive curiosité pour le passé de Rachel, sans aucune jalousie. Il comprenait fort bien ce qu'elle voulait dire, lorsqu'elle avouait : « Mon corps est sans mémoire. » Cependant, Zucco... Il évoqua une silhouette ridicule, en pourpoint de satin blanc, grimpée sur un cube de bois, au troisième acte des *Maîtres Chanteurs* ; un gros, trapu, qui conservait l'aspect d'un tzigane, malgré sa perruque blonde, et qui posait encore la main sur son cœur, dans les duos d'amour. Antoine en voulut un peu à Rachel d'un choix si médiocre.

« Tu l'as entendu chanter ça ? » reprit-elle ; son doigt levé dessinait dans l'air l'arabesque de la phrase musicale. « Je ne t'ai jamais raconté Zucco ?

— Non. »

Il tenait la figure de Rachel contre sa poitrine, et il n'avait qu'à baisser les yeux pour la regarder. Elle n'avait pas cette expression éveillée qu'elle prenait toujours à l'évocation de ses souvenirs : les sourcils étaient un peu froncés, les paupières presque closes, et les coins de la bouche légèrement abaissés. « Le beau masque de douleur qu'elle pourrait avoir », songea-t-il. Puis, remarquant qu'elle se taisait, et pour affirmer une fois de plus qu'il ne prenait nullement ombrage du passé, il insista :

« Eh bien, ton Zucco ? »

Elle tressaillit :

« Quoi, Zucco ? dit-elle avec un languissant sourire. Au fond, tu sais, ça n'est pas grand-chose, Zucco. Il a été le premier, voilà tout.

— Et moi ? fit-il, se forçant un peu.

— Mais, le troisième », répondit-elle sans sourciller.

« Zucco, Hirsch et moi... Seulement ? » pensa Antoine.

Elle reprit, s'animant davantage :

« Alors, je raconte ?... Tu vas voir si c'est simple. Papa venait de mourir : mon frère travaillait à Hambourg. J'avais bien l'Opéra, qui me prenait toutes mes journées ; mais les soirs où je ne dansais pas, je me sentais seule. On est comme ça, à dix-huit ans. Lui, Zucco, il me courait après, depuis longtemps. Moi, je le trouvais quelconque, assez prétentieux. » Elle hésita : « Un peu bête. Oui, je crois qu'à cette époque-là, déjà, je le trouvais un peu bête... Mais je ne savais pas que c'était une brute ! » lança-t-elle soudain.

Elle jeta un coup d'œil vers la salle, où la lumière venait de s'éteindre.

« Par quoi commence-t-on ?

— Par des actualités.

— Et puis ?

— Un film à grand spectacle, qui doit être idiot.

— Et l'Afrique ?

— En dernier.

— Ah ! bon », fit-elle, remettant sur l'épaule d'Antoine sa chevelure odorante. « Si ça en vaut la peine, tu m'avertiras. Ça ne te fatigue pas, mon Minou ? Je suis si bien ! »

Il vit sa bouche entrouverte, humide. Leurs lèvres se joignirent.

« Et Zucco ? » répéta-t-il.

Contrairement à ce qu'il attendait, elle ne sourit pas.

« Je me demande aujourd'hui comment j'ai pu tout supporter. Il me traitait ! Un charretier ! Il avait conduit des mulets, autrefois, dans la province d'Oran... Mes amies me plaignaient ; personne ne comprenait que je reste avec lui. Moi-même, je ne comprends plus... On dit toujours que certaines femmes aiment à être battues... » Elle se tut un instant, et ajouta : « Non ; mais je crois que j'avais peur de me retrouver seule. »

Antoine ne se souvenait pas d'avoir jamais surpris dans la voix de Rachel les inflexions mélancoliques qu'elle avait ce soir. Il ferma son bras autour de la jeune femme comme s'il eût voulu la mettre à l'abri. Puis son étreinte se desserra. Il songeait à cette compassion facile qui était un des visages de son orgueil, qui était peut-être le secret de son attachement pour son frère, et dont il s'était quelquefois demandé — avant d'avoir rencontré Rachel — si ce n'était pas pour lui la seule façon d'aimer.

« Ensuite ? reprit-il.

— Ensuite, c'est lui qui m'a quittée. Bien entendu », fit-elle, sans la moindre amertume.

Puis, après une pause, et, d'une voix basse qui semblait appeler le silence autour de cet aveu, elle ajouta :

« J'étais enceinte. »

Antoine eut un sursaut. Enceinte ? Ce n'était pas possible. Lui, un médecin, il n'aurait pas encore aperçu les traces... ? Allons donc !

Les actualités défilaient sous son regard distrait et mécontent :

AUX GRANDES MANŒUVRES

M. Fallières en conversation
avec l'attaché militaire allemand.

L'AVENIR DU SERVICE DE RENSEIGNEMENTS

Atterrissage en monoplan de Latham, qui apporte
de précieuses indications au général en chef.
Le président de la République se fait présenter
le courageux aviateur.

« Oh ! ce n'est pas seulement pour ça qu'il m'a plaquée », rectifia Rachel. « Si j'avais continué à payer ses dettes... »

Antoine se rappela soudain cette photo de nouveau-né qu'il avait vue chez elle, et qu'elle lui avait enlevée des mains, disant : « C'est une filleule à moi, qui est morte. »

Il était, pour l'instant, plus vexé, plus humilié dans sa conscience professionnelle, qu'il n'était étonné par la confession de Rachel.

« C'est vrai ? murmura-t-il, tu as eu un enfant ? »

Et aussitôt, avec un sourire avisé : « Je m'en doutais depuis longtemps.

— Pourtant, on ne s'en aperçoit guère ! J'ai tant pris soin de moi, à cause du théâtre !

— Un médecin ! » répliqua-t-il avec un mouvement d'épaules.

Elle sourit ; elle tirait vanité de la clairvoyance d'Antoine. Elle demeura quelques minutes silencieuse et continua, sans quitter sa pose alanguie :

« Vois-tu, quand je pense à cette époque-là, mon Minou, je me dis que j'ai vécu le meilleur de toute ma vie. Ce que j'étais fière ! Et quand il a fallu demander un congé à l'Opéra, parce que je m'alourdissais, tu ne sais pas où j'ai été ? En Normandie ! Un petit hameau de sauvages, où je connaissais une vieille femme de ménage à nous, qui nous avait élevés, mon frère et moi. Ah ! là-bas, ce que j'ai pu être dorlotée ! J'y serais bien restée toute mon existence. J'aurais dû. Seulement, tu sais, le théâtre, quand une fois on y a mordu... J'ai cru bien faire, j'ai laissé la petite en nourrice : je n'avais pas peur. Et puis, huit mois après... Et moi aussi, je suis tombée malade », soupira-t-elle après un court silence. « J'étais détraquée par mes couches. Il m'a fallu lâcher l'Opéra, perdre tout en même temps. Et je me suis retrouvée seule. »

Il se pencha. Elle ne pleurait pas : elle avait les yeux grands ouverts et regardait le plafond de la loge : mais, lentement, ses paupières se gonflaient de larmes. Il n'osa pas l'embrasser, il respectait son émotion. Il songeait à ce qu'il venait d'apprendre. Avec Rachel, il pensait chaque jour être parvenu à un point fixe, d'où il pouvait se faire une opinion d'ensemble sur la vie de son amie, mais, le jour suivant, une confidence, un souvenir, une simple allusion, ouvrait des perspectives insoupçonnées où son regard se perdait de nouveau.

Elle se redressa d'elle-même et souleva le bras pour se recoiffer. Mais son geste s'arrêta court : sa main se tendit vers l'écran.

« Oh ! » s'écria-t-elle. Et, de ses yeux embués, elle suivit avec une involontaire attention la fuite d'une jeune fille à cheval, poursuivie par une trentaine d'Indiens qui galopaient à ses trousses comme une meute. L'amazone escalada des rochers, se profila une seconde sur la crête, dévala une pente à pic, et, sans hésiter, se jeta dans un torrent ; les trente chevaux s'élancèrent derrière elle et disparurent dans des tourbillons d'écume ; mais elle avait touché l'autre rive, éperonnait son cheval, et reprenait sa course ; vains efforts : ses ravisseurs bondissaient sur ses traces et la serraient de près. Elle allait être happée par les lassos qui déjà fouettaient l'air au-dessus de sa tête, lorsqu'elle atteignit un pont de fer sous lequel un rapide passait comme une trombe : en un instant, elle eut glissé de selle, enjambé le parapet, et sauté dans le vide.

La salle haletait.

Au même instant, la jeune fille réapparut sur le toit d'un wagon qui l'emportait à toute vitesse, échevelée, la jupe au vent, les poings sur les hanches, tandis que, du haut du pont, les Indiens cherchaient en vain à l'ajuster avec leurs carabines.

« Tu as vu ? s'écria-t-elle, frémissant de plaisir. J'adore ça ! »

Il l'attira de nouveau, et, cette fois, la prit sur ses genoux. Il la tenait entre ses bras, comme son enfant ; il eût voulu la consoler, lui faire oublier tout ce qui n'était pas leur amour. Cependant il ne disait rien ; il jouait avec son collier, dont les grains de miel étaient séparés par de petites boules d'ambre gris, couleur de plomb, qui tiédissaient sous les doigts, et exhalaient alors un parfum si tenace qu'il n'était pas rare, deux jours plus tard, d'en retrouver soudain l'arôme au creux des mains. Elle lui laissa dégrafer son corsage et poser la joue contre sa gorge.

« Entrez ! » fit-elle.

C'était une jeune ouvreuse qui se trompait de loge et qui referma vite le battant, non sans avoir eu le temps d'envelopper d'un regard curieux la jeune femme à demi vêtue dans les bras d'Antoine. Il fit un mouvement tardif pour se dégager.

Rachel riait :

« Es-tu bête ! Elle attendait peut-être que... Elle est gentille... »

Il fut si surpris par les mots, le ton, qu'il chercha l'expression du visage ; mais Rachel avait posé le front sur son épaule, et il perçut seulement son rire, ce gloussement énigmatique et presque silencieux qu'il n'entendait jamais sans malaise.

Tout cet inconnu, dont Rachel, par moments, demeurait encore chargée, causait à Antoine une sensation d'abîme entrouvert. Mélange de gêne et aussi de curiosité, que compliquait une secrète mortification : car, jusqu'alors, c'était lui, en qualité de médecin, qui étonnait les autres par des sourires sceptiques et des sous-entendus avertis. Avec Rachel, les rôles étaient renversés : Antoine se découvrait prodigieusement novice, et, sans trop se l'avouer, il se sentait mal assuré sur ces terrains. Une fois, pour prendre sa revanche, il avait bien essayé de mélanger à des souvenirs de clinique certaines conversations de salle de garde, et il avait inventé, pour Rachel, une histoire passionnelle extravagante, à laquelle il laissait entendre qu'il avait été mêlé. Mais elle l'avait interrompu dès les premiers mots par un rire affectueux :

« Allons, allons ! Pour qui, tout ça ? Est-ce que je ne t'aime pas comme tu es ? » Et il avait rougi, si vexé qu'il n'avait jamais recommencé.

L'entracte se termina sans que l'un ou l'autre songeât à rompre le silence.

On annonça le film américain. L'obscurité se fit. L'orchestre entama un air nègre.

Alors Rachel s'écarta et vint s'asseoir seule au bord de la baignoire.

« Pourvu que ce soit réussi », murmura-t-elle.

Des paysages défilèrent. Une rivière d'eau morte, sous des arbres géants, amarrés au sol par l'enchevêtrement des lianes. Un hippopotame à fleur d'eau, pareil au cadavre d'un bœuf noyé. De petits singes noirs, qui avaient l'air de vieux marins, avec leurs colliers de barbe blanche, batifolèrent sur le sable. Puis ce fut un village : une esplanade déserte, craquelée par la chaleur ; un horizon clos de huttes et de palissades ; une cour où des « jeunes filles » peuhls, le torse nu, les muscles de la croupe tendus sous le pagne, pilaient le grain dans de hauts vases de bois, parmi des négrillons qui se roulaient dans la poussière ; d'autres femmes, portant de larges corbeilles ; d'autres encore, filant, assises en tailleur, la main gauche tenant la quenouille, la main droite faisant pivoter, dans un godet de bois, le fuseau en forme de toupie sur lequel s'enroulait le coton.

Rachel, un coude sur ses genoux croisés, le menton dans la main, le front en avant, fixait les yeux sur l'écran ; et Antoine l'entendait respirer. De temps à autre, sans bouger la tête, elle appelait à voix basse :

« Minou... Regarde... Regarde... »

Le film s'acheva par un sauvage tam-tam, au crépuscule, sur une place bordée de palmiers. Une foule exclusivement composée de Noirs, dont on voyait les masques tendus et les corps se trémoussant de joie, formait cercle autour de deux nègres, presque nus, fort beaux, ivres, luisants de sueur, qui se poursuivaient, se heurtaient, s'écartaient, se jetaient l'un contre l'autre en grinçant des dents, ou bien se cherchaient, se frôlaient, en un délire cadencé, à la fois guerrier et lascif, puisqu'ils mimaient tour à tour l'excitation du combat et les convoitises de l'amour. Les spectateurs noirs, haletants, trépignaient de joie, et resserraient de plus en plus leur cercle autour des deux forcenés, dont ils précipitaient la frénésie en accélérant sans arrêt les battements de leurs paumes et l'accompagnement des tambours. L'orchestre du cinéma s'était tu : dans la coulisse, des claquements de mains, bien réglés, restituaient aux images une vie étourdissante et rendaient plus contagieuse la volupté tendue jusqu'à l'angoisse, que grimaçaient tous les visages de ces fanatiques.

Le spectacle était terminé.

Le public évacua la salle. Des femmes de service déplièrent des toiles sur les fauteuils vides.

Rachel, silencieuse et abattue, ne se décidait pas à se lever, et, comme Antoine, debout, lui tendait son manteau de soirée, elle se dressa et lui donna ses lèvres. Ils sortirent les derniers, sans un mot. Mais, devant le cinéma, au grand air des boulevards, parmi la foule qui s'écoulait de tous les lieux de plaisir à la fois, dans la douceur de cette nuit papillotante de lumières, où tournoyaient déjà quelques feuilles d'automne, lorsque Antoine lui prit le bras et chuchota à son oreille : « Nous rentrons, dis ? » elle s'écria :

« Oh ! pas encore. Allons ailleurs. J'ai soif. » Puis,

apercevant les vitrines sous le péristyle, elle fit un détour pour revoir la photographie du jeune nègre. « Ah ! fit-elle, c'est étonnant ce qu'il ressemble à un boy qui a descendu toute la Casamance avec nous. Un Ouoloff : Mamadou Dieng.

— Où veux-tu aller ? demanda-t-il sans laisser paraître sa déception.

— N'importe. Au Britannic ? Non : chez Packmell, veux-tu ? Allons à pied. Oui, une chartreuse glacée, chez Packmell, et puis nous rentrerons. » Elle se serra contre lui en un abandon plein de promesses.

« Ça me fait quelque chose de penser à ce petit Mamadou justement ce soir, après ce film, reprit-elle. Tu sais, je t'ai montré cette photo où Hirsch est assis à l'arrière de la baleinière ? Tu as dit qu'il avait l'air d'un bouddha en casque colonial ? Eh bien, le boy sur lequel il s'appuie, si noir dans un boubou blanc, tu te rappelles ? C'était lui, Mamadou.

— Qui te dit que ce n'est pas le même ? » suggéra-t-il par complaisance.

Elle resta un moment sans répondre, et frissonna.

« Pauvre petit, il a été dévoré, devant nous, quelques jours après. Oui, en se baignant. Ou plutôt non, c'est Hirsch... Hirsch avait parié que Mamadou n'oserait pas traverser à la nage un bras de la rivière, pour ramasser une aigrette que je venais de tirer. J'ai bien regretté de l'avoir descendue, cette aigrette ! Le petit a voulu essayer, il s'est jeté à l'eau, il nageait, nous le regardions... et tout à coup !... Ah ! ç'a été une scène horrible ! En quelques secondes, figure-toi ! Nous l'avons vu se dresser hors de l'eau, happé par le bas du corps... Ce cri !... Hirsch était merveilleux dans ces cas-là. Il a compris, à la minute même, que le boy était perdu, qu'il allait souffrir horriblement : il a épaulé, et clac ! la tête de l'enfant a éclaté comme une calebasse. Dame, ça valait mieux, n'est-ce pas ? Mais j'ai cru que j'allais me trouver mal. »

Elle se tut et se blottit contre Antoine.

« Le lendemain, j'ai voulu prendre un cliché de l'endroit. L'eau était tranquille, tranquille, on n'aurait jamais pu croire... »

Sa voix était altérée. Elle se tut de nouveau, plus longtemps. Puis elle reprit :

« Ah ! pour Hirsch, la vie d'un homme, ce n'est rien ! Il l'aimait pourtant, son boy ! Eh bien, il n'a pas bronché. Il était comme ça... Même après l'accident, il a tenu bon, il a promis son réveille-matin à qui me rapporterait l'aigrette. Je ne voulais pas. Il m'a imposé silence, et, tu sais, il fallait qu'on lui obéisse... Eh bien, finalement, je l'ai eue, mon aigrette. Un des porteurs y a été, et il a eu plus de chance que le boy. » Elle souriait maintenant. « Je l'ai toujours : je l'avais cet hiver sur un petit toquet de panne bise, un amour. »

Antoine ne disait rien.

« Ah ! que ça te manque, de n'avoir jamais été là-bas ! » s'écria-t-elle, se détachant brusquement de lui.

Mais elle se repentit aussitôt et revint s'accrocher à son bras.

« Fais pas attention, mon Minou : une soirée comme celle-ci me rend malade. Je suis sûre que j'ai un peu de fièvre, tiens... En France, vois-tu, on étouffe. On ne peut vraiment vivre que là-bas ! Si tu savais ! Cette liberté des Blancs au milieu des Noirs ! Ici, on ne soupçonne même pas ce qu'elle peut être, cette liberté-là ! Aucune règle, aucun contrôle ! Tu n'as même pas à craindre le jugement d'autrui ! Saisis-tu ? Peux-tu seulement comprendre ça ? Tu as le droit d'être toi-même, partout et toujours. Tu es aussi libre devant tous ces Noirs que tu l'es ici, devant ton chien. Et en même temps, tu vis au milieu d'êtres délicieux, pleins d'un tact et de nuances dont tu n'as pas idée ! Autour de toi, rien que des sourires jeunes et gais, des yeux ardents qui devinent tes moindres désirs... Je me rappelle... Ça ne t'ennuie pas, mon Minou ?... Je me rappelle, un jour, dans le bled, à la fin d'une journée, à l'étape. Hirsch causait avec un chef de tribu, près d'une source où les femmes venaient puiser l'eau. C'était l'heure. Nous avons vu venir deux fillettes délicieuses, qui portaient, à elles deux, une grande outre en peau de bouc. "Ce sont des filles à moi", nous a expliqué le caïd. Rien d'autre. Le vieux avait compris. Et, le même soir, dans le dar où j'étais avec Hirsch, la natte s'est soulevée sans bruit : c'était les deux petites qui souriaient... Je te dis : les moindres désirs... », reprit-elle, après quelques pas en silence. « Tiens, je me rappelle encore. Ça me soulage tant de pouvoir parler à quelqu'un de tout ça !... Je me rappelle. À Lomé. Au cinéma, justement. Parce que, le soir, tout le monde va au cinéma. C'est une terrasse de café, très éclairée, entourée d'arbustes dans des caisses ; et puis on éteint tout, et le ciné commence. On sirote des boissons froides. Tu vois ça ? Tous les coloniaux, assis, en toile blanche, à demi éclairés par le reflet de l'écran ; et, derrière, dans la nuit d'un bleu inouï, sous les étoiles qui brillent là-bas comme nulle part, tout autour, il y a des indigènes, des garçons et des filles, qui sont là, debout dans l'ombre, la face à peine visible, les yeux brillant comme des prunelles de chats, si beaux !... Eh bien, tu n'as même pas un signe à faire ! Ton regard s'appuie sur un de ces visages lisses, vos yeux se croisent un instant... c'est tout. C'est assez. Quelques minutes après, tu te lèves, tu t'en vas sans même te retourner, tu rentres à ton hôtel, dont toutes les portes sont ouvertes exprès...

J'habitais au premier... À peine si j'ai eu le temps de me dévêtir... On gratte au volet. J'éteins, j'ouvre : c'était lui ! Il avait grimpé au mur, comme un lézard, et, sans un mot, il laissait glisser son boubou le long de son petit corps. Je n'oublierai jamais. Sa bouche était mouillée, fraîche, fraîche... »

« Diable, songea malgré lui Antoine, un nègre... sans examen préalable... »

« Ah ! cette peau qu'ils ont ! » poursuivait Rachel. « Fine comme une pelure de fruit ! Vous autres, vous n'avez pas idée de ce que ça peut être ! Une peau satinée, glissante et sèche, comme si elle venait toujours d'être frottée de talc ; une peau sans un défaut sans une rugosité, sans une moiteur, et brûlante, mais brûlante en dedans, comme on sent la brûlure de la fièvre à travers une manche de mousseline, saisis-tu ? comme le corps chaud d'un oiseau sous ses plumes !... Et, quand on la regarde, cette peau, au plein jour de là-bas, quand la lumière frise l'épaule ou la hanche, il y a, sur cette soie mordorée, des clartés bleues, je ne peux pas t'expliquer, comme une impalpable poudre d'acier, comme un perpétuel reflet de lune... Et leur regard ! Tu as bien remarqué, déjà, la caresse de leur regard ? Ce blanc de l'œil, un peu caramélé, tu sais, où la prunelle nage si lestement... Et puis... Je ne sais comment te dire... Là-bas, l'amour, non, ça n'est pas du tout le même que le vôtre. Là-bas, c'est un acte silencieux, à la fois sacré et naturel. Profondément naturel. Il ne s'y mêle aucune pensée, d'aucune sorte, jamais. Et la recherche des plaisirs, qui est toujours plus ou moins clandestine, ici, eh bien, là-bas, elle est aussi légitime que la vie, et, comme la vie, comme l'amour, elle est naturelle et sacrée. Saisis-tu ça, mon Minou ?... Hirsch disait toujours : “En Europe, vous avez ce que vous méritez. Là-bas, ce sont des pays pour nous autres, pour des êtres libres." Ah ! c'est qu'il aime les Noirs, lui ! » Elle se mit à rire : « Sais-tu comment je m'en suis aperçue, pour la première fois ? Je te l'ai dit peut-être ? Dans un restaurant de Bordeaux. Il était en face de moi. Nous causions. Tout à coup, son regard s'est fixé derrière moi, une seconde, mais avec une lueur... une lueur si aiguë, que je me suis retournée brusquement : et j'ai vu, près d'une crédence, un petit nègre de quinze ans, beau comme un prince, qui portait un compotier d'oranges. » Elle ajouta, mais sur un ton voilé : « Et c'est peut-être ce jour-là que le désir m'a prise, moi aussi, d'aller là-bas... »

Ils firent quelques pas en silence.

« Mon rêve, reprit-elle tout à coup, mon rêve pour quand je serai devenue une vieille, ce serait de tenir une maison... Oui... Ne te scandalise pas, il y en a de toutes espèces ; je voudrais tenir une maison bien, naturellement. Mais, enfin, ne pas vieillir au milieu de vieux... Être sûre d'avoir toujours autour de moi des êtres jeunes, de beaux corps jeunes, et libres, et voluptueux... Tu ne comprends pas ça, mon Minou ? »

Ils arrivaient chez Packmell, et Antoine ne répondit rien. Il n'aurait su que dire. Devant l'étrange expérience de Rachel, il était sans cesse frappé d'éblouissement. Il se sentait si différent d'elle, rivé au sol de France par sa naissance bourgeoise, par son travail, par des ambitions, par tout un avenir organisé ! Il apercevait bien les chaînes qui le liaient, mais il ne souhaitait pas un instant de les rompre ; et il éprouvait, contre tout ce que Rachel aimait et qui lui était si étranger, la hargne d'un animal domestique contre tout ce qui rôde et menace la sécurité du logis.

Seules, ces raies pourpres, filtrant le long des rideaux cramoisis, décelaient derrière la façade endormie l'animation du bar. Le tambour de la porte gémit et tourna, projetant son souffle de bourrasque dans l'atmosphère saturée de chaleur, de poussière, de relents d'alcools.

Il y avait beaucoup de monde. On dansait.

Rachel avisa, près du vestiaire, une petite table inoccupée, et, avant même de laisser choir son manteau de ses épaules, elle réclama sa chartreuse verte à la glace pilée. Puis, dès qu'elle fut servie, elle s'immobilisa, les coudes sur la table, les yeux baissés, joignant les lèvres sur les deux fétus de paille.

« Triste ? » murmura Antoine.

Elle releva un instant les paupières sans cesser de boire, et lui sourit aussi gaiement qu'elle put.

Près d'eux, un Japonais, qui montrait de petites dents rouillées dans un visage d'enfant, palpait avec une inattention polie un bras de boxeur qu'une brune, assise près de lui, étalait impudiquement sur la nappe.

« Veux-tu ? Commande-moi une chartreuse : une autre, pareille », dit Rachel, montrant son verre vide.

Antoine sentit une main légère effleurer son épaule :

« J'hésitais à vous reconnaître, fit une voix amicale. Vous avez donc coupé votre barbe ? »

Daniel était debout devant eux. Svelte et cambré, son pur ovale cruellement éclairé par le lustre, il tenait entre ses mains nues un éventail-réclame qu'il courbait et laissait se détendre comme un ressort ; il souriait d'un air téméraire, et faisait penser à un jeune David éprouvant sa fronde.

Antoine, en le présentant à Rachel, se souvint de

la façon dont Daniel lui avait lancé : « J'aurais fait comme vous — menteur ! » ; mais, cette fois, ce rappel lui parut moins cuisant ; et il surprit avec plaisir le regard que le jeune homme, après s'être incliné pour baiser la main de Rachel, promena sur elle, sur son visage levé, sur ses bras, sur son cou qui paraissait si blanc près de la soie fleur de pêcher du corsage.

Daniel reporta les yeux vers Antoine, puis sourit à la jeune femme, comme s'il la complimentait sur son œuvre :

« Oui, vraiment, fit-il, c'est beaucoup mieux.

— C'est beaucoup mieux, tant qu'on est vivant », concéda Antoine, sur un ton de carabin gouailleur. « Mais, si vous aviez comme moi l'habitude des cadavres ! Au bout de deux jours... »

Rachel frappa sur la table pour le faire taire. Elle oubliait souvent qu'Antoine était médecin. Elle se tourna vers lui, le contempla une seconde, et murmura :

« Mon toubib ! »

Était-il possible que cette physionomie si familière fût aussi celle qui lui était apparue, la nuit de l'opération, dans l'éclat brutal de la lampe ? ce masque héroïque, terriblement beau, à jamais inaccessible ? Comme elle connaissait bien, maintenant surtout que le visage était dénudé, tous ses reliefs, tous ses méplats, ses moindres signes ! Le rasoir avait révélé cette légère concavité de la joue — cette défaillance des tissus, pour ainsi dire — dont la douceur atténuait un peu la rudesse de la mâchoire. Comme elle connaissait bien aussi, et même à la façon des aveugles, pour les avoir tant de fois, la nuit, pressées entre ses paumes, cette forme carrée des maxillaires et cette courte saillie du menton si plat par-dessous qu'elle lui avait dit, étonnée : « Tu as presque une mâchoire de serpent ! » Mais le plus indéchiffrable pour elle, depuis la suppression de la barbe, c'était cette fente longue et sinueuse de la bouche, très souple et cependant figée, dont les coins ne se relevaient presque jamais, s'abaissaient rarement, et qu'un pli de volonté presque inhumaine arrêtait net aux commissures, comme on voit aux lèvres de certaines statues antiques. « Tant de volonté ? » songeait-elle, s'interrogeant. Elle pencha la tête, ses prunelles coulèrent malicieusement jusqu'aux extrémités des paupières, et un bref scintillement d'or glissa sur la frange de ses cils.

Antoine se laissait examiner avec l'heureux sourire d'un homme aimé. Depuis qu'il était rasé, il avait acquis une conception de lui-même un peu différente : il tenait beaucoup moins à son regard fatal. Il s'était découvert des possibilités nouvelles qui ne laissaient pas de lui plaire. D'ailleurs, depuis quelques semaines, il se sentait en pleine transformation. Au point que, pour lui, les événements de sa vie qui avaient précédé la rencontre de Rachel s'enfonçaient dans les ténèbres : ils avaient eu lieu *avant*. Il ne précisait pas davantage. — Avant quoi ? — Avant la transformation. Car il était changé moralement : comme assoupli ; à la fois mûri et cependant plus jeune. Il aimait à se répéter qu'il était devenu plus fort. Et ce n'était pas inexact. Une force peut-être moins réfléchie qu'autrefois, plus puissante pourtant dans sa spontanéité, plus authentique aussi en son élan. Il en apercevait les effets jusque dans son travail, dont sa liaison, au début, avait un moment pu troubler le cours, mais qui avait repris un développement soudain, et qui emplissait de nouveau son existence, pareil à un fleuve coulant à pleins bords.

« Ne vous occupez pas tant de mon physique », dit

Antoine, en offrant une chaise à Daniel. « Nous venons du cinéma. Le film africain, vous savez ?

— Avez-vous jamais quitté l'Europe ? » demanda Rachel.

Daniel fut surpris par la résonance de cette voix. « Non, Madame.

— Eh bien, reprit-elle, en prenant la chartreuse qu'on lui apportait et en y plongeant avec gourmandise deux pailles neuves, il faut aller voir ça. Il y a, entre autres, un défilé de porteurs au soleil couchant... N'est-ce pas, Antoine ? Et puis, ces gamins, sur le sable pendant que les femmes déchargent les pirogues...

— J'irai certainement », dit Daniel en la regardant. Après une pause brève, il ajouta : « Connaissez-vous Anita ? »

Elle fit signe que non.

« C'est une Américaine de couleur, qui est généralement au bar. Tenez, on la voit d'ici, en blanc, derrière Marie-Josèphe, vous savez, cette grande qui a tant de perles. »

Rachel se souleva pour apercevoir, à travers les couples de danseurs, un profil au teint chamois, perdu dans l'ombre d'un grand chapeau.

« Ce n'est pas une femme noire, dit-elle, sans pouvoir cacher sa déconvenue : c'est une créole. »

Daniel sourit imperceptiblement :

« Excusez-moi, Madame », fit-il. Puis se tournant vers Antoine : « Vous venez souvent ici ? »

Antoine allait répondre oui, mais la présence de Rachel l'en empêcha.

« Presque jamais », déclara-t-il.

Rachel suivait des yeux Anita qui s'était mise à danser avec Marie-Josèphe. Le corps flexible de l'Américaine était moulé dans du satin blanc, lustré comme un plumage, et dont les lueurs nacrées accusaient chacun des mouvements de ses longues jambes.

« Irez-vous à Maisons, demain ? demanda Antoine.

— J'en arrive ce soir », dit Daniel. Il voulut parler de Jacques, mais il se leva en apercevant une jeune femme au type espagnol, drapée dans une écharpe soufre, et qui semblait chercher quelqu'un des yeux. « Je vous demande pardon », murmura-t-il aussitôt, en s'éloignant. Il glissa sous l'écharpe un bras soigneux, puis il entraîna la jeune femme, en bostonnant, vers l'angle des musiciens.

Anita s'était arrêtée. Rachel la vit fendre le flot des danseurs avec la grâce paisible d'un beau cygne, et voguer vers le coin où justement Antoine et elle étaient attablés. La créole frôla la chaise du jeune homme, s'approcha de la banquette où Rachel était assise, prit dans son sac quelque chose qu'elle dissimula dans le creux de sa main, et, se croyant isolée (ou peut-être sans se soucier autrement d'être vue), elle posa le pied sur la banquette, releva prestement le bas de sa robe, et se piqua la cuisse. Rachel entrevit une place de chair havane entre deux blancheurs soyeuses, et ne put contenir la palpitation de ses paupières. Anita laissa retomber sa jupe ; puis, se redressant avec un mol abandon qui fit étinceler sur sa joue bistrée la pendeloque de cristal qu'une perle fixait au lobe de l'oreille, elle rejoignit sans hâte son amie.

Rachel remit ses coudes sur la nappe, et, fermant presque les yeux, aspira doucement la liqueur glacée. La caresse des violons, l'insistance de leurs longs coups d'archets trop expressifs, étiraient sa langueur jusqu'à l'énervement.

Antoine la regardait.

« Loulou... », murmura-t-il.

Elle leva les yeux, acheva de décolorer jusqu'à la dernière goutte verte la glace pilée de son verre, et, fixant sur lui un regard inattendu, rieur, presque impertinent, elle demanda :

« Tu n'as jamais... vu de femme noire, toi ?

— Non », fit Antoine en secouant bravement la tête.

Elle se tut. Un sourire trouble hésitait à se poser sur ses lèvres.

« Alors, viens », dit-elle brusquement.

Elle était déjà debout, s'enveloppant dans son manteau de taffetas sombre comme dans un domino de fête nocturne. Et, dans le tambour de la porte où il s'engagea derrière elle, Antoine entendit de nouveau, entre les dents serrées de Rachel, ce petit rire silencieux qui lui faisait peur.

XII

Au temps où Jérôme vivait encore à Paris, il avait donné à son concierge de l'avenue de l'Observatoire l'ordre d'intercepter son courrier ; et, de temps à autre, il venait, en personne, chercher sa correspondance à la loge. Puis, il avait cessé de paraître, sans laisser d'adresse ; et, deux ans de suite, s'étaient accumulées à son nom des paperasses, que le concierge, dès qu'il eut appris le retour de M. de Fontanin à Maisons-Laffitte, chargea Daniel de remettre en main propre à leur destinataire.

Dans ce fatras d'imprimés, Jérôme fut tout surpris de découvrir deux vieilles lettres.

L'une, datant de huit mois, lui annonçait le dépôt, à son crédit, d'une somme de six mille et quelque cents francs, provenant de la liquidation d'une mauvaise affaire, dont, depuis longtemps, il n'espérait plus rien.

Sa figure s'éclaira. L'arrivée de ce reliquat dissipait jusqu'aux dernières traces du malaise qui pesait sur lui depuis son installation à Maisons ; malaise qui était causé, non seulement par sa présence dans un foyer où il ne trouvait plus sa place, mais aussi par des soucis d'argent qui tourmentaient sa fierté.

(Le ménage vivait séparé de biens, depuis cinq ans. Mme de Fontanin avait renoncé au divorce, mais elle avait soustrait à son mari la modeste fortune héritée de son père, le pasteur. Cette fortune, bien qu'écornée déjà, lui avait permis jusqu'alors de subsister tant bien que mal, sans abandonner son appartement ni lésiner sur l'éducation des enfants. Quant à Jérôme, qui n'avait pas encore dilapidé la totalité de son patrimoine personnel, il avait continué à faire des affaires : même en Belgique et en Hollande où Noémie l'avait traîné à sa remorque, il jouait à la Bourse, spéculait, commanditait des inventions nouvelles ; et, doué d'un certain flair malgré sa légèreté, servi aussi par son esprit d'aventure, il misait parfois sur une entreprise fructueuse. Bon an, mal an, il avait vécu, et le plus souvent en grand seigneur ; il trouvait même, de temps à autre, l'occasion de calmer ses scrupules, en faisant porter au compte de sa femme quelques billets de mille francs, afin de contribuer, lui aussi, à l'entretien de Jenny et de Daniel. Néanmoins, pendant les derniers mois de son séjour à l'étranger, sa situation était devenue précaire : il se trouvait, pour l'instant, dans l'impossibilité de toucher à ses capitaux ; et, non seulement il ne pouvait songer à rendre l'argent que Thérèse lui avait apporté à Amsterdam, mais il se voyait dans la nécessité de vivre aux dépens de sa femme. Il en souffrait ; il souffrait surtout à l'idée qu'elle pût se méprendre sur ses sentiments, et supposer que la gêne dans laquelle il se trouvait fût une des raisons de son retour au foyer.)

Cette somme inattendue rendait donc à Jérôme un peu de sa dignité. Il allait pouvoir se libérer.

Dans sa hâte d'annoncer la nouvelle à sa femme, il se dirigeait vers la porte, tout en décachetant la seconde enveloppe, dont l'écriture vulgaire ne lui rappelait rien, lorsqu'il s'arrêta, stupéfait :

Monsieur,

Il faut que je vous dise qu'il m'arrive une chose qui ne fait pas de chagrin pour moi, au contraire, et malgré tout j'en suis bien heureuse, parce que j'en ai trop souffert d'être seule, mais je suis chassée de ma place à cause de ça et désespérée, et je ne crois pas que vous continuerez à m'abandonner sans ressources pour un moment pareil, parce que voilà que je ne peux plus trouver de place, ça commence à se voir trop et je n'ai plus que 30 francs 10 sous, ni non plus pour élever ensuite l'enfant que je voudrais nourrir moi-même comme ça se doit.

Aussi je ne vous fais pas reproche mais j'espère que la présente vous trouvera en bonne posture pour moi, parce qu'il faut venir à mon secours demain ou après-demain ou jeudi sans faute, sans ça qu'est-ce que je deviendrais.

Celle qui vous aime fidèlement.

V. LE GAD.

D'abord, il ne comprit pas. « Le Gad ? » Et tout à coup : « Victorine... Cricri ! »

Alors il revint sur ses pas et s'assit, tournant le feuillet entre ses doigts. « Demain ou après-demain... » Il déchiffra la date du timbrage et calcula : cette lettre attendait depuis deux ans ! Pauvre

Cricri ! Qu'était-elle devenue ? Qu'avait-elle pensé de son silence ? Qu'était devenu l'enfant ? Il se posait ces questions sans émotion véritable, et la physionomie apitoyée qu'il avait prise à son insu était conventionnelle. Cependant un petit corps pudique et frémissant, deux yeux candides, une bouche de fillette se ranimaient dans son souvenir, avec une précision de plus en plus troublante...

Cricri... Comment donc l'avait-il connue ? Ah ! chez Noémie, qui l'avait amenée de Bretagne. Et ensuite ? Il se souvenait assez mal de cet hôtel de banlieue, où il l'avait cachée une quinzaine de jours. Pourquoi l'avait-il quittée ?... Il se rappelait mieux leur rencontre, deux années plus tard, pendant une fugue de Noémie ; et il revit très nettement la mansarde de domestique où il était monté à la tombée du jour, puis cet hôtel meublé de la rue Richepanse où il l'avait installée, repris pour elle d'une passion qui avait duré deux ou trois mois — peut-être davantage ?

Il relut le billet, la date. Une chaleur connue envahissait son cerveau, troublait sa vue. Il se leva, but un verre d'eau, glissa dans sa poche la lettre de Cricri, et, tenant à la main l'avis du banquier, il partit à la recherche de sa femme.

Une heure après, il prenait le train pour Paris.

Ses premiers pas hors de la gare Saint-Lazare, à dix heures du matin, dans le soleil de septembre, lui causèrent un joyeux vertige. Il se fit conduire à la banque ; il piaffait devant les guichets ; et, lorsqu'il eut signé son reçu, plié les billets dans son portefeuille, lorsqu'il put enfin s'élancer dans la voiture qui l'attendait, il eut l'impression qu'il échappait cette fois pour toujours aux ténèbres de ces dernières semaines, qu'il ressuscitait à la vie.

Alors, à travers Paris, de concierge en concierge, il entreprit une série de démarches compliquées et d'abord infructueuses, qui l'amenèrent, vers deux heures de l'après-midi et sans qu'il eût pris le temps de déjeuner, chez une dame Barbin qu'on appelait aussi Mme Juju. Elle était sortie. Mais la bonne, qui était jeune et bavarde, déclara qu'elle connaissait bien cette demoiselle Le Gad, « autrement dit Mme Rinette » :

« Seulement, à l'hôtel où elle a sa chambre, elle ne vient jamais que le mercredi : son jour de sortie. »

Jérôme rougit, mais ce fut un trait de lumière :

« Je sais bien, insinua-t-il, avec un sourire informé. Aussi est-ce de l'autre adresse, que j'ai besoin. »

Ils se regardaient maintenant en camarades. « Elle est gentille », pensa Jérôme. Mais il ne voulait songer qu'à Cricri.

« C'est rue de Stockholm », dit enfin la bonne, en souriant.

Jérôme s'y fit conduire, mit pied à terre, et ne fut pas long à trouver l'endroit. Une tristesse insinuante — et qu'il ne s'avouait pas, quoiqu'il eût déjà à lutter contre elle — remplaçait tous les sentiments qui, depuis le matin, l'animaient.

Le passage, sans transition, du grand jour extérieur aux savants clairs-obscurs de cette demeure, contribuait à le désorienter. Dans la chambre « japonaise » où on le fit entrer et qui n'avait de japonais qu'un éventail de bazar déployé sur le mur à la tête du lit, il restait debout, son chapeau à la main, en une pose dégagée, qui lui était impitoyablement renvoyée par une glace, de quelque côté qu'il tournât les yeux : il finit par s'asseoir sur l'extrémité du sofa.

Enfin la porte s'ouvrit en coup de vent : une fille, en tunique mauve, parut et s'arrêta net.

« Ah !... » fit-elle. Il crut qu'elle s'était trompée de

chambre. Mais elle balbutia, reculant jusqu'à la porte qu'elle avait machinalement repoussée en entrant : « Vous ? »

Il hésitait encore à la reconnaître :

« C'est toi, Cricri ? »

Sans quitter Jérôme du regard, comme si elle se fût attendue à lui voir sortir une arme de sa poche, Rinette avança le bras jusqu'au lit, tira vers elle l'étoffe qui le recouvrait, et s'enroula dedans.

« Qu'est-ce qu'il y a ? Quelqu'un vous envoie ? » demanda-t-elle.

Il cherchait désespérément les traits enfantins de Cricri sur le visage maquillé de cette jolie fille, un peu bouffie, aux cheveux coupés court ; il ne retrouvait même pas la voix fraîche et paysanne d'autrefois.

« Qu'est-ce que vous me voulez ? reprit-elle.

— Je viens te voir, Cricri. »

Il parlait avec douceur. Elle s'y méprit, demeura perplexe une seconde ; puis, cessant de le regarder, elle sembla prendre son parti des événements.

« Si vous voulez », dit-elle.

Et, sans abandonner encore le couvre-lit dans lequel elle s'était drapée, mais dégageant un peu la poitrine et les bras, elle s'approcha du sofa et s'assit.

« Qui vous envoie ? » répéta-t-elle, le front baissé.

Il ne comprenait pas sa question. Debout, intimidé, il expliqua qu'il rentrait en France après un long séjour à l'étranger, qu'il venait seulement de trouver sa lettre.

« Ma lettre ? » fit-elle, relevant les yeux.

Il reconnut l'éclat gris-vert de ses prunelles, restées pures. Il lui tendit l'enveloppe, qu'elle prit et considéra d'un air hébété.

« Ben vrai ! » lança-t-elle, avec un regard de rancune. Un long moment, gardant la lettre à la main, elle secoua la tête de haut en bas. « Tout de même ! reprit-elle. Dire que vous ne m'avez même pas répondu !

— Mais Cricri, puisque je n'ai décacheté ta lettre que ce matin !

— Ça ne fait rien, vous auriez au moins dû répondre », déclara-t-elle, branlant la tête avec obstination.

Il reprit, patiemment :

« Je suis venu tout de suite, au contraire. » Et, sans plus attendre : « Dis-moi : l'enfant ? »

Elle serra les lèvres, avala sa salive, voulut parler, mais se tut, les yeux pleins de larmes.

Enfin elle dit :

« Il est mort. Il est venu avant terme. »

Jérôme laissa échapper un soupir qui ressemblait à un soupir de soulagement. Il restait, sans un mot, honteux et mortifié, sous le regard implacable que Rinette fixait sur lui.

« Dire que c'est à cause de vous que tout est arrivé », fit-elle. (Sa voix avait moins de dureté que ses yeux.) « Je n'étais pas une coureuse, moi, vous le saviez bien ! Deux fois, j'ai cru tout ce que vous me disiez. Deux fois, j'ai tout quitté, pour vous suivre !... Ah ! ce que j'ai pleuré quand vous êtes reparti, la deuxième fois ! » Elle continuait à le regarder, en dessous, les épaules soulevées, la bouche un peu tordue, ses yeux brillaient, plus verts à travers les larmes. Et lui, irrité, le cœur gros, ne sachant quelle attitude prendre, souriait avec effort. (Comme ce sourire de côté ressemblait au sourire de Daniel !)

Elle sécha ses yeux, puis, d'une voix calme, inattendue, demanda :

« Et comment va Madame ? »

Jérôme comprit qu'elle parlait de Noémie. En venant, il avait décidé qu'il tairait la mort de

Mme Petit-Dutreuil, dans la crainte d'émouvoir Cricri, et d'éveiller en elle des sentiments, des scrupules, qui eussent contrarié les desseins précis qu'il formait alors. Il se conforma donc, sans autre délibération, au mensonge qu'il avait préparé :

« Madame ? Elle fait du théâtre, à l'étranger. » Il eut cependant une légère émotion à vaincre, pour ajouter : « Je pense qu'elle va bien.

— Du théâtre ? » répéta Rinette avec respect.

Ils se turent. Elle s'était tournée vers lui, elle avait l'air d'attendre. Elle découvrait davantage sa gorge, son épaule, et sourit :

« Mais ça n'est pas pour tout ça que vous êtes venu », dit-elle.

Jérôme comprenait bien qu'il n'avait qu'un signe à faire pour trouver Rinette consentante. Hélas ! rien ne subsistait de ce désir éperdu, qui, depuis le matin, lui faisait suivre, comme un lévrier en chasse, la piste de cette proie à travers tous les quartiers de Paris.

« Pas pour autre chose », répliqua-t-il.

Rinette parut surprise, presque blessée :

« Vous savez, ici nous n'avons pas le droit de recevoir des... de simples visites... »

Jérôme se hâta de dévier l'entretien :

« Pourquoi as-tu coupé tes cheveux ?

— Ici, on aime ça. »

Il souriait, par contenance, et ne trouvait plus rien à lui dire. Pourtant, il ne se décidait pas à s'en aller. Une insatisfaction, qui se cachait au fond de lui, le retenait dans cette chambre, comme s'il avait encore quelque chose d'important à y accomplir. Mais quoi ? Pauvre Cricri... Le mal était fait : on n'y pouvait plus rien... Plus rien ?

Un peu embarrassée par ce silence, Rinette examinait Jérôme à la dérobée, avec plus de curiosité que de rancune. Pourquoi était-il revenu ? Il l'aimait donc toujours un peu ? Cette question la troubla — et, soudain, l'idée l'effleura qu'elle pourrait tirer un autre enfant de lui. Tous ses espoirs déçus se ranimèrent d'un coup. Un fils de Jérôme, un petit frère de Daniel, un enfant qui serait à elle, qui serait pour elle seule... Elle fut sur le point de se laisser glisser à terre, d'étreindre les genoux de Jérôme, de murmurer, en levant vers lui un visage suppliant : « Je voudrais un enfant de toi ! » Mais c'était détruire, par un caprice, tout un avenir laborieusement échafaudé. Elle eut un imperceptible frisson, et, les yeux un instant perdus vers son rêve impossible, elle se dit, bouche cousue : « Non. Tout ça, non ! »

« Et Daniel ?, lança-t-elle brusquement.

— Qui ? Daniel, mon fils ? » Il ajouta, gêné : « Tu le connais ? »

Rinette, sans bien savoir pourquoi, avait espéré que Daniel était pour quelque chose dans le retour de Jérôme. Elle regretta d'avoir prononcé son nom ; elle était résolue à ne rien dire : le père, pas plus que le fils, ne saurait jamais de quel amour, de quel amour confondu...

Elle répondit évasivement :

« Si je le connais ? Tout Paris le connaît. Je l'ai rencontré. »

Jérôme était devenu plus soucieux encore. Cependant il n'osa pas demander : « Ici ? »

« Où donc ? fit-il.

— Un peu partout. Dans les boîtes de nuit.

— Ah ! constata-t-il, je m'en doutais. Je lui ai déjà dit ce que je pense de son genre d'existence ! »

Elle se hâta d'ajouter :

« Oh ! c'était autrefois... Je ne sais pas s'il y va toujours. Il est peut-être comme moi : maintenant je suis sérieuse. »

Il la regarda, mais ne répondit rien. Il réfléchissait avec une affliction sincère au dévergondage de la jeunesse, au relâchement des mœurs, puis à cette maison, à cette créature livrée au mal...

« Pourquoi la vie est-elle ce qu'elle est ? » songea-t-il, et il se sentit tout à coup accablé et repentant.

Rinette, reprise par les visions d'avenir vers lesquelles désormais son activité était toute tendue, rêvassait tout haut, en faisant claquer sa jarretière :

« Oui, maintenant, je suis à peu près tirée d'affaire. C'est pour ça que je ne vous en veux plus... Si je continue à être sérieuse, à travailler, dans trois ans, au revoir Paris ! Votre sale Paris de misère !

— Pourquoi trois ans ?

— Dame, calculez : il n'y a pas encore un mois plein que je suis entrée ici, et je me fais déjà cinquante, soixante francs net. Quatre cents francs par semaine. Eh bien, dans trois ans, peut-être plus tôt, j'aurai trente mille francs. Ce jour-là, fini, Cricri, Rinette et tout le reste. Victorine prend son magot, ses cliques, ses claques, et hop ! dans le train de Lannion ! Adieu la compagnie ! »

Elle riait.

« Non, je ne suis tout de même pas aussi mauvais que mes actes », se répétait Jérôme, avec une conviction désespérée. « Non. C'est plus compliqué que ça. Je vaux mieux que ma vie. Et pourtant, sans moi, cette petite... sans moi ! » Du fond de sa mémoire, remonta de nouveau la parole sacrée : *Malheur à l'homme par qui le scandale arrive !*

« Tu as encore tes parents ? » questionna-t-il.

Une idée, encore confuse, et que déjà cependant il essayait de refouler, se faisait lentement jour en lui.

« Le père, il est mort l'an passé à la Saint-Yves. » Elle s'arrêta, hésitant à se signer; elle ne le fit pas « Je n'ai plus que ma tante. Elle a une petite maison sur la place, en arrière de l'église. Vous ne connaissez pas Perros-Guirec ? La vieille, elle n'a pas d'autre héritière que moi, par le fait. Ça n'est pas qu'elle ait du bien, mais elle a sa maison. Elle vit d'une rente qu'on lui fait. Mille francs l'an. Elle est restée longtemps en service chez des nobles. Et elle est chaisière, ça rapporte aussi un peu... Eh bien », reprit-elle, et son visage s'éclaira, « avec trente mille francs de capital, Mme Juju dit que je peux avoir la même rente ou presque. Je saurai bien m'employer pour gagner le surplus. Nous vivrons toutes les deux. On s'est toujours bien entendu. Et là-bas », conclut-elle avec un gros soupir, en regardant remuer ses orteils dans son petit soulier de satin, « là-bas, personne n'a jamais rien su de moi : tout sera fini, oublié ! »

Jérôme s'était levé. Son idée se développait, le subjuguait. Il fit quelques pas en long, en large. Être généreux... Racheter...

Il s'arrêta devant Rinette :

« Vous l'aimez donc bien, votre Bretagne ? »

Elle fut si surprise de s'entendre dire « vous », qu'elle ne répondit pas tout de suite.

« Dame ! dit-elle enfin.

— Eh bien, vous allez y retourner... Oui... Écoutez-moi. »

Il se remit à marcher. Une impatience d'enfant gâté s'était emparée de lui. « Si ça ne se fait pas sur l'heure, songea-t-il, je ne réponds plus de rien ».

« Vous allez y retourner ! » Et, la dévisageant bien en face, il lança : « Ce soir ! »

Elle rit :

« Moi ?

— Vous.

— Ce soir ?

— Oui.

— À Perros ?

— À Perros. »

Elle ne riait plus ; le front bas, elle le dévisageait avec une expression mauvaise. Pourquoi se moquer d'elle, maintenant ? Et pourquoi plaisanter là-dessus ?

« Si vous aviez mille francs par an, comme votre tante... », commença-t-il.

Il souriait ; son sourire n'était pas méchant. Qu'est-ce qu'il voulait dire, avec ses mille francs ? Elle calcula posément, divisa par douze.

Il reprit, cessant de sourire :

« Comment s'appelle le notaire de chez vous ?

— Le notaire ? Lequel ? M. Bénic ? »

Jérôme cambra la taille :

« Eh bien, Cricri, je te donne ma parole d'honneur que, tous les ans, le 1er septembre, M. Benic te versera mille francs de ma part. Et pour cette année, les voici », fit-il en ouvrant son portefeuille. « Et voici mille francs de plus pour votre installation là-bas. Prenez. »

Elle ouvrait les yeux, mordait sa lèvre et ne disait rien. L'argent était là, sous son regard, à portée de sa main... Un tel fonds de naïveté subsistait en elle qu'elle était émerveillée, mais non incrédule. Elle prit enfin les billets que Jérôme lui tendait patiemment ; elle les plia le plus petit possible, les glissa dans son bas, et regarda Jérôme, ne sachant que lui dire. L'idée de l'embrasser ne se présenta même pas à son esprit. Elle avait oublié ce qu'elle était, et même ce qu'ils avaient été l'un pour l'autre : il était devenu M. Jérôme, l'ami de Mme Petit-Dutreuil, et il l'intimidait comme aux premiers jours.

« À une condition, ajouta-t-il, c'est que vous allez partir dès ce soir. »

Elle s'effara :

« Ce soir ? Aujourd'hui ? Ah ! monsieur, ça non ! C'est impossible ! »

Il eût plutôt renoncé à sa bonne action que d'en différer d'un jour l'exécution.

« Ce soir même, mon petit, devant moi. »

Elle comprit vite qu'il ne céderait pas, et, du coup, se mit en colère. Ce soir ? Ça n'avait pas de bon sens ! D'abord, c'était justement l'heure du travail. Et puis, ses affaires, à l'hôtel ? Et l'amie qui partageait la location de sa chambre ? Et Mme Juju ? Et le linge, chez la blanchisseuse ? D'abord, ici, on ne la laisserait pas partir comme ça... Elle s'affolait, comme un oiseau pris aux pipeaux.

« Je vais vous chercher Mme Rose », cria-t-elle enfin, les larmes aux yeux, à bout d'arguments. « Vous verrez bien que c'est impossible ! D'abord, je ne veux pas !

— Va, va vite. »

Jérôme s'attendait à une discussion emportée et s'apprêtait à élever le ton. Il fut étonné du sourire bénévole de Mme Rose.

« Mais, bien entendu », répondit-elle, flairant aussitôt un piège de la police. « Toutes nos dames sont libres, nous ne les retenons jamais. » Elle se tourna vers Rinette, et sur un ton sans réplique, claquant l'une contre l'autre ses paumes potelées : « Allez vite vous habiller, mon enfant. Vous voyez bien que Monsieur attend. »

Rinette, abasourdie, joignait les mains et regardait tour à tour Jérôme et la patronne. De grosses larmes délayaient son fard. Vingt idées contradictoires s'enchevêtraient dans sa cervelle. Elle était impuissante, furieuse, consternée. Elle haïssait Jérôme. Elle hésitait aussi à quitter la pièce sans lui avoir fait signe de ne souffler mot des deux billets qu'elle avait dissimulés dans son bas. Mme Rose dut se fâcher tout rouge, saisir Rinette par le bras, la pousser vers l'escalier.

« Voulez-vous obéir, mademoiselle ! » (« Et ne t'avise jamais de remettre les pieds ici, la mouche ! » lui souffla-t-elle à voix basse.)

Une demi-heure plus tard, un taxi déposait Jérôme et Rinette à l'hôtel meublé où celui-ci avait sa chambre.

Elle ne pleurait plus. Elle s'habituait, malgré tout, à la précipitation de ce départ, parce que toute initiative lui était épargnée. Cependant, par intervalles, elle répétait comme un refrain :

« Dans trois ans, je ne dis pas... Mais tout de suite, non ! »

Jérôme lui tapotait la main, sans répondre. Il se répétait tout bas : « Ce soir, ce soir même. » Il se sentait l'énergie de briser toutes les résistances, mais il percevait déjà trop bien les limites de cette énergie : il n'y avait pas de temps à perdre.

Il se fit remettre la note du mois et l'indicateur. Le train était à 19 h 15.

Rinette lui demanda de l'aider à tirer de dessous la penderie la vieille malle en bois noir, qui contenait quelques effets roulés en tampon.

« Mon costume de quand j'étais en place », dit-elle.

Alors Jérôme se souvint de la garde-robe de Noémie, que Nicole avait laissée à la logeuse d'Amsterdam. Il s'assit, attira Rinette sur son genou, et, posément, mais avec une ferveur qui faisait trembler les finales de ses phrases, il lui prêcha l'abandon de ses toilettes de prostituée, le renoncement, le retour total à la simplicité, à la pureté de jadis.

Elle l'écoutait sagement. Ces paroles trouvaient un écho dans une partie très ancienne d'elle-même. « Et puis, ne pouvait-elle s'empêcher de penser, ces hardes-là, chez nous ? À la grand-messe ? Pour qui me prendrait-on ? » Elle n'aurait pas pu se résoudre à jeter, ni même à donner ce linge à dentelles, ces vêtements tapageurs qui lui avaient coûté tant d'économies. Mais elle devait deux cents francs à la compagne qui partageait sa chambre ; depuis qu'il était question de partir, cette dette n'était pas le moindre souci de Rinette ; or, en laissant ses frusques à l'amie, elle payait son dû sans écorner les billets de Jérôme. Tout s'arrangeait.

Aussitôt, l'idée de remettre son costume de serge noire, fripé, la fit battre des mains comme s'il se fût agi d'une mascarade ; elle sauta impatiemment à terre et partit d'un éclat de rire nerveux qui la secoua comme une crise de sanglots.

Jérôme s'était détourné pour ne pas la gêner pendant qu'elle s'habillait. Il s'approcha de la fenêtre et se perdit dans la contemplation du mur de la courette.

« Je vaux tout de même mieux qu'on ne croit », se disait-il. Sa bonne action rachetait à ses yeux une faute dont cependant il ne s'était jamais bien franchement reconnu coupable.

Cependant quelque chose manquait encore à sa quiétude. Sans tourner la tête, il s'écria :

« Dites-moi que vous ne m'en voulez plus !

— Oh ! non !

— Dites-le-moi. Dites-moi : Je vous pardonne. » Elle n'osait pas. « Soyez bonne », supplia-t-il, continuant à regarder dehors. « Prononcez seulement ces trois mots. »

Elle s'exécuta :

« Bein sûr que... que je vous pardonne, Monsieur.

— Merci. »

Les larmes lui vinrent aux yeux. Il lui semblait rentrer dans l'accord universel, retrouver, après des années de privation, la paix du cœur. À une fenêtre de l'étage inférieur, un serin s'égosillait. « Je suis bon », se répétait Jérôme. « On me juge mal. On ne sait pas. Je vaux mieux que ma vie. » Son cœur débordait de douceur sans objet, de compassion.

« Pauvre Cricri », murmura-t-il.

Il se retourna. Rinette achevait de boutonner son corsage en laine noire. Elle avait tiré ses cheveux en arrière, et son visage lavé avait retrouvé sa fleur : elle était la petite servante timide et têtue que Noémie, six ans plus tôt, avait ramenée de Bretagne.

Jérôme n'y put tenir, vint à elle et lui mit un bras autour de la taille. « Je suis bon, je suis meilleur qu'on ne croit », se répétait-il, comme un refrain. Ses doigts automatiquement dégrafaient la jupe, tandis que ses lèvres s'appuyaient sur le front de la petite, en un baiser paternel.

Rinette frémit, à peine moins farouche qu'autrefois. Mais il la tenait serrée contre lui.

« Tiens, soupira-t-elle, vous avez toujours ce parfum, vous savez ? qui sent la limonade... » Elle sourit, tendit sa bouche et ferma les yeux.

N'était-ce pas le seul témoignage de reconnaissance qu'elle pût offrir ? Et n'était-ce pas, pour Jérôme, le seul geste capable, en cette seconde d'exaltation mystique, d'exprimer jusqu'à l'épuisement cette pitié religieuse dont son âme était surchargée ?

Lorsqu'ils arrivèrent à la gare Montparnasse, le train était à quai. Ce fut seulement en apercevant sur le wagon la pancarte : *Lannion*, que Rinette prit pleine conscience de la réalité. Non, ce n'était pas une « triche ». Elle touchait pour de bon à l'accomplissement de ce rêve qu'elle avait, des années durant, caressé. Comment se pouvait-il alors, qu'elle fût si triste ?

Jérôme choisit une place pour elle, et ils commencèrent à faire les cent pas devant le compartiment. Ils ne parlaient plus. Rinette pensait à quelque chose, à quelqu'un... Mais elle ne se décidait pas à rompre le silence. Et Jérôme aussi semblait tourmenté par quelque souci secret, car, plusieurs fois, il se tourna vers elle comme pour lui parler, et se tut. Enfin, sans la regarder, il avoua :

« Je ne t'ai pas dit la vérité, Cricri. Mme Petit-Dutreuil est morte. »

Elle ne sollicita aucun détail ; mais elle se mit à pleurer, et ce chagrin silencieux fit du bien à Jérôme. « Que nous sommes bons », songeait-il, avec suavité.

Ils n'échangèrent plus une parole jusqu'au moment du départ. Pour un rien, si elle avait osé, Rinette aurait rendu l'argent et serait remontée supplier Mme Rose de la reprendre. Et Jérôme, que cette attente agaçait, ne ressentait plus aucune joie d'avoir opéré ce sauvetage.

Quand le train s'ébranla enfin, Rinette rassembla son courage, et, se penchant à la portière :

« Si Monsieur voulait bien donner le bonjour à M. Daniel... »

Le fracas empêcha Jérôme de comprendre ce qu'elle disait. Elle vit bien qu'il n'avait pas entendu : sa bouche se mit à trembler, et la main qu'elle appuyait sur sa poitrine se crispa. Lui, souriait, heureux de la voir partie, et il agitait gracieusement son chapeau.

Il venait d'avoir une nouvelle idée qui le transportait d'impatience : rentrer à Maisons-Laffitte par le premier train, se jeter aux pieds de sa femme, lui confesser tout — presque tout.

« Et puis », se dit-il, en allumant une cigarette et en s'éloignant à grands pas de la gare, « pour cette rente annuelle, il vaut mieux que Thérèse soit au courant : elle a tant d'ordre, elle n'y manquera jamais. »

XIII

Plusieurs fois par semaine, Antoine venait chercher Rachel pour l'emmener dîner.

Un soir, au moment de sortir, comme elle s'approchait de la glace et tirait sa boîte à poudre de son sac, elle fit tomber un feuillet plié qu'Antoine ramassa.

« Ah ! merci. »

Il crut surprendre dans sa voix un léger trouble, et Rachel, au même instant, devina sa pensée.

« Eh bien ? » fit-elle, cherchant à plaisanter. « Qu'est-ce que tu supposes donc ? Lis ! Ce sont des heures de train. »

Il repoussa le papier, qu'elle remit dans son sac. Mais, presque aussitôt, il demanda :

« Tu pars en voyage ? »

Cette fois, l'involontaire frémissement des cils, le gauchissement du sourire, étaient flagrants.

« Rachel ? »

Elle ne souriait plus. « Ah ! » songea Antoine avec une angoisse subite, « je ne veux pas... je ne pourrais plus supporter la plus courte absence ! »

Il vint à elle et toucha son bras ; elle s'abattit sur sa poitrine en sanglotant.

« Mais quoi ?... quoi ? » balbutia-t-il.

Elle se hâta de répondre, en phrases hachées :

« Rien. Rien du tout. Je suis énervée. Écoute, tu vas voir, ce n'est rien : c'est pour la tombe de la petite, tu sais, au Gué-la-Rozière. Eh bien, il y a si longtemps que je n'ai pas fait le voyage, il va falloir que j'y aille ; saisis-tu ? Et je t'ai fait peur ! Pardonne-moi. » Mais, le serrant tout à coup dans ses bras, elle gémit : « Mon Minou, c'est donc vrai que tu tiens à moi, dis ? Tu serais donc bien malheureux, si... si un jour... ?

— Tais-toi », murmura-t-il, effrayé pour la première fois de mesurer la place que Rachel avait prise dans sa vie. Il ajouta timidement : « Tu resteras absente... combien de jours ? »

Elle s'était dégagée et, s'efforçant de rire, courait vers la toilette afin de bassiner ses yeux.

« Ce qu'on est bête de pleurer comme ça », dit-elle. « Tiens, c'était un soir comme aujourd'hui, et justement avant d'aller dîner. J'étais chez moi, avec des amis — que tu ne connais pas. On sonne : la dépêche : *Enfant malade, état très grave, venez*. J'ai bien compris. J'ai couru à la gare comme j'étais, avec un chapeau de tulle pailleté et des souliers découverts ; j'ai sauté dans le premier train. Ce voyage, toute une nuit seule, transie... Comment ne suis-je pas arrivée folle ? » Elle se tourna vers lui : « Patiente un peu, je laisse sécher, ça vaut mieux. » Son visage s'anima soudain : « Sais-tu, si tu étais gentil ? Tu viendrais là-bas avec moi ! Écoute : deux jours suffiraient, un samedi et un dimanche. On irait coucher à Rouen ou à Caudebec ; et le lendemain, on se ferait conduire jusqu'au cimetière du Gué-la-Rozière. Ce que ça serait bon, une balade, tous les deux ! Tu ne crois pas ? »

Ils partirent, le dernier samedi de septembre, par un bel après-midi dans un train à peu près vide : ils étaient seuls dans leur compartiment.

Antoine, ravi de ces deux jours de repos et de tête-à-tête, les nerfs déjà détendus, le regard rajeuni, rieur, s'agitait comme un gamin, plaisantait Rachel sur ses colis qui encombraient le filet, et refusait de s'asseoir à côté d'elle afin de mieux la dévorer des yeux.

« Laisse donc », finit-elle par dire, comme il se levait encore une fois pour baisser le store. « Je ne vais pas fondre.

— Non. Mais moi je suis aveuglé quand tu es au soleil ! » Et c'était vrai : lorsque la lumière baignait à plein la chair du visage et incendiait la chevelure, ce devenait une fatigue pour les yeux de la regarder longtemps.

« Nous n'avons encore jamais voyagé ensemble, observa-t-il. Y as-tu pensé ? »

Elle ne parvint pas à sourire. Sa bouche, un peu tirée, avait quelque chose d'ardent, de volontaire. Il se pencha :

« Qu'est-ce qu'il y a ?

— Rien... Le voyage... »

Il se tut, songeant qu'il avait égoïstement oublié le but du pèlerinage. Mais elle expliqua :

« Ça me trouble toujours de partir. Ces paysages qui galopent... Tout cet inconnu, au bout ! » Ses yeux s'attardèrent un instant sur l'horizon fuyant : « J'en ai tant pris, de ces trains, de ces bateaux ! » Et son visage s'obscurcit.

Antoine se glissa près d'elle, s'étendit sur la banquette et posa la nuque au creux de sa robe.

« *Umbilicus sicut crater eburneus* », murmura-t-il. Puis, après un instant de silence, sentant bien que la pensée de Rachel n'était pas avec lui, il questionna : « À quoi penses-tu ?

— À rien. » Elle fit un effort pour prendre un air amusé. « À ta cravate de maître d'école ! » s'écria-t-elle, en glissant un doigt sous l'étoffe. « Dire que, même pour voyager, tu ne sais pas faire le nœud un peu lâche, un peu libre ! » Elle s'étira, sourit encore : « Quelle chance d'être seuls !... Parle, toi ! Raconte-moi des choses. »

Il rit :

« Mais c'est toujours toi qui racontes ! Moi, mes malades, mes examens... Comment pourrais-je avoir quelque chose à raconter ? J'ai toujours vécu comme une taupe dans sa taupinière : c'est toi qui m'as fait sortir de mon trou, et regarder l'univers ! »

Jamais encore il n'avait fait cet aveu devant elle. Elle s'inclina, prit à deux mains la tête chérie qui reposait sur ses genoux et la considéra :

« C'est vrai ? Est-ce bien vrai ?

— Tu sais », reprit-il, sans changer de place, « l'an prochain, on ne restera pas tout l'été à Paris.

— Non.

— Je n'ai pas demandé de vacances cette année ; je m'arrangerai pour avoir quinze jours.

— Oui.

— Peut-être trois semaines.

— Oui.

— On s'en ira ensemble, n'importe où... N'est-ce pas ?

— Oui.

— Dans la montagne, si tu veux. Dans les Vosges. Ou en Suisse. Ou même plus loin ? »

Rachel demeurait songeuse.

« À quoi penses-tu ? dit-il.

— À ça. En Suisse, oui.

— Ou bien aux lacs italiens.

— Ah ! non !

— Pourquoi ? Tu n'aimes pas les lacs italiens ?

— Non. »

Toujours allongé et bercé par les cahots du train, il consentit :

« Eh bien, nous irons ailleurs... Où tu voudras. »

Mais, après une pause, il reprit, paresseusement : « Pourquoi n'aimes-tu pas les lacs italiens ? »

Elle promenait le bout de ses doigts sur le front d'Antoine, sur ses paupières, sur ses tempes qui étaient un peu creusées, comme ses joues ; elle ne répondit pas. Il avait baissé les paupières ; mais la même idée stagnait dans son cerveau somnolent :

« Pourquoi ne veux-tu pas me dire ce que tu as contre les lacs italiens ? »

Elle eut un imperceptible mouvement d'humeur :

« C'est là qu'Aaron est mort, na ? Mon frère, tu sais ? À Pallanza. »

Il regretta son insistance ; pourtant, il ajouta :

« Est-ce qu'il vivait là-bas ?

— Oh ! non ; il y était en voyage. En voyage de noces. » Elle fronça les sourcils, puis au bout d'un instant, comme si elle eût deviné la pensée d'Antoine, elle murmura : « Tout de même, ce que j'en ai vu, déjà, de toutes sortes...

— Tu es brouillée avec ta belle-sœur ? demanda-t-il. Tu n'en parles jamais. »

Le train s'arrêtait. Elle se leva et se pencha à la portière. Cependant, elle avait entendu la question d'Antoine, car elle se retourna :

« Quoi ? Quelle belle-sœur ? Clara ?

— La femme de ton frère : tu dis qu'il est mort pendant son voyage de noces.

— Elle est morte avec lui. Je t'ai raconté ça... Non ? » Elle continuait à regarder dehors. « Ils se sont noyés dans le lac. Personne n'a jamais su ce qui s'était passé. » Elle hésita : « Personne — sauf Hirsch, peut-être.

— Hirsch ? » fit-il, se soulevant sur un coude. « Il était donc là-bas avec eux ? Mais... toi aussi, alors ?

— Ah ! ne parlons pas de ça aujourd'hui », suppliat-elle, en venant se rasseoir. « Passe-moi mon sac. Tu as faim ? » Elle dépapillota une croquette de chocolat, la mit entre ses dents, et l'offrit ainsi à Antoine, qui, souriant, se prêta au jeu.

« Comme ça, c'est meilleur », dit-elle, avec un clin d'œil gourmand. Et, d'une façon inattendue, brusque, elle reprit : « Clara était la fille de Hirsch ; sais-tu, maintenant ? C'est par la fille que j'ai connu le père. Je ne t'ai jamais dit ça ? »

Il fit signe que non, mais se retint de la questionner davantage, cherchant à relier ces détails nouveaux à ceux qu'il avait recueillis déjà. D'ailleurs, Rachel ne tarda pas à reprendre la parole, comme toujours lors qu'il cessait de l'interroger :

« Tu n'as pas vu la photo de Clara ? Je te la chercherai. C'était une camarade à moi. Je l'avais connue dans la petite classe. Mais elle n'est restée qu'un an à l'Opéra. Elle n'avait pas de santé. Peut-être aussi Hirsch préférait-il la garder près de lui : c'est bien possible... Je m'étais liée avec elle, j'allais la voir, le dimanche, au manège de Neuilly. C'est comme ça que j'ai pris mes premières leçons d'équitation, en même temps qu'elle. Et puis, plus tard, nous avons gardé l'habitude de monter ensemble tous les trois.

— Qui ça, tous les trois ?

— Eh bien, Clara, Hirsch et moi. À partir de Pâques, je venais les prendre à six heures du matin, trois fois par semaine. Il fallait que je sois rentrée à huit heures pour l'Opéra. À ces heures-là, le Bois était à nous, c'était délicieux. » Elle se tut un instant. Il la regardait, accoudé sur la banquette, et ne bougea pas. « Une fille fantasque » reprit-elle, suivant le fil de ses souvenirs. « Très crâne, très bonne ; du charme ; un charme un peu voyou ; et, par moments, le regard terrible de son père. C'était ma meilleure amie, en ce temps-là. Il y avait des années qu'Aaron s'en était toqué — il ne travaillait que pour pouvoir l'épouser, un jour. Clara ne voulait pas. Hirsch non plus, naturellement. Enfin, elle s'est décidée, brusquement, sans que je me sois tout d'abord expliqué pourquoi. D'ailleurs, même au moment des fiançailles, je ne me doutais de rien. Quand j'ai su, il était trop tard pour dire quelque chose. » Elle fit une pause. « Et puis trois semaines après leur mariage, j'ai reçu le télégramme de Hirsch qui m'appelait à Pallanza. J'ignorais qu'il avait été les rejoindre ; mais lorsque j'ai appris qu'il était là-bas, j'ai tout de suite flairé le drame ! Au reste ce n'est pas un secret. On a bien vu qu'il y avait des ecchymoses autour du cou de Clara. Il avait dû l'étrangler.

— Qui, il ?

— Aaron. Son mari. Il avait loué une barque, ce soir-là, pour aller se promener sur le lac, seul. Hirsch l'avait laissé faire : il y trouvait son compte ; il avait probablement ses raisons : il savait qu'Aaron voulait se suicider. Et Clara aussi s'en doutait : puisqu'elle a profité d'un moment où Hirsch ne la surveillait pas, pour sauter dans la barque, qui démarrait. Du moins, c'est ce que j'ai deviné peu à peu, car Hirsch... » Un frisson la secoua : « Il est impénétrable », articula-t-elle.

Puis, comme elle se taisait de nouveau, Antoine demanda :

« Mais pourquoi se suicider ?

— Aaron parlait toujours de ça. Une marotte ; dès l'enfance. C'est même pour ça que je n'avais rien osé lui dire, et que je l'avais laissé se marier. Ah ! » fit-elle, avec un accent de douleur profonde, « je me le suis tant reproché depuis ! » Peut-être que, si j'avais parlé, à ce moment-là... » Et, regardant Antoine, comme s'il pouvait la disculper devant sa propre conscience : « J'avais surpris leur secret, oui. Mais était-ce une raison pour le révéler à Aaron ? Dis ? Il avait plusieurs fois déclaré qu'il se tuerait, si Clara ne l'épousait pas ! Il l'aurait fait, si je lui avais appris ce que j'avais découvert, par hasard... Tu ne crois pas, toi ? »

Antoine ne pouvait répondre ; il répéta :

« Par hasard ?

— Oh ! tout à fait par hasard ; un matin que je venais chercher Clara et Hirsch pour aller au Bois. J'étais montée tout droit à la chambre de Clara ; en approchant, j'ai entendu un bruit de lutte ; j'ai couru... La porte était entrouverte : Clara était sans corsage, les bras nus ; elle s'empêtrait dans sa jupe d'amazone, et, au moment où je poussais le battant, je l'ai vue saisir sa cravache qui était sur une chaise, et vlan ! un grand coup cinglé à travers la figure de Hirsch !

— De son père ?

— Oui, mon petit ! Ah ! ça, j'avoue que j'y ai souvent repensé depuis ! s'écria-t-elle avec une explosion de joie rancunière. J'ai souvent revu sa tête, à lui ! Sa face blême ! Et la balafre, qui devenait de plus en plus foncée ! Ah ! il aimait cogner, lui aussi : même qu'il cognait dur ! Pourtant, cette fois, ah ! ah ! c'est lui qui l'avait reçu, le coup de cravache.

— Mais... quoi ?

— Eh bien, je n'ai jamais su au juste ce qui s'était passé ce matin-là... Clara devait se refuser depuis les fiançailles. C'est l'idée qui m'est venue tout de suite. Je me suis rappelé certaines choses qui m'avaient étonnée déjà et, en un instant, j'ai deviné, j'ai vu clair... Hirsch est sorti de la chambre, en grand seigneur, sans me dire un mot; il avait l'air d'être bien certain que je ne parlerais pas. Il avait raison, tu vois. Moi, j'ai pressé Clara de questions. Elle m'a tout avoué. Mais elle m'a juré, et ça, elle était sincère, j'en suis sûre — elle m'a juré que c'était fini pour toujours, qu'elle se mariait justement pour échapper à tout ça. Échapper à Hirsch? Ou bien échapper à... à sa propre passion? Voilà ce que j'aurais dû me demander ce jour-là. J'aurais dû comprendre que ce n'était pas fini du tout, rien qu'à la façon dont elle parlait de lui!» Elle fit une pause, avant d'ajouter d'une voix sourde : «Tant qu'une femme parle d'un homme avec cette espèce de haine-là, c'est qu'elle l'a toujours dans la peau!»

Elle demeura songeuse, pendant une minute, le front bas, les yeux à terre. Puis elle reprit :

«J'en ai bien eu la preuve ensuite, puisque c'est elle, Clara, qui, en plein voyage de noces... Saisis-tu? C'est elle qui a fait venir Hirsch en Italie!... Ensuite, il me manque des détails. Mais, sûrement, Aaron a dû les surprendre, sans quoi il n'aurait pas cherché à se noyer... Ce que je n'ai jamais bien éclairci, c'est l'intention de Clara. Pourquoi a-t-elle rejoint son mari dans la barque? Pour l'empêcher de se tuer? Ou bien, pour mourir avec lui? On peut supposer l'un ou l'autre... Quel tête-à-tête, hein, dans ce bateau, en pleine nuit, au milieu du lac? Je me suis cent fois demandé ce qui s'était passé. A-t-elle avoué tout, cyniquement? Elle en était capable... Aaron a-t-il voulu la supprimer, pour être bien sûr que, lui mort, ça ne continuerait pas?... On a retrouvé, le lendemain, leur bateau vide; et plusieurs jours après, les deux cadavres, ensemble... Mais le plus bizarre de tout, pour moi, c'est que Hirsch m'a télégraphié de venir, sans attendre qu'on ait commencé les recherches, le soir même de la promenade, avant la fermeture du bureau ! » Elle poursuivit, après quelques secondes de rêverie : « D'ailleurs, tu as dû lire cette histoire dans les journaux de l'époque ; seulement ça ne t'a pas frappé. La police italienne a fait des enquêtes ; la police française s'en est mêlée aussi, on a perquisitionné à Paris, au domicile d'Aaron, au mien ; mais ils n'ont jamais trouvé le mot de l'énigme... J'en sais plus qu'eux !

— Et ton Hirsch n'a jamais été inquiété ? »

Elle se redressa avec vivacité :

« Non, articula-t-elle, mon Hirsch n'a jamais été inquiété ! »

Dans sa voix, dans le coup d'œil dont elle enveloppa Antoine, il y avait du défi ; mais il n'y fit pas attention, car, souvent, lorsqu'elle racontait sa vie passée, elle prenait un accent quelque peu provocant, comme si elle eût éprouvé du plaisir à étonner cet homme qui lui en avait si fort imposé, le premier soir de leur rencontre.

« Hirsch n'a jamais été inquiété », répéta-t-elle sur un autre ton, en ricanant, « mais il a trouvé plus prudent de ne pas rentrer en France, cette année-là !

— Es-tu sûre que c'est elle, la fille, qui, en plein voyage de noces...

— Assez », fit-elle en se jetant vers lui, avec cette passion qu'elle manifestait presque toujours lorsqu'il venait d'être question de Hirsch entre eux, et elle lui ferma la bouche d'un baiser impérieux. « Ah ! tu n'es pas comme les autres, toi ! » murmura-t-elle en se pelotonnant contre lui. « Tu es bon, toi, tu es généreux ! Tu es droit ! Ah ! ce que je t'aime, mon Minou ! » Et, comme Antoine, obsédé par ce récit, semblait prêt à la questionner encore, elle répéta : « Assez, assez... Ça m'énerve trop. Je veux oublier tout ça — le plus longtemps possible... Serre-moi fort, câline-moi... Oui, berce-moi, berce-moi bien, mon Minou, pour que j'oublie... »

Il la pressait entre ses bras. Et soudain, du fond de son inconscient, jaillit, comme un instinct nouveau, un besoin d'aventure : s'évader de cette existence rangée, recommencer tout à neuf, courir des risques, utiliser, pour des actes libres et gratuits, cette force qu'il avait été si fier d'asservir à des fins laborieuses !

« Si nous partions, tous les deux ? Écoute-moi. Refaire notre vie ensemble, loin, loin... Tu ne sais pas ce dont je serais capable !

— Toi ? » fit-elle, en riant.

Elle lui tendit ses lèvres. Et lui-même, dégrisé, cherchant à faire croire qu'il avait voulu plaisanter, sourit.

« Comme je t'aime ! » dit-elle en le regardant de tout près, avec une angoisse dont il se souvint plus tard.

Antoine connaissait Rouen. Sa famille paternelle était d'origine normande ; M. Thibault comptait encore à Rouen plusieurs parents assez proches. De plus, Antoine y avait fait, huit années plus tôt, son service militaire.

Il fallut que Rachel l'accompagnât, dès avant le dîner, de l'autre côté des ponts, dans un faubourg encombré de soldats, pour longer un interminable mur de caserne.

« L'infirmerie ! » s'écria joyeusement Antoine, désignant à Rachel un bâtiment éclairé. « Tu vois, la deuxième fenêtre ? Le bureau. En ai-je passé, des journées, là-dedans, sans rien faire, sans même pouvoir lire, à surveiller deux ou trois tire-au-flanc, et quelques amoureux endommagés ! » Il riait, sans rancune, et conclut : « Hein ? Ce que je suis heureux aujourd'hui ! »

Elle ne répondit rien et passa devant lui ; il ne vit pas qu'elle était prête à pleurer.

Un cinéma affichait *L'Afrique inconnue* ; Antoine montra l'enseigne à Rachel ; elle secoua la tête et l'entraîna vers leur hôtel.

De tout le dîner, il ne parvint pas à la faire rire ; et, songeant au mobile de leur voyage, il se reprochait un peu sa gaieté.

Mais dès qu'ils furent dans leur chambre, elle se suspendit à son cou :

« Il ne faut pas m'en vouloir, fit-elle.

— De quoi donc ?

— De te gâter notre balade. »

Il voulut protester. Elle l'étreignit de nouveau, répétant comme pour elle seule :

« Ah ! que je t'aime ! »

Le lendemain, de bonne heure, ils gagnèrent Caudebec.

La chaleur se faisait plus lourde ; le fleuve coulait, très large, sous une buée qui scintillait. Antoine traîna les colis jusqu'au petit hôtel qui louait des voitures. Celle qu'ils commandèrent vint, longtemps à l'avance, se ranger devant la fenêtre près de laquelle ils déjeunaient. Rachel écourta le dessert. Elle entassa elle-même tous ses paquets dans la capote, expliqua en détail au cocher l'itinéraire qu'elle voulait suivre, et s'élança gaiement dans la vieille calèche.

Plus elle approchait du moment pénible de son voyage, plus elle semblait retrouver son animation. Le trajet l'enchanta : elle reconnaissait les montées, les descentes, les calvaires, les places des villages. Tout l'étonnait ; on eût dit qu'elle n'avait jamais quitté la banlieue :

« Non, mais, regarde ! Ces poules ! Et cette vieille paralytique qui se rôtit au soleil ! Et cette barrière, avec un bloc de pierre pour faire le contrepoids ! Sont-ils retardés par ici ! Tu vois, je t'avais prévenu : la vraie brousse ! »

Lorsqu'elle aperçut, dans la vallée, les toits éparpillés autour de la petite église du Gué-la-Rozière, elle se leva tout debout dans la voiture, et son visage s'illumina comme si elle eût retrouvé son pays natal.

« Le cimetière est à gauche, loin du bourg. Derrière ces peupliers. Attends, tu vas le voir... Vous traverserez le village au trot », dit-elle au cocher, quand ils atteignirent les premières maisons du Gué.

Cachées au fond des cours herbues, les façades blanches, rayées de noir et coiffées de chaume, brillaient à travers les pommiers ; les volets étaient clos. Ils passèrent devant un toit d'ardoises entre deux ifs.

« La mairie, fit Rachel, ravie. Rien n'a changé ! C'est là qu'on a dressé les actes... Tu vois, là-bas, derrière ? Eh bien, c'est là qu'elle habitait, sa nourrice. De braves gens. Ils ont quitté le pays : sans quoi j'irais tout de même l'embrasser, la vieille... Tiens, j'ai habité ici, une fois. Quand je venais, on me logeait chez ceux qui avaient un lit à prêter. Je prenais mes repas avec eux, je riais de leur patois. Ils me regardaient comme une bête de ménagerie. Les bonnes femmes venaient me voir au lit à cause de mes pyjamas. Des retardés, par ici, ce n'est pas croyable ! Mais de braves gens. Ils ont tous été si gentils pour moi, quand la petite est morte ! Après, je leur ai envoyé tout et le reste : des fruits confits, des rubans à mettre sur leurs coiffes, des liqueurs pour le curé. » Elle se leva de nouveau. « Le cimetière est là, après la côte. Regarde bien : tu vas voir les tombes dans le creux. Tiens, mets ta main : sais-tu pourquoi le cœur me saute ? J'ai toujours peur de ne pas la retrouver, ma pauvre gosse. Parce que nous n'avons pas voulu payer une perpétuité ; dans le pays, ils nous ont tous dit que ça n'est pas la mode. Mais, malgré moi, chaque fois que j'arrive, je me dis : « Et s'ils me l'avaient fichue en l'air ? » Ils en auraient le droit, tu sais !... Arrêtez-vous devant l'allée, mon vieux ; on ira à pied jusqu'à la porte... Viens, viens vite ! »

Elle avait bondi hors de la calèche et se hâtait vers la grille ; elle l'ouvrit, disparut derrière un pan de mur, et, presque aussitôt, reparut, pour crier à Antoine :

« Elle y est toujours ! »

Le soleil frappait son visage où il n'y avait que de la joie. Elle s'éclipsa de nouveau.

Antoine la rejoignit. Elle se tenait campée, les mains aux hanches, devant un coin envahi d'herbes folles, à l'angle de deux murailles ; des débris de clôture émergeaient à travers les orties.

« Elle y est toujours, mais dans quel état ! Ah ! pauvre gosse, tu pourras dire qu'il est bien peigné, ton cimetière ! Et je leur envoie vingt francs par an, pour l'entretien ! »

Puis, se tournant vers Antoine, avec une légère hésitation dans la voix, comme pour s'excuser d'un caprice :

« Découvre-toi, mon Minou, tu veux bien ? »

Antoine rougit et retira son chapeau.

« Ma pauvre gosse », fit-elle tout à coup. Elle appuya sa main sur l'épaule d'Antoine, et ses yeux s'emplirent de larmes. « Dire que je ne l'ai même pas vue mourir, murmura-t-elle. Je suis arrivée trop tard. Un petit ange, un vrai petit ange, pâle... » Soudain elle s'essuya les yeux et sourit : « Drôle de balade que je te fais faire, hein ? Que veux-tu, c'est de l'histoire ancienne, mais ça vous remue quand même. Heureusement qu'il y a du travail, ça vous empêche de penser... Viens. »

Il fallut retourner à la voiture et, sans accepter l'aide du cocher, transporter dans le cimetière les paquets que Rachel, agenouillée dans l'herbe, tint à déballer elle-même. Méthodiquement, elle étala sur une dalle voisine une pelle, une serpe, un maillet, puis un vaste carton, qui contenait une couronne en perles blanches et bleues.

« Je comprends pourquoi c'était si lourd », dit Antoine en souriant.

Elle se releva gaiement :

« Aide-moi donc, au lieu de goguenarder. Ôte ton veston... Tiens, prends la serpe. Il s'agit de couper, d'arracher ces saletés-là qui dévorent tout. Tu vois, on retrouve dessous les briques qui marquent la place. N'était pas grand, son cercueil, ni lourd, pauvre chou !... Ça, donne ! C'est le reste d'une couronne. Elle n'est pas jeune, celle-là : *À notre fille chérie*. C'est Zucco qui l'avait apportée. Je n'étais plus avec lui depuis un an, mais je l'avais fait prévenir tout de même, tu saisis ? Il a été convenable d'ailleurs, il est venu, il était en noir. Ma foi, j'étais contente, j'étais moins seule pour l'enterrement... Ce qu'on est bête !... Attends : ça, c'est la croix. Relève-la, on la consolidera tout à l'heure. »

En écartant les herbes, Antoine eut une brusque émotion : il n'avait pas aperçu d'abord l'inscription entière : *Roxane-Rachel Gœpfert*. Le premier prénom était effacé ; il n'avait lu que le nom de son amie. Il resta quelques secondes rêveur.

« Eh bien, fit Rachel, à l'ouvrage ! Commençons par ici. »

Antoine s'y mit franchement ; il ne faisait rien à

demi. En manches de chemise, maniant serpe et bêche, il transpira bientôt comme un manœuvre.

« Les couronnes, dit-elle, passe-les-moi, que je les essuie à mesure... Hé ! mais il en manque une ! Regarde voir ? Celle de Hirsch, la plus belle ! En fleurs de porcelaine ! Ah ! par exemple, ça, c'est raide ! »

Antoine la suivait des yeux avec amusement : sans chapeau, ses cheveux ébouriffés rutilant au soleil, la lèvre irritée et moqueuse, la jupe relevée et ses manches retroussées jusqu'aux coudes, elle parcourait en tous sens l'enclos, inspectant chaque tombe et bougonnant, furieuse :

« Ils me l'auront empruntée, pardi, les voraces ! »

Elle revint, découragée :

« J'y tenais tant ! Ils s'en seront fait des breloques. Ils sont si retardés, tu sais !... Mais, reprit-elle, apaisée comme par enchantement, j'ai découvert là-bas du sable jaune qui va faire coquet. »

De quart d'heure en quart d'heure, la petite sépulture prenait une apparence nouvelle : la croix, redressée, puis enfoncée à coups de maillet, dominait le rectangle de briques, entièrement désherbé ; et, tout autour, un étroit chemin sablé achevait de donner à la tombe un air entretenu.

Ils n'avaient pas remarqué que l'horizon s'ennuageait, et ils furent surpris par les premières gouttes. Un orage se formait au-dessus de la vallée. Sous le ciel d'étain, les pierres devinrent plus blanches, l'herbe plus verte.

« Dépêchons ! » cria Rachel. Elle eut vers la tombe un sourire maternel : « Nous avons bien travaillé, murmura-t-elle ; on dirait un petit jardin de villa ! »

Antoine avait remarqué, à l'angle des murs, la branche tombante d'un rosier qui balançait dans le vent deux roses au cœur de safran. Il eut l'idée de les offrir, en guise d'adieu, à la petite Roxane. Le respect humain l'arrêta : il préféra laisser à la mère ce geste romantique, cueillit les fleurs et les tendit à Rachel.

Elle les prit, et hâtivement les piqua dans son corsage.

« Merci, dit-elle. Mais filons, mon chapeau va être perdu. » Et elle s'enfuit vers la voiture, sans se retourner, tenant à deux mains sa jupe que commençait à fouetter la pluie.

Le cocher avait dételé, et s'abritait, avec son cheval, dans le renfoncement de la haie. Antoine et Rachel se réfugièrent au fond de la calèche, sous la capote, et déplièrent sur leurs genoux le lourd tablier qui puait le cuir moisi. Elle riait, amusée par l'imprévu de cet orage, heureuse aussi du devoir accompli.

Ce n'était qu'une ondée. Déjà la pluie diminuait, les nuages galopaient vers l'est ; et bientôt, à travers l'atmosphère purifiée de ses vapeurs, le soleil couchant reparut, aveuglant. L'homme commença d'atteler. Des gamins défilèrent, poussant devant eux une file d'oies mouillées. Le plus petit, qui pouvait avoir neuf ou dix ans, se hissa sur le marchepied pour lancer d'une voix fraîche :

« C'est bon, l'amour, messieurs dames ? » Puis il se sauva en faisant claquer ses socques.

Rachel éclata de rire.

« Des retardés ? dit Antoine. La jeune génération promet ! »

Enfin l'équipage fut prêt à démarrer. Mais il était trop tard pour attraper le train de Caudebec : il fallait gagner directement la plus proche station de la grande ligne : Antoine n'avait pas voulu se faire remplacer à l'hôpital le lundi matin, et il devait rentrer à Paris dans la nuit.

Le cocher les arrêta, pour souper, à Saint-Ouen-la-Noue. L'auberge était pleine des buveurs du dimanche soir. On servit les nouveaux venus dans une arrière-salle.

Le dîner fut silencieux. Rachel ne plaisantait plus. Elle songeait ; elle se souvenait d'avoir été amenée là, le jour de l'enterrement, à la même heure, dans une calèche semblable, peut-être la même — mais en compagnie du ténor. Elle se rappelait surtout la querelle qui avait éclaté presque tout de suite entre eux ; et comment Zucco s'était jeté sur elle et l'avait souffletée, là, devant la huche ; et comment elle s'était de nouveau donnée à lui, le soir même, dans une chambre de cette auberge ; et comment ensuite, quatre mois durant, elle avait de nouveau supporté sa sottise, ses brutalités... Elle ne lui en voulait guère, d'ailleurs : même, ce soir, elle pensait à lui, à cette gifle, avec un souvenir sensuel. Cependant elle se garda de conter l'aventure à Antoine ; elle ne lui avait jamais positivement avoué que le ténor la rossait.

Puis une autre idée, lancinante, surgit dans l'ombre ; et elle comprit que c'était pour échapper à cette obsession qu'elle s'était si longuement attardée à ses souvenirs.

Elle se leva :

« Veux-tu que nous allions à pied jusqu'à la gare ? proposa-t-elle. Le train n'est qu'à 11 heures. Le cocher conduira les bagages.

— Huit kilomètres en pleine nuit, dans la boue ?

— Pourquoi pas ?

— Tu es folle, voyons !

— Ah ! gémit-elle, je serais arrivée fourbue, ça m'aurait fait du bien ! » Et, sans insister davantage, elle le suivit vers la voiture.

L'obscurité était complète, l'air rafraîchi.

À peine assise, elle toucha de son ombrelle le dos du cocher :

« Tout doucement, au pas, nous avons le temps. » Elle se serra contre Antoine, et murmura : « Il fait si doux, on est si bien... »

Quelques instants plus tard, il voulut caresser la joue appuyée contre lui, et s'aperçut qu'elle était mouillée de larmes.

« Je suis énervée », expliqua-t-elle, en dégageant son visage. Puis, se blottissant plus étroitement entre ses bras : « Ah ! retiens-moi, mon Minou, garde-moi près de toi ! »

Ils restèrent muets et pressés l'un contre l'autre. Des arbres, des maisons, touchés par la lueur des lanternes se dressaient un instant comme des spectres, et s'effaçaient dans la nuit. Au-dessus de leurs têtes, le firmament resplendissait. Le va-et-vient de la guimbarde balançait sur l'épaule d'Antoine la tête abandonnée de Rachel. Et, par instants, soulevant tout le buste pour étreindre son amant, elle soupirait :

« Comme je t'aime ! »

Sur le quai de la gare d'embranchement, ils étaient les seuls à attendre le train de Paris. Ils cherchèrent refuge sous un auvent. Rachel, toujours silencieuse, tenait le bras d'Antoine.

Des employés couraient dans la nuit, agitant des falots dont les reflets miroitaient sur le trottoir mouillé.

« Le direct ! Reculez ! »

Le bondissement d'un rapide, noir et troué de feux, passa comme un cataclysme, soulevant tout ce qui pouvait voler, entraînant avec lui jusqu'à l'air respirable. Puis le silence se rétablit très vite. Et, tout à coup, au-dessus d'eux, le nasillement grêle et harcelant d'un timbre électrique annonça l'express.

Le convoi stoppa trente secondes. Ils eurent à peine le temps de grimper, sans choisir, dans un compartiment où, déjà, trois personnes dormaient ; la lampe était gainée d'étoffe bleue. Rachel retira son chapeau et se laissa choir dans le seul coin libre ; Antoine s'assit près d'elle ; mais, au lieu de s'accoter à lui, elle appuya son front à la vitre noire.

Dans la demi-obscurité du wagon, sa chevelure, orangée et presque rose au plein jour, cessait d'avoir une couleur précise ; elle semblait d'une matière fluide, incandescente, soie métallique ou bien verre filé ; et la blancheur phosphorescente de la joue donnait une apparence irréelle à sa chair. Sa main était abandonnée sur la banquette ; Antoine la saisit ; il crut s'apercevoir que Rachel tremblait. À voix basse, il l'interrogea. Elle ne répondit que par une pression fiévreuse, et se détourna davantage. Il ne comprenait pas ce qui se passait en elle ; il se rappela l'attitude qu'elle avait eue, au cours de l'après-midi, dans le cimetière : l'ébranlement nerveux de ce soir pouvait-il être la conséquence de ce pèlerinage qu'elle avait, somme toute, accompli presque gaiement ? Il se perdait en conjectures.

À l'arrivée, lorsque leurs compagnons de voyage s'ébrouèrent et dévoilèrent la lampe, il remarqua qu'elle tenait la tête obstinément baissée.

Il la suivit à travers la foule, sans lui poser aucune question.

Mais, dès qu'ils furent dans le taxi, il prit ses poignets :

« Qu'est-ce qu'il y a ?

— Rien.

— Qu'est-ce qu'il y a, Rachel ?

— Laisse-moi... Tu vois bien, c'est fini.

— Non, je ne te laisserai pas. J'ai le droit... Qu'est-ce qu'il y a ? »

Elle releva son visage décomposé par les larmes, et, le regardant avec désespoir, elle articula :

« Je ne peux pas te le dire. » Mais elle n'eut pas l'énergie de se maîtriser jusqu'au bout, et, se jetant contre lui : « Ah ! jamais je n'aurai la force, mon Minou, jamais ! »

Il comprit à l'instant même que son bonheur touchait au terme, que Rachel allait le quitter, le laisser seul, et qu'il n'y aurait rien, absolument rien à faire. Il comprit cela sans qu'elle le lui eût dit, bien avant de savoir pourquoi, avant même d'en souffrir et comme si, depuis toujours, il y eût été préparé.

Ils montèrent l'escalier de la rue d'Alger, et pénétrèrent dans l'appartement de Rachel, sans avoir échangé un mot.

Elle le laissa seul, une minute, dans la chambre rose. Il y demeura debout, hébété, regardant le lit au fond de l'alcôve, la coiffeuse, cet intérieur devenu le sien. Elle revint ; elle s'était débarrassée de son manteau. Il la regarda entrer, refermer la porte, s'avancer, les prunelles cachées sous les cils d'or, la bouche tirée, énigmatique.

Il perdit tout courage, fit un pas vers elle, et balbutia :

« Mais ce n'est pas vrai, dis ?... Tu ne vas pas me quitter ? »

Alors elle s'assit : et, d'une voix lasse, entrecoupée, elle déclara qu'il fallait être calme, qu'elle avait un long voyage à faire, un voyage d'intérêt, dans le Congo belge. Puis elle s'engagea dans des explications. L'héritage de son père, tout son avoir, avait été placé par Hirsch dans une huilerie qui, jusqu'ici, marchait à merveille et servait d'appréciables revenus. Mais l'un des deux directeurs venait de mourir, et elle venait d'apprendre que l'autre, actuellement maître de l'affaire, avait partie liée avec de gros négociants bruxellois, qui venaient de fonder à Kinchassa, c'est-à-dire dans les mêmes parages, une huilerie concurrente, et qui s'employaient par tous les moyens à faire péricliter celle de Rachel. (Elle semblait prendre un peu d'assurance en parlant.) La question se compliquait de détails politiques. Ces Müller étaient soutenus par le gouvernement belge. De si loin, Rachel ne pouvait se fier à personne. Or, il y allait de son unique patrimoine, de sa sécurité matérielle, de tout son avenir. Elle avait réfléchi, cherché des biais. Hirsch vivait en Égypte, et n'avait plus aucune accointance avec le Congo. La seule solution était donc de faire le voyage elle-même, soit pour réorganiser l'huilerie, soit pour la vendre un prix convenable aux Müller.

Gagné par son sang-froid, Antoine, pâle et les sourcils froncés, la considérait sans l'interrompre.

« Mais, hasarda-t-il enfin, cela peut être réglé assez vite... ?

— Oui et non.

— Quoi ? Un mois ?... Plus ? Deux ? » Sa voix trembla : « Trois mois ?

— Oui.

— Peut-être moins ?

— Oh ! non ! Il faut déjà un mois pour y aller !

— Et si nous trouvions quelqu'un à envoyer là-bas ? Quelqu'un de sûr ? »

Elle haussa les épaules :

« Quelqu'un de sûr ? À quatre semaines de tout contrôle ? Avec des concurrents qui sont prêts à acheter toutes les complicités ? »

C'était si juste qu'il n'insista pas. En réalité, depuis

le premier moment, il n'avait qu'un mot au bord des lèvres : « Quand ? » Toute autre question pouvait attendre. Il ébaucha un mouvement vers elle, et, d'une voix humble qui contrastait avec sa figure crispée d'homme d'action, il murmura :

« Loulou... Tu ne partiras pas comme ça, tout de suite ?... Dis ?

— Pas tout de suite, non... Mais bientôt », avoua-t-elle.

Il se raidit :

« Quand ?

— Quand tout sera prêt. Je ne peux pas dire. »

Il y eut un silence, pendant lequel leurs deux volontés vacillèrent. Antoine lut sur les traits dévastés de Rachel qu'elle était à bout de forces ; et, lui aussi, toute fermeté l'abandonnait. Il s'approcha d'elle, supplia de nouveau :

« Ce n'est pas vrai, dis ? Tu ne vas pas... partir ? »

Elle le reçut contre sa poitrine, l'étreignit, l'entraîna, trébuchant, vers le lit où ils s'abattirent.

« Tais-toi, chuchota-t-elle. Ne me demande rien. Plus un mot, plus un seul mot là-dessus, ou bien je pars tout de suite, sans prévenir ! »

Il se tut, résigné, vaincu ; et, plongeant son visage dans les cheveux défaits, à son tour il se mit à pleurer.

XIV

Rachel tint bon. Un mois de suite, elle éluda toute nouvelle question. Lorsqu'elle rencontrait dans les yeux d'Antoine un certain regard anxieux, elle détournait la tête. Ce mois fut atroce. Ils continuaient à vivre, mais tout acte, toute pensée, avait son retentissement dans leur souffrance.

Dès le lendemain de l'explication, Antoine avait fait appel à son énergie; appel si vain, qu'il s'était trouvé surpris de tant souffrir, et honteux d'avoir si peu d'action sur sa douleur. Un doute poignant l'avait traversé : « Suis-je vraiment... ? » Et aussitôt : « Que personne ne s'en aperçoive ! » Par bonheur, prisonnier de son existence active, il recouvrait, comme un talisman, chaque matin en traversant la cour de l'hôpital, la faculté d'accomplir sa journée de médecin; devant ses malades, il ne pensait qu'à eux. Mais, dès qu'il avait l'occasion de se reprendre — entre deux visites, ou bien à table pendant les repas (car M. Thibault était revenu à Paris, et depuis octobre la maison familiale avait repris son train) — ce découragement sans remède, qui ne cessait de planer sur lui, s'abattait soudain, et le transformait en un être inattentif, facilement irascible, comme si toute cette force dont il avait été si fier ne connaissait plus d'autre forme que l'irritation.

Il passait auprès de Rachel ses soirées et ses nuits. Sans joie. Leurs paroles, leurs silences, étaient empoisonnés de secrets; et leurs étreintes les épuisaient vite, sans parvenir à apaiser cette soif presque hostile qu'ils avaient l'un de l'autre.

Un soir du début de novembre, en arrivant rue d'Alger, Antoine vit la porte ouverte; et, tout de suite, l'aspect du vestibule, dont le mur était nu et le parquet sans tapis... Il se précipita dans l'appartement : les pièces démeublées et sonores, la chambre rose où l'alcôve n'était plus qu'un renfoncement inutile...

Il entendit remuer dans la cuisine; il y courut, hagard. La concierge, à genoux, fouillait un tas de nippes. Antoine lui arracha des mains la lettre qu'elle avait pour lui. Dès les premières lignes, le sang lui revint au cœur : non, Rachel n'avait pas encore quitté Paris, elle l'attendait dans un hôtel voisin, et c'était seulement le lendemain soir qu'elle prenait le train pour Le Havre. À l'instant même, il échafauda une combinaison de mensonges qui lui permît de s'absenter, d'accompagner Rachel jusqu'au bateau.

Il employa la journée du lendemain à des démarches qui échouaient une à une. Enfin, à six heures du soir, tout étant prévu et son service assuré, il put partir.

Il la rejoignit à la gare. Pâle et vieillie, dans un tailleur qu'il ne lui connaissait pas, elle faisait enregistrer une pyramide de malles neuves.

Ce fut seulement le lendemain matin, au Havre, à l'hôtel, dans la baignoire d'eau brûlante où il cherchait à calmer la surexcitation de ses nerfs, qu'un détail lui revint, le frappa comme un trait de foudre : les bagages de Rachel étaient marqués R. H.

Il bondit hors de l'eau, poussa la porte de la chambre :

— « Tu... Tu vas retrouver Hirsch ! »

À sa profonde stupéfaction, Rachel lui sourit tendrement :

« Oui », murmura-t-elle, si bas qu'il ne perçut qu'un souffle ; mais il vit ses paupières s'abaisser en signe d'aveu, et sa tête s'incliner deux fois.

Il s'assit sur un siège qui était là. Quelques instants s'écoulèrent. Aucun mot de reproche ne lui venait aux lèvres, et ce n'était ni le chagrin ni la jalousie qui, à cette minute, lui faisaient plier les épaules, mais le sentiment de son impuissance, de leur irresponsabilité, et le poids même de la vie.

Il s'aperçut, en frissonnant, qu'il était nu et trempé.

« Tu vas prendre froid », dit-elle. Ils n'avaient pas encore trouvé un mot à se dire.

Antoine s'essuya, sans bien savoir ce qu'il faisait, et commença de s'habiller. Elle demeurait telle qu'il l'avait surprise, debout, appuyée au radiateur, un polissoir entre les doigts. Ils souffraient ; mais, malgré tout, ils éprouvaient, l'un presque autant que l'autre, une sorte de soulagement. Combien de fois, depuis un mois, Antoine avait-il eu l'impression qu'il ne savait pas tout ! Maintenant, du moins, la réalité s'étalait devant lui complète. Et Rachel, échappant aux obsessions compliquées du mensonge, sentait sa dignité se redresser en elle, et quelque chose s'épanouir.

Elle rompit enfin le silence :

« J'ai peut-être eu tort de te mentir », dit-elle, avec un visage d'amour où se lisait de la pitié, sans aucune nuance de remords. « On a toujours sur la jalousie des idées toutes faites, si sottes, si fausses... En tout cas, je t'assure, je n'ai menti que pour toi, pour t'épargner : moi, je n'ai fait qu'en être plus malheureuse. Et maintenant je suis contente de ne pas te quitter sans que tu saches. »

Il ne répondit rien, mais cessa de s'habiller et se rassit.

« Oui, reprit-elle, Hirsch me rappelle, et je pars. »

Elle se tut de nouveau. Puis, voyant qu'il ne voulait pas parler, et assaillie par tout ce qu'elle s'était si longtemps contrainte à refouler, elle poursuivit :

« Tu es bon, mon Minou, tu te tais, merci. Je sais tout ce qu'on peut dire : voilà huit semaines entières que je me débats ! Ce que je fais est fou, et rien n'a pu m'empêcher de le faire... Tu vas supposer que c'est l'Afrique qui m'attire. Ah ! ça c'est bien vrai, vois-tu : elle m'attire au point que, certains jours, j'ai cru me trouver mal, de désir ! Mais, tout de même, ça n'aurait pas suffi... Alors tu croiras peut-être que j'obéis à mon intérêt. C'est vrai aussi. Hirsch va m'épouser ; il est riche, très riche ; et, à mon âge, quoi qu'on puisse répéter, le mariage, c'est quelque chose : on a du mal à rester toute sa vie en marge... Mais ce n'est pas encore ça. Non, réellement, je suis au-dessus de ces calculs-là, autant qu'une juive, une demi-juive, peut l'être. La preuve, c'est que toi aussi tu es riche, ou tu le seras ; eh bien, tu m'offrirais de m'épouser demain, que je ne changerais rien à mon départ.

« Je te fais du chagrin, mon Minou ; mais écoute-moi, aie du courage, ça me fait du bien de tout te dire ; et pour toi aussi, c'est mieux que tu sois bien au courant de tout. J'ai pensé me tuer. Avec la morphine, c'est vite fait, sans histoires, sans douleur ; je m'étais même procuré la dose ; je l'ai jetée hier, avant de quitter Paris. Je veux vivre, vois-tu ; jamais je n'ai pour de bon désiré mourir... Tu n'as jamais eu l'air jaloux de lui, quand je t'en parlais. Tu avais raison. Comment serais-tu jaloux ? C'est lui, tu le sais bien, qui pourrait l'être de toi ! Je t'aime, mon Minou, je t'aime, toi, comme je n'ai jamais aimé personne : et lui, je le hais. Pourquoi ne pas le dire ? Je le hais. Ce n'est pas un homme, c'est... je ne sais quoi ! Je le hais et il me fait peur. Il m'a tant battue ! Il me battra encore. Peut-être qu'il me tuera... C'est qu'il est jaloux, lui ! Une fois déjà, sur la Côte d'Ivoire, il a payé un de nos porteurs pour me faire étrangler. Sais-tu pourquoi ? Parce qu'il avait cru que son boy était venu me retrouver une nuit, dans ma case. Il est capable de tout !...

« Il est capable de tout, reprit-elle d'une voix sombre, mais on ne lui résiste pas... Écoute : une chose que je n'ai jamais eu le courage de te dire. Tu sais, à Pallanza après le drame, quand je suis allée là-bas, appelée par lui ? Eh bien, c'est là que ça a commencé ! Pourtant, j'avais tout deviné ; et je mourais de peur devant lui : un jour, je n'ai pas osé boire une tisane qu'il m'avait préparée, parce qu'il avait eu un sourire bizarre en me l'apportant. Eh bien, malgré tout ça, malgré tout ça... Saisis-tu ? Ah ! tu ne peux pas te faire une idée de l'attraction de cet homme ! »

Antoine eut un nouveau frisson. Rachel lui jeta un peignoir sur les épaules, et continua, d'une voix sans passion :

« Oh ! il n'a pas eu besoin de me menacer, ni de me prendre de force. Il n'a eu qu'à attendre. Il le savait bien : il connaît son pouvoir. C'est moi qui suis venue frapper à sa porte ! Et il ne m'a ouvert que le second soir... Alors, j'ai tout abandonné pour partir avec lui ; je ne suis pas rentrée en France ; je l'ai suivi comme son chien, comme son ombre. Pendant deux ans, presque trois, j'ai tout supporté, les fatigues, les dangers, les coups, les avanies, la prison, tout. Oui, la prison ! Pendant trois ans, je n'ai pas cessé de trembler pour le lendemain ! On était quelquefois obligés de se cacher pendant des semaines sans oser sortir... À Salonique, un vrai scandale : nous avons eu toute la police turque à nos trousses : il a fallu changer cinq fois de nom pour gagner la frontière ! Toujours des histoires de mœurs. À Londres, dans un faubourg, il avait bien trouvé le moyen d'acheter toute une famille : une fille à soldats, ses deux sœurs, son jeune frère... Il appelait ça son *mixed grill*... Un jour, les policemen ont cerné la maison et nous ont pincés. Que pouvais-je dire ? Nous avons fait trois mois de préventive. Mais il est arrivé à nous faire relâcher... Ah ! si je voulais tout raconter ! J'en ai vu, j'en ai enduré !...

« Tu te dis : "Je saisis maintenant pourquoi elle

l'a quitté." Eh bien, ça n'est pas vrai, ce n'est pas moi qui l'ai quitté ! Je t'ai menti. Jamais je n'aurais pu. C'est lui qui m'a chassée ! Et il riait ! Il m'a dit : "Va-t'en, et quand je voudrais, tu reviendras." Je lui ai craché à la figure... Eh bien, veux-tu la vérité ? Depuis que je suis revenue, je ne pouvais penser qu'à lui ! J'attendais, j'attendais. Et voilà qu'il me rappelle enfin !... Saisis-tu, maintenant, pourquoi je pars ? »

Elle se leva, vint s'agenouiller près d'Antoine, mit le front sur ses genoux, et pleura.

Il regardait sa nuque, secouée de sanglots. Ils tremblaient tous les deux.

Elle murmura, les yeux clos :

« Comme je t'aime, mon Minou... »

De tout le jour, par un accord tacite, ils ne parlèrent plus de rien. À quoi bon ? Plusieurs fois, pendant le déjeuner, comme ils n'avaient pu éviter de s'asseoir l'un vis-à-vis de l'autre, leurs regards s'attirèrent, troubles des mêmes pensées, et se détournèrent résolument. À quoi bon ?

Elle avait à faire quelques emplettes sans importance, pour lesquelles elle usa beaucoup de temps et feignit de l'intérêt. Des bourrasques de pluie, portées par le vent du large, s'engouffraient dans les rues et sifflaient le long des maisons. Docilement, Antoine la suivit, de magasin en magasin, jusqu'à l'heure du dîner. Elle n'eut même pas à aller retenir sa place sur le paquebot, puisqu'elle voyageait à bord de la *Romania*, un cargo mixte qui venait d'Ostende, touchait Le Havre vers cinq heures du matin et repartait une heure plus tard, sans y faire station. Hirsch l'attendait à Casablanca. Il n'y avait pas un mot de vrai dans l'histoire du Congo belge.

Ils prolongèrent le dîner, éprouvant la même lâcheté devant la minute où ils allaient se retrouver en tête à tête dans leur chambre, pour la dernière nuit. Le restaurant où ils avaient échoué, immense hall, plein de monde, de lumières et de bruit, était à la fois une taverne, un dancing, une académie de billard : on pouvait y passer la soirée dans la fumée des cigares, le cliquetis des billes et la langueur des valses. Vers dix heures, une troupe d'Italiens ambulants fit irruption; ils étaient une douzaine, en blouses rouges et pantalons blancs, avec des bonnets de pêcheurs napolitains dont les pompons leur dansaient sur l'épaule; ils avaient tous un instrument, violon, guitare, tambourin, castagnettes, et, tout en jouant, ils chantaient à pleine voix et se démenaient comme des diables. Antoine et Rachel les regardaient, reconnaissants, heureux d'abandonner un instant à ces pitres leur attention épuisée de souffrir; et, quand ces fous eurent fait la quête et chanté leurs derniers couplets, il leur sembla que leur mal redoublait. Alors ils se levèrent, et, frissonnant sous l'averse, ils rentrèrent à l'hôtel.

Il était minuit. On devait réveiller Rachel à trois heures.

Courte nuit, pendant laquelle les rafales de novembre ne cessèrent de rabattre la pluie sur le zinc du balcon, et qu'ils passèrent, sans parole, sans désir, blottis l'un contre l'autre comme deux enfants dévorés de chagrin.

Une seule fois, Antoine demanda :

« Tu as froid ? »

Elle tremblait de tous ses membres.

« Non », fit-elle en se pressant contre lui, comme s'il pouvait encore la protéger, la sauver d'elle-même : « j'ai peur... »

Il ne répondit rien; il était presque las de ne pas comprendre.

Au coup frappé à la porte, elle sauta du lit, échappant au dernier embrassement. Il lui en sut gré. Leurs volontés d'être forts s'étayaient l'une sur l'autre.

Ils s'habillèrent en silence ; ils affectaient le calme, échangeaient de menus services, prolongeaient jusqu'au bout les habitudes de la vie commune. Il l'aida à fermer une valise trop pleine et dut s'agenouiller dessus, de tout son poids, tandis qu'elle s'accroupissait sur le tapis pour tourner la clef. Enfin, lorsque tout fut prêt, lorsqu'il n'y eut plus un mot banal à dire, plus un geste à faire, lorsqu'elle eut roulé ses couvertures, mis sa toque de voyage, épinglé son voile, enfilé ses gants et boutonné la housse de son sac à main, il y eut encore quelques minutes à attendre avant l'arrivée de la voiture. Elle s'assit près de la porte sur une chaise basse, et, prise d'un froid subit, serrant les mâchoires pour ne pas claquer des dents, elle baissa la tête et étreignit ses genoux entre ses bras. Alors, lui aussi, ne sachant plus que dire ni que faire, n'osant s'approcher d'elle, il s'assit, les mains ballantes, sur la plus haute malle. Quelques instants passèrent dans un silence atroce, précurseur. Moment terrible, d'une telle acuité qu'ils n'auraient pu le supporter sans défaillir, s'ils n'avaient eu la certitude que, dans quelques secondes, il allait prendre fin. Rachel se souvint d'une coutume slave : là-bas, lorsqu'un être aimé va partir pour un très long voyage, tous s'asseyent autour du pèlerin et se recueillent un instant. Elle fut sur le point d'exprimer tout haut sa pensée, mais elle n'était plus assez sûre de sa voix.

Lorsqu'elle entendit, dans le corridor, le pas des garçons qui venaient chercher les bagages, redressant soudain la tête, elle tourna tout son corps vers lui ; et son regard reflétait un tel excès de désespoir, de terreur et de tendresse, qu'il tendit les bras :

« Loulou ! »

Mais la porte s'ouvrait. Les hommes envahirent la chambre.

Rachel se leva. Elle avait attendu qu'il y eût des témoins pour pouvoir lui dire adieu. Elle fit un pas et se trouva contre Antoine. Il ne voulut pas l'enlacer, il n'eût pu desserrer les bras pour la laisser partir. Il sentit une dernière fois sous ses lèvres la bouche chaude, amollie, hoquetante. Il devina qu'elle murmurait :

« Adieu, mon Minou ! »

Elle se dégagea très vite, et, par la porte grande ouverte sur le couloir obscur, elle disparut sans se retourner, tandis qu'il restait debout, tordant ses mains, et sans autre sensation qu'une sorte de surprise.

Elle lui avait fait promettre qu'il ne l'accompagnerait pas au paquebot. Mais il était convenu qu'il irait à l'extrémité de la digue nord, au pied du phare, afin d'apercevoir la *Romania* à sa sortie du port. Dès qu'il eut entendu s'éloigner la voiture, il sonna pour faire porter son bagage à la consigne ; il ne voulait plus avoir à rentrer dans cette chambre. Puis il se jeta dehors, dans la nuit.

La ville était morte et ruisselait sous le brouillard. De tragiques nuées la couvraient encore ; d'autres nuages s'amoncelaient à l'horizon ; et, entre ces deux restes d'orage qui cherchaient à se joindre, une pâle tranche de ciel semblait fondre.

Antoine allait, sans connaître son chemin. Sous un réverbère, il lutta contre la tourmente pour déplier un plan de la ville. Puis, perdu dans la brume, mais guidé par le bruit des vagues et l'avertissement lointain de la trompe marine, fendant le vent qui plaquait son manteau contre ses jambes, il traversa des terrains glissants de boue et atteignit un quai mal cimenté où il s'engagea.

La digue se rétrécissait en s'avançant dans la mer. À droite, s'élevait l'ample cadence de l'océan libre, tandis que, à gauche, l'eau captive dans le bassin du port ne faisait entendre qu'un clapotis confus ; et, venant on ne savait d'où, mais de plus en plus net, le rauque mugissement de la corne de brume emplissait le ciel : Heuh ! heuh ! heuh !

Après dix minutes de marche, et sans avoir rencontré un être vivant, Antoine distingua, presque au-dessus de lui, l'éclat du phare que le brouillard lui avait caché jusque-là. Il atteignait le bout de la jetée.

Il s'arrêta au seuil des marches qui conduisaient à la plate-forme et chercha à s'orienter. Il était seul dans les rumeurs mêlées du vent et du large. Juste en face de lui, une lueur crémeuse indiquait l'est, où sans doute, pour d'autres, se levait un soleil d'hiver. À ses pieds, un escalier, taillé dans le granit, s'enfonçait vers l'abîme invisible de l'eau : même en se penchant, il ne pouvait apercevoir les vagues qui battaient le môle ; mais il entendait, au-dessous de lui et tout près, leur respiration régulière, faite d'un long soupir suivi d'un sanglot mou.

Le temps s'écoulait sans qu'il en eût conscience. Peu à peu, une plus grande clarté filtrait à travers cette vapeur qui, de toutes parts, l'isolait du monde vivant. Il voyait maintenant scintiller le feu de la digue sud, et il n'osait plus quitter des yeux l'espace argenté qui séparait son phare de l'autre : car c'était là, entre ces deux foyers qu'*elle* allait surgir.

Brusquement, très à gauche du point vers lequel il était tourné, une silhouette émergea en plein milieu de ce halo qui marquait la naissance du jour. Masse étroite et haute, qui se formait à vue d'œil dans l'air laiteux, s'élargissait, devenait un navire, un immense navire décoloré, piqueté de lumières et traînant derrière lui un panache sombre et bas.

La *Romania* virait pour prendre la passe.

Antoine, les poings crispés sur la rampe de fer, le visage fouetté par la pluie, dénombrait machinalement les ponts, les mâts, les cheminées... Rachel ! Elle était là, à quelque cent mètres, comme lui penchée sans doute, penchée vers lui, fixant sur lui, sans le voir, des yeux aveuglés de larmes ; et tout leur amour mutilé, qui les tendait encore une fois l'un vers l'autre, était impuissant à leur procurer la consolation d'un suprême geste d'adieu. Seul le pinceau lumineux du phare, par-dessus la tête d'Antoine, atteignait de son intermittente caresse cette masse sans visage, qui, déjà, s'évanouissait de nouveau dans la buée, emportant, comme un secret, la dernière et si peu certaine conjonction de leurs regards.

Longtemps Antoine demeura là, sans une larme, l'esprit somnolent, ne songeant pas à repartir. Ses oreilles, accoutumées à la corne de brume, n'entendaient même plus son lancinant appel.

Enfin, il consulta sa montre et revint vers la ville. Il était transi. Il hâtait le pas, et pataugeait dans les flaques, sans les voir. Les chantiers de l'avant-port avaient allumé leurs globes mauves ; des coups de maillet sonnaient mat dans l'atmosphère ouatée. Une ville de rêve s'élevait derrière la plage, que battait la marée haute. Des files de tombereaux s'engageaient à travers les galets, menant avec eux un cortège de cris, de claquements de fouets ; et ce tapage, après tant de silence, fut un soulagement pour Antoine : il s'arrêta pour écouter les roues ferrées qui crissaient dans les silex.

Puis, tout à coup, il réfléchit que son train n'était qu'à dix heures. Pas une fois, il n'avait envisagé ces trois heures d'attente : tout le prévu cessait pour lui avec le départ de Rachel. Que devenir ? Le vide mortel de ces heures sans projets aggravait à tel point sa détresse, qu'il fut incapable de lutter davantage, et, s'adossant contre une palissade, il pleura.

Il repartit, sans s'en apercevoir, cheminant droit devant lui.

Les rues s'animaient. Près des fontaines, une marmaille dépeignée se disputait l'eau. Des camions, qui tenaient la largeur de la chaussée, roulaient bruyamment vers les docks. Antoine marcha longtemps, sans savoir où il allait. Il se retrouva, au plein jour, devant les éventaires fleuris de la place où était leur hôtel : c'était là qu'hier avant d'aller dîner, il avait failli choisir pour Rachel une brassée de chrysanthèmes : mais il s'était abstenu, de même qu'ils avaient évité, d'un tacite accord, et jusqu'à la minute de la séparation, tout geste, toute parole, qui eût pu rompre leurs volontés et faire crever ce chagrin qu'ils contenaient avec tant de peine.

Alors il se souvint qu'il avait à prendre son bulletin de consigne au bureau de l'hôtel, et le désir lui vint de revoir encore une fois leur chambre, ce lit... Mais l'appartement n'était plus vacant ; on venait de le donner à deux voyageuses.

Il redescendit le perron, désespéré, erra autour d'un square, reconnut une rue qu'ils avaient prise ensemble, et refit le chemin qui menait à cette taverne où ils avaient entendu les Napolitains. Là, il eut envie d'entrer.

Il chercha la table où ils avaient dîné, le garçon qui les avait servis. Mais il ne reconnaissait rien de ce qu'il croyait avoir vu la veille. Le jour implacable de la verrière transformait ce lieu de plaisir en un vaste hangar, sordide et glacé ; les chaises s'entassaient sur les tables ; l'estrade des musiciens — avec ses pupitres renversés, son violoncelle couché dans un cercueil noir, son piano recouvert d'une toile cirée semblable à la dépouille écailleuse d'un pachyderme — flottait parmi cet océan de poussière, comme un radeau chargé de cadavres.

« Vous permettez, Monsieur ? »

Un garçon venait balayer sous la table. Antoine mit ses jambes sur la banquette, et son regard s'attarda au va-et-vient du balai : un bouchon, deux allumettes, une pelure d'orange... non : de mandarine... Un courant d'air traversa la salle, éparpilla les détritus. Le garçon toussa. Antoine se ressaisit : avait-il laissé passer l'heure du train ? Il se leva, cherchant des yeux la pendule : hélas, il n'était là que depuis sept minutes.

Se rasseoir ? Non. Il sortit ; et, mû par cette idée fixe que, une fois dans le wagon, il ne souffrirait plus autant, il se jeta dans un fiacre et gagna la gare, comme un refuge.

Mais là, son bagage enregistré, il fallait attendre de nouveau, attendre plus d'une heure encore !

Il se remit à marcher. Il fuyait le long des quais comme s'il eût été pourchassé. « Qu'est-ce que tu me veux ? », pensa-t-il, toisant un mécanicien, qui, du haut de sa machine arrêtée, le regardait. Il se retourna et vit qu'un groupe d'hommes d'équipe le suivait des yeux.

Alors il se raidit, revint sur ses pas, poussa la porte de la salle d'attente et se laissa choir sur un fauteuil. Il était seul dans la pièce solennelle et obscure. Contre la porte vitrée de la salle, une vieille, accroupie et dont il voyait se balancer la nuque grisonnante, berçait un enfant et psalmodiait, d'une voix presque jeune mais sans timbre, cette ancienne chanson, écœurante de douceur que Mademoiselle chantait souvent à Gise, autrefois :

À la pêche aux mou-les,
Je ne veux plus aller, ma-man...

Ses yeux s'emplirent de larmes. Ne plus rien entendre, ne plus rien voir !

Il mit son visage dans ses mains. Mais, aussitôt, Rachel fut contre lui : ce parfum d'ambre qui lui restait aux doigts pour avoir, cette nuit, manié le collier de Rachel ! Il sentit contre sa poitrine la chair ronde de l'épaule, contre ses lèvres le grain tiède de la peau !... Choc si brutal qu'il rejeta la tête en arrière, et qu'il s'immobilisa, les mains écartées et cramponnées aux bras du fauteuil, la tête durement butée dans le rembourrage du dossier. La phrase de Rachel lui vint à la mémoire : « J'ai pensé me tuer... » Oui ; en finir ! Le suicide, seule issue à de telles angoisses... Un suicide sans préméditation, presque sans consentement, simplement pour échapper, n'importe comment, avant qu'elle ait atteint son paroxysme, à cette souffrance dont l'étau se resserre !

Tout à coup, il sursauta, et, d'un bond, fut debout : un homme, qu'il n'avait pas vu venir, lui touchait le bras. Il faillit, d'un geste réflexe, le repousser, l'abattre d'un coup de poing.

« Bon quoi ? » fit l'homme.

C'était un vieux qui poinçonnait les billets.

« Le... le train de Paris ? bégaya Antoine.

— Troisième quai. »

Antoine fixa sur l'homme deux yeux de somnambule et s'élança d'un pas mou vers le hall.

« Vous avez le temps, l'est pas formé ! » cria l'autre. Puis, comme Antoine, avant de disparaître, s'était, en flageolant, heurté au battant de la porte, le vieux haussa les épaules :

« Et ça veut faire le costaud ! » grommela-t-il.

Juillet 1922-juillet 1923.

LA CONSULTATION

I

Midi et demi, rue de l'Université.

Antoine sauta de taxi et s'engouffra sous la voûte. « Lundi : mon jour de consultation », songea-t-il.

« Bonjour, M'sieur. »

Il se retourna : deux gamins semblaient s'être mis à l'abri du vent dans l'encoignure. Le plus grand avait retiré sa casquette et dressait vers Antoine sa tête de moineau, ronde et mobile, son regard hardi. Antoine s'arrêta.

« C'est pour voir si vous ne voudriez pas donner un remède à... à lui, qui est malade. »

Antoine s'approcha de « lui », resté à l'écart.

« Qu'est-ce que tu as, petit ? »

Le courant d'air, soulevant la pèlerine, découvrit un bras en écharpe.

« C'est rien, reprit l'aîné avec assurance. Pas même un accident du travail. Pourtant, c'est à son imprimerie qu'il a attrapé ce sale bouton-là. Ça le tire jusque dans l'épaule. »

Antoine était pressé.

« De la température ?

— Plaît-il ?

— A-t-il de la fièvre ?

— Oui, ça doit être ça », fit l'aîné, balançant la tête et scrutant d'un œil soucieux le visage d'Antoine.

« Il faut dire à tes parents de le conduire, pour la consultation de deux heures, à la Charité ; le grand hôpital, à gauche, tu sais ? »

Une contraction, vite réprimée, du petit visage trahit la déception de l'enfant. Il eut un demi-sourire engageant :

« Je pensais que vous auriez bien voulu... »

Mais il se reprit aussitôt, et, sur le ton de quelqu'un qui sait depuis longtemps prendre son parti devant l'inévitable :

« Ça ne fait rien, on s'arrangera. Merci, M'sieur. Viens, Loulou. »

Il sourit sans arrière-pensée, agita gentiment sa casquette, et fit un pas vers la rue.

Antoine, intrigué, hésita une seconde :

« Vous m'attendiez ?

— Oui, M'sieur.

— Qui vous a... ? » Il ouvrit la porte qui menait à l'escalier. « Entrez là, ne restez pas dans le courant d'air. Qui vous a envoyé ici ?

— Personne. » La frimousse de l'enfant s'éclaira. « Je vous connais bien, allez ! C'est moi, le petit clerc de l'étude... L'étude, au fond de la cour ! »

Antoine se trouvait à côté du malade et lui avait machinalement pris la main. Le contact d'une paume moite, d'un poignet brûlant, suscitait toujours en lui un émoi involontaire.

« Où habitent tes parents, petit ? »

Le cadet tourna vers l'aîné son regard las :

« Robert ! »

Robert intervint :

« On n'en a pas, M'sieur. » Puis, après une courte pause : « On loge rue de Verneuil.

— Ni père ni mère ?

— Non.

— Des grands-parents, alors ?

— Non, M'sieur. »

La figure du gamin était sérieuse ; le regard franc, aucun désir d'apitoyer ni même d'intriguer : aucune nuance de mélancolie non plus. C'était l'étonnement d'Antoine qui pouvait sembler puéril.

« Quel âge as-tu ?

— Quinze ans.

— Et lui ?

— Treize ans et demi. »

« Le diable les emporte ! se disait Antoine. Une heure moins le quart, déjà ! Téléphoner à Philip. Déjeuner. Monter là-haut. Et retourner au faubourg Saint-Honoré avant ma consultation... C'est bien le jour !... »

« Allons, fit-il brusquement, viens me montrer ça. » Et, pour ne pas avoir à répondre au regard radieux, nullement surpris d'ailleurs, de Robert, il passa devant, tira sa clef, ouvrit la porte de son rez-de-chaussée et poussa les deux gamins à travers l'antichambre jusqu'à son cabinet.

Léon parut sur le seuil de la cuisine.

« Attendez pour servir, Léon... Et toi, vite, enlève tout ça... Ton frère va t'aider. Doucement... Bon, approche. »

Un bras malingre sous des linges à peu près propres. Au-dessus du poignet, un phlegmon superficiel, bien circonscrit, semble déjà collecté. Antoine, qui ne songe plus à l'heure, pose l'index sur l'abcès : puis, avec deux autres doigts de l'autre main, il fait mollement pression sur un autre point de la tumeur.

Bon : il a nettement senti sous son index le déplacement du liquide.

« Et là, ça te fait mal ? »

Il palpe l'avant-bras gonflé, puis le bras jusqu'aux ganglions enflammés de l'aisselle.

« Pas très... », murmure le petit, qui s'est raidi et ne quitte pas son aîné des yeux.

« Si, fait Antoine, d'un ton bourru. Mais je vois que tu es un bonhomme courageux. » Il plante son regard dans le regard troublé de l'enfant : l'étincelle d'un contact, une confiance qui semble hésiter, puis jaillir vers lui. Alors seulement il sourit. L'enfant aussitôt baisse la tête ; Antoine lui caresse la joue et doucement relève le menton, qui résiste un peu.

« Écoute. Nous allons faire une légère incision là-dedans, et, dans une demi-heure, ça ira beaucoup mieux... Tu veux bien ?... Suis-moi par ici. »

Le petit, subjugué, fait bravement quelques pas, mais, dès qu'Antoine ne le regarde plus, son courage vacille : il tourne vers son frère un visage qui appelle au secours :

« Robert... Viens aussi, toi ! »

La pièce voisine — carreaux de faïence, linoléum, autoclave, table émaillée sous un réflecteur — servait au besoin pour de petites opérations. Léon l'avait baptisée « le laboratoire » ; c'était une salle de bains désaffectée. L'ancien appartement qu'Antoine occupait avec son frère dans la maison paternelle était devenu vraiment insuffisant, même après qu'Antoine y fut resté seul. La chance lui avait permis de louer, depuis peu, un logement de quatre pièces, également au rez-de-chaussée, mais dans la maison contiguë. Il y avait transféré son cabinet de travail, sa chambre, et il y avait fait installer ce « laboratoire ». Son ancien cabinet était devenu le salon d'attente des clients. Une baie, percée dans le mur mitoyen entre les deux antichambres, avait réuni ces appartements en un seul.

Quelques minutes plus tard, le phlegmon était franchement incisé.

« Encore un peu de courage... Là... Encore... Ça y est ! » fit Antoine, reculant d'un pas.

Mais le petit, devenu blanc, défaillait à demi dans les bras raidis de son frère.

« Allô, Léon ! cria gaiement Antoine. Un peu de cognac pour ces gaillards-là ! » Il trempa deux morceaux de sucre dans un doigt d'eau-de-vie. « Croque-moi ça. Et toi aussi. » Il se pencha vers l'opéré : « Ça n'est pas trop fort ?

— C'est bon, murmura l'enfant, qui parvint à sourire.

— Donne ton bras. N'aie pas peur, je t'ai dit que c'était fini. Lavage et compresses, ça ne fait pas mal. »

Sonnerie du téléphone. La voix de Léon dans l'antichambre : « Non, Madame, le docteur est occupé... Pas cet après-midi, c'est le jour de consultation du docteur... Oh ! guère avant le dîner... Bien, Madame, à votre service. »

« Une mèche, à tout hasard, marmonna Antoine, penché sur l'abcès. Bon. Et la bande un peu serrée, il faut ça... Maintenant, toi, le grand, écoute : tu vas ramener ton frère à la maison, et tu vas dire qu'on le couche, pour qu'il ne remue pas son bras. Avec qui habitez-vous ?... Il y a bien quelqu'un qui s'occupe du petit ?

— Mais moi. »

Le regard était droit, flambant de crânerie, dans un visage plein de dignité. Il n'y avait pas de quoi sourire. Antoine jeta un coup d'œil vers la pendule et refoula encore une fois sa curiosité.

« Quel numéro, rue de Verneuil ?

— Au 37 *bis*.

— Robert quoi ?

— Robert Bonnard. »

Antoine nota l'adresse, puis leva les yeux. Les deux enfants étaient debout, fixant sur lui de limpides regards. Nul indice de gratitude, mais une expression d'abandon, de sécurité totale.

« Allez, mes petits, sauvez-vous, je suis pressé... Je passerai rue de Verneuil entre six et huit, pour changer la mèche. Compris ?

— Oui, M'sieur, dit l'aîné, qui paraissait trouver la chose toute naturelle. Au dernier étage, la porte 3, juste en face de l'escalier. »

Aussitôt les enfants partis :

« Vous pouvez servir, Léon ! »

Puis, au téléphone :

« Allô, Élysée 01-32. »

À côté de l'appareil, sur la table de l'antichambre, l'agenda des rendez-vous s'étalait, grand ouvert à la page du jour. Sans quitter le récepteur, Antoine se pencha et lut :

« 1913. — *Lundi 13 octobre*. 14 h 30, *Mme de Bataincourt*. Je n'y serai pas, elle attendra. 15 h 30, *Rumelles*, oui... *Lioutin*, bon... *Mme Ernst*, connais pas... *Vianzoni... de Fayelles...* Bon... »

« Allô... Le 01-32 ?... Le professeur Philip est rentré ? Ici, le docteur Thibault... » (Un temps.) « Allô... Bonjour, Patron... Je vous empêche de déjeuner... C'est pour une consultation. Urgente. Très... L'enfant de Héquet... Oui, Héquet, le chirurgien... Très grave, hélas ! aucun espoir, otite pas soignée, toutes les complications, je vous expliquerai, c'est navrant... Mais non, Patron, c'est vous qu'il veut voir, absolument. Vous ne pouvez pas refuser ça à Héquet... Bien sûr, le plus tôt possible, tout de suite... Moi non plus, à cause de ma consultation, c'est lundi... Eh bien, entendu : je passe vous prendre à moins le quart... Merci, Patron. »

Il raccrocha, parcourut encore une fois la liste des rendez-vous, et poussa un soupir conventionnel de lassitude, que démentait l'expression satisfaite du visage.

Léon s'approchait, un sourire niais sur sa face glabre :

« Monsieur sait que, ce matin, la chatte a fait ses petits ?

— Allons donc ! »

Antoine, amusé, entra dans la cuisine. La chatte était couchée sur le flanc, dans un panier rempli de chiffons, où grouillaient de petites boules de poils gluants qu'elle léchait et pourléchait de sa langue râpeuse.

« Combien y en a-t-il ?

— Sept. Ma belle-sœur a demandé qu'on lui en réserve un. »

Léon était le frère du concierge. Depuis plus de deux ans au service d'Antoine, il y accomplissait ses fonctions avec une application rituelle. C'était un garçon silencieux, au teint fripé, sans âge précis ; des cheveux pâles, clairsemés et duveteux, couronnaient bizarrement une figure tout en hauteur ; le nez tombant et trop long, entre deux paupières souvent baissées, lui donnait un air godiche, que le sourire accentuait encore. Mais cette gaucherie n'était qu'un masque commode, sinon composé, sous lequel vivait un esprit avisé, doué d'un bon sens sceptique et d'une pointe personnelle d'humour.

« Et les six autres, demanda Antoine, « vous allez les noyer ?

— Dame, fit Léon, placidement ; Monsieur veut-il les garder ? »

Antoine sourit, pivota sur les talons et gagna à pas rapides l'ancienne chambre de Jacques : elle lui servait de salle à manger.

Les œufs, l'escalope aux épinards, les fruits, tout était sur la table ; Antoine ne pouvait supporter d'attendre les plats. L'omelette sentait bon le beurre chaud et la poêle. Courte trêve, quart d'heure de répit entre la matinée d'hôpital et la journée de visites.

« On n'a rien fait dire, de là-haut ?

— Non, Monsieur.

— Mme Franklin n'a pas téléphoné ?

— Si, Monsieur. Elle a pris rendez-vous pour vendredi. C'est inscrit. »

Sonnerie du téléphone. La voix de Léon : « Non, Madame, 17 h 30 est pris... 18 heures aussi... À votre service, Madame. »

« Qui ?

— Mme Stocknay. » Il se permit un léger haussement d'épaules. « Pour le petit garçon d'une amie. Elle écrira.

— Qui est-ce, Mme Ernst, à 17 heures ? » Et sans attendre la réponse : « Vous m'excuserez auprès de Mme de Battaincourt ; je serai en retard d'au moins vingt minutes... Passez-moi les journaux. Merci. » Un coup d'œil sur la pendule. « Ils doivent être sortis de table, là-haut ?... Téléphonez, voulez-vous. Demandez Mlle Gisèle, et apportez l'appareil ici. Avec le café, tout de suite. »

Il saisit le récepteur, ses traits se détendirent, le regard sourit au loin, et déjà comme si d'un coup d'aile il eût pris son vol, tout son être s'élançait à l'autre bout du fil.

« Allô... Oui, c'est moi... Oh ! j'ai presque fini... » Il

rit. « Non, du raisin, un envoi de client, délicieux... Et là-haut ? » Il écoute. Le visage s'assombrit progressivement. « Tiens ! Avant ou après la piqûre ?... Il faut surtout bien lui persuader que c'est normal... » Un temps. Le front s'éclaire de nouveau. « Dis donc, Gise, tu es seule à l'appareil ? Écoute : il faut que je te voie aujourd'hui, j'ai à te parler. Sérieusement... Ici, bien entendu. N'importe à quel moment, à partir de trois heures et demie, veux-tu ? Léon te fera passer... J'y compte alors ?... Bon... Je bois mon café, et je monte. »

II

Antoine avait la clef de l'étage de son père ; il arriva, sans avoir sonné, jusqu'à la lingerie.

« On a conduit Monsieur dans son bureau », répondit Adrienne.

Sur la pointe des pieds, par le couloir où traînaient des relents de pharmacie, il gagna le cabinet de toilette de M. Thibault. « Cette espèce d'oppression dès que je mets le pied dans cet appartement..., songeat-il. Un médecin !... Mais, ici, pour moi, ce n'est pas comme ailleurs... »

Son regard alla droit à la feuille de température, épinglée au mur. Le cabinet de toilette avait l'aspect d'une officine : sur l'étagère, sur la table, des fioles, des récipients de porcelaine, des paquets de coton. « Voyons le bocal. C'est ce que je pensais : les reins travaillent peu ; on verra à l'analyse. Et la morphine, où en est-on ? » Il ouvrit la boîte d'ampoules dont il avait secrètement maquillé les étiquettes pour que le malade n'eût aucun soupçon. « Trois centigrammes en vingt-quatre heures... Déjà ! Voyons, où la sœur a-t-elle mis... ? Ah ! voilà le verre gradué. »

Avec des gestes agiles, presque joyeux, il commença la recherche. Il chauffait déjà l'éprouvette sur la flamme d'alcool, lorsque le grincement de la porte lui fit battre le cœur et tourner précipitamment la tête. Mais ce n était pas Gise. C'était Mademoiselle, qui s'avançait en trottinant, cassée en deux comme une vieille bûcheronne, et si recroquevillée maintenant que, même en se tordant le cou, à peine parvenait-elle à lever jusqu'aux mains d'Antoine son regard resté vif sous d'étroites lunettes de verre fumé. Le moindre sujet d'alarme se traduisait chez elle par un branle machinal de son petit front d'ivoire, tout jeune entre les bandeaux blancs.

« Ah ! te voilà, Antoine », soupira-t-elle. Et, sans préambule, d'une voix que les oscillations faisaient chevroter : « Tu sais, depuis hier, ça devient impossible ! Sœur Céline m'a gâché deux bols de bouillon et plus d'un litre de lait pour rien ! Elle lui pluche des bananes à douze sous, qu'il ne touche même pas... Et on ne peut rien faire de ce qu'il laisse, à cause des microbes ! Oh ! je n'ai rien contre elle ni contre personne, c'est une sainte fille... Mais parle-lui, Antoine, défends-lui de continuer ! Un malade, pourquoi le forcer ? On devrait attendre qu'il demande ! Toujours lui proposer des choses ! Ainsi, ce matin, une glace ! Antoine ! Lui proposer une glace, voyons ! Pour lui geler le cœur d'un coup ! Comme si Clotilde avait le temps de courir chez les glaciers ! Avec une pareille maisonnée à nourrir ! »

Antoine, patient, achevait son analyse sans répondre autrement que par des grognements évasifs. « Elle a subi vingt-cinq ans de suite, sans souffler mot, le flux de l'éloquence paternelle, songeait-il ; elle se rattrape... »

« Sais-tu combien j'ai de bouches ? continuait la vieille demoiselle. Combien j'ai de bouches, en ce moment, avec la sœur, et Gise par-dessus le marché ? Trois à la cuisine, trois à table, et ton père ! Compte ! À soixante-dix-huit ans, tout de même, dans l'état où je... »

Elle se recula prestement, parce qu'Antoine s'était écarté de la table pour aller se laver les mains. Elle craignait toujours autant les maladies, les contagions ; et l'obligation où elle était, depuis un an, de vivre auprès d'un grand malade, de coudoyer des infirmières, des médecins, de respirer des remèdes, agissait sur elle à la façon d'un poison, dont l'action quotidienne accélérerait encore la déchéance générale commencée trois années plus tôt. Elle avait d'ailleurs une certaine conscience de sa décrépitude : « Depuis que le bon Dieu m'a privée de mon Jacques, gémissait-elle, je ne suis plus que la moitié de rien du tout. »

Cependant, voyant qu'Antoine se savonnait sans bouger de place, elle fit deux pas timides vers le lavabo :

« Parle à la sœur, Antoine, parle-lui ! Elle t'écoutera, toi ! »

Il acquiesça d'un « oui » conciliant ; puis, sans plus s'inquiéter d'elle, il quitta la pièce. Elle vit les jambes qui s'éloignaient, elle les suivit tendrement des yeux : Antoine, parce qu'il ne lui répondait presque pas, qu'il ne la contredisait jamais, était sa « consolation sur la terre ».

Il repassa par le couloir, afin d'entrer dans le bureau par le vestibule, comme s'il venait d'arriver.

M. Thibault était seul avec la sœur. « Gise est donc

dans sa chambre ? se dit Antoine. Alors elle m'a certainement entendu passer... Elle m'évite... »

« Bonjour, Père, fit-il, de ce ton léger, qu'il affectait maintenant au chevet du malade. Bonjour, ma sœur. »

M. Thibault souleva les paupières.

« Ah ! te voilà ? »

Il était assis dans un grand fauteuil de tapisserie, qu'on avait traîné près de la croisée. La tête semblait devenue lourde pour les épaules, le menton s'écrasait sur la serviette que la sœur lui avait nouée au cou, et le corps, tassé, faisait paraître démesurément longues les deux béquilles noires appuyées de chaque côté du dossier haut. Le vitrail pseudo-Renaissance jetait son arc-en-ciel sur la cornette mouvante de sœur Céline et posait des taches vineuses sur le napperon de la table, où fumait une assiettée de tapioca au lait.

« Allons ! » dit la sœur.

Elle cueillit une cuillerée de potage, égoutta la cuiller sur le bord de l'assiette, puis avec un « Houplà ! » enjoué, comme si elle donnait la becquée à un nourrisson, elle introduisit la cuiller entre les lèvres molles du malade et l'y vida, avant qu'il eût pu se détourner. Les deux mains du vieillard, étalées sur ses genoux, s'agitèrent avec impatience. Il souffrait dans son amour-propre d'être vu ainsi, incapable de manger seul. Il fit un effort pour saisir la cuiller que tenait la sœur; mais ses doigts, depuis longtemps engourdis et maintenant gonflés d'œdème, se refusaient à tout service. La cuiller lui échappa et tomba sur le tapis. D'un geste violent, il repoussa l'assiette, la table, la sœur :

« Pas faim ! Veux pas qu'on me force ! » cria-t-il, tourné vers son fils comme s'il requérait protection. Et encouragé sans doute par le silence d'Antoine, il jeta vers la religieuse un coup d'œil hargneux : « Enlevez tout ça ! »

La sœur, sans discuter, recula d'un pas, sortit du champ visuel.

Le malade toussa. (À chaque instant, il était interrompu par une petite toux sèche, machinale, sans suffocation, qui lui faisait serrer les poings et crisper ses paupières closes.)

« Tu sais, lança M. Thibault, comme s'il satisfaisait une rancune, hier soir et puis ce matin, j'ai eu des nausées ! »

Antoine se sentit dévisagé par un regard oblique. Il prit un air détaché :

« Tiens ?

— Tu trouves ça naturel, toi ?

— Ma foi, je t'avoue que je m'y attendais », insinua Antoine en souriant. (Il jouait son rôle, sans trop d'effort. Pour aucun malade, il n'avait eu cette patiente pitié : il venait là tous les jours, souvent matin et soir ; et, chaque fois, sans se lasser, comme on refait le pansement d'une plaie, il s'ingéniait à improviser des raisonnements trompeurs mais logiques, et, chaque fois, il répétait, sur le même ton convaincu, les mêmes paroles rassurantes.) « Que veux-tu, Père, ton estomac n'est plus un organe de jeune homme ! Voilà huit mois au moins qu'on le bourre de potions, de cachets. Estimons-nous heureux qu'il n'ait pas manifesté sa fatigue beaucoup plus tôt ! »

M. Thibault se tut. Il réfléchissait. Il était déjà tout réconforté par cette idée neuve, et soulagé de pouvoir s'en prendre à quelque chose, à quelqu'un.

« Oui, dit-il, en frappant ses grosses mains sans bruit l'une contre l'autre : Ces ânes-là, avec leurs drogues, ils m'ont... Aïe, ma jambe !... Ils m'ont... Ils m'ont démoli l'estomac !... Aïe ! »

La douleur était si soudaine et si aiguë, qu'en un instant elle disloqua tous les traits de son visage. Il laissa le buste glisser de côté ; et, prenant appui sur le bras de la sœur et sur celui d'Antoine, il parvint, en allongeant la jambe, à dévier ce sillon de feu qui la brûlait.

« Tu m'avais dit... que le sérum de Thérivier... allait agir sur cette sciatique ! hurla-t-il. Eh bien, réponds : est-ce que ça va mieux ?

— Mais oui », articula Antoine froidement.

M. Thibault coula vers Antoine un regard hébété.

« Monsieur a reconnu lui-même que, depuis mardi, il souffrait beaucoup moins », cria la sœur, qui avait pris l'habitude d'élever exagérément la voix pour se faire entendre.

Et, profitant de l'instant propice, elle enfourna une cuillerée de tapioca dans la bouche du malade.

« Depuis mardi ? » balbutia le vieillard, cherchant de bonne foi à se souvenir ; puis il se tut.

Antoine, silencieux et le cœur serré, observait le masque cachectique de son père : l'effort mental détendait les muscles de la mâchoire, soulevait les sourcils et faisait battre les cils. Le pauvre vieux ne demandait qu'à croire à sa guérison et, en fait, il n'en avait jusqu'à présent jamais douté. Un moment encore, par inadvertance, il se laissa gaver de lait ; puis, rebuté, il écarta si impatiemment la sœur, qu'elle céda et consentit enfin à dénouer la serviette.

« Ils m'ont dé-démoli l'estomac », répéta-t-il, tandis que la religieuse lui essuyait le menton.

Mais, dès qu'elle fut partie avec le plateau, comme s'il avait guetté ce court instant de tête-à-tête, M. Thibault se pencha vivement sur un coude, ébaucha un sourire confidentiel, et fit signe à son fils de venir s'asseoir plus près.

« C'est une très brave fille, cette sœur Céline, commença-t-il sur un ton pénétré, c'est vraiment une sainte créature, Antoine, tu sais ?... Jamais nous ne lui serons assez... assez reconnaissants. Mais vis-à-vis de son couvent, est-ce que... ? Je sais bien que la Mère Supérieure m'a des obligations. Mais justement ! J'ai des scrupules. Abuser si longtemps de ce dévouement, quand il y a tant d'autres malades plus intéressants, qui attendent peut-être, et qui souffrent ! Est-ce que tu n'es pas de mon avis, toi ? »

Pressentant qu'Antoine allait le contredire, il l'arrêta de la main, et, malgré la toux qui hachait ses phrases, avançant le menton avec une humble bonne grâce, il continua :

« Bien sûr, je ne dis pas cela pour aujourd'hui, ni pour demain. Mais... est-ce que tu ne crois pas que... bientôt... dès que j'irai franchement mieux... il faudra lui rendre sa liberté, à cette brave fille ? Tu n'imagines pas comme c'est pénible, mon cher, toujours quelqu'un auprès de soi ! Dès que ce sera possible, hein ? qu'on la renvoie ! »

Antoine multipliait les signes d'approbation sans avoir le courage de répondre. Voilà ce qu'elle était devenue, cette inflexible autorité contre laquelle toute sa jeunesse s'était heurtée ! Naguère, ce despote eût expulsé sans explication l'infirmière importune ; aujourd'hui, faiblissant, désarmé... À de semblables instants, le ravage physique apparaissait plus manifeste encore que lorsque Antoine mesurait sous ses doigts le dépérissement des organes.

« Tu t'en vas déjà ? » souffla M. Thibault, en voyant Antoine se lever.

Il y avait un regret, une prière, dans ce reproche : presque de la tendresse. Antoine en fut ému.

« Il faut bien, dit-il en souriant. Des rendez-vous toute la journée. Je tâcherai de revenir ce soir. »

Il s'approcha pour embrasser son père : une habitude récente. Mais le vieillard se détourna :

« Eh bien, va-t'en, mon cher... Va ! »

Antoine sortit sans répondre.

Dans l'antichambre, comiquement perchée sur une chaise, Mademoiselle épiait son passage :

« Il faut que je te parle, Antoine... que je te parle de la sœur... »

Mais il n'avait vraiment plus de courage. Il empoigna son pardessus, son chapeau et tira derrière lui la porte de l'appartement.

Alors, sur le palier, il eut une minute de découragement ; et l'effort qu'il fit pour enfiler son pardessus lui rappela son coup de reins de troupier, pour relever le poids du sac avant de reprendre la marche...

La vie du dehors, les voitures, les passants luttant contre le vent d'automne, lui rendirent son allégresse.

Il partit à la recherche d'un taxi.

III

« Moins vingt, remarqua Antoine, comme l'auto passait devant l'horloge de la Madeleine. J'y serai, mais juste... L'exactitude du Patron ! je suis sûr qu'il s'apprête déjà. »

Le docteur Philip attendait, en effet, debout sur le seuil de son cabinet.

« Bonjour, Thibault », grogna-t-il. Sa voix de polichinelle semblait toujours souligner une moquerie. « Moins le quart tapant. En route...

— En route,. Patron », fit Antoine gaiement.

Il avait toujours plaisir à se retrouver dans le sillage de Philip. Pendant deux années consécutives il avait été son interne, il avait vécu dans l'intimité quotidienne de cet initiateur. Puis il avait dû changer de service. Mais il n'avait pas cessé de rester en relation avec son maître, et aucun autre, dans la suite, n'avait jamais remplacé pour lui « le Patron ». On disait d'Antoine : « Thibault, l'élève de Philip. » Son élève, en effet : son second, son fils spirituel. Mais souvent aussi son adversaire : la jeunesse en face de la maturité, l'audace, le goût du risque, en face de la prudence. Les rapports ainsi créés entre eux par sept années d'amitié et d'association professionnelle avaient pris un caractère indélébile. Dès qu'Antoine se trouvait auprès de Philip, insensiblement, sa personnalité se modifiait, subissait comme une diminution de volume : l'être indépendant et complet qu'il était l'instant d'avant retombait automatiquement en tutelle. Et cela, sans déplaisir. L'affection qu'il portait au Patron se trouvait encore fortifiée par les satisfactions de son amour-propre : la valeur incontestée du professeur, la réputation qu'il avait de se montrer difficile en hommes, donnaient du prix à son attachement pour Antoine. Lorsque le maître et l'élève étaient ensemble, la bonne humeur régnait ; il leur paraissait évident que la moyenne de l'humanité se composait d'inconscients et d'incapables, mais qu'ils avaient par bonheur échappé l'un et l'autre à la commune loi. La façon dont le Patron, peu expansif, s'adressait à Antoine, sa confiance, son naturel, les demi-sourires et clins d'œil dont il soulignait certaines saillies, son vocabulaire même, auquel il fallait être initié, tout semblait attester qu'Antoine était le seul avec qui Philip pût causer librement, le seul dont il fût sûr d'être exactement compris. Leurs mésententes étaient rares et toujours provoquées par le même genre de causes. Il arrivait qu'Antoine reprochât à Philip de se laisser piper par lui-même, et de tenir pour un jugement fondamental ce qui n'était qu'un trait improvisé de son scepticisme. Ou bien, après un échange d'idées sur lesquelles ils étaient tombés d'accord, Philip, brusquement, faisait volte-face, tournait en dérision ce qu'ils venaient de dire, déclarait : « Vu sous un autre angle, ce que nous pensions là est idiot. » Ce qui aboutissait à : « Rien ne mérite qu'on s'y arrête, aucune affirmation ne vaut. » Alors Antoine se cabrait. Une telle attitude lui était proprement intolérable ; il en souffrait comme d'une infirmité physique. Ces jours-là, il faussait poliment compagnie au Patron et se hâtait de courir à ses affaires, afin de retrouver l'équilibre dans le jeu bienfaisant de son activité.

Sur le palier, ils rencontrèrent Thérivier, qui venait demander un conseil urgent au Patron. Thérivier était, lui aussi, un ancien interne de Philip, plus âgé qu'Antoine, et qui se consacrait maintenant à la médecine générale. C'est lui qui soignait M. Thibault.

Le Patron s'était arrêté. Légèrement penché en avant, immobile et les bras ballants, ses vêtements flottant autour de son corps maigre, l'air d'un long pantin dont on oubliait de tirer les ficelles, il offrait un contraste comique avec son interlocuteur, qui était courtaud, grassouillet, remuant, prompt au sourire. La fenêtre de l'escalier les éclairait à plein, et Antoine, resté en arrière, s'amusait à observer le Patron, avec cet intérêt qu'il éprouvait parfois à regarder soudain d'un œil neuf les gens qu'il connaissait le mieux. En ce moment, Philip fixait sur Thérivier le regard incisif et toujours impertinent de ses yeux clairs, protégés par des sourcils proéminents, restés noirs bien que la barbe fût grisonnante — une affreuse barbe de chèvre qu'on eût dite postiche, une frange effilochée qui lui pendait au menton. Tout en lui, d'ailleurs, semblait fait pour déplaire, pour irriter : le négligé de sa tenue, la rudesse de son accueil, son physique, ce nez trop long et rougeaud, cette respiration sifflante, et ce rictus, et cette lèvre flétrie, toujours humide, d'où coulait une voix éraillée, nasillarde, qui, par instants, grimpait au fausset pour lancer un trait de satire, un mot à l'emporte-pièce; alors, au fond de leur broussaille, ses prunelles de singe brillaient : feu d'un plaisir solitaire et qui ne demandait pas à être partagé.

Mais, si défavorable que fût le premier abord, il n'éloignait de Philip que les nouveaux venus ou les médiocres. En fait, remarquait Antoine, nul praticien n'était plus en faveur auprès de ses malades, nul maître plus estimé de ses confrères ni recherché avec plus de ferveur par les élèves, ni davantage respecté par la jeunesse intransigeante des hôpitaux. Ses plus féroces boutades s'attaquaient à la vie, à la bêtise humaine; elles ne blessaient que les sots. Il suffisait de l'avoir vu dans l'exercice de sa profession pour sentir, non seulement le rayonnement d'une intelligence sans petitesse et sans réel dédain, mais la chaleur d'une sensibilité que le spectacle quotidien malmenait douloureusement : on s'apercevait alors que l'âpreté de sa verve n'était qu'une réaction courageuse contre la mélancolie, l'envers d'une pitié sans illusions; et que cet esprit mordant qui lui valait la rancune des imbéciles n'était, à mieux regarder, que la monnaie courante de sa philosophie.

Antoine n'avait prêté qu'une oreille distraite aux paroles des deux médecins. Il s'agissait d'un malade soigné par Thérivier, et que le Patron avait visité la veille. Le cas semblait grave. Thérivier tenait à son idée.

« Non, déclara Philip. Un centimètre cube, jeune homme, c'est tout ce que je me permettrais. Ou mieux : un demi. Et en deux fois, si vous voulez bien. »

Comme l'autre s'agitait, visiblement rebelle à ce conseil modéré, Philip lui mit flegmatiquement sa main sur l'épaule, et nasilla :

« Voyez-vous, Thérivier, quand un malade en est à cet état-là, il n'y a plus à son chevet que deux forces en lutte : la nature et la maladie. Le médecin arrive et tape au hasard. Pile ou face. S'il atteint le mal, c'est face. Mais, s'il atteint la nature, c'est pile, et le client est *moriturus*. Voilà le jeu, mon petit. Alors, à mon âge, on est prudent, on s'applique à ne pas taper trop fort. » Il resta quelques secondes immobile, avalant sa salive avec un bruit mouillé. Son regard clignotant fouillait celui de Thérivier. Puis il retira sa main, glissa vers Antoine un coup d'œil malicieux, et se mit à descendre l'escalier.

Antoine et Thérivier se rejoignirent derrière lui.

« Ton père ? questionna Thérivier.

— Depuis hier, des nausées.

— Ah... » Thérivier plissa le front et fit la moue. Après un court silence, il demanda : « Tu n'as pas regardé les jambes, ces jours-ci ?

— Non.

— Avant-hier, je les ai trouvées légèrement plus enflées.

— L'albumine ?

— Menace de phlébite, plutôt. J'irai ce soir entre quatre et cinq. Y seras-tu ? »

La limousine de Philip attendait à la porte. Thérivier prit congé et partit en sautillant.

« Avec ce que je dépense maintenant en taxis, songea Antoine, je ferais mieux d'avoir une petite auto à moi... »

« Où allons-nous, Thibault ?

— Faubourg Saint-Honoré. »

Philip s'enfonça frileusement au fond de la voiture, et, avant même que le chauffeur eût démarré :

« Mettez-moi vite au courant, mon petit. Un cas désespéré, vraiment ?

— Désespéré, Patron. Une petite fille de deux ans, un pauvre avorton, né avant terme : bec-de-lièvre, avec division congénitale du palais. Héquet l'a opérée lui-même au printemps. En outre, insuffisance fonctionnelle du cœur. Vous voyez ; bon. Par là-dessus, brutalement, otite aiguë. Ça se passait à la campagne. Il faut vous dire que c'est leur seul enfant... »

Philip, dont le regard se perdait au loin dans la perspective fuyante des rues, fit entendre un grognement apitoyé.

« ... Mais Mme Héquet est enceinte de sept mois. Grossesse difficile. Je crois qu'elle est très imprudente. Bref, pour éviter un nouvel accident, Héquet avait installé sa femme hors de Paris, à Maisons-Laffitte, dans une maison prêtée par une tante de Mme Héquet — des gens que je me trouve connaître parce qu'ils étaient des amis de mon frère. C'est là que l'otite s'est déclarée.

— Quel jour ?

— On ne sait pas. La nourrice n'a rien dit, n'a sans doute rien vu. La maman, qui ne quitte pas son lit, ne s'est d'abord rendu compte de rien. Puis elle a cru à des ennuis de dentition. Enfin, samedi soir...

— Avant-hier?

— Avant-hier, Héquet, en arrivant à Maisons pour y passer le dimanche comme chaque semaine, a vu tout de suite que la petite était en danger. Il s'est procuré une voiture d'ambulance, et, dans la nuit, il a ramené femme et enfant à Paris. Bon. Il m'avait téléphoné en arrivant. J'ai vu la petite, dimanche, à la première heure. J'avais pris l'initiative de convoquer un auriste, Lanquetot. Nous avons trouvé toutes les complications possibles : mastoïdite, naturellement; infection du sinus latéral, etc. Depuis hier, nous avons tout essayé. En vain. L'état s'aggrave d'heure en heure. Ce matin, phénomènes méningés...

— Intervention?

— Impossible, paraît-il. Péchot, appelé par Héquet hier soir, a été formel : l'état du cœur ne permet de tenter aucune opération. À part la glace, on ne peut rien faire pour atténuer les souffrances — qui sont terribles. »

Philip, les yeux toujours au loin, émit un nouveau grognement.

« Voilà où nous en sommes, reprit Antoine, soucieux. À votre tour, Patron. » Il ajouta, après une pause : « Mais, je l'avoue, mon seul espoir, c'est que nous arrivions trop tard, et que... ce soit fini.

— Héquet ne se fait pas d'illusion?

— Oh! non. »

Philip se tut un instant, puis il posa la main sur le genou d'Antoine.

« Ne soyez pas si affirmatif, Thibault. En tant que médecin, ce malheureux Héquet doit en effet *savoir* qu'il n'y a rien à espérer. Mais, en tant que père... Voyez-vous, plus l'heure est grave, plus on joue à cache-cache avec soi-même... » Il grimaça un sourire désabusé, et nasilla : « Heureusement, hein ?... Heureusement... »

IV

Héquet habitait au troisième.

Au bruit de l'ascenseur, la porte du palier s'ouvrit. Ils étaient attendus. Un homme corpulent, vêtu d'une blouse blanche, et dont la barbe noire accentuait le type sémite, serra la main d'Antoine qui le présenta à Philip :

« Isaac Studler. »

C'était un ancien carabin, qui avait renoncé à la médecine, mais que l'on rencontrait dans tous les milieux médicaux. Il avait voué à Héquet, son ancien condisciple, une affection aveugle, un attachement d'animal. Averti par un coup de téléphone du retour précipité de son ami, il était accouru, quittant tout pour s'installer au chevet de l'enfant.

L'appartement, dont toutes les portes étaient ouvertes, et qui était demeuré tel qu'on l'avait rangé au printemps, offrait un aspect sinistre : faute de rideaux, les persiennes étaient closes ; l'électricité, allumée partout ; et, sous la lumière crue des plafonniers, au milieu de chaque pièce, les meubles, mis en tas sous des draps blancs, semblaient autant de catafalques d'enfants. Dans le salon où Studler avait laissé les deux médecins pour aller avertir Héquet, le sol était jonché des objets les plus disparates, autour d'une malle béante, à moitié vide.

Une porte s'ouvrit en coup de vent, et une jeune femme, dévêtue, le visage angoissé, sa belle chevelure blonde en désordre, se précipita vers eux, aussi vite que le lui permettait sa démarche alourdie; d'une main, elle soutenait son ventre; de l'autre, elle relevait, pour ne pas tomber, les pans de son peignoir. Sa respiration haletante l'empêchait de parler; ses lèvres tremblaient. Elle s'était dirigée droit vers Philip, et le regardait de ses grands yeux noyés, avec une supplication muette, si poignante qu'il ne songea pas à la saluer : il avait étendu machinalement les mains au-devant d'elle, comme pour la soutenir, l'apaiser.

À ce moment, Héquet fit irruption par la porte du vestibule.

« Nicole ! »

Sa voix vibrait de colère. Pâle et les traits crispés, sans s'occuper de Philip, il s'élança vers la jeune femme, l'empoigna, la fit basculer et la souleva dans ses bras avec une force qu'on n'eût pas attendue de lui. Elle s'abandonna en sanglotant.

« Ouvrez-moi la porte », souffla-t-il à Antoine, qui était accouru pour l'aider.

Antoine les suivit. Un murmure s'échappait plaintivement des lèvres de Nicole dont il soutenait la tête renversée. Il distingua des paroles entrecoupées : « Jamais tu ne me pardonneras... Tout est ma faute, tout... Elle est née infirme à cause de moi... Tu m'en as voulu si longtemps !... Et maintenant, ma faute encore... Si j'avais compris, si je l'avais soignée tout de suite... » Ils arrivaient dans une chambre où Antoine aperçut un grand lit défait. Sans doute la jeune femme, ayant guetté l'arrivée des médecins, s'était-elle jetée hors du lit, au mépris de toutes les interdictions ?

Elle avait maintenant saisi la main d'Antoine et s'y agrippait désespérément :

« Je vous en prie, Monsieur... Félix ne me pardon-

nerait plus... Il ne pourrait plus me pardonner, si... Essayez tout ! Sauvez-la, je vous en supplie, Monsieur !... »

Son mari l'avait recouchée avec précaution et tirait sur elle les couvertures. Elle lâcha la main d'Antoine et se tut.

Héquet se pencha au-dessus d'elle. Antoine surprit leur double regard : celui de la femme, vacillant, éperdu, celui de l'homme, farouche :

« Je te défends de te lever, tu entends ? »

Elle ferma les yeux. Alors il se pencha davantage, effleura les cheveux de ses lèvres, et appuya sur la paupière close un baiser qui paraissait sceller un pacte et ressemblait, d'avance, à un pardon.

Puis il entraîna Antoine hors de la chambre.

Quand ils retrouvèrent le Patron auprès du bébé, où l'avait conduit Studler, Philip avait déjà retiré sa jaquette et mis un tablier blanc. Calme, le masque muré, comme s'il eût été seul au monde avec l'enfant, il procédait à une investigation minutieuse, méthodique, bien que, dès le premier contact, il eût mesuré l'inefficacité de tout traitement.

Héquet, silencieux, les mains fébriles, épiait le visage du praticien.

L'examen dura dix minutes.

Lorsque Philip eut terminé, il releva la tête et chercha Héquet des yeux. Celui-ci était devenu méconnaissable : une face morne, un regard figé entre des paupières rouges, racornies, comme desséchées par du vent et du sable. Son impassibilité était pathétique. Philip comprit, au rapide coup d'œil dont il l'enveloppa, que toute feinte était superflue, et il renonça aussitôt aux soins nouveaux qu'il s'apprêtait, par charité, à prescrire. Il dénoua son tablier, se

lava rapidement les mains, remit la jaquette que l'infirmière lui présentait, et sortit de la pièce, sans un regard vers le petit lit. Héquet le suivit, puis Antoine.

Dans le vestibule, les trois hommes, debout, se dévisagèrent.

« Je vous remercie d'être venu tout de même », articula Héquet.

Philip secoua évasivement les épaules, et ses lèvres claquèrent avec un bruit mouillé. Héquet le considérait à travers son lorgnon. Progressivement, l'expression de ce regard devint sévère, méprisante, presque haineuse ; puis cette lueur mauvaise s'éteignit. Il balbutia, sur un ton d'excuse :

« On ne peut pas s'empêcher d'espérer l'impossible. »

Philip ébaucha un geste qu'il n'acheva pas, et, sans hâte, décrocha son chapeau. Mais, au lieu de sortir, il revint vers Héquet, hésita, et gauchement, lui mit une main sur le bras. Il y eut un nouveau silence. Puis, comme s'il se ressaisissait, Philip se recula, toussa légèrement et se décida enfin à partir.

Antoine s'approcha d'Héquet :

« C'est ma consultation, aujourd'hui. Je reviendrai ce soir, vers neuf heures. »

Héquet, immobile, regardait stupidement la porte ouverte par où son dernier espoir venait de disparaître, avec Philip ; il remua la tête pour montrer qu'il avait entendu.

Philip, suivi d'Antoine, descendit rapidement deux étages, sans un mot. Alors il s'arrêta, se tourna à demi, avala sa salive avec un bruit de source, et, d'une voix plus nasillarde que jamais :

« J'aurais dû, malgré tout, ordonner quelque chose, hein ? *Ut aliquid fieri videatur*... Vrai, je n'ai

pas osé. » Il se tut, descendit quelques marches, et marmonna, sans se retourner cette fois :

« Pas si optimiste que vous, moi... Ça peut bien traîner encore un jour ou deux. »

Comme ils atteignaient le bas de l'escalier, assez sombre, ils croisèrent deux dames qui entraient.

« Ah ! M. Thibault ! »

Antoine reconnut Mme de Fontanin.

« Eh bien ? questionna-t-elle, d'une voix engageante où elle s'appliquait à ne pas laisser percer d'inquiétude. Justement, nous venions aux nouvelles. »

Antoine ne répondit que par un long hochement de tête.

« Non, non ! Sait-on jamais ! s'écria Mme de Fontanin, avec une nuance de reproche, comme si l'attitude d'Antoine l'obligeait à conjurer bien vite un mauvais sort. Confiance, confiance, docteur ! Ce n'est pas possible, ce serait trop affreux ! N'est-ce pas, Jenny ? »

Alors, seulement, Antoine aperçut la jeune fille, qui se tenait à l'écart. Il s'empressa de s'excuser. Elle semblait gênée, irrésolue ; enfin elle lui tendit la main. Antoine remarqua son expression bouleversée et le battement nerveux de ses paupières ; mais il connaissait l'affection de Jenny pour sa cousine Nicole, et ne s'étonna pas.

« Étrangement changée », se dit-il néanmoins, tandis qu'il rejoignait le Patron. Dans son souvenir surgit la silhouette, déjà lointaine, d'une jeune fille en robe claire, un soir d'été, dans un jardin. Cette rencontre éveillait en lui un sentiment douloureux. « Ce pauvre Jacques ne l'aurait sûrement pas reconnue », songea-t-il.

Philip, sombre, s'était rencogné dans l'auto.

« Je vais à l'École, fit-il, je vous déposerai chez vous en passant. »

De tout le trajet, il ne prononça pas trois paroles. Mais, au coin de la rue de l'Université, comme Antoine prenait congé, il parut secouer sa torpeur.

« Au fait, Thibault... Vous qui vous êtes un peu spécialisé dans les retardés du langage... Je vous ai adressé quelqu'un, ces jours-ci : Mme Ernst...

— Je dois la voir aujourd'hui.

— Elle vous amènera son petit garçon, un enfant de cinq ou six ans, qui parle comme un bébé, par monosyllabes. Il y a même certains sons qu'il semble ne pas pouvoir prononcer du tout. Mais, si on lui dit de réciter sa prière, il se met à genoux, et il vous débite le *Notre Père*, d'un bout à l'autre, en articulant presque correctement ! Par ailleurs, il paraît assez intelligent. C'est un cas très intéressant pour vous, je crois... »

V

Léon parut dès qu'il entendit la clef de son maître dans la serrure :

« Mlle de Battaincourt est là... » Il prit un air dubitatif qui lui était familier, et ajouta : « Je crois que c'est avec une gouvernante. »

« Ce n'est pas une Battaincourt, rectifia Antoine à part lui, puisqu'elle est la fille de Goupillot, les *Bazars du XXe siècle...* »

Il passa dans sa chambre pour changer de col et de veston. Il attachait de l'importance à sa toilette et s'habillait avec une discrétion étudiée. Puis il gagna son cabinet, s'assura d'un regard que tout était en ordre, et, plein d'entrain au seuil de cet après-midi de travail, il souleva vivement la portière et ouvrit la porte du salon.

Une svelte jeune femme se leva. Il reconnut l'Anglaise qui, déjà, au printemps, avait accompagné Mme de Battaincourt et sa fille. (Sa mémoire involontairement fidèle lui rappela même aussitôt un petit trait qui l'avait frappé : à la fin de la visite, tandis que, assis à son bureau, il rédigeait son ordonnance, il avait par hasard levé les yeux vers Mme de Battaincourt et la miss qui, toutes deux en toilettes légères, se tenaient debout, rapprochées, dans l'embrasure de la fenêtre, et il n'avait pas oublié cette lueur qu'il avait surprise dans le regard de la belle Anne, tandis qu'elle relevait, d'un geste caressant de ses doigts nus, une mèche de cheveux sur la tempe soyeuse de l'institutrice.)

L'Anglaise inclina la tête d'un mouvement dégagé et fit passer la fillette devant elle. Antoine, qui s'effaçait pour les laisser entrer, fut un instant enveloppé par la fraîche senteur de ces deux corps jeunes et soignés. Elles étaient toutes deux blondes, élancées et de carnation lumineuse.

Huguette portait son manteau sur son bras, et, bien qu'elle n'eût guère plus de treize ans, elle était déjà si grande qu'on s'étonnait de la voir vêtue d'une robe d'enfant, courte, sans manches, et laissant à découvert toute une chair de gamine que l'été avait somptueusement dorée. Ses cheveux, d'un blond chaud, s'enroulaient en boucles mobiles, et encadraient presque gaiement une physionomie où le sourire indécis, le large regard un peu lent, exprimaient plutôt la mélancolie.

L'Anglaise s'était tournée vers Antoine. Son teint de fleur rosit vivement aux pommettes, lorsqu'elle entreprit d'expliquer, en un français mélodieux comme un trille d'oiseau, que Madame déjeunait en ville, qu'elle avait bien recommandé qu'on lui renvoyât la voiture, et qu'elle ne tarderait pas à arriver.

Antoine s'était approché d'Huguette, lui avait donné une petite tape sur l'épaule, et l'avait tournée face au jour.

« Comment allons-nous, maintenant ? » fit-il distraitement.

La fillette secoua la tête et sourit comme à regret.

Antoine passait rapidement en revue la coloration des lèvres, des gencives, de la muqueuse de l'œil, mais sa pensée profonde était ailleurs. Dans le salon, tout à l'heure, il avait remarqué la manière dont la petite — si naturellement gracieuse, semblait-il — s'était gauchement levée de son fauteuil, et s'était avancée vers lui avec une imperceptible raideur ; puis, lorsqu'il lui avait donné cette tape sur l'épaule, son attention en éveil n'avait pas manqué d'observer une imperceptible grimace et un très léger mouvement de retraite.

C'était la seconde fois seulement qu'il voyait l'enfant. Il n'était pas le médecin de la famille. Sans doute était-ce à l'instigation de son mari, Simon de Battaincourt, un ancien ami de Jacques, que la belle Mme de Battaincourt avait fait, au printemps, irruption chez Antoine pour le consulter sur l'état général de sa fille, fatiguée, disait-elle, par une croissance trop rapide. À cette date, l'examen d'Antoine n'avait décelé aucun indice de lésion. Mais, l'état général lui ayant paru suspect, il avait prescrit une hygiène sévère, et fait promettre qu'on lui ramènerait l'enfant tous les mois. Il ne l'avait jamais revue.

« Voyons, dit-il, voulez-vous me défaire tout ça...

— Miss Mary », appela Huguette.

Antoine, à son bureau, volontairement calme,

consultait le dossier établi en juin. Il n'avait encore relevé aucun symptôme qui méritât considération; mais un soupçon s'était imposé à lui; et, bien que souvent déjà ces sortes d'impressions l'eussent amené à dépister un mal encore latent, il se refusait systématiquement à leur donner trop vite créance. Il déplia devant lui le calque de l'examen radioscopique fait au printemps, et l'étudia sans hâte. Puis, il se leva.

Au milieu de la pièce, Huguette, à demi assise sur le bras d'un fauteuil, se laissait paresseusement dévêtir. Quand elle voulait aider la miss à détacher un lacet ou une agrafe, elle s'y prenait si maladroitement que l'Anglaise lui repoussait la main; une fois même, agacée, celle-ci alla jusqu'à lui frapper sèchement sur les doigts. Cette brusquerie, et quelque chose de fermé dans le visage angélique de Mary, fit supposer à Antoine que la jolie fille n'aimait guère l'enfant. Huguette, d'ailleurs, avait l'air de la craindre.

Il s'approcha :

« Merci, dit-il, cela suffit. »

La petite leva sur lui d'admirables yeux bleus, limpides, pénétrés de lumière. Sans savoir pourquoi, elle aimait bien ce docteur-là. (Du reste, malgré son visage volontaire et d'aspect toujours si tendu, Antoine donnait rarement à ses malades l'impression qu'il était dur; même les jeunes, les moins perspicaces, ne s'y trompaient guère : le pli de ce front, ce regard encaissé, insistant, cette forte mâchoire crispée, leur apparaissaient seulement comme une garantie de sagacité et de force. « Les malades, disait le Patron avec un diabolique sourire, ne tiennent vraiment qu'à une chose : c'est à être pris au sérieux... »)

Antoine commença par une patiente auscultation.

Rien aux poumons. Il avançait avec méthode, comme Philip. Rien au cœur. « Mal de Pott..., insinuait une voix secrète, mal de Pott... ? »

« Baissez-vous, dit-il tout à coup. Ou plutôt non : ramassez-moi quelque chose... votre soulier, par exemple. »

Elle fléchit les genoux pour ne pas arquer le dos. Mauvais indice. Il désirait encore s'être trompé. Mais il avait hâte de savoir.

« Tenez-vous droite, reprit-il. Croisez les bras. Là. Maintenant, penchez-vous... Pliez... Davantage... »

Elle s'était redressée ; ses lèvres, avec une lenteur charmante, se désunirent, s'entrouvrirent en un sourire câlin :

« Ça me fait mal, murmura-t-elle sur un ton d'excuse.

— Bon », fit Antoine. Il la considéra un instant, sans paraître la voir. Puis il la regarda et lui sourit. Elle était amusante, elle était désirable, ainsi nue, son soulier à la main, ses grands yeux étonnés et tendres fixés sur Antoine. Déjà lasse d'être debout, elle s'appuyait au dossier d'un siège. La blancheur satinée du torse faisait paraître presque sombre le ton d'abricot mûr qui couvrait les épaules, les bras, les cuisses rondes ; ce hâle suggérait l'idée d'une peau chaude, brûlante.

« Étendez-vous là », ordonna-t-il, en dépliant une toile sur la chaise longue. Il ne souriait plus, il était de nouveau tout à son inquiétude. « Allongez-vous sur le ventre. Allongez bien. »

Le moment décisif était venu. Antoine s'agenouilla, s'assit solidement sur ses talons et tira ses bras en avant pour bien dégager les poignets. Deux secondes, il resta immobile, comme s'il se recueillait ; son regard soucieux parcourut distraitement, depuis les palettes des omoplates jusqu'à la cambrure ombrée des reins, ce râble dur et musclé qui s'étalait devant lui. Puis, posant sa paume sur la nuque tiède qui fléchit un peu, il appuya deux doigts investigateurs sur la colonne vertébrale, et, s'efforçant de maintenir égale sa pression, comptant l'un après l'autre les nœuds dorsaux, il descendit lentement le long chapelet osseux.

Tout à coup, le corps frémit, se creusa : Antoine n'eut que le temps de lever sa main. Une voix rieuse et convaincue, à demi étouffée par les coussins, jeta :

« Mais vous me faites mal, docteur !

— Pas possible ? Où donc ? » Pour l'égarer, il toucha plusieurs autres points. « Est-ce là ?...

— Non.

— Là ?

— Non. »

Alors, pour bien s'assurer qu'il ne restait aucun doute :

« Là ? » demanda-t-il soudain, en piquant son index à la place précise de la vertèbre malade.

L'enfant laissa échapper un cri bref, qui se mua bien vite en un rire forcé.

Il y eut un silence.

« Retournez-vous », dit Antoine, avec une douceur toute nouvelle.

Il palpa le cou, puis la poitrine, puis les aisselles. Huguette se raidissait pour ne plus se plaindre. Mais, lorsqu'il appuya sur les ganglions des aines, elle laissa échapper un faible gémissement.

Antoine se releva ; il était impassible. Mais il évita le regard de l'enfant.

« Eh bien, je vous laisse, fit-il, comme s'il boudait par jeu. Vraiment, vous êtes trop douillette ! »

On frappait à la porte, qui, en même temps, s'ouvrit.

« C'est moi, docteur », fit une voix chaude ; et, d'un pas présomptueux, la belle Anne fit son entrée. « Je vous demande pardon, je suis honteusement en retard... Mais vous habitez un quartier impossible ! » Elle rit. « J'espère que vous ne m'avez pas attendue », ajouta-t-elle, cherchant sa fille des yeux. « Prends garde de prendre froid, toi ! » fit-elle, sans tendresse. « Ma petite Mary, soyez assez gentille pour lui mettre quelque chose sur les épaules, voulez-vous ? » Elle avait des inflexions de contralto, caressantes et graves, qui succédaient sans transition à des résonances plus rêches.

Elle s'avança vers Antoine. Sa souplesse était provocante ; mais il restait toujours, sous ses gestes fringants, quelque chose d'un peu sec, où se trahissait une violente opiniâtreté, corrigée, assouplie par une longue habitude de séduire, et de séduire par la douceur. Un parfum musqué, qui semblait trop lourd pour s'élever dans l'air, stagnait autour d'elle. D'un geste libre, elle tendit sa main gantée de clair, où s'entrechoquaient des gourmettes :

« Bonjour ! »

Son regard gris plongeait jusqu'au fond des yeux d'Antoine. Il vit sa bouche entrouverte. Sous les ondulations brunes, de fines craquelures striaient imperceptiblement la peau des tempes et faisaient la chair plus fragile autour des paupières. Il détourna les yeux.

« Êtes-vous content, docteur ? demanda-t-elle. Où en êtes-vous de votre examen ?

— Mais... c'est fini pour aujourd'hui », dit Antoine, un sourire figé aux lèvres ; et, se tournant vers l'Anglaise : « Vous pouvez rhabiller Mademoiselle.

— Reconnaissez que je vous l'ai ramenée en bon état ! s'écria Mme de Battaincourt, en s'installant à contre-jour, par habitude. Vous a-t-elle dit que nous avions passé... »

Antoine s'était approché du lavabo, et la tête poliment tournée vers Mme de Battaincourt, il commençait à savonner ses mains.

« ... que nous avions passé, pour elle, deux mois à Ostende ? D'ailleurs, on le voit : est-elle brunie ! Et si vous l'aviez vue il y a six semaines ! N'est-ce pas, Mary ? »

Antoine réfléchissait. La tuberculose, cette fois, s'était déclarée : elle attaquait l'édifice en ses fondations, elle rongeait déjà profondément la colonne vertébrale. Il s'apprêtait bien à dire : « Lésions curables... » Mais il ne le pensait pas. L'état général, malgré l'apparence, était inquiétant. Tout l'appareil ganglionnaire était tuméfié. Huguette était la fille du vieux Goupillot, et cette hérédité corrompue semblait devoir gravement compromettre l'avenir.

« Vous a-t-elle dit qu'elle avait eu le troisième prix de hâle, au concours du *Palace* ? Et un accessit à celui du Casino ? »

Elle zézayait un peu, très peu, juste ce qu'il fallait pour ajouter à son charme redoutable un rien d'ingénu, de rassurant. Ses prunelles, dont la nuance glauque étonnait dans ce teint de brune, lançaient sans raison des lueurs brèves, excessives. Dès leur première rencontre, Antoine l'avait sourdement irritée. Anne de Battaincourt aimait sentir sur elle la convoitise des hommes et des femmes. Les années venant, elle en tirait d'ailleurs moins souvent profit ; mais, plus le plaisir qu'elle y prenait restait platonique, et plus elle semblait anxieuse de s'assurer partout cette ambiance sensuelle. L'attitude d'Antoine l'exaspérait, justement parce que le regard attentif, amusé, qu'il posait sur elle, n'était pas absolument exempt de désir ; elle y sentait trop bien, cependant, qu'un tel désir était facilement maîtrisé et qu'il laissait au jugement toute sa clairvoyance.

Elle s'interrompit.

« Excusez-moi, dit-elle avec un rire de gorge, j'étouffe sous ce manteau. » Et, toujours assise, sans quitter le jeune homme des yeux, d'un mouvement onduleux qui fit cliqueter son sautoir, elle laissa glisser le long d'elle l'ample fourrure, qui recouvrit le siège sur lequel elle était. Son buste, plus libre, palpita ; l'échancrure du corsage dégageait un cou délié, jeune encore et pour ainsi dire insoumis, tant il portait fièrement la petite tête casquée au profil aquilin.

Penché maintenant sur ses mains qu'il essuyait avec lenteur, Antoine, distrait, soucieux, se représentait par avance l'inflammation progressive du tissu osseux, le ramollissement, puis soudain l'affaissement de la vertèbre cariée. Il fallait, au plus tôt, tenter l'unique chance : l'ensevelissement dans le corset de plâtre, pour des mois — des années peut-être...

« Très gai, docteur, Ostende, cet été, poursuivait Mme de Battaincourt, forçant le ton pour être écoutée d'Antoine. Un monde fou, trop de monde, même... Une force ! » Elle rit. Puis, voyant que l'attention du médecin lui échappait, elle laissa progressivement tomber la voix, se tut, et tourna vers Miss Mary, qui rhabillait Huguette, un œil complaisant. Mais elle ne supportait jamais longtemps le rôle de spectatrice : il lui fallait toujours intervenir. Pour corriger un faux pli du col, elle se leva prestement, rectifia d'un tour de main l'arrangement du corsage, et, s'adressant à l'Anglaise, à mi-voix, elle lui dit, familièrement penchée vers son visage :

« Vous savez, Mary, je préfère la guimpe qu'on a faite chez Hudson ; il faudra la donner comme modèle à Suzy... Tiens-toi donc debout, s'écria-t-elle, agacée. Toujours s'asseoir ! Comment veux-tu qu'on sache si ta robe est droite ?... » Et, d'un geste souple, renversant le buste du côté d'Antoine : « Vous n'imaginez pas combien cette grande bringue est mollasse, docteur ! Pour moi, qui ai toujours eu du vif-argent dans les veines, c'est horripilant ! »

Les yeux d'Antoine rencontrèrent ceux d'Huguette, vaguement interrogateurs, et il ne put retenir un petit éclair de connivence, qui fit sourire l'enfant.

« Voyons, précisa-t-il à part lui. Aujourd'hui, lundi. Il faut que vendredi ou samedi elle soit dans son plâtre. Après, nous aviserons. »

Après ?... Il resta quelque temps songeur. Il voyait nettement, sur la terrasse d'un hospice de Berck, parmi les « cercueils » alignés sous le vent salin, une voiture plus longue que les autres, et, sur le matelas sans oreiller, dans le visage renversé de l'infirme, ce beau regard, vivace et bleu, errant sur l'horizon des dunes...

« À Ostende, expliquait Mme de Battaincourt, toute à ses griefs contre la paresse de sa fille, figurez-vous qu'on avait organisé des cours de danse, le matin, au casino. J'ai voulu l'y faire aller. Après chaque danse, Mademoiselle s'affalait sur les banquettes, pleurnichait, faisait l'intéressante ! Tout le monde s'attendrissait... » Elle haussa les épaules. « Moi qui ai horreur de l'attendrissement ! » lança-t-elle avec feu, braquant soudain vers Antoine un regard tellement inflexible, qu'il se souvint tout à coup qu'on avait jadis fait courir le bruit que le vieux Goupillot, devenu tardivement jaloux, était mort empoisonné. Elle ajouta, sur un ton de rancune :

« Ça devenait tellement ridicule que j'ai bien dû céder. »

Antoine l'enveloppa d'un coup d'œil sans indulgence. Brusquement, sa décision fut prise. Il renoncerait à avoir un entretien grave avec cette femme : il la laisserait partir, et, d'urgence, convoquerait le mari. Huguette n'était pas la fille de Battaincourt, mais Antoine se rappelait ce que Jacques avait toujours dit de Simon : « Rien dans la boule, mais un cœur d'or. »

« Votre mari est à Paris ? » demanda-t-il. Mme de Battaincourt crut qu'il consentait enfin à donner un tour plus mondain à la conversation. Ce n'était pas trop tôt ! Elle avait certaines choses à lui demander, pour lesquelles il lui fallait provoquer la bonne grâce d'Antoine. Elle éclata de rire et prit l'Anglaise à témoin :

« Vous entendez, Mary ? Non, mon cher Monsieur : nous sommes condamnés à la Touraine jusqu'en février, pour les chasses ! J'ai juste pu m'échapper cette semaine entre deux fournées d'invités, mais samedi j'ai de nouveau maison pleine. »

Antoine ne répondit rien, et ce silence acheva de la dépiter. Il fallait renoncer à apprivoiser ce sauvage. Elle le trouvait ridicule, avec ses airs absents ; et mal élevé !

Elle traversa la pièce pour reprendre son manteau.

« Bon, se disait Antoine. Je télégraphierai tout à l'heure à Battaincourt ; j'ai l'adresse. Il peut être à Paris, demain, après-demain au plus tard. Jeudi, radio. Et consultation du Patron, par sécurité. Nous lui ferons son plâtre samedi. »

Huguette, assise dans un fauteuil, se gantait d'un air sage. Mme de Battaincourt, debout, tout enveloppée de fourrure, rajustait devant la glace sa coiffure de Valkyrie, faite d'une dépouille de faisan doré. Elle demanda, non sans quelque aigreur :

« Eh bien, docteur ? Pas d'ordonnance ? Quelles recommandations, cette fois ? Lui défendriez-vous de suivre quelques chasses, avec Miss Mary, en charrette anglaise ? »

VI

Mme de Battaincourt partie, Antoine revint dans son cabinet et ouvrit la porte du salon.

Rumelles entra du pas d'un homme qui n'a jamais une minute à perdre.

« Je vous ai fait attendre », dit Antoine en manière d'excuse.

L'autre fit un geste de protestation courtoise et tendit familièrement la main. Il semblait dire : « Je ne suis rien d'autre ici qu'un client. »

Il portait une redingote noire à revers de soie et tenait à la main un chapeau haut de forme. Sa prestance s'accommodait d'ailleurs assez bien de ce harnais officiel.

« Oh ! oh ! fit Antoine gaiement, vous venez au moins de chez le Président de la République ? »

Rumelles rit avec complaisance.

« Pas tout à fait, mon cher. Mais je sors de l'ambassade de Serbie : un déjeuner en l'honneur de la mission Djanilozsky, de passage à Paris cette semaine. Et puis je suis encore de corvée tout à l'heure : le ministre m'envoie recevoir la reine Élisabeth, qui a eu la fâcheuse idée d'annoncer qu'elle visiterait, à cinq heures et demie, l'Exposition des chrysanthèmes. Je la connais, heureusement. Très simple, tout à fait gentille. Elle adore les fleurs et déteste le protocole. Je m'en tiendrai à quelques mots de bienvenue, pas du tout solennels. »

Il sourit d'un air absent, et Antoine eut l'idée qu'il ruminait sa péroraison, une trouvaille à la fois respectueuse, galante et spirituelle.

Rumelles avait passé la quarantaine. Une tête léonine, une épaisse crinière blondasse rejetée en arrière autour d'un masque romain un peu gras ; une moustache retroussée au fer, agressive ; un œil bleu, volontairement mobile et pénétrant. « Sans la moustache, pensait quelquefois Antoine, ce fauve aurait eu le profil d'un mouton. »

« Ah ! ce déjeuner, mon cher ! » Il fit une pause, fermant à demi les yeux et dodelinant la tête. « Vingt ou vingt-cinq convives, rien que des officiels, des personnages de premier plan, et quoi ? peut-être, en comptant bien, deux, trois intelligences ? C'est effrayant... Je crois pourtant avoir amorcé quelque chose d'utile. Le ministre n'en sait rien. J'ai peur qu'il ne me gâte tout, avec ses façons de chien qui tient un os... » Sa diction substantielle, et le sourire subtil dont il prolongeait ses moindres paroles, donnaient du piquant, mais toujours le même, à tous ses propos.

« Vous permettez ? interrompit Antoine en s'approchant de son bureau. Le temps de rédiger une dépêche urgente. Je vous écoute, d'ailleurs. Comment vous sentez-vous, aujourd'hui, après ces agapes serbes ? »

Rumelles n'eut pas l'air d'avoir entendu la question. Il continuait à pérorer distraitement. « Dès qu'il a pu prendre la parole, remarqua Antoine, il n'a plus du tout l'air d'un homme pressé... » Et, tandis qu'il griffonnait son télégramme à Battaincourt, des bouts de phrases parvenaient à son oreille distraite :

« ... depuis que l'Allemagne s'agite... Les voilà qui préparent à Leipzig, un monument commémoratif des événements de 1813!... L'inauguration fera du tapage!... Tout prétexte leur est bon... Ça vient, mon cher! Attendez seulement deux ou trois ans... Ça vient!

— Quoi donc? dit Antoine, levant le nez. La guerre? »

Il regardait Rumelles d'un œil amusé.

« Mais oui, la guerre, fit l'autre sérieusement. Nous y allons tout droit. »

Il avait toujours eu l'inoffensive manie de prédire à bref délai la guerre européenne. On eût dit parfois qu'il y comptait; et justement, il ajouta : « Ce sera le moment de se montrer à la hauteur. » Phrase ambiguë, qui pouvait signifier : aller se battre, mais Antoine, sans hésiter, traduisit : grimper au pouvoir.

Rumelles, qui s'était approché du bureau, se pencha vers Antoine et baissa machinalement la voix :

« Vous suivez ce qui se passe en Autriche?

— Heu... Oui — comme un profane.

— Tisza se pose déjà en successeur de Berchtold. Or, Tisza, je l'ai vu de près en 1910 : c'est le pire des risque-tout. Il l'a prouvé d'ailleurs à la présidence de la Chambre hongroise. Vous avez lu ce discours où il menaçait ouvertement la Russie? »

Antoine avait fini d'écrire et s'était levé.

« Non, dit-il. Mais, depuis que j'ai l'âge de lire un journal, j'ai toujours vu l'Autriche jouer ce rôle d'enfant terrible. Et, jusqu'ici, ça n'a jamais eu beaucoup d'importance.

— Parce que l'Allemagne faisait frein. Mais, justement, l'attitude de l'Autriche commence à devenir très inquiétante, à cause de l'évolution qui s'est produite en Allemagne depuis un mois environ. Et ça, le public ne s'en doute pas.

— Expliquez-moi ça », dit Antoine, intéressé malgré lui.

Rumelles consulta la pendule, et se redressa :

« Je ne vous apprendrai pas que, malgré l'alliance apparente, malgré les beaux discours des deux empereurs, les relations entre l'Allemagne et l'Autriche, depuis six ou sept ans...

— Eh bien, pour nous, ce désaccord n'est-il pas une garantie de paix ?

— Inappréciable. C'*était* même la seule.

— C'*était* ? »

Rumelles, gravement, fit un signe affirmatif.

« Tout cela, mon cher, est en train de changer... » Il regarda Antoine comme s'il se demandait jusqu'où il pouvait aller, puis ajouta, entre ses dents : « Et peut-être par notre faute.

— Par notre faute ?

— Mon Dieu, oui. Mais ça, c'est une autre histoire. Si je vous disais que nous sommes considérés, par les gens les plus avertis d'Europe, comme ayant des arrière-pensées belliqueuses ?

— Nous ? C'est idiot.

— Le Français ne voyage pas. Le Français, mon cher, n'a aucune idée de l'effet que peut faire sa politique cocardière, vue du dehors... Toujours est-il que le rapprochement progressif de la France, de l'Angleterre, de la Russie, leurs nouveaux accords militaires, tout ce qui se trame diplomatiquement depuis deux ans, tout ça, à tort ou à raison, commence à inquiéter sérieusement Berlin. En face de ce qu'elle nomme, de bonne foi, les "menaces" de la Triple Entente, l'Allemagne découvre tout à coup qu'elle pourrait bien se trouver toute seule. Elle sait que l'Italie ne fait plus qu'en théorie partie de la Triplice. Elle n'a donc plus que l'Autriche avec elle, et c'est pourquoi, ces dernières semaines, il lui a paru urgent de resserrer en hâte les liens d'amitié. Fût-ce au prix de concessions importantes. Fût-ce au prix d'un changement de direction. Vous saisissez ? De là, à modifier brusquement son attitude, à accepter la politique balkanique de l'Autriche, à l'encourager presque, il n'y a qu'un pas ; et on dit que ce pas est déjà fait. C'est d'autant plus grave que l'Autriche, ayant senti tourner le vent, en a tout de suite profité, comme vous avez vu, pour hausser le ton. Voilà donc l'Allemagne volontairement solidaire des audaces autrichiennes — ce qui, du jour au lendemain, peut donner à ces audaces une portée incalculable. C'est toute l'Europe automatiquement entraînée dans la bagarre balkanique !... Comprenez-vous maintenant qu'on se sente pessimiste, ou tout au moins inquiet, pour peu qu'on soit renseigné ? »

Antoine se taisait, sceptique. Il savait par expérience que les spécialistes de politique extérieure prévoient toujours d'inévitables conflits. Il avait sonné Léon ; debout près de la porte, il attendait que le domestique fût venu, pour passer enfin aux choses sérieuses ; et il suivait, d'un œil sans indulgence, Rumelles qui, tout à son sujet, oubliant l'heure, portant beau, allait et venait devant la cheminée.

Le père Rumelles, ancien sénateur, avait été un ami de M. Thibault. (Il était mort juste à temps pour ne pas assister à l'ascension de son fils dans les honneurs républicains.) Antoine avait eu maintes fois, jadis, l'occasion de rencontrer Rumelles ; mais, à vrai dire, il ne l'avait jamais tant fréquenté que depuis une semaine. Son opinion, sévère, se précisait à chaque visite. Il avait observé que cette loquacité soutenue, cette courtoisie prématurée d'homme influent, cet intérêt pour les grands problèmes, laissaient toujours, à un moment ou à un autre, percer un trait mesquin où se révélait naïvement l'ambition personnelle; l'ambition était sans doute le seul sentiment violent dont Rumelles fût capable, Antoine croyait même cette ambition un peu disproportionnée aux moyens du bord — qu'il jugeait limités : une instruction médiocre, une timidité sans modestie, un caractère inconsistant; le tout, habilement dissimulé sous une allure de futur grand homme.

Cependant, Léon était venu prendre le télégramme. « Trêve de politique, et trêve de psychologie », se dit Antoine, en se tournant vers le discoureur.

« Alors ? Toujours pareil ? »

Le visage de Rumelles s'assombrit brusquement.

Un soir, au début de la semaine précédente, vers neuf heures, Antoine avait vu Rumelles entrer dans son cabinet, livide. Atteint depuis l'avant-veille d'une maladie qu'il refusait d'avouer à son médecin habituel, encore moins à un inconnu — « parce que, disait-il, comprenez-moi, mon cher, je suis marié, je suis un personnage un peu officiel, ma vie privée, ma vie publique sont à la merci d'une indiscrétion, d'un chantage... » — il s'était rappelé que le jeune Thibault était médecin, et il venait supplier Antoine de le soigner. Après avoir vainement tenté de l'envoyer chez un spécialiste, Antoine, toujours prêt à exercer son art, et assez curieux d'approcher ce politicien, avait consenti.

« Aucun mieux, vraiment ? »

Rumelles secoua piteusement la tête, et resta muet. Ce bavard ne pouvait se résoudre à parler de son mal, à avouer qu'il subissait, par moments, un supplice de damné, et que, tout à l'heure encore, après le déjeuner diplomatique, il avait dû couper court à un entretien important pour quitter précipitamment le fumoir, tant les élancements étaient devenus douloureux.

Antoine réfléchit.

« Eh bien, dit-il résolument, il va falloir essayer le nitrate... »

Il ouvrit la porte du « laboratoire », et fit entrer Rumelles, devenu silencieux ; puis, le dos tourné, il prépara ses mélanges et remplit la seringue à cocaïne. Lorsqu'il revint vers sa victime, celle-ci avait dépouillé la solennelle redingote ; sans faux col, sans pantalon, ce n'était déjà plus qu'un pauvre diable de malade, endolori, inquiet, humilié, et qui défaisait avec embarras des linges souillés.

Mais il ne s'abandonnait pas encore. Quand Antoine s'approcha, il releva un peu la tête et essaya de sourire avec un reste de désinvolture. Il souffrait, pourtant, et de mille manières. Même de sa solitude morale. Car, dans sa disgrâce actuelle, c'était un surcroît de calamité que de ne pouvoir tout à fait jeter le masque, de ne pouvoir avouer à personne combien cet accident ridicule l'offensait, non pas seulement dans sa chair : dans son orgueil. Hélas ! à qui eût-il parlé avec abandon ? Il n'avait pas un ami. Depuis dix ans, la politique l'avait condamné à vivre isolé derrière un barrage de camaraderie hypocrite et méfiante. Pas un attachement véritable à sa portée. Si, un seul : celui de sa femme ; c'était, en réalité, sa seule amie, le seul être qui le connût et l'aimât pour ce qu'il était vraiment, le seul être auquel il eût été soulagé de se confier — mais justement celui auquel il devait le plus anxieusement cacher cette misérable aventure.

La douleur physique se chargea de mettre un terme à ces réflexions. Le nitrate commençait à agir. Rumelles étouffa les premiers cris de souffrance. Mais bientôt, malgré l'effet du calmant, il eut beau serrer les dents et les poings, il ne put se retenir. La cautérisation profonde lui arrachait des gémissements de femme en couches. De grosses larmes faisaient briller ses yeux bleus.

Antoine eut pitié :

« Voilà, mon petit, un peu de courage, j'ai terminé... C'est douloureux, mais indispensable ; et ça ne durera pas. Restez tranquille, que je vous fasse encore un peu de cocaïne... »

Rumelles ne l'écoutait pas. Écartelé sur la table, sous l'impitoyable réflecteur, il contractait et détendait les jambes comme une grenouille de dissection.

Lorsque Antoine fut enfin parvenu à atténuer la douleur :

« Il est le quart, dit-il. À quelle heure faut-il que vous partiez d'ici ?

— À... à cinq heures seulement, bégaya l'infortuné. J'ai... l'auto... en bas. »

Antoine sourit : un sourire amical, encourageant, mais qui déguisait un sourire subreptice : il venait, malgré lui, de penser au chauffeur bien stylé, à cocarde tricolore, impassible sur son siège, qui attendait M. le Délégué du Ministre ; puis au chemin de tapis rouge qu'en ce moment sans doute on déroulait sous le vélum de l'Exposition des Fleurs, et sur lequel, dans une heure, ce Rumelles qui gigotait là comme un nouveau-né qu'on change de linge, le beau Rumelles enfin, sanglé dans sa redingote, un vague sourire sous sa moustache de chat, s'avancerait seul, à pas comptés, au-devant de la petite reine Élisabeth... Mais cette distraction ne dura qu'une minute. Bientôt, sous les yeux du médecin, il n'y eut plus qu'un malade ; moins qu'un malade, un cas ; et moins encore : une action chimique, le travail d'un caustique sur une muqueuse, travail qu'il avait sciemment provoqué, dont il était responsable, et dont il surveillait, en pensée, le développement nécessaire.

Trois coups discrets, frappés par Léon, le rappelèrent aux réalités extérieures. « Gise est là », songea-t-il soudain, en jetant son attirail dans un plateau de l'autoclave. Et, pressé maintenant de quitter Rumelles, mais habitué à ne pas transiger avec les obligations professionnelles, il attendit patiemment que l'effet douloureux fût calmé.

« Reposez-vous ici tout à votre aise, dit-il en s'éclipsant. Je n'ai pas besoin de cette pièce. Je viendrai vous prévenir quand il sera moins dix. »

VII

Léon avait dit à Gise :

« Si Mademoiselle veut bien attendre là... »

« Là », c'était l'ancienne chambre de Jacques, obscurcie déjà par la nuit commençante, pleine d'ombre et de silence comme un caveau. Le cœur de Gise avait battu en passant ce seuil, et l'effort qu'elle avait dû faire pour vaincre son malaise avait pris, comme toujours, la forme d'une prière, d'un bref appel à Celui qui n'abandonne jamais. Puis elle avait été s'asseoir, machinalement, sur ce canapé-lit où, tant de fois, à tous âges, elle était venue bavarder avec Jacquot. On entendait — était-ce dans le salon, était-ce dans la rue ? — les sanglots houleux d'un enfant. Gise avait du mal à dominer sa sensibilité. Pour un rien, maintenant, les larmes l'étouffaient. Par bonheur, en ce moment, elle était seule. Il faudrait voir un médecin. Mais pas Antoine. Elle n'allait pas bien, elle avait trop maigri. Les insomnies, sans doute. Ce n'était pas naturel, à dix-neuf ans... Elle songea, une minute, à l'étrange enchaînement de ces dix-neuf années : cette interminable enfance entre deux vieillards ; — puis, vers les seize ans, ce grand chagrin, compliqué de secrets si lourds !

Léon vint donner de la lumière, et Gise n'osa pas lui dire qu'elle préférait l'enveloppement de cette demi-obscurité. Dans la chambre, éclairée maintenant, elle reconnaissait chaque meuble, chaque bibelot. On sentait bien que la piété fraternelle d'Antoine s'était, par principe, interdit de toucher à rien ; mais, depuis qu'il prenait là ses repas, peu à peu, chaque objet avait été déplacé, avait changé de destination, et tout avait pris un aspect différent : cette table dépliée, au centre de la pièce ; ce service à thé, qui trônait sur le bureau désaffecté, entre la corbeille à pain et le compotier de fruits. La bibliothèque elle-même... Autrefois, ces rideaux verts n'étaient pas ainsi tirés derrière les vitres. L'un des rideaux bâillait, Gise se pencha, vit briller de la vaisselle ; Léon avait empilé les livres sur les rayons d'en haut... Si ce pauvre Jacques avait pu voir sa bibliothèque transformée en buffet !

Jacques... Gise se refusait à penser à lui comme à un mort. Non seulement elle n'aurait pas été saisie de le voir brusquement surgir dans l'embrasure de la porte, mais, presque à tout instant, elle s'attendait à le voir paraître devant elle ; et cette attente superstitieuse l'entretenait, depuis trois ans, dans un demi-rêve exalté, déprimant.

Ici, parmi ces choses familières, les souvenirs l'assaillent. Elle n'ose se lever ; elle respire à peine par crainte de remuer l'air, de profaner ce silence. Il y a, sur la cheminée, une photographie d'Antoine. Ses yeux s'y arrêtent. Elle se rappelle le jour où Antoine a donné cette épreuve à Jacques ; il en a remis une semblable à Mademoiselle ; elle est là-haut. C'est l'Antoine d'autrefois, qu'elle aimait comme un frère aîné, qui a été son grand secours pendant ces trois années d'épreuve. Depuis que Jacques n'est plus là, elle est si souvent descendue auprès d'Antoine, pour parler du disparu ! Que de fois elle a failli lui dire son secret ! Tout est changé maintenant. Pourquoi ? Que s'est-il passé entre eux ? Elle n'aurait su rien alléguer de précis. Elle se rappelle seulement la courte scène du mois de juin, à la veille de son départ pour Londres. Antoine avait paru perdre la tête devant cette séparation imminente et dont il ne pouvait deviner la secrète raison. Que lui a-t-il dit, au juste ? Elle a cru comprendre qu'il ne l'aimait plus seulement comme un grand frère, qu'il pensait à elle « autrement ». Est-ce possible ? Peut-être s'est-elle imaginé des choses ? Mais non ; même dans les lettres ambiguës, trop tendres et comme réticentes, qu'il lui a écrites, elle n'a plus retrouvé la paisible affection des années précédentes. Aussi, depuis qu'elle est revenue en France, l'a-t-elle évité d'instinct, et n'a-t-elle pas eu avec lui, en ces quinze jours, un seul moment de tête-à-tête. Que lui veut-il aujourd'hui ?

Elle tressaille. C'est Antoine, c'est son pas rapide, bien scandé. Il entre, s'arrête et sourit. Ses traits sont un peu las ; pourtant, le front est détendu, l'œil animé, heureux. Gise, qui se sentait aller à la dérive, se reprend aussitôt : il suffit qu'Antoine paraisse pour que se répande autour de lui un peu de son élan vital.

« Bonjour, Nigrette ! » dit-il en souriant. (C'est un très ancien surnom que M. Thibault avait donné à Gise, un jour de bonne humeur, à l'époque où

Mlle de Waize, contrainte d'adopter sa nièce orpheline, venait de la prendre auprès d'elle et d'installer au foyer de la bourgeoise famille Thibault cette fille d'une mulâtresse malgache, et qui avait tout l'air d'une sauvageonne.)

Gise demande, pour dire quelque chose :

« Tu as beaucoup de monde aujourd'hui ?

— C'est le métier ! répond-il allégrement. Veux-tu venir dans mon cabinet ? Ou rester ici ? » Et, sans attendre sa réponse, il s'assied auprès d'elle. « Comment vas-tu, toi ? On ne te voit plus jamais... Tu as un joli châle... Donne-moi ta main... » Il saisit sans façon la main que Gise lui laisse prendre ; il la pose sur son poing fermé, la soulève : « Elle n'est plus potelée comme autrefois, ta petite main... » Gise sourit par contenance, et Antoine voit se creuser deux fossettes dans les joues brunes. Elle ne fait rien pour déplacer son bras, mais Antoine sent qu'elle est raidie, prête au recul. Sur le point de murmurer : « Tu n'es guère gentille depuis que tu es revenue », il se ravise, fronce les sourcils et se tait.

« Ton père a voulu se recoucher, à cause de sa jambe », dit-elle évasivement.

Antoine ne répond pas. Depuis longtemps, il ne s'est pas trouvé, comme en ce moment, seul, près de Gise. Il continue à regarder la petite main sombre ; il s'applique à suivre le dessin des veines jusqu'au poignet mince et musclé ; un à un, il examine les doigts ; il se force à rire : « On dirait de jolis cigares blonds... » Mais, en même temps, et comme à travers une buée chaude, il caresse de l'œil toute la courbe de ce corps flexible replié sur soi-même, depuis le moelleux arrondi des épaules jusqu'à la pointe du genou qui fait saillie sous le châle de soie. Quel attrait pour lui dans cette langueur naturelle, — si proche ! C'est quelque chose de subit, de violent...

une poussée de sang... un courant refoulé qui va rompre ses digues... Résistera-t-il à l'envie de glisser un bras autour d'elle, d'attirer contre lui cette chair souple et jeune ?... Il se contente de baisser la tête et de frôler avec sa joue la petite main. Il balbutie : « Comme tu as la peau douce, Nigrette... » Son regard, un regard de mendiant ivre, se hausse lourdement jusqu'au visage de Gise, qui détourne instinctivement la tête et dégage sa main.

Elle demande résolument :

« Que voulais-tu me dire ? »

Antoine se ressaisit :

« C'est une chose terrible que j'ai à t'apprendre, ma pauvre petite... »

Terrible ? Un atroce soupçon traverse l'esprit de Gise. Quoi ? Tous ses espoirs sont-ils cette fois anéantis ? Son regard, atterré, fait en quelques secondes le tour de cette chambre, se pose anxieusement sur chaque souvenir du bien-aimé.

Mais Antoine achève sa phrase :

« Père est *très* malade, tu sais... »

Elle paraît d'abord ne pas avoir entendu. Le temps de revenir de si loin... Puis elle répète :

« *Très* malade ? »

Et, ce disant, elle s'avise soudain qu'elle le savait sans que personne le lui eût dit. Elle ajoute, les sourcils levés, les yeux pleins d'une inquiétude un peu feinte :

« Mais... malade au point de... ? »

Antoine fait un signe affirmatif. Puis, sur le ton de quelqu'un qui depuis longtemps est familiarisé avec la vérité :

« L'opération de cet hiver, l'ablation du rein droit, n'a servi qu'à une chose : à ce qu'on ne puisse plus s'illusionner sur la nature de la tumeur. L'autre rein s'est infecté, presque aussitôt. Mais le mal a pris un aspect différent, s'est généralisé; heureusement, si l'on peut dire... Cela nous aide à tromper le malade. Il ne se doute de rien, il ne soupçonne pas qu'il est perdu. »

Après un court silence, Gise demande :

« Combien de temps crois-tu que ?... »

Il la regarde. Il est content. Elle ferait vraiment une femme de médecin. Elle sait se tenir devant l'événement; elle n'a même pas pleuré. Ces quelques mois à l'étranger l'ont singulièrement mûrie. Il se reproche d'avoir toujours tendance à la croire plus enfant qu'elle n'est.

Il répond, sur le même ton :

« Deux, trois mois, tout au plus. » Et, vivement, il ajoute : « Peut-être beaucoup moins. »

Bien que son esprit n'ait pas des antennes très sensibles, elle a perçu, dans ces derniers mots, une intention à son adresse; et elle est soulagée qu'Antoine se démasque sans délai :

« Dis-moi, Gise, vas-tu me laisser seul, maintenant que tu sais ? Vas-tu quand même retourner là-bas ? »

Elle ne répond pas, et regarde doucement devant elle, de ses yeux brillants, immobiles. Sur sa figure ronde où rien d'autre ne bouge, un petit pli, entre les sourcils, se forme et disparaît, reparaît et s'efface, seul indice du débat intérieur. Son premier sentiment a été de tendresse; cet appel l'a troublée. Elle n'avait guère pensé qu'elle pût jamais être un soutien pour personne, à plus forte raison pour Antoine, sur lequel la famille entière a toujours pris appui.

Mais non ! Elle flaire le piège, elle sent bien pourquoi il voudrait la garder à Paris. Tout en elle s'insurge. Ce séjour en Angleterre, c'est le seul moyen qu'elle ait d'accomplir son grand dessein, c'est sa seule raison de vivre ! Si seulement elle pouvait tout expliquer à Antoine ! Hélas ! ce serait dévoiler le secret de son cœur, et le dévoiler justement au cœur le moins préparé à cette confidence... Plus tard, peut-être... Par une lettre... Pas maintenant.

Ses regards restent fixés au loin avec une expression obstinée, qui déjà, pour Antoine, est un morne présage. Il insiste, cependant :

« Pourquoi ne veux-tu pas me répondre ? »

Elle tressaille, et, sans quitter son air têtu :

« Mais, Antoine, au contraire ! Il faut que je me hâte plus que jamais d'avoir ce diplôme d'anglais. Je vais avoir besoin de me suffire à moi-même, bien plus tôt que je ne pensais... »

Antoine l'interrompt d'un geste irrité.

Il est surpris de distinguer, dans l'expression de cette bouche close, de ce regard, quelque chose comme un découragement sans remède ; et, en même temps, un éclat, une exaltation qui ressemble à une folle espérance. Pas de place pour lui, dans ces sentiments-là. Une bouffée de dépit lui fait relever la tête. Dépit, désespoir ? Le désespoir domine : sa gorge se contracte : des larmes... Et, pour une fois, il ne cherche ni à les refouler ni à les cacher : elles peuvent encore l'aider à fléchir cette opiniâtreté incompréhensible...

En effet, Gise est très émue. Elle n'a jamais vu pleurer Antoine. Elle n'avait même jamais songé qu'il pût pleurer. Elle évite de le regarder. Elle a pour lui un attachement tendre et profond, elle pense toujours à lui avec un élan intérieur, une sorte d'enthousiasme. Depuis trois ans, il a été son unique soutien, le compagnon robuste, éprouvé, dont le voisinage a été le seul réconfort de sa vie. Pourquoi faut-il qu'il paraisse souhaiter d'elle autre chose que cette admiration, que cette confiance ? Pourquoi ne peut-elle plus lui laisser voir ses sentiments fraternels ?

Un coup de timbre résonne dans le vestibule. Antoine prête machinalement l'oreille. Un bruit de portes ; puis, de nouveau, le calme.

Ils sont l'un près de l'autre, immobiles, silencieux, et leurs pensées, divergentes, galopent, galopent...

Enfin, la sonnerie du téléphone... Un pas dans le vestibule. Léon entrouvre la porte :

« C'est de chez M. Thibault, Mademoiselle. Le docteur Thérivier est en haut. »

Gise, instantanément, s'est levée.

Antoine rappelle Léon, d'une voix lasse.

« Combien de personnes au salon ?

— Quatre, Monsieur. »

Il se lève à son tour. La vie reprend. « Et Rumelles qui m'attend à moins dix », songe-t-il.

Elle dit, sans s'approcher de lui :

« Il faut vite que je m'en aille, Antoine... Adieu. »

Il sourit bizarrement et hausse les épaules :

« Eh bien, va-t'en... Nigrette ! » Et sa propre intonation lui rappelle l'adieu de son père, tout à l'heure : « Eh bien, va-t'en, mon cher ! » Pénible rapprochement...

Il ajoute, sur un autre ton :

« Veux-tu dire à Thérivier que je ne peux pas m'absenter en ce moment ? S'il désire me parler, qu'il entre ici en descendant. N'est-ce pas ? »

Elle acquiesce d'un signe de tête et ouvre la porte ; puis, comme si elle prenait une détermination subite, elle se retourne vers Antoine... Mais non... Que lui dirait-elle ? Puisqu'il ne peut pas *tout* lui dire, à quoi bon ?... Et, s'enveloppant plus étroitement dans son châle, elle disparaît sans avoir relevé les yeux.

« L'ascenseur redescend, dit Léon, Mademoiselle n'attend pas ? »

Elle fait signe que non, et commence à monter. Lentement, car elle est oppressée. Toute son énergie se concentre maintenant autour d'une idée fixe : Londres ! Oui, repartir le plus tôt possible, sans même attendre la fin de son congé ! Ah ! si Antoine pouvait savoir ce que représente pour elle ce séjour outre-Manche !

Il y a deux ans déjà, un matin de septembre (dix mois après la disparition de Jacques), le facteur de Maisons-Laffitte, que Gise avait par hasard croisé dans le jardin, lui avait remis un panier à son nom, portant l'étiquette d'un fleuriste de Londres. Surprise, pressentant tout à coup quelque chose de grave, elle avait gagné sa chambre sans être vue, avait coupé les ficelles, arraché le couvercle, et s'était presque évanouie en apercevant, sur un lit de mousse humide, une simple botte de roses. Jacques ! Leurs roses ! Des roses pourpres, de petites roses pourpres au cœur noir, exactement les mêmes ! Septembre, l'anniversaire ! Le sens de cet envoi anonyme était aussi clair pour elle que celui d'une dépêche chiffrée dont elle aurait eu la clé. Jacques n'était pas mort ! M. Thibault se trompait. Jacques habitait l'Angleterre ! *Jacques l'aimait !...* Son premier mouvement avait été d'ouvrir tout grand la porte, pour crier, à pleine voix : « Jacques est vivant ! » Par bonheur, elle s'était ressaisie à temps. Comment expliquerait-elle que ces petites roses pourpres fussent à ce point révélatrices ? On la presserait de questions. Tout, plutôt que de trahir son secret ! Elle avait refermé la porte, elle avait prié Dieu de lui donner la force de se taire — en tout cas, jusqu'au soir : elle savait qu'Antoine devait venir à Maisons pour dîner.

Le soir, elle l'avait pris à part. Elle lui avait parlé d'un envoi mystérieux : des fleurs, venues de Londres où elle ne connaissait personne... Jacques ?... Il fallait à tout prix lancer les recherches sur une nouvelle voie. Antoine, intéressé, mais rendu sceptique par l'échec de toutes ses tentatives depuis un an, avait néanmoins fait faire des démarches immédiatement à Londres. La fleuriste avait donné un signalement très précis de l'acheteur qui avait fait la commande ; or, ce signalement ne correspondait en aucune façon à celui de Jacques. La piste avait été abandonnée.

Non par Gise. Elle était seule à posséder une certitude. Elle n'avait plus parlé de rien ; avec une maîtrise de soi qu'on n'eût pas attendue de ses dix-sept ans, elle s'était tue. Mais elle avait pris l'invincible résolution d'aller elle-même en Angleterre, et, coûte que coûte, d'y retrouver la trace de Jacques. Projet presque irréalisable. Pendant deux ans, avec la persévérance insidieuse et taciturne des êtres primitifs qu'étaient ses ancêtres, elle avait, petit à petit, rendu possible et minutieusement organisé ce départ. Au prix de quels efforts ! Elle se rappelait chaque étape. Il avait fallu, par de patientes manœuvres, implanter vingt idées nouvelles dans le cerveau rétif de sa tante. D'abord, lui faire admettre qu'une jeune fille sans fortune, même de bonne famille, a besoin d'un moyen d'existence ; lui persuader ensuite que sa nièce avait, comme elle, la vocation d'élever des enfants ; la convaincre aussi des difficultés de la concurrence actuelle et de la nécessité, pour une institutrice, de parler couramment l'anglais. Puis, il avait fallu mettre adroitement la vieille demoiselle en relations avec une institutrice de Maisons-Laffitte, laquelle venait justement de parfaire ses études dans une sorte d'institut anglais, tenu par des religieuses catholiques, aux environs de Londres. La chance avait voulu que M. Thibault, mis en branle, recueillît sur l'institut de bons renseignements. Enfin, après mille atermoiements, au printemps dernier, Mlle de Waize avait consenti à la séparation. Gise avait déjà passé l'été en Angleterre. Mais ces quatre mois n'avaient rien donné de ce qu'elle espérait : elle avait été victime de détectives malhonnêtes et n'avait essuyé que des déboires. C'est maintenant qu'elle allait pouvoir agir, remuer des gens. Elle venait de vendre quelques bijoux, de rassembler ses économies. Elle s'était abouchée enfin avec des agences sérieuses. Et surtout elle avait intéressé à sa romanesque entreprise la fille du *Commissioner of Metropolitan Police* de Londres, chez lequel elle devait déjeuner dès son retour là-bas, et qui pouvait lui être d'un incomparable appui. Comment ne pas espérer ?...

Gise arrivait à l'étage de M. Thibault. Elle dut sonner : sa tante ne lui avait jamais confié la clé de l'appartement.

« Oui, comment ne pas espérer ? » se dit-elle. Et soudain, la certitude qu'elle allait retrouver Jacques reprit sur elle tant d'empire qu'elle se sentit toute raffermie. Antoine avait dit que cela pouvait durer trois mois. « Trois mois ? songea-t-elle. Avant trois mois, j'aurai réussi ! »

Pendant ce temps, en bas, dans la chambre de Jacques, Antoine, resté debout devant la porte que Gise avait refermée derrière elle, écrasait son regard sur ce panneau de bois opaque, infranchissable.

Il se sentait parvenu à un point limite. Jusqu'ici, sa volonté — qui s'était presque toujours attaquée au plus difficile, et victorieusement — ne s'était jamais acharnée contre l'irréalisable. Quelque chose, en ce moment, était en train de se détacher de lui. Il n'était pas homme à persévérer sans espoir.

Il fit deux pas hésitants, s'aperçut dans la glace, s'approcha, s'accouda à la cheminée, et, tendant le visage, se contempla quelques secondes jusqu'au fond des yeux. « Et si, brusquement, elle avait dit : *Oui, épouse-moi...* » ? Il frissonna : une peur rétrospective... « C'est bête de jouer avec ça », se dit-il, en pivotant sur les talons. Puis, tout à coup : « Sacredié, cinq heures... Et la reine Élisabeth ! »

À pas rapides, il se dirigea vers le « laboratoire ». Mais Léon l'arrêta : il avait l'œil terne, son sourire errant et narquois :

« M. Rumelles est parti. Il s'est inscrit pour après-demain, même heure.

— Parfait », dit Antoine, soulagé. Et, sur le moment, cette petite satisfaction suffit presque à balayer son souci.

Il regagna son cabinet, le traversa en diagonale, et soulevant la portière, de ce geste familier qu'il n'exécutait jamais sans un certain plaisir, il ouvrit la porte du salon.

« Tiens, tiens, fit-il en pinçant au passage la joue d'un garçonnet pâlot qui s'avançait fort intimidé. Tout seul, comme un grand garçon ? Tes parents vont bien ? »

Il s'empara de l'enfant, l'attira jusqu'à la fenêtre, s'assit à contre-jour sur un tabouret, et, d'un mouvement doux et ferme, il inclina en arrière la petite tête docile, pour inspecter le pharynx. « À la bonne heure », murmura-t-il, sans détacher son regard, « cette fois, voici ce qu'on appelle des amygdales... » Il avait retrouvé d'emblée cette voix alerte et sonore, un peu tranchante, qui agissait sur les malades à la façon d'un tonique.

Il demeurait attentivement penché sur l'enfant. Mais, souffrant tout à coup d'un retour d'orgueil, il ne put s'empêcher de penser : « D'abord, si je veux, on pourra toujours la rappeler par dépêche... »

VIII

Il fut très surpris, en reconduisant le gamin, de trouver, assise sur la banquette du vestibule, Miss Mary, l'Anglaise au teint de fleur.

Elle se leva, lorsqu'il vint vers elle, et l'accueillit par un long, silencieux, adorable sourire ; puis, d'un air résolu, elle lui tendit une enveloppe bleutée.

Cette attitude, si différente de la réserve qu'elle avait montrée deux heures plus tôt, ce regard énigmatique et décidé, éveillèrent, chez Antoine, sans qu'il sût au juste pourquoi, l'idée d'une situation insolite.

Intrigué, il restait debout dans le vestibule et décachetait déjà l'enveloppe armoriée, lorsqu'il vit que l'Anglaise se dirigeait d'elle-même vers son cabinet, dont la porte était restée ouverte.

Il la suivit, tout en dépliant la lettre.

Mon cher Docteur,

J'ai deux petites requêtes à vous adresser, et pour qu'elles ne soient pas mal reçues, je les confie au commissionnaire le moins rébarbatif que j'aie trouvé.

Primo : *Cette étourdie de Mary a sottement attendu d'être sortie de chez vous pour m'avouer qu'elle se sentait patraque depuis quelques jours, et que la toux l'avait empêchée de dormir ces dernières nuits. Auriez-vous l'amabilité de l'examiner en détail, et de lui donner quelques conseils ?*

Secundo : *Nous avons, à la campagne, un ancien garde-chasse qui souffre horriblement d'un rhumatisme déformant. En cette saison, c'est une véritable torture. Simon a pris en pitié le pauvre vieux et lui fait des piqûres calmantes. Nous avons toujours de la morphine dans notre pharmacie, mais les dernières crises ont complètement épuisé notre provision, et Simon m'a bien recommandé de lui en rapporter, ce qui n'est pas possible sans une autorisation de médecin. J'ai totalement oublié de vous parler de cela cet après-midi. Vous seriez bien gentil de remettre à ma séduisante commissionnaire une ordonnance, si possible* renouvelable, *pour que je puisse me procurer immédiatement* cinq ou six douzaines d'ampoules d'un centimètre cube.

Je vous remercie d'avance pour ce secundo. Quant au primo, mon cher Docteur, lequel de nous deux devra remercier l'autre ? Vous ne devez pas manquer de clientes moins agréables à ausculter...

Mon sympathique souvenir,

Anne-Marie S. DE BATTAINCOURT.

P.-S. — *Vous vous demanderez peut-être pourquoi Simon ne s'adresse pas au médecin de là-bas. C'est un individu borné et sectaire, qui vote toujours contre nous et ne nous pardonne pas de lui avoir refusé la clientèle du château. Sans quoi, je vous aurais épargné cette peine.*

A.

Antoine avait terminé sa lecture, mais il ne relevait pas encore la tête. Son premier mouvement avait été de colère : pour qui le prenait-on ? Le second fut de trouver l'histoire piquante, et de s'en amuser.

Il connaissait, pour y avoir été pris lui-même, le jeu des deux glaces qui ornaient son cabinet. Tel qu'il était placé, un coude sur la cheminée, il pouvait apercevoir l'Anglaise sans bouger, rien qu'en déplaçant les pupilles sous ses paupières baissées. Ce qu'il fit. Miss Mary était assise un peu en arrière de lui ; elle se dégantait ; elle avait dégrafé son manteau, dégagé le buste, et regardait, avec une feinte distraction, le bout de son pied taquiner la frange d'un tapis. Elle semblait à la fois intimidée et intrépide. S'imaginant qu'il ne pouvait pas la voir sans changer de place, elle souleva brusquement ses longs cils, et lança vers lui un coup d'œil bleu et bref comme une étincelle.

Cette imprudence eut raison des derniers doutes d'Antoine, qui se retourna.

Il se mit à sourire. Il gardait la tête inclinée, parcourant une dernière fois la lettre tentatrice, qu'il replia avec lenteur. Puis, sans cesser de sourire, il se redressa, et son regard vint se poser sur celui de Mary. La rencontre de ces regards leur fut, à tous deux, perceptible comme un choc. L'Anglaise eut une seconde d'hésitation. Il ne prononça pas un mot : les paupières à demi baissées, il fit simplement « non », en tournant plusieurs fois et sans hâte la tête à droite et à gauche. Il souriait toujours. Sa physionomie était tellement expressive que Mary ne s'y méprit pas. On ne pouvait dire plus impertinemment : « Non, Mademoiselle : rien à faire, *ça ne prend pas*... Ne me croyez pas indigné : je ris, j'en ai vu bien d'autres... J'ai seulement le regret de vous dire que — même à ce prix-là — il n'y a rien à espérer de moi... »

Elle s'était levée de son siège, sans voix, le visage empourpré. Elle trébucha dans le tapis en reculant vers l'antichambre. Il la suivait, comme si rien n'eût été plus naturel que cette retraite précipitée ; il continuait à s'amuser beaucoup. Elle fuyait, l'œil à terre, sans une parole, cherchant à refermer son col de sa main énervée et nue, qui paraissait exsangue auprès de ses joues en feu.

Dans le vestibule, il dut s'approcher d'elle pour lui ouvrir la porte de l'appartement. Elle esquissa une vague inclinaison de tête. Il allait lui rendre son salut, lorsqu'elle fit un geste brusque : avant qu'il eût compris ce qui se passait, elle lui avait subtilisé, avec une prestesse de pickpocket, la lettre qu'il tenait entre ses doigts, et elle avait bondi dehors.

Il dut convenir, vexé, qu'elle ne manquait ni d'adresse ni de présence d'esprit.

En regagnant son cabinet, il se demanda quelles figures ils feraient, sous peu, lorsqu'ils se retrouveraient tête à tête, l'Anglaise, la belle Anne et lui. À cette idée, il sourit de nouveau. Sur le tapis gisait un gant, qu'il ramassa — qu'il flaira — avant de l'envoyer gaiement dans la corbeille à papiers.

Ces Anglaises !... Huguette... Quelle allait être la vie de la petite infirme, entre ces deux femmes ?

La nuit tombait.

Léon entra pour fermer les volets.

« Mme Ernst est là ? demanda Antoine, après un coup d'œil sur l'agenda.

— Oh ! depuis longtemps, Monsieur... C'est même toute une famille : la mère, le petit garçon et le vieux papa.

— Bien », fit Antoine avec entrain, en soulevant la portière.

IX

Il vit, en effet, venir à lui un petit homme d'une soixantaine d'années.

« Je vous prie, docteur, de bien vouloir me recevoir d'abord : j'aurais quelques mots à vous dire. »

L'accent était lourd, un peu traînant ; l'allure timide, distinguée.

Antoine referma soigneusement la porte et désigna un siège.

« Je suis M. Ernst... Le docteur Philip a dû vous dire... Merci ! » murmura-t-il en s'asseyant.

La physionomie était sympathique. Des yeux très encaissés, un regard expressif et triste, mais chaud, brillant et jeune. Le visage, au contraire, était d'un vieillard : usé, raviné, à la fois charnu et desséché, tout en creux et en petites bosses, sans une place unie : le front, les joues, le menton, semblaient modelés, fouillés à coups de pouce. Une moustache courte et rude, gris fer, coupait la figure en deux. Sur le crâne, de rares cheveux décolorés rappelaient l'herbe qui pousse sur les dunes.

Remarqua-t-il l'examen discret d'Antoine ?

« Nous avons l'air d'être les grands-parents du petit, fit-il observer, avec mélancolie. Nous nous sommes mariés très tard. Je suis professeur de l'Université : j'enseigne l'allemand au lycée Charlemagne. »

« Ernst, se dit Antoine, et cet accent... Il doit être alsacien. »

« Sans vouloir abuser de vos instants, docteur, j'ai cru qu'il était indispensable, puisque vous voulez bien vous occuper du petit, que je vous explique certaines choses, certaines choses *confidentielles*... » Il leva les yeux ; une ombre les voilait. Il précisa : « Je veux dire des choses que Mme Ernst ne sait pas. »

Antoine inclina la tête en signe d'acquiescement.

« Voyons », fit l'autre, comme s'il rassemblait son courage. (Nul doute qu'il eût préparé ce qu'il avait à dire ; il se mit à parler, les yeux au loin, sans hâte mais sans précipitation, en homme qui a l'habitude de la parole.)

Antoine eut l'impression qu'Ernst préférait qu'on ne le regardât pas.

« En 1896, docteur, j'avais quarante et un ans, j'étais professeur à Versailles. » La voix perdit de son assurance : « J'étais fiancé », dit-il, en faisant chanter l'*i* ; il donnait à ces trois syllabes, comme aux notes d'un accord arpégé, une sonorité étonnante.

Il reprit plus rudement :

« J'avais, en outre, pris passionnément parti pour le capitaine Dreyfus. Vous êtes trop jeune, docteur, pour avoir vécu ce drame de conscience... » (Il prononçait « tramme », avec une intonation rauque et solennelle.) « ...mais vous n'ignorez pas qu'à cette époque il était difficile d'être en même temps fonctionnaire et dreyfusiste militant. » Il ajouta : « J'étais de ceux qui se compromettent. » Le ton était mesuré, sans bravade, mais suffisamment ferme pour qu'Antoine devinât fort bien ce qu'avaient été, quinze ans plus tôt, l'imprudence, l'énergie et la foi de ce calme vieillard au front bossué, au menton têtu, et dont l'œil jetait encore cet éclat noir.

« Ceci, reprit M. Ernst, pour vous expliquer comment, à la rentrée de 96, je me suis trouvé exilé au lycée d'Alger. Quant à mon mariage..., murmura-t-il avec douceur, ... le frère de ma fiancée, son unique parent, un officier de marine — de marine marchande, mais peu importe — professait des idées opposées aux miennes : nos fiançailles ont été rompues. » Visiblement, il cherchait à donner un aperçu impersonnel des faits.

Il poursuivit, d'une voix plus sourde :

« Quatre mois après mon arrivée en Afrique, je me suis aperçu que j'étais... malade. » De nouveau, la voix parut fléchir, mais il se raidit : « Il ne faut pas avoir peur des mots : j'étais atteint de syphilis. »

« Ah ! bien, songea Antoine, ... le petit... je comprends... »

« J'ai vu aussitôt plusieurs médecins de la Faculté d'Alger. Sur leur conseil, je me suis confié au meilleur spécialiste de là-bas. » Il hésitait à le nommer : « Un certain docteur Lohr, dont vous connaissez peut-être les travaux, fit-il enfin, sans regarder Antoine. Le mal était pris à son début, dès l'apparition de la première, de l'unique lésion. J'étais homme à suivre avec exactitude un traitement. Même rigoureux. Je l'ai fait. Lorsque j'ai été rappelé à Paris, quatre ans plus tard — après l'apaisement de l'affaire, le docteur Lohr m'a affirmé qu'il me considérait, depuis un an déjà, comme totalement guéri. Je l'ai cru. De fait, je n'ai jamais eu dans la suite le moindre accident, la plus légère menace de récidive. »

Il tourna la tête, posément, et chercha les yeux d'Antoine. Celui-ci fit signe qu'il écoutait avec attention.

Il ne se contentait pas d'écouter : il observait l'homme. À l'aspect, aux attitudes, il imaginait ce qu'avait pu être cette carrière laborieuse et loyale du petit professeur d'allemand. Il en avait connu de semblables. Pour celui-là, on le devinait supérieur à sa besogne. On le sentait aussi, de longue date, habitué à cette réserve, à ce repliement plein de décence qu'imposent à certaines natures de choix une situation gênée, une vie ingrate, dénuée de récompense, mais consentie d'un cœur fidèle et ferme. L'accent qu'il avait eu pour annoncer la rupture de son mariage en disait long sur ce qu'avait dû être, dans cette existence solitaire, cet amour contrarié; d'ailleurs, la chaleur contenue de certains regards révélait d'une façon émouvante, chez ce magister grisonnant, une sensibilité aussi fraîche que celle d'un adolescent.

« Six ans après mon retour en France, poursuivit-il, ma fiancée a perdu son frère. » Il cherchait ses mots ; il murmura simplement : « J'ai pu la revoir... »

Cette fois, son trouble le contraignit à s'interrompre.

Antoine, tête baissée, attendait, discrètement. Il fut surpris d'entendre tout à coup la voix du professeur s'élever, avec un accent d'angoisse :

« Docteur, je ne sais pas ce que vous penserez d'un homme qui a fait ce que j'ai fait... Cette maladie, ce traitement, c'était une vieille histoire qui datait de dix ans : une histoire oubliée... J'avais passé la cinquantaine... » Il soupira. « Toute ma vie, j'avais souffert d'être seul... Je vous dis les choses sans ordre, docteur... »

Antoine leva les yeux. Il avait compris, même avant d'avoir vu ce visage. Être un homme d'étude et avoir pour fils un infirme mental, ç'aurait été déjà une mortelle épreuve. Mais qu'était-ce, auprès d'un tel supplice : le père, conscient d'être l'unique responsable, et qui, ravagé de remords, assiste, impuissant, au destin qu'il a déchaîné ?

Ernst expliquait, d'une voix lasse :

« J'ai eu des scrupules, pourtant. J'ai voulu consulter un médecin. Je l'ai presque fait. C'est-à-dire, non. Il ne faut pas avoir peur de la vérité. Je me persuadais que c'était inutile. Je me répétais ce que m'avait dit Lohr. J'ai cherché un biais. Un jour, chez un ami, j'ai rencontré un médecin, et j'ai mis la conversation là-dessus, pour me faire affirmer, encore une fois, qu'il y avait des guérisons *définitives*. Je n'en demandais pas plus pour chasser toute inquiétude... »

Il s'arrêta de nouveau :

« Et puis, je me disais : Une femme, à cet âge-là, il n'y a plus à craindre qu'elle... qu'elle ait... un enfant... »

Un sanglot lui noua la gorge. Il n'avait pas baissé la tête; il se tenait immobile, les poings serrés, tendant si fort les muscles de son cou qu'Antoine les voyait vibrer. Deux larmes, qui ne coulèrent pas, vinrent rendre plus brillant son regard fixe. Il voulait parler. Il fit un effort, et, d'une voix entrecoupée, déchirante, il balbutia :

« J'ai pitié... de ce petit..., docteur ! »

Antoine en eut le cœur serré. Heureusement, l'intensité de l'émotion provoquait presque toujours chez lui une surexcitation enivrante, qui se traduisait aussitôt par un effréné besoin de décider quelque chose et d'agir.

Il ne balança pas une seconde.

« Mais... Quoi donc ? » fit-il, jouant la surprise.

Il levait et fronçait les sourcils, se donnant l'air d'avoir très confusément suivi le récit et d'hésiter à comprendre ce que l'autre voulait dire. « Quel rapport entre ce... cet accident, qui a été soigné dès l'origine, qui a été complè-te-ment guéri, et... et l'infirmité — momentanée peut-être — de cet enfant ? »

Ernst le considérait, pétrifié.

Le visage d'Antoine s'éclaira d'un large sourire :

« Mon cher Monsieur, si je comprends bien, ces scrupules vous font honneur. Mais, je suis médecin, laissez-moi vous parler sans ambages : au point de vue scientifique, ils sont... absurdes ! »

Le professeur s'était levé, comme pour s'avancer

vers Antoine. Il restait inerte, debout, le regard tendu. Il était de ces êtres dont la vie intérieure est ample, profonde, et qui, lorsqu'une pensée lancinante s'insinue en eux, ne peuvent lui mesurer la place, lui abandonnent leur cœur entier. Depuis des années qu'il portait dans sa poitrine cet immense remords — dont il n'avait même pas osé faire la confidence à la compagne de son martyre — c'était la première minute de répit, le premier espoir d'allégement.

Antoine devinait tout cela. Mais, craignant des questions plus précises qui l'eussent contraint à des mensonges circonstanciés et plus difficiles, il rompit délibérément les chiens. Il semblait trouver inutile de s'attarder à ces déprimantes chimères :

« L'enfant est né avant terme ? » demanda-t-il inopinément.

L'autre battit des cils :

« L'enfant ?... Avant terme ?... Non...

— Accouchement laborieux ?

— Très laborieux.

— Les fers ?

— Oui.

— Ah ! fit Antoine, comme s'il était sur une piste importante. Voilà qui explique sans doute bien des choses... » Puis, pour couper tout à fait court : « Eh bien, montrez-moi votre petit malade », dit-il en se levant, et en se dirigeant vers le salon.

Mais le professeur fit un pas rapide, lui barra la route, lui mit la main sur le bras :

« Docteur, est-ce vrai ? Est-ce vrai ? Vous ne me dites pas ça, pour... Ah ! docteur, donnez-moi votre parole... Votre parole, docteur... »

Antoine s'était retourné. Il vit cette face implorante où déjà le désir éperdu de croire se mêlait à une reconnaissance sans bornes. Une allégresse particulière l'envahit; l'allégresse de l'action et de la réussite; l'allégresse de la bonne action. Pour le petit, on allait voir ce qu'on pourrait faire. Mais, pour le père, pas d'hésitation : délivrer, à tout prix, ce malheureux d'un si vain désespoir!

Alors il implanta son regard dans celui d'Ernst, et dit, gravement, à voix basse :

« Ma parole, Monsieur. »

Puis, après un bref silence, il ouvrit la porte.

Dans le salon, une dame âgée, vêtue de noir, s'efforçait de maintenir entre ses genoux un diablotin à boucles brunes, qui, d'abord, retint seul toute l'attention d'Antoine. Au bruit de la porte, l'enfant, cessant de jouer, fixa sur cet inconnu de grands yeux noirs, intelligents; puis il sourit; puis, intimidé par son propre sourire, il se détourna d'un air offusqué.

Antoine reporta son regard sur la mère. Tant de douceur et de tristesse embellissaient ce visage fané, qu'il en fut naïvement touché, et qu'il se dit aussitôt : « Allons... Il s'agit de s'y mettre... On peut *toujours* obtenir des résultats! »

« Voulez-vous venir par ici, Madame? »

Il souriait charitablement; il voulait, dès le seuil, faire à la pauvre femme l'aumône d'un peu de confiance. Derrière lui, il entendait le souffle oppressé du professeur. Il tenait patiemment la portière soulevée et regardait venir à lui cette mère et cet enfant. Il avait l'âme en fête. « Quel beau métier, nom de Dieu, quel beau métier! » se disait-il.

X

Jusqu'au soir, les clients se succédèrent, sans qu'Antoine prît conscience de sa fatigue ni de l'heure ; chaque fois qu'il rouvrait la porte du salon, son activité rebondissait sans effort. Après avoir reconduit sa dernière cliente — une belle jeune femme, serrant dans ses bras un bébé florissant qu'il croyait bien menacé d'une cécité à peu près complète —, il fut stupéfait de s'apercevoir qu'il était huit heures. « Trop tard pour le phlegmon du petit, se dit-il ; je passerai rue de Verneuil en retournant ce soir chez Héquet. »

Il rentra dans son cabinet, ouvrit la fenêtre pour renouveler l'air, et s'approcha d'une table basse où s'empilaient des livres ; il cherchait une lecture à faire pendant son repas. « Au fait, songea-t-il, je voulais vérifier quelque chose pour le cas du petit Ernst. » Il feuilleta rapidement d'anciennes années de la *Revue de Neurologie*, pour retrouver la fameuse discussion de 1908 sur l'aphasie. « Un cas vraiment typique, ce petit, songea-t-il. J'en parlerai à Treuillard. »

Il eut un sourire amusé en pensant à Treuillard, à ses manies légendaires. Il se rappela l'année d'internat qu'il avait passée dans le service de ce neurologue. « Comment diable étais-je entré là ? se demanda-t-il. Il faut croire que ces questions me préoccupent depuis longtemps... Qui sait si je n'aurais pas mieux donné ma mesure en me consacrant aux maladies nerveuses et mentales ? C'est un terrain où il reste encore tant à défricher... » Et brusquement se dressa devant lui l'image de Rachel. Pourquoi cette association d'idées ? Rachel, qui n'avait aucune culture médicale ni scientifique, montrait, il est vrai, un goût très marqué pour tous les problèmes de psychologie ; et elle avait incontestablement contribué à développer chez lui cet intérêt si vif qu'il portait maintenant aux êtres. D'ailleurs — combien de fois l'avait-il déjà constaté ? — la brève rencontre de Rachel l'avait de mille manières transformé.

Son regard devint vague, se nuança de mélancolie. Il demeurait debout, les épaules lasses, balançant entre le pouce et l'index la revue médicale. Rachel... Il ne pouvait évoquer, sans une secousse douloureuse, l'image de l'étrange créature qui avait traversé sa vie. Jamais il n'avait reçu d'elle la moindre nouvelle. Et, au fond, il n'en était pas étonné : l'idée ne lui venait pas que Rachel pût être encore vivante quelque part dans le monde. Usée par le climat, les fièvres... Victime de la tsé-tsé... Tuée dans un accident, noyée, étranglée peut-être ?... Mais morte : cela ne faisait pas de doute.

Il se redressa, glissa le fascicule sous son bras, gagna l'antichambre et appela Léon pour le dîner. Alors, une boutade de Philip lui revint à la mémoire. Un jour que, après une absence du Patron, Antoine le renseignait sur les nouveaux hospitalisés dans le service, Philip, moitié figue moitié raisin, lui avait posé la main sur le bras :

« Vous m'inquiétez, mon petit ; vous vous intéressez de plus en plus à la mentalité de vos malades, et de moins en moins à leurs maladies ! »

La soupière fumait sur la table. Antoine, en s'asseyant, s'aperçut qu'il était fatigué. « Quel beau métier tout de même », se dit-il.

Son entretien avec Gise lui revint une fois de plus à l'esprit ; mais il ouvrit hâtivement sa revue et s'efforça d'écarter ce souvenir. En vain. L'atmosphère de cette chambre, chargée encore de la présence de Gise, s'imposait à lui comme un témoignage accablant. Il se rappela certaines obsessions de ces derniers mois. Comment avait-il pu, tout un été, caresser ce projet qui ne reposait sur rien ? Il était, devant ce rêve détruit, comme devant les décombres d'une construction de théâtre dont l'effondrement ne laisse derrière lui qu'une inconsistante poussière. Il ne souffrait guère. Il ne souffrait pas. Il était seulement atteint dans son orgueil. Tout cela lui apparaissait médiocre, puéril, indigne de lui.

Le coup de timbre timide qui retentit dans l'antichambre fut une diversion bienvenue. Il posa aussitôt sa serviette et resta aux écoutes, le poing sur la nappe, prêt à se lever et à faire instantanément face à l'imprévu.

Ce furent d'abord des conciliabules, des chuchotements de femmes ; enfin la porte s'ouvrit, et Léon, à la surprise d'Antoine, introduisit sans façon deux visiteuses dans la pièce. C'étaient les deux bonnes de M. Thibault. Au premier abord, Antoine ne les reconnut pas, dans l'ombre ; puis, supposant tout à coup qu'elles accouraient le chercher, il se dressa si brusquement que sa chaise tomba derrière lui.

« Non, non..., s'écrièrent les deux femmes, au comble de la confusion. Que Monsieur Antoine fasse excuse. Nous qui pensions faire moins de dérangement en venant à cette heure-ci ! »

« J'ai pensé que Père était mort », se dit Antoine, simplement ; et il se rendit compte combien il était déjà préparé à accepter cette fin. L'idée, d'ailleurs plausible, d'une embolie provoquée par les troubles phlébitiques s'était immédiatement emparée de son esprit. Songeant alors au lent supplice que cet accident brutal eût évité, il ne put se défendre d'une sorte de déception.

« Asseyez-vous, dit-il. Je vais continuer à dîner, parce que j'ai encore des visites à faire, ce soir. »

Les deux femmes restèrent debout.

Leur mère, la vieille Jeanne, était depuis un quart de siècle cuisinière chez M. Thibault. Mais, hors d'âge, les jambes nouées de varices, avouant elle-même qu'elle n'était plus qu'un « vieux pot fêlé », elle avait cessé tout emploi ; ses filles lui traînaient un fauteuil auprès du fourneau, et elle passait là ses journées, un tisonnier à la main par habitude, se donnant l'illusion suprême d'assumer encore quelque responsabilité, parce qu'elle se tenait au courant de tout, battait quelquefois la mayonnaise, et, du matin au soir, accablait ses filles de conseils, bien qu'elles eussent toutes deux passé la trentaine. Clotilde, l'aînée, forte fille, dévouée mais peu serviable, bavarde mais rude au travail, avait gardé le genre rugueux et le parler savoureux de sa mère, pour avoir été longtemps servante de ferme, au pays ; c'est elle qui maintenant faisait la cuisine. L'autre, Adrienne, plus fine que son aînée, avait été élevée chez les Sœurs et toujours placée à la ville, elle aimait la lingerie, les romances, un petit bouquet sur sa table à ouvrage et les beaux offices de Saint-Thomas-d'Aquin.

Comme toujours, Clotilde avait pris la parole :

« C'est à cause de la mère, qu'on vient, Monsieur Antoine. Depuis trois, quatre jours, on voit bien qu'elle souffre, la pauvre femme. C'est une grosseur qu'elle a là, dans le devant, du côté droit. La nuit, elle ne peut plus dormir, et, quand elle va aux besoins, la bonne vieille, on l'entend qui rechigne comme un enfant. Mais elle est dure au mal, et elle ne veut rien dire, la mère ! Faudrait que Monsieur

Antoine vienne, sans avoir l'air de rien — n'est-ce pas, Adrienne ? — et puis tout à coup qu'il déniche lui-même la bosse, sous le tablier. »

« C'est bien facile, dit Antoine, en tirant son carnet. Demain, j'entrerai à la cuisine, sous un prétexte quelconque. »

Adrienne, pendant que sa sœur s'expliquait, changeait l'assiette d'Antoine, avançait la corbeille à pain, s'empressait par habitude à faire le service.

Elle n'avait pas encore soufflé mot. D'une voix mal affermie, elle demanda :

« Monsieur Antoine croit-il que... que ça peut devenir grave ? »

« Une tumeur qui évolue si brusquement..., songea Antoine. À l'âge de la vieille, risquer une opération ! » Il se représenta, avec une précision cruelle, tout ce qu'il savait possible en pareil cas : le monstrueux développement du néoplasme, ses ravages, l'étouffement progressif des organes... Pis encore : l'horrible et lente décomposition de tant de morts vivants...

Le sourcil levé, la lèvre maussade, il évitait lâchement de rencontrer ce regard craintif auquel il n'aurait su mentir. Il repoussa son assiette et fit un geste évasif. Par bonheur, la grosse Clotilde, qui ne pouvait supporter un silence sans y jeter aussitôt des paroles, répondait déjà pour lui :

« On ne peut pas dire ça d'avance, bien sûr ; faut d'abord que Monsieur Antoine se rende compte. Mais je sais bien une chose : c'est que la mère de défunt mon mari, eh bien, elle a fini par mourir d'un rhume de froid sur la poitrine, après avoir eu plus de quinze ans le ventre enflé ! »

XI

Un quart d'heure après, Antoine arrivait au 37 *bis* de la rue de Verneuil.

De vieux bâtiments sur une courette obscure. Au sixième, à l'entrée d'un couloir qui puait le gaz, la porte n° 3.

Robert vint ouvrir, une lampe à la main.

« Et ton frère ?

— Il est guéri. »

La lampe éclairait de près un regard franc, gai, un peu dur, mûri trop tôt, et tout un visage d'enfant, tendu par une énergie précoce.

Antoine sourit.

« Voyons ça ! » Et, prenant lui-même la lampe, il la souleva pour s'orienter.

Le milieu de la chambre était encombré par une table ronde, recouverte de toile cirée. Sans doute Robert était-il en train d'écrire : un grand registre était ouvert entre une fiole d'encre débouchée et une pile d'assiettes, sur laquelle un quignon de pain et deux pommes composaient une humble « nature morte ». La chambre était en ordre ; presque confortable. Il y faisait chaud. Sur le petit fourneau devant la cheminée, une bouillotte ronronnait.

Antoine s'avança vers le haut lit d'acajou qui occupait le fond de la chambre :

« Tu dormais, toi ?

— Non, M'sieur. »

Le malade, qui visiblement venait de s'éveiller en sursaut, s'était dressé sur son coude valide, et il écarquillait les yeux, en souriant sans timidité.

Le pouls était calme. Antoine déposa sur la table

de nuit la boîte de gaze qu'il avait apportée et commença à défaire le pansement.

« Qu'est-ce qui bout, sur ton poêle ?

— De l'eau. » Robert rit : « On allait se faire du tilleul que la concierge m'a donné. » Tout à coup il cligna de l'œil : « Vous en voulez, dites ? Avec du sucre ? Oh ! si M'sieur ! Dites oui !

— Non, non, merci, fit Antoine amusé. Mais j'ai besoin d'eau bouillie pour laver un peu ça. Verse-m'en dans une assiette propre. Bon. On va attendre qu'elle refroidisse un peu. » Il s'assit et regarda les deux enfants qui lui souriaient comme à un ami de toujours. Il pensa : « L'air franc ; mais sait-on jamais ? »

Il se tourna vers l'aîné :

« Et comment se fait-il, à votre âge, que vous habitiez là, tout seuls ? »

Un geste vague, un mouvement des sourcils qui semblait dire : « Il faut bien ! »

« Que sont devenus vos parents ?

— Oh ! les parents... », fit Robert, comme si c'était vraiment une trop ancienne histoire. « Nous, on habitait avec notre tante. » Il devint songeur, et, du doigt, désigna le grand lit : « Et puis, elle est morte, en pleine nuit, le 10 août, ça fait maintenant plus d'un an. On a été rudement embêtés, n'est-ce pas, Loulou ? Heureusement, on était amis avec la concierge, elle n'a rien dit au proprio, on a pu rester.

— Mais le loyer ?

— On le paye.

— Qui ?

— Nous.

— Et d'où vient l'argent ?

— On le gagne, pardi. C'est-à-dire, moi. Parce que, lui, c'est justement ça qui ne tourne pas rond. Faudrait lui trouver autre chose. Il est chez Brault, vous connaissez, à Grenelle ? Pour faire des courses. Quarante francs par mois, pas nourri. Ça n'est pas payé, dites ? Rien qu'avec les ressemelages, vous pensez ! »

Il se tut et se pencha, intéressé, parce qu'Antoine venait d'enlever les compresses. L'abcès avait très peu suppuré ; le bras était désenflé ; la plaie avait bon aspect.

« Et toi ? demanda Antoine, en faisant tremper ses compresses.

— Moi ?

— Toi, tu gagnes bien ta vie ?

— Oh ! moi, fit Robert, sur un ton traînant qui, tout à coup, claqua comme un drapeau : Moi... je m'débrouille ! »

Antoine, surpris, leva les yeux, et croisa cette fois un regard aigu, un peu inquiétant, dans une petite figure passionnée et volontaire.

Le gamin ne demandait qu'à parler. Gagner sa vie, c'était le grand sujet, le seul qui vaille, ce vers quoi, sans répit, depuis qu'il pensait, toute sa pensée était tendue.

Il commença sur un ton volubile, pressé de tout dire, de confier ses secrets :

« Comme petit clerc, quand la tante est morte, je ne gagnais que soixante francs par mois. Mais, maintenant, je fais aussi le Palais ; ça fait cent vingt de fixe. Et puis, M. Lamy, le maître clerc, a bien voulu que je remplace le frotteur qui cirait l'étude, le matin, avant l'arrivée des clercs. Un vieux branquignol, qui ne frottait que les lendemains de boue, et encore, où ça se voyait, devant les fenêtres. On n'a pas perdu au change, allez !... Ça me fait quatre-vingt-cinq francs de plus. Et moi, ça m'amuse, la patinoire !... » Il sifflota. « Et puis, ça n'est pas tout... J'ai encore d'autres trucs. »

Il hésita un peu et attendit qu'Antoine eût de nouveau tourné la tête vers lui ; d'un coup d'œil, il parut jauger définitivement son homme. Quoique rassuré sans doute, il crut néanmoins prudent de commencer par un préambule :

« Je vous raconte ça, à vous, parce que je sais que je peux. Mais n'ayez jamais l'air de savoir, hein ? » Puis, élevant la voix, et s'enivrant peu à peu de ses confidences :

« Vous connaissez Mme Jollin, la concierge du 3 *bis*, en face de chez vous ? Eh bien — ne dites jamais ça — cette bonne femme-là, elle fabrique des cigarettes pour des clients... Même que, si ça vous intéressait, des fois ?... Non ?... Elles sont bonnes, pourtant, et douces, pas serrées. Et pas chères. Je vous en ferai goûter... En tout cas, paraît que c'est archi-défendu, ce métier-là. Alors, pour porter les paquets et loucher l'argent sans se faire pincer, il lui faut quelqu'un à la coule. Je lui fais ça, moi, sans avoir l'air de rien, de six à huit, après l'étude. Et elle, en échange, elle me donne à déjeuner tous les jours, sauf le dimanche. Et ça n'est pas une gargoteuse, rien à dire. Vous parlez d'une économie ! Sans compter que, presque toujours, en payant leur facture, les clients — c'est tous des *gros* — ils me refilent un pourboire, dix sous, vingt sous, ça dépend... Alors vous comprenez, tout ça, bout à bout, on s'en tire... »

Une pause. Antoine, à l'intonation, devina que le gamin devait avoir une petite lueur de fierté dans les yeux. Mais il évita exprès de lever le nez.

Robert, lancé, continua gaiement :

« Le soir, quand Louis rentre, il est fourbu, on fait la popote ici : une soupe, ou bien des œufs, du fromage, c'est vite fait ; on aime mieux ça que les mastroquets, n'est-ce pas, Loulou ? Et même, vous voyez, je m'amuse encore, des fois, à faire des en-têtes de pages pour le caissier. J'adore ça, les beaux titres, bien moulés, à la ronde : on ferait ça pour le plaisir. À l'étude, ils...

— Passe-moi les épingles doubles », interrompit Antoine. Il affectait un air indifférent, craignant que l'enfant ne prît plaisir à l'amuser par son bagou. Mais, à part lui, il songeait : « Ces gosses-là, ils méritent qu'on ne les perde pas de vue... »

Le pansement était terminé, le bras remis en écharpe. Antoine consulta sa montre :

« Je reviendrai encore une fois demain, vers midi. Et, après ça, c'est toi qui viendras à la maison. Vendredi ou samedi, je pense que tu pourras reprendre ton travail.

— M... m... merci, M'sieur ! » lança enfin le petit malade. Sa voix, qui muait, semblait avoir pris un élan démesuré, et elle tomba si drôlement dans le silence que Robert éclata de rire ; d'un rire étranglé, excessif, où se trahissait tout à coup la tension constante de ce petit être trop nerveux.

Antoine avait tiré vingt francs de son gousset :

« Pour vous aider un peu cette semaine, les enfants ! »

Mais Robert avait fait un bond en arrière, et il levait déjà le nez en fronçant les sourcils :

« Pensez-vous ! Jamais de la vie ! Puisque je vous dis qu'on a ce qu'il faut ! » Et, pour convaincre Antoine qui, pressé, insistait, il se décida à livrer le secret suprême : « Savez-vous combien on a déjà mis de côté, à nous deux ? Une pelote ! Devinez !... Dix-sept cents ! Oui, M'sieur ! N'est-ce pas, Loulou ? » Et soudain, baissant la voix comme un traître de mélodrame : « Sans compter que ça pourrait bien augmenter encore, si mon système réussit... »

Ses yeux brillèrent si fort qu'Antoine, intrigué, s'arrêta, une seconde encore, sur le seuil.

« Un nouveau truc... Avec un courtier en vins,

olives et huiles. Le frère à Bassou, un clerc de l'étude. Voilà la combine : en revenant du Palais, l'après-midi — ça ne regarde personne, hein ? — j'entre chez les bistrots, les épiciers, les vins et liqueurs, et je leur fais mes offres. Faut attraper le boniment, ça viendra... N'empêche qu'en sept jours j'en ai déjà placé des estagnons ! Quarante-quatre francs de gagnés ! Et Bassou dit que, si je suis débrouillard... »

Antoine riait tout seul en descendant les six étages. Sa sympathie était conquise. Il aurait fait n'importe quoi pour ces deux gosses. « Ça ne fait rien, songea-t-il ; il faudra veiller à ce qu'ils ne deviennent pas un peu trop *débrouillards*... »

XII

Il pleuvait. Antoine prit un taxi. À mesure qu'il approchait du faubourg Saint-Honoré, sa bonne humeur s'évanouissait, son front devenait soucieux.

« Si seulement ce pouvait être fini », se dit-il en gravissant sans entrain, pour la troisième fois de la journée, l'escalier des Héquet. Un instant, il eut l'espoir que son vœu était exaucé : la femme de chambre, qui lui ouvrit, le regarda d'une façon insolite et s'approcha vivement pour lui dire quelque chose. Mais elle était seulement chargée d'une commission secrète : Madame suppliait le docteur d'entrer la voir, lui parler, avant de se rendre auprès de l'enfant.

Il ne pouvait se dérober. La chambre était éclairée, la porte ouverte. En entrant, il aperçut la tête de Nicole, versée sur l'oreiller. Il s'approcha. Elle demeurait immobile : elle s'était assoupie. L'éveiller eût été inhumain. Elle reposait, rajeunie, délivrée ; toute son angoisse et sa fatigue avaient fondu dans le sommeil. Antoine la contemplait, n'osant bouger, retenant son souffle, effrayé de lire, sur ces traits que la douleur venait à peine de déserter, tant de béatitude déjà, une telle soif d'oubli, de bonheur. La nacre des paupières abaissées, la double frange dorée des cils, cet abandon, cette langueur... Comme il était troublant, ce beau masque nu ! Quelle attirance dans l'arc affaissé de cette bouche, dans ces lèvres entrouvertes, inanimées, qui n'exprimaient plus rien que la détente et l'espoir ! « Pourquoi, se demandait Antoine, pourquoi ce visage endormi d'un être jeune exerce-t-il une telle fascination ? Et qu'y a-t-il au fond de cette impure pitié de l'homme, toujours si prompte à s'émouvoir ? »

Il fit demi-tour sur la pointe des pieds, sortit sans bruit de la pièce, et se dirigea, par le couloir, vers la chambre du bébé, dont il distinguait déjà, à travers les cloisons, le cri rauque, ininterrompu. Il dut rassembler sa volonté pour tourner le bouton, franchir ce seuil, reprendre contact avec les forces mauvaises qui siégeaient là.

Héquet était assis, les mains à plat sur le bord du berceau qu'on avait placé au milieu de la chambre et qu'il balançait gravement ; de l'autre côté de la nacelle, une garde de nuit, inclinée sous son voile d'infirmière, dans une attitude d'inlassable patience professionnelle, attendait, les mains au creux de son tablier ; et, debout, adossé à la cheminée, toujours empaqueté dans sa blouse de toile, Isaac Studler, les bras croisés, lissait d'une main sa barbe noire.

En voyant entrer le docteur, la garde se leva. Mais

Héquet, les yeux sur l'enfant, ne parut s'apercevoir de rien. Antoine vint auprès du berceau. Alors seulement Héquet tourna la tête vers lui et soupira. Antoine avait saisi au vol la petite main brûlante qui s'agitait sur les couvertures, et aussitôt le corps du bébé s'était rétracté, comme un vermisseau qui cherche à s'enfoncer dans le sable. La figure de l'enfant était rouge, marbrée, presque aussi sombre que le sachet de glace fixé derrière l'oreille ; des bouclettes de cheveux, blonds comme ceux de Nicole, mouillés par la sueur ou par les compresses, collaient au front et à la joue ; l'œil était à demi clos, et, sous la paupière gonflée, la pupille, trouble, avait un reflet métallique comme celle d'un animal mort. Le va-et-vient du berceau balançait mollement la tête de droite et de gauche, et rythmait aussi les gémissements qui s'échappaient de la petite gorge enrouée.

Prévenante, la garde avait été prendre le stéthoscope ; mais Antoine fit signe que ce n'était pas la peine.

« C'est une idée de Nicole », fit alors Héquet, sur un ton étrange, à voix presque haute. Et, comme Antoine surpris ne paraissait pas comprendre, il expliqua, sans hâte : « Le berceau, vous voyez ?... C'est une idée de Nicole... » Il souriait vaguement : dans son désarroi total, ces détails semblaient avoir acquis une particulière importance.

Il ajouta presque aussitôt :

« Oui... On a été le chercher au sixième... Son petit berceau !... Au sixième, plein de poussière... Ce balancement, c'est la seule chose qui la calme un peu, vous voyez ? »

Antoine le considérait avec émotion. Il comprit, à ce moment-là, que sa compassion, si intense fût-elle, n'atteindrait jamais à la mesure d'une telle douleur. Il mit la main sur le bras de Héquet.

« Vous êtes à bout de forces, mon pauvre ami. Vous devriez aller vous étendre un peu. À quoi bon vous épuiser ?... »

Studler insista :

« La troisième nuit que tu ne dors pas !

— Soyez raisonnable, reprit Antoine en se penchant. Vous aurez besoin de toute votre énergie... bientôt. » Il éprouvait un désir physique d'arracher le malheureux au contact de ce berceau, de plonger au plus vite dans l'inconscience du sommeil tant de souffrance stérile.

Héquet ne répondit pas. Il continuait à balancer l'enfant. Mais on le vit plier de plus en plus les épaules comme si le « bientôt » d'Antoine était vraiment très lourd à porter. Puis, de lui-même et sans autre instance, il se leva, pria d'un geste la garde de le remplacer auprès du berceau, et sans essuyer ses joues trempées de larmes, il tourna la tête comme s'il cherchait quelque chose. Enfin, il s'approcha d'Antoine et fit effort pour le regarder au visage. Antoine fut frappé de voir combien l'expression de ses yeux était changée : ce regard de myope, aigu et décidé, s'était comme émoussé : il était lent à se déplacer, pesant et mou lorsqu'il se posait.

Héquet regardait Antoine. Ses lèvres remuèrent avant qu'il parlât :

« Il faut... Il faut faire quelque chose, murmura-t-il. Elle souffre, vous savez... À quoi bon la laisser souffrir, n'est-ce pas ? Il faut avoir le courage de... de faire quelque chose... » Il se tut, parut quêter l'appui de Studler ; puis, de nouveau, fixa lourdement son regard sur celui d'Antoine. « Vous, Thibault, il *faut* que vous fassiez quelque chose... » Et, comme s'il voulait éviter la réponse, il baissa la tête, traversa la chambre d'un pas flottant, et disparut.

Antoine demeura quelques secondes figé sur

place. Puis il rougit brusquement. Des pensées confuses se pressaient dans sa tête.

Studler lui toucha l'épaule :

« Eh bien ? » fit-il à voix basse, en regardant Antoine. Les yeux de Studler faisaient penser à ceux de certains chevaux, ces yeux allongés et trop vastes où, dans un blanc mouillé, nage à l'aise une prunelle languide. En ce moment, son regard, comme celui d'Héquet, était fixe, exigeant.

« Qu'est-ce que tu vas faire ? » souffla-t-il.

Il y eut un bref silence pendant lequel leurs pensées se croisèrent.

« Moi ? » fit Antoine évasivement. Mais il comprit que Studler ne le tiendrait pas quitte d'une explication. « Parbleu, je sais bien... », lança-t-il tout à coup. « Et cependant, quand il dit : *Faire quelque chose,* on ne peut même pas avoir l'air de comprendre !

— Chut... », fit Studler. Il jeta un coup d'œil du côté de l'infirmière, entraîna Antoine dans le couloir et ferma la porte.

« Tu es pourtant d'avis qu'il n'y a plus rien à tenter ? demanda-t-il.

— Rien.

— Et qu'il n'y a plus aucun, aucun espoir ?

— Pas le moindre.

— Alors ? »

Antoine, qui sentait une sourde agitation le gagner, s'embusqua dans un silence hostile.

« Alors ? déclara Studler. Il n'y a pas d'hésitation : il faut que ça finisse au plus tôt !

— Je le souhaite comme toi.

— Souhaiter ne suffit pas. »

Antoine releva la tête et dit fermement :

« On ne peut pourtant rien de plus.

— Si !

— Non ! »

Le dialogue avait pris un ton si tranchant que Studler se tut quelques secondes.

« Ces piqûres..., reprit-il enfin, ... je ne sais pas, moi... peut-être qu'en forçant la dose... »

Antoine coupa net :

« Tais-toi donc ! »

Il était en proie à une violente irritation. Studler l'observait en silence. Les sourcils d'Antoine formaient un bourrelet presque rectiligne, les muscles de la face subissaient d'involontaires contractions qui tiraillaient la bouche, et, sur son masque osseux, la peau semblait par instants onduler, comme si les frémissements nerveux se fussent propagés entre cuir et chair.

Une minute passa.

« Tais-toi, répéta Antoine, moins brutalement. Je te comprends. Ce désir d'en finir, nous le connaissons tous, mais ce n'est qu'une ten... tentation de débutant ! Avant tout, il y a une chose : le respect de la vie ! Parfaitement ! Le respect de la vie... Si tu étais resté médecin, tu verrais les choses exactement comme nous les voyons tous. La nécessité de certaines lois... Une limite à notre pouvoir ! Sans quoi...

— La seule limite, quand on se sent un homme, c'est la conscience !

— Eh bien, justement, la conscience ! La conscience professionnelle... Mais réfléchis donc, malheureux ! Le jour où les médecins s'attribueraient le droit... D'ailleurs aucun médecin, entends-tu, Isaac, aucun...

— Eh bien... », s'écria Studler, d'une voix sifflante.

Mais Antoine l'interrompit :

« Héquet s'est trouvé cent fois devant des cas aussi dou... douloureux, aussi dé... désespérés que celui-ci ! Pas une fois, il n'a, lui-même, volontairement, mis un terme à... jamais ! Ni Philip ! Ni Rigaud ! Ni Treuillard ! Ni aucun médecin digne de ce nom, tu m'entends ? Jamais !

— Eh bien, jeta Studler, farouche, vous êtes peut-être de grands pontifes, mais, pour moi, vous n'êtes que des jean-foutre ! »

Il recula d'un pas, et la lumière du plafonnier éclaira soudain son visage. On y lisait beaucoup plus de choses que dans ses paroles : non seulement un mépris révolté, mais une sorte de défi, presque une menace, et comme une secrète détermination.

« Bon, pensa Antoine : j'attendrai onze heures pour faire moi-même la piqûre. »

Il ne répondit rien, haussa les épaules, rentra dans la chambre, et s'assit.

La pluie qui cinglait sans trêve les persiennes, les gouttes d'eau qui frappaient en mesure le zinc de la fenêtre, et, dans la chambre, cet incessant va-et-vient du berceau dont la cadence s'était imposée aux gémissements de l'enfant, tous ces bruits entremêlés formaient dans ce calme nocturne, habité déjà par la mort, une harmonie opiniâtre, déchirante.

« Tout à l'heure, j'ai bégayé deux ou trois fois de suite », se dit Antoine, dont l'énervement ne se calmait pas. (Cela lui arrivait très rarement, et seulement lorsqu'il avait à se raidir dans une attitude artificielle — par exemple, lorsqu'il avait à faire un mensonge difficile devant un malade trop perspicace ; ou bien lorsqu'il se trouvait amené, dans la conversation, à soutenir une idée toute faite, sur laquelle il n'avait pas encore de conviction personnelle.) « C'est la faute du Calife », songea-t-il. Du coin de l'œil, il constata que le « Calife » avait repris sa place, le dos à la cheminée. Il se souvint alors d'Isaac Studler étudiant, tel qu'il l'avait rencontré, dix ans plus tôt, aux alentours de l'École de Médecine. À cette époque-là, tout le quartier Latin connaissait le Calife, sa barbe de roi mède, sa voix veloutée, son rire puissant, mais aussi son caractère fanatique, séditieux, irascible, tout d'une pièce. On le croyait plus qu'un autre prédestiné à un avenir de choix. Puis, un beau jour, on apprit qu'il avait planté là ses études pour gagner immédiatement de quoi vivre ; et l'on raconta qu'il avait pris à sa charge la femme et les enfants d'un de ses frères, employé de banque, qui venait de se suicider après un détournement de fonds.

Un cri plus rauque de l'enfant rompit le fil des souvenirs. Un instant, Antoine observa les contractions du bébé, s'appliquant à noter la fréquence de certains mouvements ; mais il n'y avait pas de renseignements à tirer de cette gesticulation désordonnée, pas plus que des palpitations d'un poulet qu'on saigne. Alors, cette sensation de malaise, contre laquelle Antoine luttait depuis son altercation avec Studler, s'accrut soudain jusqu'à la détresse. Pour sauver la vie d'un malade en danger, il était capable de tenter n'importe quelle action téméraire, de courir personnellement n'importe quel risque ; mais s'achopper ainsi à une situation sans issue, se sentir à ce point dépourvu de tout moyen d'action, n'avoir plus qu'à regarder venir l'Ennemie victorieuse, cela était au-dessus de ses forces. Et puis, dans le cas présent, l'interminable débat de ce petit être, ses cris inarticulés, ébranlaient particulièrement ses nerfs. Antoine était pourtant accoutumé à voir souffrir, même les tout-petits. Pourquoi, ce soir, ne parvenait-il pas à se rendre insensible ? Ce qu'il y a toujours de mystérieux, d'inacceptable, dans l'agonie d'un autre être humain, lui causait, en ce moment, comme au moins préparé, une angoisse insurmontable. Il se sentait atteint jusqu'au tréfonds : atteint dans sa confiance en lui, dans sa confiance en l'action, en la science, en la vie. Ce fut comme une vague qui le submergea. Un sinistre cortège défila devant lui : tous ceux de ses malades qu'il jugeait condamnés... Rien qu'à compter ceux qu'il avait vus depuis le matin, la liste était déjà longue : quatre ou cinq malades de l'hôpital, Huguette, le petit Ernst, le bébé aveugle, celui-ci... Et certainement, il en oubliait !... Il revit son père, cloué dans son fauteuil, et sa lèvre épaisse, mouillée de lait... Dans quelques semaines, après des jours et des nuits de douleur, le robuste vieillard, à son tour... Tous, les uns après les autres !... Et aucune raison à cette misère universelle... « Non, la vie est absurde, la vie est mauvaise ! » se dit-il avec rage, comme s'il s'adressait à un interlocuteur obstinément optimiste ; et cet entêté, bêtement satisfait, c'était lui, c'était l'Antoine de tous les jours.

L'infirmière se leva sans bruit.

Antoine regarda sa montre : l'heure de la piqûre... Il fut ravi d'avoir à changer de place, d'avoir à faire quelque chose ; il était presque ragaillardi, déjà, à l'idée qu'il allait pouvoir s'évader bientôt.

La garde lui apportait sur un plateau tout ce qu'il fallait. Il rompit l'ampoule, y introduisit l'aiguille, emplit la seringue jusqu'au degré prescrit, et vida lui-même les trois quarts de l'ampoule dans le seau. Il sentait fixé sur lui le regard attentif de Studler.

La piqûre faite, il se rassit, le temps de constater un léger indice d'apaisement ; alors il se pencha sur l'enfant, chercha une fois encore les battements du pouls qui était extrêmement faible, donna tout bas quelques instructions à la garde ; puis, se levant sans hâte, il se savonna au lavabo, vint serrer en silence la main de Studler, et quitta la pièce.

Il traversa sur la pointe des pieds tout l'appartement illuminé, désert. La chambre de Nicole était fermée. À mesure qu'il s'éloignait, les plaintes de l'enfant lui semblaient diminuer. Il ouvrit et referma sans bruit la porte du vestibule. Sur le palier, il prêta l'oreille : il n'entendait plus rien. Il respira un grand coup, et, lestement, dégringola l'escalier.

Dehors, il ne put s'empêcher de tourner la tête vers la façade obscure où s'alignait, comme un soir de fête, une rangée de persiennes éclairées.

La pluie venait de cesser. Le long des trottoirs coulaient encore de rapides ruisseaux. Les rues, désertes, miroitaient à perte de vue.

Antoine eut froid, leva son col et pressa le pas.

XIII

Ce bruit d'eau, ces surfaces mouillées... Il se représenta subitement un visage trempé de larmes : Héquet, debout, et son regard insistant : « Vous, Thibault, il faut que vous fassiez quelque chose... » Vision pénible qu'il ne parvenait pas à chasser tout de suite : « Le sentiment paternel... Un sentiment qui m'est totalement inconnu, quelque effort que je fasse pour l'imaginer... » Et, brusquement, il pensa à Gise : « Un ménage... Des enfants... » Simple hypothèse, par bonheur irréalisable. Ce soir, l'idée de mariage ne lui semblait pas seulement prématurée, mais folle ! « Égoïsme ? se demanda-t-il. Lâcheté ? » Sa pensée dévia de nouveau : « Quelqu'un qui me juge lâche, en ce moment, c'est le Calife... » Il se revit, non sans impatience, acculé dans le couloir devant la figure ardente, vulgaire, sous le regard tenace de Studler. Il essaya de se dérober à l'essaim d'idées qui, depuis ce moment-là, tournoyait autour de lui. « Lâche », lui était un peu désagréable ; il trouva : « timoré ». « Studler m'a trouvé timoré. L'imbécile ! »

Il arrivait devant l'Élysée. Une patrouille de gardes municipaux, au pas, achevait une ronde autour du palais ; il y eut un bruit de crosses sur le trottoir. Avant qu'il eût pris le temps de s'en défendre, une suite de suppositions, comparables aux images bondissantes d'un rêve, se déroula dans sa tête : Studler éloignait l'infirmière, tirait une seringue de sa poche... L'infirmière revenait, palpait le petit cadavre... Soupçons, dénonciation, refus d'inhumer, autopsie... Juge d'instruction, gardes municipaux... « Je prendrais tout sur moi », décida-t-il rapidement ; et il toisa la sentinelle devant laquelle il passait. « Non, déclara-t-il avec défi, s'adressant à quelque magistrat imaginaire, il n'y a pas eu d'autre piqûre que la mienne. J'ai forcé la dose, sciemment. Le cas était désespéré, et je revendique toute la... » Il haussa les épaules, sourit et ralentit le pas. « Je suis idiot. » Mais il sentait bien qu'il n'en avait pas fini avec ces questions. « Si je suis prêt à endosser les conséquences d'une piqûre mortelle faite par un autre, pourquoi me suis-je si catégoriquement refusé à le faire moi-même ? »

Les problèmes qu'un violent et court effort de méditation ne suffisait pas, sinon à résoudre, du moins à éclaircir, l'irritaient toujours profondément. Il se rappela son dialogue avec Studler, son emportement, ses bégaiements. Bien qu'il n'eût aucun regret de sa conduite, il éprouvait l'impression désagréable d'avoir joué un rôle et tenu des propos qui ne concordaient pas très bien avec l'ensemble de son personnage, avec un certain fond essentiel de lui-même ; il avait aussi l'intuition, vague mais lancinante, que ce rôle et ces propos pourraient bien se trouver un jour en opposition avec sa manière de voir ou d'agir. Et il fallait que ce sentiment de désapprobation intérieure fût bien positif pour qu'Antoine ne parvînt pas à s'en débarrasser, car il se refusait, en général, à porter jugement sur ce qu'il avait fait ; la notion de remords lui était absolument étrangère. Il aimait à s'analyser, et, depuis ces dernières années, il s'observait même avec passion ; mais par pure curiosité psychologique : rien n'était plus contraire à son tempérament que de se décerner des bons ou des mauvais points.

Une question se formula, qui accrut sa perplexité : « N'aurait-il pas fallu plus d'énergie pour consentir que pour refuser ? » Lorsqu'il hésitait entre deux partis, sans trouver, à la réflexion, plus de raisons d'adopter l'un que l'autre, il choisissait en général celui qui exigeait la plus grande somme de volonté : il prétendait, après expérience, que c'était presque toujours le meilleur. Force lui fut de reconnaître que, ce soir, il avait opté pour le plus facile, et pris le chemin tout tracé.

Certaines phrases qu'il avait prononcées le hantaient. Il avait dit à Studler : « Le respect de la vie... » On ne se méfie jamais assez des locutions consacrées. « Le respect de la vie... » *Respect* ou *fétichisme* ?...

Alors lui revint à l'esprit une histoire qui l'avait frappé jadis : celle du bicéphale de Tréguineuc :

Dans un port breton où les Thibault étaient en vacances, une quinzaine d'années auparavant, la femme d'un pêcheur avait mis au monde un avorton nanti de deux têtes distinctes, parfaitement constituées. Le père et la mère avaient sommé le médecin du pays de ne pas laisser vivre le petit monstre ; et, sur le refus du médecin, le père, un alcoolique notoire, s'était jeté sur le nouveau-né pour l'étouffer de ses mains ; il avait fallu s'emparer de lui et l'interner. Grand émoi dans le village, intarissable sujet de conversations pour les baigneurs de la table d'hôte. Et Antoine, qui avait à cette époque seize ou dix-sept ans, se souvenait de la discussion orageuse qu'il avait eue avec M. Thibault — l'une des premières scènes violentes entre le père et le fils — parce qu'Antoine, avec l'intransigeance simpliste de la jeunesse, revendiquait pour le médecin licence de supprimer sans délai une existence aussi fatalement condamnée.

Il fut troublé de s'apercevoir qu'il n'avait pas sensiblement changé d'avis sur ce cas particulier, et se demanda : « Qu'en penserait Philip ? » Aucun doute : Antoine dut s'avouer que Philip n'aurait même pas envisagé l'hypothèse de la suppression ; bien plus : à supposer que le petit infirme se fût trouvé en danger, Philip aurait mis tout en œuvre pour sauver cette misérable existence. Et Rigaud pareillement. Et Terrignier, de même. Et Loisille. Tous, tous... Partout où il reste une parcelle de vie, le devoir est indiscutable. Race de terre-neuve... Il crut entendre la voix nasillarde de Philip : « Pas le droit, mon petit, pas le droit ! »

Antoine s'insurgea : « *Le droit* ?... Voyons, vous savez comme moi ce qu'elles valent, ces notions de droit, de devoir ? Il n'y a de loi que les lois naturelles ; celles-là, oui, inéluctables. Mais ces prétendues lois morales, qu'est-ce que c'est ? Un faisceau d'habitudes implantées en nous depuis des siècles... Rien de plus... Autrefois, il est possible qu'elles aient été indispensables au développement social de l'homme. Mais aujourd'hui ? Peut-on raisonnablement conférer à ces anciens règlements d'hygiène et de police je ne sais quelle vertu sacrée, le caractère d'un impératif absolu ? » Et, comme le Patron ne répondait rien, Antoine haussa les épaules, enfonça les mains dans les poches de son pardessus, et changea de trottoir.

Il marchait, sans regarder, discutant toujours, mais avec lui-même : « D'abord, c'est un fait : la morale n'existe pas pour moi. On *doit*, on *ne doit pas*, le *bien*, le *mal*, pour moi ce ne sont que des mots; des mots que j'emploie pour faire comme les autres, des valeurs qui me sont commodes dans la conversation; mais, au fond de moi, je l'ai cent fois constaté, ça ne correspond vraiment à rien de réel. Et j'ai toujours été ainsi... Non, cette dernière affirmation est de trop. Je suis ainsi depuis... » L'image de Rachel passa devant ses yeux. « ... depuis longtemps, en tout cas... » Pendant un instant, il chercha de bonne foi à démêler sur quels principes se réglait sa vie quotidienne. Il ne trouvait rien. Il hasarda, faute de mieux : « Une certaine sincérité ? » Il réfléchit, et précisa : « Ou, plutôt, une certaine *clairvoyance* ? » Sa pensée était encore confuse; mais, sur le moment, il fut assez satisfait de sa découverte. « Oui. Ce n'est pas grand-chose, évidemment. Mais, quand je cherche en moi, eh bien, ce besoin de clairvoyance, c'est malgré tout un des seuls points fixes que je trouve... Il se pourrait bien que j'en aie fait, sans y penser, une sorte de principe moral à mon usage... Cela se formulerait ainsi : *Liberté complète, à la condition de voir clair...* C'est assez dangereux, en somme. Mais cela ne me réussit pas mal. Tout dépend de la qualité du regard. Voir clair... S'observer de cet œil libre, lucide, désintéressé, qu'on acquiert dans les laboratoires. Se regarder cyniquement penser, agir. Se prendre exactement pour ce qu'on est. Comme corollaire : s'accepter tel qu'on est... Et alors ? Alors, je serais bien près de dire : tout est permis... Tout est permis du moment qu'on n'est pas dupe de soi-même ; du moment qu'on sait ce qu'on fait, et, autant que possible, pourquoi on le fait ! »

Presque aussitôt, il sourit aigrement : « Le plus déroutant, c'est que, si l'on y regarde attentivement, ma vie — cette fameuse "liberté complète" pour laquelle il n'y a ni bien ni mal — elle est à peu près uniquement consacrée à la pratique de ce que les autres appellent le bien. Et tout ce bel affranchissement, il aboutit à quoi ? À faire, non seulement ce que font les autres, mais, plus particulièrement, ce que font ceux que la morale courante appelle les meilleurs ? La preuve : ce qui s'est passé ce soir... En suis-je arrivé, de fait et malgré moi, à me soumettre aux mêmes disciplines morales que tout le monde ?... Philip sourirait... Je me refuse pourtant à admettre que la nécessité, pour l'homme, d'agir comme un animal social, soit plus despotique que tous ses instincts individuels ! Alors, comment expliquer mon attitude de ce soir ? C'est incroyable à quel point l'action peut être dissociée, indépendante du raisonnement ! Car, au fond de moi-même, avouons que je donne raison à Studler. Les objections pâteuses que je lui ai servies ne comptent pour rien. C'est lui qui est logique : cette gosse souffre en pure perte ; l'issue de cette horrible lutte est absolument inévitable ; inévitable et imminente. Alors ? Si je me contente de réfléchir, je ne vois que des avantages à hâter cette mort. Non seulement pour la petite, mais pour Mme Héquet : il est évident que, dans l'état où est la mère, le spectacle de cette interminable agonie n'est pas sans danger... Héquet, sûrement, a pensé tout ça... Et il n'y a rien à répondre : si l'on se contente de raisonner, la valeur de ces arguments n'est pas contestable... Est-ce bizarre qu'on ne puisse presque jamais se contenter de raisonnements logiques ! Je ne dis pas ça pour excuser une lâcheté. Je sais bien, moi, seul en face de moi-même, que ce qui m'a obligé, ce soir, à me dérober comme je l'ai fait, ce n'est pas simplement de la lâcheté. Non. C'est quelque chose d'aussi pressant, d'aussi impérieux qu'une loi naturelle. Mais je n'arrive pas à comprendre ce que c'est... » Il passa diverses interprétations en revue. Était-ce une de ces idées confuses — à l'existence desquelles il croyait, d'ailleurs — qui semblent somnoler en nous sous la surface de nos idées claires, et qui, par moments, s'éveillent, se lèvent, s'emparent de la direction, déclenchent un acte, puis disparaissent sans explication dans l'arrière-fond de nous-mêmes ? Ou bien, plus simplement, ne fallait-il pas admettre qu'il y a une loi morale collective, et qu'il est presque impossible à l'homme d'agir uniquement à titre d'individu ?

Il lui semblait tourner en rond, les yeux bandés. Il cherchait à retrouver les termes d'une phrase, souvent citée, de Nietzsche : qu'un homme ne doit pas être un problème, mais une solution. Principe qui, jadis, lui avait paru de toute évidence, et auquel, d'année en année, il trouvait plus impossible de se conformer. Il avait déjà eu l'occasion de constater que certaines de ses déterminations (généralement les plus spontanées et souvent les plus importantes) se trouvaient en contradiction avec sa logique habituelle ; au point qu'il s'était plusieurs fois demandé : « Mais suis-je vraiment celui que je crois ? » Soupçon fulgurant et furtif, pareil à l'éclair qui troue une seconde les ténèbres et les laisse plus opaques après lui ; soupçon qu'il écartait aussitôt — et que, ce soir encore, il repoussa.

Les circonstances l'y aidèrent. Comme il arrivait à la rue Royale, le soupirail d'une boulangerie lui souffla au visage une odeur de pain cuit, chaude comme une haleine, qui fit subitement diversion. Il bâilla et chercha des yeux quelque brasserie éclairée ; puis il eut brusquement envie d'aller jusqu'au Théâtre-Français manger quelque chose chez Zemm — petit bar qui restait ouvert jusqu'au matin, et où il s'arrêtait quelquefois, la nuit, avant de repasser les ponts.

« Étrange, tout de même ! confessa-t-il, après un moment de silence intérieur. On a beau douter, démolir, on a beau s'affranchir de tout, il y a, quoi qu'on veuille, une chose irréductible, une chose qu'aucun doute ne parvient à entamer : ce besoin qu'a l'homme de croire en sa raison... Je viens de m'en donner une belle preuve, depuis une heure !... » Il se sentait las et demeurait insatisfait. Il cherchait quelque axiome de tout repos qui pût lui rendre la quiétude. « Tout est conflit, accorda-t-il paresseusement ; ce n'est pas nouveau ; et, ce qui se passe en moi, c'est le phénomène universel, l'entrechoque de tout ce qui vit. »

Il marcha quelque temps sans songer à rien de précis. La cohue des boulevards était proche. Les rues étaient jalonnées de promeneuses nocturnes, éminemment sociables, qu'il détournait de lui avec un geste débonnaire.

Peu à peu cependant, le travail inconscient de son esprit se condensait :

« Je vis, se dit-il enfin ; voilà un fait. Autrement dit, je ne cesse pas de faire choix et d'agir. Bon. Mais ici commencent les ténèbres. *Au nom de quoi*, ce choix, cette action ? Je n'en sais rien. Serait-ce au nom de cette clairvoyance à laquelle je pensais tout à l'heure ? Eh bien, non... Théorie !... Au fond, jamais ce souci de lucidité n'a réellement motivé, de ma part, une décision, un acte. C'est seulement lorsque j'ai agi que cette clairvoyance entre en jeu pour justifier à mes yeux ce que j'ai fait... Et pourtant, depuis que je suis un être qui pense, je me sens mû par — mettons : par un instinct — par une force qui me fait, presque sans interruption, choisir ceci et non cela, agir d'une façon et non d'une autre. Or — et voilà le plus déconcertant — je remarque que *je n'agis pas en des sens contradictoires*. Tout se passe donc exactement comme si j'étais soumis à une règle inflexible... Oui, mais quelle règle ? Je l'ignore ! Chaque fois que, dans un moment sérieux de ma vie, cet élan interne m'a fait choisir une direction déterminée et agir dans ce sens, j'ai eu beau me demander : *au nom de quoi ?* je me suis toujours heurté à un mur noir. Je me sens bien d'aplomb, bien existant, je me sens légitime — et pourtant en marge de toutes les lois. Je ne trouve ni dans les doctrines du passé, ni dans les philosophies contemporaines, ni en moi, aucune réponse qui soit satisfaisante pour moi ; je vois nettement toutes les règles auxquelles je ne peux pas souscrire, mais je n'en vois aucune à laquelle je pourrais me soumettre ; de toutes les disciplines codifiées, aucune, jamais, ne m'a paru, même de loin, s'adapter à moi, ni pouvoir expliquer ma conduite. Et, malgré tout, je vais de l'avant ; je file même à bonne allure, sans hésitation, à peu près droit ! Est-ce étrange ! Je me fais l'effet d'un navire rapide qui suivrait hardiment sa route et dont le pilote n'aurait jamais eu de boussole... On dirait positivement que je dépends d'un ordre ! Et cela, je crois même le sentir : ma nature est ordonnée. Mais, cet ordre, quel est-il ?... Au demeurant, je ne me plains pas. Je suis heureux. Je ne souhaite nullement devenir autre ; j'aimerais simplement comprendre en vertu de quoi je suis tel. Et il entre un brin d'inquiétude dans cette curiosité. Chaque être porte-t-il ainsi son énigme ? Trouverai-je jamais la clé de la mienne ? Parviendrai-je à formuler *ma* loi ? Saurai-je un jour *au nom de quoi* ?... »

Il pressa le pas : il apercevait, de l'autre côté de la place, l'enseigne lumineuse de Zemm, et ne pouvait plus s'intéresser qu'à sa faim.

Il s'engouffra si vite dans le couloir d'entrée qu'il trébucha contre des paniers d'huîtres qui répandaient dans le passage un amer relent de marée.

Le bar occupait le sous-sol ; on y descendait par un étroit escalier en spirale, pittoresque, vaguement clandestin. À cette heure, la salle était pleine de noctambules attablés dans une buée tiède qui puait la cuisine, l'alcool, le cigare, et que brassaient en sifflant les ventilateurs. L'acajou verni et le cuir vert donnaient à cette pièce basse sans fenêtres, et toute en longueur, l'aspect d'un fumoir de paquebot.

Antoine choisit un angle, jeta son manteau sur la banquette, et s'assit. Une impression de bien-être, déjà, le pénétrait. Instantanément, par contraste, il revit, là-bas, la chambre du bébé, le petit corps mouillé de sueur se débattant en vain sous l'étreinte ; il avait encore dans l'oreille la fatale cadence du berceau, pareille au martèlement d'un pied qui bat la mesure... Il se contracta, oppressé soudain.

« Un seul couvert ?

— Un seul. Rosbif, pain noir ; et du whisky, dans un grand verre, sans soda, avec une carafe bien fraîche.

— Pas de soupe au fromage ?

— Si vous voulez. »

Sur chaque table, afin d'entretenir la soif, des frites, givrées de sel et minces comme des « monnaies du pape », s'entassaient dans une coupe. Antoine mesura sa fringale au plaisir qu'il eut à croquer celles qui étaient devant lui, en attendant cette soupe au gruyère, mijotée, écumeuse, filante, et caramélée d'oignon, qui était la spécialité de l'endroit.

Non loin de lui, des gens, debout, réclamaient leur vestiaire. Une jeune femme, qui faisait partie de ce groupe tapageur, regarda vers Antoine à la dérobée ; leurs yeux se croisèrent ; elle lui sourit imperceptiblement. Où donc avait-il déjà rencontré ce visage d'estampe japonaise, lisse et plat, ces sourcils au trait, ces yeux minces, légèrement bridés ? Il s'amusa de la façon subtile dont elle avait, à l'insu de tous, esquissé ce signe d'intelligence. Ah ! c'était un modèle qu'il avait vu plusieurs fois chez Daniel de Fontanin. Dans l'ancien atelier, rue Mazarine. Maintenant, il se rappelait même très bien une certaine séance, par un après-midi d'été, très chaud : il se souvenait de l'heure, de l'éclairage, de la pose — et du trouble qui l'avait retenu là, bien qu'il fût pressé... Il suivit la femme des yeux, jusqu'à la porte. Comment donc Daniel l'appelait-il ? Un nom qui ressemblait à la marque d'un thé... Avant de disparaître, elle se retourna. Le corps aussi, dans le souvenir d'Antoine, était resté quelque chose de plat, de lisse, de nerveux.

Pendant les quelques mois où il s'était persuadé qu'il aimait Gise, il n'y avait guère eu, dans sa vie, place pour aucune femme. En réalité, depuis sa rupture avec Mme Javenne (une liaison qui avait duré deux mois et qui avait failli très mal finir), il vivait sans maîtresse. Pendant quelques secondes, il en eut un cuisant regret. Il trempa ses lèvres dans le whisky qu'on venait d'apporter, et, soulevant lui-même le couvercle de la soupière, il huma les effluves généreux qui montaient vers lui.

À ce moment, le chasseur de l'entrée vint lui remettre un papier froissé, plié en quatre. C'était un programme de music-hall. Dans un coin, griffonné au crayon :

Zemm demain soir dix heures ?

« On attend la réponse ? demanda-t-il, amusé mais perplexe.

— Non, la dame est partie », répondit le chasseur.

Antoine était bien décidé à ne tenir aucun compte de cette convocation. Il enfouit néanmoins le papier dans sa poche et se mit à souper.

« C'est chic, la vie », songea-t-il tout à coup. Un tumulte inattendu de pensées joyeuses l'enveloppa. « Oui, j'aime la vie », affirma-t-il ; il réfléchit un instant : « Et, au fond, je n'ai besoin de personne. » Le souvenir de Gise survola de nouveau. Il reconnut que, même sans amour, la vie suffisait à son bonheur. Il confessa de bonne foi que, pendant le séjour de Gise en Angleterre, il n'avait cessé de se sentir heureux loin d'elle. D'ailleurs, y avait-il jamais eu grande place pour une femme, dans son bonheur ?... Rachel ?... Oui, Rachel ! Mais que serait-il advenu, si Rachel n'était pas partie ? Et puis, ne se sentait-il pas définitivement guéri des passions de cette nature ?... Le sentiment qu'il venait d'avoir pour Gise, il n'aurait plus osé, ce soir, l'appeler amour. Il chercha un autre mot. Inclination ?... Un instant, encore, la pensée de Gise l'obséda. Il se promit de tirer au clair ce qui s'était passé en lui, ces derniers mois. Une chose était sûre : c'est qu'il s'était créé, à sa mesure, une certaine image de Gise, fort différente de la Gise réelle qui, cet après-midi encore... Mais il refusa de s'attarder à cette confrontation.

Il but une gorgée de whisky coupé d'eau, attaqua le rosbif, et se répéta qu'il aimait à vivre.

La vie, à ses yeux, c'était avant tout un large espace découvert où les gens actifs comme lui n'avaient qu'à s'élancer avec entrain; et, quand il disait : aimer la vie, il voulait dire : s'aimer soi-même, croire en soi. Toutefois, lorsqu'il se représentait plus particulièrement sa propre vie, elle ne lui apparaissait pas seulement comme un champ de manœuvres merveilleusement disponible, comme un ensemble infini de combinaisons possibles, mais aussi et surtout comme un chemin nettement tracé, une ligne droite qui menait infailliblement quelque part.

Il sentit qu'il venait de mettre en branle une cloche familière, dont il écoutait toujours le son avec indulgence. « Thibault ? murmurait la voix intérieure. Il a trente-deux ans, l'âge des beaux départs !... Santé ? Exceptionnelle : la résistance d'un animal jeune, en pleine vigueur... Intelligence ? Souple, hardie, sans cesse en progrès... Faculté de travail ? À peu près inépuisable... Aisance matérielle... Tout, enfin ! Ni faiblesses ni vices ! Aucune entrave à sa vocation ! Et le vent en poupe ! »

Il allongea les jambes, et alluma une cigarette.

Sa vocation... Depuis l'âge de quinze ans, la médecine n'avait pas cessé d'exercer sur lui une attraction singulière. Encore maintenant, il admettait comme un dogme que la science médicale était l'aboutissement de tout l'effort intellectuel, et constituait le plus clair profit de vingt siècles de tâtonnements dans toutes les voies de la connaissance, le plus riche domaine ouvert au génie de l'homme. Science illimitée dans son étude spéculative, et néanmoins enracinée dans la plus concrète réalité; en contact direct et constant avec l'être humain. À cela, il tenait particulièrement. Jamais il n'aurait consenti à s'enfermer dans un laboratoire, à limiter son observation au champ du microscope : il aimait ce corps à corps perpétuel du médecin avec la multiforme réalité.

« Ce qu'il faudrait, reprit la voix, c'est que Thibault travaille davantage pour lui... Ne pas se laisser paralyser par la clientèle, comme Terrignier, comme Boistelot... Trouver le temps de provoquer et de suivre des expériences, de coordonner les résultats, de dégager les lignes d'une *méthode*... » Car Antoine imaginait son avenir pareil à celui des plus grands maîtres : avant la cinquantaine, il posséderait à son actif nombre de découvertes; et, surtout, il aurait déjà jeté les bases de cette méthode personnelle, encore confuse, mais que, certains jours, il croyait bien entrevoir. « Oui, bientôt, bientôt... »

Sa pensée franchit une sorte d'espace obscur qui était la mort de son père; au-delà, le chemin redevenait lumineux. Entre deux bouffées de cigarette, il envisagea cette mort tout autrement que d'habitude, sans appréhension aucune, sans tristesse; au contraire, comme une délivrance nécessaire, attendue, comme un élargissement de l'horizon et l'une des conditions de son essor. Cent possibilités nouvelles s'offraient à lui. « Il s'agira de faire aussitôt un choix parmi la clientèle... Se réserver des loisirs... Et puis, un aide à demeure, pour les recherches. Peut-être même un secrétaire; pas un collaborateur, non, un garçon jeune, une intelligence ouverte à tout, que je dresserais, qui me débarrasserait des besognes... Et moi, je pourrais travailler dur... M'acharner... Découvrir du neuf... Ah! oui, je suis sûr de faire de grandes choses!... » Sur sa lèvre se joua une ébauche de sourire, reflet intérieur de cet optimisme qui le dilatait.

Tout à coup il jeta sa cigarette et s'arrêta, songeur. « N'est-ce pas étrange, si l'on y pense ? Ce sens moral que j'ai expulsé de ma vie, et dont je me sentais, il n'y a pas une heure, radicalement affranchi, voilà que je viens de le retrouver en moi, brusquement ! Et non pas réfugié dans quelque repli obscur et inexploré de ma conscience ! Non ! Épanoui, au contraire, solide, indéracinable, s'étalant à la place principale, en plein centre de mon énergie et de mon activité : au cœur de ma vie professionnelle ! Car il ne s'agit pas de jouer sur les mots : comme médecin, comme savant, j'ai un sens de la droiture absolument inflexible, et, sur ce point-là, je crois bien pouvoir dire que je ne transigerai jamais... Comment concilier tout ça ?... Bah ! se dit-il, pourquoi toujours vouloir concilier ? » En fait, il y renonça vite, et, cessant de penser avec précision, il s'abandonna lâchement au bien-être, mêlé de fatigue, qui peu à peu l'engourdissait.

Deux automobilistes venaient d'entrer et de s'installer non loin de lui. Ils étaient surchargés de manteaux qu'ils empilèrent sur la banquette. L'homme pouvait avoir vingt-cinq ans ; la femme, un peu moins. Une admirable paire : tous deux élancés, vigoureux ; tous deux bruns, l'œil franc, la bouche grande, la dent saine, le teint coloré par le froid. Même âge, même santé, même classe sociale, même élégance naturelle, et sans doute mêmes goûts. En tout cas, même appétit : l'un près de l'autre, au même rythme, ils mordaient à grandes bouchées dans deux sandwiches jumeaux ; puis, du même geste, ils vidèrent leurs chopes de bière, réendossèrent leurs fourrures, et, sans avoir échangé un mot ni un regard, s'éloignèrent du même pas élastique. Antoine les suivit des yeux ; ils suggéraient l'idée de l'entente modèle, du couple parfait.

Alors il remarqua que la salle était presque vide. Son regard consulta, dans une glace éloignée, un cadran qui se trouvait suspendu au-dessus de sa tête. « Dix heures dix ? Non, c'est à l'envers. Quoi ? bientôt deux heures ? »

Il se leva, secouant sa torpeur. « Je serai frais demain matin », songea-t-il, penaud.

Toutefois, en remontant l'étroit escalier où le chasseur sommeillait affalé sur une marche, il eut une pensée vivace, suivie d'une évocation très précise, qui le fit sourire furtivement : « Demain soir dix heures... », se dit-il.

Il sauta dans un taxi. Cinq minutes plus tard, il entrait chez lui.

Sur la table de l'antichambre, où l'attendait le courrier du soir, s'étalait, en évidence, un papier déplié ; l'écriture de Léon :

On a téléphoné vers une heure de chez le docteur Héquet. La petite fille est décédée.

Il garda quelques secondes la feuille entre les doigts et dut relire. « Une heure du matin ? Après mon départ... Studler ? Devant la garde ? Non... Sûrement, non... Alors ? Ma piqûre ? Peut-être... Petite dose, pourtant. Mais le pouls était si faible... »

La surprise passée, ce qui dominait, c'était une sensation de soulagement. Pour Héquet et sa femme, si douloureuse que pût être la certitude, elle terminait du moins cette abominable attente. Il se rappela le visage de Nicole endormie. Bientôt, un petit être nouveau serait là, entre eux. La vie avait raison de tout ; pas de plaie qui ne devienne cicatrice. Il prit son courrier d'un geste distrait. « Pauvres gens, tout de même, pensa-t-il, le cœur serré. Je passerai chez eux avant l'hôpital. »

Dans la cuisine, la chatte miaulait désespérément. « Elle va m'empêcher de dormir, la sale bête », grogna Antoine ; et, tout à coup, il se souvint des petits chats. Il entrouvrit la porte. La chatte se jeta dans ses jambes, éplorée, câline, se frottant contre lui avec une insistance irritée. Antoine se pencha sur le panier aux chiffons : il était vide.

N'avait-il pas dit : « Vous allez tous les noyer, n'est-ce pas ? » C'était de la vie, pourtant... Pourquoi cette différence ? *Au nom de quoi ?*

Il haussa les épaules, leva les yeux vers la pendule, et bâilla.

« Quatre heures à dormir, allons-y. »

Il tenait encore le papier de Léon ; il en fit une boule qu'il lança gaiement sur l'armoire.

« Et puis, une bonne douche froide... Système Thibault : détremper la fatigue avant de se mettre au lit ! »

LA SORELLINA

I

« Répondez : non ! » lança M. Thibault sans ouvrir les yeux. Il toussota : une toux sèche, qu'on appelait son « asthme » et qui secouait à peine la tête enfouie dans l'oreiller.

Juché devant une table pliante, dans l'embrasure de la fenêtre, M. Chasle, bien qu'il fût déjà deux heures passées, décachetait le courrier du matin.

Ce jour-là, l'unique rein fonctionnait si mal, et les souffrances avaient été si continues que, de toute la matinée, M. Thibault n'avait pu donner audience à son secrétaire ; enfin, à midi, sœur Céline s'était décidée à faire, sous un prétexte, la piqûre calmante qu'elle réservait d'habitude pour la fin de la journée. La douleur avait presque aussitôt cessé ; mais M. Thibault, qui ne comptait plus bien les heures, avait dû, non sans irritation, attendre, pour se faire lire ses lettres, que M. Chasle fût revenu de déjeuner.

« Après ? » demanda-t-il.

M. Chasle parcourait une lettre des yeux.

« Aubry (Félicien), sous-officier de zouaves...,

demande une place de surveillant au Pénitencier de Crouy.

— *Pénitencier* ? Pourquoi pas *prison* ?... Au panier. Après ?

— Quoi ? Pourquoi pas prison ? » répéta M. Chasle, très bas. Il renonça à comprendre, assujettit ses lunettes et ouvrit précipitamment une autre enveloppe :

« Presbytère de Villeneuve-Joubin... profonde reconnaissance... remerciements pour un pupille... Sans intérêt.

— Sans intérêt ? Lisez, monsieur Chasle. »

Monsieur le Fondateur,

Mon saint ministère me donne l'occasion de remplir un devoir bien doux. Je suis chargé par ma paroissienne, Mme Beslier, de vous exprimer sa profonde reconnaissance...

« Plus fort ! » commanda M. Thibault.

... sa profonde reconnaissance pour les admirables résultats du régime de Crouy sur la nature du jeune Alexis. Quand vous avez eu la bonté de l'admettre à la Fondation Oscar-Thibault, il y a quatre ans, nous désespérions, hélas ! de ce pauvre enfant : ses instincts vicieux, ses écarts de conduite, sa violence naturelle, laissaient présager le pire. Mais, en trois ans, vous avez accompli un miracle. Voici plus de neuf mois maintenant que notre jeune homme est rentré au bercail. Sa mère, ses sœurs, les voisins, moi-même, ainsi que M. Binot (Jules), charpentier, chez lequel il est en apprentissage, nous sommes unanimes à louer la douceur d'Alexis, son goût au travail, son zèle à remplir les devoirs de notre religion.

Je prie N.-S. qu'il accorde ses grâces à la prospérité

d'une œuvre où de pareilles rénovations morales sont possibles, et je salue respectueusement M. le Fondateur en qui revit l'esprit de charité et de désintéressement d'un saint Vincent de Paul.

J. RUMEL, prêtre.

M. Thibault avait toujours les yeux clos, mais la barbiche était agitée d'un tremblement : la faiblesse mettait le vieillard à la merci du moindre attendrissement.

« Une belle lettre, monsieur Chasle, fit-il, quand il se fut rendu maître de son émotion. Ne pensez-vous pas qu'elle mérite d'être publiée dans le *Bulletin* de l'année prochaine ? Vous m'en ferez souvenir en temps utile je vous prie. Après ?

— Ministère de l'Intérieur. Administration pénitentiaire.

— Ah ! ah...

— Non, ce n'est qu'un imprimé... Une formule... à vau-l'eau. »

Sœur Céline entrouvrit la porte. M. Thibault grogna :

« Finissons d'abord ! »

La sœur ne protesta pas. Elle vint remettre une bûche au feu de bois qu'elle entretenait dans la chambre du malade pour lutter contre cette odeur qu'elle nommait, avec une petite grimace, le « *goût* d'hôpital » — et s'en alla.

« Après, monsieur Chasle ?

— Institut de France. Séance du 27...

— Plus fort. Après ?

— Comité supérieur des Œuvres diocésaines. Novembre, réunion le 23 et le 30. Décembre le...

— Vous enverrez une carte à M. l'abbé Baufremont pour excuser mon absence le 23... Et aussi le 30... », ajouta-t-il après une brève indécision. « Pour décembre, inscrivez sur l'agenda... Après ?

— C'est tout, Monsieur. Le reste, en définitive... Cotisation pour le Secours paroissial... Des cartes... Se sont fait inscrire dans la journée d'hier : le Révérend Père Nussey. M. Ludovic Roye, secrétaire de la *Revue des Deux-Mondes*. Le général Kerigan... Ce matin, le vice-président du Sénat a fait prendre des nouvelles... Et puis des circulaires... Œuvres paroissiales... Les journaux... »

La porte se rouvrit, avec autorité. Sœur Céline s'avança, portant cette fois sur une assiette un cataplasme fumant.

M. Chasle baissa les yeux et s'éloigna sur la pointe des pieds pour ne pas faire crier ses bottines.

La religieuse avait déjà soulevé les couvertures. Ces cataplasmes étaient, depuis deux jours, la marotte de sœur Céline. En réalité, s'ils atténuaient la douleur, ils n'avaient pas sur la paresse des organes l'action que la religieuse avait espérée. Au point qu'il fut urgent de procéder, malgré les répugnances de M. Thibault, à un nouveau sondage.

L'opération faite, il en éprouva du soulagement. Mais ces soins le laissaient fort abattu. Trois heures et demie venaient de sonner. La fin de la journée ne promettait rien de bon. L'effet de la morphine commençait à décroître. Il y avait plus d'une heure à passer avant le lavement de cinq heures. Pour faire diversion, la religieuse prit sur elle de rappeler M. Chasle.

Le petit homme vint discrètement se réinstaller dans son embrasure.

Il était soucieux. La grosse Clotilde qu'il venait de croiser dans le couloir lui avait soufflé à l'oreille : « Dites donc, il a bien changé cette semaine, votre patron ! » Et, comme M. Chasle la dévisageait, effaré, elle lui avait posé la patte sur le bras : « Croyez-moi, monsieur Chasle, à ce mal-là, point de pardon ! »

M. Thibault, immobile, soufflait et geignait un peu — par habitude, car il ne souffrait pas encore : il éprouvait même, ainsi allongé, une détente. Néanmoins, craignant de voir reprendre les douleurs, il eût souhaité s'endormir. La présence de son secrétaire le gênait.

Il souleva une paupière et coula vers la fenêtre un regard dolent :

« Ne perdez pas votre temps à attendre, monsieur Chasle. Impossible de travailler ce soir. Regardez... » Il essaya de soulever les bras : « Je suis un homme fini. »

M. Chasle ne songeait pas à feindre.

« Déjà ! » s'écria-t-il, alarmé.

M. Thibault, surpris, tourna la tête. Une lueur narquoise s'alluma entre ses cils :

« Ne voyez-vous pas que, chaque jour, les forces me manquent davantage ? soupira-t-il. Pourquoi se leurrer ? S'il faut mourir, que ce soit le plus vite possible.

— Mourir ? » répéta M. Chasle, en joignant les mains.

M. Thibault s'amusait :

« Oui, mourir ! » lança-t-il, sur un ton menaçant. Il ouvrit brusquement les deux yeux, et les referma.

M. Chasle, pétrifié, contemplait ce visage inerte, gonflé — déjà cadavéreux. Clotilde aurait-elle raison ? Alors, et lui ?... Sa vieillesse lui apparut : la misère...

Il se mit à trembler, comme chaque fois qu'il rassemblait tout son courage ; et, sans bruit, il glissa de sa chaise.

« Vient une heure, mon ami, où l'on n'aspire plus

qu'au repos », murmura M. Thibault, prêt à s'abandonner au sommeil. « La mort ne doit pas effrayer un chrétien. »

Les yeux clos, il écoutait l'écho de ses paroles ronronner dans sa tête. Il sursauta lorsqu'il entendit la voix de M. Chasle retentir tout près de lui :

« Sûr ! La mort, ça ne doit pas effrayer ! » Le petit homme eut peur de son audace. Il balbutia : « Ainsi, moi, la mort de maman... » et s'arrêta comme s'il s'étranglait.

Il parlait avec difficulté à cause d'un râtelier qu'il portait seulement depuis peu : une prime qu'il avait gagnée à un concours de rébus, organisé par un Institut dentaire du Midi dont la spécialité était de soigner les dents par correspondance et de confectionner à distance des appareils de prothèse, d'après des empreintes envoyées par les clients. M. Chasle en était d'ailleurs satisfait, de ce dentier, à condition de l'enlever pour les repas ou lorsqu'il avait à parler un peu longuement. Aussi avait-il acquis assez d'adresse pour déboîter d'un coup l'appareil et le projeter dans son mouchoir, en ayant l'air d'éternuer. Ce qu'il fit.

Délesté, il rebondit :

« Ainsi, moi, la mort de ma mère, eh bien, ça ne m'effraye pas. Pourquoi s'effrayer ? Pourtant on est bien tranquille, maintenant qu'elle est dans son asile ; et même en enfance, c'est ça qui fait le charme... »

Il s'arrêta de nouveau. Il cherchait une transition.

« J'ai dit : *on*, parce que je ne vis pas seul. Peut-être le savez-vous, Monsieur ? Aline est restée avec moi... Aline, l'ancienne bonne de maman... Et aussi la petite, sa nièce, Dédette, celle que M. Antoine a opérée, cette fameuse nuit... Oui », ajouta-t-il en souriant, et ce sourire exprima soudain la plus subtile tendresse, « elle vit avec nous, cette petite, même qu'elle m'appelle *Oncle Jules*, une habitude... Pourtant, je ne suis pas son oncle, c'est drôle... »

Son sourire s'évanouit, une ombre s'étendit sur son visage ; il déclara d'un ton rude :

« À trois, dame, ça fait de la dépense ! »

Avec un sans-gêne inaccoutumé, il s'était avancé plus près encore du lit, comme s'il avait quelque chose d'urgent à dire ; mais il évitait avec soin de regarder M. Thibault. Celui-ci, pris au dépourvu, n'avait pas complètement refermé les yeux ; il examinait M. Chasle. Dans l'apparente incohérence de ces paroles qui semblaient tourner en rond autour d'une intention secrète, il percevait quelque chose d'insolite, d'inquiétant, qui mit en déroute ses velléités de sommeil.

Brusquement, M. Chasle recula et se mit à aller et venir à travers la chambre. Ses semelles grinçaient, mais il n'en avait cure.

Il reprit avec âpreté :

« D'ailleurs, ma mort non plus ne m'effraie pas ! Ça regarde le bon Dieu, en définitive... Mais la vie ! Ah ! c'est la vie qui m'effraie, moi ! Vieillir, voilà ! » Il pivota sur les talons, murmura : « Quoi ? » d'un air interrogatif, puis : « J'avais dix mille francs d'économie. Je leur ai porté ça, un soir à l'*Âge mûr*. Voilà dix mille francs et ma mère, prenez ! C'était le prix. Ça ne devrait pas exister, ces choses-là... On est tranquille, c'est vrai, mais tout de même, dix mille francs ! Tout y a passé... Et Dédette ? Plus d'avance, plus rien. (Ça fait même moins que rien, puisque Aline m'a déjà avancé deux mille francs. De son argent à elle. Pour nos dépenses. Pour vivre...) Dame, comptons : quatre cents francs que je touche ici, tous les mois, ça n'est pas un gros maximum. On est trois. Il faut ce qu'il faut, pour cette petite. Elle est apprentie, ça ne gagne pas, ça coûte... Pourtant on regarde à tout, ma parole d'honnête homme, Monsieur. On regarde même au journal ; on relit des vieux, qu'on avait mis de côté... » Sa voix tremblait. « Je vous raconte les vieux journaux, Monsieur, excusez-moi si je me déshonore. Mais ça ne devrait pas exister, tout ça, après vingt siècles de christianisme et tout ce qu'on dit de la civilisation... »

M. Thibault remua doucement les mains. Mais M. Chasle ne se décidait pas à regarder vers le lit. Il poursuivit :

« Si je n'avais plus ces quatre cents francs, qu'est-ce qu'on deviendrait ? » Il fit un demi-tour vers la fenêtre et leva la tête comme s'il espérait entendre des voix. « À moins d'un héritage ? » s'écria-t-il, comme s'il venait de faire une découverte. Mais bientôt il fronça les sourcils : « Dieu nous juge ! Quatre mille huit cents, pour l'année, on ne peut pas moins, quand on est trois. Eh bien, un petit capital équivalent, voilà ce que le bon Dieu fera pour nous, s'il veut être juste ! Oui, Monsieur, il nous enverra un petit capital — le bon Dieu... »

Il tira son mouchoir et s'épongea le front comme s'il avait fait un effort surhumain.

« Ayez confiance, c'est toujours le refrain ! Ces messieurs de Saint-Roch, par exemple : "Ayez confiance, voyons : vous n'êtes pas sans protecteur..." Sans protecteur, non ; ça, j'admets : je ne suis pas sans protecteur. Et, pour la confiance, je veux bien l'avoir, moi. Mais il me faudrait d'abord l'héritage... le petit capital... »

Il était arrêté près de M. Thibault, mais il évitait toujours de le regarder.

« Avoir confiance, murmura-t-il, ça serait plus facile, Monsieur... — si j'étais, sûr ! »

Et, peu à peu, son regard, semblable à un oiseau

qui se familiarise, se rapprocha du vieillard ; d'une aile rapide, il effleura même le visage, revint se poser sur les yeux clos, sur le front immobile, s'échappa de nouveau, se posa encore, et finalement se fixa tout à fait, comme s'il était englué. Le jour baissait. M. Thibault, soulevant enfin les paupières, aperçut dans la pénombre l'œil de M. Chasle rivé au sien.

Ce choc acheva de secouer sa torpeur. Depuis bien longtemps, il considérait comme un devoir d'assurer l'avenir de son secrétaire ; et le legs qu'il lui destinait figurait très explicitement parmi ses dispositions posthumes. Mais, jusqu'à l'ouverture du testament, il importait que l'intéressé n'en soupçonnât rien. M. Thibault pensait connaître les hommes et se défiait de tous. Il croyait que, si M. Chasle avait vent de cette donation, il cesserait bientôt d'être ce travailleur ponctuel que justement M. Thibault se flattait de récompenser.

« Je crois vous avoir compris, monsieur Chasle », déclara-t-il avec douceur.

L'autre rougit brusquement et détourna les yeux.

M. Thibault se recueillit quelques secondes :

« Mais — comment dirais-je ?... — n'y a-t-il pas plus de courage, en certains cas, à repousser une suggestion comme la vôtre, au nom de principes bien établis, qu'à y céder par surprise, par aveuglement, par fausse charité... par faiblesse ? »

M. Chasle, debout, opinait du chef. L'assurance de ce débit oratoire exerçait toujours un tel ascendant sur lui, et il avait si fort accoutumé de faire siennes les affirmations de son patron, qu'il ne pouvait, aujourd'hui encore, lui marchander son assentiment. Il s'avisa seulement après coup que, en acquiesçant à ces paroles, il acceptait aussi l'échec de sa démarche. Il se résigna aussitôt. Il avait l'habitude. Dans ses prières, ne formulait-il pas souvent de très légitimes requêtes qui n'étaient pas exaucées ? Il ne s'insurgeait pas pour cela contre la Providence. M. Thibault bénéficiait également, à ses yeux, d'une sagesse impénétrable et souveraine, devant laquelle il avait pris le pli de s'incliner.

Il était si bien résolu à l'approbation et au silence qu'il décida de remettre son dentier. Il plongea la main dans sa poche. Son visage s'empourpra. L'appareil n'y était plus.

« Ne reconnaîtrez-vous pas avec moi, monsieur Chasle, continuait M. Thibault, sans élever la voix, que vous avez été la victime bénévole d'un chantage, en abandonnant à un asile... laïque et suspect à tous égards ce pécule que vous aviez amassé par votre travail ? Alors que nous aurions trouvé sans peine quelque établissement diocésain, où l'on peut être soigné gratuitement, pour peu que l'on soit sans ressources et soutenu par quelqu'un de considéré ?... Si je vous faisais dans mes dispositions testamentaires la place que vous semblez solliciter, n'est-il pas évident que vous retomberiez, après moi, dans les filets de quelque aigrefin qui vous grugerait jusqu'au dernier de mes centimes ? »

M. Chasle n'écoutait plus. Il se souvenait d'avoir tiré son mouchoir : le dentier avait dû tomber sur le tapis. Il imagina, entre des mains étrangères, cet appareil intime, révélateur — peut-être malodorant... Le cou tendu, il écarquillait les yeux, glissant un regard sous chaque meuble et sautillant sur place comme un volatile effarouché.

M. Thibault l'aperçut, et il eut cette fois un sentiment de compassion. « Si j'augmentais le legs ? » songea-t-il.

Croyant tempérer les inquiétudes de son secrétaire, il reprit avec bonhomie :

« Et d'ailleurs, monsieur Chasle, n'a-t-on pas tort

de confondre si souvent indigence et pauvreté? Certes, l'indigence est redoutable; c'est une mauvaise conseillère. Mais la pauvreté? N'est-elle pas souvent une forme... déguisée... de la Grâce divine? »

Comme aux oreilles bourdonnantes d'un noyé, la voix du patron ne parvenait plus à M. Chasle que par bouffées indistinctes. Il fit un effort pour se ressaisir; il palpa de nouveau sa jaquette, son gilet, plongea désespérément la main dans ses basques. Et, tout à coup, il étouffa un cri de joie. Le dentier était là, pris dans les clefs du trousseau!

« ... La pauvreté, continuait M. Thibault, a-t-elle jamais été incompatible avec le bonheur chrétien? Et l'inégalité des biens temporels n'est-elle pas la condition même de l'équilibre social?

— Sûr! » s'écria M. Chasle. Il eut un petit rire triomphal, se frotta les mains, et murmura distraitement : « C'est ça qui fait le charme... »

M. Thibault, dont les forces déclinaient, tourna les yeux vers son secrétaire. Il était touché de lui voir manifester de tels sentiments, et prenait plaisir à se sentir approuvé. Il fit un effort pour être aimable :

« Je vous ai inculqué de bonnes méthodes, monsieur Chasle. Exact et sérieux comme vous l'êtes, j'estime que vous trouverez toujours à rendre des services... » Il prit un temps : « ... même si je venais à disparaître avant vous. »

La sérénité avec laquelle M. Thibault envisageait la misère de ceux qui devaient lui survivre avait une vertu apaisante, contagieuse. Et puis, l'immense soulagement que ressentait M. Chasle effaçait pour l'instant toute inquiétude d'avenir. Une lueur joyeuse s'alluma derrière ses lunettes.

Il s'écria :

« Pour ça, Monsieur, vous pouvez mourir tranquille : je me débrouillerai toujours, allez! J'ai plusieurs cordes, comme on dit! La bricole, les inventions pratiques... » Il rit : « J'ai déjà ma petite idée, oui... Toute une affaire à mettre sur pied — dès que vous ne serez plus là... »

Le malade ouvrit un œil : le coup involontaire de M. Chasle avait porté. « Dès que vous ne serez plus là... » Que voulait dire au juste cet imbécile?

M. Thibault allait poser une question lorsque la sœur parut et tourna le commutateur. La pièce s'éclaira brusquement. Alors, comme un écolier au son de la cloche libératrice, M. Chasle, en un tournemain, rassembla ses paperasses, fit plusieurs petits saluts, et s'esquiva.

II

L'heure du lavement était arrivée.

La sœur avait déjà rejeté les couvertures et tournait autour du lit avec des gestes rituels. M. Thibault réfléchissait. Il se rappelait la phrase de M. Chasle, et surtout l'intonation : « Dès que vous ne serez plus là... » Une intonation si naturelle! Pour M. Chasle, cette disparition prochaine ne pouvait pas être mise en doute. « L'ingrat! » songea M. Thibault, avec irritation; et il s'abandonnait complaisamment à sa colère, pour éloigner de lui l'interrogatoire qui l'obsédait.

« Allons-y », dit la sœur gaiement. Elle avait retroussé ses manches.

L'entreprise était difficile. Il fallait glisser sous le malade une véritable litière de serviettes. M. Thibault était lourd et ne s'aidait pas; il se laissait manier comme un cadavre. Mais chaque mouvement éveillait le long des jambes, au creux du dos, une douleur aiguë, qu'aggravait encore un tourment d'ordre moral : les détails de cette épreuve quotidienne mettaient au supplice orgueil et pudeur.

Pendant l'attente, chaque jour plus longue, du résultat, sœur Céline avait la manie de s'asseoir familièrement au bout du lit. Dans les débuts, cette proximité, en un pareil moment, exaspérait le malade. Maintenant il la supportait : peut-être même préférait-il ne pas rester seul.

Sourcils froncés, paupières closes, M. Thibault tournait et retournait dans son cerveau la redoutable question : « Serais-je vraiment si touché ? » Il ouvrit les yeux. Son regard vint se heurter, à l'improviste, au récipient de porcelaine que la garde avait mis, à portée de la main, en évidence sur la commode, et qui, ridicule, monumental, semblait insolemment attendre. Il se détourna.

La sœur profitait de ce court répit pour égrener son chapelet.

« Priez pour moi, ma sœur », chuchota tout à coup M. Thibault, sur un ton pressant et grave qui ne lui était pas habituel.

Elle acheva ses *Ave*, et répondit :

« Mais oui, Monsieur, plusieurs fois par jour. »

Il y eut un silence, que M. Thibault rompit brusquement :

« Je suis très malade, ma sœur, vous savez ! Très... très malade ! » Il bégayait, prêt à pleurer.

Elle protesta, avec un sourire un peu contraint :

« Eh bien, en voilà des idées !

— On ne veut pas me le dire, reprit le malade, mais je le sens bien, je ne me remettrai jamais ! » Et, comme elle ne l'interrompait pas, il ajouta, non sans défi : « Je sais que je n'en ai plus pour longtemps. »

Il l'épiait. Elle hocha la tête et continua ses prières.

M. Thibault prit peur.

« Il faut que je voie l'abbé Vécard », déclara-t-il d'une voix rauque.

La religieuse objecta simplement :

« Oh ! vous avez communié l'autre samedi, vous devez être en règle avec le bon Dieu. »

M. Thibault ne répondit pas. La sueur perlait à ses tempes ; sa mâchoire tremblait. Le lavement lui travaillait le corps. La terreur, aussi.

« Le bassin », souffla-t-il.

Une minute plus tard, entre deux épreintes profondes, entre deux gémissements, il lança vers la religieuse un coup d'œil vindicatif, et balbutia :

« Mes forces diminuent tous les jours... Il faut que je voie l'abbé ! »

Elle réchauffait l'eau de la cuvette, et ne s'aperçut pas qu'il guettait éperdument l'expression de son visage.

« Si vous voulez », dit-elle évasivement. Elle reposa la bouillotte et tâta l'eau du bout de son doigt. Puis, sans lever les yeux, elle murmura quelque chose.

M. Thibault tendait l'oreille : « ... jamais trop de précautions... »

Il pencha la tête sur sa poitrine, et serra les dents.

Bientôt, lavé, changé, recouché dans un lit frais, il n'eut plus rien à faire qu'à souffrir.

Sœur Céline s'était assise et continuait son chapelet. Le plafonnier était éteint ; une lampe basse éclairait la chambre. Aucune diversion, non seulement à l'angoisse du malade, mais aux douleurs névralgiques, dont les élancements, de plus en plus vifs, sillonnaient la face postérieure des cuisses, irradiaient dans toutes les directions, pour éclater soudain, comme de brusques coups de canif, en des points précis, dans les lombes, dans les rotules, dans les chevilles. Pendant les secondes d'accalmie où la souffrance persistait, mais sourde — l'inflammation de ses escarres ne lui laissait aucun véritable répit — M. Thibault ouvrait les yeux, regardait devant lui, et sa pensée, lucide, tournait dans le même cercle : « Qu'est-ce qu'ils pensent, tous ? Est-ce qu'on peut être en danger sans s'en rendre compte ? Comment savoir ? »

La religieuse, voyant augmenter la douleur, décida de ne pas attendre le soir pour injecter une demi-dose de morphine.

Il ne s'aperçut pas qu'elle quittait la pièce. Lorsqu'il se vit seul, livré aux puissances mauvaises qui planaient dans cette chambre silencieuse et presque obscure, l'épouvante le prit. Il voulut appeler, mais la crise reprenait avec une violence nouvelle. Il saisit la sonnette et sonna désespérément.

Ce fut Adrienne qui accourut.

Il ne pouvait parler. Les mâchoires crispées, il hurlait confusément. Il fit, pour se redresser, un effort brusque qui acheva de lui déchirer les flancs. Il retomba sur l'oreiller en gémissant.

« Va-t-on me laisser mourir comme ça ? cria-t-il enfin. La sœur ! Cherchez l'abbé ! Non, appelez Antoine ! Vite ! »

Prise de panique, la jeune fille regardait le vieillard d'un œil agrandi, qui acheva de le terrifier.

« Allez ! Ramenez M. Antoine ! Tout de suite ! »

La sœur revenait, avec la seringue chargée. Elle ne comprit pas ce qui s'était passé. Elle vit la femme de chambre partir en courant. M. Thibault, versé sur le traversin, payait son agitation d'une recrudescence de douleur. Il se trouvait justement assez bien placé pour la piqûre.

« Ne bougez pas », dit la sœur, en lui découvrant l'épaule. Et, sans plus attendre, elle le piqua.

Antoine, qui sortait, fut rejoint par Adrienne, sous la voûte.

Il monta précipitamment.

À son entrée, M. Thibault tourna la tête. Cette pré sence d'Antoine, qu'il avait réclamée, dans sa frayeur, sans grand espoir de pouvoir être exaucé, lui fut un premier réconfort. Il balbutia, machinalement :

« Ah ! te voilà ? »

Il commençait à éprouver le bienfait de la piqûre. Dressé sur deux oreillers, les bras étendus, il respirait quelques gouttes d'éther que la sœur lui avait versées sur un mouchoir. Dans l'échancrure de la chemise, Antoine aperçut le cou décharné, la pomme d'Adam saillante entre deux cordons tendineux. Le tremblotement de la mâchoire accusait la morne immobilité du front ; ce crâne massif, ces larges tempes plates, ces oreilles, avaient en ce moment quelque chose de pachydermique.

« Eh bien, Père ? » fit Antoine.

M. Thibault ne lui répondit rien, mais pendant quelques secondes il le considéra fixement ; puis il referma les yeux. Il aurait voulu lui crier : « Dis-moi la vérité ! Est-ce qu'on me trompe ? Est-ce que je suis perdu, dis ? Parle ! Sauve-moi, Antoine ! » Mais il était retenu par une timidité croissante envers son fils, et par l'appréhension superstitieuse, s'il formulait tout haut ses craintes, de leur conférer soudain une infrangible réalité.

Les yeux d'Antoine croisèrent le regard de la sœur ; ce regard désignait la table. Antoine y aperçut le thermomètre. Il s'approcha et lut 38°9. Cette subite poussée l'étonna : jusqu'alors, le mal avait évolué presque sans température. Il revint vers le lit et prit le poignet, mais c'était pour tranquilliser le malade :

« Le pouls est bon, déclara-t-il presque aussitôt. Qu'est-ce qui ne va pas ?

— Mais je souffre comme un damné ! cria M. Thibault. J'ai souffert toute la journée. Je... j'ai failli mourir ! N'est-ce pas ? » Il lança vers la religieuse un coup d'œil impérieux ; puis il changea de voix, et son regard devint craintif : « Il ne faut pas que tu me quittes, Antoine. J'ai peur, vois-tu ! J'ai peur... que ça recommence. »

Antoine eut pitié. Par chance, rien de très urgent ne l'obligeait à sortir. Il promit de rester là jusqu'au dîner.

« Je vais téléphoner que j'ai un empêchement », dit-il.

Dans le bureau, où était l'appareil, il fut suivi par sœur Céline.

« La journée ?

— Pas fameuse. J'ai dû faire ma première piqûre à midi, et je viens de recommencer. Une demi-dose, ajouta-t-elle. Mais c'est le moral, monsieur Antoine ! Des idées terribles : "On me ment, je veux voir M. l'Abbé, je vais mourir", et Dieu sait quoi ! »

Le regard inquiet d'Antoine semblait poser une question précise : « Croyez-vous possible qu'il se doute ?... » La religieuse hocha la tête ; elle n'osait plus répondre non.

Antoine réfléchissait. « Cela ne suffit pas à expliquer la température », se dit-il.

« L'important... » — il fit un geste énergique — « ... c'est d'extirper immédiatement tout germe de soupçon. » Un projet insensé lui traversa l'esprit ; il se contint. « D'abord, lui faire une soirée calme, déclara-t-il. Vous lui injecterez un nouveau demi-centigramme, quand je vous le dirai... Je vous rejoins. »

« Me voilà libre jusqu'à sept heures », s'écria-t-il gaiement, lorsqu'il fut de retour dans la chambre. Il avait sa voix mordante et son masque d'hôpital, crispé, résolu. Il sourit cependant :

« Ça n'a pas été tout seul ! C'est la grand-mère de ma petite malade que j'ai trouvée au bout du fil. Elle était désespérée, la pauvre dame ; elle bêlait dans l'appareil : "Comment, docteur, nous ne vous verrons pas ce soir ?" Il feignit soudain un air alarmé : "Excusez-moi, Madame, je viens d'être appelé auprès de mon père, qui est au plus mal..." » (Le visage de M. Thibault se contracta brusquement.) « Mais avec les femmes on n'en a jamais fini ! Votre père ? Ah ! mon Dieu, qu'est-ce qu'il a donc ? »

Antoine se grisait de sa témérité. À peine s'il balança une seconde avant d'oser :

« Que dire ?... Devine !... Je lui ai répondu, sans sourciller : "Un cancer, Madame ! Un cancer de... la prostate !..." » Il rit fébrilement : « Pourquoi pas ? Pendant que j'y étais ! »

Il vit que la sœur, en train de verser de l'eau dans un verre, s'arrêtait net. Il eut tout à coup conscience de la partie qu'il jouait. La peur le frôla. Trop tard pour reculer.

Il éclata de rire :

« Mais ce mensonge-là, Père, je le porte à ton compte, tu sais ! »

M. Thibault, raidi, écoutait de tout son être. Sa main s'était mise à trembler sur le drap. Jamais les plus explicites protestations n'eussent si vite, si totalement dissipé son angoisse ! L'audace diabolique d'Antoine avait à l'improviste culbuté les spectres, et, d'un coup, rejeté le malade en plein espoir. Il ouvrit les deux yeux et regarda son fils ; il ne se décidait plus à baisser les paupières. Un sentiment nouveau, une flamme de tendresse, embrasait son vieux cœur. Il voulut parler ; mais, ce qu'il éprouvait était pareil à un vertige : il referma les yeux, après un bref sourire que le jeune homme saisit au vol.

Tout autre qu'Antoine se fût dit, en s'épongeant le front : « Je l'ai échappé belle... » Un peu plus pâle que tout à l'heure, satisfait de lui, il pensait seulement : « Le tout, dans ces trucs-là, c'est d'être bien décidé à réussir. »

Quelques minutes passèrent.

Antoine évitait le regard de la sœur.

M. Thibault bougea le bras. Puis, comme s'il continuait une discussion.

« M'expliquerez-vous, alors, pourquoi je souffre de plus en plus ? À croire que vos sérums exaspèrent la douleur, au lieu de...

— Mais, naturellement, ils l'exaspèrent, interrompit Antoine. C'est la preuve qu'ils agissent !

— Ah ! »

M. Thibault ne demandait qu'à se laisser convaincre. Et, comme, à vrai dire, l'après-midi n'avait pas été aussi pénible qu'il le prétendait, il regretta presque de n'avoir pas souffert plus longtemps.

« Qu'éprouves-tu en ce moment ? » questionna Antoine. L'accès fiévreux de son père le préoccupait.

Pour être franc, M. Thibault eût dû répondre : « Un grand bien-être. » Mais il marmonna :

« Ma douleur dans les jambes... Et puis, une lourdeur dans les reins...

— Il y a eu un sondage à trois heures, spécifia sœur Céline.

— Et puis un poids, là... une oppression... »

Antoine approuvait de la tête.

« C'est assez curieux », déclara-t-il à la religieuse.

(Il ne savait pas, cette fois, ce qu'il allait imaginer.) « Je pense à certaines observations que j'ai faites sur... sur l'alternance des remèdes. Ainsi, pour les affections cutanées, on arrive à des résultats inespérés par l'alternance des traitements. Peut-être avons-nous eu tort, Thérivier et moi, de prescrire d'une façon continue ce nouveau sérum, le... le N. 17...

— Bien sûr, vous avez eu tort ! » affirma, de confiance, M. Thibault.

Antoine l'interrompit avec bonne humeur :

« Mais c'est ta faute, Père ! Tu es si pressé de guérir ! Nous allons trop vite en besogne ! »

Il interpella sérieusement la sœur :

« Où avez-vous mis les ampoules que j'ai apportées avant-hier, le D. 92 ? »

Elle fit un geste gauche ; non qu'elle eût la moindre répugnance à mystifier un malade, mais elle avait quelque peine à s'y reconnaître dans tous ces « sérums » qu'Antoine inventait selon les besoins de la cause.

« Vous allez me faire tout de suite une piqûre de ce D. 92. Oui, avant que l'action du N. 17 soit terminée. Je veux observer l'effet du mélange dans le sang. »

M. Thibault avait remarqué l'hésitation de la garde. Antoine surprit son coup d'œil scrutateur, il ajouta aussitôt, pour couper court à toute méfiance :

« Cette piqûre-là va sans doute te sembler plus douloureuse, Père. Le D. 92 est moins fluide que les autres. Un moment à passer. Ou je me trompe fort, ou tu vas te sentir très soulagé ce soir ! »

« Je deviens chaque jour plus habile », constatait Antoine à part lui. Progrès professionnel, qu'il n'enregistrait pas sans satisfaction. Et puis, dans ce lugubre jeu, il y avait une difficulté sans cesse renaissante, une sorte de risque aussi, dont Antoine ne pouvait s'empêcher de sentir l'attrait.

La sœur revint.

M. Thibault ne se prêta pas sans anxiété à l'opération : avant même d'avoir l'aiguille dans le bras, il s'était mis à glapir :

« Ah ! tu sais, ton sérum ! grommela-t-il dès que ce fut fini. Il est tellement plus épais, celui-ci ! C'est du feu qui entre sous la peau ! Et cette odeur, sens-tu ? L'autre, au moins, était inodore ! »

Antoine s'était assis. Il ne répondit rien. Entre la précédente piqûre et celle-ci, aucune distinction possible : deux ampoules jumelles, la même aiguille, la même main ; mais, soi-disant, une autre étiquette... Il suffisait de bien orienter l'esprit vers l'erreur, aussitôt tous les sens faisaient du zèle ! Piètres instruments, dont nous ne doutons jamais !... Et ce puéril besoin, jusqu'au bout, de satisfaire notre raison ! Le pire, même pour un malade, c'est de ne pas *comprendre*. Dès qu'on a pu donner un nom au phénomène, lui prêter une cause plausible, dès que notre pauvre cerveau peut associer deux idées avec une apparente logique... « La raison, la raison, se dit Antoine, c'est tout de même un point fixe dans le tourbillon. Sans la raison, que resterait-il ? »

M. Thibault avait refermé les yeux.

Antoine fit signe à sœur Céline de se retirer. (Ils avaient remarqué que le malade était plus irritable lorsqu'ils étaient tous deux ensemble à son chevet.)

Bien que le jeune homme vît son père tous les jours, il constatait aujourd'hui des changements marqués. La chair avait une transparence ambrée, un poli de mauvais augure. La boursouflure avait augmenté ; de flasques poches s'étaient formées sous les yeux. Le nez, au contraire, avait fondu, montrant une arête osseuse qui modifiait bizarrement l'expression du visage.

Le malade remua.

Peu à peu, ses traits s'animaient. Il n'avait plus son air renfrogné. À travers les cils, qui s'écartaient plus fréquemment, luisait une pupille dilatée, brillante.

« La double piqûre commence à agir, pensa Antoine ; il va devenir loquace. »

M. Thibault éprouvait, en effet, une sorte de détente : un besoin de repos, délicieux parce que dépourvu de tout accompagnement de fatigue. Il n'avait pas cessé, pourtant, de songer à sa mort ; mais, comme il avait cessé d'y croire, il lui devenait possible, agréable même, d'en parler. L'excitation de la morphine aidant, il ne résista pas à la tentation d'improviser, pour lui-même et pour son fils, le spectacle d'une fin édifiante.

« M'écoutes-tu, Antoine ? » demanda-t-il à l'improviste. L'intonation était solennelle. Puis, sans autre préambule : « Dans le testament que tu trouveras après ma mort... » (Une pause à peine perceptible, comme celle de l'acteur qui attend une réplique.)

« Mais, Père, interrompit, de bonne grâce, Antoine, je ne te croyais pas si pressé de mourir ! » Il rit. « Je te faisais même remarquer, tout à l'heure, combien tu étais impatient de reprendre ton existence ! »

Le vieillard, satisfait, souleva la main :

« Laisse-moi parler, mon cher. Il se peut que, aux yeux de la science, je ne sois pas un malade condamné. Mais j'ai, moi, le sentiment que... que je suis... D'ailleurs, la mort... Le peu de bien que j'ai essayé de faire en ce monde me sera compté... Oui... Et, si le jour est venu... » un coup d'œil pour s'assurer que le sourire incrédule d'Antoine ne s'était pas effacé « ... eh bien, que veux-tu ? ayons confiance... La miséricorde de Dieu est infinie. »

Antoine écoutait en silence.

« Ce n'est pas cela que je voulais te dire, Antoine. À la fin de mes dispositions testamentaires, tu trouveras une liste de legs... Les vieux serviteurs... Je tiens à attirer ton attention sur ce codicille, mon cher. Il date de plusieurs années. Peut-être n'ai-je pas été assez... assez généreux. Je pense à M. Chasle. Le brave homme me doit beaucoup, c'est indiscutable ; il me doit tout. Mais est-ce une raison pour que son... ce dévouement... ne recueille pas une récompense... même superflue ? »

La toux qui, par moments, hachait ses paroles, le contraignit à s'arrêter un instant. « Il faut que la généralisation du mal progresse assez vite, se dit Antoine, cette toux augmente, les nausées aussi. Le néoplasme doit s'être, depuis peu, propagé de bas en haut... Poumons, estomac... Nous sommes à la merci de la première complication. »

« J'ai toujours su », reprit M. Thibault, que l'opium rendait à la fois lucide et incohérent, « j'ai toujours eu la fierté d'appartenir à cette classe aisée, sur laquelle, de tout temps, la religion, la patrie... Mais cette aisance impose certains devoirs, mon cher... » La pensée, encore une fois, dévia. « Toi, tu as une fâcheuse tendance à l'individualisme ! » fit-il tout à coup, en jetant vers Antoine un regard courroucé. « Tu changeras sans doute quand tu seras grand. » Il rectifia : « ... quand tu auras vieilli, quand tu auras, toi aussi, fondé une famille... Une famille », répéta-t-il. Ce mot, qu'il ne prononçait jamais sans emphase, éveilla en lui de confuses résonances, des fragments de discours prononcés naguère. La suite de ses idées lui échappa de nouveau. Il enfla la voix :

« Effectivement, mon cher, si l'on admet que la famille doit rester la cellule première du tissu social, ne faut-il pas... ne faut-il pas qu'elle constitue cette... cette aristocratie plébéienne... où dorénavant se recrutent les élites ? La famille, la famille... Réponds : ne sommes-nous pas le pivot sur lequel... sur lequel tourne l'État bourgeois d'aujourd'hui ?

— Mais je suis de ton avis, Père », accorda Antoine, avec douceur.

Le vieux n'eut pas l'air d'avoir entendu. Insensiblement, le ton devint moins oratoire, les intentions plus faciles à saisir :

« Tu en reviendras, mon cher ! L'abbé y compte, comme moi. Tu en reviendras de certaines idées, et je souhaite que ce soit bientôt... Je voudrais que ce soit déjà fait, Antoine... Au moment de quitter ce monde, n'est-il pas pénible pour moi que mon fils... ? Élevé comme tu l'as été, vivant sous ce toit, ne devrais-tu pas... ? Une ferveur religieuse enfin ! Une foi plus solide, plus pratiquante ! »

« Et s'il soupçonnait où j'en suis », pensa Antoine.

« Qui sait si Dieu ne me demandera pas... ne me tiendra pas rigueur... ? soupira M. Thibault. Hélas ! pour cette tâche chrétienne, la présence de ta sainte mère m'a été ravie... trop tôt ! »

Deux larmes jaillirent de ses paupières. Antoine les vit éclore, puis descendre le long des joues. Il ne s'y attendait pas, et ne put se défendre d'une pointe d'émotion — qui s'accrut, lorsqu'il entendit son père reprendre, sans divaguer, d'une voix basse, intime, pressante, qu'Antoine ne lui connaissait pas :

« J'ai d'autres comptes à rendre. La mort de Jacques. Pauvre enfant... Ai-je fait tout mon devoir ?... Je voulais être ferme. J'ai été dur. Mon Dieu, je m'accuse d'avoir été dur avec mon enfant... Je n'ai jamais su gagner sa confiance. Ni la tienne, Antoine... Non, ne proteste pas, c'est la vérité. Dieu l'a voulu ainsi; Dieu ne m'a jamais accordé la confiance de mes enfants... J'ai eu deux fils. Ils m'ont respecté, ils m'ont craint; mais, dès l'enfance, ils se sont écartés de moi... Orgueil, orgueil! Le mien; le leur... Pourtant, est-ce que je n'ai pas fait tout ce que je devais? Est-ce que je ne les ai pas, dès le plus jeune âge, confiés à l'Église? Est-ce que je n'ai pas veillé à leur éducation, à leur instruction? Ingratitude... Mon Dieu, jugez-moi : est-ce ma faute?... Jacques s'est toujours dressé contre moi. Jusqu'à son dernier jour, jusqu'à la veille de sa mort!... Pourtant! Est-ce que je pouvais donner mon consentement à... à cette chose-là? Non... Non... »

Il se tut.

« Va-t'en, mauvais fils! » cria-t-il tout à coup.

Antoine le considéra, surpris. Son père ne s'adressait pas à lui. Délirait-il, maintenant? La mâchoire tendue, le front mouillé de sueur, les bras soulevés, il semblait hors de soi.

« Va-t'en! reprit-il. Tu as oublié tout ce que tu dois à ton père, à son nom, à son rang! Le salut d'une âme! L'honneur d'une famille! Il y a des actes... des actes qui dépassent notre personne! Qui compromettent toutes les traditions! Je te briserai! Va-t'en! » La toux coupait ses phrases. Il souffla longuement. Puis la voix s'assourdit : « Mon Dieu, je ne suis pas sûr de votre pardon... Qu'as-tu fait de ton fils?

— Père, risqua Antoine.

— Je n'ai pas su le protéger... Les influences! Les machinations des huguenots! »

« Ah! les huguenots », pensa Antoine.

(C'était une idée fixe du vieux, et personne n'en avait jamais bien compris l'origine. Sans doute — c'était une supposition d'Antoine — aussitôt après le départ de Jacques au début des recherches, une maladresse avait dû révéler à M. Thibault les relations assidues que Jacques, pendant l'été qui avait précédé, entretenait, à Maisons, avec les Fontanin. Dès lors, et sans qu'on pût l'en faire démordre, le vieillard, aveuglé par son aversion pour les protestants, hanté probablement aussi par les souvenirs de la fugue à Marseille avec Daniel, et confondant peut-être le passé avec le présent, n'avait cessé de rejeter sur les Fontanin toute la responsabilité du drame.)

« Où vas-tu ? » cria-t-il encore, en essayant de se soulever.

Il ouvrit les yeux, parut rassuré par la présence d'Antoine et tourna vers lui son regard voilé de larmes :

« Le malheureux, balbutia-t-il. Ces huguenots l'ont attiré, mon cher... Ils nous l'ont pris... C'est eux ! Ils nous l'ont poussé au suicide...

— Mais non, Père, s'écria Antoine. Pourquoi s'imaginer toujours qu'il se soit...

— Il s'est tué ! Il est parti, il est allé se tuer !... » (Antoine crut entendre, très bas : « ... Maudit ! » Mais il avait dû se tromper. Pourquoi « maudit » ? Cela n'avait vraiment aucun sens.) Le reste de la phrase se perdit en un sanglotement désespéré, presque silencieux, qui dégénéra en une quinte de toux, laquelle, assez vite, s'apaisa.

Antoine crut que son père s'endormait. Il évitait de faire un mouvement.

Quelques minutes passèrent.

« Dis donc ! »

Antoine tressaillit.

« Le fils de la tante... euh... tu sais ?... Oui, le fils de la tante Marie, de Quillebeuf... Mais, tu n'as pas pu le connaître, toi. Lui aussi, il s'est... J'étais encore un gamin quand c'est arrivé. Avec son fusil, un soir de chasse. On n'a jamais su... »

M. Thibault, distrait, l'esprit dispos et envahi de souvenirs, souriait.

« ... Elle agaçait maman, avec ses chansons, toujours ses chansons... Euh... *Monture... petit coursier*, comment donc ?... À Quillebeuf, pendant les vacances... Tu n'as pas connu la patache du père Niqueux, toi... Ha, ha, ha !... Le jour où la malle des bonnes est... est tombée... Ha, ha, ha !... »

Antoine se leva brusquement ; cette hilarité lui était plus pénible que les sanglots.

Ces dernières semaines, il arrivait souvent au vieillard, surtout le soir après les piqûres, d'évoquer ainsi des détails insignifiants d'autrefois qui, dans sa mémoire dépeuplée, s'amplifiaient soudain, comme un son dans les volutes d'un coquillage. Il les ressassait ensuite plusieurs jours, riant tout seul comme un enfant.

Il se tourna joyeusement vers Antoine, et se mit à fredonner, d'une voix jeune :

Monture guillerette,
Hop, Jip... petit coursier...
La... la... la... lamourette...
Hop... hop... au rendez-vous !

« Ah ! je ne sais plus, fit-il, agacé. C'est une chanson que Mademoiselle connaît bien, elle aussi. Elle la chantait à la petite... »

Il ne pensait plus à sa mort, ni à celle de Jacques. Inlassablement, jusqu'au départ d'Antoine, il repêcha dans son passé les souvenirs de Quillebeuf et les bribes de la vieille chanson.

III

Resté seul avec sœur Céline, il retrouva sa gravité. Il réclama son potage et se laissa abecquer sans souffler mot. Puis, lorsqu'ils eurent dit ensemble la prière du soir, il lui fit éteindre le plafonnier.

« Ma sœur, ayez l'obligeance de prier Mademoiselle de venir. Et veuillez appeler les bonnes, que je leur parle. »

Mécontente d'être dérangée à cette heure, Mlle de Waize franchit en trottinant le seuil de la chambre et s'arrêta, essoufflée. Elle essaya en vain de lever son regard jusqu'au lit ; son dos noué l'en empêchait ; elle n'apercevait que les pieds des meubles, et, dans l'espace éclairé, les reprises du tapis. La religieuse voulut lui avancer un fauteuil, mais Mademoiselle recula d'un pas ; elle serait restée comme un échassier, debout sur une patte, pendant dix heures consécutives, plutôt que de poser sa jupe sur ce siège colonisé par les microbes !

Les deux bonnes, inquiètes, se tenaient l'une près de l'autre, formant un groupe obscur qu'éclairaient par à-coups les flammes du feu.

M. Thibault se recueillit quelques secondes. La séance avec Antoine ne l'avait pas rassasié ; un désir irrésistible le tourmentait d'ajouter encore une scène au spectacle.

« Je sens que ma fin n'est plus bien éloignée..., commença-t-il en toussotant, et j'ai voulu profiter d'un instant d'accalmie dans mes souffrances... dans les tourments qui me sont infligés... pour vous dire adieu... »

La sœur, qui repliait des serviettes, s'interrompit, surprise. Mademoiselle et les deux bonnes, saisies, se taisaient. M. Thibault crut un instant que l'annonce de sa mort prochaine n'étonnait personne, et il connut une minute d'atroce anxiété. Heureusement pour lui, la sœur, plus hardie, s'écria :

« Mais, Monsieur, vous allez de mieux en mieux, pourquoi parler de mourir ? Si le docteur vous entendait ! »

M. Thibault sentit aussitôt son énergie morale s'affermir. Il fronça les sourcils, et sa main engourdie fit un effort pour réduire au silence la bavarde.

Il reprit, comme s'il récitait :

« À la veille de paraître devant le Tribunal suprême, je demande pardon. Pardon à tous. Je me suis souvent montré sans indulgence pour autrui. J'ai blessé peut-être, par ma sévérité, l'attachement de mes... de tous ceux qui vivaient dans ma maison. Je reconnais... Des dettes... Des dettes envers vous tous... Envers vous, Clotilde et Adrienne... Envers votre mère, surtout, qui est maintenant clouée... qui est clouée, comme moi, sur un lit de douleurs... et qui vous a donné, pendant vingt-cinq ans, un si bel exemple de servitude... Envers vous, enfin, Mademoiselle, vous qui... »

À ce moment, Adrienne fondit si bruyamment en larmes que M. Thibault, troublé, faillit lui-même éclater en sanglots. Il hoqueta, mais se ressaisit ; et, pesant chaque mot :

« ... vous qui avez fait le sacrifice d'une existence modeste, pour vous installer à notre foyer en deuil... veiller sur la lampe... sur notre lampe familiale. Qui donc était plus que vous digne... de... auprès des enfants... de remplacer celle que vous aviez élevée ? »

Entre les phrases, lorsqu'il s'arrêtait, on entendait les femmes pleurer dans l'ombre. Le dos de la petite vieille s'était arqué davantage, son chef branlait sans interruption, et le tremblement de ses lèvres faisait, dans les silences, un léger bruit de succion.

« Grâce à vous, grâce à votre vigilance, notre famille a pu continuer sa route... sa route, sous le regard de Dieu. Je vous en remercie publiquement ; et c'est à vous, Mademoiselle, que je veux présenter ma dernière requête. Lorsque sera venue l'heure fatale... » Bouleversé par les paroles qu'il prononçait, il dut, pour dominer son effroi, faire une pause, réfléchir à son état présent, au bien-être qu'il éprouvait depuis la piqûre. Il poursuivit : « Lorsque l'heure fatale aura sonné, je vous recommande, Mademoiselle, de lire vous-même, à haute voix, cette belle prière, vous savez, ces *Litanies de... de la bonne mort*... que j'ai lues... avec vous... au chevet de ma pauvre femme... dans cette même chambre... n'est-ce pas ?... sous ce même crucifix... »

Son regard essaya de fouiller l'obscurité. Cette chambre d'acajou et de reps bleu était sa chambre de toujours ; celle où, jadis, à Rouen, il avait, à quelques années d'intervalle, vu ses parents mourir... Elle l'avait suivi, à Paris ; elle avait été sa chambre de jeune homme ; elle avait été sa chambre nuptiale... Par une froide nuit de mars, Antoine y était né. Puis, moins de dix ans après, par une autre nuit d'hiver, sa femme, en donnant la vie à Jacques, y était morte. Il la revit morte, au milieu du grand lit semé de violettes...

Sa voix trembla :

« ... et j'espère que notre sainte bien-aimée... m'assistera de là-haut... me communiquera son courage... sa résignation... le courage dont elle a fait preuve... oui... » Il ferma les yeux et joignit gauchement les mains.

Il semblait dormir.

Alors sœur Céline fit signe aux bonnes de se retirer sans bruit.

Avant de quitter leur maître, elles le contemplèrent attentivement, comme si déjà ce lit était une couche mortuaire. On perçut dans le couloir les sanglots d'Adrienne et le caquetage étouffé de Clotilde, qui donnait le bras à la vieille demoiselle. Elles ne savaient plus où aller. Elles échouèrent à la cuisine et s'assirent en rond. Elles pleuraient. Clotilde décréta qu'il fallait veiller, pour pouvoir au premier appel courir chercher un prêtre ; et, sans perdre de temps, elle se mit à moudre du café.

Seule, la religieuse savait à quoi s'en tenir : elle avait l'habitude. Pour elle, la sérénité d'un mourant était toujours une preuve que, dans les profondeurs de son instinct — souvent à tort, d'ailleurs — le malade ne croyait pas vraiment la mort imminente. Aussi, après avoir remis la chambre en ordre et couvert le feu, ouvrit-elle le lit pliant sur lequel elle reposait. Et, dix minutes plus tard, dans la chambre obscure, la religieuse, sans avoir échangé un mot avec son malade, glissait paisiblement, comme chaque soir, de la prière au sommeil.

M. Thibault, lui, ne dormait pas. La double piqûre lui assurait un prolongement de bien-être, mais le tenait éveillé. Immobilité voluptueuse, peuplée de pensées, de projets. D'avoir semé la frayeur autour de lui semblait l'avoir définitivement purgé de sa propre angoisse. Le souffle de la garde assoupie l'agaçait bien un peu ; mais il se plut à rêver au jour où, guéri, il la congédierait, avec des remerciements — avec une belle offrande pour sa communauté. Combien ? On verrait... Bientôt. Ah ! qu'il était impatient de revivre ! Que devenaient ses œuvres, sans lui ?

Une bûche s'écroula dans les cendres. Il entrouvrit un œil. Une flamme, ressuscitée, hésitante, faisait danser des ombres au plafond. Il se vit soudain, tremblant, une bougie allumée à la main, à Quillebeuf, dans le couloir humide, qui, toute l'année, sentait le salpêtre et la pomme : de grandes ombres naissaient devant lui et s'en allaient ainsi danser au plafond... Ces terrifiantes araignées noires qu'il y avait toujours, le soir, dans les cabinets de tante Marie !... (Entre l'enfant peureux d'alors et le vieillard d'aujourd'hui, l'identité était pour lui si complète, qu'il lui fallait un effort de l'esprit pour les distinguer l'un de l'autre.)

La pendule sonna dix heures. Puis la demie.

Quillebeuf... La patache... La basse-cour... Léontine...

Ces souvenirs, qu'un hasard avait fait lever des bas-fonds de sa mémoire, flottaient obstinément à la surface, ne consentaient plus à redescendre dans les profondeurs. L'air de la vieille chanson faisait à ces évocations puériles un accompagnement discontinu. Les paroles lui manquaient encore presque toutes, sauf le début qui s'était recomposé peu à peu, et le refrain, qui avait surgi inopinément des ténèbres :

Monture guillerette,
Trilby, petit coursier,
Tu sers mon amourette
Mieux qu'un beau destrier !

. . . .

Hop ! Hop ! Trilby trottine !
Hop ! Vite ! Au rendez-vous !

La pendule sonna onze coups.

... Monture guillerette,
Trilby, petit coursier...

IV

Le lendemain, vers quatre heures, Antoine, entre deux visites, vint à passer si près de chez lui qu'il en profita pour aller aux nouvelles. Il avait trouvé, le matin, M. Thibault assez affaibli. La fièvre persistait. Annonçait-elle une complication ? Soulignait-elle seulement l'aggravation générale ?

Antoine voulait ne pas être vu du malade, que cette visite supplémentaire eût inquiété. Il gagna le cabinet de toilette par le couloir. Sœur Céline s'y trouvait. À voix basse, elle le rassura. Jusqu'alors la journée n'avait pas été trop mauvaise. Pour l'instant, M. Thibault était sous l'action d'une piqûre Ces doses répétées de morphine devenaient indispensables pour lui permettre de supporter les douleurs.

Par la porte de la chambre, qui n'était pas complètement fermée, venait un murmure, un chant. Antoine tendit l'oreille. La religieuse haussa les épaules :

« Il n'a pas eu de cesse que je n'aie été lui chercher Mademoiselle pour qu'elle lui chante une romance de je ne sais quoi. Il ne parle pas d'autre chose depuis ce matin. »

Antoine s'approcha sur la pointe des pieds. La voix ténue de la petite vieille s'élevait dans le silence :

Monture guillerette,
Trilby, petit coursier,
Tu sers mon amourette
Mieux qu'un beau destrier !
Gentiment, pour Rosine,
Pour ses yeux andalous.
Hop ! Hop ! Trilby trottine !
Hop ! Vite ! Au rendez-vous !

Alors Antoine entendit la voix de son père, comme un bourdon fêlé, qui reprenait, en s'essoufflant, le refrain :

Hop ! Vite ! Au rendez-vous !...

Puis la flûte chevrotante reprit :

Vois cette fleur charmante,
Là-bas, au bord du pré.
Je veux que mon Infante
En ait le front paré !
Je la cueille, et toi, broute !
(Car, à chacun ses goûts.)

« Ah ! voilà ! interrompit M. Thibault, avec un accent de triomphe. Tante Marie chantait toujours : *La... la... la... et toi, broute !... La... la... la... et toi, broute !* »

Ils reprirent ensemble :

Hop ! Hop ! Trilby en route !
Hop ! Vite ! Au rendez-vous !

« Pendant ce temps-là, chuchota la sœur, il ne se plaint pas ».

Antoine s'éloigna, le cœur serré.

Comme il passait devant la loge, il fut hélé par le concierge. Le facteur venait de déposer quelques lettres. Antoine les prit distraitement. Sa pensée était là-haut :

... Monture guillerette,
Trilby, petit coursier...

Il s'étonnait lui-même de ses sentiments pour le malade. Lorsqu'il avait eu, un an plus tôt, la révélation que M. Thibault était perdu, il s'était découvert, pour ce père qu'il croyait ne pas aimer, une déconcertante et indéniable affection, toute fraîche, semblait-il, et pourtant pareille à une très ancienne tendresse que l'approche de l'irréparable aurait seulement ravivée. Sentiment qu'était encore venu renforcer, pendant ces longs mois, l'attachement du médecin pour ce condamné, dont il était seul à connaître la sentence, et qu'il fallait mener le plus doucement possible vers sa fin.

Antoine avait déjà fait quelques pas dans la rue, lorsque ses yeux tombèrent sur l'une des enveloppes qu'il tenait à la main.

Il s'arrêta net :

Monsieur Jacques Thibault
4 bis, rue de l'Université.

De temps à autre arrivaient bien encore un catalogue de librairie ou un prospectus, au nom de Jacques. Mais une lettre ! Cette enveloppe bleutée, cette écriture d'homme — de femme, peut-être ? — haute, cursive, un peu dédaigneuse !... Il fit demitour. D'abord, réfléchir. Il gagna son cabinet. Mais, avant même de s'être assis, d'un geste résolu il avait décacheté la lettre.

Dès les premiers mots un transport le saisit :

1 bis, place du Panthéon.
25 novembre 1913.

Cher Monsieur,
J'ai lu votre nouvelle...

« Une nouvelle ? Jacques écrit ? » Et aussitôt la certitude : « Il vit ! » Les mots dansaient. Antoine, fébrile, chercha la signature : « JALICOURT. »

J'ai lu votre nouvelle avec un intérêt très vif. Vous devinez, de reste, les réserves que peut inspirer au vieil universitaire...

« Ah ! Jalicourt ! Valdieu de Jalicourt. Le professeur, l'académicien... » Antoine le connaissait bien, de réputation ; il avait même deux ou trois livres de Jalicourt dans sa bibliothèque.

Vous devinez, de reste, les réserves que peut inspirer au vieil universitaire que je suis, une formule romanesque qui heurte, et ma culture classique, et la plupart de mes goûts personnels. Je ne puis véritablement souscrire ni au fond ni à la forme. Mais je dois reconnaître que ces pages, dans leur outrance même, sont d'un poète, et d'un psychologue. J'ai plus d'une fois songé, en vous lisant, à ce mot d'un maître musicien de mes amis, auquel un jeune compositeur révolutionnaire (qui pourrait être des vôtres) montrait un essai d'une troublante audace : « Remportez vite tout cela, Monsieur, je finirais par y prendre goût. »

JALICOURT.

Antoine tremblait sur ses jambes. Il s'assit. Il ne quittait pas des yeux la lettre dépliée devant lui sur son bureau. Au fond, que Jacques fût vivant ne le surprenait guère : jamais il n'avait eu, lui, aucune raison de supposer un suicide. Le premier éveil, au toucher de cette lettre, avait été celui du chasseur : en quelques secondes, il avait senti ressusciter en lui cet instinct de limier qui, trois ans plus tôt, l'avait, plusieurs mois de suite, lancé sur toutes les pistes, à la recherche de l'absent. Puis, en même temps, une telle tendresse pour son frère, un si haletant besoin de le revoir, qu'il en demeurait tout étourdi. — Souvent, ces derniers jours — et ce matin même — il avait eu à se raidir contre un sentiment d'amertume, en se voyant seul au chevet du vieillard ; devant une tâche si lourde, comment se défendre d'un mouvement de rancune envers ce frère fugitif, qui, en un pareil moment, désertait son poste ? Mais cette lettre !

Un espoir le traversa : atteindre Jacques, l'avertir, le rappeler ! Ne plus être seul !

Il reprit la feuille : *1 bis, place, du Panthéon... Jalicourt...*

Un regard sur la pendule ; un autre à son calepin. « Bon. Trois visites encore, ce soir. Celle de 4 h 1/2, avenue de Saxe, urgente, impossible à manquer. Ensuite, ce début de scarlatine, rue d'Artois : indispensable aussi, mais pas de rendez-vous. La troisième, une convalescence, ça peut se remettre. » Il se leva. « Avenue de Saxe, tout de suite. Et aussitôt après, Jalicourt. »

Vers cinq heures, Antoine arrivait place du Panthéon. Vieille maison. Pas d'ascenseur. (Sa fougue, d'ailleurs, l'eût empêché de le prendre.) Il grimpa quatre à quatre.

« M. de Jalicourt est sorti. Mercredi... Son cours à l'École Normale, de 5 à 6... »

« Du calme, se dit Antoine, en descendant. Juste le temps d'aller voir ma scarlatine. »

Avant six heures, il sautait de taxi devant l'École Normale.

Il se rappela sa visite au directeur, après la disparition de son frère ; puis, ce jour d'été déjà lointain, où il était venu dans cette sombre bâtisse attendre avec Jacques et Daniel le résultat de l'examen d'entrée.

« Le cours n'est pas terminé. Montez au palier du premier étage. Vous verrez les élèves sortir. »

Un courant d'air perpétuel sifflait sous les préaux, dans les escaliers, dans les couloirs. Les lampes électriques, parcimonieusement distribuées, avaient des airs fumeux de quinquets. Ces dalles, ces arcades, ces portes claquantes, cet escalier monumental, obscur et délabré, où, sur des murs crasseux, des pancartes en lambeaux flottaient au vent d'automne, tant de solennité, tant de silence et d'abandon, faisaient penser à quelque évêché de province, à jamais désaffecté.

Quelques minutes s'écoulèrent. Antoine, figé, attendait. Sur le carreau, glissèrent des pas mous : un élève, hirsute, débraillé, traînant la savate et balançant un livre au bout de son bras, dévisagea Antoine et passa.

De nouveau, le silence. Et, tout à coup, un bourdonnement : la porte de la salle céda, dans un brouhaha de séance parlementaire ; des étudiants, en grappes, riant, s'interpellant, se pressaient les uns contre les autres ; puis, en hâte, se dispersèrent dans les corridors glacés.

Antoine guettait. (Le professeur, évidemment, sortait le dernier.) Quand la ruche lui parut vidée, il s'approcha. Au fond d'une salle en boiseries, garnie de bustes et mal éclairée, un grand bonhomme à cheveux blancs, debout et courbé, rangeait nonchalamment des papiers sur une table. Ce ne pouvait être que M. de Jalicourt.

Il se croyait seul. Au bruit que fit Antoine, il se redressa en grimaçant. Il était grand et se tournait presque de profil pour regarder devant lui, car il ne voyait que d'un œil, à travers un monocle épais comme une lentille. Dès qu'il eut aperçu quelqu'un, il quitta sa place, et, d'un geste courtois, fit signe au visiteur d'avancer.

Antoine attendait un vieux professeur. La vue de ce gentilhomme, habillé de clair et qui semblait descendre de cheval plutôt que de chaire, le surprit.

Il se présenta :

« ... le fils d'Oscar Thibault, votre collègue de l'Institut... Le frère de Jacques Thibault, à qui vous avez écrit hier... » Et, comme l'autre, sourcils dressés, affable et hautain, ne bronchait pas, Antoine brûla les étapes : « Que savez-vous de Jacques, Monsieur ? Où est-il ? »

Le front de Jalicourt eut un frémissement ombrageux.

« Vous allez me comprendre, Monsieur, repartit Antoine. Je me suis permis d'ouvrir votre lettre. Mon frère a disparu.

— Comment, disparu ?

— Disparu depuis trois ans ! »

Jalicourt, assez brusquement, avait avancé la tête. À travers le monocle, son œil myope et perçant dévisageait le jeune homme, de tout près. Antoine sentit sur sa joue le souffle du professeur.

« Oui, depuis trois ans, répéta-t-il. Sans motiver

son départ. Sans donner signe de vie, ni à mon père ni à moi. À personne. Sauf à vous, Monsieur. Alors, vous comprenez, j'accours... Nous ne savions même pas s'il était encore vivant !

— Vivant ? Il l'est, puisqu'il vient de faire paraître cette nouvelle !

— Quand ? Où ? »

Jalicourt ne répondit pas. Son menton pointu, rasé, creusé d'un fort sillon, jaillissait, assez arrogant, des hautes pointes du faux col. Ses doigts effilés jouaient avec l'extrémité de la moustache, qui tombait, longue, soyeuse et très blanche. Il murmura évasivement :

« Après tout, je ne sais pas. La nouvelle n'était pas signée "Thibault" ; c'est moi qui ai cru pouvoir identifier un pseudonyme... »

Antoine balbutia :

« Quel pseudonyme ? » Déjà une affreuse déception l'étreignait.

Jalicourt, qui ne le perdait pas de vue, s'émut et rectifia :

« Pourtant, Monsieur, je ne crois pas m'être trompé. »

Il restait sur la défensive. Non qu'il craignît outre mesure les responsabilités ; mais il avait une répugnance native de l'indiscrétion, et l'horreur de s'immiscer dans le privé des gens. Antoine comprit qu'il aurait une méfiance à vaincre ; il expliqua :

« Ce qui aggrave tout, c'est que, depuis un an, mon père est condamné. Le mal progresse. Quelques semaines encore, et ce sera la fin. Nous n'étions que deux enfants. Alors, votre lettre, vous comprenez pourquoi je l'ai décachetée ? Si Jacques vit, si je peux l'atteindre, le prévenir de ce qui se passe, je le connais, il me reviendra ! »

Jalicourt réfléchit une seconde. Des tics tourmentaient son visage. Puis, spontanément, il tendit la main.

« C'est différent, dit-il. Je ne demande qu'à vous aider. » Il parut hésiter : son regard fit le tour de la salle. « Impossible de causer ici. Vous plairait-il de m'accompagner jusque chez moi, Monsieur ? »

Ils traversèrent ensemble, vite et sans mot dire, l'École déserte où mugissait la bise.

Dès qu'ils furent dans la paisible rue d'Ulm, Jalicourt reprit, sur un ton amical :

« Je voudrais pouvoir vous aider. Le pseudonyme m'a paru clair : *Jack Baulthy*. N'est-ce pas ? D'autant que j'ai bien reconnu l'écriture ; j'avais, une fois déjà, reçu de votre frère une lettre... Je vous dirai le peu que je sais. Mais expliquez-moi d'abord... Pourquoi est-il parti ?

— Ah ! pourquoi ? Je n'ai jamais pu trouver une raison plausible. Mon frère est un violent, un inquiet... je n'ose pas dire : un visionnaire. Tous ses actes sont plus ou moins déroutants. On croit le connaître, et, chaque jour, il est différent de ce qu'il a été la veille... Il faut vous dire, Monsieur, que Jacques, à quatorze ans, avait déjà fait une fugue : il avait décampé, un beau matin, entraînant avec lui un camarade, et on les a retrouvés, trois jours après, sur la route de Toulon. En médecine — je suis médecin — les fugues morbides sont depuis longtemps décrites et caractérisées. La première fuite de Jacques pouvait, à la rigueur, être pathologique. Mais cette disparition, pendant trois ans ?... Et pourtant nous n'avions rien trouvé dans sa vie qui ait pu motiver son départ : il semblait heureux ; il avait passé ses vacances au calme, avec nous ; il avait été brillamment reçu à Normale et devait entrer à l'École au début de novembre. Son acte n'a pas dû être prémédité, car il est parti sans bagages, presque sans argent, n'emportant guère que des papiers. Il n'avait prévenu aucun ami. Mais il avait envoyé au directeur de l'École une lettre de démission que j'ai vue et qui est datée du jour de sa disparition... À cette époque-là, moi, j'ai fait un voyage de deux jours : c'est pendant mon absence que Jacques a disparu.

— Mais... Monsieur votre frère hésitait beaucoup à entrer à l'École, n'est-ce pas ? insinua Jalicourt.

— Croyez-vous ? »

Jalicourt n'insista pas, et Antoine se tut.

L'évocation de cette période tragique l'émouvait toujours. L'absence dont il venait de parler, c'était son voyage au Havre, Rachel, la *Romania*, l'arrachement... Et, le jour même où il revenait, pantelant, à Paris, c'était pour trouver la maison bouleversée : son frère, parti depuis la veille; son père déchaîné, têtu, ayant alerté la police, vociférant : « Il est allé se tuer ! », sans qu'on pût tirer de lui autre chose. Le drame de famille s'était greffé à vif sur le drame d'amour. Maintenant, d'ailleurs, il considérait que cette secousse lui avait été salutaire. L'idée fixe de trouver la piste du fugitif avait chassé l'autre obsession. Très pris par son hôpital, il avait usé tout son temps libre à courir les bureaux de la Préfecture, la Morgue, les agences privées. Il avait dû faire face à tout : à l'agitation maladive, encombrante, de son père; au désespoir qui, un moment, avait sérieusement fait craindre pour la santé de Gise; aux visites des amis; au courrier quotidien; aux multiples enquêtes des agents lancés dans toutes les directions, même à l'étranger, et qui, sans cesse, donnaient de faux espoirs. Somme toute, cette vie harassante l'avait, à ce moment-là, sauvé de lui-même. Et quand, après des mois de vains efforts, il avait fallu peu à peu renoncer aux recherches, l'habitude se trouvait prise pour lui de vivre sans Rachel.

Ils marchaient vite ; ce qui n'empêchait pas Jalicourt d'entretenir la conversation. Son urbanité s'accommodait mal du silence. Il parlait de choses et d'autres, avec une amabilité cavalière. Mais, plus il se montrait affable, et plus on le sentait distant.

Ils arrivèrent place du Panthéon. Jalicourt gravit les quatre étages sans ralentir le pas. Sur son palier, le vieux gentilhomme se redressa, se découvrit, et, s'effaçant, il poussa devant Antoine le battant de sa porte comme si elle eût donné accès à la Galerie des Glaces.

Le vestibule fleurait tous les légumes du pot-au-feu. Jalicourt ne s'y attarda point, et fit cérémonieusement passer son visiteur dans le salon qui précédait le cabinet de travail. Le petit appartement se trouvait tout encombré de meubles marquetés, de sièges en tapisserie, de bibelots, de vieux portraits. Le cabinet de travail était une pièce sombre, qui paraissait exiguë et fort basse, parce que le panneau du fond était entièrement occupé par une pompeuse tapisserie représentant le cortège de la reine de Saba chez le roi Salomon et tout à fait disproportionnée avec la hauteur du mur ; il avait fallu replier les bords, si bien que les personnages, beaucoup plus grands que nature, avaient les jarrets coupés et touchaient la corniche de leurs diadèmes.

M. de Jalicourt fit asseoir Antoine. Lui-même s'installa sur les coussins aplatis et décolorés d'une bergère, placée devant un bureau d'acajou en grand désordre ; c'est là qu'il travaillait. Entre les deux oreilles du fauteuil, sur ce fond de velours olive, sa tête renversée, son visage osseux, le grand nez busqué, la perspective fuyante du front, et ces boucles blanches, comme poudrées, prenaient du style.

« Voyons, dit-il, en jouant avec la chevalière qui glissait de son doigt maigre, que je rappelle mes souvenirs... Les premiers rapports que j'ai eus avec Monsieur votre frère ont été de correspondance. À ce moment-là — il doit y avoir quatre ou cinq ans — Monsieur votre frère devait préparer l'École. Il m'avait écrit, autant qu'il me souvient, à propos d'un des livres que j'ai fait paraître en ces temps lointains. »

— Oui, dit Antoine. *À l'aube d'un siècle*.

— J'ai dû garder sa lettre. Le ton m'avait frappé. Je lui ai répondu ; je l'ai même engagé à venir me voir, ce qu'il n'a pas fait — du moins, à cette époque-là. Il a attendu d'être reçu à l'examen d'entrée, pour se présenter à moi : et ceci est la deuxième phase de nos relations. Courte phase : une heure d'entretien. Monsieur votre frère est venu chez moi, un soir, assez tard, à l'improviste, il y a trois ans, un peu avant la rentrée, c'est-à-dire au début de novembre.

— Juste avant son départ !

— Je l'ai reçu ; je reçois toujours les jeunes gens. Sa physionomie énergique, passionnée, presque fiévreuse ce soir-là, m'est restée présente à l'esprit. » (Jacques lui avait paru exalté et assez fat.) « Il hésitait entre deux déterminations, et venait me demander avis : devait-il entrer à l'École et y terminer sagement ses études universitaires ? Ou bien, devait-il prendre une autre voie ? — que, d'ailleurs, lui-même ne semblait pouvoir préciser, et qui était, je pense, renoncer aux examens, travailler à sa guise, écrire.

— Je ne savais pas », murmura Antoine. Il se rappelait ce qu'avait été sa propre vie, pendant ce dernier mois avant l'embarquement de Rachel ; et il se reprocha d'avoir entièrement abandonné Jacques à lui-même.

« Je vous avoue, continua Jalicourt, avec un rien de coquetterie fort seyante, que je ne sais plus très bien ce que je lui ai conseillé. J'ai dû — naturellement — l'engager à ne pas abandonner l'École... Pour des êtres de sa trempe, notre enseignement est, somme toute, inoffensif : ils savent choisir, d'instinct ; ils ont — comment dirais-je ? — une désinvolture de bonne race, qui ne se laisse pas mettre en lisière. L'École n'est fatale qu'aux timides et aux scrupuleux... Au reste, il m'a paru que Monsieur votre frère venait me consulter pour la forme, et que sa résolution était prise. C'est justement l'indice d'une vocation, qu'elle soit impérieuse. N'est-ce pas ? Il m'a parlé, avec une violence... juvénile, de l'esprit universitaire, de la discipline, de certains professeurs ; et même, si j'ai bonne mémoire, de sa vie de famille, de la vie sociale... Cela vous étonne ? J'aime beaucoup les jeunes gens. Ils m'aident à ne pas vieillir par trop vite. Ils devinent qu'il y a en moi, sous le professeur de littérature, un vieux poète impénitent auquel ils peuvent parler hardiment ; et Monsieur votre frère, si j'ai bonne mémoire, ne s'en est pas fait faute... Je goûte assez l'intolérance des jeunes. C'est bon signe qu'un adolescent soit en révolte, par nature, contre tout. Ceux de mes élèves, qui sont arrivés à quelque chose étaient tous de ces indociles, entrés dans la vie "l'injure à la bouche", comme disait mon maître, M. Renan...

« Mais, revenons à Monsieur votre frère. Je ne sais plus bien comment nous nous sommes quittés. Toujours est-il que, peu de jours après, le surlendemain peut-être, j'ai reçu de lui un feuillet, que j'ai encore. Une vieille habitude de compilateur... »

Il se leva, ouvrit un placard et revint avec un dossier qu'il mit sur la table.

« Ce n'est pas une lettre : une simple transcription d'un poème de Whitman, sans autre signature. Mais l'écriture de Monsieur votre frère n'est pas de celles qu'on oublie : elle est belle, n'est-ce pas ? »

Tout en parlant, il parcourait des yeux le billet qu'il venait de déplier. Il le tendit à Antoine, qui reçut un choc : cette écriture nerveuse, simplifiée à l'excès, et pourtant régulière, ronde, comme râblée ! L'écriture de Jacques...

« Malheureusement, poursuivait Jalicourt, j'ai dû jeter l'enveloppe. D'où m'écrivait-il ?... Au reste, cette citation de Whitman ne prend pour moi son véritable sens qu'aujourd'hui.

— Je ne suis pas assez fort en anglais pour comprendre ça, à la lecture », avoua Antoine.

Jalicourt reprit la feuille, l'approcha de son monocle, et traduisit :

« A foot and light-hearthed I take to the open road... *À pied et le cœur léger, je prends la route ouverte, la grand-route. Bien portant, libre, le monde devant moi !*

« *Devant moi, le long chemin brunâtre qui conduit n'importe où*... wherever I choose... *n'importe où je veux !*

« *Désormais, je ne demande pas de bonne fortune... je ne fais plus appel à la bonne fortune, c'est moi qui suis la bonne fortune !*

« *Désormais je ne pleurniche plus, je ne*... postpone no more... *je ne temporise plus, je n'ai plus besoin de rien !*

« *Finies les doléances intérieures, les bibliothèques, les discussions critiques !*

« *Vigoureux et satisfait*... I travel... *Je m'élance*... I travel the open road... *J'arpente la grand-route !* »

Antoine soupira.

Il y eut un court silence, qu'il rompit :

« Et la nouvelle ? »

Jalicourt tira du dossier un fascicule de revue.

« La voici. Elle a paru dans *Calliope*, en septembre. *Calliope* est une revue de jeunes, très vivante, qui est éditée à Genève. »

Antoine s'était emparé de la brochure et la maniait d'une main fébrile. Et tout à coup il se heurta de nouveau à l'écriture de son frère. Au-dessus du titre de la nouvelle : *La Sorellina*, Jacques avait écrit ces lignes :

Ne m'avez-vous pas dit, ce fameux soir de novembre : « Tout est soumis à l'action de deux pôles. La vérité est toujours à double face » ?

L'amour aussi, quelquefois.

Jack BAULTHY.

Antoine ne comprit pas. Plus tard. Une revue genevoise. Jacques serait-il en Suisse ? *Calliope*... 161, rue du Rhône, à Genève.

Ah ! c'était bien le diable, si, à la revue, on ne trouvait pas son adresse !

Il ne tenait plus en place. Il se leva.

« J'ai reçu ce fascicule à la fin des vacances, expliquait Jalicourt. J'ai tardé à répondre, je n'ai pu m'exécuter qu'hier. J'ai d'ailleurs bien failli expédier ma lettre à *Calliope*. C'est par hasard que je me suis ravisé : écrire dans une revue suisse n'implique pas forcément que l'on ait quitté Paris... » (Il omettait de dire que le prix de l'affranchissement avait influé sur sa décision.)

Antoine n'écoutait pas. Intrigué au-delà de toute

patience, le feu aux joues, happant par-ci par-là une phrase troublante, énigmatique, il feuilletait machinalement ces pages qui étaient de son frère, qui étaient Jacques ressuscité. Pressé d'être seul, comme s'il attendait de cette lecture une révélation, il prit assez brièvement congé.

Jalicourt, en le reconduisant jusqu'à la porte trouva le moyen de lui glisser mille choses aimables ; ses phrases, ses gestes, semblaient appartenir à un cérémonial.

Dans le vestibule, il s'arrêta et pointa l'index sur *La Sorellina* qu'Antoine tenait sous son bras.

« Vous verrez, vous verrez..., fit-il. Je sens bien que c'est plein de talent. Mais moi, j'avoue... Non !... Je suis trop vieux. » Et, comme Antoine esquissait un mouvement de politesse : « Si. Je ne comprends plus ce qui est très nouveau... Il faut se faire une raison. On se fige... Tenez, en musique, j'ai encore eu la chance de pouvoir évoluer : après avoir été un wagnérien forcené, j'ai pourtant compris Debussy. Mais il était temps ! Voyez-vous que j'aie manqué Debussy !... Eh bien, aujourd'hui, je suis sûr, Monsieur, qu'en littérature je manquerais Debussy... »

Il s'était redressé. Antoine le considérait avec une curiosité admirative : vraiment, le vieux gentilhomme pouvait avoir grand air. Il était debout sous le plafonnier : le front, les cheveux rayonnaient ; ses arcades sourcilières surplombaient deux cavités, dont l'une, vitrée, s'allumait par instants d'un reflet d'or, comme une fenêtre au couchant.

Antoine voulut protester une dernière fois de sa gratitude. Mais Jalicourt semblait se réserver comme un monopole toute manifestation de politesse. Il coupa court, allongea le bras et tendit cavalièrement sa main grande ouverte :

« Veuillez me rappeler au souvenir de M. Thibault. Et puis, cher Monsieur, ne me laissez pas sans nouvelles, je vous prie... »

V

Le vent était tombé, il bruinait, et la lueur des réverbères n'était qu'un halo dans le brouillard. Il était trop tard pour entreprendre des démarches ; Antoine ne songeait qu'à rentrer au plus tôt.

Pas de taxi à la station. Il dut descendre à pied la rue Soufflot, serrant *La Sorellina* contre lui ; mais son impatience croissait à chaque pas, et devint bientôt irrésistible. Au coin du boulevard, la *Grande Brasserie,* illuminée, offrait, sinon l'isolement, du moins un gîte immédiat qu'Antoine accepta.

Dans le tambour d'entrée, il croisa deux jouvenceaux imberbes qui, bras dessus, bras dessous, riaient en se parlant ; d'amour, sans doute ? Antoine entendit : « Non, mon vieux, si l'esprit humain pouvait concevoir une relation entre ces deux termes... » Antoine se sentit au cœur du quartier Latin.

Au rez-de-chaussée, les tables étaient prises et, pour atteindre l'escalier, il dut traverser un nuage de fumée tiède. L'entresol était réservé aux jeux. Autour des billards, ce n'était qu'appels, rires et disputes : « 13 ! 14 ! 15 ! » — « La poisse ! » — « Enc'quore fosse queue ! » — « Eugène, un bock » — « Eugène, un byrrh ! » Tapageuse gaieté, que le claquement froid des billes ponctuait comme un *staccato* d'appareil morse.

Tout était juvénile sur ces visages : la roseur de la joue sous la barbe naissante, l'œil frais derrière le binocle, la gaucherie, la vivacité, le lyrisme des sourires, qui proclamaient la joie d'éclore, d'espérer tout, d'exister.

Antoine zigzaguait parmi les joueurs, cherchant quelque place à l'écart. Le grouillement de ces êtres jeunes le distrayait un instant de sa préoccupation, et, pour la première fois, il sentit peser sa trentaine.

« 1913..., songeait-il ; belle couvée... Plus saine et peut-être encore plus allante que la jeunesse d'il y a dix ans, la mienne... »

Ayant peu voyagé, il ne pensait pour ainsi dire jamais à son pays. Pourtant, ce soir, il eut pour la France, pour l'avenir national, un sentiment nouveau, de confiance, de fierté. Mêlé soudain de mélancolie : Jacques aurait pu être l'une de ces promesses... Et où était-il ? Que faisait-il en ce moment ?

Au fond de la salle, quelques tables étaient libres et servaient de vestiaire. Il songea qu'on ne serait pas mal, sous cette applique, derrière ce rempart de manteaux. Personne aux alentours, si ce n'est un couple paisible : le mâle, un gamin, pipe au bec, lisait *L'Humanité*, indifférent à sa compagne qui, tout en sirotant un lait chaud s'amusait, seule, à polir ses ongles, à compter sa monnaie, à inspecter ses quenottes dans sa glace de poche et à observer du coin de l'œil les nouveaux venus : ce vieil étudiant soucieux qui, déjà, plongeait dans un livre avant d'avoir choisi sa consommation, l'intrigua quelques secondes.

Antoine s'était mis à lire, mais il ne parvenait pas à rassembler son attention. Machinalement, il prit son pouls, qui battait vite ; il s'était bien rarement trouvé si peu maître de lui.

Le début, d'ailleurs, avait de quoi dérouter :

Pleine chaleur. Odeur de terre séchée, poussière. Le chemin grimpe. Les étincelles jaillissent du roc sous le fer des chevaux. Sybil est en avant. Dix heures sonnent à San Paolo. Le rivage effiloché se découpe sur du bleu cru. Azur et or. À droite, à perte de vue, Golfo di Napoli. À gauche, un peu d'or solidifié émerge de l'or liquide, Isola di Capri.

Jacques, en Italie ?

Antoine sauta impatiemment quelques pages. Étrange style...

Son père. Les sentiments de Giuseppe pour ce père. Inaccessible coin de son âme, buisson d'épines, brûlure. Des années d'idolâtrie inconsciente, enragée, rétive. Tous les élans naturels rebutés. Vingt ans, avant de s'être résigné à la haine. Vingt ans, avant d'avoir compris qu'il fallait bien haïr. De plein cœur, haïr.

Antoine s'arrête, mal à l'aise. Ce Giuseppe ? Il reprend les pages du début ; il s'efforce au calme.

La première scène est une promenade à cheval de deux jeunes gens, de ce Giuseppe, qui ressemble à Jacques, avec Sybil, une jeune fille qui doit être Anglaise, car elle dit :

En Angleterre, dès qu'il le faut, nous nous contentons de situations provisoires. Cela nous permet de décider et d'agir. Vous autres, Italiens, vous voulez d'abord du définitif. Elle pense : en ceci du moins je serais déjà Italienne, inutile qu'il le sache.

Sur la hauteur, les deux jeunes gens descendent de cheval pour se reposer :

Elle saute à terre avant Giuseppe, cravache l'herbe roussie pour chasser les lézards et s'assied. Droite sur le sol brûlant.

— Au soleil, Sybil ?

Giuseppe s'allonge le long du mur, dans l'ombre étroite. Il appuie sa tête au crépi chaud, et regarde. Ses gestes, songe-t-il, ne demanderaient qu'à être gracieux, mais elle ne consent jamais à elle-même.

Antoine est si fébrile qu'il passe d'un paragraphe à l'autre, essayant de comprendre avant d'avoir lu. Son regard accroche une phrase au vol :

Elle est Anglaise et protestante.

Il lit le passage :

Pour lui, tout en elle est exceptionnel. Adorable, odieux. Attrait, qu'elle soit née, qu'elle ait vécu, quelle vive, dans un monde presque inconnu de lui. La tristesse de Sybil. Sa pureté. Cette camaraderie. Son sourire. Non, elle sourit des yeux, jamais des lèvres. Ce sentiment qu'il a pour elle, sévère, exaspéré, hargneux. Elle le blesse. Elle semble désirer qu'il soit de race inférieure, mais en souffrir. Elle dit : Vous, les Italiens. Vos gens du Sud. Elle est Anglaise et protestante.

Une femme que Jacques a rencontrée, aimée ?... Avec laquelle il vit, peut-être ?

Descente à travers les vignes, les citronniers. La plage. Un troupeau, poussé par un bambin, regard sombre, l'épaule nue sous le haillon. Il siffle pour appeler sur ses talons deux chiens blancs. La cloche de la vache qui mène, tinte. Immensité. Soleil. Les pieds font des trous d'eau dans le sable.

Ces descriptions agacent Antoine, qui passe deux pages.

Voici la jeune Sybil chez elle :

Villa Lunadoro. Bâtisse croulante, assiégée de roses. Double parterre, comblé de fleurs vivaces...

Littérature... Antoine tourne le feuillet, et ceci l'arrête, un instant :

La roseraie, écroulement de pourpres, voûte basse de fleurs en paquets, dont l'odeur, au soleil, à peine tolérable, pénètre la peau, s'insinue dans les veines, trouble la vue, ralentit ou précipite les pulsations du cœur.

Que lui rappelle cette roseraie ? Elle mène à la volière *où palpitent les pigeons blancs*. Maisons-Laffitte ? Au fait, protestante ! Sybil serait-elle... ? La voici :

Sybil, en amazone, s'est jetée sur un banc. Bras écartés, lèvres jointes, l'œil dur. Dès qu'elle est seule, tout redevient clair, la vie ne lui a été donnée que pour rendre Giuseppe heureux. C'est quand il n'est pas là que je l'aime. Les jours où j'attends le plus désespérément qu'il vienne, je suis sûre de le faire souffrir. Absurde cruauté. Honte. Celles qui peuvent pleurer ont de la chance. Moi, ce cœur clos, induré.

Induré ? Antoine sourit : un mot de médecin, un mot qui vient de lui, sans doute.

Me devine-t-il ? Comme je voudrais qu'il me devine. Et dès qu'il me semble deviner je ne peux pas, je ne peux plus, je me détourne, je mens, n'importe, n'importe quoi, il faut que j'échappe.

Et voici la mère maintenant :

Mrs. Powell descend le perron. Du soleil dans ses cheveux blancs. Elle protège ses yeux avec sa main et sourit avant de parler, avant d'avoir aperçu Sybil. Une lettre de William, dit-elle. Une si bonne lettre. Il a commencé deux études. Il restera quelques semaines encore à Paestum.

Sybil se mord les lèvres. Désespoir. Attendait-elle le retour de son frère pour se déchiffrer, se comprendre ?

Plus de doute : Mme de Fontanin, Jenny, Daniel, tout un ramassis de souvenirs.

Antoine passe.

Il feuillette le chapitre suivant. Il voudrait retrouver cette page sur le père Seregno.

Voici... Non, il s'agit du palais Seregno, une vieille demeure sur le bord du golfe :

... de longues fenêtres cintrées qu'encadrent des rinceaux peints à la fresque.

Des descriptions : le golfe, le Vésuve.

Antoine sauta des pages, piquant une phrase de-ci, de-là, pour comprendre.

Ce Giuseppe habite seul avec les domestiques, dans cette résidence d'été. Sa sœur, Annetta, est à l'étranger. La mère est morte — naturellement. Le père, le conseiller Seregno, retenu à Naples par une haute magistrature, ne vient que le dimanche et quelquefois un soir en semaine. « Ce que faisait Père à Maisons », remarque Antoine.

Il débarquait du bateau pour dîner. Digestion. Des cigares, et les cent pas dans le péristyle. Levé tôt pour gourmander les valets d'écurie, les jardiniers. Il rembarquait, taciturne, sur le premier bateau du matin.

Ah ! le portrait du père... Antoine l'aborde en tremblant :

Le conseiller Seregno. Une réussite sociale. Tout, en lui, se pénètre, se complète. Situation de famille, situation de fortune, intelligence professionnelle, esprit d'organisation. Autorité officielle, consacrée, agressive. Probité anguleuse. Les plus dures vertus. Et aussi l'aspect physique. Assurance, carrure. Violence sous pression, qui toujours menace et toujours se contient. Majestueuse caricature, qui s'est imposée au respect de tous, à la crainte. Fils spirituel de l'Église, et citoyen modèle. Au Vatican comme à la Cour, au Tribunal, à son bureau, en famille, à table, partout, lucide, puissant, irréprochable, satisfait, immobile. Une force. Mieux, un poids. Non pas une force agissante, mais force inerte, qui pèse. Un ensemble parachevé, un total. Un monument.

Ah ! son petit rire froid, intérieur...

Devant les yeux d'Antoine, tout se brouille un instant. Il s'étonne que Jacques ait osé. Comme elle lui semble implacable, cette page vengeresse, lorsqu'il évoque le vieillard déchu :

Monture guillerette,
Trilby, petit coursier...

Entre son frère et lui, la distance s'est accentuée soudain.

Ah ! son petit rire froid, intérieur, pour clore un silence outrageant. Vingt ans de suite, Giuseppe a subi ces silences, ces rires. Dans la révolte.

Oui, haine et révolte, tout le passé de Giuseppe. S'il pense à sa jeunesse, un goût de vengeance lui monte. Dès la prime enfance, tous ses instincts, à mesure qu'ils prennent forme, entrent en lutte contre le père. Tous. Désordre, irrespect, paresse, qu'il affiche, par réaction. Un cancre, et honteux de l'être. Mais c'est ainsi qu'il s'insurge le mieux contre le code exécré. Irrésistible appétit du pire. Les désobéissances ont la saveur de représailles.

Enfant sans cœur, disaient-ils. Lui qu'un cri d'animal blessé, qu'un violon de mendiant, qu'un sourire de signora croisée sous un porche d'église, faisait sangloter le soir dans son lit. Solitude, désert, enfance réprouvée. L'âge d'homme a pu venir, sans que Giuseppe ait cueilli sur une autre bouche que celle de sa petite sœur un mot de douceur prononcé pour lui.

« Et moi ? » songe Antoine.

Le ton se nuance de tendresse pour parler de la petite sœur :

Annetta, Annetta, sorellina. Miracle qu'elle ait pu fleurir dans cette sécheresse.

Sœur cadette. Sœur de ses désespoirs d'enfant, de ses rébellions. Unique clarté, source fraîche, source unique dans cette ombre aride.

« Et moi ? » Mais voici : un peu plus loin, il est question d'un frère âgé, Humberto :

Parfois, dans le regard de son aîné, Giuseppe a discerné l'effort d'une sympathie...

L'effort ? Ingrat !

... d'une sympathie tarée d'indulgence. Mais, entre eux, dix ans, un abîme. Humberto se cachait de Giuseppe, qui mentait à Humberto.

Antoine s'arrête. Le malaise qu'il ressentait au début s'est dissipé ; peu importe que la matière de ces pages soit si personnelle. Il s'interroge : que valent les jugements de Jacques ? En gros, tout cela, même ce qui concerne Humberto, est assez exact. Mais quel souffle de rancune ! Après trois ans de séparation, de solitude, trois années sans nouvelles des siens, faut-il que Jacques haïsse son passé, pour avoir de tels accents ! Antoine s'inquiète : s'il retrouve la trace de son frère, retrouvera-t-il le chemin de son cœur ?

Il feuillette le reste de la nouvelle, pour voir si Humberto... Non, il y est à peine nommé. Secrète déception...

Mais ses yeux tombent sur un passage dont l'accent pique sa curiosité :

Sans amis, roulé en boule, courbé sur son désordre, livré aux secousses...

L'existence de Giuseppe, seul à Rome. L'existence de Jacques, en quelque ville étrangère ?

Certains soirs. Dans sa chambre, un air trop lourd. Le livre tombe. Il souffle la lampe et part dans la nuit, jeune loup. Rome de Messaline, quartiers sordides semés de pièges et d'attraits. Lueurs équivoques sous le rideau effrontément baissé. Ombre peuplée, ombres qui s'offrent, ombres qui quêtent, luxure. Il file au long des murs troués d'embuscades. Se fuit-il lui-même ?

Quel apaisement pour cette soif? Des heures, l'esprit hanté de folies non commises, il erre, insensible, les yeux brûlés, la fièvre aux mains, la gorge râpeuse, aussi étranger à lui que s'il avait vendu âme et corps. Sueur d'anxiété, sueur de concupiscence. Il tourne en rond et rôde par les ruelles. Il frôle et refrôle les mêmes trébuchets. Des heures. Des heures.

Trop tard. Les lumières s'éteignent sous les rideaux louches. Les rues se vident. Seul avec son démon. Prêt à n'importe quelle chute. Trop tard. Impuissant, asséché par l'excès cérébral du désir.

La nuit s'achève. Pureté tardive du silence, religieuse solitude de l'aube. Trop tard.

Écœuré, fourbu, insatisfait, avili, il se traîne jusqu'à sa chambre, il se glisse entre ses draps. Sans remords. Mystifié. Mâchant jusqu'au jour blême l'amertume de n'avoir pas osé.

Pourquoi cette page est-elle pénible à Antoine ? Il se doutait bien que son petit avait vécu, qu'il s'était sali à beaucoup de rencontres ; il est prêt à dire : « Tant pis ! » Et même : « Tant mieux ! » Pourtant...

Il se hâta de tourner quelques feuillets. Il ne parvient pas à lire avec suite, et devine, tant bien que mal, le déroulement des faits.

La villa des Powell, au bord du golfe, est peu distante du palais Seregno. Pendant les vacances, Giuseppe et Sybil voisinent. Courses à cheval, soirées en barque...

À la villa Lunadoro, Giuseppe venait tous les jours, Sybil ne se refusait à aucune rencontre. L'énigme de Sybil. Giuseppe tournait autour, sans joie.

Cet amour de Giuseppe encombre le récit ; Antoine en est importuné.

Il s'oblige cependant à lire, en partie, une scène assez longue, qui suit un semblant de rupture entre les jeunes gens.

Six heures du soir. Giuseppe arrive à la villa. Sybil. Le jardin saoulé d'odeurs cuve sa journée de soleil. Prince de légende, Giuseppe avance entre deux murs de feu, l'allée des grenadiers en fleur qu'embrase le couchant. Sybil, Sybil. Personne. Fenêtres closes, stores baissés. Il s'arrête. Autour de lui, affolantes, les hirondelles percent l'air de jets qui sifflent. Personne. Sous la pergola peut-être, derrière la maison ? Il se retient de courir.

À l'angle de la villa, une bouffée au visage, le son du piano. Sybil. La baie du salon est ouverte. Que joue-t-elle ? Déchirants soupirs, plaintive interrogation qui s'élève dans la douceur du soir. Inflexions humaines, phrase parlée et pourtant insaisissable, à jamais intraduisible en langage clair. Il écoute, il approche, il pose le pied sur le seuil. Sybil n'a rien entendu. Le visage impudemment découvert. Paupières qui battent, bouche tendue, tout n'est qu'aveu. L'âme est dessous ce masque, l'âme et l'amour sont ce masque même. Solitude transparente, secret surpris, viol, étreinte dérobée. Elle joue. La volute de sons s'enroule à cet instant merveilleux. Sanglot vite étouffé, détresse, qui s'allège et plane et demeure suspendue avant de se résoudre miraculeusement dans le silence, comme dans l'espace un vol d'oiseaux, fuyant.

Sybil a levé les mains. Le piano vibre, on percevrait en y posant la paume le tumulte d'un cœur qui vit. Elle se croit seule. Elle tourne la tête. Une lenteur, une grâce inconnue de lui. Tout à coup...

Littérature, littérature ! Ce parti pris de touches brèves et brutales est exaspérant.

Jacques aurait-il été réellement épris de Jenny ?
L'imagination d'Antoine devance le récit. Il revient au texte.

Enfin le nom de Humberto frappe de nouveau son regard. Une courte scène au palais Seregno, un soir que le conseiller est arrivé dîner à l'improviste, en compagnie de son fils aîné :

L'immense salle à manger. Trois fenêtres cintrées, sur un ciel rose où fume le Vésuve. Murs de stuc, pilastres verts qui portent la coupole en trompe-l'œil.
Bénédicité. Les grosses lèvres du conseiller remuent. Son signe de croix emplit la salle. Humberto se signe par convenance. Giuseppe, raidi, ne se signe pas. On s'assied. Austérité de la grande nappe blanche. Les trois couverts, trop espacés. Filippo, chaussé de feutre, et ses plats d'argent.

Plus loin :

Devant le père, le nom même des Powell n'est jamais prononcé. Il a refusé de connaître William. Cet étranger. Un peintre. Pauvre Italie, carrefour, proie des errants. L'an dernier, pour trancher dans le vif : Je t'interdis de voir ces hérétiques.
Soupçonne-t-il qu'on lui désobéit ?

Antoine s'impatiente, tourne des pages.
Voici de nouveau le frère aîné :

Humberto jette quelques nouvelles inoffensives. Le silence se referme. Un beau front, Humberto. Regard méditatif et fier. Sans doute ailleurs est-il jeune, ardent. Il a fait des études. Devant lui, un avenir de lauréat. Giuseppe aime son frère. Pas comme un frère. Comme un oncle qui pourrait devenir un ami. S'ils étaient seuls assez longtemps, peut-être Giuseppe parlerait-il. Leurs tête-à-tête sont rares et d'avance composés. Pas d'intimité possible avec Humberto.

« Évidemment », se dit Antoine, en se rappelant l'été de 1910. « C'est à cause de Rachel, c'est ma faute. »

Il interrompt sa lecture, et, songeur, appuie avec lassitude sa tête au dossier. Il est déçu : ce bavardage littéraire ne mène à rien, laisse entier le mystère du départ.

L'orchestre joue un refrain d'opérette viennoise, que reprennent en sourdine toutes les lèvres et qu'accompagnent, ici et là, d'invisibles siffleurs. Le couple paisible n'a pas bougé : la femme a bu son lait ; elle fume et s'ennuie ; de temps à autre, posant son bras nu sur l'épaule de son ami, qui a déplié *les Droits de l'Homme*, elle lui caresse distraitement le lobe de l'oreille, et bâille comme une chatte.

« Peu de femmes, remarque Antoine. Presque toutes fraîches, d'ailleurs... Mais reléguées au second plan... Simples associées de plaisir. »

Une discussion s'élève entre deux tablées d'étudiants ; les noms de Péguy, de Jaurès, éclatent comme des pétards.

Un jeune Israélite au menton bleu est venu s'asseoir entre *Les Droits de l'Homme* et la chatte, qui ne s'ennuie plus...

Antoine fait un effort pour se remettre à lire. Il a perdu sa page. En feuilletant la revue, il tombe sur les dernières lignes de *La Sorellina* :

... Ici, la vie, l'amour sont impossibles. Adieu.

... Attrait de l'inconnu, attrait d'un lendemain tout neuf, ivresse. Oublier, recommencer tout.

Le premier train pour Rome. Rome, le premier train pour Gênes, Gênes, le premier paquebot.

. . . .

Il n'en faut pas plus pour ranimer d'un coup l'intérêt d'Antoine. Patience, le secret de Jacques est là, caché entre les lignes ! Il faut aller jusqu'au bout, lire calmement, page après page.

Il revient en arrière, met son front dans ses mains, s'applique.

Voici l'arrivée d'Annetta, la *sorellina*, qui vient d'un couvent suisse où elle terminait ses études :

Un peu changée, Annetta. Autrefois, les servantes en étaient fières. E' una vera napoletana. Petite Napolitaine. Des épaules grasses. La peau sombre. La bouche charnue. Les yeux aussi éclatent de rire, à propos de tout, à propos de rien.

Pourquoi donc avoir mêlé Gise à cette histoire ? Et pourquoi en avoir fait la véritable sœur de Giuseppe ?... D'ailleurs, dès la première scène entre le frère et la sœur, Antoine éprouve quelque gêne.

Giuseppe est allé au-devant d'Annetta ; ils reviennent en voiture au palais Seregno :

Le soleil a disparu derrière les crêtes. Bercement de la vieille calèche sous le parasol qui branle. Ombre Soudaine fraîcheur.

Annetta, son babil. Elle a passé le bras sous celui de Giuseppe. Et bavarde. Il rit. Qu'il était seul, jusqu'à ce soir. Sybil ne dissipe pas la solitude. Sybil, Sybil, eau sombre éternellement limpide, vertige de pureté, Sybil.

Le paysage se rétrécit autour de la calèche. Glissement du crépuscule à la nuit.

Annetta s'est pelotonnée, comme autrefois. Un

rapide baiser. Lèvres chaudes, élastiques, rêches de poussière. Comme autrefois. Au couvent aussi, rires babillages, baisers. Comme autrefois, frère et sœur. Giuseppe, épris de Sybil, quelle chaude douceur il trouve aux caresses de la sorellina. Il lui rend ses baisers. N'importe, sur l'œil, dans les cheveux. Baisers fraternels, qui claquent. Le cocher rit. Elle bavarde, le couvent, n'est-ce pas, les examens. Giuseppe aussi, à bâtons rompus, le père, l'automne prochain, l'avenir. Il se retient, il ne prononcera pas le nom des Powell. Annetta est pieuse. Dans sa chambre, l'autel de la Madone a six bougies bleues. Les Juifs ont crucifié Jésus, ils n'avaient pas deviné le Fils de Dieu. Mais les hérétiques savaient. Ils ont renié la Vérité, par orgueil.

En l'absence du père, le frère et la sœur s'installent au palais Seregno.

Certaines pages sont, d'un bout à l'autre, désagréables à Antoine :

Le lendemain, Giuseppe encore couché, Annetta entre. Un peu changée tout de même, Annetta. Toujours ce regard large et pur, vaguement étonné, mais plus chaud, et qu'un rien troublerait à jamais. Elle vient à son lit. Encore molle et tiède. Ébouriffée, pas coquette, enfant. Comme autrefois. Elle a déjà sorti des malles ses souvenirs de Suisse, des images, tiens. Ses lèvres vont et viennent sur les dents rangées. Et sa chute en ski. Une pointe de roche dans la neige. Encore la marque au genou, regarde. Son mollet, sa jambe, sous le peignoir. Sa cuisse nue. Elle palpe la cicatrice, pâle boutonnière sur la peau brune. Distraitement. Elle se plaît à caresser sa chair. Matin et soir elle aime son miroir et sourit à son corps. Elle bavarde. Elle pense à mille choses. Les leçons de manège. J'aimerais monter à cheval avec toi, ou bien un poney, costume d'ama-

zone, on galoperait sur la plage. Elle palpe toujours. Elle plie et déplie son genou brillant. Giuseppe bat des cils et s'allonge dans son lit. Le peignoir retombe, enfin. Elle court à la fenêtre. L'éclat du matin sur le golfe. Paresseux, neuf heures, courons nous baigner.

Cette intimité se prolonge plusieurs jours. Giuseppe partage son temps entre sa *sorellina* et l'énigmatique Anglaise.

Antoine parcourt des pages, sans s'arrêter.

Un jour que Giuseppe est venu chercher Sybil, pour une promenade sur le golfe, a lieu une scène qui semble décisive. Antoine la lit en entier, malgré d'insupportables « fioritures » :

Sybil, sous la pergola, au bord du soleil. Pensive. Sa main, dans la lumière, appuyée au pilier blanc. Elle guettait ? — Je vous ai attendu hier. — Je suis resté près d'Annetta. — Pourquoi ne l'amenez-vous pas ? L'intonation déplaît à Giuseppe.

Antoine saute un peu plus loin :

... Giuseppe cesse de ramer. L'air s'arrête autour d'eux. Silence ailé. Le golfe est de mercure. Splendeur. Mol clapotis de l'eau contre la barque. — À quoi pensez-vous ? — Et vous ? Silence. — Nous pensons aux mêmes choses, Sybil. Silence. L'altération de leurs voix. — Je pense à vous, Sybil. Silence, long silence. — Et moi aussi je pense à vous. Il tremble. — Pour toute la vie, Sybil ? Ah ! elle renverse le front. Il voit les lèvres s'écarter avec douleur, la main saisir le bord de bois. Silencieux engagement, presque triste. Le golfe brasille sous le feu vertical. Reflet, éblouissement. Chaleur. Immobilité. Le temps, la vie, suspendus. Oppression intolérable. Par bonheur, un vol de

mouettes ramène autour d'eux le mouvement. Elles s'élancent et s'abaissent, rasent l'eau, plongent du bec, se relèvent. Étincellement d'ailes au soleil, cliquetis d'épée. Nous pensons aux mêmes choses, Sybil.

Jacques, en effet, allait beaucoup chez les Fontanin, cet été-là. L'amour, déçu peut-être, de Jacques pour Jenny, a-t-il pu provoquer le départ de Jacques ?

Quelques pages encore, et soudain l'action semble se précipiter.

À travers des scènes de vie quotidienne qui rappellent à Antoine l'existence de Jacques et de Gise à Maisons, il suit l'inquiétante évolution de cette tendresse entre frère et sœur. Ont-ils conscience du caractère de cette intimité ? Pour Annetta, elle sait bien que sa vie est toute soulevée vers celle de Giuseppe ; mais c'est de bonne foi, tant sa candeur est réelle, qu'elle prête à ses ardeurs le masque d'un sentiment naturel et permis. Pour Giuseppe, l'amour déclaré qu'il porte à Sybil semble bien, au début, l'occuper et l'aveugler assez pour qu'il ne distingue pas l'attrait physique que sa sœur exerce sur lui. Mais combien de temps pourra-t-il se leurrer sur la nature de son attachement ?

Une fin d'après-midi, Giuseppe propose à la *sorellina* :

Veux-tu, une promenade à la fraîche, dîner dans une auberge, une grande course jusque dans la nuit ? Elle bat des mains. Je t'aime, Beppino, quand tu es gai.

Giuseppe a-t-il prémédité ce qu'il va faire ?

Après un repas improvisé dans un village de pêcheurs, il entraîne la jeune fille sur des routes qu'elle ne connaît pas.

Il marche vite. À travers les citronniers, des sentiers de pierres qu'il a suivis vingt fois avec Sybil. Annetta s'étonne. Tu es sûr du chemin ? Il tourne à gauche. Une pente. Un vieux mur, une porte basse arrondie. Giuseppe s'arrête et rit. Viens voir. Elle approche sans défiance. Il pousse la porte, une clochette tinte. Tu es fou. Il l'entraîne, en riant, sous les sapins. Le jardin est noir. Elle a peur, elle ne comprend pas, Giuseppe.

Elle est entrée à la villa Lunadoro.

La porte basse, arrondie, la clochette, ce massif de sapins, tous les détails, cette fois, sont si fidèles...

Mrs. Powell et Sybil sont sous la pergola. Je vous présente ma petite sœur. On l'installe, on la questionne, on lui fait fête. Annetta croit rêver. Annetta, entre deux hérétiques. L'accueil de la maman, ses blancs cheveux, son sourire. Venez avec moi que je vous donne des roses, mon enfant. La roseraie, voûte obscure, répand tout alentour sa violence, sa douceur.

Sybil et Giuseppe sont restés seuls. Prendre sa main ? Elle se déroberait. Plus forte que sa volonté, plus que son amour, cette réserve rigide. Il songe : Qu'elle se laisse malaisément aimer.

Mrs. Powell a cueilli des roses pour Annetta. Roses pourpres, petites, serrées et sans épines, roses pourpres au cœur noir. Il faudra revenir, my dear, Sybil vit tellement seule, Annetta croit rêver. C'est là ce clan maudit ? Se peut-il qu'elle ait craint ces gens comme un maléfice ?

Antoine saute une page.

Voici Annetta et Giuseppe sur le chemin du retour.

La lune est cachée. La nuit est plus sombre. Annetta se sent légère, enivrée. Ces Powell. Annetta suspend au bras de Giuseppe le poids de son jeune corps, et Giuseppe l'entraîne, tête haute, le cœur au loin, dans son rêve. Se confiera-t-il ? Il n'y tient plus, se penche. Tu comprends que ce n'est pas seulement pour Will que je vais là.

Elle ne distingue pas son visage, mais le sourd lyrisme de sa voix. Pas seulement pour William ? Le sang se précipite dans ses veines. Elle n'avait rien deviné. Sybil ? Sybil et Giuseppe ? Elle suffoque, elle se dégage, elle voudrait fuir, blessée, la flèche au flanc. Pas la force. Ses dents craquent. Quelques pas. Elle mollit, chancelle, et renversant la nuque s'affaisse dans l'herbe sous les hauts tilleuls.

Il s'agenouille, il n'a pas compris. Qu'y a-t-il ? Mais elle jette ses bras comme des tentacules. Ah ! cette fois, il a compris. Elle s'agrippe, se soulève, se presse contre lui, sanglote. Giuseppe, Giuseppe.

Cri de l'amour. Il ne l'a jamais entendu. Jamais, jamais, Sybil, murée dans son énigme. Sybil, l'étrangère. Et contre lui cette détresse, Annetta. Contre lui ce corps jeune, voluptueux et plein, abandonné. Mille pensées ensemble dans sa tête, leur amoureuse enfance, tant de confiance, tant de tendresse, il peut l'aimer, elle est de son climat, il veut la consoler, la guérir. Contre lui, cette tiédeur animale qui l'enlace, les jambes soudain. Vague brusque qui emporte tout, et la conscience. Sous ses narines l'odeur connue et neuve des cheveux, sous sa lèvre un visage ruisselant, une lèvre houleuse. Complicité de la nuit, des parfums, du sang, invincible transport. Il penche une bouche d'amant sur cette bouche humide, entrouverte, qui attend sans savoir quoi. Elle reçoit le baiser, ne le rend pas encore, mais comme elle s'y abandonne, comme elle y revient. Quel double et furieux élan se heurte au joint de ces deux bouches. Gravité tragique. Suavité. Confusion des haleines, des membres, des désirs. Les arbres, au-dessus d'eux, tournoyent, les étoiles s'évanouissent. Vêtements soulevés, épars, irrésistible attraction, découverte, contact de chairs inconnues, écrasement, contact, écrasement viril, humble consentement éperdu, prise, prise, ivresse douloureuse, nuptiale.

Ah ! une seule haleine et le temps suspendu.

Silence grondant d'échos, bourdonnements, angoisse diffuse, immobilité. Le visage de l'homme, haletant, effondré sur la tendre poitrine, le bruit des cœurs qui tapent, les bruits contrariés de leurs deux cœurs distincts qui ne peuvent prendre l'unisson.

Et, subit, ce vif rayon de lune, regard indiscret et brutal, qui les sépare d'un coup de fouet.

Ils se sont relevés très vite. Égarement. Bouches tordues. Ils tremblent. Ce n'est pas de honte. De joie. De joie et de surprise. De joie et de désir encore.

Au creux du lit d'herbe, en paquet, les roses s'effeuillent sous la lune. Alors, ce geste romantique. Annetta saisit la gerbe, la secoue. Un vol de pétales couvre l'herbe foulée qui garde l'empreinte d'un seul corps.

Antoine s'arrête, frémissant, révolté.

Stupeur ! Gise ? Est-ce croyable ?

Et, cependant, tout ce passage sue la véracité : non seulement le vieux mur, la clochette, la roseraie, mais lorsqu'ils roulent ensemble, embrassés, toute fiction cède, ce n'est plus sur un chemin pierreux d'Italie ni même à l'ombre des citronniers, c'est dans cette herbe drue de Maisons, qu'Antoine imagine trop bien, c'est sous les tilleuls séculaires de l'avenue. Oui. Jacques a bien emmené Gise chez les Fontanin, et, par une semblable nuit d'été, au retour... Naïveté ! Avoir vécu si près d'eux, si près de Gise, et ne s'être douté de rien ! Gise ? Que ce petit corps chaste et clos ait pu cacher un pareil secret, non, non...

Au fond de lui, Antoine résiste et se refuse encore à croire.

Tant de détails, pourtant ! Les roses... Les roses rouges ! Ah ! maintenant il comprend l'émoi de Gise, lorsqu'elle a reçu ce colis anonyme d'un fleuriste de Londres, et pourquoi, sur cet indice qui semblait presque insignifiant, elle avait si fort exigé qu'on entreprît en Angleterre une enquête immédiate ! Elle était seule, évidemment, à comprendre le message de ces roses pourpres, un an, jour pour jour, peut-être, après la chute sous les tilleuls !

Jacques aurait donc habité Londres ? Et l'Italie ? Et la Suisse ?... Serait-il encore en Angleterre ?... On peut bien, de là-bas, collaborer à cette revue de Genève...

Et, brusquement, d'autres parties s'éclairent, comme si, un à un, s'écroulaient de larges pans d'ombre autour d'un point confusément lumineux. L'absence de Gise, son obstination à être envoyée dans ce couvent anglais ! Pour se mettre, parbleu, à la recherche de Jacques ! (Et Antoine se reproche, maintenant, d'avoir abandonné, dès le premier échec, la piste du fleuriste londonien !)

Il essaie de réfléchir avec un peu de suite, mais trop de suppositions, trop de souvenirs aussi, font irruption dans sa tête. Tout le passé lui apparaît ce soir sous un jour neuf. Comme il s'explique maintenant le désespoir de Gise, après la disparition de Jacques ! Désespoir dont il n'a pas soupçonné toute la signification, mais qu'il s'est efforcé d'adoucir. Il se souvient de ses rapports avec Gise, de sa compassion. D'ailleurs, n'est-ce pas de cette pitié que, peu à peu, son sentiment pour Gise est né ? À cette époque, ce n'était ni avec son père, buté à l'hypothèse du suicide ni avec la vieille Mademoiselle, toute à ses prières, à ses neuvaines, qu'Antoine pouvait parler de Jacques. Gise, au contraire, il la sentait si proche, si fervente ! Chaque jour, après le dîner, elle descendait aux nouvelles. Il avait plaisir à la mettre au courant de ses espoirs, de ses démarches. N'est-ce pas au long de ces soirées d'intimité qu'il avait pris goût à cet être vibrant, replié sur son amoureux mystère ? Qui sait s'il n'avait pas subi, à son insu, le charme capiteux de ce jeune corps déjà consacré ? Il se rappelle les gestes affectueux de la petite, ses câlineries d'enfant qui souffre. Annetta... Comme elle l'a bien trompé ! Et lui que l'absence de Rachel avait laissé dans un complet dénuement sentimental, comme il s'était vite imaginé... Misère ! Il hausse les épaules. Il s'est épris de Gise, simplement parce qu'il avait de l'affectivité sans emploi ; et il a cru que Gise avait un penchant pour lui, parce que, dans cette passion mutilée, dans ce désarroi, elle s'était attachée au seul être capable de lui retrouver son amant !

Antoine essaie de chasser ces idées. « Jusqu'ici, se dit-il, rien encore ne m'explique le brusque départ de Jacques. »

Il fait un effort pour reprendre sa lecture.

Laissant les roses éparpillées dans l'herbe, le frère et la sœur regagnent le palais Seregno.

Retour. Giuseppe soutient les pas d'Annetta. Vers quoi vont-ils ? Brève étreinte qui ne peut être qu'un prélude. Cette longue nuit vers laquelle ils marchent, leurs chambres, cette nuit, que s'y passera-t-il ?

Antoine s'achoppe aux premières lignes. Une nouvelle bouffée de sang lui est montée au visage.

À vrai dire, ce qu'il éprouve ne ressemble guère à de la réprobation. Devant une passion qui s'affirme, son jugement est vite désarmé. Mais il ne maîtrise pas une surprise irritée, où se glisse de la rancune : il n'a pas oublié le jour où Gise s'est si farouchement cabrée devant ses timides avances. Cette lecture réveille presque son désir pour elle : un désir tout physique, un désir libéré. Au point que, pour retrouver son attention, il lui faut écarter de force la vision du jeune corps, souple et brun.

... Cette longue nuit vers laquelle ils marchent, leurs chambres, cette nuit, que s'y passera-t-il ?

L'amour les plie sous son souffle. Ils avancent, silencieux, possédés, engourdis par le sortilège. La lune, intermittente, les accompagne. Elle frappe en plein le palais Seregno, fait saillir des ténèbres la colonnade de stuc. Ils franchissent la première terrasse. Leurs joues se frôlent en marchant. La joue d'Annetta est brûlante. En ce corps d'enfant, déjà, quelle hardiesse naturelle vers le péché.

Brusquement, ils sont séparés. Une ombre s'est dressée entre les colonnes.

Le père est là.

Le père attendait. Il avait débarqué à l'improviste. Les enfants, où sont-ils donc ? Il avait dîné seul dans la grande salle. Depuis, il piétinait le marbre du péristyle. Les enfants ne rentraient pas.

La voix éclate dans le silence.

— D'où venez-vous ?

Pas le temps d'inventer un mensonge. Un éclair de rébellion. Giuseppe crie :

— De chez Mrs. Powell.

Antoine sursaute : M. Thibault aurait-il... ?

Giuseppe crie :

— De chez Mrs. Powell.

Annetta fuit entre les piliers, elle traverse les vestibules, gagne l'escalier, sa chambre, elle tire le verrou et s'abat dans le noir, sur son lit étroit de vierge.

En bas, pour la première fois, le fils fait front au père. Et, le plus étrange, pour la joie de braver, il proclame cet autre pâle amour auquel il ne croit plus. — J'ai mené Annetta chez Mrs. Powell. Il prend un temps, il détache les syllabes : — Je suis fiancé à Sybil.

Le père éclate de rire. Un rire effrayant. Debout, redressé, grandi par l'ombre qui le prolonge, immense et théâtral Titan nimbé de lune. Il rit. Giuseppe se broie les mains. Le rire cesse. Silence. — Vous rentrerez à Naples, tous les deux, avec moi. — Non. — Demain. — Non. — Giuseppe. — Je ne vous appartiens pas. Je suis fiancé à Sybil Powell.

Jamais le père n'a heurté de résistance qu'il n'ait écrasée. Il feint le calme. — Taisez-vous. Ils viennent ici manger notre pain, acheter nos terres. Prendre nos fils, c'est trop. Pensiez-vous qu'une hérétique allait porter notre nom ! — Le mien. — Sot. Jamais. Machination huguenote. Le salut d'une âme, l'honneur des Seregno. Ils ont compté sans moi. Je veille. — Père. — Je briserai votre volonté. Je vous couperai les vivres. Je vous ferai engager dans un régiment du Piémont. — Père. — Je vous briserai. Montez dans votre chambre. Vous quitterez ce pays demain.

Giuseppe raidit les poings. Il souhaite...

Antoine retient son souffle :

... Il souhaite... la mort du père.

Pour un suprême affront, il trouve la force de rire. Il laisse tomber : — Vous êtes comique.

Il passe devant le père. Tête haute, lèvre crispée, il ricane et descend les marches.

— Où vas-tu ?

L'enfant s'arrête. Quelle flèche envenimée décochera-t-il avant de disparaître ? L'instinct lui souffle le pire : — Je vais me tuer.

D'un bond, il saute les degrés. Le père a levé la main.

— Va-t'en, mauvais fils. Giuseppe ne tourne pas la tête. La voix du père s'élève une dernière fois : — Maudit.

Giuseppe traverse en courant la terrasse et se perd dans la nuit.

Antoine voudrait de nouveau faire halte, réfléchir. Mais il ne reste plus que quatre pages, et son impatience l'emporte.

Giuseppe a couru devant lui, au hasard. Il s'arrête, essoufflé, étonné, absent. Au loin, sous quelque véranda d'hôtel, plusieurs mandolines confondues filent un chant mièvre, nostalgique. Écœurante langueur. S'ouvrir les veines dans la douceur d'un bain.

Sybil n'aimait pas les mandolines napolitaines. Sybil était une étrangère. Sybil irréelle et lointaine, comme une héroïne qu'il aurait aimée, dans un livre.

Annetta. Rien que le souvenir du bras nu sous sa paume. Oreilles qui bourdonnent. Soif.

Giuseppe a son plan. Au petit jour, revenir au palais, enlever Annetta, fuir ensemble. Il se glissera jusqu'à la chambre. Elle se jettera hors du lit, à sa rencontre, jambes nues. Retrouver son contact, ses muscles tièdes et lisses, sa chaude odeur. Annetta. Déjà il la sent s'abattre sur lui. Sa bouche entrouverte, sa bouche humide, sa bouche.

Giuseppe se lance dans un chemin de traverse. Ses artères battent. Un raidillon rocheux qu'il gravit d'un élan. Fraîcheur tonique de la campagne, sous la lune.

Au bord d'un talus, sur le dos, bras en croix. Par la chemise qui bâille, lentement il palpe et caresse sa poi-

trine vivante. Sur lui tout un ciel laiteux, constellé. Paix, pureté.

Pureté. Sybil. Sybil, âme, froide et profonde eau de source, froide et pure nuit du nord.

Sybil ?

Giuseppe est debout. À grandes enjambées, il descend la colline. Sybil. Une dernière fois, une dernière fois avant le petit jour.

Lunadoro. Voilà le mur, la porte ronde. La place exacte du baiser, sur le mur recrépi. Son premier aveu. C'est là. Un soir pareil, un soir de lune. Sybil était venue le reconduire. Son ombre nette se découpait sur le crépi blanc. Il a osé, il s'est penché brusquement, il a baisé sur le mur le profil, elle a fui. Un soir pareil.

Annetta, pourquoi suis-je revenu à la petite porte ? Pâle visage de Sybil, visage de volonté. Sybil, si peu lointaine, si proche, si réelle et tout inconnue encore. Renoncer à Sybil ? Ah ! non, mais délier à force de tendresse, délier ce nœud. Débâillonner cette âme close. Sur quel secret si bien close ? Rêve pur, délivré des instincts : véritable amour. Aimer Sybil. Aimer.

Annetta, pourquoi ce regard consentant, pourquoi cette bouche trop soumise ? Trop de feu dans cette chair offerte. Désir, trop bref désir. Amour sans mystère, sans épaisseur, sans horizon. Sans lendemains.

Annetta, Annetta, oublier ces caresses faciles, retrouver autrefois, redevenir enfants. Annetta, fillette câline, sœur aimée. Mais sœur, sœur, petite sœur.

Bouche soumise, certes, bouche entrouverte, bouche humide, fondante, complice. Ah ! désir incestueux, désir mortel, qui nous délivrera ?

Annetta, Sybil. De l'une à l'autre écartelé. Laquelle ? Et pourquoi choisir ? Je n'ai pas voulu le mal. Double attraction, équilibre essentiel, sacré. Élans jumeaux, également légitimes puisqu'ils jaillissent du fond de moi ? Pourquoi, dans le réel, inconciliables ? Comme tout serait pur, au grand jour consentant. Pourquoi cette interdiction, si tout est harmonieux dans mon cœur ?

Unique issue, l'un des trois est de trop. Lequel ?

Sybil ? Ah ! Sybil blessée, intolérable vision, pas Sybil. Mais Annetta.

Annetta, petite sœur, pardon, je baise tes yeux, tes paupières, pardon.

Pas l'une sans l'autre, eh bien, ni l'une ni l'autre. Renoncer, oublier, mourir. Non pas mourir, être mort. Disparaître. Ici l'envoûtement, l'infranchissable obstacle, l'interdit.

Ici, la vie, l'amour sont impossibles.

Adieu.

Attrait de l'inconnu, attrait d'un lendemain tout neuf, ivresse. Oublier, recommencer tout.

Demi-tour. Filer jusqu'à la gare. Le premier train pour Rome. Rome, le premier train pour Gênes. Gênes, le premier paquebot. Pour l'Amérique. Ou pour l'Australie.

Et tout à coup, il rit.

Amour ? Eh non, c'est la vie que j'aime.

En avant.

Jack BAULTHY.

Antoine ferma la brochure d'un coup sec, l'enfouit dans sa poche, et se dressa, tout étourdi. Un instant, debout, il cligna des yeux dans la lumière ; puis, s'apercevant de sa distraction, il se rassit.

L'entresol s'était entièrement dépeuplé pendant qu'il lisait : les joueurs avaient été dîner ; l'orchestre s'était tu. Seuls, dans leur coin, l'Israélite et *Les Droits de l'Homme* achevaient une partie de jacquet, sous l'œil émoustillé de la chatte. L'ami tirait sur sa pipe éteinte, et, chaque fois qu'il jetait les dés, la chatte se couchait sur l'épaule du Juif avec de petits rires complices.

Antoine allongea les jambes, alluma une cigarette et s'efforça de rassembler ses idées. Mais, pendant plusieurs minutes, sa pensée diffuse erra, comme ses regards, sans qu'il pût la fixer. Il parvint enfin à écarter l'image de Jacques et de Gise, et retrouva un peu de calme.

L'important, c'eût été de pouvoir bien discerner ce qui était vérité d'avec ce qui était imagination romanesque. Vérité, sans nul doute, cette orageuse explication entre le père et le fils. Dans les paroles du conseiller Seregno, certains traits sonnaient indéniablement juste : *Machination huguenote ! Je te briserai ! Je te couperai les vivres ! Je te ferai engager !...* Et ceci : *Une hérétique, porter mon nom ?...* Antoine croyait entendre la voix rageuse de son père, debout, dressé, jetant sa malédiction dans la nuit. Vérité, à coup sûr, le cri de Giuseppe : *Je vais me tuer !* qui expliquait enfin l'idée fixe de M. Thibault. Dès le premier jour des recherches, il n'avait jamais voulu supposer que Jacques fût vivant : il téléphonait lui-même, quatre fois par jour, à la Morgue. Ce cri expliquait aussi son remords, confusément révélé, d'avoir été cause de la disparition de Jacques. Et peut-être bien ce taciturne repentir n'était-il pas complètement étranger à la crise d'albumine qui avait tant affaibli le vieillard à la veille de son opération. Ainsi, sous cet éclairage, bien des événements de ces trois ans prenaient un autre aspect.

Antoine reprit le fascicule et chercha la dédicace autographe :

Ne m'avez-vous pas dit, ce fameux soir de novembre : « Tout est soumis à l'action de deux pôles. La vérité est toujours à double face » ?

L'amour aussi, quelquefois.

« Évidemment, se dit-il, la coexistence de ce double amour... Évidemment... Si Gise a été la maîtresse de Jacques, et si, d'autre part, Jacques s'est senti aussi durement épris de Jenny, la vie pour lui devenait vraiment difficile. Pourtant... »

Antoine continuait à buter contre quelque chose d'opaque. Il lui était, malgré tout, impossible d'admettre que le départ pût s'expliquer entièrement par ce qu'il venait d'apprendre de la vie sentimentale de Jacques. D'autres facteurs, impondérables et soudainement accumulés, avaient dû emporter l'extravagante détermination. Mais lesquels ?

Il s'avisa tout à coup que ces réflexions n'avaient rien d'urgent. Ce qui pressait, c'était de tirer le meilleur parti de ces indices et de trouver au plus tôt la piste de son frère.

S'adresser à la direction de la revue eût été fort imprudent. Si Jacques n'avait pas donné signe de vie, c'était bien qu'il persévérait dans son obstination à se terrer. Risquer qu'il sût sa retraite éventée, c'était du même coup risquer de le faire fuir ailleurs, plus loin, de le perdre sans recours. La seule façon de réussir, c'était d'agir par surprise — et personnellement. (Antoine n'avait jamais vraiment confiance qu'en lui-même.) Aussitôt il s'imagina qu'il débarquait à Genève. Mais qu'y ferait-il ? Et si Jacques habitait Londres ? Non : il convenait d'expédier d'abord en Suisse un homme du métier qui saurait se procurer l'adresse de Jacques ; « Et alors, là où il est, moi, j'irai », fit-il en se levant. « Que je parvienne seulement à le surprendre, et nous verrons bien s'il m'échappe ! »

Le soir même, il donnait ses instructions à un agent privé.

Et, trois jours plus tard, il recevait les premiers renseignements :

Confidentiel.

« M. Jack Baulthy est bien effectivement résidant en Suisse. Il n'est pas domicilié à Genève, mais à Lausanne, ville dans laquelle il est signalé avoir occupé plusieurs logements. Il habite depuis avril dernier, 10, rue des Escaliers-du-Marché, Pension Cammerzinn.

« Nous n'avons pas encore été favorisés pour retrouver la date de son arrivée sur le territoire suisse. Mais nous nous sommes employés à connaître sa situation militaire.

« D'après des indications secrètes obtenues au consulat français, M. Baulthy se serait présenté en janvier 1912 au bureau militaire de ce consulat, muni de pièces d'identité et autres, au nom de Jacques-Jean-Paul-Oscar Thibault, de nationalité française, né à Paris en 1890, etc. Sa fiche dont nous n'avons pu recopier le signalement (lequel est conforme à celui que nous possédons d'autre part) porte qu'il aurait déjà bénéficié d'un premier ajournement pour motif d'insuffisance mitrale, en 1910, par décision du conseil de révision du VIIe arrondissement de Paris, et d'un second ajournement, à la suite d'un rapport médical présenté en 1911 au consulat français de Vienne (Autriche). Par suite du nouvel examen qu'il a subi à Lausanne en février 1912 et qui a été transmis par voie administrative au bureau compétent du recrutement de la Seine, il lui a été accordé un troisième et dernier ajournement, lequel l'a mis définitivement en règle avec les autorités de son pays d'origine en ce qui concerne l'exemption du service militaire pour raison de santé.

« M. Baulthy semble mener une vie assez recommandable et faire principalement sa fréquentation d'étudiants et de journalistes. Il est inscrit membre adhérent du Cercle de la Presse Helvétique. Le travail de collaboration et autre qu'il fournit, dit-on, à plusieurs journaux et périodiques, peut suffire à assurer des moyens de subsistance honnêtes. Il nous a été affirmé que M. Baulthy écrivait sous plusieurs noms autres que le sien propre, noms qu'il serait possible d'identifier si des instructions ultérieures nous étaient communiquées à ce sujet. »

Un employé de l'agence s'était dérangé, un dimanche, à dix heures du soir, pour apporter d'urgence ce document.

Impossible de partir dès le lundi matin. Cependant, l'état de M. Thibault ne permettait guère de différer.

Antoine consulta son agenda, puis l'indicateur, et résolut de prendre, dès le lendemain soir, le rapide de Lausanne. Et, de toute la nuit, il ne put fermer l'œil.

VI

La journée du lendemain se trouvait déjà surchargée ; Antoine, à cause de son départ, dut néanmoins y intercaler plusieurs visites supplémentaires. Parti tôt pour son hôpital, il courut Paris toute la journée, sans même revenir déjeuner chez lui. Il ne rentra qu'après sept heures du soir. Le train était à 8 h 30.

Tandis que Léon préparait un sac pour le voyage, Antoine monta rapidement chez son père, qu'il n'avait pas vu depuis la veille.

L'état général avait certainement empiré. M. Thibault qui ne s'alimentait plus, était très faible, et ne cessait pas de souffrir.

Antoine dut faire effort pour lancer, comme de coutume, ce : « Bonjour, Père ! » qui était, pour le malade, une quotidienne gorgée de cordial. Il s'assit à sa place habituelle et procéda, d'un air attentif, à l'interrogatoire quotidien, évitant comme un piège le moindre silence. Il regardait son père en souriant, bien qu'il ne parvînt pas, ce soir, à chasser cette idée fixe : « Il va bientôt mourir. »

À plusieurs reprises, il fut frappé du regard absorbé que son père tournait vers lui ; ce regard semblait poser une question.

« Jusqu'à quel point est-il inquiet de son état ? » se demandait Antoine. M. Thibault prononçait souvent sur sa mort des choses résignées et solennelles. Mais, en son for intérieur, que pensait-il ?

Pendant quelques minutes, le père et le fils, murés l'un et l'autre dans leur secret — qui, peut-être, était le même — échangèrent des propos insignifiants sur la maladie, sur les plus récents remèdes. Puis Antoine se leva, prétextant une visite urgente à faire avant le dîner. M. Thibault, qui souffrait, ne tenta rien pour le retenir.

Antoine n'avait encore prévenu personne de son départ. Son intention était d'avertir seulement la religieuse qu'il s'absentait pour trente-six heures. Mais elle se trouvait malencontreusement occupée auprès du malade, lorsqu'il quitta la chambre.

L'heure pressait. Il attendit quelques minutes dans

le couloir ; et, comme la sœur ne venait pas, il alla trouver Mlle de Waize qui écrivait une lettre dans sa chambre.

« Ah ! lui dit-elle, tu vas m'aider, Antoine ; j'ai un colis de légumes qui s'est égaré... »

Il eut beaucoup de peine à lui faire comprendre qu'il était, cette nuit, mandé en province pour un cas grave, qu'il ne serait probablement pas là le lendemain, mais qu'il ne fallait s'inquiéter de rien : le docteur Thérivier, au courant de cette absence, se tenait prêt à accourir au premier appel.

Il était huit heures passées. Antoine avait juste le temps d'arriver au train.

Le taxi roulait à vive allure vers la gare ; les quais déjà déserts, le pont noir et luisant, la place du Carrousel, défilèrent au rythme accéléré d'un film d'aventures ; et, pour Antoine qui voyageait rarement, l'excitation de cette course dans la nuit, l'inquiétude de l'heure, mille pensées qui l'obsédaient, le risque aussi de ce qu'il allait tenter, tout le jetait déjà hors de lui-même, dans une atmosphère d'intrépidité et de prouesses.

Le compartiment où sa place avait été retenue était presque complet. Il essaya de dormir. En vain. Il s'énerva, compta les arrêts. À la fin de la nuit, comme il s'était assoupi, la locomotive siffla désespérément, et le train ralentit pour pénétrer dans la gare de Vallorbe. Après les formalités de la douane, les allées et venues dans le hall glacé, le café au lait suisse, comment retrouver le sommeil ?

Le monde extérieur commençait à reprendre forme dans l'aube tardive de décembre. La ligne ferrée suivait le fond d'un val dont on distinguait les coteaux. Nulle couleur : sous le petit jour hésitant et brutal, ce n'était encore qu'un paysage au fusain, noir sur blanc.

Le regard d'Antoine acceptait passivement ce qui s'offrait à lui. La neige coiffait les collines et traînait en plaques à demi fondues dans les creux d'un sol calciné. Des ombres de sapins se découpèrent soudain sur un fond blême. Puis tout s'effaça : le convoi roulait dans un nuage. La campagne reparut ; de petites lumières jaunes, piquées dans le brouillard, décelaient partout la vie matinale d'une région surpeuplée. Déjà les îlots de maisons devenaient plus distincts, et les lumignons, plus rares dans les constructions moins sombres. Insensiblement, le noir du sol tournait au vert ; et bientôt la plaine ne fut qu'une nappe d'opulents pâturages, sur laquelle des raies neigeuses indiquaient chaque pli, chaque rigole, le moindre sillon. Les fermes basses, accroupies comme des poules couveuses et largement adhérentes à la terre de leurs clos, ouvrirent tous les volets de leurs petites fenêtres. Le jour était levé.

Inattentif, le front à la vitre, gagné par la tristesse de ce paysage étranger, Antoine se sentait complètement dépourvu. Les difficultés de son entreprise se dressaient devant lui, accablantes, et il s'alarmait de l'infériorité à laquelle cette nuit d'insomnie le condamnait.

Cependant, on approchait de Lausanne. La voie traversait déjà la banlieue. Il considérait les façades encore closes de ces maisons cubiques, encadrées de balcons et isolées l'une de l'autre comme de petits gratte-ciel. Qui sait si Jacques ne s'éveillait pas, en ce moment, derrière une de ces jalousies de sapin blond ?

Le train stoppa. Des vents froids balayaient le quai. Antoine frissonna. La foule s'engouffrait dans le passage souterrain. Fébrile, engourdi, ayant pour une fois abdiqué la conduite de son esprit et de sa volonté, il suivait, traînant son sac, hésitant sur ce qu'il allait faire. *Lavabos. Bains. Douches.* Un bain chaud pour se détendre, une douche froide pour se ressaisir ? Se raser, changer de linge ? C'était la dernière chance de résurrection.

L'idée était bonne ; il sortit de ces ablutions comme d'une source miraculeuse : remis à neuf. Il courut à la consigne, s'y délesta de son sac, et, résolument, s'élança au-devant des hasards.

La pluie fouettait maintenant. Il sauta dans un tram pour monter en ville. Bien qu'il ne fût guère plus de huit heures, les boutiques étaient ouvertes ; un peuple affairé, silencieux, vêtu d'imperméables et chaussé de caoutchoucs, circulait déjà, encombrant les trottoirs, mais attentif à ne pas empiéter sur la chaussée, pourtant déserte de voitures. « Ville laborieuse, sans fantaisie », se dit Antoine, qui généralisait vite. Guidé par son plan, il trouva son chemin jusqu'à la petite place de l'Hôtel-de-Ville. Il leva le nez vers l'horloge du beffroi comme elle sonnait la demie. La rue habitée par Jacques était à l'extrémité de la place.

Cette rue des Escaliers-du-Marché devait être l'une des plus anciennes de Lausanne. Moins une rue, d'ailleurs, qu'un tronçon de ruelle, en gradins, n'ayant de maisons que sur la gauche. Devant les maisons grimpait la « rue », faite de paliers successifs ; vis-à-vis des maisons s'élevait un mur au long duquel rampait un vieil escalier de bois, couvert d'une charpente moyenâgeuse, peinte en un rouge vineux. Ces degrés abrités offraient un poste d'observation inespéré. Antoine s'y engagea. Les quelques maisons de cette ruelle étaient d'étroites bicoques mal alignées et dont les rez-de-chaussée devaient servir d'échoppes depuis le XVIe siècle. On entrait au 10 par une porte basse, écrasée sous un linteau mouluré. L'enseigne se lisait mal sur le battant de la porte ouverte. Antoine déchiffra : *Pension J.-H. Cammerzinn*. C'était là.

Avoir langui trois années sans nouvelles, avoir senti l'univers entre son frère et lui, et se trouver ainsi à quelques mètres de Jacques, à quelques minutes de l'instant où il allait le revoir... Mais Antoine dominait bien son émotion ; le métier l'avait dressé : plus il rassemblait son énergie, plus il devenait insensible et lucide. « Huit heures et demie, se dit-il. Il doit être là. Au lit, peut-être. L'heure classique des arrestations. S'il est chez lui, j'allègue un rendez-vous, je vais à sa chambre sans me laisser annoncer, et j'entre. » Se dissimulant sous son parapluie, il traversa la chaussée d'un pas ferme et franchit les deux pierres du perron.

Un couloir dallé, puis un ancien escalier à balustres, spacieux, bien entretenu, mais obscur. Pas de portes. Antoine se mit à gravir les marches. Il distinguait confusément un bruit de voix. Lorsque sa tête eut dépassé le niveau du palier, il aperçut, à travers la baie vitrée d'une salle à manger, une dizaine de convives autour d'une table. Il eut le temps de se dire : « Heureusement l'escalier est sombre, on ne me voit pas », puis : « Le petit déjeuner en commun. *Il* n'y est pas. *Il* va descendre. » Et tout à coup... Jacques... le timbre de sa voix !... Jacques avait parlé ! Jacques était là, vivant, indiscutable comme un fait !

Antoine vacilla, et, cédant à une seconde de panique, descendit précipitamment quelques marches. Il respirait avec effort : une tendresse, surgie des profondeurs, se dilatait soudain dans sa poitrine, l'étouffait. Et tous ces inconnus... Que faire ? Partir ? Il se ressaisit : le goût de la lutte le poussait en avant : ne pas remettre, agir. Il souleva prudemment la tête.

Jacques lui apparaissait de profil, et seulement par intermittence, à cause des voisins. Un petit vieux, à barbe blanche, présidait ; cinq ou six hommes, d'âges divers, étaient attablés ; vis-à-vis du vieux, une femme blonde, belle, encore jeune, entre deux petites filles. Jacques se penchait ; sa parole était rapide, animée, libre ; et, pour Antoine, dont la présence, comme une imminente menace, planait au-dessus de son frère, c'était saisissant de constater avec quelle sécurité, quelle inconscience de la minute qui va suivre, l'homme peut vivre les instants les plus chargés de destin. La table, d'ailleurs, s'intéressait au débat : le vieux riait ; Jacques semblait tenir tête aux deux jeunes gens placés en face de lui. Il ne se retournait jamais du côté d'Antoine. Deux fois de suite, il ponctua son dire de ce geste tranchant de la main droite, qu'Antoine avait oublié ; et brusquement, après un échange de mots plus vifs, il sourit. Le sourire de Jacques !

Alors, sans réfléchir plus longtemps, Antoine remonta les marches, atteignit la porte vitrée, l'ouvrit doucement et se découvrit.

Dix visages s'étaient tournés vers lui, mais il ne les vit pas ; il ne s'aperçut pas que le petit vieux quittait sa place et lui posait une question. Ses yeux, hardis, joyeux, s'étaient fixés sur Jacques ; et Jacques, les pupilles dilatées, les lèvres entrouvertes, regardait, lui aussi, son frère. Interrompu net au milieu d'une phrase, il conservait sur son visage pétrifié l'expression d'une gaieté dont ne subsistait que la grimace. Cela ne dura qu'une dizaine de secondes. Déjà Jacques s'était dressé, mû par cet unique souci : avant tout, donner le change, pas de scandale.

D'un pas rapide et précipité, avec une amabilité gauche qui pouvait faire croire qu'il attendait le visiteur, il fonça sur Antoine qui, se prêtant à la feinte, recula sur le palier. Jacques l'y rejoignit, fermant derrière lui le battant vitré. Il dut y avoir une machinale poignée de main, dont aucun d'eux ne prit conscience ; mais pas un mot ne put franchir leurs lèvres.

Jacques parut hésiter, ébaucha un geste hagard qui semblait inviter Antoine à l'accompagner, et s'engagea dans l'escalier.

VII

Un étage, un second, un troisième.

Jacques montait pesamment, s'accrochant à la rampe et ne se retournant pas. Antoine suivait, redevenu très maître de lui ; au point qu'il fut surpris de se sentir si peu ému en un pareil moment. Plusieurs fois, déjà, il s'était demandé avec inquiétude : « Que penser d'un sang-froid si facile ? Présence d'esprit — ou absence de sentiment, froideur ? »

Au troisième palier, une seule porte, que Jacques ouvrit. Dès qu'ils furent tous deux dans la chambre, il donna un tour de clé, puis enfin leva les yeux vers son frère.

« Qu'est-ce que tu me veux ? » souffla-t-il, d'une voix rauque.

Mais son regard agressif se heurta au sourire affectueux d'Antoine, qui, sous ce masque débonnaire, veillait, circonspect, résolu à temporiser, mais prêt à tout.

Jacques baissa la tête :

« Quoi ? Qu'est-ce qu'on me veut ? » répéta-t-il.

L'accent était pitoyable, lourd de rancune, tremblant d'angoisse ; mais Antoine, le cœur étrangement sec, dut simuler de l'émotion :

« Jacques », murmura-t-il en s'approchant davantage. Et, tout en jouant son rôle, il observait son frère d'un œil actif, lucide, et il s'étonnait de lui trouver une carrure, des traits, un regard, différents de ceux d'autrefois, différents de ceux qu'il avait imaginés.

Les sourcils de Jacques se crispèrent ; il essaya en vain de se raidir ; sa bouche, contractée, parvint à réprimer un sanglot ; puis, avec un soupir où s'exhalait sa colère, s'abandonnant soudain comme découragé de sa faiblesse, il laissa tomber son front sur l'épaule d'Antoine, et répéta de nouveau, les dents serrées :

« Mais qu'est-ce qu'on me veut ? Qu'est-ce qu'on me veut ? »

Antoine eut l'intuition qu'il fallait répondre tout de suite ; et frapper droit :

« Père est au plus mal. Père va mourir. » Il prit un temps, et ajouta : « Je viens te chercher, mon petit. »

Jacques n'avait pas bronché. Son père ? Pensait-on que la mort de son père pouvait l'atteindre dans cette vie toute neuve qu'il s'était faite, le débucher de son refuge, changer quoi que ce fût aux motifs qui avaient exigé sa disparition ? Dans les paroles d'Antoine, la seule chose qui le bouleversait profondément, c'était ces derniers mots : « Mon petit », qu'il n'avait pas entendus depuis des années.

Le silence était si pénible qu'Antoine poursuivit :

« Je n'ai personne auprès de moi... » Il eut tout à coup une inspiration : « Mademoiselle ne compte pas, expliqua-t-il ; et Gise est en Angleterre. »

Jacques souleva le front.

« En Angleterre ?

— Oui, elle prépare un diplôme, dans un couvent, près de Londres, et ne peut pas revenir. Je suis tout seul. J'ai besoin de toi. »

Dans l'obstination de Jacques, quelque chose, à son insu, venait d'être ébranlé ; sans qu'elle se précisât dans son esprit, l'idée d'un retour avait néanmoins cessé d'être radicalement inacceptable. Il se dégagea, fit deux pas incertains, puis, comme s'il préférait se laisser couler au fond de sa souffrance, il s'affaissa sur une chaise, devant sa table de travail. Il ne sentit pas la main qu'Antoine venait poser sur son épaule ; la tête enfouie dans ses bras, il sanglotait. Il lui semblait voir crouler cet abri que, depuis trois ans, il s'était construit de ses mains, pierre à pierre, dans la peine, dans l'orgueil, dans sa solitude ; il conservait assez de sagacité, dans ce désarroi, pour regarder la fatalité en face, pour comprendre que toute résistance finirait par échouer, qu'on obtiendrait tôt ou tard son retour, que son bel isolement, sinon sa liberté, avait pris fin, et qu'il valait mieux composer avec l'irrémédiable ; mais cette impuissance le faisait suffoquer de douleur et de dépit.

Antoine, debout, ne cessait pas d'observer, de réfléchir, comme si sa tendresse fût momentanément demeurée en réserve. Il contemplait cette nuque secouée par les sanglots ; il se rappelait les désespoirs de Jacques enfant ; mais, calmement, il supputait ses chances. Plus la crise se prolongeait, et plus il se persuadait que Jacques se trouverait acculé à la résignation.

Il avait retiré sa main. Il promenait ses regards autour de lui et pensait rapidement à cent choses. Cette chambre était mieux que propre : confortable. Le plafond était bas : la pièce avait dû être ménagée dans les combles ; mais elle était vaste, claire, et d'une agréable nuance blonde. Le parquet, couleur de cire et luisant, craquait tout seul, sans doute à la chaleur du petit poêle de faïence blanche, où ronflait un feu de bûches. Deux fauteuils de cretonne à bouquets ; plusieurs tables chargées de papiers, de journaux. Peu de livres : une cinquantaine peut-être, sur une étagère, au-dessus du lit, qui n'était pas encore fait. Et pas une photo ; aucun rappel du passé. Libre, seul, inaccessible même au souvenir ! — Une pointe d'envie vint se mêler à la réprobation d'Antoine.

Il s'aperçut que Jacques s'apaisait. La cause était-elle gagnée ? Ramènerait-il son frère à Paris ? Au fond de lui, il n'y avait jamais eu véritable doute sur sa réussite. Alors ce fut comme une digue rompue : un flot de tendresse s'empara de lui, un grand élan d'amour, de pitié ; il eût voulu serrer ce malheureux dans ses bras. Il se pencha vers cette nuque ployée ; il appela, très bas :

« Jacques... »

Mais, d'un coup de reins, l'autre fut debout. Rageusement, il essuyait ses yeux et toisait son frère.

« Tu m'en veux », dit Antoine.

Pas de réponse.

« Père va mourir », reprit Antoine en manière d'excuse.

Jacques détourna la tête un instant.

« Quand ? » demanda-t-il. Sa voix était brusque, distraite ; son visage tourmenté. Il eut conscience de ce qu'il venait de dire en rencontrant le regard d'Antoine. Il baissa le front, et rectifia :

« Quand... penses-tu partir ?

— Au plus tôt. Tout est à craindre...

— Demain ? »

Antoine hésita.

« Ce soir même, si c'était possible. »

Ils s'entre-regardèrent un instant. Jacques eut un

faible haussement d'épaules. Ce soir, demain, qu'importait maintenant ?

« Le rapide de nuit », prononça-t-il d'une voix mate.

Antoine comprit que *leur* départ venait d'être fixé. Mais il s'attendait toujours à ce qu'il avait énergiquement désiré, et n'eut, en réalité, ni surprise ni joie.

Ils étaient restés debout, au milieu de la chambre. Aucun bruit ne montait de la rue ; on se serait cru dans la campagne. L'eau ruisselait doucement sur le brisis du toit, et, par intervalles, des bouffées de vent se faufilaient en mugissant sous les tuiles du grenier. La gêne, entre eux, s'accentuait de minute en minute.

Antoine pensa que Jacques souhaitait de rester seul.

« Tu dois avoir à faire, dit-il, je vais te laisser. »

L'autre rougit brusquement :

« Moi ? Mais non ! Pourquoi ? » Et, précipitamment, il s'assit.

« Bien vrai ? »

Jacques secoua la tête.

« Alors, fit Antoine, s'efforçant à une cordialité qui sonnait faux, je m'assieds... Nous avons tant à nous dire ! »

En réalité, il songeait surtout à questionner. Mais il n'osait pas. Afin de gagner du temps, il se lança dans un récit détaillé, et malgré lui technique, des diverses phases de la maladie paternelle. Ces détails, pour lui, n'évoquaient pas seulement un cas désespéré ; ils évoquaient la chambre même, le lit du malade, un corps enflé, blême, douloureux, des traits contractés, des cris, une souffrance que l'on parvenait mal à calmer. Et c'était lui, maintenant, dont l'accent frémissait, tandis que Jacques, ramassé dans son fauteuil, tendait vers le poêle une figure farouche qui semblait dire : « Père va mourir, tu viens m'arracher d'ici, c'est bien, je partirai, mais qu'on ne m'en demande pas plus. » Un seul moment Antoine crut voir fléchir cette insensibilité : c'est lorsqu'il évoqua le jour où il avait entendu, à travers la porte, le malade et Mademoiselle, ânonner ensemble la vieille chanson. Jacques se souvenait du refrain, car, sans hâte, les yeux toujours fixés sur le poêle, il sourit. Ce sourire endolori, embrumé... C'était si bien le sourire du petit Jacques !

Mais presque aussitôt, comme Antoine concluait : « Après ce qu'il a souffert, la mort sera une délivrance », Jacques, qui jusque-là n'avait rien dit, éleva durement la voix :

« Pour nous, sans aucun doute. »

Antoine, offusqué, se tut. Dans ce cynisme, il faisait bien la part du défi, mais il y percevait aussi un ressentiment qui ne désarmait pas, et cette rancune envers son malade, envers un mourant, lui était intolérable. Il la trouvait injuste. Le moins qu'on pût en dire, c'est qu'elle retardait sur les faits. Il se souvint du soir où M. Thibault s'était accusé, en pleurant, d'avoir été la cause du suicide de son fils. Il ne pouvait pas oublier non plus l'effet que la disparition de Jacques avait eu sur la santé de M. Thibault : quelle était l'action du chagrin, du remords, à l'origine de cette dépression nerveuse qui avait tant favorisé le début de ses troubles, et sans laquelle, peut-être, le mal actuel ne se serait pas si vite développé ?

Alors, comme si Jacques eût impatiemment attendu que son frère eût fini de parler, il se leva violemment et demanda :

« Comment as-tu découvert où j'étais ? »

Impossible de se dérober.

« Par... Jalicourt.

— Jalicourt ? » Aucun nom ne semblait pouvoir le surprendre davantage. Il répéta, en articulant : « Ja-li-court ? »

Antoine avait tiré son portefeuille. Il prit la lettre de Jalicourt, qu'il avait naguère décachetée, et la tendit à son frère. C'était le plus simple : ce geste supprimait toute explication.

Jacques saisit la lettre, la parcourut, puis s'approchant de la fenêtre, il se mit à la lire, posément, les paupières baissées, la bouche close, impénétrable.

Antoine l'examinait. Ce visage qui, trois ans plus tôt, offrait encore les traits hésitants de l'adolescence, et qui, tout rasé aujourd'hui, n'aurait pas dû paraître si différent, retenait son attention sans qu'il pût préciser ce qu'il y découvrait de neuf : plus de vigueur, moins d'orgueil, moins d'inquiétude aussi ; moins d'obstination, peut-être, et plus de fermeté. Jacques avait certainement perdu de son charme, mais il avait acquis de la force. C'était maintenant un garçon presque trapu. La tête avait pris du volume ; elle se dégageait assez mal des épaules élargies, et Jacques avait l'habitude de la tenir rejetée en arrière, dans une attitude un peu arrogante ou pour le moins combative. La mâchoire était redoutable ; la bouche énergique et musclée, mais d'un dessin triste. L'expression de cette bouche avait beaucoup changé. Le teint conservait sa blancheur, avec quelques taches de son aux pommettes. Mais les cheveux, assez fournis, étaient maintenant plus châtains que roux ; ils formaient autour du masque vigoureux une masse indisciplinée qui en augmentait encore les proportions ; une mèche sombre, à reflets dorés, et que la main relevait sans cesse avec impatience, retombait toujours sur la tempe et ombrageait une partie du front.

Antoine vit ce front tressaillir et deux plis se creuser entre les sourcils. Il devinait le choc des pensées que cette lecture pouvait suggérer à Jacques et il ne fut pas pris au dépourvu, lorsque celui-ci, laissant retomber la main qui tenait la lettre, se tourna vers lui :

« Alors, toi aussi, tu as... tu as lu ma nouvelle ? »

Antoine se contenta de baisser puis de relever les paupières. Souriant des yeux plus que des lèvres, il fit céder sous son regard affectueux l'irritation de son frère, qui se contenta d'ajouter, moins agressif :

« Et... qui d'autres encore ?

— Personne. »

Le regard de Jacques restait incrédule.

« Ma parole », déclara Antoine.

Jacques enfonça les mains dans ses poches, et se tut. En réalité, il s'habituait vite à l'idée que son frère avait lu sa *Sorellina*. Il eût même été curieux de connaître son opinion. Quant à lui, il était sévère pour cette œuvre, écrite avec passion mais un an et demi plus tôt. Il estimait avoir grandement progressé depuis cette époque, et trouvait insupportables, aujourd'hui, ces recherches, cette poésie, ces exagérations de jeunesse. Le plus étrange est qu'il ne songeait plus du tout au sujet, au rapport de ce sujet avec sa propre histoire ; depuis qu'il avait donné une existence d'art à ce passé, il croyait l'avoir détaché de soi ; et, lorsqu'il pensait par hasard à ces douloureuses expériences, c'était pour s'affirmer aussitôt : « Je suis guéri de tout ça. » Ainsi, quand Antoine lui avait dit : « Je viens te chercher », sa première pensée réflexe avait été : « En tout cas, je suis guéri. » À quoi, un peu plus tard, il avait ajouté : « Et puis, Gise est en Angleterre. » (Il supportait, à la rigueur, l'évocation de Gise, le rappel de son nom ; mais à Jenny il refusait farouchement la plus fugitive allusion.)

Après une minute de silence, qu'il passa devant la fenêtre, debout, immobile, l'œil au loin, il se tourna de nouveau :

« Qui est-ce qui sait que tu es ici ?

— Personne. »

Cette fois, il insista :

« Père ?

— Mais non !

— Gise ?

— Non, personne. » Antoine hésita, puis pour rassurer tout à fait son frère : « Après ce qui s'est passé, et puisque Gise est à Londres, mieux vaut qu'elle ne sache encore rien. »

Jacques observait son aîné ; une lueur interrogative effleura son regard, et s'éteignit.

Le silence retomba.

Antoine redoutait ce silence ; mais, plus il désirait le rompre, moins il en trouvait l'occasion. Évidemment, vingt questions l'obsédaient ; mais il ne se risquait pas à interroger. Il cherchait quelque sujet simple et sans danger, qui les eût tous deux acheminés vers plus d'intimité ; mais rien de tel ne se présentait.

La situation allait devenir critique, lorsque Jacques, brusquement, ouvrit la croisée et recula dans la pièce. Un beau matou siamois, amplement fourré de gris et le museau charbonné, sauta moelleusement sur le parquet.

« Un visiteur ? » fit Antoine, ravi de la diversion.

Jacques sourit :

« Un ami. » Il ajouta : « Et d'une espèce précieuse : un ami intermittent.

— D'où vient-il ?

— Personne n'a pu me renseigner. De loin, sans doute : dans le quartier, on ne le connaît pas. »

Le beau matou faisait dignement le tour de la

chambre en ronronnant comme une toupie d'Allemagne.

« Il est trempé, ton ami, remarqua Antoine, qui sentait le silence rôder, lui aussi, autour d'eux.

— C'est généralement quand il pleut que je reçois sa visite, reprit Jacques. Quelquefois très tard, à minuit. Il gratte au carreau, il entre, il se lèche devant le poêle, et, quand il est sec, il demande à partir. Je n'ai jamais pu le caresser ; encore moins lui faire prendre quelque chose. »

L'animal, après avoir fait son inspection, était revenu près de la fenêtre restée entrouverte.

« Tiens, fit Jacques presque gaiement, il ne s'attendait pas à te trouver là : il va s'en aller. » En effet, le chat bondit sur le bord de zinc et gagna le toit sans se retourner.

« Il me fait cruellement sentir que je suis un intrus », dit Antoine, à demi sérieux.

Jacques profita de ce qu'il fermait la fenêtre pour ne rien répondre. Mais, lorsqu'il se retourna, une vive rougeur le colorait. Il se mit à marcher, doucement, de long en large.

Le silence menaçait.

Alors Antoine, faute de mieux — avec l'espoir sans doute de modifier les sentiments de Jacques, et parce que la pensée du malade le hantait —, se reprit à parler de son père ; il insista sur les transformations du caractère de M. Thibault depuis son opération, et se hasarda même jusqu'à dire :

« Tu le jugerais peut-être autrement, si tu l'avais vu vieillir comme moi, au cours de ces trois ans.

— Peut-être », fit Jacques évasif.

Antoine ne se décourageait pas aisément.

« D'ailleurs, reprit-il, je me suis quelquefois demandé si nous l'avions bien connu tel qu'il était, au fond... » Et, s'accrochant à son sujet, il eut l'idée de conter à Jacques un petit fait tout récent. « Tu sais, dit-il, en face de la maison, Faubois, le coiffeur, près de l'ébéniste, avant la rue du Pré-aux-Clercs... »

Jacques, qui allait et venait, tête baissée, s'arrêta net. Faubois... La rue du Pré-aux-Clercs... C'était dans l'obscurité voulue de sa retraite, la brusque projection de tout un monde qu'il avait cru oublier. Il en revoyait précisément le moindre détail, chaque dalle du trottoir, chaque devanture, le vieil ébéniste aux doigts couleur de brou, l'antiquaire blafard et sa fille, puis « la maison », le cadre même de son passé, « la maison » et sa porte cochère à demi ouverte, et la loge, et leur petit rez-de-chaussée, et Lisbeth, et, plus loin encore, toute son enfance répudiée... Lisbeth, sa première expérience... À Vienne, il avait connu une autre Lisbeth, dont le mari, jaloux, s'était tué... Il refléchit soudain qu'il lui faudrait annoncer son départ à Sophia, la fille du père Cammerzinn...

Antoine poursuivait son récit.

Donc, un jour qu'il était pressé, il était entré chez Faubois, ce coiffeur auquel Jacques et lui avaient toujours refusé leur clientèle, parce que, depuis vingt ans, ledit Faubois taillait chaque samedi la barbe de leur père. Le vieux, qui connaissait Antoine de vue, s'était mis aussitôt à lui parler de M. Thibault. Et, petit à petit, Antoine, désœuvré, la serviette au cou, avait eu la surprise de voir se dessiner dans les propos du coiffeur une figure paternelle qu'il n'avait guère prévue. « Ainsi, expliqua-t-il, Père parlait sans cesse de nous à Faubois. De toi, spécialement... Faubois se rappelle très bien le jour d'été où "le gamin de M. Thibault" — c'était toi — a passé son baccalauréat, et où Père a entrebâillé la porte de la boutique, simplement pour annoncer : "*Monsieur*

Faubois, le petit est reçu." Et Faubois dit : "Il relevait la crête, le bon papa, que ça faisait plaisir à voir !" Inattendu, n'est-ce pas ?... Mais le plus déroutant pour moi, c'est... ce qui s'est passé depuis trois ans... »

Le visage de Jacques se contracta légèrement, et Antoine se demanda s'il ne se fourvoyait pas en continuant.

Mais il était lancé :

« Oui. Depuis ton départ. J'ai fini par comprendre que Père n'avait jamais soufflé mot de la vérité, et qu'il avait même inventé tout un roman pour donner le change au quartier. Par exemple, Faubois m'a dit des choses comme ceci : "Les voyages, c'est le meilleur de tout ! Du moment que votre papa pouvait payer à son garçon des apprentissages à l'étranger, il a bien fait de l'expédier là-bas. D'abord, avec la poste, on s'écrit maintenant de partout ; ainsi, il me disait que vous ne restiez jamais plus d'une semaine sans nouvelles du petit..." »

Antoine évita de regarder Jacques, et, pour s'écarter un peu de ce sujet trop précis :

« Père lui parlait aussi de moi : *Mon aîné, il sera un jour professeur à l'École de Médecine*. Et de Mademoiselle, et des bonnes. Faubois connaît toute la maison. Et de Gise. Tiens, c'est curieux, ça aussi : il paraît que Père parlait très souvent de Gise ! (Faubois devait avoir une fille du même âge : je crois avoir compris qu'elle est morte. Il disait à Père : "La mienne, elle fait ceci." Et Père lui disait : "La *mienne* fait cela." Crois-tu ? Faubois m'a rappelé un tas de gamineries, de mots d'enfants, que Père lui racontait, et que moi j'avais oubliés. Qui aurait pu croire, à ce moment-là, que Père remarquait ces enfantillages ? Eh bien, Faubois m'a dit textuellement ceci : "C'était son regret, à votre papa, de n'avoir pas eu de fille. Mais il m'a dit souvent : *Cette petite-là, Monsieur Faubois, c'est maintenant comme si j'en avais une.*" Textuellement. Ça m'a bien étonné, je t'assure. Toute une sensibilité, en somme bourrue, timide peut-être et douloureuse — que personne ne soupçonnait ! »

Jacques, sans un mot, sans relever la tête, continuait ses allées et venues ; et, bien qu'il ne regardât presque jamais son frère, aucun des mouvements d'Antoine ne lui échappait. Il n'était pas ému, il était secoué par des impulsions violentes et contradictoires. Ce qui — de beaucoup — lui était le plus pénible, c'était de sentir le passé faire, de gré ou de force, irruption dans sa vie.

Devant le mutisme de Jacques, Antoine se découragea : impossible d'amorcer aucune conversation. Il ne perdait pas son frère de vue, cherchant à démêler quelque indice de pensée sur ces traits qui n'exprimaient qu'une morne résolution d'indifférence. Toutefois, il ne parvenait pas à lui en vouloir. Il aimait ce visage retrouvé, même raidi et se détournant de lui. Aucun visage au monde ne lui avait jamais été si cher. Et, de nouveau, sans qu'il osât se trahir par un mot ni par un geste, une fraîche tendresse lui vint au cœur.

Cependant le silence s'installait — victorieux, consenti, oppressant. On n'entendait rien que la course de l'eau dans les gouttières, le bourdonnement du feu, et parfois, une lame du plancher que Jacques faisait craquer sous son pas.

Un moment, il s'approcha du poêle, l'ouvrit et y jeta deux bûches : alors, à demi agenouillé, il se tourna vers son frère qui le suivait des yeux, et murmura soudain, d'un ton rogue :

« Tu me juges sévèrement. Ça m'est égal. Je ne le mérite pas.

— Mais non, s'empressa de rectifier Antoine.

— J'ai bien le droit d'être heureux à ma façon», reprit Jacques. Il se releva d'un mouvement impétueux, se tut un instant, puis, les dents serrées : «Ici, j'étais pleinement heureux.»

Antoine se pencha :

«C'est vrai ?

— Pleinement !»

Après chaque échange de propos, ils se dévisageaient de part et d'autre, une seconde, avec une grave curiosité, une réserve loyale et songeuse.

«Je te crois, dit Antoine. D'ailleurs, ton départ... Pourtant, il y a tant de choses encore que... que je m'explique si mal. Oh ! s'écria-t-il prudemment, je ne suis pas venu pour te faire le moindre reproche, mon petit...»

Ce fut seulement alors que Jacques remarqua le sourire de son frère. Il se souvenait d'un Antoine contracté, brutalement énergique ; ce sourire-là était pour lui une émouvante nouveauté. Craignit-il soudain de s'attendrir ? Il crispa les poings et secoua les bras :

«Tais-toi, Antoine, laisse tout ça...» Il ajouta, comme un correctif : «Pas maintenant.» Une véritable expression de souffrance passa sur son visage ; il tourna la tête vers l'ombre, baissa les paupières, et balbutia : «Tu ne peux pas comprendre.»

Ensuite, tout redevint silencieux. Mais l'air était devenu respirable.

Antoine se leva, et, sans forcer le naturel :

«Tu ne fumes pas ? demanda-t-il. J'ai très envie d'allumer une cigarette, tu permets ?» Il jugeait essentiel de ne rien dramatiser, d'acclimater peu à peu cette sauvagerie, à force de cordialité et d'aisance.

Il tira quelques bouffées, puis s'avança vers la fenêtre. Tous les vieux toits de Lausanne dévalaient vers le lac en un inextricable enchevêtrement de bâts noirâtres dont la buée fondait les contours; ces tuiles, rongées de lichens, semblaient s'être imbibées d'eau comme du feutre. L'extrême horizon était fermé par une chaîne de montagnes, à contre-jour. Aux crêtes, la neige s'enlevait en blanc sur un ciel uniformément gris; et, le long des pentes, elle se plaquait en coulées claires sur les surfaces plombées. On eût dit de sombres volcans de lait, bavant leur crème.

Jacques s'était approché.

« Les Dents d'Oche », fit-il, en étendant le bras.

Du lac, la ville étagée masquait la rive la plus proche, et l'autre bord, à contre-jour, n'était qu'une falaise d'ombre derrière un voile de pluie.

« Ton beau lac, il écume aujourd'hui comme une mauvaise mer », constata Antoine.

Jacques eut un sourire de complaisance. Il s'attardait, immobile, sans pouvoir détacher les yeux de ce rivage où il apercevait, dans un rêve, des bouquets d'arbres, des villages, et les flottilles amarrées près des pontons, et les sentiers en lacet vers les auberges de la montagne... Tout un décor de vagabondage et d'aventure, qu'il fallait quitter — pour combien de temps?

Antoine voulut détourner son attention.

« Je suis sûr que tu avais des choses à faire, ce matin, dit-il. Surtout si... » Il voulait ajouter : « Surtout si nous partons ce soir » ; mais il n'acheva pas.

Jacques secoua la tête, agacé :

« Mais non, je t'assure. Je ne dépends que de moi.

Rien n'est compliqué, quand on vit seul — quand on s'est gardé... *libre.* » Le mot vibra dans le silence. Puis, de nouveau, mais d'un autre accent, triste, avec un regard appuyé, il soupira : « Tu ne peux pas comprendre. »

« Quelle existence mène-t-il donc ici ? se demandait Antoine. Ses travaux, oui... Mais de quoi vit-il ? » Il fit diverses hypothèses, s'abandonnant un instant au cours de ses pensées, et finit par dire, à mi-voix :

« Depuis que tu es majeur, tu aurais si bien pu prendre ta part de la fortune de maman... »

Une lueur d'amusement passa dans le regard de Jacques. Il faillit poser une interrogation. Une pointe de regret l'atteignit : il songea qu'il aurait pu, certains jours, éviter certaines besognes... Docks de Tunis... Sous-sol de l'*Adriatica*, à Trieste... *Deutsche Buchdruckerei* d'Innsbruck... Cela ne dura qu'une seconde ; et l'idée que la mort de M. Thibault allait le mettre définitivement à l'aise ne lui vint même pas à l'esprit. Non ! Sans leur argent, sans eux ! Tout seul !

« Comment t'en tires-tu ? hasarda Antoine. Gagnes-tu facilement de quoi vivre ? »

Jacques promena ses regards autour de lui :

« Tu vois bien. »

Antoine ne put se retenir d'insister :

« Mais quoi ? Que fais-tu ? »

Le visage de Jacques avait repris son expression voilée, têtue. Un pli se formait et s'effaçait sur son front.

« Je ne te questionne pas pour m'immiscer dans tes affaires, se hâta de protester Antoine. Je n'ai qu'un désir, mon petit, c'est que tu organises au mieux ta vie, c'est que tu sois heureux !

— Ça !... » laissa échapper Jacques, sourdement. À

n'en pas douter, le ton signifiait : « Ça — que je sois heureux — c'est impossible ! » Il reprit aussitôt, d'une voix excédée, en haussant les épaules : « Laisse, Antoine, laisse... Tu ne me comprendrais pas bien. » Il fit l'effort de sourire. Après plusieurs pas indécis, il revint à la croisée, et, les yeux perdus, sans paraître remarquer la contradiction de ses paroles, il affirma de nouveau : « J'étais pleinement heureux, ici... Pleinement. »

Puis, consultant sa montre, il se retourna vers Antoine sans lui laisser le temps de renouer l'entretien :

« Il faut que je te présente au père Cammerzinn. Et à sa fille, si elle est là. Ensuite, nous irons déjeuner. Pas ici, non : au-dehors. » Il avait rouvert le poêle et le garnissait de bois, tout en parlant : « ... Un ancien tailleur... Maintenant, conseiller municipal... Un fervent syndicaliste aussi... Il a fondé une feuille hebdomadaire qu'il rédige presque tout seul... Un très brave homme, tu verras. »

Le vieux Cammerzinn, en manches de chemise, dans son bureau surchauffé, corrigeait des épreuves, équipé d'étranges lunettes rectangulaires dont les tiges d'or, souples comme des cheveux, s'enroulaient autour de ses petites oreilles charnues. Finaud sous ses airs puérils, sentencieux dans ses propos mais espiègle dans ses attitudes, il riait à tout instant, et, par-dessus ses lunettes, regardait avec insistance les gens dans les yeux. Il fit apporter de la bière. Il appelait Antoine : « Mon cher Monsieur » ; puis bientôt : « Mon cher garçon. »

Jacques annonça froidement que la santé de leur père l'obligeait à s'absenter « pour quelque temps », qu'il partirait ce soir, mais qu'il conserverait sa chambre, dont il paierait d'avance le mois en cours, et où il laisserait « toutes ses affaires ». Antoine ne sourcilla pas.

Le petit vieux, brandissant les feuillets qu'il avait devant lui, se lança dans une volubile improvisation sur un projet d'imprimerie coopérative pour les journaux du « parti ». À quoi Jacques, intéressé, sembla-t-il, donna la réplique. Antoine écoutait. Jacques ne paraissait pas pressé de retrouver le tête-à-tête. Attendrait-il quelqu'un qui ne se montra pas ?

Enfin, il donna le signal du départ.

VIII

Dehors, une bise aigre s'était levée, qui charriait de la neige fondue.

« Ça floque », dit Jacques.

Il tâchait de se montrer moins taciturne. En descendant de larges escaliers de pierre qui flanquaient un édifice public, il expliqua de lui-même que c'était l'Université. Le ton trahissait quelque fierté pour sa ville d'élection. Antoine admira. Mais les bouffées de pluie et de neige qui se succédaient en rafales les incitaient à gagner au plus vite un refuge.

Au coin de deux rues étroites, sillonnées de cyclistes et de piétons, Jacques se dirigea vers un rez-de-chaussée vitré, qui, pour toute enseigne, portait en majuscules blanches, sur la glace de la porte :

GASTRONOMICA

La salle, lambrissée de vieux chêne, était toute en surfaces cirées. Le restaurateur, gros homme actif, sanguin, essoufflé, mais content de lui, de sa santé, de son personnel, de son menu, s'empressait auprès de ses clients, qu'il traitait comme des invités fortuits. Les murs étaient parsemés d'inscriptions en lettres gothiques : *À Gastronomica, cuisine n'est pas chimie !* Ou bien : *À Gastronomica, point de moutarde sèche au bord du moutardier !*

Jacques, qui semblait moins contracté depuis la visite à Cammerzinn et cette marche sous la pluie, souriait de bonne grâce à l'amusement de son frère. C'était assez inattendu, cette curiosité d'Antoine pour le monde extérieur, ce regard gourmand, cet air de happer et de savourer au passage chaque trait significatif. Autrefois, dans les bouillons du quartier Latin où les deux frères avaient eu l'occasion de déjeuner ensemble, Antoine n'observait rien, et son premier geste était d'installer devant lui quelque revue médicale, dressée contre la carafe.

Antoine sentit que Jacques l'examinait.

« Me trouves-tu changé ? » demanda-t-il.

L'autre fit un geste évasif. Oui, Antoine lui paraissait changé, très changé. Mais en quoi ? N'était-ce pas, surtout, que Jacques avait oublié, au cours de ces trois ans, bien des particularités de son aîné ? Il les retrouvait, une par une. Par moments, tel geste d'Antoine — cette secousse de l'épaule et ce clignement de paupières, cette façon d'ouvrir la main en donnant une explication — le frappait soudain comme la rencontre d'une image jadis familière et totalement effacée de sa mémoire. Pourtant, d'autres singularités le troublaient sans lui rappeler rien qu'il eût désappris : l'expression générale de la physionomie, de l'attitude, cette sérénité naturelle, cette disposition conciliante, ce regard sans brusquerie ni dureté. Très nouveau, tout cela. Il essaya de le dire, en quelques mots confus. Antoine sourit. Il savait que c'était le legs de Rachel. Pendant plusieurs mois, la passion triomphante avait imprimé sur son visage jusque-là rebelle à tout aveu de bonheur, une sorte d'assurance optimiste, peut-être même une satisfaction d'amant privilégié — pli qui n'avait jamais complètement disparu.

Le déjeuner était bon ; la bière, fluide, légère, glacée ; la salle, accueillante. Antoine, gaiement, s'étonnait des spécialités locales ; il avait constaté que sur ce terrain-là, le mutisme de son frère cédait plus volontiers. (Bien que, chaque fois que Jacques ouvrait la bouche, il semblait se jeter dans la conversation avec désespoir. Sa parole, hésitante, hachée, devenait, par moments, sans raison, tumultueuse et vibrante, avec de brusques arrêts ; et, tout en parlant, il plongeait son regard dans celui de son aîné.)

« Non, Antoine ! répliqua-t-il à une boutade de celui-ci. Tu aurais tort de croire... On ne peut pas dire qu'en Suisse... Ainsi, j'ai vu beaucoup d'autres pays ; eh bien, je t'assure... »

L'involontaire curiosité qu'il saisit sur le visage d'Antoine l'arrêta. Bientôt, regrettant peut-être cette humeur ombrageuse, il reprit de lui-même :

« Tiens, celui-là, plutôt, pourrait être pris pour type : ce monsieur seul, qui parle au patron, à notre droite. Un assez bon type populaire du Suisse. L'aspect, la tenue... L'accent...

— Cet accent d'enrhumé ?

— Non, rectifia Jacques, avec un scrupuleux froncement de sourcils. Un ton appuyé, un peu traînant, qui marque la réflexion. Mais surtout, tu vois, cet air replié sur soi, indifférent à ce qui se passe. Ça, c'est très suisse. Et aussi cet air d'être toujours en sécurité partout...

— L'œil est intelligent, concéda Antoine. Mais dépourvu de vivacité à un point incroyable.

— Eh bien, à Lausanne, ils sont ainsi des milliers. Du matin au soir, sans se bousculer ni perdre une minute, ils font ce qu'ils ont à faire. Ils croisent d'autres vies sans s'y mêler. Ils ne débordent guère leurs frontières ; ils sont entièrement pris, à chaque instant de leur existence, par la chose qu'ils font ou celle qu'ils vont faire l'instant d'après. »

Antoine l'écoutait, sans l'interrompre ; et cette attention intimidait un peu Jacques, mais le soutenait aussi, éveillait en lui un secret sentiment d'importance qui le rendait plus loquace.

« Tu disais : "vivacité...", reprit-il. On les croit lourds. C'est vite dit ; et c'est faux. Ils sont d'un autre tempérament que... toi... Plus compact, peut-être. Presque aussi souple, à l'usage... Pas lourds, non : *stables*. Ce n'est pas du tout la même chose.

— Ce qui me surprend, dit Antoine, en tirant une cigarette de sa poche, c'est de te voir, toi, à l'aise dans cette fourmilière...

— Mais justement ! » s'écria Jacques. Il déplaça la tasse vide qu'il avait failli renverser. « J'ai séjourné partout, en Italie, en Allemagne, en Autriche... »

Antoine, les yeux sur son allumette, hasarda, sans lever le nez :

« En Angleterre...

— En Angleterre ? Non. Pourquoi l'Angleterre ? »

Il y eut une courte pause, pendant laquelle leurs pensées se cherchèrent. Antoine ne relevait pas les yeux. Jacques, interloqué, continua cependant :

« Eh bien, je crois que jamais je n'aurais pu me fixer dans aucun de ces pays-là. On ne peut pas y travailler ! On s'y brûle ! Je n'ai trouvé l'équilibre qu'ici... »

Et, en effet, il avait l'air, en ce moment, d'avoir atteint un certain équilibre. Il était assis de biais, dans une pose qui semblait lui être habituelle, la tête inclinée du côté de la mèche indocile, comme si le poids des cheveux l'eût surchargée. L'épaule droite avançait. Tout le buste se trouvait arc-bouté sur le bras droit, dont la main écartée prenait solidement appui sur la cuisse. Le coude gauche, au contraire, posait légèrement sur la table, et les doigts de la main gauche jouaient avec des miettes éparses sur la nappe. Ces mains étaient devenues des mains d'homme, nerveuses, expressives.

Il réfléchissait à ce qu'il venait de dire.

« Les gens d'ici sont reposants, fit-il, avec une sorte de gratitude. Évidemment, cette absence de passion n'est qu'apparente... Des passions, il y en a ici, dans l'air, comme ailleurs. Mais tu comprends, des passions qui se laissent si quotidiennement museler, ça n'offre pas grand danger... Ça n'est pas très contagieux... » Il s'interrompit encore, rougit soudain, puis, à mi-voix : « C'est que, depuis trois ans, tu sais !... »

Sans regarder Antoine, il rejeta sa mèche d'un vif revers de main, changea de position, et se tut.

Était-ce un premier pas vers les confidences ? Antoine attendit, sans faire un geste, enveloppant son frère d'un regard engageant.

Mais, délibérément, Jacques rompit les chiens :

« Et la pluie tombe toujours, fit-il en se levant. Rentrons, c'est le mieux, n'est-ce pas ? »

Comme ils sortaient du restaurant, un cycliste qui passait devant eux sauta de machine et courut à Jacques :

« Vous avez vu quelqu'un de là-bas ? » demanda-t-il, essoufflé, sans dire bonjour. La pèlerine de montagne, qu'il disputait au vent en croisant les bras sur sa poitrine, était trempée de pluie.

« Non », répondit Jacques, sans paraître autrement surpris. Il avisa l'entrée d'une maison dont la grandporte était ouverte : « Mettons-nous là », proposa-t-il ; et, comme Antoine, discrètement, semblait rester à l'écart, il se retourna pour l'appeler. Mais, lorsqu'ils furent tous trois à l'abri, il ne fit aucune présentation.

Le nouveau venu, d'un mouvement de tête, laissa tomber sur ses épaules le capuchon qui lui cachait les yeux. C'était un homme qui avait passé la trentaine. Malgré cette entrée en matière un peu rude, son regard restait doux, presque caressant. Le visage, que l'air vif avait rougi, était balafré par une ancienne cicatrice, dont la traînée exsangue fermait à demi l'œil droit, coupait en biais le sourcil et venait se perdre sous le chapeau.

« Ils m'accablent de reproches », reprit-il d'une voix fiévreuse, sans paraître se soucier de la présence d'Antoine. « Mais je ne les ai pas mérités, n'est-ce pas ? » Il semblait attacher une importance particulière au jugement de Jacques, qui fit un geste conciliant. « Que veulent-ils ? Ils disent que c'étaient des gens payés. Est-ce ma faute ? Maintenant, ils sont loin, et ils savent bien qu'on ne les dénoncera pas.

— Leur manège ne peut pas réussir, prononça Jacques, après avoir réfléchi. De deux choses l'une...

— Oui, voilà ce qu'on peut dire ! » s'écria l'autre, sans attendre, avec une sorte de reconnaissance et de chaleur imprévues. « Mais il ne faudrait pas que la presse politique nous fasse sauter avant.

— Sabakine disparaîtra, dès qu'il flairera quelque chose, souffla Jacques, en baissant la voix. Et Bisson aussi, vous verrez.

— Bisson ? Peut-être.

— Mais, ces revolvers ?

— Non, ça c'est facile à prouver. Son ancien

amant les avait achetés à Bâle, à la vente d'une armurerie, après décès.

— Écoutez, Rayer, dit Jacques : ne comptez pas sur moi, ces jours-ci, je ne peux rien écrire d'ici quelque temps. Mais allez trouver Richardley. Qu'il vous remette les papiers. Vous lui direz que c'est pour moi. Et, s'il a besoin d'une signature, qu'il téléphone à Mac Laher. N'est-ce pas ? »

Rayer prit la main de Jacques et la serra sans répondre.

« Et Loute ? » fit Jacques, gardant la main de Rayer dans la sienne.

L'autre baissa la tête.

« Je n'y peux rien », reprit-il, avec un rire intimidé. Il releva les yeux et répéta, rageusement : « Je n'y peux rien, je l'aime. »

Jacques lâcha la main de Rayer. Puis, après une pause, il grommela :

« Où ça vous mènera-t-il, tous les deux ? »

Rayer soupira.

« Elle a eu des couches trop difficiles, elle ne se remettra jamais bien ; jamais assez, en tout cas, pour pouvoir travailler... »

Jacques l'interrompit :

« Elle m'a dit, à moi : “Si j'avais du courage, il y aurait bien un moyen d'en finir.”

— Vous voyez ? Alors, que voulez-vous que je fasse ?

— Mais Schneebach ? »

L'homme fit un geste de menace. Une lueur de haine flamba dans son regard.

Jacques avança la main et la posa sur le bras de Rayer : une pression amicale, mais ferme, presque impérieuse.

« Où ça vous mènera-t-il, Rayer ? » répéta-t-il, sévèrement.

L'autre secoua les épaules d'un air courroucé. Jacques retira sa main. Après un silence. Rayer leva le bras avec une sorte de solennité.

« Pour nous comme pour eux, la mort est au bout, voilà ce qu'on peut dire », conclut-il à mi-voix. Il rit silencieusement, comme si ce qu'il allait dire était de toute évidence : « Sans quoi, ce serait les vivants qui seraient les morts, et les morts qui seraient les vivants... »

Il empoigna sa bicyclette par la selle et la souleva d'un seul bras. Sa cicatrice devint un bourrelet violacé. Puis il baissa comme une cagoule le capuchon de sa pèlerine, et tendit la main.

« Merci. J'irai chez Richardley. Vous êtes un grand, un vrai, un chic type. » Son accent était redevenu confiant et heureux. « Rien que de vous voir, Baulthy, ça me raccommode presque avec le monde — avec l'homme, avec la littérature... même avec la presse, oui... Au revoir ! »

Antoine n'avait rien compris à leurs propos, mais pas un mot ni un geste ne lui avaient échappé. Il avait remarqué, dès le début, l'attitude de cet homme, sensiblement plus âgé que Jacques, et qui cependant lui témoignait cette sorte de considération affectueuse qu'on accorde seulement à certains aînés reconnus. Mais, surtout, ce qui, pendant tout cet entretien, n'avait cessé de le surprendre, de le bouleverser, c'était le visage accueillant de Jacques, son front détendu, réfléchi, la maturité de son regard, l'autorité inattendue qui émanait de sa personne. Une révélation, pour Antoine. Il avait eu sous les yeux, pendant quelques minutes, un Jacques qu'il ne connaissait absolument pas, dont rien jusque-là n'avait pu lui laisser soupçonner l'existence, et qui, cependant, sans aucun doute, était pour tous le véritable Jacques, le Jacques d'aujourd'hui.

Rayer avait enfourché sa machine ; et, sans avoir pensé à saluer Antoine, il s'éloigna entre deux giclements de boue.

IX

Les deux frères reprirent leur chemin, sans que Jacques émît le moindre commentaire sur cette rencontre. D'ailleurs, le vent qui s'engouffrait dans leurs vêtements et semblait spécialement s'acharner contre le parapluie d'Antoine rendait toute conversation très difficile.

Pourtant, au pire moment, comme ils attaquaient la place de la Riponne — vaste esplanade où tous les vents du ciel semblaient venus s'affronter — Jacques, indifférent à la pluie qui le cinglait, ralentit subitement le pas et demanda :

« Pourquoi donc, à table, tout à l'heure, as-tu dit : ... l'Angleterre ? »

Antoine flaira une intention agressive. Gêné, il s'en tira par quelques mots confus, qu'emporta le vent.

« Qu'est-ce que tu dis ? » fit Jacques, qui n'avait rien entendu. Il s'était rapproché et marchait de biais, offrant son épaule en coupe-vent ; l'œil interrogateur qu'il fixait sur son frère marquait tant d'insistance qu'Antoine, acculé, eut scrupule à mentir.

« Eh bien, mais... à cause... des roses rouges ! » avoua-t-il.

L'accent qu'il y mit avait plus d'âpreté qu'il n'eût voulu. Une fois de plus s'imposèrent à lui l'incestueuse passion de Giuseppe et d'Annetta, leur chute dans l'herbe, tout un cortège de visions qui lui étaient devenues trop familières sans cesser de lui être pénibles. Mécontent, nerveux, s'en prenant aux rafales qui le harcelaient, il marmonna un juron et ferma rageusement son parapluie.

Jacques était demeuré une seconde sur place, interdit : évidemment, il était à cent lieues de prévoir cette réponse. Il se mordit les lèvres et fit quelques pas sans souffler mot. (Que de fois déjà il avait déploré cette heure d'inconcevable faiblesse, et regretté ce panier de roses, acheté de si loin par l'intermédiaire d'un ami — message compromettant, qui proclamait : « Je vis et je pense à toi », au moment qu'il se voulait mort pour tous les siens ! Mais il avait du moins pu croire jusqu'ici que ce geste imprudent était demeuré très secret. L'indiscrétion de Gise, inattendue pour lui et incompréhensible, l'exaspéra.) Il ne sut pas retenir son amertume :

« Tu as manqué ta vocation, fit-il en ricanant. Tu étais né policier ! »

Antoine, vexé par le ton, se rebiffa :

« Mon vieux, quand on tient tant à cacher sa vie privée, on ne l'étale pas au grand jour, dans les pages d'une revue ! »

Jacques, piqué au vif, lui cria au visage :

« Ah ? C'est peut-être ma nouvelle qui t'a mis au courant de cet envoi de fleurs ? »

Antoine n'était plus maître de lui :

« Non », répliqua-t-il, affectant le calme, et détachant les syllabes d'une voix mordante : « mais ta nouvelle m'a du moins permis de goûter toute la signification de cet envoi ! » Et, après avoir décoché ce trait, il fonça contre le vent et hâta le pas.

Mais, aussitôt, le sentiment d'avoir commis une irrémédiable faute lui sauta aux yeux avec tant d'évidence qu'il en eut la respiration coupée. Quelques mots de trop, tout était compromis : Jacques allait lui échapper définitivement... Pourquoi avait-il tout à coup perdu sa direction, cédé à cet accès d'humeur ? Parce que Gise était en cause ? Et que faire, maintenant ? S'expliquer, s'excuser ? Était-il encore temps ? Ah ! il se sentait prêt à toutes les réparations !...

Il allait se tourner vers son frère, et, le plus tendrement possible, reconnaître ses torts, lorsqu'il sentit soudain que Jacques lui saisissait le bras, et s'accrochait à lui de toutes ses forces : pression passionnée, absolument inattendue, étreinte convulsive, fraternelle, qui abolissait, en une seconde, non seulement cet échange d'aigres propos, mais tout le silence de ces trois années d'éloignement. Contre son oreille, une bouche tremblante balbutiait d'une voix décomposée :

« Mais, Antoine, quoi ? Qu'est-ce que tu as pu supposer ? Tu as cru que Gise... que moi, je ?... Tu as cru possible ?... Tu es fou ! »

Leurs regards se pénétrèrent. Celui de Jacques était douloureux, mais épuré, rajeuni, et sur son visage la pudeur offensée mêlait l'indignation à la souffrance. Ce fut pour Antoine un flot bienfaisant de lumière. Radieux, il serrait contre lui le bras de son cadet. Avait-il réellement soupçonné ces deux petits ? Il ne savait plus. Il pensait à Gise avec une émotion intense. Il se sentait allégé, délivré, extraordinairement heureux, tout à coup. Il avait enfin retrouvé son frère.

Jacques se taisait. Devant ses yeux ne défilaient que des souvenirs pénibles : cette soirée de Maisons-Laffitte, où il avait découvert, en même temps, et l'amour de Gise, et l'attrait physique, invincible, qu'elle éveillait en lui ; leur trouble et bref baiser sous les tilleuls, dans la nuit ; puis le geste romantique de

Gise, effeuillant les roses à cette place où ils s'étaient donné ce timide gage d'amour...

Antoine, aussi, se taisait. Il eût bien voulu rompre ce silence ; mais il restait muet, intimidé. Du moins, par la contraction de son bras, il essaya de dire à Jacques : « Oui, j'étais fou, je te crois, et comme je suis heureux ! » L'autre lui rendit sa pression. Ils se comprenaient mieux qu'à l'aide de paroles.

Ils continuèrent d'avancer, dans la pluie, serrés l'un contre l'autre, et troublés tous deux par ce contact trop tendre, trop prolongé ; mais ni l'un ni l'autre n'osaient plus prendre l'initiative de la séparation. Alors, comme ils longeaient un mur qui les abritait du vent, Antoine ouvrit son parapluie, et ils eurent l'air de s'être ainsi rapprochés pour se mettre à l'abri.

Ils arrivèrent à la pension sans avoir échangé un mot. Mais, devant la porte, Antoine s'arrêta, dégagea son bras, et dit, d'une voix naturelle :

« Voyons, tu as certainement des choses à faire, avant ce soir ? Je vais te laisser ? Je vais visiter la ville...

— Par ce temps ? » fit Jacques. Il souriait, mais Antoine avait perçu l'éclair d'une hésitation. (En réalité, ils redoutaient tous les deux ce long après-midi tête à tête.) « Non, reprit-il ; j'ai deux ou trois lettres à écrire, cela me prendra vingt minutes ; et peut-être une course à faire, avant cinq heures. » Cette perspective parut jeter du sombre sur sa physionomie. Néanmoins, il se redressa : « D'ici là, je suis libre. Montons. »

En leur absence, la chambre avait été faite. Le poêle, rechargé, ronflait. Ils étendirent devant le feu leurs paletots trempés, s'entraidant avec une camaraderie toute neuve.

L'une des fenêtres était restée ouverte. Antoine s'en approcha. Parmi ce peuple de toits qui descendaient vers le lac, émergeait une tour souveraine, couronnée de clochetons, et dont la haute flèche vert-de-gris luisait sous la pluie. Il la désigna du doigt.

« Saint-François, dit Jacques. Vois-tu l'heure ? »

Sur l'une des faces du clocher s'épanouissait un cadran peint, rougeâtre et or.

« Deux heures et quart.

— Tu as de la chance. Ma vue a beaucoup baissé. Et je ne peux pas m'habituer aux lunettes, à cause de mes migraines.

— Tes migraines ? » s'écria Antoine, qui fermait la fenêtre. Il se retourna prestement. Son visage interrogateur fit sourire Jacques.

« Oui, docteur. J'ai eu d'affreux maux de tête ; et ce n'est pas complètement passé.

— Quel genre de maux de tête ?

— Une douleur, là.

— Toujours à gauche ?

— Non...

— Des vertiges ? Des troubles, oculaires ?

— Rassure-toi, reprit Jacques, que cet entretien commençait à gêner. Je vais beaucoup mieux maintenant.

— Ta, ta ta ! déclara Antoine, qui ne plaisantait pas. Il faudra qu'on t'examine sérieusement, qu'on étudie un peu les phénomènes digestifs... »

Bien qu'il n'eût évidemment pas idée de commencer cet examen, il avait fait un pas machinal vers Jacques, et celui-ci ne put s'empêcher d'esquisser un mouvement de retraite. Il avait perdu l'habitude qu'on s'occupât de lui ; la moindre attention lui paraissait une atteinte à son indépendance. Presque aussitôt, d'ailleurs, il se raisonna ; et même, après coup, cette sollicitude lui causa une impression de douceur, comme si, au fond de lui, un souffle tiède était venu baigner des fibres longtemps engourdies.

« Tu n'avais rien de semblable, autrefois, poursuivit Antoine. D'où cela t'est-il venu ? »

Jacques, qui regrettait son geste de recul, voulut répondre, donner quelques éclaircissements. Mais pouvait-il dire la vérité ?

« C'est venu après une espèce de maladie... comme un choc... une grippe, je ne sais pas... peut-être aussi du paludisme... Je suis resté presque un mois à l'hôpital.

— À l'hôpital ? Où ?

— À... Gabès.

— Gabès ? En Tunisie?

— Oui. J'avais eu le délire, paraît-il. Alors, après, j'ai terriblement souffert de la tête, pendant des mois. »

Antoine ne dit rien, mais il était clair qu'il pensait : « Avoir, à Paris, un foyer confortable, être le frère d'un médecin, et courir le risque de crever dans un hôpital d'Afrique... »

« Ce qui m'a sauvé, reprit Jacques, désirant parler d'autre chose, c'est la peur. La peur de mourir là, dans cette fournaise. Je pensais à l'Italie comme un naufragé, sur son radeau, doit penser à la terre, aux puits d'eau douce... Je n'avais plus qu'une idée : mort ou vif, prendre le bateau, gagner Naples. »

Naples... Antoine se souvint de Lunadoro, de Sybil, des promenades de Giuseppe sur le golfe. Il hasarda :

« Pourquoi Naples ? »

La figure de Jacques s'empourpra. Il parut lutter un instant contre lui-même afin d'expliquer quelque chose, puis son regard bleu se figea.

Antoine s'empressa de rompre le silence :

« Ce qu'il t'aurait fallu, je crois, c'est du repos, mais dans un climat vif.

— D'abord », reprit Jacques — et il était visible qu'il n'avait pas écouté — « à Naples, j'avais une recommandation pour quelqu'un du consulat. L'ajournement, à l'étranger, est plus facile. Je préférais être en règle. » Il eut un redressement des épaules. « D'ailleurs, je me serais plutôt laissé porter déserteur que de rentrer en France pour être coffré dans leurs casernes ! »

Antoine ne broncha pas. Il changea de sujet :

« Mais, pour ces voyages, tu... tu avais de l'argent ?

— Quelle question ! C'est bien de toi ! » Il se mit à aller et venir, les mains dans les poches. « Jamais je ne me suis trouvé longtemps sans argent — le nécessaire. Au début, là-bas, évidemment, il a fallu faire n'importe quoi... » Il rougit de nouveau, et son regard se déroba. « Oh ! quelques jours... On se tire vite d'affaire, tu sais.

— Mais quoi ? Comment ?

— Eh bien... par exemple... des leçons de français dans une école d'apprentissage... Des corrections d'épreuves, la nuit, au *Courrier Tunisien*, à *Paris-Tunis*... Ça m'a souvent servi d'écrire l'italien aussi couramment que le français... Bientôt j'ai pu leur passer des articles, j'ai décroché la revue de la presse dans un hebdomadaire, et puis les échos, la besogne... Et puis, dès que j'ai pu, le reportage ! » Ses yeux brillèrent : « Ah ! çà, si j'avais eu la santé suffisante, j'y serais encore !... Quelle vie !... Je me rappelle à Viterbe... Assieds-toi donc. (Non moi, j'aime mieux marcher.)... Ils m'avaient envoyé à Viterbe, personne n'osait, pour cet extraordinaire procès de la Camorra, tu te souviens ? Mars 1911... Quelle aventure ! Je logeais chez des Napolitains. Un vrai repaire. La nuit du 13 au 14, ils ont tous décampé ; quand la police est arrivée, je dormais, j'étais tout seul, j'ai dû... » Il s'interrompit au milieu de sa phrase, malgré l'attention d'Antoine — à cause d'elle, peut-être. Comment, avec des paroles, faire seulement entrevoir ce qu'avait été, pendant des mois, cette vie vertigineuse ! Bien que le regard de son frère fût pressant, il se détourna : « Que c'est loin, tout ça ! Laisse... N'y pensons plus. »

Et, pour fuir lui-même le sortilège de ces évocations il se contraignit à parler de nouveau, mais avec calme :

« Tu me disais... ces maux de tête ? Eh bien, vois, je n'ai jamais pu supporter le printemps d'Italie. Dès que j'ai pu, dès que j'ai été libre » — il fronça les sourcils ; sans doute, là encore, se heurtait-il à de pénibles souvenirs — « dès que j'ai pu m'échapper de tout ça, fit-il, avec un geste violent du bras, je suis remonté dans le Nord. »

Il s'était arrêté, debout, les mains dans les poches, les yeux baissés sur le poêle.

Antoine questionna :

« Le Nord de l'Italie ?

— Non ! s'écria Jacques, en tressaillant. Vienne, Pest... Et puis la Saxe, Dresde. Et puis Munich. » Son visage se rembrunit subitement ; cette fois, il jeta vers son frère un coup d'œil aigu et parut vraiment hésiter : ses lèvres eurent un frémissement. Mais, quelques secondes s'étaient écoulées, il tordit la bouche et se contenta de murmurer, les dents si serrées que le dernier mot fut à peine intelligible :

« Ah ! Munich... Munich aussi est une ville effroyable. »

Antoine, précipitamment, coupa court :

« En tout cas, tu devrais... Tant qu'on n'aura pas trouvé la cause... Une migraine, ce n'est pas une maladie, c'est un symptôme... »

Jacques ne l'écoutait pas, et Antoine se tut. À plusieurs reprises, déjà, s'était produit le même phénomène : on eût juré que Jacques, tout à coup, éprouvait le besoin d'expulser de lui quelque harassant secret ; sa bouche remuait, il semblait au bord même de l'aveu ; puis, soudain, comme si les paroles se bloquaient dans sa gorge, il stoppait net. Et, chaque fois, Antoine, paralysé par une absurde appréhension, au lieu d'aider son frère à franchir l'obstacle, s'était cabré lui-même et dérobé, en se jetant à l'étourdie sur n'importe quelle piste.

Il se demandait comment remettre Jacques sur la voie, lorsqu'un bruit de pas légers se fit entendre dans l'escalier. On frappa, la porte s'entrebâilla presque aussitôt, et Antoine aperçut une frimousse échevelée de gamin.

« Oh ! pardon. Je vous dérange ?

— Entre », fit Jacques, en traversant la chambre.

Ce n'était nullement un gamin, mais un petit homme sans âge précis, au menton rasé, au teint de lait, aux cheveux ébouriffés couleur de chanvre sec. Il hésita sur le seuil et dut couler vers Antoine un regard inquiet ; mais ses yeux étaient frangés de cils incolores si épais qu'on ne distinguait pas le jeu des pupilles.

« Approche-toi du poêle », dit Jacques, en débarrassant le visiteur de son manteau ruisselant.

Il semblait encore une fois décidé à ne pas présenter son frère. Mais il souriait sans contrainte aucune, et ne paraissait pas autrement contrarié de la présence d'Antoine.

« Je venais vous dire que Mithoerg est arrivé, et qu'il apporte une lettre », expliqua le nouveau venu. Il parlait, d'une voix sifflante, rapide, mais sur un ton bas, presque craintif.

« Une lettre ?

— De Vladimir Kniabrowski !

— De Kniabrowski ? » s'écria Jacques, et ses traits s'éclairèrent. « Assieds-toi, tu as l'air fatigué. Veux-tu de la bière ? Du thé ?

— Non, merci, rien. Mithoerg est arrivé cette nuit. Il vient de là-bas... Alors, que vais-je faire, moi ? Que me conseillez-vous ? Faut-il essayer ? »

Jacques réfléchit assez longtemps avant de répondre.

« Oui. C'est le seul moyen, maintenant, de savoir. »

L'autre s'agita.

« À la bonne heure ! Je m'en doutais ! Ignace m'avait découragé, et Chenavon aussi. Mais vous, vous ! À la bonne heure ! » Il restait tourné vers Jacques et sa petite figure rayonnait de confiance.

« Seulement !... » fit Jacques, avec sévérité, en levant le doigt.

L'albinos balança la tête de haut en bas, en signe d'acquiescement.

« Par la douceur, par la douceur », prononça-t-il gravement. On devinait une ténacité de fer dans ce corps fragile.

Jacques l'examinait.

« Tu n'as pas été souffrant, Vanheede ?

— Non, non... Un peu fatigué. » Il ajouta, souriant avec rancune : « Je me sens si mal à l'aise, savez-vous, dans leur grande baraque !

— Prezel est encore ici ?

— Oui.

— Et Quilleuf ? Tu diras de ma part à Quilleuf qu'il parle trop. N'est-ce pas ? Il comprendra.

— Oh ! Quilleuf, je lui ai dit carrément · "Vous faites comme si vous étiez vous-mêmes des êtres vils !" Il a déchiré le manifeste de Rosengaard sans le lire ! Tout est corrompu, là-dedans. » Il répéta : « Tout est corrompu », d'une voix sourde et indignée ; mais, en même temps, un sourire d'une angélique indulgence illuminait ses lèvres de petite fille.

Il reprit, sur un ton aigu, sifflant :

« Saffrio ! Tursey ! Paterson ! Tous ! Et même Suzanne ! Ça sent le corrompu ! »

Jacques secoua la tête :

« Josepha, peut-être. Mais Suzanne, non. Josepha, vois-tu, c'est une misérable créature. Elle vous brouillera tous. »

Vanheede l'observait silencieusement. Il remuait sur ses petits genoux ses mains de poupée, et l'on apercevait ses poignets, incroyablement frêles et pâles.

« Je sais bien. Mais quoi ? Peut-on la jeter au ruisseau, maintenant ? Le feriez-vous, dites ? Est-ce une raison ? C'est un être, après tout, et qui n'est pas foncièrement vil, non... Et qui s'est mis sous notre garde en somme. Alors ?... Par la douceur, peut-être, par la douceur... » Il soupira. « Combien en ai-je rencontré, déjà, des créatures comme elle !... Tout est corrompu. »

Il soupira de nouveau, effleura Antoine de son invisible regard, puis se leva, et, s'approchant de Jacques, il dit, avec une fièvre soudaine :

« La lettre de Vladimir Kniabrowski, c'est une belle lettre, savez-vous...

— Eh bien, questionna Jacques, qu'est-ce qu'il compte faire, maintenant ?

— Il se soigne. Il a retrouvé sa femme, sa mère, les enfants. Il se prépare à vivre, encore une fois. »

Vanheede s'était mis à marcher, devant le poêle ; par instants, il serrait nerveusement ses mains l'une contre l'autre. Et comme à lui-même, il dit, avec une expression recueillie :

« Un cœur très pur, Kniabrowski.

— Très pur », répéta Jacques aussitôt, avec la même intonation.

Il ajouta, après un silence :

« Quand pense-t-il faire paraître son livre ?

— Il ne dit pas.

— Ruskinoff prétend que c'est une chose bouleversante, tu sais.

— Et comment serait-ce autrement ? Un livre qu'il a entièrement écrit dans la prison ! » Il fit quelques pas. « Je ne vous ai pas apporté sa lettre aujourd'hui : je l'ai prêtée à Olga, pour qu'elle la porte au cercle. Je l'aurai ce soir. » Sans regarder Jacques, avec une légèreté de feu follet, il allait et venait, la tête levée : il avait l'air de sourire aux anges. « Vladimir dit qu'il n'a jamais été si vraiment lui-même que dans cette prison. Seul avec sa solitude. » La voix devenait de plus en plus harmonieuse, mais de plus en plus voilée : « Il dit que sa cellule était jolie et bien claire, tout en haut des bâtiments, et qu'il grimpait sur les planches de la couchette pour atteindre avec son front le bas de la fenêtre grillée. Il dit qu'il restait là des heures, à penser, en regardant les flocons tourbillonner dans le ciel. Il dit qu'il ne pouvait rien voir d'autre, pas un toit, pas une cime d'arbre, rien, jamais rien. Mais dès le printemps, et tout l'été, à la fin de l'après-midi, pendant une heure, un peu de soleil lui touchait le visage. Il dit qu'il attendait cette heure-là pendant tout le jour. Vous lirez sa lettre. Il dit qu'une fois il a entendu, au loin, pleurer un tout-petit... Une autre fois, il a entendu une détonation... » Vanheede jeta un coup d'œil vers Antoine qui l'écoutait et ne pouvait s'empêcher de le suivre curieusement du regard. « Mais je vous apporterai toute la lettre demain, fit-il, en revenant s'asseoir.

— Pas demain, dit Jacques. Je ne serai pas là demain. »

Vanheede ne manifesta aucune surprise. Mais, de nouveau, il tourna la tête vers Antoine, et, après une courte pause, il se remit debout.

« Excusez-moi. Sans doute je vous ai dérangé. Je voulais tout de suite vous donner des nouvelles de Vladimir. »

Jacques aussi s'était levé.

« Tu travailles trop, en ce moment, Vanheede ; tu devrais te ménager.

— Mais non.

— Toujours chez Schomberg & Rieth ?

— Toujours. » Il sourit malicieusement : « Je tape à la machine. Je dis : *Oui, Monsieur,* du matin jusqu'au soir, et je tape. Qu'est-ce que ça peut faire ? Le soir venu, je me retrouve. Alors je suis libre de penser : *Non, Monsieur,* toute la nuit, et jusqu'au lendemain matin. »

Le petit Vanheede, en ce moment, portait très haut sa petite tête, et son toupet de chanvre ébouriffé lui donnait davantage encore l'air de se redresser. Il fit un mouvement, comme si, cette fois, il s'adressait à Antoine :

« J'ai crevé de faim pendant dix ans, Messieurs, pour ces idées-là : j'y tiens. »

Puis il revint à Jacques, lui tendit la main, et, brusquement, la voix flûtée se troubla :

« Vous partez peut-être ?... Tant pis. Ça me faisait du bien de venir, savez-vous ? »

Jacques, ému, ne répondit pas ; mais, d'un geste affectueux, il posa sa main sur le bras de l'albinos. Antoine se souvint de l'homme à la cicatrice. Jacques avait eu, déjà, ce même geste, amical, stimulant, un peu protecteur. Il paraissait vraiment tenir, dans ces étranges groupements, une place à part ; on le consultait, on quêtait son approbation, on craignait son blâme ; manifestement aussi, on venait se réchauffer le cœur près de lui.

« C'est un Thibault !... » se dit Antoine, satisfait. Mais aussitôt une tristesse l'envahit. « Jacques ne restera pas à Paris, songea-t-il ; il reviendra vivre en Suisse, ce n'est pas douteux. » Il eut beau se dire : « Nous nous écrirons, je viendrai le voir, ce ne sera plus la même chose que pendant ces trois ans... », il éprouvait une poignante angoisse : « Mais quelle sera son œuvre, quelle sera sa vie, au milieu de ces gens ? Que fera-t-il de sa force ? Est-ce là ce merveilleux avenir que j'ai rêvé pour lui ? »

Jacques avait pris le bras de son ami, et le reconduisait, à petits pas, vers la porte. Là, Vanheede se retourna, salua Antoine d'une timide inclinaison de tête, et disparut sur le palier, suivi de Jacques.

Antoine entendit une dernière fois la petite voix sifflante :

« ... Tout est si corrompu...Ils ne souffrent autour d'eux que des serviles, que des chiens couchants... »

X

Jacques revint. Il ne donna pas plus d'explication sur cette visite que sur la rencontre du cycliste à pèlerine. Il s'était versé un verre d'eau et buvait à petites gorgées.

Antoine, par contenance, alluma une cigarette, se leva pour jeter l'allumette dans le poêle, vint glisser un coup d'œil par la fenêtre, puis, retourna s'asseoir.

Le silence durait depuis quelques minutes. Jacques avait repris sa marche à travers la chambre.

« Qu'est-ce que tu veux ?, fit-il de but en blanc, sans même interrompre ses allées et venues, il faut tâcher de me comprendre, Antoine ! Comment aurais-je pu donner trois ans, trois ans de ma vie, à leur École, voyons ? »

Antoine, interloqué, avait pris un air attentif et d'avance conciliant.

« Ce prolongement déguisé du collège !... reprit Jacques. Ces cours, ces leçons, ces gloses à l'infini ! Ce respect de tout !... Et cette promiscuité ! Toutes les idées mises en commun, piétinées par le troupeau, dans ces réduits sans air, leurs *turnes* ! Rien que leur vocabulaire de *cagneux*, tiens ! Leur *pot*, leurs *caïmans* ! Non, jamais je n'aurais pu !

« Comprends-moi, Antoine... Je ne dis pas... Bien sûr, j'ai de l'estime pour eux... Ce métier de professeur, il ne peut être exercé qu'honnêtement, à force de foi. Ils sont touchants, bien sûr, à cause de leur dignité, de leur effort spirituel, de cette fidélité si mal rétribuée. Oui, mais...

« Non tu ne peux pas me comprendre, murmura-t-il, après une pause. Ce n'est pas seulement pour échapper à l'embrigadement ni par dégoût pour cet appareil scolaire, non... Mais cette vie dérisoire, Antoine ! » Il s'était arrêté ; il répéta : « Dérisoire ! » en fixant sur le plancher un regard têtu.

« Quand tu as été voir Jalicourt, demanda Antoine, tu étais déjà bien décidé à...

— Pas du tout ! » Il restait debout, immobile, le

sourcil dressé, l'œil à terre, cherchant de bonne foi à reconstituer le passé. « Ah ! ce mois d'octobre ! J'étais revenu de Maisons-Laffitte dans un état... dans un état lamentable ! » Ses épaules s'arrondirent, comme sous une charge ; il grommela : « Trop de choses inconciliables...

— Oui, octobre, dit Antoine, qui songeait à Rachel.

— Alors, à la veille de la rentrée, devant ce surcroît : la menace de l'École — j'ai été pris d'une telle appréhension... Vois comme c'est bizarre ! Aujourd'hui, je comprends clairement que, jusqu'à ma visite à Jalicourt, j'avais seulement une grande appréhension ; pas plus. Sans doute, excédé de tout ça, avais-je, à plusieurs reprises, pensé à lâcher l'École, et même à partir... Oui... Mais ce n'était qu'une vague rêverie, irréalisable. C'est seulement après ma soirée chez Jalicourt que tout s'est décidé. Ça t'étonne ? » fit-il, levant enfin les yeux, et apercevant le visage stupéfait de son frère. « Eh bien, je te donnerai à lire les notes que j'ai prises, ce soir-là, en rentrant ; je les ai justement retrouvées l'autre jour. »

Il se remit à marcher d'un air sombre ; le souvenir de cette visite semblait encore le bouleverser à distance.

« Quand j'y pense..., dit-il, en balançant la tête. Mais toi, quels rapports as-tu eus avec lui ? Vous vous êtes écrit ? Tu as été le voir, probablement ? Ton impression ? »

Antoine se contenta d'un geste évasif.

« Oui », dit Jacques, pensant que l'opinion de son frère était défavorable. « Tu dois avoir du mal à comprendre ce qu'il représentait, aux yeux de ma génération ! » Et, changeant d'attitude, il vint s'asseoir en face d'Antoine, dans le fauteuil qui était près du poêle. « Ce Jalicourt ! » fit-il, souriant tout à coup. Sa voix s'était adoucie. Il allongea voluptueusement les jambes vers la chaleur. « Depuis des années, Antoine, nous disions : "Quand on sera l'élève de Jalicourt..." Nous pensions même : "son disciple". Moi, chaque fois que j'avais une hésitation sur l'École, je me disais : "Oui, mais il y a Jalicourt". Il était le seul qui nous paraissait valoir la peine, comprends-tu ? Nous savions par cœur ses vers. On colportait des traits de lui, on citait ses mots. Ses collègues le jalousaient, disait-on. Il avait su faire admettre par l'université, non seulement ses cours, qui étaient de longues improvisations lyriques, pleines de vues hardies, de digressions, de brusques confidences, de mots crus — mais encore ses boutades, son élégance de vieux gentilhomme, son monocle, et jusqu'à son feutre conquérant ! Un type enthousiaste, lunatique, extravagant, mais riche et généreux, une grande conscience moderne, celui qui, pour nous, avait su mettre le doigt sur tous les points sensibles ! Je lui avais écrit. J'avais de lui cinq lettres ; ma fierté, un trésor ; cinq lettres, dont trois même quatre, sont, je le crois encore aujourd'hui, admirables.

« Tiens : un matin de printemps, vers onze heures, nous l'avions croisé... — un ami et moi. Comment oublier ça ? Il montait la rue Soufflot, à longs pas élastiques. Je me rappelle sa jaquette au vent, ses guêtres claires, ses cheveux blancs sous les grands bords du chapeau. Très droit, le monocle levé, le nez busqué formant proue, la moustache blanche à la gauloise... Un profil de vieil aigle prêt à jouer du bec. Un oiseau de proie, mais mâtiné d'échassier. Du vieux lord, aussi. Inoubliable !

— Je le vois, s'écria Antoine.

— Nous l'avons filé jusqu'à sa porte. Nous étions ensorcelés. Nous avons fait dix boutiques, à la recherche de sa photo ! », Jacques ramena brutalement ses jambes sous lui. « Ah ! tiens, quand j'y pense, je le hais ! » Puis, penché en avant, les mains tendues vers le poêle, il ajouta pensivement : « Et pourtant, si j'ai eu le courage de partir, c'est à lui que je le dois !

— Je crois bien qu'il ne s'en est même pas douté, remarqua Antoine.

Jacques n'écoutait pas. Tourné vers le feu, un sourire distrait aux lèvres, la voix absente, il dit :

« Tu veux que je te raconte ?... Eh bien, c'est un soir, après le dîner, que j'ai décidé, à l'improviste, d'aller le trouver. De lui expliquer... tout ! Et je suis parti, sans attendre, sans réfléchir... À neuf heures, je sonnais chez lui, place du Panthéon. Tu connais ? Un vestibule noir, une Bretonne godiche, la salle à manger, la fuite d'une jupe. La table était desservie, mais il y traînait une corbeille à ouvrage, du linge à repriser. Une odeur de mangeaille, de pipe, une chaleur lourde. La porte s'ouvre : Jalicourt. Aucun rapport avec le vieil aigle de la rue Soufflot. Ni avec l'auteur des lettres. Ni avec le poète, ni avec la grande conscience, ni avec aucun Jalicourt connu. Plus rien. Un Jalicourt voûté, sans monocle, une vieille vareuse à pellicules, une pipe éteinte, la lèvre maussade. Il devait ronfloter, en digérant du chou, son grand nez sur la salamandre ! À coup sûr, il ne m'aurait pas reçu, si la bonniche... Mais, pincé, pris de court, il me fait entrer dans son cabinet.

« Moi, d'emblée, très échauffé : "Je viens à vous, etc." Lui, se redresse, ressuscite un peu : je vois poindre le vieil aigle. Il met son monocle, m'offre un siège : je vois poindre le vieux lord. Il me dit, d'un air surpris : "Un conseil ?" Sous-entendu : "Vous n'avez donc personne à consulter ?" C'était vrai. Je n'y avais jamais réfléchi. Que veux-tu, Antoine ? Nous n'y pouvons rien : je n'ai presque jamais pu suivre tes conseils... Ni ceux de personne... Je me suis dirigé seul, je suis ainsi fait. C'est ce que j'ai répondu à Jalicourt. Son attention m'encourageait. Je me suis lancé à fond : "Je veux être romancier ; un grand romancier..." Il fallait bien commencer par là. Il n'a pas sourcillé. J'ai continué mon déballage, je lui ai expliqué... tout, enfin ! Que je sentais en moi une force, quelque chose d'intime, de central, qui est à moi, qui existe ! Que, depuis des années, tout effort de culture s'était presque toujours exercé au détriment de cette valeur profonde ! Que j'avais pris en aversion les études, les écoles, l'érudition, le commentaire, le bavardage, et que cette horreur avait la violence d'un instinct de défense, de conservation ! J'étais débridé ! Je lui ai dit : "Tout ça pèse sur moi, Monsieur, tout ça m'étouffe, tout ça dévie mon véritable élan !" »

Jacques fixait sur Antoine ses yeux sans cesse changeants et qui, dans le même instant, durs et passionnés, devenaient douloureux, tendres, presque câlins. Il s'écria :

« C'est vrai, Antoine, tu sais !

— Mais je le sens bien, mon petit.

— Ah ! ce n'est pas vraiment de l'orgueil, reprit Jacques. Aucune envie de dominer, rien de ce qu'on appelle en général ambition. La preuve : mon existence ici ! Et pourtant, je te jure, Antoine : ici, j'ai été pleinement heureux ! »

Après quelques secondes de silence, Antoine intervint :

« Raconte-moi la suite. Qu'est-ce qu'il t'a répondu ?

— Attends. Il n'a rien répondu, si je me rappelle bien. Oui, voilà : je lui avais sorti, pour finir, le couplet de "la source"... La paraphrase d'une sorte de poème en prose que j'avais commencé, là-dessus.

Une stupidité », fit-il en rougissant : « Pouvoir enfin *se pencher sur soi-même comme au bord d'une source*, etc. *Écarter les herbes, dégager cette coupe de pureté, où l'eau jaillit des profondeurs*... Alors, c'est là qu'il m'a interrompu : "Jolie, votre image..." C'est tout ce qu'il avait trouvé ! Vieux crabe ! Je cherchais son regard. Il évitait le mien. Il jouait avec sa bague...

— Je le vois, dit Antoine.

— ... Il a commencé tout un laïus : "Ne pas trop mépriser les chemins battus... Le profit, l'assouplissement qu'on gagne à se soumettre aux disciplines, etc." Ah ! il était bien comme les autres : il n'avait rien, rien compris ! Il ne trouvait à m'offrir que des idées remâchées ! J'enrageais d'être venu, d'avoir parlé ! Il a continué quelque temps sur le même ton. Il avait l'air de n'avoir qu'un unique souci : me définir. Il me disait : "Vous êtes de ceux qui... Les jeunes gens de votre âge sont... On pourrait vous classer parmi les natures que..." Alors je me suis hérissé : "Je hais les classifications, je hais les classificateurs ! Sous prétexte de vous classer, ils vous limitent, ils vous rognent, on sort de leurs pattes amoindri, mutilé, avec des moignons !" Il souriait, il devait être décidé à tout encaisser ! C'est là que je lui ai crié : "Je hais les professeurs, Monsieur ! C'est pour ça que j'étais venu vous voir, vous !" Il souriait toujours, il avait pris un air flatté. Pour être aimable, il m'a posé des questions. Exaspérantes ! Ce que j'avais fait ? — "Rien !" Ce que je voulais faire ? — "Tout !" Il n'osait même pas ricaner, le cuistre, il avait bien trop peur d'être jugé par un jeune ! Car c'était ça, son idée fixe : l'opinion des jeunes ! Depuis que j'étais entré, il ne pensait qu'à une chose, au fond : à ce livre qu'il était en train d'écrire : *Mes expériences*. (Ça a dû paraître depuis, mais je ne le lirai jamais !) Il suait de peur à l'idée qu'il pouvait le rater, son bouquin, et, dès qu'il apercevait un jeune, hanté par l'obsession de la faillite, il se demandait : "Qu'est-ce qu'il pensera de mon livre, celui-là ?"

— Pauvre type ! fit Antoine.

— Mais oui, je sais bien, c'était peut-être pathétique ! Seulement, ça n'était pas pour le regarder trembler que j'étais venu ! J'espérais encore, j'attendais mon Jalicourt. Un de mes Jalicourt, n'importe, le poète, le philosophe, l'homme, n'importe lequel, pas celui-là ! Enfin, je me suis levé. Ç'a été un moment comique. Il m'accompagnait de ses boniments : "Si difficile de conseiller les jeunes... Pas de vérité *omnibus*, chacun doit se chercher la sienne, etc." Moi, je filais devant, muet, crispé, tu devines ! Le salon, la salle à manger, l'antichambre, j'ouvrais moi-même les portes dans le noir, je butais dans ses antiquailles, il avait à peine le temps de trouver les boutons électriques ! »

Antoine sourit : il se rappelait la disposition des lieux, les meubles marquetés, les sièges de tapisserie, les bibelots. Mais Jacques continuait, et son visage prit une expression effarée :

« Alors... Attends... Je ne sais plus bien comment c'est arrivé. A-t-il brusquement compris pourquoi je le fuyais ? J'ai entendu, derrière moi, sa voix éraillée : "Qu'est-ce que vous voulez de plus ? Vous voyez bien que je suis vidé, fini !" Nous étions dans le vestibule. Je m'étais retourné, ahuri. Quelle figure pitoyable ! Il répétait : "Vidé ! Fini ! Et sans avoir rien fait !" Alors, moi, j'ai protesté. Oui. J'étais sincère. Je ne lui en voulais plus. Mais il tenait bon : "Rien ! Rien ! Je suis seul à savoir ça !" Et, comme j'insistais gauchement, il a été pris d'une espèce de rage : "Qu'est-ce qui vous fait donc illusion, à tous ? Mes livres ? Zéro ! Je n'y ai rien mis, rien de ce que j'aurais pu ! Alors, quoi ? Dites ? Mes titres ? Mes cours ? L'Académie ?

Quoi donc ? Ça ?" Il avait saisi le revers où était sa rosette, et il le secouait, en s'acharnant : "Ça ? Dites ? Ça ?" »

(Empoigné par son récit, Jacques s'était levé ; il mimait la scène avec une fougue croissante. Et Antoine se souvint du Jalicourt qu'il avait entrevu, à ce même endroit, redressé, rayonnant sous la lumière du plafonnier.)

« Il s'est calmé d'un coup, poursuivit Jacques, je crois qu'il a eu peur d'être entendu. Il a ouvert une porte, et il m'a poussé dans une sorte d'office qui sentait l'orange et l'encaustique. Il avait le rictus d'un homme qui ricane, mais un regard cruel et l'œil congestionné derrière le monocle. Il s'était accoudé à une planche où il y avait des verres, un compotier ; je ne sais pas comment il n'a rien fichu par terre. Après trois ans, j'ai encore son accent, ses mots dans l'oreille. Il s'était mis à parler, à parler, d'une voix sourde : "Tenez. La vérité, la voilà. Moi aussi, à votre âge. Un peu plus âgé, peut-être : à ma sortie de l'École. Moi aussi, cette vocation de romancier. Moi aussi, cette force qui a besoin d'être libre pour s'épanouir ! Et moi aussi, j'ai eu cette intuition que je faisais fausse route. Un instant. Et moi aussi, j'ai eu l'idée de demander conseil. Seulement, j'ai cherché un romancier, moi. Devinez qui ? Non, vous ne comprendriez pas, vous ne pouvez plus vous imaginer ce qu'il représentait pour les jeunes, en 1880 ! J'ai été chez lui, il m'a laissé parler, il m'observait de ses yeux vifs, en fourrageant dans sa barbe ; toujours pressé, il s'est levé sans attendre la fin. Ah ! il n'a pas hésité, lui ! Il m'a dit, de sa voix chuintante où les *s* devenaient des *f* : *N'y a qu'un feul apprentiffave pour nous : le vournalifme !* Oui, il m'a dit ça. J'avais vingt-trois ans. Eh bien, je suis parti comme j'étais venu, Monsieur : comme un imbécile ! J'ai retrouvé mes bouquins, mes maîtres, mes camarades, la concurrence, les revues d'avant-garde, les parlotes — un bel avenir ! Un bel avenir !" Pan ! la main de Jalicourt s'abat sur mon épaule. Je verrai toujours cet œil, cet œil de cyclope qui flambait derrière son carreau. Il s'était redressé de toute sa taille, et il me postillonnait dans la figure : "Qu'est-ce que vous voulez de moi, Monsieur ! Un conseil ? Prenez garde, le voilà ! Lâchez les livres, suivez votre instinct ! Apprenez quelque chose, Monsieur : si vous avez une bribe de génie, vous ne pourrez jamais croître que du dedans sous la poussée de vos propres forces !... Peut-être, pour vous, est-il encore temps ? Faites vite ! Allez vivre ! N'importe comment, n'importe où ! Vous avez vingt ans, des yeux, des jambes ? Écoutez Jalicourt. Entrez dans un journal, courez après les faits divers. Vous m'entendez ? Je ne suis pas fou. Les faits divers ! Le plongeon dans la fosse commune ! Rien d'autre ne vous décrassera. Démenez-vous du matin au soir, ne manquez pas un accident, pas un suicide, pas un procès, pas un drame mondain, pas un crime de lupanar ! Ouvrez les yeux, regardez tout ce qu'une civilisation charrie derrière elle, le bon, le mauvais, l'insoupçonné, l'inventable ! Et peut-être qu'après ça vous pourrez vous permettre de dire quelque chose sur les hommes, sur la société — sur vous !"

« Mon vieux, je ne le regardais plus, je le buvais, j'étais totalement électrisé. Mais tout est retombé d'un coup. Sans un mot, il a ouvert la porte, et il m'a presque chassé, devant lui, à travers le vestibule, jusque sur le palier. Je ne me suis jamais expliqué ça. S'était-il repris ?... Regrettait-il cette flambée ?... A-t-il eu peur que je raconte ?... Je vois encore trembler sa longue mâchoire. Il bredouillait, en étouffant sa voix : "Allez... allez... allez !... Retournez à vos bibliothèques, Monsieur !"

« La porte a claqué. Je m'en foutais. J'ai dégringolé les quatre étages, j'ai gagné la rue, le galopais dans la nuit comme un poulain qu'on vient de mettre au pré ! »

L'émotion l'étrangla. Il se versa un second verre d'eau et but d'un trait. Sa main tremblait ; en posant le verre, il le fit tinter contre la carafe. Dans le silence, ce son cristallin n'en finissait pas de mourir.

Antoine, encore frémissant, cherchait à enchaîner les événements qui avaient précédé la fuite. Bien des éléments lui manquaient. Il aurait voulu provoquer quelques confidences sur le double amour de Giuseppe. Mais ce sujet-là... « Trop de choses *inconciliables* », avait soupiré Jacques tout à l'heure ; c'était tout, mutisme farouche qui prouvait assez quelle part ces complications sentimentales avaient eue dans la détermination du fugitif. « Et maintenant, se demandait Antoine, quelle place tiennent-elles dans son cœur ? »

Il s'efforçait de rassembler sommairement les faits. En octobre, Jacques était donc revenu de Maisons. Quels avaient été, à ce moment-là, ses rapports avec Gise, ses rencontres avec Jenny ? Avait-il essayé de rompre ? Ou pris des engagements impossibles à tenir ? Antoine se représentait son frère à Paris : sans cadre précis d'études, seul et trop libre, tournant et retournant dans son cœur l'insoluble problème, il avait dû vivre dans une exaltation, dans une angoisse insoutenables. Pour unique perspective, cette rentrée scolaire, cet internat de Normale, qui lui donnaient la nausée. Là-dessus, visite à Jalicourt : et, brusquement, une issue, une vaste trouée à l'horizon : s'arracher, renoncer à tout l'impossible, partir à l'aventure, vivre ! « Oui, se disait Antoine, c'est ça qui explique, non seulement que Jacques soit parti, mais qu'il ait pu se confiner trois ans dans ce silence de mort. Recommencer tout ! Et, pour pouvoir recommencer, oublier tout — être oublié de tous !

« Tout de même, songeait-il, avoir justement profité de mon voyage au Havre, n'avoir même pas attendu vingt-quatre heures pour me revoir, pour me parler ! » Sa rancune était prête à se réveiller ; il fit un effort, chassa tout grief, et, cherchant à renouer l'entretien, à connaître la suite, il reprit :

« Et... c'est le lendemain de cette soirée-là ?... »

Jacques était revenu s'asseoir près du poêle ; les coudes sur les genoux, les épaules rondes, la tête baissée, il sifflotait.

Il leva les yeux :

« Le lendemain, oui. » Puis, sur un ton réticent, il ajoutait : « Aussitôt après la scène avec... »

La scène avec le père, la scène du palais Seregno ! Antoine l'avait oubliée.

« Père ne m'en a jamais soufflé mot », dit-il vivement.

Jacques eut l'air surpris. Néanmoins il détourna les yeux, et le geste qu'il fit semblait dire : « Eh bien, tant pis... Je n'ai pas le cœur à revenir là-dessus. »

« Mais voilà pourquoi il n'a pas attendu mon retour du Havre ! » songea Antoine, presque joyeusement.

Jacques avait repris son attitude pensive et sifflotait de nouveau. Un pli nerveux tourmentait la ligne des sourcils. En quelques secondes, et malgré lui, il revivait ces minutes tragiques : le père et le fils, tête à tête dans la salle à manger ; le déjeuner venait de finir ; M. Thibault avait posé une question sur la rentrée de l'École, et Jacques, brutal, avait annoncé sa démission; les répliques s'étaient enchaînées, de plus en plus blessantes; le poing du père martelait la table... Poussé à bout, cédant à un coup de folie incompréhensible, Jacques avait, comme un défi, lancé le nom de Jenny; puis, bravant toutes les menaces, menaçant lui-même, perdant la tête, il avait accumulé les paroles irréparables, jusqu'au moment où, ayant coupé derrière lui tous les ponts et rendu tout retour impossible, ivre de révolte et de désespoir, il avait disparu en criant : « Je vais me tuer ! »

L'évocation fut si précise, si poignante, qu'il se leva, comme s'il venait d'être piqué. Antoine eut le temps de surprendre dans les yeux de son frère une lueur d'égarement. Mais Jacques se ressaisit en un clin d'œil.

« Quatre heures passées, fit-il; si je veux faire cette course... » Il endossait déjà son pardessus; il semblait impatient de s'évader. « Tu restes là, n'est-ce pas ? Je serai revenu avant cinq heures. Ma valise sera vite faite. Nous dînerons au buffet, ce sera le mieux. » Il avait posé sur la table plusieurs dossiers de paperasses. « Tiens, ajouta-t-il, si ça t'amuse... Des articles, de petites nouvelles... Les moins mauvaises des choses que j'ai écrites, ces dernières années... »

Il avait passé le seuil, lorsque, se retournant avec gaucherie, il jeta, d'un ton léger :

« Au fait, tu ne me parles pas de... de Daniel ? »

Antoine eut l'impression qu'il avait failli dire : « ... des Fontanin ? »

« Daniel ? Mais figure-toi que nous sommes devenus de grands amis ! Après ton départ, il s'est montré si fidèle, si affectueux... »

Jacques, pour cacher son trouble, simulait une

surprise extrême, à laquelle Antoine feignit de se laisser prendre.

« Ça t'étonne ? fit-il, en riant. C'est vrai que nous sommes assez différents, lui et moi. Mais j'ai fini par accepter sa conception de la vie : elle peut être légitime, quand on est l'artiste qu'il est. Tu sais qu'il réussit au-delà de toute prévision ! Son exposition de 1911 chez Ludwigson l'a tout à fait lancé. Il vendrait beaucoup s'il voulait ; mais il produit si peu... Nous sommes différents — nous l'*étions*, surtout », spécifia-t-il, heureux d'avoir trouvé cette occasion de parler un peu de soi et de montrer à Jacques que le portrait de Humberto avait cessé d'être ressemblant. « Je ne suis plus aussi entier dans mes directions, tu sais ! Je ne crois plus autant nécessaire...

— Il est à Paris ? interrompit brutalement Jacques. Sait-il que... ? »

Antoine eut à réprimer un mouvement d'humeur :

« Mais non, il fait son service. Il est sergent à Lunéville. Pour une dizaine de mois encore : octobre 14. Je l'ai à peine vu depuis un an. »

Il se tut, glacé par le regard morne, absent, que son frère fixait sur lui.

Dès que Jacques sentit que sa voix ne trahirait plus son trouble, il dit :

« Ne laisse pas éteindre le poêle, Antoine. »

Puis il sortit.

XI

Resté seul, Antoine s'approcha de la table et ouvrit curieusement les dossiers.

Toutes sortes de documents y étaient entassés, pêle-mêle. D'abord un choix d'articles sur des sujets d'actualité, découpés dans des journaux et signés : *Jacques le Fataliste*. Puis une suite de poèmes, sur la montagne, semblait-il, parus dans une revue belge sous le pseudonyme de *J. Mühlenberg*. Enfin une série de courtes nouvelles, intitulées *Pages du Cahier noir*, sortes de croquis faits sans doute en marge du reportage, et signés : *Jack Baulthy*. Antoine en lut plusieurs : *Octogénaires, Suicide d'enfant, Jalousie d'aveugle, Une colère*. Les personnages, pris dans la vie quotidienne, dessinés au trait, s'imposaient tous par leur relief ; le style cursif, haché, de *La Sorellina*, dépouillé cette fois de tout lyrisme, conférait à ces notes un caractère de vérité, qui forçait l'intérêt.

Mais, malgré la saveur de ces pages, l'attention d'Antoine se montrait indocile. Trop d'inattendu s'offrait à lui, depuis le matin. Et surtout, dès qu'il était seul, sa pensée, invinciblement, se tournait vers cette chambre de malade, quittée la veille, et où, peut-être bien, les choses terribles étaient commencées. Avait-il eu tort de partir ? Non, puisqu'il allait ramener Jacques...

Un petit coup, discret et décidé, frappé à la porte, fit diversion.

« Entrez », dit-il.

Il fut surpris de voir se détacher sur le fond sombre de l'escalier une silhouette féminine. Il crut reconnaître cette jeune femme qu'il avait entrevue, au petit déjeuner, le matin. Elle portait un panier de bûches. Il s'empressa de la délester.

« Mon frère vient de sortir », dit-il.

Elle fit un signe de tête qui signifiait : « Je le sais bien » ; et peut-être même : « C'est pour cela que je suis montée. » Elle dévisageait Antoine sans masquer sa curiosité ; mais l'attitude n'avait rien d'équivoque, tant cette hardiesse semblait réfléchie et motivée par des raisons graves. Antoine eut l'impression que ces yeux-là venaient de pleurer. Tout à coup, les cils battirent : sans autre préambule, et, d'une voix vibrante de reproche, elle demanda :

« Vous l'emmenez ?

— Oui... Mon père est très malade. »

Elle ne parut pas avoir écouté.

« Pourquoi ? » fit-elle avec emportement. Son pied frappa le sol. « Je ne veux pas ! »

Antoine répéta :

« Mon père est sur le point de mourir. »

Mais elle n'avait que faire d'explications. Ses yeux, lentement, s'emplirent de larmes. Elle tourna le buste vers la fenêtre, croisa les mains, les tordit, puis laissa retomber les bras.

« Il ne reviendra pas ! » prononça-t-elle sourdement.

Elle était grande, large d'épaules, un peu grasse, à la fois fébrile dans ses mouvements et apathique dans ses poses. Deux tresses lisses et lourdes, couleur de cendre blonde, couronnaient son front bas et se nouaient en torsade sur la nuque. Sous ce diadème, ses traits réguliers, épais, prenaient un caractère souverain qu'accentuait encore le dessin d'une bouche à l'antique, ourlée et sinueuse mais volontaire, et qu'arrêtaient deux plis sensuels.

Elle se retourna vers Antoine :

« Jurez-moi, jurez-moi sur le Christ, que vous ne l'empêcherez pas de revenir !

— Mais non, pourquoi ? » fit-il avec un sourire conciliant.

Elle ne répondit pas à ce sourire. Elle considérait le jeune homme, fixement, à travers ses larmes brillantes. Sous l'étoffe qui la moulait, sa poitrine respirait violemment. Elle se laissait examiner avec impudeur. Elle prit, au creux des seins, un petit mouchoir en tapon, qu'elle pressa sur ses yeux, puis sur ses narines, en reniflant. Ses prunelles oisives, coulant entre les paupières, avaient une expression veloutée et voluptueuse. L'eau qui dort : il s'y faisait, par instants, un remous de pensées indéchiffrables. Alors, aussitôt, elle penchait ou détournait la tête.

« Il vous a parlé de moi ? Sophia ?

— Non. »

Un éclat bleu glissa entre les cils :

« Vous ne lui direz pas que je vous ai dit tout ça... »

Antoine sourit de nouveau :

« Mais vous ne m'avez rien dit, Madame.

— Oh ! si », fit-elle, rejetant la tête en arrière, les paupières à demi baissées.

Elle chercha des yeux une chaise volante, l'approcha d'Antoine, et s'assit précipitamment comme si elle n'avait qu'une minute à donner.

« Vous, déclara-t-elle, vous devez être quelqu'un dans les théâtres. » Il fit un signe négatif. « Si. Vous ressemblez à une carte postale que j'ai... Un grand tragédien de Paris. » Elle souriait maintenant : un sourire plein de langueur.

« Vous aimez le théâtre ? fit-il, sans perdre son temps à la détromper.

— Le cinéma ! Le drame ! Oui ! »

Parfois, un désordre imprévu jetait le ravage parmi ces traits impassibles ; alors, la bouche, qui s'ouvrait toute grande pour le moindre bout de phrase, semblait s'élargir encore, exposant de grandes palettes blanches, des gencives couleur de corail.

Il se tenait sur la réserve :

« Vous devez avoir de bonnes troupes, ici ? »

Elle se pencha :

« Étiez-vous déjà venu à Lausanne ? » (Quand elle se tenait ainsi, inclinée, parlant vite et retenant sa voix, elle avait l'air de demander le plus intime, et de l'offrir.)

« Jamais, dit-il.

— Y reviendrez-vous ?

— Sans doute ! »

Un instant, elle lui planta dans les yeux son regard devenu dur ; elle secoua plusieurs fois la tête, et dit enfin :

« Non. »

Puis elle alla vers le poêle et l'ouvrit pour le recharger.

« Oh ! protesta Antoine, il fait si chaud...

— C'est vrai », fit-elle, en se touchant la joue du revers de la main. Cependant elle prit une bûche, la jeta dans les braises, puis une seconde, puis une troisième.

« Jack aime ça », déclara-t-elle, sur un ton de bravade.

Elle demeurait agenouillée, tournant le dos, les yeux dans la flambée, qui lui grillait le visage. Le jour baissait. Antoine caressait de l'œil ces épaules vivantes, cette nuque, cette chevelure, nimbées de feu. Qu'attendait-elle ? Visiblement, elle se sentait regardée. Il crut surprendre un sourire au contour de ce profil perdu. Mais, d'une seule ondulation du torse, elle se releva. Elle poussa du pied le portillon du poêle, fit quelques pas dans la chambre, avisa le sucrier qui était sur une table, et d'un geste vorace, prit un morceau qu'elle croqua, puis un autre qu'elle lui tendit de loin.

« Non, merci, dit-il en riant.

— Sans quoi ça porte malheur », cria-t-elle, en lui lançant le sucre, qu'il attrapa au vol.

Leurs regards se heurtèrent. Celui de Sophia semblait interroger : « Qui êtes-vous ? » et même : « Qu'y aura-t-il entre vous et moi ? » Ses pupilles, indolentes mais avides, dorées par la transparence des cils, faisaient songer à du sable, les jours d'été, avant la pluie ; pourtant elles étaient chargées d'ennui plus encore que de désir. « Une de ces créatures, se dit Antoine, qui, dès qu'on les effleure... Mais qui vous mordent en même temps. Et qui vous haïssent, après. Et qui vous poursuivent des plus infâmes vengeances... »

Comme si elle avait deviné sa pensée, elle se détourna de lui et s'approcha de la fenêtre. La pluie accélérait la chute du jour.

Après un assez long silence, Antoine, troublé, demanda :

« À quoi pensez-vous ?

— Oh ! je ne pense pas souvent », avoua-t-elle, immobile.

Il insista :

« Mais, quand vous pensez, à quoi est-ce ?

— À rien. »

L'entendant rire, elle quitta la croisée et sourit tendrement. Elle n'avait plus du tout l'air d'être pressée. Après quelques pas, au hasard, les bras ballants, comme elle se trouvait devant la porte, sa main, distraitement, toucha la serrure.

Antoine crut qu'elle donnait un tour de clé, et le sang lui vint au visage.

« Adieu », murmura-t-elle, sans lever les yeux.

Elle avait ouvert la porte.

Antoine, surpris, vaguement déçu, se pencha, prêt à saisir son regard. Comme un écho, un peu par jeu, et d'un ton caressant qui ressemblait à un appel, il murmura :

« Adieu... »

Mais la porte se referma. Elle avait disparu sans s'être retournée.

Il entendit le frôlement de la jupe contre les barreaux de l'escalier, et la romance qu'elle se forçait à fredonner en descendant.

XII

Peu à peu la nuit s'emparait de la chambre.

Antoine rêvassait, sans avoir l'énergie de quitter son siège pour allumer. Il y avait plus d'une heure et demie que Jacques était parti. Un soupçon involontaire, qu'il s'efforça d'écarter, assiégeait la pensée d'Antoine. Un malaise, croissant de minute en minute, l'étreignait ; qui se dissipa d'un coup lorsqu'il reconnut le pas de son frère sur le palier.

Jacques entra, ne dit rien, ne parut même pas remarquer que la pièce était dans l'obscurité, et se laissa choir sur une chaise, près de la porte. On distinguait à peine ses traits à la lueur du poêle. Il avait le front caché par son chapeau, et portait son paletot sur le bras.

Il gémit, tout à coup :

« Laisse-moi ici, Antoine, va-t'en, laisse-moi ! J'ai failli ne pas revenir... » Mais, avant qu'Antoine eût pu dire un mot, il cria : « Tais-toi, tais-toi, je sais, ne dis rien. Je partirai avec toi. »

Puis il se leva et donna la lumière.

Antoine évitait de le regarder. Par contenance, il fit mine de continuer sa lecture.

Jacques errait à travers la chambre, d'un pas fatigué. Il jeta quelques effets sur le lit, ouvrit une valise, mit du linge, divers objets. Par moments, il sifflotait :

toujours le même air. Antoine le vit jeter un paquet de lettres au feu et ranger, dans un placard dont il prit la clé, tous les papiers qui traînaient. Puis il s'assit dans un coin, et, tassé sur lui-même, la tête dans les épaules, repoussant sa mèche avec nervosité, il griffonna plusieurs cartes-lettres, sur ses genoux.

Antoine avait le cœur chaviré. Si Jacques lui avait dit : « Je t'en supplie, pars sans moi », il l'aurait, sans mot dire, serré dans ses bras et serait aussitôt parti, seul.

Ce fut Jacques qui rompit le silence. Quand il eut changé de chaussures et bouclé son bagage, il s'approcha de son frère :

« Sept heures, tu sais. Il va falloir descendre. »

Antoine, sans répondre, s'apprêta. Lorsque ce fut fait, il demanda :

« Puis-je t'aider ?

— Merci. »

Ils parlaient à voix moins haute que dans la journée.

« Donne-moi ta valise.

— Elle n'est pas lourde... Passe. »

Ils traversèrent la chambre, presque sans bruit. Antoine sortit le premier. Il entendit, derrière lui, Jacques tourner le commutateur et fermer doucement sa porte.

Le dîner, au buffet, fut rapide. Jacques ne disait rien, touchait à peine aux plats ; et Antoine, soucieux autant que son frère, respectait ce silence sans chercher à feindre.

Le train était à quai. Ils firent les cent pas, en attendant l'heure. Du passage souterrain jaillissait, sans trêve, un flot de voyageurs.

« Le train va être bondé », dit Antoine.

Jacques ne répondit rien. Mais, tout à coup, il confia :

« Voilà deux ans et demi que je suis dans ce pays.

— À Lausanne ?

— Non... Que j'habite la Suisse. » Quelques pas plus loin, il murmura : « Mon beau printemps de 1911... »

Ils parcoururent encore une fois, sans parler, toute la longueur du train. Jacques s'attardait aux mêmes pensées, car, spontanément, il expliqua :

« J'avais de telles migraines, en Allemagne, que j'économisais sur tout pour filer, filer en Suisse, au grand air. C'est à la fin de mai que je suis arrivé, en plein printemps. Dans la montagne. À Mühlenberg, dans le canton de Lucerne.

— Tiens, Mühlenberg...

— Oui, j'ai écrit là presque tous ces poèmes que j'ai signés *Mühlenberg*. J'ai beaucoup travaillé à cette époque-là.

— Tu y es resté longtemps ?

— Six mois. Chez des fermiers. Deux vieux, sans enfants. Six mois merveilleux. Quel printemps, quel été ! De ma fenêtre, le jour de mon arrivée, cet enchantement ! Un paysage ample, onduleux, tout en lignes simples — une noblesse ! J'étais dehors du matin au soir. Les prairies, pleines de fleurs et d'abeilles sauvages, les grands pâturages en pente, avec leurs vaches, les ponts de bois sur les ruisseaux... Je marchais, je travaillais en marchant, je marchais toute la journée, et quelquefois le soir, par ces nuits... ces nuits... » Son bras se souleva lentement, décrivit une courbe, et retomba.

— Mais, tes migraines ?

— Oh ! à peine installé, je me suis senti tellement mieux ! C'est Mühlenberg qui m'a guéri. Je peux même dire que jamais je n'ai eu la tête plus libre, plus légère ! » Il sourit à son souvenir. « Légère, et pourtant pleine de pensées, de projets, de folies... Je crois que tout ce que je pourrai écrire au cours de ma vie aura germé dans cet air pur, pendant cet été-là. Je me rappelle des jours où j'étais dans un tel transport... Ah ! ces jours-là, j'ai vraiment connu l'ivresse d'être heureux !... Il m'arrivait — j'ose à peine le dire — il m'arrivait de sauter, de courir sans raison, et puis de me jeter à plat ventre dans l'herbe... pour sangloter, sangloter, délicieusement. Tu crois que j'exagère ? C'est si vrai, tiens, je me rappelle, certains jours que j'avais trop pleuré, je faisais tout un détour pour pouvoir me baigner les yeux à une petite source que j'avais découverte dans la montagne... » Il baissa la tête, marcha quelque temps en silence, et répéta, sans se redresser :

« Oui, il y a deux ans et demi, déjà. »

Puis il se tut jusqu'au départ.

Quand le train décolla, sans un sifflet, avec cette sûreté inflexible, cette passive puissance de la machine déclenchée par l'horaire, Jacques, de ses yeux secs, regarda s'évanouir le quai vide, et fuir, à un rythme accéléré, la banlieue piquée de lueurs ; puis tout devint noir, et il se sentit emporté, sans défense, dans la nuit.

Parmi ces étrangers qui l'enserraient, ses yeux cherchèrent Antoine qui, debout dans le couloir, à quelques mètres de là, tournant à demi le dos, semblait, lui aussi, perdre son regard dans la campagne obscure. Un désir de rapprochement le saisit ; et, de nouveau, cet irrésistible besoin d'aveu.

Il parvint à se faufiler jusqu'à son frère, et lui toucha vivement l'épaule.

Antoine, pris entre les voyageurs et les bagages qui encombraient le passage, crut que Jacques avait seulement un mot à lui dire, et, sans essayer de faire volte-face, tourna seulement le cou et inclina la tête. Alors, dans ce couloir où ils étaient parqués comme des bestiaux, dans le ballottement et le tintamarre du train, la bouche tout près de l'oreille d'Antoine, Jacques murmura :

« Antoine, écoute, il faut que tu saches... Au début, j'ai mené... j'ai mené... »

Il voulait crier : « J'ai mené une vie inavouable... Je me suis avili... Interprète... Guide... J'ai vécu d'expédients... Achmet... Pire encore, les bas-fonds, la *Rue-aux-Juifs*... Pour amis, des misérables, le père Krüger, Celadonio... Carolina... Une nuit, sur le port, ils m'ont assommé d'un coup de matraque, et après, l'hôpital, mes maux de tête, c'était à cause de ça... Et à Naples... Et en Allemagne, Rupert et la petite Rosa, ce couple... À Munich, à cause de Wilfried, j'ai fait... J'ai fait de la prison préventive... » Mais plus les aveux se pressaient à ses lèvres, et se levaient, nombreux et troubles, les souvenirs, plus cet inavouable passé lui apparaissait effectivement *inavouable* — impossible à faire tenir dans des phrases.

Alors, découragé, il se contenta de balbutier :

« J'ai mené une existence inavouable, Antoine... Inavouable... *In-a-vouable !* » Et ce mot, chargé par lui de tout l'opprobre du monde, ce mot pesant et mou, qu'il répétait d'une voix désespérée, l'apaisait peu à peu autant qu'une confession.

Antoine s'était entièrement retourné. Assez mal à l'aise, gêné par la présence des voisins, craignant que Jacques élevât le ton, tremblant de ce qu'il allait apprendre, il cherchait néanmoins à faire bonne figure.

Mais Jacques, l'épaule appuyée à la cloison, ne semblait plus vouloir s'expliquer davantage.

Les voyageurs évacuaient le couloir, s'entassaient dans les compartiments. Bientôt, Antoine et Jacques se trouvèrent assez isolés pour pouvoir causer sans être entendus.

Alors, Jacques qui, jusque-là taciturne, semblait peu pressé de reprendre la conversation, se pencha tout à coup vers son frère :

« Vois-tu, Antoine, ce qui est effrayant, c'est de ne pas savoir ce qui est... normal... Non, pas *normal*, c'est idiot... Comment dire ?... Ne pas savoir si les sentiments qu'on a... ou plutôt les instincts... Mais toi, médecin, tu le sais, toi... » Les sourcils froncés, le regard perdu dans la nuit, il parlait d'une voix sourde et butait à chaque mot. « Écoute, reprit-il. On éprouve quelquefois des choses... On a des espèces d'élans vers ceci... ou cela... Des élans qui jaillissent du plus profond... N'est-ce pas ?... Et on ne sait pas si les autres éprouvent la même chose, ou bien si on est... un monstre !... Comprends-tu ce que je veux dire, Antoine ? Toi, tu as vu tant d'individus, tant de cas, tu sais sans doute, toi, ce qui est... mettons... général, et ce qui est... exceptionnel. Mais, pour nous autres qui ne savons pas, c'est terriblement angoissant, vois-tu... Ainsi, tiens, un exemple : quand on a treize, quatorze ans, ces désirs inconnus qui montent comme des bouffées, ces pensées troubles qui vous envahissent sans qu'on puisse s'en défendre, et dont on a honte, et qu'on dissimule douloureusement comme des tares... Et puis, un jour, on découvre que rien n'est plus naturel, que rien n'est plus beau, même... Et que tous, tous comme nous, pareillement... Comprends-tu ?... Eh bien, voilà, il y a, de même, des choses obscures... des instincts... qui se dressent... et pour lesquels, même à mon âge, Antoine, même à mon âge... on se demande... on ne sait pas... »

Brusquement ses traits se contractèrent. Une autre pensée le poignait à l'improviste : il venait d'apercevoir combien vite il se rattachait malgré lui à son frère, à cet ami de toujours ; et, par ce frère, à tout le passé ! Hier encore, un fossé infranchissable... Et la moitié d'un jour avait suffi... Il crispa les poings, baissa la tête, et se tut.

Quelques minutes plus tard, sans avoir desserré les dents ni relevé les yeux, il regagna sa place dans le compartiment.

Lorsque Antoine, surpris de cette brusque retraite, voulut le rejoindre, il l'aperçut, dans la pénombre, immobile : les paupières obstinément closes sur ses larmes, Jacques faisait semblant de dormir.

LE CAHIER GRIS

LE PÉNITENCIER

LA BELLE SAISON

LA CONSULTATION

LA SORELLINA

DU MÊME AUTEUR

Aux Éditions Gallimard

DEVENIR !, *roman.*

JEAN BAROIS, *roman* (Folio nº 218).

LE TESTAMENT DU PÈRE LELEU, *farce paysanne.*

LES THIBAULT, *roman.*

I. LE CAHIER GRIS – LE PÉNITENCIER – LA BELLE SAISON – LA CONSULTATION – LA SORELLINA (Folio nº 3937).

II. LA MORT DU PÈRE – L'ÉTÉ 1914 (Folio nº 3938).

III. L'ÉTÉ 1914 – ÉPILOGUE (Folio nº 3939).

LA GONFLE, *farce paysanne.*

CONFIDENCE AFRICAINE, *récit* (L'Imaginaire nº 328).

UN TACITURNE, *drame.*

VIEILLE FRANCE, *roman* (Folio nº 540).

NOTES SUR ANDRÉ GIDE (1913-1951).

ŒUVRES COMPLÈTES, I et II (« Bibliothèque de la Pléiade »). *Préface d'Albert Camus.*

CORRESPONDANCE AVEC ANDRÉ GIDE.

I. (1913-1934). *Introduction par Jean Delay.*

II. (1935-1951).

CORRESPONDANCE AVEC JACQUES COPEAU.

I. (1913-1928) *Introduction de Jean Delay, notes de Claude Sicard.*

II. (1929-1949).

CORRESPONDANCE GÉNÉRALE.

I. (1896-1913). *Édition présentée et établie par M. Rieuneau.*

II. (1914-1918). *Édition présentée et établie par J.-Cl. Airal et M. Rieuneau.*

III. (1919-1925). *Édition présentée et établie par J.-Cl. Airal et M. Rieuneau.*

IV. (1926-1929). *Édition présentée et établie par J.-Cl. Airal et M. Rieuneau.*

V. (1930-1932). *Édition présentée et établie par J.-Cl. Airal et M. Rieuneau.*

VI. (1933-1936). *Édition présentée et établie par P. Bardel et M. Rieuneau.*

VII. (1937-1939). *Édition présentée et établie par P. Bardel et M. Rieuneau.*

VIII. (1940-1944). *Édition présentée et établie par B. Duchatelet.*

IX. (1945-1950). *Édition présentée et établie par B. Duchatelet.*

X. (1951-1958). *Édition présentée et établie par B. Duchatelet.*

LE LIEUTENANT-COLONEL DE MAUMORT. *Édition établie par A. Daspre* (« Bibliothèque de la Pléiade »).

JOURNAL. *Édition établie, présentée et annotée par Claude Sicard.*

I. Textes autobiographiques (1892-1919).

II. Journal (1919-1936).

III. Journal (1937-1949). Textes autobiographiques (1950-1958).

Cahiers

CAHIERS ROGER MARTIN DU GARD, I.

CAHIERS ROGER MARTIN DU GARD, II.

CAHIERS ROGER MARTIN DU GARD, III. Actes du Colloque international de Nice (« Les Cahiers de la nrf »).

CAHIERS ROGER MARTIN DU GARD, IV. Inédits et nouvelles recherches (« Les Cahiers de la nrf »).

CAHIERS ROGER MARTIN DU GARD, V. L'Écrivain et son Journal (« Les Cahiers de la nrf »).

CAHIERS ROGER MARTIN DU GARD, VI. Inédits et nouvelles recherches, 2 (« Les Cahiers de la nrf »).

Dans « La Bibliothèque Gallimard »

LE CAHIER GRIS (Les Thibault, I). *Accompagnement critique par Jean-Claude Lebrun, nº 53.*

Impression Grafica Veneta
à Trebaseleghe, le 3 septembre 2020
Dépôt légal : septembre 2020
1er dépôt légal dans la collection: sep

ISBN : 978-2-07-030432-5./Imprimé en Itali

374028